ein Ullstein Buch

ÜBER DAS BUCH:

Niemand weiß, was den alten Theodor Tall bewogen hat, einen industriefremden jungen Mann zu seinem Nachfolger zu machen: Benjamin Bach, nun Generaldirektor des TALL-Konzerns, gibt der Stahlindustrie Rätsel auf. Seine Vergangenheit liegt für viele völlig im dunkeln, und auch die schöne Norwegerin, mit der Benjamin Bach verheiratet ist, fügt sich nicht in die starren Normen der Düsseldorfer Gesellschaft. Das Kuckucksei, das Th. Tall seinem Direktorium ins Nest gelegt hat, entwickelt sich zum ausgewachsenen Enfant terrible der Ruhrindustrie, das unter den mißtrauischen Blicken der Alteingesessenen den Konzern im Strom des deutschen Wirtschaftswunders unaufhaltsam an die Spitze führt. Doch erst die geheimnisvolle Reise nach Peking, die der TALL-Chef unternimmt, und seine triumphale Rückkehr mit dem größten Exportgeschäft der Nachkriegszeit zwingen seine zahlreichen Gegner zum Handeln. Noch bevor die Räder seines Jets den heimatlichen Boden berühren, beginnt das Komplott der Hochfinanz gegen den Außenseiter ...
Wie Benjamin Bach die Pläne seiner Gegner durchkreuzt und seine eigenen vorantreibt, wie er Politiker und Bankiers vor seinen Wagen spannt und am Ende dem TALL-Konzern die Zukunft sichert, das erzählt Will Tremper mit der Kenntnis des Insiders.
Der Folgeband zu diesem Roman aus der Ruhrindustrie ist in Vorbereitung: *Das Comeback.*

DER AUTOR:

Will Tremper, am 19. September 1928 in Braubach am Rhein geboren. Journalist, Pressefotograf, Drehbuchautor *(Die Halbstarken),* Regisseur *(Flucht nach Berlin)* und Filmproduzent. Mit drei Bundesfilmpreisen, dem Preis der deutschen Filmkritik für die beste Regie des Jahres 1963 *(Die endlose Nacht)* und dem Jakob-Kaiser-Preis *(Verspätung in Marienborn)* ausgezeichnet.

Will Tremper

Das TALL-Komplott

Roman

ein Ullstein Buch

ein Ullstein Buch
Nr. 20814
im Verlag Ullstein GmbH,
Frankfurt/M - Berlin

Ungekürzte Ausgabe

Umschlagentwurf:
Hansbernd Lindemann
Foto: Art & Co

Taschenbuchausgabe mit
Genehmigung der F. A. Herbig
Verlagsbuchhandlung,
München

Printed in Germany 1987
Druck und Verarbeitung:
Elsnerdruck, Berlin
ISBN 3 548 20814 2

Mai 1987

CIP-Kurztitelaufnahme
der Deutschen Bibliothek

Tremper, Will:
Das Tall-Komplott / Roman.
Will Tremper.
– Ungekürzte Ausg. –
Frankfurt/M.; Berlin; Ullstein, 1987.
(Ullstein-Buch; Nr. 20814)
ISBN 3-548-20814-2

NE: GT

Für Celia

Die Handlung dieses Romans ist frei erfunden und schildert keine wahren Begebenheiten. Etwaige Ähnlichkeiten mit lebenden oder toten Personen und Institutionen sind nicht beabsichtigt und daher rein zufällig.

SONNTAG, DER 17. MAI 1970

Fünfhundert Meter über Heusenstamm und dem Offenbacher Stadtwald gab er die Quälerei auf und fing doch schon mal an zu rechnen, sie waren ja sowieso gleich da, und man konnte gute Vorsätze auch übertreiben, vielleicht irritierte ihn auch das auf- und abschwellende Düsengeräusch. Seit dreißig Stunden beherrschte er sich, wie ein Mann, der seinen Gefühlen nicht vorzeitig nachgeben will und krampfhaft an etwas anderes zu denken versucht, während ihn die Wellen der Lust unaufhaltsam höher tragen. Nun ließ er sich gehen, rutschte tiefer in seinen Sitz, preßte das Taschentuch fester gegen Mund und Nase und machte sich genießerisch an den ersten zarten Überschlag.

Da waren die drei, von denen er immer ausgehen konnte, sie versteckten sich vor den Banken im Umlaufvermögen. Bei einer Kombination von zehn – fangen wir bescheiden an – brauchte er also noch sieben. Sieben ließen sich, ohne Wind zu machen, immer auftreiben, in Zürich, zum Beispiel. Oder nicht gerade in Zürich, das war zu schnell herum dort, lieber in Genf, bei diesem Luxemburger, wie hieß er ... Horowicz hieß er. In Genf hätte man längst wieder mal ein kurzfristiges Papier placieren können, dumm, daß er nicht früher daran gedacht hatte. Zehn, zu drei Prozent und ein paar Achtelchen, sagen wir dreieinhalb, das läßt sich leichter rechnen, dann hätte er schon dreizehn. Wieso dreizehn? ... Immer fing er mit einer runden Zehn an, auch wenn er nur sieben brauchte! ... Machen wir doch gleich zwölf daraus, dann hätten wir, mit den drei eigenen, schon fünfzehn. Das würde ausreichen für den ersten Topf, fünfzehn waren ein guter »Leim«, wie Faber gesagt hätte, und sowieso besser als zehn, wenn man, im Endeffekt, zweihundert über die Runden bringen mußte – er schrieb 200 Mio drüber, minus 15 gleich 185.

Benjamin Bach war seit langem daran gewöhnt, mit Millionen umzugehen wie andere Leute mit Briefmarken. In der Größenordnung, in der er zu rechnen gezwungen war, wurde Geld zu einem abstrakten Begriff, zu einem Zahlenpuzzle nur noch, das sich auf dem rechten Knie spielen ließ, mit einem handtellergroßen Block in Schlangenleder und der Kenntnis des kleinen Einmaleins, wie bei einer Hausfrau, kurz vor Ultimo.

Auf einmal wurde der Frankfurter Stadtwald unter ihnen sichtbar, verschwand noch einmal in Regenschauern und trat, als sie tiefer sanken, beklemmend nahe wieder hervor.

Benjamin Bach blickte auf die Uhr und hätte beinahe hurra gerufen, aber er bezwang sich und sagte, ohne das Taschentuch vom Mund zu nehmen: »Dreizehn Uhr fünf!« Was er damit festgestellt haben wollte, bekam nur Feringer mit, der hinter ihm saß, und für den war es nicht bestimmt. Der junge Mann spielte in Überlegungen dieser Art keine Rolle, er war für Benjamin Bach so etwas wie ein verlängerter Arm, ein zusätzliches Körperteil, das kein Eigenleben zu kennen schien, ein bemerkenswert perfekter Assistent. Wer ihn so ansah, hätte ihn, mit den ewig blauen Hemden und konservativen Krawatten und dem schmalen, ernsten Kopf darüber, leicht für einen Dressman halten können, für mehr nicht. Besonders diese Unauffälligkeit, an der nur eine bestimmte Klasse Frauen zweifelte, fand Benjamin Bach bemerkenswert. In Reinhard Feringer bestätigte sich am deutlichsten bisher seine Schwäche für gutaussehende Mitarbeiter; er glaubte an die Optik, auch im Geschäftsleben.

Neben ihm schlief der Professor schon wieder einen Rausch aus; sie kamen und gingen bei dem alten Mann wie Ebbe und Flut: drei Schnäpse, und er war hinüber, das Kinn sank auf die Brust, er fing an zu röcheln. Nach einer Stunde wachte er dann regelmäßig wieder auf, sah sich, wie alle diese alten Trunkenbolde, mit einem Ausdruck der Entrüstung um, als wäre ihm, gegen seinen Willen, etwas eingeflößt worden, räusperte sich laut und ekelhaft, erkannte das vertraute Gesicht des Kumpans an seiner Seite, zwinkerte ihm verschwörerisch zu und verdrehte schon wieder den Hals nach der Stewardeß, mit Daumen und Zeigefinger »einen Kleinen« signalisierend. Das ging nun seit Schanghai so, wenn nicht seit Acapulco, und Benjamin Bach bemerkte, zum erstenmal in zwanzig Jahren, daß es Situationen gab, in denen selbst ein so alter Freund wie Professor Hermann Rasser ihm schrecklich auf die Nerven fallen konnte.

Hinter ihm versuchte Feringer den Chefsyndikus aufzumuntern und rief euphorisch: »Frankfurt – !« Die Antwort des dicken Mannes an seiner Seite war ein neues heftiges Niesen, das die stoischen Araber auf der anderen Gangseite veranlaßte, sich umzudrehen.

Benjamin Bach preßte das Taschentuch fester gegen Mund und Nase. Wieder fünfzig Millionen Bazillen! Diesen Unglücksmenschen hätte er wirklich in Hongkong, spätestens, ausbooten sollen, dort hätte er sich ausschlafen können, hätte keinen Schnupfen bekommen, wäre ihnen nicht so gräßlich auf die Nerven gegangen! ... Doch sofort schaltete sich seine Selbstkontrolle ein: Reiß dich zusammen, was kann denn Goergelen dafür, du bist übermüdet, überreizt und drauf und dran, den Streich, den du ihm gespielt hast, zu übertreiben. Sieh ihn dir an, wie er da am Fenster sitzt, ein zwei Zentner schwerer Haufen Elend, ein Mann, den du beinahe zu Tode gejagt hast, und trotzdem umklammert er mit seinen Knien krampfhaft diese Aktentasche mit den Verträgen, hat Pervitin geschluckt, der arme Hund, um jedes Wort zu prüfen, und wäre dankbar auch noch, wenn du mit ihm darüber reden würdest.

O. E. von Goergelen, der kugelrunde Justitiar mit dem roten Gesicht und den fatalen Initialen des Offenbarungseides, putzte mühsam seine geschwollene Nase und schickte, noch einmal, ein paar Millionen Bazillen in die wirbelnde Ventilation der Boeing, indem er, aus rauhem Hals, hervorwürgte: »Noch sind wir nicht unten ...!«

Benjamin Bach mußte sich ernstlich beherrschen, um ihn nicht anzuschreien. Über die Schulter fauchte er Feringer an: »Herr von Goergelen soll, verflucht noch mal ...« Den Mund halten, wollte er sagen, doch er schluckte es runter, beugte sich vor und versuchte, hinter dem weißen Seidentuch so flach wie möglich zu atmen. Er war, weiß Gott, kein Hypochonder, aber die Vorstellung, in den nächsten Tagen vielleicht mit einem dicken Kopf, womöglich einer Grippe, an seinem Schreibtisch sitzen zu müssen, machte ihn rasend. Sie alle waren, nach diesem Flug um die Erde und den Tagen in Peking, mit ihren physischen und psychischen Kräften am Ende, wen wunderte das. Und er allein überblickte das Ausmaß an Schwierigkeiten, das noch vor ihnen lag. Es ging um das größte und riskanteste Geschäft, auf das er sich als Chef des TALL-Konzerns je eingelassen hatte, aber er wußte auch, daß er das Spiel, nach allem menschlichen Ermessen, gewinnen würde – wenn er keinen Schnupfen bekam.

Eine hundsgemeine Alternative. Aber so was gab's. Die Geschichte war voll von großen Fehlschlägen durch solche lächerlichen Kleinigkeiten. Er schnüffelte im Taschentuch. Bei jeder anderen Gelegenheit hätte er jetzt laut über sich selbst gelacht, doch in diesem Falle kam ihm die tropfende Nase seines Hausjuristen wie eine Ironie des Schicksals vor, wie die kalte Antwort einer höheren Gerechtigkeit, haha. Er war kein Moralist und auch nicht sonderlich religiös, aber mitunter trafen ein paar Dinge zusammen, die geeignet waren, ihn noch immer zu belasten – nach so langer Zeit noch. Es war das nicht ganz schwindelfreie Erbe seiner kleinbürgerlichen Kindheit, das sich immer dann bemerkbar machte, wenn er den Kopf zu hoch hinaushob.

»Dreizehn Uhr fünf, Herr von Goergelen!« hörte er Feringer wiederholen. »Genau nach Flugplan. Für eine Entführung ist es jetzt zu spät, und runterbringen werden sie uns auch noch irgendwie!« Ein neues Aufheulen der Düsen und eine abrupte Steigbewegung der Maschine straften seine Worte beinahe noch Lügen. Benjamin Bach warf einen schnellen Blick nach hinten. Der junge Mann hielt, ohne mit der Wimper zu zucken, sein beruhigendes Lächeln aufrecht. Schrecklich netter Kerl, dieser Feringer, wenn er bloß nicht soviel reden würde.

Vor drei Stunden, in Athen, als sein Assistent mit der Nachricht gekommen war, daß die Tagesschau in Frankfurt auf sie warten würde, hatte Benjamin Bach sich, von einem zum anderen Augenblick, dafür entschieden, die Olympic Airways »schießen« zu lassen, auf der sie eigentlich gebucht waren, und lieber die klapprige alte 707 der Kuwait Airlines zu nehmen, die seit Mitternacht repariert und gerade fertig geworden war. Der Professor und Goergelen hatten laut protestiert, der eine, weil er Jude, der andere, weil er abergläubisch war. Selbst Feringer hatte, nach einem Blick in die arabische Maschine, Bedenken geäußert: »Der Dreck liegt kniehoch zwischen den Sitzen, und der ganze Kasten stinkt nach kaltem Knoblauch!« Doch sie hatten es überlebt und waren sogar eine Stunde früher zu Hause – den subtilen Grund für seine plötzliche Hemmung, am Ende dieser bedeutenden Reise vor den Augen der Nation aus einem Flugzeug des Aristoteles Onassis zu klettern, behielt Benjamin Bach für sich. Nur Feringer, der sich unaufhörlich damit beschäftigen konnte, seine Gedanken zu erraten, schien den Zusammenhang auch diesmal zu wittern.

Goergelen schloß schnell die Augen, als die stark befahrene Autobahn Kassel–Karlsruhe, zum Greifen nahe, unter ihnen hindurchhuschte. In der Pantry klirrte es, daß alle die Köpfe einzogen, aber dann rollten sie auf festem Boden.

Benjamin Bach ließ einen Seufzer hinter seinem Taschentuch hören. »Endlich!« Und der Professor war, mit einemmal, wieder hellwach und staunte. »Frankfurt? Ich glaube es nicht!«

Er war nicht der einzige, dem die letzten vierzehn Tage in diesem

Augenblick ganz unwirklich vorkamen. Diese sonderbare »Vergnügungsreise« Benjamin Bachs mit seinem Assistenten nach New York und San Franzisko und weiter, schließlich, nach Hawaii. Das Zusammentreffen dort mit Professor Rasser, dem Bevollmächtigten sämtlicher 44 TALL-Erben, den ein geheimnisvolles Telegramm aus Acapulco herbeigelockt hatte. (»Kannst du mir verraten, was hier anders ist als in Mexiko?«) Die Überraschung, als BB die Einreisedokumente nach Rotchina aus der Tasche zog: »Wir fahren mit dem Zug von Hongkong nach Kanton ...« Und der alte Mann, ganz aus dem Häuschen, denn er hatte von 1936 bis 1945 in Schanghai gelebt: »Mir willst du Grünschnabel erzählen, wie man von Hongkong nach Kanton kommt?« Die frustrierenden Tage in Peking dann, in jenem unsäglichen Hotel der »Völkerfreundschaft«, als gar nichts passierte, und die letzten 72 Stunden, in denen alles auf einmal geschah, der Chef allein nach Wuhan flog, um Tschou En-lai zu treffen, und aus Düsseldorf ein total verwirrter Goergelen eintraf, von der chinesischen Botschaft in Paris auf den Weg gebracht und prompt sich weigernd, das umfangreiche Verhandlungspaket auch nur oberflächlich zu beurteilen, woraufhin Benjamin Bach und der Professor den Vorvertrag ohne seine Beratung unterzeichneten – und die ganze wochenlange Geheimniskrämerei auf einmal beendet war. Gestern abend, in Bangkok, hatten sie schon eine Schlagzeile gesehen: GERMANS TO THE FRONT. Und in Karatschi, heute früh um drei, war der Korrespondent der Associated Press auf dem Flughafen erschienen, die kurze Meldung der amtlichen chinesischen Nachrichtenagentur schwenkend, und BB hatte ihn auf ihre Rückkehr nach Deutschland vertröstet, und da waren sie nun: tatsächlich wieder zu Hause!

Noch auf dem Taxiway zum Terminal löste Benjamin Bach, entgegen den Vorschriften, seinen Haltegurt und ging, Feringer mitnehmend, nach vorne. Das war unmißverständlich: Jemand sollte nicht hören, was er zu sagen hatte.

O. E. von Goergelen beugte sich schnaubend vor und tippte den Professor an. »Was hat er gegen mich?«

Der Professor wurde gerade von einem Gähnkrampf geschüttelt, hatte den Rachen aufgerissen und verbreitete einen säuerlichen Alkoholdunst. Er war fast achtzig Jahre alt und körperlich immer noch ein Brocken von Mann, einsneunzig groß etwa, mit dem Kreuz eines armenischen Lastträgers. Seine lange, weißgraue Mähne schüttelnd, ächzte er wollüstig: »Ach, Goergi, ich bin mausetot ... Daß das alles immer so holterdiepolter gehen muß, ist wirklich ein Jammer – was wollten Sie sagen?«

Der Justitiar kannte ihn seit zwanzig Jahren und schätzte ihn außerordentlich, doch auf dieser Reise hatte er manchmal den Eindruck, der Professor mache sich lustig über ihn. Er wischte sich den kalten Schweiß von der Stirn und wiederholte: »Ob Sie wissen, was er gegen mich hat! Das mit meinem Schnupfen ist doch ... Ich meine, Sie haben doch auch keine Angst davor?«

Der alte Mann sah ihm aus allernächster Nähe in die rotunterlaufenen Augen und lachte ein bißchen hämisch. »Nee, Goergi, ich bin immun gegen so was. Zuviel Gegengift, wissen Sie!« Er machte die Bewegung des Trinkens, aber dann wurde er ernst. »Vielleicht haben Sie ihn mit dem Zeug da geärgert?«

Das »Zeug« in der Aktentasche des Chefsyndikus wog 22 Pfund, das war unterwegs oft genug festgestellt worden, und bestand aus Vertragsunterlagen über Lieferungen des TALL-Konzerns an die Volksrepublik China im Wert von drei Milliarden Mark, nicht mehr und nicht weniger. In Peking hatte Goergelen vor dem Umfang der Akte noch kapituliert, auf dem Rückflug aber hatte er jedes einzelne Blatt gelesen und, noch beim Abflug in Athen, den TALL-Chef beschworen, vor der Presse in Deutschland vorläufig zu schweigen. »Zumal ich, als Jurist, jetzt doch mit einiger Erleichterung glaube sagen zu können, daß ich nirgendwo eine Formulierung gefunden habe, die uns bereits verpflichten würde!« Ihm war, als habe auch Benjamin Bach aufgeatmet, aber vielleicht bildete er sich das nur ein, und so hatte er nachgestoßen: »Ich flehe Sie an, Herr Bach, sagen Sie kein Wort, bevor nicht Herr Faber wenigstens alles gelesen hat!« Er hatte es bitterernst gemeint, das sahen ihm alle an. Was Benjamin Bach am meisten daran störte, war die Erwähnung des Finanzchefs. Es lag auf der Hand, daß Faber, in Verkennung der ganzen Umstände, den Chefsyndikus mit Vorwürfen überschütten würde. Und das hatte ihn auf die Idee gebracht, die zu erwartende Auseinandersetzung jetzt gleich aufzunehmen und ihm eine unfaire Antwort zu geben: »Wenn Sie meinen, daß wir uns übernommen haben, dann kommen Sie reichlich spät damit, Herr von Goergelen! Das hätten Sie mir in Peking sagen sollen!« Seitdem war zwischen ihnen kein Wort mehr gefallen.

»Sie wissen, Herr Professor«, sagte der Justitiar jetzt beschwörend, »daß ich vom ersten Tag an dabei bin und daß ich die tollsten Sachen schon erlebt habe mit Herrn Bach. Er hat mich ja selbst damals von der BASF weggeholt, und ich habe doch wirklich für vieles Verständnis bewiesen. Aber dieses da«, er klopfte auf die Tasche zwischen seinen Beinen, »ist heller Wahnsinn! Das ist die Hälfte, beinahe, unseres gesamten Jahresumsatzes! ... Wissen Sie überhaupt, wie hoch die Firma in der Kreide steht? Er hätte Sie nie dazu überreden dürfen, das mitzuunterschreiben!«

Feringer war ins Cockpit vorgedrungen, um mit dem amerikanischen Captain ein Wort zu reden, tauchte jetzt wieder auf und berichtete, ein VW-Bus des Hessischen Fernsehens halte auf der Position neben ihren bestellten Wagen, während die übrige Presse offenbar bei ihrem Firmen-Jet warte, der am äußersten Rand des Charterplatzes stehe und von einer »Traube Menschen« umlagert sei, es sehe aufregend aus.

Benjamin Bach blickte ihn irritiert an. »Haben Sie dieses Kommuniqué noch?«

Ohne Genugtuung zu verraten, klopfte Feringer auf sein Aktenköfferchen. Er hatte, in Schanghai bereits, das chinesische Kommuniqué aus dem Englischen übersetzt, mit ein paar Vorstellungen Benjamin Bachs angereichert und, während ihres Aufenthaltes in Hongkong, dreißigmal abgelichtet. BB hielt das für übertrieben. (»Das Ding werde ich den Knaben von der Presse höchstpersönlich verpassen, was glauben Sie denn!«) Jetzt änderte er seine Meinung, Chefs dürfen das, und Feringer beeilte sich, ein Exemplar aus dem Köfferchen zu holen und ihn auf einen Zusatz aufmerksam zu machen, den er, in Versalien, über sämtliche Ablichtungen getippt hatte: SPERRFRIST BIS 20 UHR!!!

»Wozu das? ... Wann haben Sie das verbrochen?«

»In Athen«, verriet Feringer, »als ich hörte, daß wir die Tagesschau haben werden.« Es sah interessant aus, hatte aber kaum eine Bedeutung, da die Zeitungen mit der Nachricht ohnehin nicht vor morgen früh erscheinen würden. »Wenn die Tagesschau es exklusiv heute hat«, belehrte ihn Feringer, »dann macht sie mehr daraus!« Der Bursche würde vor lauter Gerissenheit noch mal furchtbar ins Fettnäpfchen treten.

Hinter ihnen rief der Professor laut »Ben!«, und als Benjamin Bach zögernd zurückkam und schon wieder nach dem Taschentuch griff, sagte der alte Mann so ärgerlich, wie er ihn selten gesehen hatte:

»Dein Rechtsverdreher hier will mir einreden, daß du mich mit meiner Unterschrift aufs Eis gelockt hast! Hier wird Obstruktion getrieben, sage ich dir! Ist dir das klar? Ich frage mich schon die ganze Zeit – und ich frage *dich* jetzt, Ben! –, warum du ihn überhaupt hast kommen lassen! Seit wann brauchst du Rechtsanwälte?«

Auch das noch. Die Maschine rollte bereits zwischen Servicewagen zu ihrem Abstellplatz, Feringer griff nach ihren Mänteln, und O. E. von Goergelen war, wie erschlagen, in seinen Sitz zurückgesunken, preßte die linke Hand auf die Brust und sah aus, als ob er jeden Augenblick einen Herzanfall bekommen könnte. Benjamin Bach fühlte Mitleid mit ihm, denn Goergelen war ein guter Mann, eine Autorität auf seinem Gebiet. Er konnte ihm ja schlecht sagen, daß er vollkommen sinnlos um die halbe Welt und wieder zurück geflogen war, der Arme.

Schon zu Beginn seines Gespräches mit Tschou En-lai, als ihn der Ministerpräsident lakonisch mit der Frage überrumpelte, warum der TALL-Konzern nicht gleich vier Stahlwerke, statt des einen zur Debatte stehenden, für die Volksrepublik bauen wolle, hatte er, um Zeit zu gewinnen, etwas gedankenlos erwidert, daß er einen bestimmten Mitarbeiter in Düsseldorf zur Hand haben müsse, um sofort eine Antwort darauf geben zu können. Aber diesen Tschou und seine Energie hatte er leider unterschätzt – der hatte ihm einen Block hingeschoben: »Schicken Sie ein Telegramm. Er kann übermorgen hier sein.« Und in seiner Verlegenheit hatte Benjamin Bach den erstbesten Namen hingemalt, großer Gott, es hätte ebensogut der seines Chauffeurs sein können, er brauchte wirklich keinen Ratgeber von zu Hause. Doch es war schon zu spät, der Chefsyndikus wurde in Marsch gesetzt, fiel 34 Stunden später halbtot in Peking aus dem Flugzeug, sah sich vor vollendete Tatsachen gestellt, fragte sich, mit Recht, warum er überhaupt geholt worden war, und befand sich, gleich darauf, auch schon wieder auf dem Rückflug, noch einmal 27 Stunden, macht 61, da hätte jeder andere sich bedankt. Wie wenig der Gute begriff, was mit ihm gespielt wurde, ließ sich daran erkennen, daß er trotzdem die ganze Zeit in den Unterlagen geblättert hatte, die englische Übersetzung bemäkelte und düster, zum Beispiel, feststellte, »dieser Mao« hätte nur Absichtserklärungen gegeben, während der TALL-Konzern sich bereits in Terminvorschlägen verstrickt habe. Eine scheußliche Situation. Der Hausjurist hatte eben noch nie in diesem frühen Stadium ein Geschäft – und gewiß keines dieser Größenordnung! – in die Hand bekommen, und der Professor hatte das Problem auch nicht gerade entschärft, als er unterwegs schon vorschlug, »Goergi« möge doch einfach zurückfliegen und die Sache wieder in Ordnung bringen.

»Paß mal auf«, sagte Benjamin Bach, »Herr von Goergelen hat jetzt vier oder fünf Tage, glaube ich, nicht mehr richtig geschlafen. Darum bin ich dafür, daß wir nicht jedes Wort, das er sagt, auf die Goldwaage legen. Und du hast auch einen zuviel intus, Hermann!«

Seit dreißig Jahren hatte der Professor den Namen Hermann praktisch abgelegt; er sah verwirrt aus, als er ihn jetzt hörte, und schrecklich nüchtern. Aber er sagte nichts mehr.

Doch Goergelen brachte es fertig, sich noch einmal aufzurappeln und so penetrant, wie nur Juristen sein können, zu rufen: »Herr Bach, ich warne Sie nachdrücklich, vor die Presse zu treten!«

Die Maschine kam endlich zum Stehen, und niemand hörte mehr auf ihn. Lauter exotische Gestalten erhoben sich in der Ersten Klasse. Feringer wies darauf hin, daß es regnete, und versuchte dem Professor in den Mantel zu helfen.

Benjamin Bach stand schon an der Flugzeugtür, als sie geöffnet wurde. Eine Frau im Sari stellte sich neben ihn und lächelte. Hübsches Kolorit. Er bemerkte, wie ein starker Scheinwerfer aufflammte und dichten Nieselregen aus dem trüben Tageslicht schnitt. Feringer hing ihm den leichten Mantel von Brooks Brothers über, den er in New York gekauft, aber noch nicht getragen hatte. »Links, der Stander von der Tagesschau, sehen Sie?« Sein Atem kitzelte Benjamin Bach im Nacken. »Ich glaube, ich kenne den Reporter ...«

Das war ein junger Mann in einem Parka, der eine lange Mikrofonschnur hinter sich herzog, unter dem Arm einen dünnen Aktendeckel trug und mit der freien Hand winkte.

»Wie heißt er?«

»Moment ...« Feringers Gedächtnis arbeitete.

»Ich würde mich für Goergelen nach einem Arzt umsehen«, sagte Benjamin Bach, »und nehmen Sie ihm die schwere Tasche ab.«

»Er will nicht«, raunte Feringer.

Ein Angestellter der Airline kam mit einem Regenschirm die Treppe heraufgelaufen. »Mister Bach ... ?«

»Lassen Sie das«, sagte Benjamin Bach und schritt rasch an ihm vorüber. Regenschirme machen alt im Fernsehen, da hatte Feringer ganz recht. Zudem hielt die Bräune von Hawaii noch, und der neue

Mantel tat ein übriges, um den TALL-Chef so positiv zur Geltung zu bringen, wie das der Anlaß erforderte.

Benjamin Bach wurde von seinen zahllosen Gegnern immer wieder als »schöner Mann« abqualifiziert, was plump war, aber nicht direkt falsch. Er sah auf eine ungemein überzeugende Weise gut aus, nämlich seriös, und auf den bloßen Anblick hin hätte so leicht niemand sein Alter erraten. Doch einen interessanten Kopf, eine schlanke Figur und Schmisse im Kinn hatten andere auch. Was BB zusätzlich besaß, entzog sich äußerlichen Kriterien, war Charisma, seine Wirkung auf die Menschen, die ihn umgaben, war eine potentielle Überlegenheit, die sich in seinem ganzen Auftreten ausdrückte. Er kam daher, als gehörte ihm alles, worum andere erst kämpfen müssen. Er schien amüsiert, auch wenn er schlechter Laune war, und erweckte stets den Eindruck, jedes erdenkliche Problem auf der Stelle lösen zu können. Vor allem aber konnte Benjamin Bach lächeln, herzlich und menschlich, wie sonst keiner in der Branche.

Mit einem solchen Lächeln ging er auf den Tagesschau-Reporter zu, hörte Feringer hinter sich im Lärm der Düsen »Kettler!« rufen und sagte, auf seine lässige Art, die alle Barrieren sogleich überwand: »Tag, Herr Kettler, Sie haben ja ein Wetterchen in Frankfurt!«

Der Interviewer, verblüfft und hingerissen, fing an zu stottern: »Kennen ... Kennen wir uns ... Woher ...«

»Na, hören Sie, ich seh' doch fern!« behauptete Benjamin Bach. »Darf ich Ihnen Herrn Doktor Feringer vorstellen – wo ist die Kamera?«

Innerhalb von Minuten waren sie von einem Haufen Menschen umgeben. Die Chauffeure der Frankfurter TALL-Niederlassung meldeten sich, gefolgt von einem Dutzend, oder mehr, Flughafenangestellten in weißen Monturen, sämtliche aussteigenden Fluggäste aus Kuwait, Khartum und Kairo schienen neugierig stehenzubleiben, Busse fuhren um sie herum, zwei Paßbeamte drängten sich durch, eine höhere Zollcharge rief, sie werde das Gepäck an Ort und Stelle freimachen, aber jemand müsse es bezeichnen, aus einer anderen Boeing schauten türkische Putzfrauen, und dann rannten, wie Motten vom Scheinwerferlicht angezogen, auch die Journalisten herbei, die an der falschen Stelle gewartet hatten, vorneweg ein Rudel langhaariger Fotografen, das gleich Kommandos gab: »Hierher gucken! – Lächeln! – Winken! – Für mich auch! – Gut so! – Ja, nochmal!«

Benjamin Bach wurde sachte hin und her geschoben, versuchte lachend neben dem Tagesschau-Reporter zu bleiben, verlor Feringer, der ständig »Vorsicht!« rief, hob die Arme wie ein siegreicher Boxer und befand sich schließlich neben der offenen Schiebetür des Fernsehbusses, in dem der Kameramann sich regensicher eingebaut hatte. Hinter ihm bildeten die Journalisten einen Halbkreis, Blitzlichter blendeten ihn, die Fernsehleute schrien »Schluß jetzt!« und »Ruhe, bitte!«, in seinen buschigen Augenbrauen sammelten sich Wassertropfen, und jemand sagte, in die eintretende Stille hinein: »Sieht der aus wie fünfundfünfzig?«

Dann rief einer »Ton ab!« und ein anderer »Kamera läuft!«, eine Scheinwerferdrehung ließ ihn blinzeln, und der Reporter hielt ihm das Mikrofon vor den Mund und fragte, etwas hastig und pauschal: »Herr Bach, Sie kommen von einer Reise um die Welt zurück, die Zeitungen sind voll davon, Sie haben die Volksrepublik China besucht und einen großen Exportabschluß für Ihren Konzern ... äh ... abgeschlossen ...« Er geriet ins Schwimmen und endete kurzerhand: »Dürfen wir mehr erfahren?«

Benjamin Bach hatte aufmerksam zuhörend den Kopf gesenkt und genickt, jetzt hob er ihn und antwortete, mit der Ernsthaftigkeit, die zwanzig bis dreißig Millionen Zuschauer von einem Mann seiner Bedeutung erwarten konnten: »Ja, Herr Kettler, ich komme mit meinen Mitarbeitern von einer langen und sehr erfolgreichen Reise nach China zurück ...« Wandte den Blick von dem Reporter ab und schaute direkt in die Optik der Kamera. » ... auf Einladung, übrigens, des Ministerpräsidenten, Herrn Tschou En-lai, und darf wohl sagen, daß unsere Erwartungen von dem Resultat, das wir mitbringen, weit übertroffen wurden. Wir ...«

Der Reporter unterbrach ihn mit der Standardfrage: »Hatten Sie gegen eine starke ausländische Konkurrenz anzukämpfen, Herr Bach?«

Der TALL-Chef gestattete sich ein bescheidenes Zögern, dann nickte er wieder in die Kamera: »Wie Sie sehr richtig bemerken, Herr Kettler, waren die Verhandlungen in Peking nicht ganz einfach, besonders wegen der starken ausländischen Konkurrenz, die Sie erwähnen, aber ich glaube doch sagen zu können ...« Von den Politikern hatte er gelernt, wie man durch die Wiederholung der gestellten Fragen ein Interview auf die doppelte Sendezeit bringen konnte. Im übrigen hatte es – in diesem besonderen Falle – keinerlei Konkurrenz gegeben, und von Schwierigkeiten hätte nur im Zusammenhang mit

Goergelen die Rede sein können. Aber das ging niemand etwas an.

»Man spricht vom größten Exportgeschäft in der Geschichte des Tall-Konzerns«, sagte der Reporter. »Oder ist das übertrieben?«

»Das ist untertrieben, würde ich sagen, denn ich stehe nicht an, zu behaupten, daß wir das größte Exportgeschäft in der Geschichte der Bundesrepublik überhaupt nach Hause gebracht haben ...« Hinter ihm drängten die anderen Journalisten, sie hatten Feringers Kommuniqué schon in der Hand, und einer, der etwas davon zu verstehen schien, rief: »Vier Stahlwerke? Wie werden Sie das finanzieren, Herr Bach?«

»Sie hören die Frage Ihres Kollegen«, sagte Benjamin Bach schnell, bevor der Tagesschau-Mensch ihn unterbrechen konnte, »die Frage der Finanzierung. Nun, auch da bringe ich Ihnen vielleicht eine Neuigkeit mit – die Volksrepublik China wird *bar* bezahlen ...«

Von drei verschiedenen Seiten wurde gleichzeitig gerufen: »Drei Milliarden? ... Drei Milliarden??« Benjamin Bach erkannte den FAZ-Vertreter und setzte zu einer Erklärung an. Und da stellte Kettler endlich die richtige Frage: »Das hört man gern, Herr Bach, aber rechnen Sie damit, daß auch die Bundesregierung vielleicht mit Bürgschaften ... Sie wissen«, unterbrach er sich selbst, »daß zwischen der chinesischen Volksrepublik und der Bundesrepublik keinerlei diplomatische Beziehungen bestehen ...«

»Aber wirtschaftliche«, antwortete Benjamin Bach ruhig. »Was nun Ihre Frage angeht, so ist dazu zu sagen, daß Bürgschaften für Ausfuhren in Ostblockländer seit vielen Jahren durch ein Bundesgesetz geregelt sind ...« In unmittelbarer Nähe fingen die Düsen einer startklaren BOAC an zu heulen, und er mußte seine Stimme heben, um noch verstanden zu werden. »Aber das wird in diesem Falle eine untergeordnete Rolle spielen, zumal sich die Lieferung und Montage von vier Stahlwerken ja nicht in ein paar Wochen oder Monaten durchführen läßt ...«

Der Tonmann winkte ab, es war nichts mehr zu verstehen. Ein paar Journalisten versuchten ihm schreiend weitere Fragen zu stellen, und wieder hörte Benjamin Bach das Wort »Finanzierung« heraus. Er lächelte und zuckte die Achseln.

Feringer schüttelte im Hintergrund dem Zollbeamten die Hand. Der eine Mercedes fuhr mit dem Gepäck los, der andere wartete noch. Goergelen und der Professor waren schon nicht mehr zu sehen.

»Was sagen Sie zu IOS?« fragte ein forscher junger Mann, als der Düsenlärm abebbte.

Benjamin Bach spürte seine Müdigkeit zurückkehren. Bernie Cornfeld, dachte er, du lieber Himmel, der bekam wahrscheinlich auch noch Geld von ihnen, hoffentlich hatte Faber etwas machen können. Und er hörte sich antworten: »Die sollen doch gerettet sein, habe ich gelesen – auf jeden Fall drückt so etwas auf die Börse ...«

Der Fernsehreporter übernahm wieder das Kommando. »Vielleicht noch eine Frage, Herr Bach, wie Sie die Zukunft sehen. Erwarten Sie, daß auch andere deutsche Firmen Ihrem Beispiel folgen werden?«

Hören Sie, Mann, hätte er am liebsten geantwortet, wieso kommen Sie so unvorbereitet hierher? Wissen Sie nicht, daß die deutsche Wirtschaft längst für eine Milliarde jährlich mit Rotchina Handel treibt?

Der Kameramann regte sich über das Licht auf, der Reporter schimpfte über die Technik, und während der Star wartete, rief der junge Mann, dem IOS am Herzen lag: »Glauben Sie, Herr Bach, daß auch Tall unter der Börse zu leiden hat?«

Erst verstand er nicht, was gemeint war, dann wurde er ironisch: »Tall ist nicht an der Börse zu haben, junger Freund!« Ein paar Journalisten lachten, und er merkte, daß er sich mit einem Fotografen eingelassen hatte. Was noch zu sagen war, sprach er herunter, ohne nachzudenken; es war das, was er im Schlaf beherrschte und den Zeitungsleuten seit zwanzig Jahren erzählte: »Die Industrie muß der Politik immer um einen Schritt voraus sein.«

Die Telefondrähte würden glühen an diesem Sonntagabend in Deutschland. Der olle Fritz Berg vom Bundesverband der Industrie würde Ehmke gleich für Montag früh um einen Termin beim Kanzler bitten, und der würde die Angelegenheit auf Schiller und Möller abwälzen. Schillers Staatssekretär würde Möllers Staatssekretär anrufen und klarstellen, daß der Bundeswirtschaftsminister von diesem Alleingang des TALL-Chefs nichts gewußt habe, und der Finanzminister würde noch einmal bekräftigen, daß der Bund für Rotchinaexporte zur Zeit keine Bürgschaften übernehmen könne. Dann würde jeder mit Karl Klasen von der Bundesbank telefonieren, der versuchen würde, Abs zu erreichen, und alle würden insgeheim bedauern, daß Adenauer nicht mehr lebte, der die richtige Art gehabt hatte, mit einem Burschen wie Bach fertig zu werden.

Der Gedanke an die Politiker amüsierte Benjamin Bach noch, als das Interview längst zu Ende war und er mit Feringer, an gigantischen Baustellen vorbei, die gelbe Leitlinie entlangrollte, die den Weg zu ihrem zweistrahligen Aero-Commander wies. Nun waren die Würfel gefallen, die Katze war aus dem Sack, und er fühlte seine alte Streitlust wie Adrenalin in den Adern kribbeln. Nun bedauerte er beinahe, nicht in einer blutroten Boeing zurückgekommen zu sein, mit einem großen gelben Mao-Kopf am Rumpf und chinesischen Schriftzeichen – das hätte erst den richtigen Effekt gemacht in Bonn! Er verachtete Politiker. Sie waren notwendig, aber es gab keinen Grund, sich für sie zu begeistern.

»Das sind so die Interviews im Fernsehen!« spottete sein Assistent. »Aber was ich gehört habe, klang nicht schlecht, Herr Bach.« Vielleicht glaubte Feringer, ihn trösten zu müssen. Er saß neben dem Chauffeur und verstaute eine dünne blaue Akte in seinem Köfferchen.

»Was haben Sie da?«

»Ach«, sagte Feringer, »das gehört eigentlich diesem Kettler ...« Er zeigte ihm die Akte, es war Archivmaterial des Hessischen Rundfunks über den TALL-Chef. »Ich habe es ihm abgenommen, weil er die Hände so voll hatte. Werde es ihm mit der Post zurückschikken ...«

Benjamin Bach grinste, schlug den Deckel auf und las, daß er von einem Dorfschmied in der Altmark abstamme, nur Volksschüler gewesen sei, doch mit zwanzig Jahren schon Filialleiter einer Raiffeisenkasse, und es im Krieg bis zum Obermaat einer Minensuchflottille gebracht habe. Und auf einmal spürte er den Juckreiz in der Nase, auf den er schon so lange wartete, riß das Taschentuch heraus und sah, im gleichen Augenblick, eine Ambulanz mit Blaulicht vor dem TALL-Jet stehen.

»Ich habe dem Flughafenarzt Bescheid sagen lassen«, erklärte Feringer bestürzt. »Aber daß die gleich ...«

Sich schneuzend, rief Benjamin Bach dem Chauffeur zu: »Laß sie nicht wegfahren! Stell dich davor!«

Es war nicht nötig, der Unfallarzt befand sich noch in der Maschine, und der Professor hatte die wichtige Aktentasche schon an sich gebracht.

»Du machst vielleicht einen Wirbel!« rief er, als Benjamin Bach die kleine Einsteigtreppe heraufhastete.

Der Aero-Commander war als Achtsitzer eingerichtet, mit einem schmalen Konferenztisch in der Mitte, auf dem der Justitiar saß, sich das Hemd gerade zuknöpfte und unwirsch erklärte: »Ich fliege nach Hause, und damit basta!«

»Das werden wir noch sehen«, sagte Benjamin Bach, trat rasch noch einmal zur Luke, drängte die lustige kleine Boese zur Seite, ihre Stewardeß, die heute gar nicht lustig wirkte, und warf sein Taschentuch aus dem Flugzeug.

Draußen machte ein Sanitäter: »Hööö-j!«

»So, Boeschen«, sagte Bach, »und jetzt schnell einen großen Kasten Kleenex!« Dann wandte er sich an den jungen Mann in Weiß, der Goergelen untersucht hatte. »Wie geht es unserem Freund, Doktor?«

»Mit solchen Mätzchen«, rief Goergelen aufgebracht, »werden Sie mich nicht ...«

»Halten Sie jetzt endlich den Mund!« fuhr ihn Benjamin Bach an. »Sie haben mich bereits angesteckt, und in der anderen Maschine eben hatten Sie einen Herzanfall!«

»Was ... ???« schrie der Chefsyndikus.

»Bitte, meine Herren!« sagte der junge Arzt. »Aufregung schadet bekanntlich nur. Ich habe Herrn ... eh ... vorgeschlagen, nicht weiterzufliegen. Er macht einen erschöpften Eindruck, der periphere Puls ist eher schwach, die Herzfrequenz erhöht, für eine genauere Untersuchung ...«

»Das genügt«, unterbrach ihn Benjamin Bach. Er sah den ersten Piloten an, der in der Tür zum Cockpit stand. »Was sagen Sie, Cramer? Sie haben ja schließlich die Verantwortung an Bord! Wenn Herrn von Goergelen unterwegs was passiert, sind Sie dran!«

Das gab den Ausschlag. Der so arg strapazierte dicke Mann mußte den kleinen Jet verlassen, lehnte aber die Ambulanz ab und verschwand, ohne sich zu verabschieden, mit einem der Firmenwagen. Die kleine Boese bestäubte die Zurückbleibenden, auf Wunsch BBs, mit einem Fichtennadelspray, bis alle im Nebel saßen und auch Feringer niesen mußte. Der Pilot machte, daß er wegkam, und der Professor knabberte trockene Kekse, ließ sich einen Fernet Branca servieren und fragte Benjamin Bach, als sie sich endlich wieder in die Luft erhoben hatten: »Warum das alles? Das war unnötig und ...«

»Er hat mich schon angesteckt!«

»... höchst abscheulich von dir, Ben.«

»Wenn du mir mit deinem ›unnötig und höchst abscheulich‹ kommst, fällt mir immer Summers ein!«

»Wer ... ?«

»Schon gut.«

»Ich verstehe nicht ...«

»Trink noch einen, Professor.«

Geoffrey Summers war der Mann, den der alte Theodor Tall sich in den ersten Nachkriegsjahren als Nachfolger eingebildet hatte. Ein Deutschengländer, wie es damals hieß, aber eigentlich ein Engländer, der Deutsch sprach, weil er eine deutsche Mutter hatte. Er galt mit seinen 36 Jahren als Wunderknabe des englischen Waffenkonzerns Vickers Armstrong, war in den Kriegsjahren durch sein dynamisches Auftreten und die Effektivität seiner unkonventionellen Ideen populär geworden, und die Tatsache, daß deutsche Anwälte ihn als Sachverständigen nach Düsseldorf holten, wo Theodor Tall vor einem Restitution Court der englischen Besatzungsmacht um seinen beschlagnahmten Konzern kämpfte, wurde selbst von den Siegern damals positiv bewertet. Aber schon im ersten jener acht Prozesse, die als das »TALL-Wunder« in die Annalen der alliierten Nachkriegsjustiz eingingen, erregten die Gutachten von Summers ungeheures Aufsehen in der Welt der Sieger, weil sie den deutschen Industriellen in allen Punkten entlasteten und damit den Weg zu den folgenden Prozessen ebneten, in denen Theodor Tall seinen riesigen Besitz, Stück für Stück, zurückbekam. Er war zwar im Krieg noch »Wehrwirtschaftsführer« geworden, galt jedoch, im Gegensatz zu den Thyssen, Kirdorf und Krupp, nicht als Förderer Hitlers aus der Zeit vor seiner Machtübernahme – dies und sein schlechter Gesundheitszustand, wie vielleicht auch die Aussagen seines alten jüdischen Freundes Rasser, hatten Theodor Tall das Nürnberger Tribunal erspart.

Obwohl es Stimmen gab, die Summers' Gutachten als einen exemplarischen Fall von Fairneß bezeichneten, geriet der englische Sachverständige bald ins Zwielicht. Einige Zeitungen hatten Wind davon bekommen, daß Vickers Armstrong nicht mehr mit seiner Rückkehr rechnete, andere, wie der »Daily Express«, verdächtigten ihn sogar dubioser Schwarzmarktgeschäfte mit Armee-Eigentum, und ein Artikel in der »New York Times« ließ durchblicken, daß Summers, der sich auf Schloß Wellmenich bei Wesel am Niederrhein eingerichtet hatte, offenbar auch andere deutsche Industrielle berate und dazu einen eigenen Stab von Mitarbeitern unterhalte. Schließlich kam es zu einer Anfrage im Unterhaus, und der Befehlshaber der britischen Rheinarmee entzog Geoffrey Summers den Paß und forderte ihn auf, nach England zurückzukehren.

Zu diesem Zeitpunkt, Anfang 1948, war der dankbare TALL-Inhaber sich mit seinem Sachverständigen längst einig. Er fühlte sich alt und krank, von einer ebenso zahlreichen wie habgierigen Verwandtschaft umstellt, ohne eigenen Nachwuchs, vom Zusammenbruch demoralisiert, den Anforderungen eines totalen Neubeginns nicht mehr gewachsen und fasziniert, anderseits, von den weltweiten Möglichkeiten der Sieger, denen er zutraute, daß sie Deutschland, oder was von ihm übriggeblieben war, noch Jahrzehnte nach den Prinzipien des Morgenthau-Plans dahinvegetieren lassen würden. In einem Mann wie dem cleveren Geoffrey Summers, der aus dem Lager der Sieger kam, für ihn jedoch kein »richtiger Engländer« war, sah Theodor Tall die einzige Chance, sein Lebenswerk und das seiner Väter in das neue Zeitalter hinüberzuretten. Von der Dankbarkeit, die er ihm schuldete, ganz zu schweigen. Also ging Summers – schon informiert, wahrscheinlich, über die bevorstehende Währungsreform – mit einem Vertrag nach England zurück, der ihm Befehlsgewalt über den traditionsreichen deutschen Konzern zusicherte, und begann seine Beziehungen in London spielen zu lassen, um legal seine Rückkehr nach Deutschland vorzubereiten.

Durch Summers war Benjamin Bach, ein junger Mann, damals, von 33 Jahren, zu Theodor Tall und Professor Rasser gekommen. In der Gefangenschaft hatte er sein Sprachentalent entwickelt – bis Ende 1947 säuberte seine Flottille in den alten deutschen Uniformen und Rangabzeichen, doch unter englischem Befehl, die Nordsee von den Minen, die sie selbst gelegt hatte – und war dann Dolmetscher und bald eine unersetzliche Hilfskraft in der Registratur des britischen Hauptquartiers in Bad Oeynhausen geworden. Als Summers ihn dort »entdeckt« und mit 20 000 Reichsmark zu gewissen Überstunden verpflichtet hatte, trainierte er nebenbei gerade eine Fußballmannschaft der »Gordon Highlanders« – so war das Gerücht entstanden, Th. Tall habe ihn auf einem Fußballfeld gefunden.

Dem alten Tall, und noch mehr dem Professor, gefiel der selbstsichere junge Mann auf Anhieb. Sie sahen in ihm einen Vertrauten Geoffrey Summers', richteten ihm ein Büro ein und drängten ihn, sich in Abendkursen auf ein betriebswirtschaftliches Studium vorzubereiten. Doch dazu kam es nie, weil die Währungsreform sie überraschte und alle zum Handeln zwang. Die zerstörten und demontierten, mit der Fabrikation von Kochtöpfen und Rollstühlen zweckentfremdeten TALL-Werke hatten, über Nacht, wieder große Aufträge und suchten verzweifelt nach Rohstoffen. Und Benjamin Bach verstand sich nützlich zu machen, indem er, mit Koffern voll neuem Geld, beim Bizonen-Wirtschaftsrat in Frankfurt antichambrierte und, zum Beispiel, riesige Mengen Schrott aus Belgien, die eigentlich in die Sowjetzone deklariert waren, in die TALL-Schmelzen umleitete. Natürlich verstieß nahezu alles, was er sich einfallen ließ, gegen irgendwelche alliierte Vorschriften, und das Direktorium des Konzerns, das sich aus früh gealterten Herren zusammensetzte, die nach 1945 alle mehr oder weniger lange eingesperrt gewesen waren, sah sich schon wieder mit einem Bein im Gefängnis und bemühte sich angestrengt, ihn loszuwerden. Doch Theodor Tall hatte schnell einen Narren an diesem tüchtigen jungen Mann gefressen, der den Mut aufbrachte, seine Einfälle auch zu realisieren. Für ihn war der Name Benjamin Bach bereits synonym mit dem Namen Summers, gegen den sich anscheinend sämtliche alliierten Militärbefehlshaber verschworen hatten und der darum immer noch auf sich warten ließ.

Ende des Jahres 1948 riskierte Theodor Tall einen Aufstand seiner Direktoren und ernannte Benjamin Bach, auf Vorschlag des fernen Summers und lebhaft unterstützt von Professor Rasser, zum Rohstoffbeauftragten des Gesamtkonzerns. Eine Direktoriumssitzung bei TALL hörte sich damals schon etwa so an:

»Wir könnten die gesamte Reichsbahnreparatur haben, wenn wir unsere geplünderten Werke in Kassel und Nürnberg mit Werkzeugmaschinen ausstatten könnten«, sagte einer der Herren vergrämt.

»Wieviel Werkzeugmaschinen sind das?« erkundigte sich Benjamin Bach. »Und wieviel bringt der Reichsbahnauftrag?«

»Etwa sechshundert«, lautete die Antwort, »und die würden uns ebenso viele Millionen bringen – neue D-Mark!«

»Im Jahr?«

Und Benjamin Bach bemühte einen Freund vom Allied Travel Board und fuhr mit dem Nachtzug nach Göteborg, dirigierte den einzigen Frachter, der von den 27 Schiffen der TALL-Reederei noch übriggeblieben war, nach Schweden und brachte, im Laufe von vier Monaten, 600 nagelneue Werkzeugmaschinen nach Hause. TALL bekam den Reichsbahnauftrag, stellte 3000 neue Arbeiter ein und stand wieder etwas besser da – aber die Schweden behielten am Ende den Frachter, 9250 Bruttoregistertonnen, Baujahr 1938, und überzahlt worden waren die Werkzeugmaschinen außerdem. Es gab eine aufgeregte Sitzung in Düsseldorf, in der nach dem Staatsanwalt gerufen wurde. Theodor Tall kneippte in Wörishofen, und der Professor forderte, in seiner Vertretung, Benjamin Bach zu einer Erklärung auf. Er war besorgt und ließ erkennen, daß sein Schützling diesmal wohl zu weit gegangen war.

»Warum, glauben Sie, haben die Schweden ausgerechnet uns ein halbes Jahreskontingent außer der Reihe geliefert?« herrschte der junge Mann die alten Herren an. »Weil ich ihnen das Schiffchen versprochen habe – sie brauchten dringend Frachtkapazität, na und?«

»Unseren letzten Frachter!« schrien die Direktoren.

»Scheiße«, antwortete Benjamin Bach. »Mit dem einen ollen Kahn ist uns sowieso nicht gedient. Ich schlage vor, die Reederei jetzt, mangels Masse, zu schließen und mit dem Geld, das wir einsparen ...«

Es gab Tumulte, aber zuletzt behielt er mit seinen unverfrorenen Argumenten die Oberhand.

Geoffrey Summers, der fast jeden Tag lange Ferngespräche führte, war sehr zufrieden mit »seinem« jungen Mann. Er glaubte zu wissen, daß die drei Westzonen noch 1949 ein selbständiger Staat werden würden, »und dann kann mich das Home Office mal gern haben! Dann stellen mir die Deutschen einen Paß aus, und ich bin schon da. Keep your eyes open, old boy!«

Mit diesem Ausruf schloß jedes Telefongespräch, und Benjamin Bach hielt die Augen offen und baute seine Stellung so aus, daß von dem designierten Nachfolger Theodor Talls immer weniger gesprochen wurde. Das ging so weit, daß der alte Herr sich schon verleugnen ließ, wenn der tägliche Anruf aus London kam. Für den strahlenden und stets gute Laune verbreitenden Benjamin Bach hingegen war er auch nachts zu sprechen.

Im September konstituierte sich die Bundesrepublik, der letzte der großen TALL-Prozesse wurde ausgesetzt, und Geoffrey Summers ließ sich von Tall schon eine prächtige alte Villa am Düsseldorfer Hofgarten kaufen, aber die Engländer machten immer noch Einwände geltend, was seine Rückkehr nach Deutschland betraf. Der Professor wurde in dieser Angelegenheit sogar bei Adenauer vorstellig, den er persönlich recht gut kannte, doch als er aus Rhöndorf zurückkam und Benjamin Bach ihn fragte, wann nun mit Summers zu rechnen sei, gab er eine ausweichende Antwort.

Unter vier Augen waren der Professor und Theodor Tall sich inzwischen klar darüber geworden, daß ihrer Idee, den »Deutschengländer« zum Nachfolger zu machen, von einer besseren Idee der Rang abgelaufen worden war, und die hieß Benjamin Bach. Er war als Rohstoffbeschaffer zum wichtigsten Mann überhaupt geworden, hatte seine Aktivitäten auch auf andere Konzernprobleme ausgedehnt und sich bereits eine Hausmacht jüngerer Mitarbeiter zugelegt, die überall in den rund 200 Erz- und Kohlengruben, den Stahl- und Hüttenwerken, Maschinenfabriken, Werften, Chemiebetrieben, Bau- und Handelsgesellschaften, und was sonst noch alles zu TALL gehörte, saßen. Im Gegensatz zu seinen Kollegen im Direktorium, die manchen Konzernbetrieb zuletzt vor dem Krieg besucht hatten, war Benjamin Bach dauernd unterwegs, begeisterte sich an »grenzenlosen Möglichkeiten« und sprühte gerade dort vor Einfällen, wo die anderen nur hoffnungslose Verschuldung und Berge von Trümmern sahen. Irgendwann gestand er dem Professor, der sich über seine sprunghaft wachsenden Kenntnisse wunderte, daß er, als er Summers kennenlernte, noch geglaubt habe, eine Milliarde, das seien hundert Millionen. »Ich schwöre Ihnen, auf der Raiffeisenkasse in Löskat bei Stendal sind solche Summen nie zur Sprache gekommen, Herr Professor!«

Langsam bekam Geoffrey Summers selbst in London mit, daß der Wind aus Düsseldorf sich gedreht hatte und ihm ins Gesicht blies. Und es war denn auch Summers, der Benjamin Bach mitteilte, daß neuerdings nicht mehr er als der Nachfolger gelte. »Mein kleiner Benjamin«, sagte der große Mann am Telefon, »ich breche dir jeden Knochen einzeln, wenn sich herausstellen sollte, daß du gegen mich intrigiert hast – last but not least habe ich einen wasserdichten Vertrag. Vergiß das nicht!« Heute klang das alles unglaublich. Benjamin Bach hatte wirklich nicht daran gedacht, seinen Förderer auszubooten, schon aus Zeitmangel nicht. Er ließ sich bei Theodor Tall melden und verlangte Aufklärung. Und da hörte er dann, wovon er selbst nie zu träumen gewagt hätte, aber er merkte auch, wie sehr der alte Mann unter der Situation litt, in die er sich da hineinmanövriert hatte. »Wenn Sie mich haben wollen«, sagte er in seiner direkten Art, »dann bedanke ich mich für das Vertrauen und verspreche Ihnen, aus dem Konzern wieder etwas zu machen. Aber tun Sie mir bloß einen Gefallen, Herr Tall, und schreiben Sie Summers einen Brief. Das mit dem Vertrag wird sich regeln lassen. Ich mag solche Unklarheiten nicht.« Theodor Tall versprach alles.

Am 1. Juni 1950 wurde Benjamin Bach zum Generaldirektor ernannt, Professor Hermann Rasser zum Bevollmächtigten Th. Talls und seiner Erben, im Januar 1951 starb der letzte Tall, und vier Wochen später hatte der Nachfolger einen Millionenprozeß von Geoffrey Summers am Hals. Es stellte sich heraus, daß weder Theodor Tall noch der Professor je den Nerv gehabt hatten, dem »Deutschengländer« abzuschreiben, im Gegenteil: Als Summers im Frühjahr 1950 in einem Brief an Tall ankündigte, er werde seine englische Staatsbürgerschaft nun aufgeben und um die deutsche nachsuchen, hatten die alten Herren ihm zu verstehen gegeben, der Chefsessel stehe nach wie vor bereit, gleichzeitig aber ihren ganzen Einfluß in Bonn aufgeboten, um seine Einbürgerung zu verhindern – was ihnen auch gelungen war. Und die ganze Zeit hatten sie nur eine Sorge: Benjamin Bach aus der Affäre herauszuhalten.

Das war die Geschichte mit Summers. Sie hatte den Konzern ein paar Millionen gekostet und war »unnötig und abscheulich«. Wie diese dämliche Reise von Goergelen nach Peking und zurück ... Aber solche Pannen würde es immer geben, das wußte auch der Professor. Er sollte, auf seine alten Tage, nicht noch anfangen zu heucheln. Je erdrückender die Verantwortung für viele auf einem einzelnen lastete, um so geringer wurden die Aussichten auf individuelle Rücksichtnahmen. Das war die älteste Generalstabserfahrung; ihre Konsequenzen ergaben sich, bei diesen Maßstäben, zwangsläufig. Man konnte es bedauern, aber nicht verhindern. An seiner Toilettentür, zu Hause in Düsseldorf, hingen zwei Sprüche: »Der Preis der Größe heißt Verantwortung« von Churchill und »Die Scheu vor der Verantwortung ist eine Krankheit unserer Zeit«, Bismarck. Benjamin Bach war in beide verliebt.

Der Co-Pilot kam nach hinten, flüsterte mit Feringer, und der beugte sich zurück und sagte: »Tut mir leid, Sir, aber der Tower in Düsseldorf meldet, daß das ZDF aufgebaut hat und das Vorfeld von Journaille wimmelt. Herr Brawand vom ›Spiegel‹ ...«

»Nein«, sagte Benjamin Bach, ohne die Augen zu öffnen.

»Auch das ZDF nicht?«

»Nein.«

Wieder flüsterten sie, dann schlug Feringer vor: »Wir könnten, ohne Anflugkontrolle, auf dem Werkflugplatz in Büderich landen. Da ist zwar heute niemand, aber die untere Sichtgrenze reicht aus ...«

»Na also«, sagte Benjamin Bach, »dann macht mal schön, daß wir unbehelligt nach Hause kommen.«

Fünf Minuten später fiel ihm etwas ein, und er rief: »Doktorleben ?«

Und als die kleine Boese den Dr. Feringer aus dem Cockpit geholt hatte, wo er den Anflug auf Büderich beobachten wollte, sagte Benjamin Bach: »Vielleicht rufen Sie doch nochmal Faber an, schöne Grüße und so, ich läge schon im Bett und ob es ihm was ausmachen würde, morgen früh um sieben mit mir zu frühstücken ...«

»Sehr gut«, sagte Feringer. »Herr von Goergelen wird ihn bestimmt heute noch aufsuchen.«

»Eben. Faber soll mal zu mir nach Hause kommen, das ist besser. Wann haben wir die anderen?«

»Um zehn, aber ich würde vorschlagen ...«

»Gitta soll sie für neun bestellen.«

»Sehr gut«, sagte Feringer wieder.

»Danke, Doktor. Und ...« Benjamin Bach zögerte, er wollte seinem aufgeweckten jungen Mann gerne sagen, daß es ihm Spaß gemacht habe, um die Welt mit ihm zu reisen, und daß er es zu schätzen wisse, einen halbwegs intelligenten und sensiblen Menschen um sich zu haben, nach all den Reinfällen, die er mit früheren Assistenten erlebt hatte, aber dann fand er, Feringer verstehe auch so, was gemeint sei, und sagte nur: » ... war hübsch, die Reise, nicht?«

»Phantastisch, Herr Bach!« Feringer klang begeistert.

In Büderich, dem kleinen Werkflugplatz auf der anderen Rheinseite, der zu einer Elektronik-Firma des Konzerns gehörte und für Düsenmaschinen eigentlich nicht zugelassen war, standen sie dann eine Viertelstunde im Regen herum, weil ihre Wagen in Lohausen warteten, und der Professor stützte sich schwer auf die Schulter seines Generaldirektors und sinnierte: »Summers ... Wie kommst du bloß auf Summers ... Ich hatte den Namen schon vergessen ...«

»Komm doch mit nach Hause«, schlug Benjamin Bach vor. »Dede freut sich bestimmt wahnsinnig, sie hat doch keine Ahnung, daß du mit auf der Reise warst, Professor!«

Aber der alte Mann, so sehr er Heidede Bach liebte, bestand darauf, in seinem eigenen Bett zu schlafen. Er gähnte schon wieder fürchterlich und verlautbarte, daß er gleich morgen früh nach Bühler Höhe gehen werde, er sei absolut sanatoriumsreif.

Es war schon drei Uhr vorbei, als der Wagen, der Benjamin Bach nach Hause brachte, in die kleine Sackgasse einbog, die von der Poensgenallee in Düsseldorf-Grafenberg abging und nur zu einem einzigen Gebäude führte, einer dicht von Efeu umwachsenen 12-Zimmer-Villa im Bauhaus-Stil der zwanziger Jahre. Noch lange nach dem Krieg war diese Gegend hinter dem Staufenplatz, die »Schöne Aussicht« hieß, das beste Wohnviertel der Stadt gewesen, doch in den letzten Jahren hatten die Spekulanten auch hier eine ganze Anzahl alter Villen aus den Gründerjahren aufgekauft, abgerissen und teure Appartementblocks mit Eigentumswohnungen auf den großen Grundstücken errichtet. Wo vor fünf Jahren noch stille breite Alleen Spaziergänger anlockten, standen heute die blechernen Statussymbole von Ford, Opel und Mercedes Stoßstange an Stoßstange zwischen den alten Bäumen, und Benjamin Bach fragte sich jedesmal, wenn er daran vorbeifuhr, wo, um alles in der Welt, diese vielen Menschen wohnten, die hier ihre Autos abstellten. Vielleicht sollte man doch einen Hubschrauberlandeplatz auf dem Dach des TALL-Verwaltungsgebäudes am Rheinufer installieren und sich irgendwo im Sauerland oder in der Eifel noch einmal ein Haus bauen, einen Alterssitz; seit er die Fünfzig überschritten hatte, merkte er immer deutlicher, was ihn an der Menschheit zunehmend verdroß: es gab zu viele Menschen. Und keiner dachte daran, die weißen Stellen auf der Landkarte auszufüllen, jeder schien nur Düsseldorf im Sinn zu haben, pfui Teufel.

Feringer hatte es sich nicht nehmen lassen, den Chef bis nach Hause zu begleiten. Die Folge davon war, daß BB ihn, als sie in die Tiefgarage hinabfuhren, ebenfalls für den nächsten Morgen zu sich bestellte. »Kommen Sie um acht«, sagte er. »Ich habe das Gefühl, Gitta hat mir eine Menge Post auf den Schreibtisch gelegt. Dann können Sie sich das Wichtigste gleich unter den Arm klemmen.«

In der Garage stand, neben Dedes Mercedes, ein Porsche Targa mit Opladener Nummer, und an der Eisentür zum Hausinneren wartete der alte Butler Josef Rösgen, den Theodor Tall im Krieg vom Wehrdienst hatte freistellen lassen, um ihn als Silberputzer zu beschäftigen. Er strahlte über seine Rotweinbäckchen und rief aufgeregt: »Willkommen in der Heimat, Herr Bach!«

»Nanana«, machte Benjamin Bach, »du tust ja gerade, als ob ich verschollen gewesen wäre, Jupp.« Er ließ sich die Hand schütteln und deutete auf den Porsche. »Ich sehe, wir haben schon wieder Besuch ...«

Jupp übernahm die 22-Pfund-Aktentasche von Feringer und verriet, was kein Geheimnis mehr war: »Die junge Frau ist bei der gnädigen Frau!«

Benjamin Bach winkte Feringer zum Abschied zu und stieg die Treppe hinauf. Er hätte es vorgezogen, heute mal allein mit Dede zu sein. Seine Tochter Solveig war seit einem halben Jahr verheiratet, etwas Hals über Kopf und ein bißchen früh auch, mit achtzehn, und sicher war er nicht ganz unschuldig daran, wenn er an Pontresina dachte, aber seitdem sie selbständig war und in Opladen wohnte, kam es ihm so vor, als säße sie mehr bei ihrer Mutter herum als während ihrer ganzen Schulzeit. War wohl ein großer Irrtum gewesen, das Ganze – na, auf das Geständnis freute er sich schon. Aber nicht heute, meine Damen, und auch nicht morgen.

»Jemand zu Hause?« brüllte er, noch bevor er die Halle erreicht hatte. Sie hatten das angeblich gern, seine beiden »Weiber«, wenn er sich wie ein Wilder aufführte. Es war angenehm warm in der Halle, im Kamin prasselten ein paar dicke Scheite, in der Luft hing ein Hauch von Dedes Parfüm, und die Teppiche schluckten seine Schritte.

»Dedchen!«

Seine Frau saß, wie immer, wenn er nach längerer Abwesenheit heimkehrte, auf der breiten Treppe, die in die oberen Räume führte, lächelte ihm entgegen und glühte vor Wiedersehensfreude. Diese stumme Intensität ihres Gefühls überraschte ihn jedesmal aufs neue und setzte ihn in Verlegenheit. Ihm zuliebe hatte sie das kastanienbraune Haar glatt nach hinten gekämmt, was ihre schmale Kopfform noch schmaler und ihre großen, braunen Augen noch größer machte, und sie brachte es auch diesmal wieder fertig, wie ein junges Mädchen zu erröten – im zweiundzwanzigsten Jahr ihrer Ehe! Er fühlte sich überschätzt, wenn sie ihn so ansah, und von der schmerzlichen Erwartung in ihren Augen durchschaut, und wie so oft dachte er auch heute wieder: Du solltest besser wissen, mit wem du verheiratet bist, du komische Mandalerin, du!

Sie stammte aus Mandal, dem südlichsten Städtchen Norwegens, bei Kristiansand, und hatte ihn, in einer kalten Aprilnacht 1940, mit leeren Bierflaschen bombardiert, als er ihr Haus betreten wollte, der erste deutsche Soldat, wahrscheinlich, der in Norwegen an Land gegangen war, und ganz gewiß der erfolgreichste der Eroberer, wenn er sie so ansah. Die acht Jahre als Kollaborateurin, die sie bis 1948 auszustehen hatte, waren eine Erinnerung, die sie wohl nie wieder loswerden würde. Auch ihn belastete sie heute noch.

Nach einer turbulenten Stunde im Haus des Kaufmanns Hjort war er bei Morgengrauen wieder an Bord gegangen, er gehörte zur 2. Schnellbootflottille damals und mußte deutsche Radfahrerpatrouillen vom Kreuzer »Karlsruhe« übernehmen und in Kristiansand an Land setzen. Am Abend desselben Tages – unvergeßlicher, entsetzlicher 9. April! – war es seinem Flottillenchef eingefallen, sein Boot noch einmal nach Mandal zu schicken, und er hatte sich, auf der Suche nach der braunäugigen »Kratzbürste« mit den langen, schlanken, braungebrannten Beinen, ein paar Minuten von seiner Einheit entfernt und war für 24 Stunden in norwegische Gefangenschaft geraten. In Südnorwegen war er sicher der einzige deutsche Gefangene, und weil er diesen Feldzug ohnehin nicht sehr ernst nahm, hatte er einem Vernehmungsoffizier erklärt, er sei nur wegen der 18jährigen Kaufmannstochter gekommen. Wie hätte er von der Agentenhysterie etwas ahnen können, von der Angst vor einer »Fünften Kolonne«, die in diesen Tagen der überfallartigen Besetzung Norwegens unter der Bevölkerung grassierte. Das Mädchen mit dem komischen Namen Heidede wurde ihm gegenübergestellt, und er stürzte sie lachend ins Unglück, indem er, ein hübscher, verwegener Seemann von 25 Jahren, steif und fest behauptete, sie sei seine »alte Liebe«. Sie hatte ihm ins Gesicht geschlagen, als er sie, vor den Bajonetten der Bewacher, in die Arme riß. Kurz darauf hatten ihn die deutschen Radfahrer befreit, und er war wegen »unerlaubter Entfernung von der Truppe« dreißig Tage in den Bau gewandert – ein stolzer Preis für ein Späßchen mit einem norwegischen Mädchen, so was vergaß man nicht so schnell, besonders wenn man anschließend zur Bewährung auf ein Minenräumboot versetzt wurde.

Im September 1940 – Frankreich war schon gefallen – hatte er den ersten Heimaturlaub bekommen, ihn jedoch mehr bei einer zahnärztlichen Assistentin in Berlin als bei Muttern in Löskat verbracht. Als er merkte, daß ihn die Wartezimmerliebe langweilte und immer noch acht Tage Urlaub zur Verfügung standen, war er nach Cuxhaven zurückgefahren und hatte sich eine Kurierreise nach Kristiansand besorgt. Dort angekommen, ließen sie ihn nicht an Land, der Marschbefehl war versehentlich nach Kristiansund ausgestellt worden, eine viel größere Stadt im Norden, auf der Höhe von Trondheim. Aber schon der Bootsmann Bach war nicht auf den Mund gefallen; er gab seine romantische Geschichte zum besten, und weil der deutschen Militärverwaltung viel an einer Verbesserung der Beziehungen zur norwegischen Zivilbevölkerung lag, durfte er, von einem ganzen Schwarm von Propagandaberichtern begleitet, nach Mandal fahren, eine Strecke wie von Eckernförde nach Flensburg. Seine Ankunft vor dem Haus des Kaufmanns Hjort kostete Heidede fünf Jahre später die Pracht ihres langen braunen Haars, seinen dreistündigen Aufenthalt bezahlte sie mit zwei Jahren Gefängnis, von denen ihr der norwegische König nur sechs Monate erließ. Erschwerend kam hinzu, daß der Kaufmann Hjort tatsächlich Mitglied der »Nasjonal Samling« war, einer Art norwegischer Nazipartei, die der mit den Deutschen sympathisierende ehemalige Kriegsminister Quisling leitete. Benjamin Bach wußte von alldem nichts, sonst hätte er Dede gewiß schon damals mit nach Deutschland genommen. Er fühlte sich, wider Erwarten, nicht wohl bei diesem Besuch, benahm sich linkisch und schüchtern; es waren nicht einmal die klickenden Leicas, die surrenden Arriflex' und das Mikrofon vor seiner Nase, die ihn störten, es war viel eher der aufgeregte Kaufmann Hjort, der seine Tochter in der fremden Sprache anschrie und sie zwang, sich in ihrem besten Kleid neben ihn auf das Sofa zu setzen. Heidede Hjort ließ das alles mit sich geschehen, sie verachtete ihren Vater wegen seiner Liebedienerei vor den Deutschen, aber sie war längst in das Verhängnis miteinbezogen, in das seine politischen Ansichten das Haus verstrickt hatten. Ihre Mutter war seit Jahren bettlägerig, und vor ihren gleichaltrigen Freunden hatte sie sich, seit dem Abenteuer im April, noch nicht wieder von dem Verdacht reinigen können, diesem deutschen Marinesoldaten schöne Augen gemacht zu haben. Nun war alles aus, sie war, ohne einen Schritt, eine Geste getan zu haben, eine »deutsche Hure« geworden, wurde fotografiert und gefilmt, ihr Name erschien in den norwegischen Zeitungen, und sie konnte nur noch hoffen, daß diese Deutschen möglichst lange über ganz Europa herrschen würden. Instinktiv witterte Benjamin Bach, daß er in seinem jugendlichen Übermut zu weit gegangen war, und als sie an der Kaffeetafel saßen – neun Personen, sieben zuviel –, ließ er sich von ihrem Dolmetscher in Abständen von zehn Minuten einzelne Worte ins Norwegische übersetzen, bis er genug beisammen hatte, um auf einen Zettel schreiben zu können: »Skriv til meg naar du trenger hjelp.« Darunter schrieb er seine Feldpostnummer und seinen Namen.

Als sie las, daß er ihr seine Hilfe anbot, sah sie ihn zum erstenmal voll an und sagte leise: »Ben – ja – min?« Und er bildete sich sogar ein, eine Spur von einem Lächeln in ihren großen braunen Augen gesehen zu haben. Dann sah er zu, daß er weiterkam, und versuchte, das Ganze so schnell wie möglich zu vergessen. Was ihm indes schwergemacht wurde, denn er mußte bis in das falsche Kristiansund reisen, Kurier ist Kurier, sein Urlaub ging voll drauf. Erst 1942 wurde er wieder an Heidede Hjort erinnert – in einem Marinepuff in Amsterdam, wo er U-Boot-Kameraden traf, die aus Narvik kamen. Er schrieb ihr einen kurzen Brief, fragte nach ihrem Ergehen. Drei Monate später bekam er Antwort, sie schrieb auf deutsch, daß sie bei der Marine in Oslo arbeite, Weihnachten habe sie sich mit einem deutschen Artillerieoffizier verlobt, sie hoffe, in einigen Monaten die Einbürgerungsurkunde zu bekommen, ihr arischer Nachweis liege beim NS-Rassenamt in Berlin, »Gott beschütze dich, Benjamin!« Der Brief machte ihn ganz wahnsinnig, beinahe zwei Jahre lang hatte er die Erinnerung an seinen Bubenstreich mit Erfolg verdrängt – jetzt war alles wieder da. Inzwischen zum Bootsmannsmaat avanciert, verschaffte er sich eine Reise nach Oslo und traf sein »Traummädchen«, wie er sich auf der Überfahrt einredete, in einem billigen Wehrmachtshotel am Bahnhof. Sie liebten sich mit einer Leidenschaft, hinter der die Ungewißheit des Wiedersehens stand, und wurden zweimal von einer Wehrmachtsstreife kontrolliert. Sie redete ein zauberhaftes Kauderwelsch, versprach ihm, den Artillerieoffizier nicht zu heiraten und lieber nach Mandal zurückzugehen, wo die Leute auf der Straße sich abwandten, wenn sie an ihr vorübergingen.

Dann verschlang ihn der große Orlog total, er wurde ins Schwarze Meer verlegt, auf einem Schnellboot vor der Krim versenkt, geriet mit einem ganzen Lazarett voll Verwundeter in russische Gefangenschaft, flüchtete zur rumänischen Front, wurde in Wilhelmshaven einer neuen Einheit zugeteilt und von den Engländern vor der holländischen Küste wieder versenkt und endgültig gefangengenommen. Der einzige Brief, den er von ihr noch hatte, war ihm beim letzten Schiffbruch verlorengegangen; er hatte ihn, nach monatelanger Irrfahrt, im Januar 1945 erreicht, war überschrieben mit »Brief Nr. 18« und berichtete von einem »Besuch des Grabes« und daß sie »schon 22 Jahre alt« geworden sei. Er nahm an, ihr Vater sei gestorben, und wenn er auf der Nordsee Minen räumte, erinnerte er sich noch manchmal an sie wie an eine romantische Jugendliebe, aber er war nun selber dreißig, und die Nachkriegsverhältnisse zwangen ihn, nicht weniger als der Krieg, ans Überleben zu denken und an sonst nichts.

Im Sommer 1948, schon für TALL unterwegs, traf er in der Bahnhofsunterführung in Hannover einen der PK-Männer wieder, der mit ihm in Mandal gewesen war und ihm ein Foto versprochen, es aber natürlich nie geschickt hatte. Der Kerl war bis zuletzt auf seinem Druckposten in Oslo gewesen und erzählte ihm von einem Kind, das er, Benjamin Bach, mit Heidede Hjort habe – Irrtum unmöglich –, er besitze sogar noch ein Foto von der jungen Mutter. Sie fuhren zusammen nach Holzminden, wo der ehemalige Propagandaberichter das Foto hatte, und unterwegs wäre er beinahe aus dem Zug gesprungen, als er hörte, Dede säße wegen Fraternisierung mit Deutschen im Gefängnis. »Weißt du das nicht, Kamerad?« Er hatte über Summers in London und skandinavische TALL-Verbindungen Himmel und Hölle in Bewegung gesetzt, um Dede freizubekommen, und sie, sechs Wochen später, in Odense am Fährschiff abholen können. Sie war schon seit einem Jahr wieder frei, aber ihr Kind – sein Kind – war tot. Und ihr langes braunes Haar war ganz kurz. Drei Wochen später hatten sie geheiratet.

Der Professor war einer der wenigen Menschen, die ihre Geschichte kannten, und er hatte in seiner weisen Art bemerkt, dies sei ein Fall von Schuld und Sühne, wie er ihn sich befriedigender nicht vorstellen könnte. Was immer er damit gemeint hatte – Benjamin Bach fühlte sich wohl wie am ersten Tag an Dedes Seite, sie verkörperte seine Jugend, seine Kriegsjahre, seine erwärmenden Träume angesichts des Todes, er brauchte sie, er mußte wissen, daß sie da war, wenn er nach Hause kam, sie machte seine Stärke aus, sein seelisches Gleichgewicht, sie war, im besten Sinne des Wortes, seine »bessere Hälfte« – vielleicht sein Alibi.

Und Dede? Sie war sanft und weiblich, aber war sie nicht auch anspruchslos bis zum Exzeß, was ihre Ehe anging? Sie klagte nie, daß er wenig Zeit für sie hatte, doch vor ein paar Jahren erst hatte sie ihm gestanden, daß sie immer, wenn er fort war, Angstträume habe, er könnte einmal nicht mehr wiederkommen; man mußte sich das vorstellen.

Er ließ sich Zeit, sie zu betrachten, und zusehends wurde er ein anderer dabei, seine Schultern hingen plötzlich herab, das Zeitungspaket entglitt seinen Händen, mit einem Mal stand er breitbeinig da, wie sein Vater in der Dorfschmiede, die Flanellhosen schlotterten erschütternd ungebügelt um seine Beine, und aus seinem professionell herzlichen Lächeln wurde eine hilflose Grimasse voller Müdigkeit.

»Ach, Dedchen«, sagte er.

Und dann wandte er sich, dem Ritual folgend, nach seiner Tochter um, die zehn Schritte weiter vor dem gedeckten Kaffeetisch am Kamin stand. Solveig hatte auf somnambule Weise den Kopf in den Nacken gelegt und die Augen geschlossen, breitete die Arme aus und rief: »Küß mich – !« Sie sah aus wie ihre Mutter im ersten Ehejahr und trug, wie diese, auch schon nur noch Faltenröcke und Twinsets mit einer Perlenkette.

»Laß jetzt deinen Vater!« Dede war schon neben ihm, massierte seinen Nacken, strich ihm das Haar aus der Stirn. »Du Armer ... bist ja ganz naß!«

»Ich krieg 'n Schnupfen«, murmelte er kläglich. »Wie geht's euch, Kinder?«

Solveig stampfte mit dem Fuß auf. »Küß mich endlich!« Er tat ihr den Gefallen, knurrte sogar »wie der alte Tiger«, es war ein Spielchen aus ihrer Kindheit, und als er sie fest in seinen Armen hielt, rieb sie ihre Nase an seiner Wange und flüsterte ihm mit heißem Atem ins Ohr: »Nicht mal verabschiedet hast du dich! Du liebst mich nicht mehr!«

Er tätschelte ihren Rücken, sie war schon ein Problem, sein kleines Mädchen. Das andere kleine Mädchen war, zwei Jahre alt, in Mandal gestorben, und Dede hatte nie mehr ein Kind haben wollen, Solveig war ihr »Zufall«.

»Setz dich hin, du kannst gleich in die Sauna gehen – oder nur ein heißes Bad?« Dede half ihm aus der Jacke, Solveig drückte ihn in die Polster, sie zogen ihm Schuhe und Strümpfe aus, legten ihm Kissen unter den Kopf und unter die Beine; er kam sich vor wie sein eigener Opa in Stendal.

»Kinder, Kinder ...«

Dann trank er heißen Kaffee – wenn er müde genug war, wirkte Kaffee wie ein Schlafmittel auf ihn, hinderte ihn, wunderbarerweise, am Träumen – und genoß die Betriebsamkeit und oberflächliche

Neugierde seiner Weiber. »Du hast Erfolg gehabt, wir haben's schon gehört – herrlich!« Und keine Fragen sonst, nur: Was er mit dem Professor gemacht habe, Tilly hätte aus Acapulco angerufen, sie sei in Sorge. Tilly und in Sorge! Tilly war die verrückte Frau ihres alten Freundes, eine geborene Prinzessin Coy aus dem lothringischen Zweig, zu Hause auf allen fashionablen Schauplätzen und auf der Flucht, ständig, vor Langeweile, schlechtem Wetter, dem Alter. Neugierig war das Luder.

Irgendwann mußte er ein paar Minuten eingeschlafen sein, fand sich, von einer Decke eingehüllt, allein vor dem abgebrannten Kaminfeuer, sah das geöffnete Paket mit den Geschenken, die Feringer in Hongkong besorgt hatte, hörte die Stimmen der Frauen von irgendwoher und erhob sich, beinahe schon wieder frisch, wanderte barfuß in sein Arbeitszimmer hinüber und setzte sich an den Schreibtisch, vor die Postmappe. Über dem ersten Schriftstück, einer Aktennotiz des technischen Direktors der Felze-Bau-Union, in der er mit flehentlichen Worten an seine Zusage erinnert wurde, an der Einweihung eines Staudammes in Oberitalien teilzunehmen, schlief er wieder ein.

Als ihn Dede weckte und ins Bett brachte, war es 16.05 Uhr, und ein Radiosprecher sagte, das sei das Ende der Kurznachrichten.

»Mailand«, murmelte Benjamin Bach noch, »nicht vergessen ...«

MONTAG,
DER 18. MAI 1970

Als er aufwachte, hatte der Regen aufgehört, seine Nase fühlte sich trocken an und sein Kopf erfreulich klar. Ihm war, als habe er wieder einmal dreizehn Stunden hintereinanderweg geschlafen. Nach seiner Erfahrung holte er aus dreizehn Stunden ein Maximum an Regeneration – vorausgesetzt, er hatte vorher mindestens 48 Stunden überhaupt nicht geschlafen, und das war ja wohl der Fall diesmal. Die Kunst, ökonomisch zu schlafen, gehörte zum Geschäft. Als er nach der Uhr schaute, war er sicher, den kleinen Zeiger auf der Fünf stehen zu sehen, doch er stand auf halb eins, und der große stand auf fünf nach halb. Das enttäuschte ihn jäh. Der alte Ego, dachte er, war offenbar doch ziemlich aus den Fugen. Noch unentschlossen, ob er versuchen sollte, wieder einzuschlafen und die magische Dreizehn zu vollenden, hörte er einen dumpfen Schlag im Haus und wußte plötzlich, was ihn aufgeweckt hatte.

Im Nu war er aus dem Bett und an der offenen Verbindungstür. Dede rührte sich nicht, schien gerade erst eingeschlafen zu sein. Leise zog er die Tür zu, griff seinen Morgenrock vom Sessel und eilte über den Flur in den kleinen Salon, der zur Straße hin lag. Im Dunkeln wunderte er sich über die schwere Seide, in die er hineinzuschlüpfen versuchte, und daß er den Ärmel nicht fand, bis er merkte, daß es sich um einen der chinesischen Kimonos handelte, die Feringer für sie alle in Hongkong besorgt hatte. Das Fenster öffnend, hörte er die Stimme seines Schwiegersohnes vor der Haustür. »Wenn du glaubst ... du kannst einfach so ... dann hast du dich aber ... !« Und neue Schläge bummerten gegen die Tür. Der Kerl war ja betrunken!

»Ruhe, da unten!« rief Benjamin Bach unterdrückt.

Dann schlich er den Gang entlang, öffnete eine Zimmertür, machte Licht und sah das unberührte Jungmädchenbett. Solveig war also nach Opladen zurückgefahren. Was wollte dieser Narr dann nach Mitternacht hier?

Vor der Spiegelwand im Treppenhaus fand er sich in seinem farbenprächtigen Gewand so attraktiv, daß er unwillkürlich stehenblieb und beschloß, noch ein paar Exemplare für die Herren von der Bank kommen zu lassen. Man mußte regelrecht ein Klima dafür schaffen in der Bundesrepublik – trugen sie nicht überall schon diese Mao-

Anzüge? Die Jugend, vor allem, diese labile Jugend war doch prädestiniert für solchen Firlefanz! Alte chinesische Kunst mußte her, Porzellan, Seide, Malerei, Literatur und Architektur – und die Ärzte! Akupunktur und all das Zeug! Hellsichtig sah er, was alles, im Gefolge dieses Milliardengeschäfts, noch auf sie zukommen würde.

»Immer mit der Ruhe!«

Dieser Schwiegersohn war wirklich eine Plage – wie sagte der alte Koch? »Faul, frech und fatigant!« Er hatte darüber gelacht, als er, im Duden blätternd, feststellte, daß »fatigant« lateinisch war und »lästig und ermüdend« hieß. Jetzt lachte er nicht mehr.

Lambert Koch sah erschrocken aus, als er seinen Schwiegervater erkannte, und kam sich wohl selber reichlich komisch vor, wie er da mit erhobener Faust zwischen Tür und Angel stand. Kläglich ließ er die Hand sinken, wischte sich das lange Haar aus der Stirn und suchte nach Worten: »Du bist schon ... Ich dachte, Jupp wäre noch ...«

Er war ein langer und dünner Mensch, wie alle diese jungen Leute heute, und hatte vor der Hochzeit noch ganz unauffällig und manierlich ausgesehen. Dann hatte sich Solveig um ihn gekümmert, und nun wuchsen ihm die Haare über den Kragen, und er trug eine dieser hüftlangen Kunstlederjacken und modische Stiefeletten, einen Schnauzbart à la Grass, las wahrscheinlich auch Bücher von ihm oder von diesem – wie hieß der Kerl, der sein Publikum beschimpfte? – und wirkte mit seinem bleichen und spitzen Gesicht, dem ein wenig mehr Kinn gutgetan hätte, noch unbedarfter als vorher.

»Komm herein«, sagte Benjamin Bach ungnädig, »du bist wohl in ein Weinfaß gefallen!«

Er wollte ihm eine Standpauke halten, aber eine gewisse Rührung, die ihn bei seinem Anblick jedesmal überkam, verdrängte diese Regung. Wie konnte man mit achtundzwanzig Jahren sich noch so kindlich aufführen! Dagegen war Solveig ja eine erwachsene Frau! Anderseits besaß Lambert Koch etwas Unwiderstehliches – nämlich 74,5 Prozent der Aktien eines der größten deutschen Chemiefaserwerke mit einem Kurswert von 1,9 Milliarden Mark und einer sicheren Dividende von 18 Prozent. Da Benjamin Bach selbst zwanzig Millionen gemacht hatte, vermochte er sich der Suggestion nicht zu entziehen, die wirklich »großes« Geld auf »kleine« Millionäre ausübt. So nackt und hilflos, so unbedeutend und töricht – um nicht zu sagen lächerlich –, wie ein einfacher Millionär sich neben einem Milliardär vorkam, konnte sich kein mittelloser Zeitgenosse neben einem Kleinsparer fühlen, der seine 20000 Mark auf der Kante hatte. Für die breite Masse der Habenichtse, natürlich, war das alles ein und dasselbe, aber Benjamin Bach wußte nur zu gut, was es hieß, die erste Million auf die Seite gebracht zu haben und schon besessen zu sein von der zweiten, dritten, fünften, zehnten, hundertsten ... Und wer sich einmal an die Milliarde herangewagt hatte, der merkte schnell, daß so ein Berg beim Anstieg nicht etwa flacher wurde, wie die Berge in der Natur, sondern nur noch steiler. Doch hatte man je einen dieser Kletterer freiwillig aufhören sehen? Das war der teuflische Circulus vitiosus, in dem sich alle irgendwie befanden, die ein bißchen zu was gekommen waren. Er hatte dieses rat-race, wie die Amerikaner es nennen, selbst eine Zeitlang mitgemacht und herausgefunden, daß zum Verzicht weit mehr Seelenstärke gehörte, als die Armen Demut benötigten, wie sie die Bibel empfahl.

»Jetzt kriegst du erst mal 'n Kaffee«, sagte Benjamin Bach, »und dann erzählst du, was dich gebissen hat.« Er ging voran in die Küche und stellte den Wasserkessel auf. »Wo kommst du her? Solveig ist doch zu Hause bei euch!«

Der junge Mann spürte Wohlwollen und ließ sich gehen, schlurfte mitleiderregend zum Küchentisch und stöhnte, aber es gelang ihm nicht ganz, Theater zu machen, der Kimono faszinierte ihn, und anstatt zum Thema zu kommen, fragte er linkisch: »Aus China? – Toll ... !« Er bewunderte seinen Schwiegervater mehr, als er den eigenen Vater ablehnte, und das wollte etwas heißen. »Seit wann bist du zurück?«

Benjamin Bach ging nicht darauf ein. »Du stinkst«, sagte er. »Bist du irgendwo reingetreten?«

Lambert erhob sich hastig und strebte, Entschuldigungen murmelnd, dem Gästeklo zu. Als er zurückkam, hatte er die Lederjacke ausgezogen und auch die Stiefeletten, und den Kopf schien er unter den Wasserhahn gehalten zu haben. Die Kaffeekanne stand bereit.

Er sagte: »Solveig war letzte Nacht nicht zu Hause!«

»Trink erst mal – und dann rede.« Benjamin Bach goß Kaffee in die großen Bauerntassen.

Gehorsam schlürfte der junge Mann die dampfende schwarze Brühe, schielte nach dem Zucker und traute sich nicht zu fragen. Nachdem er getrunken hatte, blieb er mit krummem Rücken sitzen und murmelte unter fettigen Haarsträhnen hervor: »Sie will sich scheiden lassen ...«

Benjamin Bach ahnte es mehr, als daß er es hörte. »Solveig will ...?«

Lambert nickte, ohne den Kopf zu heben.

»Was bist du doch für eine trübe Tasse!« sagte der Schwiegervater barsch.

Lambert sah ihn erschrocken an.

»Die Göre will sich scheiden lassen, und du mußt dir erst mal Mut ansaufen, um da ein Wörtchen mitzureden? Bist du blöde! ... Warum vermöbelst du sie nicht mal ordentlich – oder schmeißt sie einfach raus?«

Mit jedem Wort wurde Lambert Koch nüchterner. Kam es ihm nur so vor, oder stellte sich BB auf seine Seite? »Ich weiß«, stöhnte er selbstquälerisch, »ich mache alles falsch, aber ...«

»Mit deinem Geld kannst du gar nichts falsch machen! So fängt das erst mal an!«

Der Milliardenerbe fuhr hoch: »Das Geld kann mir gestohlen bleiben! Ich will das Geld gar nicht! Ich ...«

»Wenn du laut wirst, fängst du noch 'n paar von mir, du langhaariges Arschloch!« Er ging zum erstenmal auf seinen Schwiegersohn ein. Bedrohlich lehnte er sich über den Tisch. »Du redest von dem Geld, das du von deiner Großmutter geerbt hast, also rede anständig darüber! Du hast noch nie in deinem Leben einen Schlag getan, du Armleuchter, aber jetzt hast du das ganze Vermögen und bist achtundzwanzig Jahre alt, und jetzt wirst du dich darum kümmern und was damit anfangen und wirst aufhören, wie ein betrunkener Gockel durch die Landschaft zu rennen, oder dein Alter wird dich entmündigen lassen – alles, was er dazu braucht, ist 'ne Scheidungsklage von meiner Tochter, in der vielleicht drinsteht, daß du 'n haltloses Würstchen bist – und das kommt dann auch noch in die ›Bild-Zeitung‹ ... Mensch!« Er wurde ganz dringlich und wunderte sich selbst darüber. »Es kommt nicht auf dein Geld an, es kommt vorläufig nur darauf an, daß du deinem bescheuerten Vater nicht ins Messer läufst und womöglich hinter Gittern endest – du lachst?«

Lambert Koch tat nichts dergleichen.

»Du würdest dich wundern, wenn du wüßtest, um wieviel kleinerer Vermögen wegen Väter ihre Söhne und Söhne ihre Mütter schon in die Klapsmühle verfrachtet haben! Als erstes aber wirst du Solveig beweisen müssen, daß du selber wer bist, und das heißt, daß du morgen früh zum Friseur gehst und dir 'ne Platte schneiden läßt, jawoll, ratzekahl ab, die ganze Pracht, sonst merkt sie's am Ende gar nicht. Und diese Pfadfindertracht wirst du der Heilsarmee schenken – der letzte Heuler, das Zeug, ich weiß, und teuer auch noch, aber jetzt schaffen wir Remedur, und das gehört alles dazu! Und dann schläfst du dich aus, und übermorgen früh stehst du gestiefelt und gespornt in einem tadellosen grauen Anzug in meinem Vorzimmer, und dann werden wir mal sehen, was aus dir zu machen ist – Solveig?« Er wußte, was dem jungen Mann noch am Herzen lag. »Die übernehme ich. Zu der kein Wort. Du gehst auf Scheidung gar nicht ein. Sagst, dein Schwiegervater hat es dir geraten. Die laß mal zu mir kommen. Klar?«

Das war Benjamin Bach, wie ihn sich Lambert Koch immer vorgestellt hatte. Es gab ihn also doch! Die Geschichten, die man sich von ihm erzählte, mußten alle wahr sein! O Gott, er fühlte sich in Schweiß gebadet vor Aufregung und topfit wieder. Hätte eine Menge zu antworten gewußt, vor allem zum Thema Haarschneiden, das war ja grotesk, zumal bei TALL genügend jüngere Herren in leitenden Positionen mit langen Haaren ... Aber Benjamin Bach erhob sich einfach und sagte: »Ich bring' dich zu 'nem Taxi an die Ecke.« Und Lambert Koch konnte sich nur noch bedanken für alles und versichern, daß es an ihm nicht liegen solle. »Wenn du wirklich meinst, daß ich ...«

Der Schwiegervater ging in die Halle hinüber, machte überall Licht und warf dicke Hölzer in den kalten Kamin. »Ich meine immer, was ich sage«, bestätigte er. »Merk dir das! ... Kannst du Feuer machen? Dann laß mal sehen.« Er wußte eigentlich so gut wie nichts über diesen Schwiegersohn, das fiel ihm jetzt auf, und obwohl er sich schon immer vorgenommen hatte, mal Tacheles mit ihm zu reden, wunderte er sich jetzt über die Erregung, in die er sich da hineingesteigert hatte. Ein Blödsinn, wirklich. Aber vielleicht schießt 'n Besen, dachte er, man hat schon Pferde kotzen sehen – direkt vor der Apotheke. Und was der Sprüche mehr waren.

Schweigend sah er zu, wie der Junge geschickt mit Zeitungspapier und Puste hantierte, und dabei versuchte er, sich über das spröde Verhältnis klarzuwerden, das ihn mit Koch junior verband. Solveig hatte ihn angeblich im Tennisklub kennengelernt – Lambert dagegen hatte mal was von einer Rallye erzählt, bei der sie seine Beifahrerin gewesen sei. (Mit siebzehn fuhr sie Rallyes mit?) Aber da war diese merkwürdige Ehe schon so gut wie perfekt. Worüber hätte er sich aufregen sollen? Daß das Kind sein Abitur nicht machen und selbständig werden wollte? Sie war schließlich seine Tochter. Alles, was sie tat, wurde ihm stets damit erklärt, daß sie seine Eigenschaften geerbt habe. Sogar die Antwort auf die Frage, ob denn eine Ehe mit diesem verklemmten Jüngling eine Liebesangelegenheit sein könne, fiel wie ein Vorschlaghammer auf ihn zurück: »Du weißt doch, wieviel Geld er hat!« Sein Tobsuchtsanfall nutzte gar nichts, die Kleine fand Unterstützung, aus welchem Grund auch immer, bei ihrer Mutter, und dann hatte ihm der Dr. h. c. Albert Koch auch noch einen Brief geschrieben: » ... ist die Hoffnung wohl eitel, daß ein letzter Appell an Ihre Vaterpflicht ...«, eine Formulierung, die man so leicht nicht vergaß. Was hätte er anderes darauf erwidern können als: »Sie können mich gern haben, Herr Kollege!«, denn ehrenhalber war er auch schon zweimal Doktor, und Emporkömmlinge waren sie, in den Augen der Schlotbarone, alle beide, mit dem Unterschied, freilich, daß Benjamin Bach seinen Generaldirektorsessel nicht erheiratet hatte. Welch irrsinnige Vorstellung! So war er zum Sympathisanten dieser Ehe geworden, und alles, was er noch hatte tun können, war passive Resistenz üben, sich aus dem Unternehmen heraushalten und das Haus des Schwiegersohns in Opladen gar nicht erst betreten.

»Das ist doch schon was!« sagte er sarkastisch, als der Holzstoß brannte. »Und jetzt trinkst du noch ein Eiswasser, sonst wirst du nur wieder Durst kriegen auf den Kaffee, und dann gehen wir.« Spielte er nicht schon ein bißchen zu sehr »Vater« bei diesem Schwiegersohn? Er war sich nicht sicher, ob er seine Motive mit dem Fehlen eines eigenen Sohnes erklären sollte, aber nach wie vor störten ihn die Milliarden, und so mißtraute er seinen Gefühlen lieber.

Vor der Tür stand ein Lamborghini mit brennenden Scheinwerfern. Lambert Koch schaltete sie aus und machte nicht einmal den Versuch, sich wieder für nüchtern zu erklären, nein, er hielt seinem Schwiegervater die Autoschlüssel hin. »Willst du sie an dich nehmen?«

»Warum?«

»Damit du siehst, daß ich nicht ... heimlich doch ...«

Oh, du Idiot, dachte Benjamin Bach, hat dir noch keiner gesagt, daß du mit achtundzwanzig ein erwachsener Mann bist, der tun und lassen kann, was er will? Der Junge hatte tatsächlich etwas Neurotisches an sich, aber vielleicht konnte man ihm noch helfen. »Glaub' ich nicht«, sagte er, auf den Pfadfinderton eingehend, »du hast doch versprochen, deinen Führerschein nicht aufs Spiel zu setzen ...«

»Danke!«

Was jetzt? Wollte er ihm die Hand drücken? Schnell ging Benjamin Bach voran, tief die frische Nachtluft einatmend und vor Wohlbehagen brummend. Man müßte viel mehr atmen, man müßte heraus aus den Städten, die Verwaltung auf eine Nordseeinsel verlegen, warum eigentlich nicht, bei den Kommunikationsmöglichkeiten heute! Und man müßte eine schöne, sinnliche Puppe irgendwo in der Nähe einquartiert halten, die in solchen Nächten mit einem spazierenging, die man neben dem Briefkasten kurz mal an die Mauer stemmen könnte, mit einem Minirock, eine, mit nichts drunter an, herrje. Und die dann sofort wieder verschwinden würde. O ja, Freunde.

»Hörst du mir zu?« Der Schwiegersohn ging auf Distanz halb links hinter ihm her und sprach wie im Fieber. »Ich würde alles darum geben, wollte ich sagen, wenn ich für dich arbeiten könnte, ich ... Ich fühle mich immer so unsicher vor dir ... Du hast nie so mit mir gesprochen wie heute, ich ... Dabei weiß ich, daß du der einzige bist, der mich für etwas begeistern könnte ... Der nicht an mein Geld denkt, wenn er mit mir spricht ...«

Jetzt war er neben seinem Schwiegervater, überholte ihn und blieb stehen, und es platzte geradezu aus ihm heraus: »Ich würde gern wieder ›Sie‹ zu Ihnen sagen, Herr Bach!«

Benjamin Bach war so überrascht, daß er mit seinen dünnen Hausschuhen beinahe in eine Pfütze getreten wäre. Im Schein der Straßenlaterne sah das Gesicht des jungen Mannes fahl und spitz aus, verzweifelt. Ein Defraudant. Ein Jüngling, der die Portokasse zurückgeben will. Hatte er Tränen in den Augen?

»Du bist ja ganz durcheinander«, sagte Benjamin Bach. »Komm, reiß dich zusammen – ist dir die Sache mit der Scheidung so an die Nieren gegangen, oder was ist los?«

»Ach ... alles!« Lambert Koch schniefte, sah weg. »Entschuldige. Manchmal ist alles ...«

Benjamin Bach klopfte ihm auf den Rücken. »Laß mal, Junge.« Er schob ihn weiter. »Das ändert sich jetzt alles ... Da werden wir schon Grund reinkriegen ... Von mir aus nenn mich wieder ›Sie‹ ...«

Und plötzlich beschloß er, Lambert die Wahrheit zu sagen. Er war es gewöhnt und nahm es längst für selbstverständlich, von seinen jungen Herren angehimmelt zu werden, doch dieser hier war sein

Schwiegersohn, daran war nichts zu ändern, und der sollte klarsehen, das konnte ihm nur guttun.

»Hat dir Solveig von Silvester in Pontresina erzählt? ... Bestimmt nicht alles. Das war im vorigen Jahr, sie war noch siebzehn und hat zum erstenmal alles mitmachen dürfen. Und wie sie alles mitgemacht hat! ... Die Tochter von Benjamin Bach, du weißt, was ich meine ...«

»Wahrscheinlich«, rief der Schwiegersohn, »hat sie überall das große Wort geführt, das hat sie so an sich!« Er war entzückt von der vertraulichen Wendung, die das Gespräch nahm.

»Ganz recht, besonders morgens um drei an der Bar, vor der Knef, die schreibt gerade ihre Memoiren. Und in der Neujahrsnacht hat sie im ›Palace‹ mit Henry Ford getanzt und erzählt, sie wäre meine engste Mitarbeiterin. Na schön. Ich habe ihr klargemacht, daß meine Tochter zu sein noch keine abendfüllende Beschäftigung ist – sie hat erfreulich schnell begriffen, wie das gemeint war, und hat mich gefragt, wen ich mir als Schwiegersohn wünsche« – ganz so einfach war es nicht gewesen, aber Lambert mußte ja nicht alles erfahren –, »und ich Esel habe *dich* beschrieben, mein Lieber!« Benjamin Bach war stehengeblieben.

»Mich?« Der junge Mann verstand nicht recht, wie das gemeint war. »Du hast mich doch gar nicht gekannt ...«

»Das ist es ja, Mensch! Ich habe meine Idealvorstellung von einem Schwiegersohn beschrieben!«

»Ich war deine ...«

»Am liebsten, habe ich zu ihr gesagt, wäre mir schon einer aus der Industrie, ein nicht ganz verblödeter Junior, der Chancen hat, in ein paar Jahren selber an der Spitze eines Unternehmens zu stehen. Etwas mit Chemie oder Elektronik, habe ich gesagt, was Zukunft hat, bloß nicht Kohle und Stahl. Und es muß ja nichts Auffälliges sein. Eine hübsche mittlere Klitsche mit gesunden Finanzen genügt ...«

»Trifft haargenau auf uns zu!« rief Lambert Koch.

»Tja, und Ostern hat sie dich angeschleppt.«

»Aber, hör mal«, der junge Mann war ganz aufgeregt, »das war doch ein Zufall! Daß wir uns kennengelernt haben, war doch *meine* Initiative!«

»Das glaubst *du.*«

Sie näherten sich der Ecke Staufenplatz und bemerkten eine lange Reihe parkender Mercedes mit Stander. Scheinwerferlicht strahlte das Gästehaus der Landesregierung Nordrhein-Westfalen an. »Ein Empfang, wahrscheinlich«, sagte Lambert Koch und wollte noch einmal alles ganz genau hören. »Ich war doch hinter Solveig her ...«

Aber Benjamin Bach schaute auf die Uhr. »Ein Empfang – um diese Zeit?« Es war inzwischen ein Uhr geworden.

»Englische Fahnen und DGB, wird 'ne Gewerkschaftsdelegation sein. Ich hab' was in der Tagesschau gesehen ...«

Als sie herankamen, hörten sie eine hallende Baßstimme »Staatssekretär Wickert!« rufen, und ein Wagen aus der Kolonne setzte sich in Bewegung, um schneidig vor dem Portal der alten Villa vorzufahren.

Ohne ein Wort zu sagen, überquerte Benjamin Bach in seinem knöchellangen Kimono die Straße und stellte sich zu einer Gruppe von Chauffeuren und Polizisten. Lambert Koch folgte erstaunt, aber bevor er eine Frage stellen konnte, kam eilig ein großer älterer Herr die Treppe herunter, und der Schwiegervater schlenderte, die Hände in den Taschen, noch näher und rief: »Da sieht man's wieder – die Gewerkschaften! Bis nachts um zwei, und die Regierung mittenmang!«

Staatssekretär Wickert stutzte, blinzelte in das Scheinwerferlicht. »Das ist doch – Herr Bach? Ja, wo kommen Sie denn her? Ich denke, Sie sind in Peking? Sie sehen ja wirklich aus wie so 'n Mandarin!«

Er lachte, Benjamin Bach grinste, sie schüttelten einander die Hände.

»Seit heute mittag zurück – seit gestern, muß ich schon sagen. Haben Sie nicht die Tagesschau gesehen?«

»Nur gehört davon, nur gehört, Gott sei Dank!« sagte Wickert. »Und zwar da drin! Haben Ihnen die Ohren nicht geklungen? Sie waren, sozusagen, das Thema des Abends!«

»Ach, wissen Sie, wenn Brandt nach Erfurt fährt und die Genossen schon nach Kassel kommen«, entgegnete Benjamin Bach, »dann regt sich doch keiner mehr über China auf ... Kennen Sie schon meinen Schwiegersohn, Koch junior, von Koch und Mahler?«

Staatssekretär Wickert schüttelte dem Langhaarigen in der Lederjacke eilig die Hand: »Noch nicht das Vergnügen gehabt – kenne den alten Herrn, natürlich!« Und wandte sich schon wieder dem TALL-Chef zu: »Warum lassen Sie uns nicht morgen mal telefonieren, der Minister würde sich bestimmt auch freuen ...«

»Wissen Sie, was«, sagte Benjamin Bach, den Staatssekretär am Arm nehmend, »wir trinken noch einen night cup bei mir, ich wohne ja gleich da drüben. Dann erschrecken Sie morgen nur noch halb, wenn Sie die Zeitungen lesen!«

Der Staatssekretär war hin und her gerissen. »Ich fürchte, ich muß passen, Herr Bach, bin viel zu spät dran. Obwohl ich natürlich ungeheuer interessiert wäre ...«

»Also, ein Viertelstündchen«, entschied Benjamin Bach. »Ein Gläschen zum Abgewöhnen. Mein Schwiegersohn wollte sowieso ein Taxi nehmen ...«

»Nee«, rief Wickert da, »den lassen Sie mal dabei! Sonst verliere ich noch meinen guten Ruf, wenn ich so allein mit Ihnen, nach Mitternacht noch, gesehen werde!« Das meinte er ganz im Ernst, der alte Preuße mit dem schütteren Haar, obwohl er lachte, daß die Goldzähne funkelten. Benjamin Bach vermißte den Stehkragen an ihm, er bedauerte, daß höhere Beamte wie Wickert heutzutage nach nichts mehr aussahen. »Also, gehen wir ...«

Lambert Koch sah seinen Schwiegervater fragend an, als sie über die Straße zurückgingen, doch Benjamin Bach schien nichts dagegen zu haben, daß er noch einmal mitkam, er redete auf den Staatssekretär ein und achtete gar nicht mehr auf den Schwiegersohn.

»Ich glaube, jeder, der zum erstenmal in China war, ist total benommen von diesem Riesenland! Es ist mit nichts auf der Welt zu vergleichen!« schwärmte er. »Und wenn ich die Wahl habe zwischen Russen, Polen, Ungarn, Rumänen – na, die Rumänen vielleicht nicht, auf die fliege ich –, dann sind mir die Chinesen immer noch am liebsten!«

»Hört, hört!« rief der Staatssekretär. »Das klingt genauso wie nach Ihrer ersten Rußlandreise!«

»Ich habe schon neunzehnhundertvierundfünfzig gesagt, daß das amerikanische Embargo eines Tages sang- und klanglos eingehen wird. Da geht's doch um Geschäfte, Herr ...! Glauben Sie, die Amerikaner wissen das nicht?«

»Offiziell ist aber noch nichts!« gab der vorsichtige Beamte zu bedenken.

»Was ›offiziell‹ ist, können Sie vergessen«, höhnte Bach. »Der Vietnamkrieg muß erst aufhören, ich weiß. Aber inzwischen wissen auch die Amerikaner, daß sie ihn nur beenden können, wenn sie einen Canossagang nach Peking antreten! Können Sie sich an mein Tänzchen, damals, mit Chruschtschow erinnern?«

Der Staatssekretär fing jäh an zu lachen. »Und wie!« Er blieb stehen und sah sich nach Lambert Koch um. »Das war nicht ein Streit oder so was, was Ihr Herr Schwiegervater da mit Chruschtschow gehabt hat – die beiden haben wirklich zusammen getanzt!« Er lachte immer mehr und kreischte plötzlich: *»Tango!«* Und schlug sich auf die Schenkel, erstickte fast vor Lachen. »Haben Sie – nicht das – Bild im ›Spiegel‹ gesehen – !?« Er japste nach Luft, schrie noch einmal: *»Tango!!!«*

Die Mentalität dieser höheren Beamten war, in der Tat, eine äußerst dubiose, fand Benjamin Bach. Wer würde es für möglich halten, daß ein so alter Aktenbock wie Wickert sich nach so vielen Jahren noch so amüsieren konnte darüber! Erstaunlich, ganz erstaunlich, wenn er sich an seine undurchdringliche Miene von damals erinnerte. Aber damals war Wickert auch nur Ministerialrat gewesen, bei Globke, und der und Adenauer hatten überhaupt nicht gelacht, als das Foto erschien. »Das will ein Deutscher sein? – Beschämend!« sollte Adenauer sich im Kabinett geäußert haben. Der wilde Verdacht überkam Benjamin Bach, daß Staatssekretär Wickert in dieser Nacht vielleicht zum erstenmal über sein »Tänzchen« mit Chruschtschow zu lachen wagte. Und höflich machte er ebenfalls ein paarmal »Hahaha« und »Tjajaja ...« Und sagte: »Was waren das für Zeiten!«

Als der Staatssekretär sich beruhigt hatte, fuhr er fort: »Chruschtschow hat mir damals schon versichert, Indochina wäre eine Angelegenheit der Chinesen – das war neunzehnhundertneunundfün ...«

Der Mensch lachte schon wieder, er brauchte nur den Namen Chruschtschow zu hören. Was sollte man dazu sagen?

Zu Hause, und nachdem Benjamin Bach einen alten Cognac eingeschenkt hatte, bekam das Gespräch dann mehr Tiefgang. Wickert bot erneut an, eine Zusammenkunft mit Schiller zu arrangieren, und Benjamin Bach pokerte: »Von mir aus – gern. Wenn es *ihm* nichts ausmacht ...«

Der Staatssekretär wurde vorsichtig: »Sie denken an die Restriktionen im Chinahandel? Ich bin da überfragt, was Ihre Stahlwerke angeht ...«

»Der Widerstand des Kabinetts wird sich in ein paar Wochen sowieso in Wohlgefallen auflösen, glauben Sie mir!«

Wickert spielte den Überraschten. »So? ... Dann wissen Sie mehr als ich, Herr Bach. Darf man erfahren, woher Sie Ihre Neuigkeiten haben?«

Benjamin Bach zeigte dem Staatssekretär einen Vogel, das heißt, er deutete auf seine Stirn. »Hier! Mein gesunder Menschenverstand. Wenn Brandt Entspannung sucht, kann er die Chinesen doch nicht ausklammern, oder wie sehen Sie das?«

Eine Frage, fand Lambert Koch, der neben dem Kamin saß und aufmerksam zuhörte, die jeder nur mit Ja beantworten konnte. Um so erstaunter war er, als Wickert zögerte. Er blickte seinen Schwiegervater an, und der schien keineswegs überrascht.

Benjamin Bach wußte, warum er mit diesem alten Berufsbeamten sprach, der unter Schacht im Hitlerschen Reichswirtschaftsministerium begonnen hatte und Neckermann noch als Kriegsbewirtschaftungskommissar kannte, der den deutschen Frauen ihre Büstenhalter zuteilte. Er hatte Wickert schon im Bizonen-Wirtschaftsrat in Frankfurt erlebt, gleich nach dem Krieg. Das war kein Parteifunktionär, der Parolen verbreitete, das war ein Fachmann, der wußte, daß in der Politik alles möglich war.

»Ich muß Ihnen nicht verraten«, begann der Staatssekretär zögernd, »was Ihre chinesischen Freunde von Bahrs Gesprächen in Moskau halten ...«

»Der gute Egon tut ihnen leid. Sie sind dafür, daß er selbstbewußter auftritt«, antwortete Benjamin Bach. »Zufällig hat der Ministerpräsident sich lang und breit mit mir darüber unterhalten.«

»Tschou En-lai? Was haben Sie ihm geantwortet?«

»Daß Egon Bahr ein alter deutscher Nationalist und Stahlkocher ist, der schon aufpassen wird, daß er sich die Finger nicht verbrennt.«

»Ein – was?«

»Im Krieg war Bahr Stahlkocher bei Rheinmetall-Borsig in Berlin«, sagte Benjamin Bach ungeduldig. »Was wollen Sie meinen ›chinesischen Freunden‹ sonst noch anhängen?«

»Nun«, der Staatssekretär schwenkte behutsam sein Cognacglas, »ich gebe nur die Stimmung in Bonn wieder, nicht wahr, und die wird doch weitgehend heute von dem Umstand beherrscht, daß Herr Brandt und Herr Scheel zu einem neuen ... eh ... Verständnis mit Moskau kommen wollen – zur selben Zeit übrigens, da am Ussuri, wie man hört, sich gut achtzig russische und chinesische Divisionen gegenüberstehen ... Nicht gerade ideal für Chinageschäfte, Herr Bach!«

»Gewäsch!« sagte Benjamin Bach nur. »Vor drei Monaten haben

die Russen in der ganzen Weltpresse Greuelgeschichten lanciert, und unsere Zeitungsschmierer sind prompt darauf hereingefallen! Tschou En-lai hat mir eine Dokumentation darüber gezeigt. Was die Chinesen angeht, die rechnen jedenfalls nicht mit einem Krieg!«

Wickert lächelte, trank sein Glas aus und erhob sich. »Wo werden Ihre Stahlwerke stehen, Herr Bach?«

»Ich weiß nicht, ob Ihnen die Namen etwas sagen – am Sungari, in der Nähe von Heilungkiang, schade um die hübsche Landschaft – ein anderes östlich von Tientsin – dann wird in Lianing eines stehen, das ist das älteste chinesische Industriegebiet, wir bauen praktisch mitten in einer Stadt – und das letzte kommt da nach Tolokaj, an die große Nordsüdstraße.«

»Aha.«

Auch Lambert Koch war aufgesprungen, aber sein Schwiegervater winkte ihm, sich wieder hinzusetzen.

»Wo liegt dieses Tolokaj?« fragte der Staatssekretär, als Benjamin Bach ihn zur Tür begleitete. »Klingt schon ein bißchen russisch ...«

»In Sinkiang.«

»Hm ...« Wickert lächelte hintergründig. »An der russischen Grenze also ... Dann viel Glück, Herr Bach!«

Benjamin Bach ergriff die dargebotene Hand und sagte, so beiläufig wie möglich: »Trotzdem wird der Bund dieses Geschäft decken, wollen wir wetten?«

Wickert lachte schallend. »Schüchtern waren Sie ja noch nie, Herr Bach! Ich werde den Teufel tun und mit Ihnen wetten! Sie sind imstande und verdrehen dem versammelten Kabinett den Kopf nach Ihren Wünschen – gute Nacht, und meine Empfehlung an die Frau Gemahlin! Ich hoffe, wir haben sie nicht gestört ...«

Erst als Benjamin Bach die Sperrkette hinter dem Staatssekretär vorlegte, fiel ihm auf, daß sein Schwiegersohn noch da war. »Halb zwei«, sagte er, »jetzt mach aber, daß du nach Hause kommst. Ich will jetzt arbeiten.«

Lambert Koch hatte noch keinen Tropfen von seinem Cognac getrunken. Er stand vor dem lodernden Kaminfeuer und sah erhitzt aus. »Kann ich noch ein Wasser haben?« Er rannte in die Küche und fand, als er zurückkam, seinen Schwiegervater im Arbeitszimmer, hinter dem Schreibtisch, mit den Füßen auf der Tischplatte.

»Darf ich noch was fragen? ... Dieses Chinageschäft«, fing er an, »wird das Schwierigkeiten machen? Hast du ... Haben Sie Sorgen,

Herr Bach?«

Benjamin Bach blinzelte amüsiert. Der Junge machte also Ernst. Und obwohl ihn viel mehr, im Augenblick, die Frage beschäftigte, ob er sich nochmal ins Bett legen sollte, ging er auf ihn ein. »Warum? ... Willst du mir was pumpen?«

Lambert Koch war einen Moment sprachlos, an Geld hatte er wohl nicht gedacht, aber dann gab er sich einen Ruck. »Wieviel brauchen Sie? Meinen Sie das ernst, Herr Bach? Ich stehe Ihnen selbstverständlich mit allem, was ich habe, zur Verfügung!«

Benjamin Bach lachte so, daß er die Füße vom Schreibtisch nehmen mußte. »Das ist ja gottvoll – nein! Mein Schwiegersohn beleiht seine Aktien, um Teha Tall aus der Bredouille zu helfen! ... Vielleicht nehmen dich die Erben noch in ihrer Mitte auf, und du wirst mein Chef? ... Du bist wirklich köstlich, mein Junge. Ich bin gerührt, wie du siehst, doch, doch, mach nicht so 'n Gesicht, ich bin ganz im Ernst gerührt – wieviel, glaubst du, könntest du denn lokkermachen?«

Lambert Koch hob die Schultern. »Keine Ahnung, was man dafür kriegt, aber sicher genug, um Ihnen ...«

»Ich will's dir verraten«, unterbrach ihn Benjamin Bach und legte gemütlich die Beine wieder hoch. »Deine Banker würden dir, im Ernstfall, ein paar hundert Millionen geben, aber es würde sich ein solcher Lärm darum erheben, daß du wünschen würdest, nie heute nacht an meine Tür geklopft zu haben!«

»Wieso?« sagte Lambert Koch beleidigt. »Ich habe beinahe zweitausend Millionen!«

»Quackquack!« machte Benjamin Bach. »Auf dem Papier, ja, aber versuch die mal flüssigzumachen, dann wirst du was erleben. Dann kannst du nur noch verkaufen, und was du dafür dann noch kriegst ...«

»Dann verkaufe ich eben!« sagte der junge Mann trotzig. »Mir liegt sowieso nichts an dem Geld!«

Nun regte sich Benjamin Bach auf. »Du Kindskopf! Du glaubst im Ernst, du könntest so ohne weiteres zwei Milliarden in Scheine umtauschen? Weißt du, wieviel Banken dafür ihre Groschen zusammenkratzen müßten? Weißt du, wie schnell dein Vater eine einstweilige Verfügung gegen dich in der Hand hätte? Und wenn sich dann noch herausstellt, daß du deine guten Chemiewerte in schlechte Montananteile umtauschen willst! ... Mensch, Junge, im Irrenhaus würdest du landen! ... Stell dir das doch nicht so einfach vor, ein reicher Mann zu sein, heutzutage!«

Das war zuviel für den Milliardenerben. Er sank auf den Sessel vor dem Schreibtisch und stammelte: »Ja, aber ... willst du ... Wollen Sie damit sagen ... daß ich mit meinem Geld ... überhaupt nichts anfangen ...«

»Geh schlafen«, sagte sein Schwiegervater, »und vergiß die hübsche Idee.« Er schlug die Postmappe auf. »Was wir brauchen, schaukeln wir uns schon zurecht. Die Politik liegt uns zur Zeit etwas im Magen, doch auf lange Sicht können die Herren gar nicht anders als mitziehen. Ich werde denen soviel Feuer unterm Hintern machen ...«

»Eine Frage, bitte, noch!« Lambert setzte sich kerzengerade. »Teha Tall ist doch *der* Konzern in Deutschland – gut, vielleicht nicht der größte mehr, aber neben Krupp doch immer noch der mit dem größten Ruf, oder nicht? Wie kann denn das überhaupt sein, daß so ein Unternehmen, mit einem Umsatz von sieben oder acht Milliarden, auf einmal Schwierigkeiten haben sollte, irgend etwas finanziert zu bekommen?«

Benjamin Bach seufzte. »Um das zu verstehen, müßtest du dich schon ein bißchen in der Wirtschaft auskennen, Lambert. Was der Unterschied zwischen uns und euch ist, zum Beispiel, und warum wir nicht auf dem Kapitalmarkt ausliegen. Was der Diskontsatz, in diesem Zusammenhang, für uns bedeutet. Die Rezession von sechsundsechzig, siebenundsechzig, die uns so reingerissen hat. Die Auftragsrückgänge. Die Fix-Kontrahierungen, die heute erst zum Tragen kommen. Die Streiks und Kurzarbeit von achtundsechzig. Die Preis- und Lohnentwicklung. Die D-Mark-Aufwertung von vorigem Jahr ... Wenn du das alles wüßtest, würdest du nicht mehr zu fragen brauchen ... Du hast Germanistik studiert, ja?«

»Und Theaterwissenschaft«, sagte Lambert verlegen.

»Wie schön, daß du von deinen Zinsen leben kannst!« meinte der Schwiegervater, ohne Ironie. »Darf ich mal fragen, was dir dabei vorgeschwebt hat?«

»Irgendwas«, sagte der junge Mann, »mit Fernsehen vielleicht, ich wollte, an und für sich, gern Kameramann werden und Regisseur, aber das interessiert mich längst nicht mehr so.« Er stand auf und wollte noch etwas sagen, zögerte und sagte es dann doch. »Eure Kredite sind ... Ich meine, glaubst du, daß du nicht genug Kredite bekommen wirst für das Chinageschäft?«

Benjamin Bach schmunzelte. »So ungefähr, mein Freund.«

»Und ... zu einer anderen Bank gehen, das ...«

»Es gibt keine andere mehr«, sagte Benjamin Bach. »Gute Nacht, Lambert. Und vergiß den Friseur nicht, morgen früh!«

Aber der Schwiegersohn hatte immer noch etwas auf dem Herzen. »Die Nationale«, sagte er, »mit der arbeitet ihr nicht, wie?«

»So schlecht kann es uns gar nicht gehen, daß wir Geschäfte mit der Nationalen Commerzbank machen müßten.« Benjamin Bach stand auf. »Was, zum Teufel, zerbrichst du dir unseren Kopf, Mensch? Geh jetzt, und grüß mir die Kleine!«

Lambert Koch stieg, ganz in Gedanken, doch in den Lamborghini und weckte noch ein paar reiche Leute auf, bevor er in der engen Straße gewendet hatte und davonfuhr.

Benjamin Bach versuchte, die Telefonnummer seiner Tochter in Opladen zu finden, und als ihm das nicht gelang, versuchte er es mit der Auskunft. Aber da hob niemand ab, und so beschloß er, sich das Thema Schwiegersohn vorläufig aus dem Kopf zu schlagen, und machte sich an die Postmappe.

Als er das nächste Mal auf die Uhr schaute, war es halb vier, und er hatte zweieinhalb Berichte gelesen, ohne daß der Inhalt in sein Bewußtsein gedrungen wäre. Siemens-Kley schickte ihm den Entwurf eines Betriebsverfassungsgesetzes der CSU, der Personaldirektor hatte den 312-Mark-Sondertarif in seiner Abwesenheit unterschrieben, von einer dramatischen Tarifschlacht mit der IG-Metall war die Rede; es interessierte ihn alles nicht. China schwirrte ihm im Kopf herum. Neben dem Posthaufen lag ein Block, auf dem er sich immer wieder Notizen machte. »Cable Tschou« hatte er geschrieben und dahinter in Klammern »Dank!«. Dann »call Wang Shu, Godesbg«. Aus seiner Dolmetscherzeit noch bewahrte er die Angewohnheit, kurze englische Ausdrücke für »anrufen«, »zusammentreffen« und so weiter zu verwenden. »Call Prof.« – »meet Egerw. first!!!«, dreimal unterstrichen. Nur er wußte, daß das »first« sich nicht auf den Anruf des Professors bezog, sondern auf die bevorstehende Morgensitzung in der Konzernleitung, und daß er Egerwald, den Vorstandsvorsitzenden der Handelsbank, gern gesprochen hätte, bevor er sich den Wehklagen seiner Finanzleute stellte – nicht, daß es auf sie angekommen wäre. »Goergi« stand da, mit einem Fragezeichen versehen, und irgendwann, als er schon fünf weitere Punkte notiert hatte, war sein Blick wieder darauf gefallen, und er hatte »Goergi« wieder durchgestrichen. Unwichtig, hieß das, hat sich erübrigt. Manches erübrigte sich schon allein durch die Tatsache, daß er es erst mal hinkritzelte. Unter BONN hatte er notiert: »Schiller?« Und dahinter: »Prefer Kanzl.« Ich ziehe es vor, mit dem Kanzler direkt zu reden. Aber der machte sich ja wohl Anfang der Woche auf den Weg nach Kassel, das würde ihn eine Zeitlang beschäftigen. Komischer Kerl, dieser Brandt. Ein dünnhäutiger, verletzlicher, leicht zu kränkender Mann, das Gegenteil, eigentlich, von einem Politiker. Er erinnerte sich an den unangenehmen Abend bei Arch Calhoun in Berlin. Der amerikanische Missionschef hatte Botschafter McGhee aus Bonn zu Besuch, ein sonniges Beef-Gemüt aus Texas, Freund und Gönner von Präsident Johnson, der gern ein paar repräsentative Berliner zum Dinner um sich sah. Benjamin Bach war durch Zufall in die Villa in Dahlem geraten. Axel Springer war da, mit Mausi noch, und der kleine bleiche Dirigent von der Oper, den sie »Zwergkönig« nannten, Laurin ... Laurin ... Und Stresemann, ein echter Stresemann, der Sohn natürlich, Geschäftsführer oder Sekretär der Berliner Philharmoniker, und auch der Rektor der Freien Universität, ein richtiger Bonhomme, den würden sie geteert und gefedert haben inzwischen – ja, und Willy. Als Regierender Bürgermeister immer noch, aber schon unlustig. Und mit Rut.

Benjamin Bach war scharf darauf, mit Rut Brandt mal ein Wörtchen zu reden, vielleicht verlor er dann das unterschwellige Gefühl der Gegnerschaft zu den »anderen« Norwegern. »Kennen Sie Mandal, Gnädigste? Können Sie sich vorstellen, als Kaufmannstochter in Mandal groß geworden zu sein?« Zu gern hätte er sie nach der politischen Einstellung ihres Vaters befragt, das heißt, an diesem Abend schon nicht mehr, das in Berlin war schon nach der 65er-Wahl gewesen, bei der die Genossen nur 40 Prozent geschafft hatten, CDU/CSU noch 48, und der Kanzlerkandidat als gebrochener Mann aus Bonn zurückgekehrt war. In diesem Wahlkampf, damals, war dem Ehepaar Bach ein Stinkbömbchen in den Briefkasten gelegt worden, das übliche Zeug über Brandts Vergangenheit, und: seine norwegische Frau sei, als junges Mädchen, Kommunistin gewesen. Auch nicht schlecht, fand Benjamin Bach, und er und Dede hatten sich gefragt, was wohl aus ihr geworden wäre, wenn ihr alter Herr etwa der »Nasjonal Samling« angehört hätte, wenn er nicht Chauffeur gewesen wäre und der Bootsmann Bach im April 1940 an ihre Tür geklopft hätte, statt an der Hjortschen. Ein müßiger Gedanke, gewiß, doch Benjamin Bach beschäftigte sich gern mit solchen Überlegungen, wie jeder, der nach einer Erklärung dafür suchte, daß er auf Hitler hereingefallen war. Sein eigenes Schicksal, und mehr noch das seiner Frau, in das er sich so fatal eingemischt hatte, verführten ihn immer wieder zu solchen Spielereien, und jedesmal kamen genealogische Wahrheiten dabei heraus, keine politischen.

Willy Brandt, zum Beispiel. Wie er da verdrossen in der Sofaecke gesessen hatte, den ganzen Abend auf seine Schuhspitzen starrte, Springers Aufheiterungsversuche übelnahm – hatte der ihn nicht gerade in seinen Zeitungen zum erstenmal angegriffen? – und es eben noch fertigbrachte, von Zeit zu Zeit den Kopf zu heben, hochmütig in eine nebelhafte Ferne zu blicken und, unter dem andächtigen Schweigen der übrigen Gäste, bedeutungsvoll an seiner Zigarette zu ziehen. Dieser geschlagene Kandidat versuchte nicht erst, seine Emotionen zu verbergen, er schien, im Gegenteil, keinen der Anwesenden im unklaren lassen zu wollen, daß ihm bitteres Unrecht geschehen war. Von wegen: Die Wähler hatten sich seiner nicht würdig erwiesen, sie würden schon sehen, was sie davon hatten. An diesem Abend war Benjamin Bach jener Vorsehung dankbar, die den jungen Brandt über die Ostsee hatte rudern lassen, anstatt ihn, unter anderen Vorzeichen, etwa zu einem idealistischen Anhänger des »Führers« zu machen. Er bezweifelte, ob dieser alt gewordene Lübecker Junge sich ebenso bedenkenlos vom Mythos des Dritten Reiches gelöst hätte wie ein gewisser Obermaat einer Minensuchflottille. Seit langem war ihm kein alter Nazi mehr begegnet, der so übelnehmerisch aussah wie dieser alte Sozi. »Gott beschütze mich vor allen Weltverbesserern!« hatte er gerufen, als ihn das Taxi ins Hilton zurückbrachte. Und der Taxifahrer hatte »Amen« dazu gesagt.

Und vor kurzem erst war er, mit anderen Vertretern der Industrie, in den Kanzlerbungalow im Park des Palais Schaumburg eingeladen worden und hatte Brandt als Sieger erlebt. Grundsätzlich hielt er sich von gesellschaftlichen Zusammenkünften fern, und Anbiederungsversuche von Politikern fand er widerlich. Er knöpfte sich die »Kameraden«, die er brauchte, lieber einzeln vor und fuhr ganz gut damit. Aber dieser Einladung zu einem zwanglosen Abendessen mit Brandt, Schiller, Möller, Ehmke, Schmidt und anderen war er schon gefolgt, um die dummen Gesichter seiner Kollegen von der Industrie zu sehen. Im 69er-Wahlkampf hatten sie allerhand aufgeboten, um die Sozis nicht ans Ruder kommen zu lassen; wo immer sie zusammentrafen, verbreiteten sie Menetekel (»Wenn die Roten kommen, haben wir hier nichts mehr verloren!«) und verglichen Schweizer Grundstückspreise. Er selbst hatte seit 1950, in zunehmendem Maße, die SPD unterstützt, weil sie in der Opposition stand, aus keinem anderen Grund. Er hielt das für ein gesundes demokratisches Prinzip, wobei wirklich nicht ausschlaggebend war, daß es ihm auch die Gewerkschaften gewogen machte. Doch im Kanzlerbungalow verschlug es ihm dann die Sprache, als er sah, wie die CDU-freundlichen Spitzen der Industrie vor dem neuen Regierungschef Kotaus machten, ihn ihrer Bewunderung versicherten, loyale Mitarbeit versprachen und bei jedem Witzchen, das Brandt zum besten gab, vor Lachen schier vom Stuhl fallen wollten. Der TALL-Chef lernte an diesem Abend wieder etwas dazu, er hielt sich sehr zurück, gesellte sich zu Berthold Beitz, dem ehemaligen Krupp-Chef, der ebenfalls angewidert im Hintergrund geblieben war. Beitz hatte den Nerv, den rechten Arm zum alten »Deutschen Gruß« zu erheben und die Hakken zusammenzuschlagen. »Jawoll, Herr Reichskanzler! ... Wird Ihnen etwas klar? So muß es dreiunddreißig an der Ruhr zugegangen sein.« Willy Brandt war an diesem Abend, verständlicherweise, nicht mehr wiederzuerkennen, trank ordentlich einen und hätte »Das kann doch einen Seemann nicht erschüttern!« gesungen, wenn der Verteidigungsminister sein Schifferklavier dabei gehabt hätte. Eine einzige glückliche Familie, die deutsche Industrie und die deutsche Sozialdemokratie. Ein gelungener Abend. August Bebel hätte sich die Augen gerieben. Aber Benjamin Bach konnte den Abend in Berlin nicht vergessen und beschloß, in Zukunft die CDU zu unterstützen, auch wenn sich Brandt seinem Chinaprojekt nicht in den Weg stellen sollte. Schlechte Verlierer machten ihm Angst, wenn sie erst mal gewonnen hatten.

Der Frühaufsteher malte Kreise auf den Block, sehr schöne runde Kreise, und schraffierte sie aus. Und dachte wieder an die Röhren von Mannesmann, die im Juli nach Rußland gehen würden, mehr als eine Million Tonnen spiralgeschweißter Großrohre, durch die in den nächsten zwanzig Jahren so um die fünfzig Milliarden Kubikmeter Erdgas aus Sibirien in die Bundesrepublik gepumpt werden sollten. Es war das spektakulärste Ostgeschäft, das die Gemüter der Industrie je bewegt hatte – und auch das älteste und hoffnungsloseste. Die eigentlichen Kontrakte waren vor zehn Jahren schon abgeschlossen worden, damals gehörten auch Phoenix-Rheinrohr und Hoesch noch dazu, auch TALL hätte groß einsteigen können. Aber Benjamin Bach, der sich rühmen durfte, schon in den fünfziger Jahren einige der größten Ostgeschäfte eingefädelt zu haben, sah nach dem Mauerbau in Berlin eine neue Eiszeit in den Beziehungen zur Sowjetunion voraus, und die Kubakrise im Oktober 1962 gab ihm recht, Adenauer stoppte kaltblütig das bereits signierte Röhrengeschäft. (»Verträje könn'se auch brechen, ham'se dat nich' jewußt?«) Und nun auf einmal, seit Brandt im Kanzleramt saß, galoppierte diese Röhren-Schimäre innerhalb weniger Wochen über Stock und Stein, über sinkende Kurse und steigende Zinsen hinweg ins Ziel. In derselben Woche, in der Egon Bahr zum erstenmal nach Moskau flog, hatte die Deutsche Bank, unterstützt von 16 Konsortialbanken, den Russen einen Kredit über 1,2 Milliarden Mark verschafft, mit einer Laufzeit von elf Jahren und einem Zinssatz von 6 Prozent – eine ausgesprochen glückliche Fügung, daß der gute Egon nicht mit leeren Händen zu Gromyko kam. Da schon im Januar kein Mensch mehr langfristiges Geld auf dem Kapitalmarkt auftreiben konnte, ohne mindestens 9 Prozent zu zahlen – inzwischen war der Diskontsatz sogar auf 7,5 Prozent erhöht worden –, machte die großzügige Handhabung des Röhrengeschäfts ziemlich viel böses Blut unter den anderen Banken und ihren Kunden. Aber auch die Chefs der daran beteiligten Geldinstitute behaupteten, nicht glücklich zu sein und auf eine anhaltende Senkung des Zinsniveaus zu hoffen, es sei ihre einzige Chance, sagten sie, ungerupft davonzukommen. Benjamin Bach hatte angefangen, das Unmögliche zu denken, an eine finstere Verschwörung von Geldsäcken, Sozis und Bolschewiken zu glauben, da er sich nicht vorstellen konnte, daß Bankiers sich auf Hoffnungen verließen, wenn es um Profite ging. Doch Anfang März hatte der Zentralbankrat den Diskontsatz noch einmal angehoben, und sie alle – außer den Russen – zahlten die höchsten Kreditzinsen seit Kriegsende. Und da hatte er sich seinen »Freund« Sobletter vorgeknöpft, einen Privatbankier, der in der Röhrensache drinsteckte.

»Erzähl mir, wie du das machst, Sigi.«

»Worum, bitte«, antwortete Sigfried Sobletter mißtrauisch, »handelt es sich, großer Meister?«

»Ich will wissen, wie ihr Blutsauger dazu kommt, auf sechsunddreißig fette Millionen zu verzichten – das sind die drei Prozent, die ihr den Russen geschenkt habt.«

Sobletter lachte, als ob er einen Witz gehört hätte.

Benjamin Bach drängte: »Komm, laß die Hosen runter. Ich allein will es wissen, mein Freund. Ich verspreche dir hiermit, nicht den geringsten Gebrauch davon zu machen. Ich will es nur endlich wissen. Habe ich dir schon mal was versprochen?«

Sobletter dachte nach und war dann selbst erstaunt. »Nein, eigentlich noch nie ...«

»Dann ist dies das erste Mal. Go on, Sigi!«

Zwanzig Minuten lang wand sich der Bankier, verwies darauf, daß der Bund ja 600 von den 1200 Millionen der Russen verbürgt habe, daß im Sommer bestimmt mit einer spürbaren Zinssenkung zu rechnen sei, endlich, daß Dr. Christians, ein Vorstandsmitglied der Deutschen Bank, sie alle zum Stillschweigen verpflichtet habe, aber es half ihm nichts.

Benjamin Bach öffnete ein schwarzes Mäppchen – er trug sonst nie solche Utensilien bei sich – und holte zwei Schecks und ein paar Schriftstücke hervor.

»Dann kündige ich hiermit unsere Geschäftsbeziehungen, Sigi. Hier sind zwei Schecks von der Landeszentralbank über vierzwo Millionen, hier ist die schriftliche Kündigung. Quittiere, bitte.«

Faber hatte sich aufgeregt, als Benjamin Bach die Schecks und die Kündigung haben wollte, aber er hatte ihm versprochen, alles wieder mitzubringen, und natürlich erzielte er den erwünschten Effekt.

Sobletter wurde blaß. »Du bist verrückt! Weißt du, daß der alte Tall schon mit meinem Vater ...«

»Du wirst deinem alten Herrn schon was erzählen, Sigi.« Benjamin Bach winkte bereits dem Oberkellner.

Da packte der Bankier aus.

Den Milliardenkredit bekamen die Russen gar nicht in die Hände. Er diente dazu, die Röhren zu bezahlen, das heißt, Mannesmann und Thyssen bekamen die vielen Millionen einfach gutgeschrieben. »Und wir rechnen stark damit«, sagte der Bankier, »daß sie uns von ihrem Gewinn etwas abgeben ...«

Benjamin Bach verstand nicht gleich. »Die müßten ja behämmert sein, wenn sie ... Oh, Moment mal!«

»Richtig«, sagte Sigfried Sobletter, »das Geld behalten wir doch im Umlauf.«

Darum also nur 6 Prozent. Die Bankiers würden sich doch nicht selbst 9 Prozent Zinsen abverlangen!

»Und wieviel kommt dabei für euch heraus?«

»Ach«, Sobletter packte die Schecks wieder in das schwarze Mäppchen, »das ist ganz verschieden ...«

Benjamin Bach beeilte sich, ins TALL-Haus zurückzufahren und seinem Finanzchef davon zu erzählen.

»Das ist nichts Neues«, sagte der, »man nennt das – na, ich will lieber nichts gesagt haben.« Faber war ein unendlich vorsichtiger Mann und hochangesehen bei den Banken.

»Aber interessant«, sagte Benjamin Bach träumerisch. »So was müßten wir auch mal machen.«

»Das lohnt doch nur bei Milliardenbeträgen«, meinte Faber.

Benjamin Bach schlug sich auf die Schenkel. »Also los, Herr Faber! Rechnen Sie's mal aus! Nehmen Sie ein Geschäft von zwei Milliarden und rechnen Sie aus, was wir und unsere Banken daran verdienen können!« Dieses Mannesmann-Geschäft ärgerte ihn maßlos.

Faber stellte gern Zahlenkunststückchen an, das war das einzige, was er mit Benjamin Bach gemeinsam hatte. Aber diesmal zögerte er. »Zwei Milliarden ... ? Das ist doch utopisch!«

»Nee«, sagte Benjamin Bach, »es muß mehr sein als das, was die mit den Röhren zustande gebracht haben.«

»Wo wollen Sie ein Zwei-Milliarden-Geschäft herholen?« rief Faber.

So hatte es begonnen, Anfang März. Mit einem Blick auf die Weltkarte. Da lag China, groß wie eine Kuhhaut und jedes Vorstellungsvermögen übersteigend. Er hatte Feringer auf diesen Wang Shu in Godesberg gehetzt, recht deutlich seine Absicht zu erkennen gegeben, mit Peking ins Geschäft zu kommen, und sich sogar schriftlich geäußert. Das war höchst ungewöhnlich, aber Wang Shu war auch kein gewöhnlicher Korrespondent. Vier Wochen später hatte er die Vertreter einer ihrer Außenhandelsgesellschaften in der Botschaft in Paris getroffen und sich stolze Berichte über neuartige Stahlsorten mit »chinesischen Charakteristiken« anhören dürfen. Als er etwas über die Qualität und den Jahresausstoß wissen wollte, waren die Genossen aus Peking schon bescheidener geworden. Mehr als 1000 Kleinstöfen und ein paar veraltete russische Hochöfen produzierten acht Millionen Tonnen jährlich, und ein Drittel mußte als minderwertig wieder eingeschmolzen werden. Er hatte den Chinesen etwas von einem modernen LD-Werk von TALL erzählt, mit drei 100-Tonnen-Konvertern und einem superreinen Jahresausstoß von 2,5

Millionen Tonnen, obwohl er sich klar war, daß Peking längst informiert sein mußte – man ließ sich dort seit Jahren TALL-Prospekte in hohen Auflagen zuschicken, und besonders die Stahlwerke hatten es ihnen angetan. Im übrigen wußten sie alles über ihn und den Konzern und die politische Unbekümmertheit, mit der er seine ersten Rußlandgeschäfte getätigt hatte – vielleicht gab das den Ausschlag dafür, daß zehn Tage später schon die Einladung gekommen war, wieder über Paris und äußerst geheimnisvoll. Er hatte nur Billstein, Faber und Plinegger eingeweiht, seine wichtigsten Direktoren. An ihrer Verblüffung hatte er ablesen können, daß kein Aas in der Branche ihm jemals glauben würde, wie lächerlich einfach alles zustande gekommen war. Aber Benjamin Bach hatte auch nicht die Absicht, irgend jemandem etwas zu erzählen.

Jedenfalls hatte er nicht zwei, sondern drei Milliarden nach Hause gebracht, und nun kam alles darauf an, daß die Banken spurten. Es war eine schlechte Zeit für größere Anleihen, das brauchte ihm niemand zu verraten. Anderseits hatte er noch nie so etwas wie eine gute Zeit für Kreditverhandlungen erlebt, auch in den vielgerühmten fünfziger Jahren nicht, als der Diskontsatz noch zwischen drei und fünf Prozent pendelte. Er würde sich schwertun, diesmal, die Herren Egerwald und Stolp und Lodtwitz, und wie sie alle hießen, im ersten Ansturm zu überrennen, er würde oft stürmen müssen, und der alte Wallassé, der Aufsichtsratsvorsitzende der Handelsbank, würde, bei drei Milliarden, wohl auch endlich mal aus seinem Versteck herauskommen und ihm die Hölle heiß zu machen versuchen, darauf wartete er ja schon lange. Den mußte der Professor übernehmen, es half nichts, denn er mußte stürmen, stürmen, stürmen! ATTACK! malte er mit ruhiger Hand auf den Block. Die Situation mußte, in diesem Falle, sehr rasch zugespitzt, auf einen Siedepunkt getrieben werden, auf ein »Entweder – oder, Herrschaften!«. Er mußte ihnen, als Alternative, eine komplette Pleite an die Wand malen, mit Entlassungen drohen, hoffentlich spielte Faber mit. Und er brauchte diesmal auch keine Rücksicht auf die Öffentlichkeit zu nehmen, der Name TALL würde mit den ersten Schlagzeilen ohnehin im Brennpunkt stehen. Je mehr Lärm nach Bonn drang, um so besser. Je mehr Krisengerüchte durch die Betriebe liefen, um so schneller würden die Herren in Schillers prächtigem Hochhaus sich entschließen müssen, die Bürgschaft des Bundes zu empfehlen. Hier ging es schließlich um die Sicherung von hundertsiebzehntausend Arbeitsplätzen, und in knapp vier Wochen standen Landtagswahlen im Saargebiet, in Niedersachsen und in Nordrhein-Westfalen an, die ersten Wahlen nach der Bildung der sozialliberalen Koalition; sie konnten schnell zu einer Abstimmung über die Regierung schlechthin geraten. Und über ihre Ostpolitik vor allem.

Benjamin Bach war recht optimistisch, als er sich gegen vier Uhr erhob, um ein heißes Bad zu nehmen. In seiner Nase verspürte er wieder einen leichten Juckreiz. Und hungrig auf ein Stück Schwarzbrot war er plötzlich.

Er fand Dede in der Küche, Spiegeleier bratend.

Um zehn nach vier merkte Lambert Koch, daß sein Benzintank fast leer war, und hielt an der Tankstelle Camberg, hinter Limburg, auf der Autobahn Köln – Frankfurt.

Er schimpfte vor sich hin, weil er beinahe zwei Stunden von Düsseldorf bis hierher gebraucht hatte, dieser Lastwagenverkehr war der helle Wahnsinn. Wenn das so weiterging, würde er noch einmal eine halbe Stunde bis Frankfurt brauchen, eine bis Würzburg, noch eine bis Nürnberg und eine dritte bis München, dann würde es gerade halb acht sein. Er würde zum Friseur im Hauptbahnhof fahren und sich die Haare waschen und schneiden lassen und einen Leberkäs essen, und inzwischen würden die Geschäfte geöffnet haben, und er konnte sich ein frisches Oberhemd und eine unauffällige Jacke und Hose kaufen – Zeug von der Stange! Aber es mußte sein, vielleicht würde er bei Loden-Frey einen dezenten Trachtenanzug bekommen. Damit würde er sicher Eindruck schinden bei dem Alten, der lief doch auch immer so herum – immer war gut, ein einziges Mal hatte er ihn gesehen, auf einer Kindtaufe, wo denn sonst, aber er kannte Fotos aus Bad Aibling. Himmel! ... Nach Aibling würde er nochmal eine Stunde brauchen, dann wäre er also nicht vor neun, halb zehn da, wie schade. Er wußte, daß der alte Knacker schon um sechs Uhr morgens auf seiner Koppel herumstolzierte. Weckte er da nicht seine Pferde auf? Irgendwie hatte er sich eingebildet, als ihn die Idee in Düsseldorf überfiel, daß er um sechs Uhr, oder so, in Aibling sein, den Wagen hinter ein Gebüsch stellen und ganz en passant auf die Koppel schlendern könnte, so by the way, da bin ich, Onkel Josef. Sagte er Onkel Josef zu ihm? Das kam ihm komisch vor. Wie hatte er ihn denn bloß genannt, damals, auf der Kindtaufe? Egal, er wäre jedenfalls gern in aller Herrgottsfrühe schon dagewesen und hätte so getan, als ob er jeden Tag so early auf den Beinen wäre. Der hätte Mund und Nase aufgerissen, der Alte! Aber neun, halb zehn, das war Scheiße, das war wieder mal typisch für ihn, genau so würde ihn der Alte einschätzen.

»Achtundsiebzig«, sagte der Tankwart beeindruckt.

Lambert Koch reichte ihm einen Hunderter aus dem Wagen, schob den Gang rein und jagte den Lamborghini zwischen zwei Lastwagen hindurch auf die Autobahn zurück. Er kam sich unerhört wach und lebendig vor, als ob er seit Wochen keinen Alkohol mehr getrunken hätte. Wie war das nur möglich? Das war BB und die Standpauke, yippie-ay! Er hatte so etwas Unheimliches noch nicht erlebt. Benjamin Bach – das war für ihn so etwas wie Che Guevara. Benjamin Bach und seine tollen Taten waren, so weit er zurückdenken konnte, das interessanteste Gesprächsthema im Hause Koch gewesen. Er wußte noch, daß er seinen Schwiegervater am Anfang, so vor zwanzig Jahren, für einen Gangster gehalten hatte, der den alten Teha Tall in seinem Büro im ehemaligen Düsseldorfer TALL-Haus erpreßt oder hypnotisiert hatte. Das mußte er den Reden entnehmen, die sein Vater dauernd hielt, wenn er nach Hause kam. »Eloise!« schrie Koch senior mit vornehmer französischer Betonung – so hieß Lamberts Mutter –, »jetzt hat er den armen Teufel erpreßt, ihm Duisburg noch zu kaufen! Er macht mit dem kranken alten Mann, *was er will!«* Lange hatte Lambert geglaubt, daß die Stadt Duisburg jetzt dem TALL-Konzern gehöre, beziehungsweise Benjamin Bach, der den alten Tall gezwungen habe, sie ihm zu kaufen. War das nicht aufregend? Oder als der Vater berichtete, dieser Benjamin Bach, »von dem kein Mensch weiß, wo er eigentlich herkommt!«, habe sich den Auftrag für die neue Rheinbrücke in Köln »unter den Nagel gerissen«, die Stadtverordneten seien »alle bestochen«! Das mußte man sich mal bildlich vorstellen, Benjamin Bach bei Nacht und Nebel unterwegs, Säcke voll Geld verteilend. Oder dieses endlose Gerede über die TALL-Prozesse, wo absolut nichts mit rechten Dingen zuzugehen schien, weil »der Kerl doch lauter Leichen mit den Engländern im Keller hat«! Erst viel später, als Lambert Koch längst wußte, wer Benjamin Bach wirklich war und was er tat, fiel ihm auf, daß weder sein Vater noch andere Ruhrindustrielle, die ständig Neuigkeiten über diesen Mann zu berichten hatten, den TALL-Chef persönlich kannten. Aber alle redeten sich den Mund fusselig über den

»Abenteurer« und seine »kriminellen Geschäftsmethoden« und prophezeiten ihm ein »skandalöses Ende«. Das geflügelte Wort, das den Namen Benjamin Bach begleitete, hieß: »Wartet mal ab!« Und als die TALL-Geschäfte mit den Russen bekanntwurden, propagierten einige »aufrechte Deutsche« aus den »besseren Kreisen« sogar eine Art Boykott gegen den Konzern, der jedoch nicht genügend Anhänger fand. Damals geriet Lambert Koch schon in Aufregung, wenn er einen von vielen hundert TALL-Direktoren auch nur von weitem sah. Benjamin Bach aber versuchte er vergeblich zu begegnen, der Mann schien auf gesellschaftliche Kontakte keinen Wert zu legen; auch seine Frau, um die sich nicht weniger mysteriöse Gerüchte rankten, bekam offenbar niemand zu Gesicht.

Darum war das Auftauchen einer leibhaftigen Bach-Tochter im exklusiven »Rochus-Club« für die Düsseldorfer Gesellschaft eine kleine Sensation, und Lambert Koch glaubte den Verstand zu verlieren, als ihn Solveig, nach ein paar Wochen Bekanntschaft, aus heiterem Himmel fragte, ob er sie heiraten wolle. Er hatte sie nicht einmal geküßt bis dahin, aber er hätte auch ja gebrüllt, wenn sie weniger appetitlich gewesen wäre. Die Vorstellung, Benjamin Bachs Schwiegersohn zu werden, berauschte ihn so, daß ihn sogar die wütenden Auseinandersetzungen mit seinem Vater kaltließen. Doch den berühmten Benjamin Bach sah er erst vier Wochen vor der Hochzeit, und er verstand nur allzu gut, daß der große Mann ihn – bei seinen schweißnassen Händen! – eher kühl und von oben herab behandelte. Auch auf der Hochzeit selbst hatte er nur drei Worte mit ihm gewechselt, so daß Solveig schon glaubte, ihren Vater entschuldigen zu müssen, das Dummchen. Diese Zurückhaltung des Schwiegervaters tat Lamberts Enthusiasmus keinen Abbruch, ganz so hatte er sich BB vorgestellt, und in dem halben Jahr, das seitdem vergangen war, hatte er geduldig auf den Tag gewartet, an dem das Eis schmelzen würde – als ob er immer gewußt hätte, daß der Tag kommen würde!

In dieser Nacht glaubte er Benjamin Bach besser kennengelernt zu haben als so mancher, der mit dem TALL-Chef seit Jahren zusammenarbeitete. Diese Nacht, die so schmählich begonnen und so triumphal geendet hatte! Oder gab es einen Menschen bei TALL, von dem Benjamin Bach sich Geld leihen würde? Natürlich nicht. BB hatte Sorgen mit seinen Banken, und er hatte mit ihm darüber gesprochen wie mit seinesgleichen! Er wollte sogar, daß sein Schwiegersohn für ihn arbeitete – in seiner unmittelbaren Nähe!

Lambert Koch drosch den schweren Wagen im grauen Licht des anbrechenden Tages an den Lkws vorbei, die in endlosen Kolonnen die Autobahn verstopften, und sang laut und wild vor sich hin. Er würde Benjamin Bach aus der Patsche helfen, er kannte den Weg, die Lösung aus dem Banken-Dilemma! Sie hieß Onkel Josef, und um neun, halb zehn würde er an Ort und Stelle sein, in Bad Aibling, an der Autobahn München – Salzburg. In einem Trachtenanzug, juchhu! Grüß Gott, würde er zu Onkel Josef sagen, oder Servus, ich bringe dir ein hübsches kleines Geschäftchen, den gesamten TALL-Konzern – was ist da für mich drin? Er würde mit dem alten Knacker um Prozente handeln wie ein richtiger Geschäftsmann. Und Benjamin Bach würde staunen über seinen Schwiegersohn. Vielleicht würde er ihm nur stumm die Hand drücken: Danke, Lambert!

An Solveig dachte Lambert Koch überhaupt nicht dabei. Sie war für ihn nur Mittel zum Zweck, so wie auch er für sie nur Mittel zum Zweck gewesen war. Eine realistische Basis für eine Ehe.

Punkt sieben öffnete Jupp die Eingangstür und nahm Edmund Faber den Mantel ab. »Herr Bach wartet im Wintergarten.«

Der Finanzchef sah bleich aus, als ob auch er nicht viel geschlafen hätte in dieser Nacht. Zwei dunkle Ringe zogen sich messerscharf unter jedem seiner geröteten Augen hin. Er war ein hagerer Mann von Anfang Sechzig, der in einem seltsamen Teufelskreis steckte, wie so viele leitende Männer in der Industrie. Seit vielen Jahren schon hätte er sorgenfrei leben können, in einem Haus in der Provence, das seine Frau ihm, unter anderen, hinterlassen hatte. Sein persönliches Vermögen betrug gut und gern zwei, drei Millionen, wie Benjamin Bach wußte. Er hatte keine Kinder, nur einen älteren Bruder in Südafrika, und der war selber steinreich. Aber Edmund Faber konnte sich nicht trennen von der Welt der großen Zahlen, in der er lebte wie jener Hecht im Karpfenteich und in der er sich bewegte wie ein Croupier. Er sah auch aus, wie Leute sich einen Croupier vorstellen, oder doch wie ein Mann, der zuwenig schläft, zu hastig ißt und zuviel raucht. Wahrscheinlich hatte er Magengeschwüre und Ärger mit der Leber, obwohl er kaum etwas Alkoholisches trank. Er konnte, zum Entsetzen seiner Umgebung, in wenigen Augenblicken so todkrank aussehen, daß Benjamin Bach ihn schon mehr als einmal nach Hause geschickt hatte, und er konnte, in Zeiten der Hochspannung, wenn seine Mitarbeiter im Finanzressort die Köpfe hängen ließen, aufblühen wie ein Lungenkranker in der Euphorie. Immerhin, es war Faber, und kein anderer sonst, der jahraus, jahrein bis zu sechzehn Stunden täglich hinter seinem Schreibtisch hockte und mit dem Appetit einer Kobra über Termingelder und Schuldverschreibungen, Sondersätze der Körperschaftssteuer und Wertberichtigungen verhandelte. Er hatte die Interna von Hunderten von Banken und Versicherungen und die Histörchen ihrer Inhaber und leitenden Herren im Kopf und wußte stets, wer bei wem mit wieviel verschuldet, wer am Kommen oder am Ende war. So, wie er war, war dieser Faber unbezahlbar für Benjamin Bach. Aber der TALL-Chef wußte, daß auch er für Faber seine Reize hatte: es gab keinen Aufsichtsrat und keine öffentlichen Bilanzen in ihrem Unternehmen, und niemand redete Faber in seine Geschäfte hinein – solange er die Millionen heranschaffte, die gebraucht wurden. Bisher war ihm das, trotz des Appetits, den der Konzern entwickelte, noch immer gelungen.

»Ich gebe Ihnen nicht die Hand«, rief Benjamin Bach ihm entgegen, »ich glaube, mich hat's erwischt ... Sie sehen auch nicht gerade erfreulich aus, Herr Faber!«

In den letzten drei Stunden hatte Benjamin Bach etwas von seiner guten Laune verloren, nachdem offensichtlich geworden war, daß sich der Schnupfen nicht mehr aufhalten ließ. Er stand, fix und fertig angezogen, hinter dem flachen Glastisch mit den Korbsesseln, auf dem ein üppiges Frühstück für zwei gedeckt war, und sah, im Gegensatz zu seinem Finanzchef, wie das Leben selbst aus, in einem leichten grauen Flanell, mit einer dunkelroten Nelke im Knopfloch, braungebrannt und herzlich, rundum herzlich.

»Morgen, Herr Bach«, sagte Faber heiser, wußte nicht gleich, wo er seinen Aktenkoffer lassen sollte, und tastete gewohnheitsgemäß schon nach der linken Seitentasche seines unvermeidlich blauen Bankanzuges, in der die Zigaretten steckten. »Gute Reise gehabt?« Seine Hand fand die FAZ, holte sie heraus und warf sie auf einen Sessel.

»Danke der Nachfrage. Ich wünsche jetzt, daß Sie zwei dieser köstlichen Würstchen mit Rührei essen«, sagte Benjamin Bach, »aber vorher trinken Sie einen frischen Orangensaft. Steht schon was drin?« Er meinte die Zeitung.

Faber reichte sie ihm. »Außer der groß aufgemachten Nachricht ein Kommentar im Wirtschaftsteil, der vorsichtige Zweifel an der

Realisierungsmöglichkeit überhaupt anmeldet ... Wenn ich einen Tee haben kann? So früh esse ich nie etwas, das wissen Sie doch.« Und er holte die Gauloises-Schachtel hervor.

»Ach, Faber ...« Seufzend betrachtete Benjamin Bach sein Foto, legte die Zeitung weg, ohne den Wirtschaftsteil angesehen zu haben, und schenkte seinem Gast Tee ein. »Sie erinnern mich an einen, der hat immer nur eine Coca zum Frühstück – eiskalt, natürlich – und zwei Aspirin-Tabletten genommen, aber das war ein schwerer Säufer. Und ein Bigamist, außerdem.«

Faber hustete ein bißchen in die hohle Hand, bevor er, bedächtig, mit seiner heiseren Stimme erklärte: »Wenn Goergelen nicht gestern noch bei mir gewesen wäre, hätte ich bei der Tagesschau abends einen Herzanfall bekommen ... Danke.« Er trank vorsichtig einen Schluck.

»Ich habe Ihnen doch ein ausführliches Telegramm aus Peking geschickt«, fing Benjamin Bach an, aber dann ärgerte er sich zu sehr über Goergelen. Und über die Zigarette, die Faber anzündete. Abrupt sagte er: »Ich werde mich von dem Mann trennen ... Es gibt Grenzen ... Vielleicht hat er auch mit dem FAZ-Vertreter noch geredet ... Dieser Goergelen geht mir langsam über die Hutschnur!«

»Nicht doch!« Faber wischte den blauen Rauch weg, und an der Bewegung schon erkannte Benjamin Bach, daß es schwer werden würde. »Goergelen ist doch nicht gegen das Geschäft, er ist nur gegen die sonderbare Eile, mit der Sie's rausposaunt haben! Ich muß gestehen«, der Finanzchef hustete vor unterdrückter Erregung, nicht nur seines chronischen Raucherkatarrhs wegen, »ich bin ganz erschlagen, Herr Bach! ... Wenn ich Goergelen richtig verstanden habe, gibt es nur einen recht lückenhaften Vorvertrag und Hunderte von Seiten voll technischer Wünsche der Chinesen – aber kein Wort, soweit, über die Art der Finanzierung und ...«

»Großer Gott!« rief Benjamin Bach. »Das habe ich Ihnen doch ausführlichst telegrafiert! Fünf Prozent bei Vertragsabschluß, und alles übrige *bar* auf die Hand!«

»*Wie* bar? ... *Pro rata* Lieferung steht in Ihrem Telegramm!«

»Ab Lieferungsbereitschaft, jawohl! ... Dann bei Montage, bei Betriebsbereitschaft, und, wie üblich, die restlichen dreißig Prozent bei Übergabe!« Er setzte sich ungeduldig an seine Rühreier. »Was ist daran so ungewöhnlich, Herr Faber?«

Der ließ die Schultern hängen. »Alles, Herr Bach. Einfach alles!«

Er legte seine Zigarette in den Aschenbecher und zündete sich automatisch eine neue an. »Sie schmeißen mit den Milliarden um sich – wie kommen Sie auf *drei?* – und können doch nicht die blasseste Ahnung haben, was die Dinger am Ende wirklich kosten werden!«

»Meinen Sie?« Benjamin Bach hieb in die Rühreier und lachte breit. »Ich habe Tschou, obwohl uns die gesamten Erdarbeiten *absolut nichts* kosten werden, einen Durchschnitt von sechs- bis siebenhundert Millionen pro Anlage verkauft, Herr Faber, *werter* Herr Faber! ... Und der Gewinn steckt im Multiplikator, wie Sie sich denken können! Wir kommen auf unsere Kosten *wie noch nie* – und das ist das einzige Ungewöhnliche daran! ... Noch was?«

»Ihnen ist, in der Eile, vielleicht entgangen, oder Sie haben es wieder mal verdrängt, daß wir mitten in einem ausgewachsenen Stahlboom stecken und daß wir gar nicht die Kapazität, im Augenblick, haben – ach, was heißt! – auch im nächsten Jahr nicht haben werden, um *vier* Stahlwerke zu bauen! Und dann noch in Rotchina ... !«

»Wir schaffen uns die Kapazität, und wenn ich andere rausschmeißen muß, aber das ist jetzt nicht unsere Sorge.«

»Und Goergelen sagt ...«

»Goergelen sagt! Goergelen sagt!« fuhr Bach hoch. »Merken Sie nicht, wie diese alte Unke uns auch jetzt noch die Zeit stiehlt?«

»Goergelen sagt, Sie hätten schon Liefertermine unterschrieben, ab Frühjahr einundsiebzig und sukzessive weiter so ...«

Benjamin Bach mampfte Rühreier und Würstchen, nickte und spülte mit Kaffee nach. Streit regte seinen Appetit an, und außerdem wurde ihm schlecht, wenn er auf nüchternen Magen Zigarettenrauch riechen mußte. Aber er wollte Faber deswegen nichts sagen. Nicht in seinem Haus. Und nicht heute. Heute und hier konnte sich der Finanzchef vieles erlauben, wofür er ihm an einem anderen Tag, und im Büro, glatt die Tür gewiesen hätte.

»Nur weiter so«, sagte er mit vollem Mund. »Stürzen Sie sich nur auf alles, was Sie nichts angeht, Herr Faber, dann werden Sie bald sehen, wo Sie bei diesem Geschäft landen!« Er schob eine neue Ladung auf die Gabel und ließ Faber keine Zeit, zu antworten. »Sie werden Wochen brauchen, mein Lieber, bis Sie alles intus haben, was Sie allein von der finanziellen Seite her wissen müssen. Dieses Geschäft übersteigt *alles,* Faber!« Er kaute, trank Kaffee. »Daß Goergelen überhaupt da reingerochen hat, war ein echter Unglücksfall. Muß ich Ihnen später mal erzählen. Heute kommt's mir nur darauf an, daß wir, bei der Sitzung nachher, das Finanzielle erst mal ausklammern ...«

»Ha!« machte Faber gereizt. Das kannte er schon.

»Ja. Zuerst muß nämlich Grund reingebracht werden in die Sache. Jetzt muß Plini ran mit der Technik. *Am ersten Juli muß der Vertrag unterschrieben sein.* Ich muß Höchstleistungen von seinen Leuten verlangen können, und das geht nur, wenn Sie nicht dauernd schon wieder querschießen und den Jungs die Stimmung verderben. Lachen Sie nicht so höhnisch!«

»Ich lache überhaupt nicht«, sagte Faber, »ich lache schon lange nicht mehr.«

»Um so besser. Wir führen die Sache getrennt zum Ziel. Ich beschaffe Ihnen die Bundesbürgschaft für die Überbrückung, und Sie kümmern sich in aller Ruhe um die Bank. Und Plini sorgt dafür, daß wir im Rahmen bleiben ...«

»Wie sieht der aus?«

»Der Rahmen? Nehmen Sie mal zweihundert an, um den Dreh wird's sich bewegen. Wir kriegen bei Vertragsabschluß unsere fünf Prozent, sind hundertfünfzig Millionen, und brauchen, grob gerechnet, bis zur ersten Rate nochmal zweihundert ...«

Der Finanzchef stand auf, ging ein paar Schritte vom Frühstückstisch weg und atmete, hustend, ein paarmal tief ein und aus.

»Wo wollen Sie hin? Fehlt Ihnen was?«

»Nichts«, sagte Faber. »Mein Magen macht mir nur zu schaffen ...«

»Das kommt von Ihrer verdammten Raucherei!«

Faber ging darauf nicht ein, sagte schwer atmend: »Sie werden dafür keine Bürgschaft kriegen!« Und setzte sich wieder.

Benjamin Bach starrte ihn böse an, fing wieder an zu kauen. »Das erzählt mir seit gestern abend jeder, aber ich kann auf Ejzes verzichten – oder wissen Sie mehr als ich?«

Faber fingerte schon wieder an einer neuen Zigarette. »Die Zeichen stehen auf Drosseln, Bremsen, Abkühlung ... Was an der Börse los ist, wissen Sie ja – fünfundzwanzig Prozent Verluste in den letzten drei Monaten – Sie können auch Milliarden sagen. Dabei liegen die Umsätze schon zwanzig Prozent überm letzten Jahr – und *da* war die Konjunktur schon überhitzt.«

»Und? ... Und?« Benjamin Bach würgte an seinen Rühreiern, daß

Faber die Hand vor die Augen halten mußte.

»Ich habe in den letzten Tagen mit Schöllhorn und mit Arndt gesprochen«, das waren Staatssekretäre im Wirtschaftsministerium, »und am Freitagabend lange mit Blessing telefoniert«, dem ehemaligen Bundesbankpräsidenten, »und sie schwören Stein und Bein alle, daß die Regierung diesmal aktiv werden muß. Sie werden die degressiven Abschreibungen streichen und damit die Investitionsmöglichkeiten begrenzen – um vier Stahlwerke aufzulegen, werden Sie aber investieren *müssen,* Herr Bach! –, und Schiller wird die Steuererhöhungen durchsetzen, die sie ihm noch im Februar verweigert haben, und sie werden die Liquidität der Banken noch weiter beschränken, und von einer Senkung des Diskontsatzes ist natürlich keine Rede. Das alles läßt Sie, wie ich weiß, vollkommen kalt, Herr Bach, das ist *mein* Bier, wie Sie immer sagen. Aber es bedeutet eindeutig, daß Bonn vor dem Herbst bestimmt keine Bürgschaft in der von Ihnen angedeuteten Höhe geben kann, *unmöglich!*«

Benjamin Bach hob die Schultern. »Vielleicht haben Sie recht – in der Theorie haben Sie ja immer recht.« Er trank noch einen Schluck Kaffee, schmiß die Serviette weg und rülpste verhalten. »Aber ein kluger Mann hat mal gesagt: die Sozialdemokraten stehen mit ihrer Wirtschaftspolitik immer zwischen Baum und Borke, im Zweifelsfall lassen sie lieber einen Minister schießen und halten sich an die Borke, sprich Gewerkschaften. Ich glaube nicht, daß Möller und Schiller mit ihrem Stabilitätsprogramm durchkommen. Ein Besuch von Otto«, er meinte Brenner, den Vorsitzenden der Industriegewerkschaft Metall, »und Willy macht sich in die Hosen. Karl Schiller hat mir von der Februarsitzung in der SPD-Fraktion erzählt, wo er den Antrag gestellt hat, die Lohn-, Einkommen- und Körperschaftssteuer *vorübergehend* um zehn Prozent zu erhöhen – genau so, wie das von derselben Fraktion beschlossene Stabilitätsgesetz es vorsieht. Du lieber Himmel!« Benjamin Bach stand lachend auf. »Sie haben ihn fast in der Luft zerrissen, ihren Wirtschaftsprofessor! Er war noch ganz aus dem Häuschen, wie er mir davon erzählt hat. Die Genossen haben es für eine Unverschämtheit von ihm gehalten, die Konjunktur auf Kosten der Arbeiterschaft wieder abzukühlen!«

»Diesmal aber ...«, fing der Finanzchef wieder an.

»Hören Sie auf!« sagte Benjamin Bach. »Ich baue darauf, daß Willy Brandt sich in den Slogan von der Sicherheit der Arbeitsplätze verliebt hat. *Damit* hole ich mir seine Bürgschaft. Und wenn Alex

Möller sich ziert, mache ich ihm so die Hölle heiß, daß er nur noch zurücktreten kann. Und wenn mir Karl Schiller die Zustimmung verweigert, stecke ich mich hinter die Gewerkschaftler in seiner Fraktion und lasse ihn ebenfalls hochgehen! ... Glauben Sie mir, Herr Faber, die Sozis sind viel leichter zu legen als die Christlichen, denn das eine sind Schwärmer, und das andere sind Geschäftsleute. Schließlich will Brandt auch im nächsten Wahlkampf wieder drohen können, daß er die Betriebe auf die Straße schickt – wenn er mir aber nicht bürgt, dann schicke *ich* ihm die Arbeiter ins Palais Schaumburg, und das weiß er ganz genau.«

»Sind Sie nicht ein bißchen übergeschnappt?« fragte Faber trokken. »Stabilität ist doch kein Parteiprogramm! Das ist doch etwas, das sich an Zahlen ablesen läßt!«

Benjamin Bach trompetete in mehrere Kleenex-Tücher gleichzeitig. Als er wieder sichtbar wurde, schüttelte er weiter den Kopf. »Das müssen Sie Brandt sagen, Herr Faber, nicht mir. Natürlich ist seine Stabilitätspolitik ganz irreal, wenn er von vornherein erklärt, daß sie nicht zu Lasten der beteiligten Gruppen gehen darf – wer gibt denn die Millionen aus, die Sie von der Bank holen? Unsere hunderttausend Arbeiter doch! ... Jeden Ersten stecken Sie ihnen zweihundert Millionen in die Lohntüten, und schon am zwanzigsten hat keiner mehr was! Schauen Sie doch mal hinaus auf die Parkplätze! In den letzten zwei Jahren haben wir mehr Tiefgaragen und Parkplätze angelegt als in den ganzen zehn Jahren vorher!«

»Hören Sie endlich auf damit!« Faber wurde ganz ungeduldig. »Ich wäre schon zufrieden, wenn ich wüßte, wo ich die siebzig Millionen hernehme, die in dieser Woche wieder fällig sind – und Sie kommen elegant dahergesegelt und verlangen einen neuen Superkredit, um in China Stahlwerke zu bauen! Als ob wir das, im Moment, nötig hätten! ... Aber gut. Wohl bekomm's, kann ich nur sagen. Sie werden sich wundern, wenn Sie zu Egerwald kommen! Unter neuneinhalb Prozent kriegen Sie keine müde Mark zur Zeit – und wieviel, wenn ich mal fragen darf, wollen Sie den Herren eigentlich *noch* in den Rachen schmeißen? Ich zahle in diesem Jahr zum erstenmal an die *dreihundert* Millionen nur an Zinsen, wenn Ihnen das etwas sagt! ... Haben Sie sich je schon mal Gedanken gemacht, wie wir *davon* wieder runterkommen sollen? Nein. *Sie* treten abends vors Fernsehen und erzählen dem staunenden Volk, daß Sie das größte Exportgeschäft aller Zeiten nach Hause gebracht haben –

drei Milliarden! ... Das Gesicht von Egerwald hätte ich sehen mögen, wie er *das* gehört hat!«

Benjamin Bach ging schweigend hin und her.

Als Faber keine Antwort von ihm bekam, sank er in seinen Sessel zurück, drückte die Gauloises aus und zündete sich zitternd eine neue an, stützte den Kopf in die Hand, hustete kurz und sagte, noch heiserer: »Ich bin ganz Ohr ...«

Benjamin Bach ließ sich mit seinem Kleenex-Kasten in der entferntesten Ecke nieder. »Wenn Sie meine Eleganz stört«, sagte er ruhig, »dann gehen Sie doch auch mal wieder zum Schneider. Alles andere haben Sie mir schon bis zum Überdruß vorgetragen – halt! Beim letzten Mal, allerdings, haben sogar *Sie* erkennen lassen, daß wir auf dem besten Weg wären, aus dem Zustand endlich herauszukommen, stimmt das nicht? Wenn der Boom noch ein Jahr anhält, haben Sie gesagt ...«

Faber sprang auf und schrie: »Aber doch nicht, wenn Sie schon *wieder* mit so einem Poäng nach Hause kommen! ... Wir bersten ja jetzt schon aus allen Nähten, Himmel nochmal! Und meine ganze monatelange Sanierungsarbeit ist doch für die Katz' gewesen, wenn Sie jetzt schon wieder, auf Teufel komm raus, investieren wollen! *Begreifen* Sie das denn nicht mal endlich?«

Mit einem gurgelnden Laut sank er in den Sessel zurück und preßte die Hand auf den Magen, die andere tastete schon wieder nach der Zigarettenschachtel.

»Im Aschenbecher qualmen noch zwei«, rief Benjamin Bach aus der Ecke. »Wenn Sie immer so mit Ihren Kippen umgehen, kommen wir natürlich auf keinen grünen Zweig.« Aber er fand sich selbst nicht sehr komisch, er war schon eher wütend. Beherrscht stand er wieder auf und wanderte zum Frühstückstisch zurück. »Wenn Sie bloß begreifen wollten, daß ich weiter denken muß als Sie, Faber. Wir könnten so schön miteinander auskommen ...« Er seufzte zum Erbarmen.

»Ha!« machte Faber wieder, wobei er das a fast ganz verschluckte.

»Derselbe Herr Arndt, den Sie eben zitiert haben«, sagte Benjamin Bach, »hat mir vor kurzem prophezeit, daß der Boom schon vor dem Ende steht. Ich gebe aber nichts darauf, weil ich noch nie was von Prognosen gehalten habe, besonders nicht von Wirtschaftspolitikern. Aber ich muß an das denken, was in zwei, drei Jahren und was in zehn Jahren sein wird. Und insofern muß ich auch *politisch* denken, und wenn ich politisch *und* an die Zukunft denke, dann fahre ich eben nach China heute, denn dieses riesige China ist der einzige Markt, der ganz schnell dasein wird, wenn Vietnam zu Ende geht, und wer da zuerst einen Fuß draufsetzt, hat für lange Zeit gewonnen ... Diese vier Stahlwerke, Faber, sind doch beileibe keine einmalige Veranstaltung, sondern nur der Auftakt für eine ganze Reihe ähnlicher Unternehmungen! ... Lassen Sie mich ausreden!«

»Erzählen Sie mir keine Märchen!« rief der Finanzchef. »Sie sind da hingefahren, um die Mannesmann-Röhren-Geschichte zu übertreffen, das ist alles!«

»Kann schon sein«, gab Benjamin Bach zu, »aber ich habe eine Goldader gefunden, wie sie größer nie mehr zu finden sein wird, jetzt können wir endlich mal Preise diktieren, ohne daß uns einer was von Profitdenken und schnöder Gewinnsucht erzählt – hier haben wir in der Wolle gefärbte Kommunisten vor uns!«

Nun lachte Faber doch höhnisch.

»Wenn ich Ihnen sage, warum ich den Vogel abgeschossen habe in Peking«, fuhr Benjamin Bach fort, »dann sperren Sie Mund und Nase auf – für die Chinesen ist das Geschäft in erster Linie Politik, *so* müssen Sie das sehen! ... Die sind noch mißtrauischer als die CDU, was Brandt und seine Flitterwochen mit Moskau angeht. Die halten das Ganze für einen ausgekochten Schachzug der Russen, dieses ganze Entspannungsgerede, und glauben, daß Moskau sich damit nur den Rücken freimachen will in Europa. Darum haben die sich in Peking was einfallen lassen, um den Russen in die Suppe zu spucken ...«

»Ich verstehe kein Wort!« regte sich Faber auf. »Oder wollen Sie behaupten, daß Ihnen die Chinesen das Geschäft nur angeboten haben, um die Russen zu ärgern?«

»Zu ärgern, zu stören, zu verunsichern – wie Sie es nennen wollen! Von China aus betrachtet, sieht das, was die Russen treiben, tatsächlich wie eine riesige Verschwörung aus, wie eine Superheimtükke, nicht wie weltweite Entspannung. Ich habe noch nie einen Mann so gräßlich darüber lachen hören wie Tschou En-lai, und da wir in Mitteleuropa liegen und im Begriff sind, uns mit den Ostberliner Satrapen zu liieren, haben die sich in Peking, wie gesagt, was einfallen lassen. Ein so riesiges Geschäft nämlich, daß Bonn dazu unmöglich nein sagen kann! Das haben die sich ganz genau überlegt, das mit den vier Stahlwerken statt einem! Und darum waren sie auch so versessen darauf, die Nachricht sofort zu publizieren! ... Tschou selbst hat mich aufmerksam gemacht, daß am vierzehnten Juni drei Landtagswahlen bei uns stattfinden! Stellen Sie sich mal vor, mit was die sich in ihrem Außenministerium beschäftigen! Deutsche Landtagswahlen! Und soll ich Ihnen mal was sagen ... ?«

»Nein!« Faber sprang auf und stieß einen heiseren Laut aus, es klang wie das Bellen eines kranken Hundes. »Sagen Sie nichts mehr! Ich kann das wirklich nicht mehr hören! Sie machen mich noch wahnsinnig mit Ihrem Gerede! Sie schweben wieder mal über allen Wolken und betreiben hohe Politik, und *ich* kann sehen, wo ich das Geld dazu herhole! ... Sie werden noch, nur um Ihren Chinesen einen Gefallen zu tun, den ganzen Konzern ruinieren! Entschuldigen Sie«, setzte er schnell hinzu, »aber so ist es doch!« Aufgeregt ging er hin und her.

»Also, reden wir über Geld«, sagte Benjamin Bach ergeben. »Wenn die Deutsche Bank noch vor fünf Monaten in der Lage war, den Russen eine Milliarde zu sechs Prozent zu beschaffen, dann zahlen wir der Handelsbank bei dem heutigen Diskontsatz eben sechseinhalb, aber kein Achtelchen mehr! Und auf sieben Jahre außerdem nur, nicht auf elf, wie Mannesmann!«

Faber setzte sich wieder, schüttelte den Kopf, rauchte in kurzen, hastigen Zügen, hüstelte ein paarmal, sah auf den Teppich vor sich. »Sie werden von Egerwald nichts bekommen, es ist gar nicht drin ... Vor acht Wochen habe ich mich auf eine Neubewertung mit ihm geeinigt, bei der wir gar nicht so schlecht abschneiden würden, einen Plan, den die Tanker inzwischen schon wieder schwer gefährden ... Egerwald wird sich hinter Wallassé verstecken und, mit Recht, jetzt eine konsolidierte Bilanz fordern.« Das war eine gemeinsame Bilanz aller Konzerngesellschaften, die Aufschluß über die Lage des Gesamtunternehmens gab und von TALL der Hausbank noch nie vorgelegt worden war.

Benjamin Bach stand wieder auf. »Sie denken zu kleinkariert, Herr Faber. Sie bringen es fertig, mir diese überzogenen Tanker aufs Brot zu schmieren, während ich mit einem Geschäft ankomme, das unseren Umsatz in den nächsten Jahren auf acht oder neun Milliarden hinaufschrauben wird. Ihr Glaubensbekenntnis erschöpft sich im Häkeln einer ausreichenden Eigenkapitaldecke, und es will Ihnen nicht in den Kopf, daß Sie immer den kürzeren dabei ziehen werden, weil *mein* Glaubensbekenntnis Umsatz heißt, Wachstum, Fortschritt!« Er merkte, daß er sich zwingen mußte weiterzureden und wie es ihn deprimierte, daß alle seine Vorstellungen an diesem Mann abprallten, der einfach nicht zu begeistern war, dem höhere Zusammenhänge immer verborgen bleiben würden, weil ihm der Zugang zu allem fehlte, was sich in Zahlen nicht ausdrücken ließ. Aber er hatte das nun zu oft schon erlebt mit Faber, und er wußte, daß er ihn überwinden mußte wie eine Übelkeit nach einem zu fetten Essen, nur dann würde er an die nächsten Schritte denken und alles nach seinen Wünschen arrangieren können. Darum steckte er sich, wieder einmal, quasi den Finger in den Hals und erbrach sich vor Faber, und vielleicht wurde er in seinem Ton etwas zu arrogant dabei. »Leider kann ich mich mit Ihren Kapitalsorgen nicht aufhalten, Verehrtester, sonst würden wir heute noch bei einem Umsatz von drei Milliarden herumkrauchen, wie vor zwölf Jahren, als Sie auch schon Zeter und Mordio geschrien haben – damals hatten wir ein Eigenkapital von dreihundert Millionen, glaube ich. Und inzwischen haben Sie, immerhin, schon siebenhundert und soundsoviel in der Schublade, und wenn Sie sich mal fragen, wieso, dann müssen Sie zugeben, daß *ich* Ihnen als Schrittmacher gedient und den Umsatz auf siebenkommasechs Milliarden gehoben habe!«

»Sie berauschen sich schon wieder an Ihrem verdammten Umsatz«, sagte Faber giftig, »und vergessen dabei ganz, daß Sie längst nicht mehr das sind, was man im Geschäftsleben liquid nennt! Wenn Sie schon die siebenhundert Millionen Eigenkapital erwähnen, dann vergessen Sie doch, bitte, nie, auch die beinahe drei Milliarden zu berücksichtigen, mit denen wir im Debet stehen – eine zuviel für die Handelsbank!«

Benjamin Bach betrachtete seinen Finanzchef voller Abscheu. »Sie sagen das so schadenfroh, Herr Faber ...«

Edmund Faber sprang wütend auf. »Unterstellen Sie mir nichts! Wenn Sie es auf einen Bruch ankommen lassen wollen – den können Sie haben! ... Sie wissen genau, daß ich vor Sorgen nachts nicht schlafen kann und es langsam leid bin, mir von Egerwald Vorhaltungen machen zu lassen! Dem kann ich nämlich nichts von höherer Politik und diesem Zeug erzählen, der lacht mich nur aus und hält mich für verrückt!«

Plötzlich sah Benjamin Bach rot, und er brüllte so laut, daß die Scheiben klirrten. »Wenn wir expandieren, hat Egerwald, bitte schön, strammzustehen! Wir werden bei diesem Geschäft Gewinne machen, wie Sie es sich in Ihren kühnsten Träumen nicht vorstellen können!«

Der Finanzchef sprang ihm beinahe ins Gesicht. Er verlor nun völlig die Nerven. »Einen Dreck werden wir! Einen Umsatzsprung wie diesen, den verkraften Sie erst mal, Sie Narr! Sie verwechseln immer noch Geld mit Kapital! Um acht oder neun Milliarden umzusetzen, brauchen Sie aber so viel Fremdkapital, daß Sie bald den Kopf nicht mehr aus der Schlinge ziehen werden! Ist Ihnen das denn nicht beizubringen?«

»Haben Sie Narr gesagt? Ich sage: Idiot!«

Wenn sie unter vier Augen waren und grundsätzlich wurden, vergaßen sie schon mal ihre Kinderstube, schrien sich an, griffen zu Verbalinjurien, knallten die Türen und hinterließen Drohungen, was einen unbefangenen Zuhörer zu der Annahme hätte verleiten können, sie seien zerstritten und der Bruch sei endgültig. Es war dann immer wieder Benjamin Bach, der auf allzuviel Charakter verzichtete und einlenkende Worte fand. Solche Rückzieher wirkten, erstaunlicherweise, Wunder auf den sonst so gerissenen Faber, denn er selber war eher nachtragend. Obwohl ihm die Erfahrung ihrer vielen gemeinsamen Jahre hätte raten müssen, sich über den harten Kern Benjamin Bachs nichts vorzumachen, sah er in dessen Fähigkeit, sich nach Belieben klein zu geben, doch so etwas wie ein Zeichen innerer Größe, und das beschämte ihn dann so, daß es ihn, früher oder später, an den Schreibtisch zurücktrieb. Wenn seine Mitarbeiter ihm vorwarfen, daß er letztlich doch nur das tue, was BB von ihm verlange, erklärte er: »Es kommt auf die Firma an – nicht darauf, wer recht behält!« (Auch ein Zitat von Bach.)

An diesem frühen Morgen war alles ein wenig ernster, die Höhe der Summen, um die es ging, gefährdete ihr »schlampiges Verhältnis«, wie der Konzernchef es nannte, in einer Weise, die jede Rhetorik eigentlich ausschloß. Darum gab Bach frühzeitig nach. »Sie sind krank, Herr Faber. Ich hätte wissen müssen, daß Sie *das* nicht mehr durchhalten ...«

Faber war für solche Rücksichtnahmen nicht unempfänglich, aber heute schüttelte er finster den Kopf. »Ich kann immer noch bis zehn zählen!«

Es vergingen ein paar Minuten, in denen Benjamin Bach brütend in seinem fernen Sessel hockte und vor sich hinstarrte. »Na gut«, sagte er schließlich, »dann eben nicht!« Stand auf, ging langsam zur Tür, die in sein Arbeitszimmer führte, öffnete sie und rief: »Dede?«

Die Stimme seiner Frau antwortete aus der Halle. Sie war aufgeblieben, nachdem sie ihm die Spiegeleier gemacht hatte, dann waren sie zusammen in der Sauna gewesen, hatten im Pool eine Runde geschwommen und, nach langer Zeit wieder einmal, zusammen geschlafen, wobei nur er, wie üblich, auf seine Kosten gekommen war, und als er sich dann so richtig müde fühlte, war es Zeit gewesen, sich anzuziehen, und Dede war in die Küche gegangen, um alles vorzubereiten, und hatte inzwischen wohl mit Jupp gefrühstückt; sie konnte ihm leid tun. Aber heute tat er sich mehr leid.

Faber sagte steif: »Ich finde allein raus, Sie brauchen Ihre Frau nicht zu bemühen ...«

Benjamin Bach schüttelte nur den Kopf.

»Ich bin ziemlich am Ende«, sagte er, als Dede in den Wintergarten trat, »vielleicht ist es der Schnupfen, oder ich bin nicht ausgeschlafen ... Herr Faber fühlt sich auch nicht wohl ...«

Heidede Bach hatte einen der hübschen Kimonos an und sah faszinierend fremdartig aus, zumal sie das Haar offen trug. »Du Armer!« Erschrocken schmiegte sie sich eine Sekunde an ihren Mann. »Warum legst du dich nicht wieder hin?«

Faber war bestürzt, er hatte noch nie erlebt, daß Benjamin Bach seine Frau in geschäftliche Unterhaltungen hineinzog. »Guten Morgen, gnä' Frau«, sagte er verlegen, »ich dachte, Sie schlafen noch.« Er küßte ihr die Hand, und es entfuhr ihm: »Sie sehen ... phantastisch aus, wenn ich das sagen darf, wunderschön ... !«

Der bleiche Finanzchef mit seinen gelben Nikotinfingern war Dede nicht ganz geheuer, sie witterte die Spannungen, die er ins Haus brachte, und war, wenn möglich, noch bestürzter als er, daß ihr Mann sie dabei haben wollte. Doch sie ließ sich nichts anmerken, errötete nur etwas.

»Danke, das hört man gern in meinem Alter – und dazu noch von Ihnen, Herr Faber!«

»Herr Faber«, sagte Benjamin Bach, »legt sich quer. Herr Faber meint, daß wir das ganze Chinageschäft nicht machen können. Ich weiß wirklich nicht, was ich dazu noch sagen soll.« Er wunderte sich selber, daß er, einem Impuls folgend, Dede dazugeholt hatte, und er merkte, wie auch die beiden sich wunderten. »Vielleicht werde ich alt«, fügte er hinzu.

Faber protestierte gegen seine Erklärung. »Aber, Herr Bach, das ist wirklich ... Warum belästigen Sie Ihre Gattin damit!«

Dede faßte sich zuerst und nahm Faber beim Arm. »Setzen Sie sich doch wieder, ich glaube, mein Mann hat Fieber. Setzen Sie sich doch, Herr Faber – bitte!« Und sie nahm schnell auf dem Sessel neben ihm Platz und sah ihn aus ihren großen braunen Augen hilflos an. »Ich habe euch schreien hören ... Ein Glück, daß Ben mich geholt hat. Wenn in meinem Haus geschrien wird, könnte ich heulen ... Entschuldigen Sie!« Sie wandte sich ab und betupfte mit dem Mittelfinger ein Auge.

Benjamin Bach war fasziniert, er sah, wie Faber nach Dedes Hand griff und ganz erschüttert »Aber, gnä' Frau!« rief – und ihn dann wütend anfunkelte.

»Laß doch, Dedchen«, sagte Benjamin Bach unbehaglich, »wir werden das alles nochmal überdenken ...«

Aber seine Frau sprach schon weiter. Was für eine Schauspielerin hatte er da geheiratet! Faber anblickend, sagte sie mit einem rührenden Lächeln: »Wenn ihr beide euch anschreit, bekomme ich Angst, das müssen Sie mir glauben, Herr Faber! Sie sind doch sein engster Mitarbeiter, das weiß ich doch! Wenn überhaupt ein Name aus der Firma hier im Haus fällt, dann ist es Ihrer! Sie glauben mir hoffentlich? ... Wie oft kommt mein Mann nach Hause und stöhnt: Faber hat das wieder gerettet! Faber ist einfach ein Genie! ... Leider erzählt er so gar nichts sonst von seiner Arbeit, aber irgendwie habe ich mir immer gesagt: solange der Herr Faber da ist, kann nichts passieren!«

Benjamin Bach verzog das Gesicht hinter seinem Kleenex-Tuch. Plötzlich genierte er sich vor seiner spontanen Eingebung. Was Dede da faselte ... Aber Edmund Faber schien lange keiner Frau wie ihr die Hand gehalten zu haben, er war animiert von ihrem unerwarteten Erscheinen und sprach in einem seltsam unterdrückten Ton auf sie ein, als wollte er den Dritten im Raum nicht mithören lassen – auf dem Weg, wieder, in die äußerste Ecke, bekam Benjamin Bach Satzfetzen mit, über denen er den Atem anhielt. » ... hundertmal schon erlebt ... bitte ich Sie! ... Wie werde ich ... vollkommen auf mich verlassen ... Frau wie Sie ... !«

Als Feringer um acht Uhr in den Wintergarten geführt wurde, fand er eine Idylle vor: Der Finanzchef wurde von Frau Bach mit frischen Erdbeeren gefüttert, und Benjamin Bach erzählte launig von Tschou En-lai, der in Göttingen studiert habe und so ganz anders sei, als man sich im Westen einen rotchinesischen Regierungschef vorstelle.

»Wußtet ihr, daß er einen unehelichen Sohn zurückgelassen hat? Das haben in Göttingen viele getan, nehme ich an, aber Tschou hat seine Vaterschaft anerkannt – und dann ist dieser Sohn später Soldat in der Deutschen Wehrmacht geworden und fünfundvierzig in Ostpreußen im ›Kampf gegen den Bolschewismus‹ gefallen!«

»Nein!« schrie Dede, und Faber rief: »Der Sohn ist für Hitler gefallen?«

Feringer grinste in sich hinein. Diese Geschichte hatte vor vielen Jahren ein brillanter »Stern«-Reporter ausgegraben. Heidemann hieß er, und BB hatte sie nicht von Tschou En-lai, sondern aus dem Chinamaterial seines Assistenten. Auch heute morgen hatte Feringer wieder einen Packen Zeitungen dabei und gab Benjamin Bach einen kurzen Überblick. Der interessierte sich wiederum mehr für die Fotos, die alle Blätter von ihm brachten, als für die Artikel, und es machte ihn unsicher, daß Dede und Feringer behaupteten, er sehe »toll« aus in der Menschenmenge da auf dem Flughafen in Frankfurt. »Quatsch ... Meint ihr wirklich?«

Feringer schwenkte den neuen ›Spiegel‹. »Titelgeschichte über IOS, die Sache mit King, die wir schon in Hongkong gelesen haben. Und innen was Ungeheuerliches über Finck, von Merck, Finck und Co., und Möller über Steuerflüchtige in der Schweiz, dann der SPD-Parteitag in Saarbrücken, jetzt wollen sie das Godesberger Programm ›fortschreiben‹ – und auch etwas Erfreuliches ...« Feringer gestattete sich eine Kunstpause, bevor er überdeutlich sagte: »Haller *spielt!*«

»Haller spielt!« schrie Benjamin Bach und sprang auf, doch dann lachte er Feringer aus. »Ich wollte Ihnen den Spaß nicht verderben, aber ich hab's heute nacht schon in den alten Zeitungen gelesen.« Seine Laune schien sich gebessert zu haben.

»Mein Gott«, sagte Dede, »wer ist denn Haller? Doch nicht wieder so ein Fußballspieler?«

Sogar Faber brachte es fertig zu lächeln. Er stand auf und reichte ihr die Hand. »Ich muß ins Büro ...«

»Bleiben Sie doch noch!« sagte Benjamin Bach schnell. »Ich verziehe mich mit Doktor Feringer an den Schreibtisch, wir können doch nachher zusammen fahren!«

Aber Faber wollte gehen, behauptete, die Stunde vor der Neunuhrsitzung zu brauchen, und versprach Dede, demnächst zu einem gemütlichen Essen vorbeizukommen.

»Nur wir zwei!« Sie blinzelte ihm zu. »Wenn in vierzehn Tagen die Weltmeisterschaft in Mexiko beginnt, ist Ben doch nicht mehr vom Fernsehapparat wegzukriegen. Hoffentlich findet er nicht einen Vorwand, schnell mal hinzufliegen ...«

Lachend verschwand Benjamin Bach mit Feringer in seinem Arbeitszimmer.

Faber beugte sich über die Hand seiner Gastgeberin. »Er wird lange keinen Schritt mehr aus der Stadt tun können, liebe gnädige Frau!«

»Ich verlasse mich auf Sie«, sagte sie leise. Sie begleitete den Finanzchef durch den Garten, und unterwegs blieben sie vor ihren neuen Rosenstöcken stehen, und es stellte sich heraus, daß der Zahlenmensch auch etwas von Blumen verstand, vielleicht tat er auch nur so.

In seinem Arbeitszimmer sagte Benjamin Bach, wie zu sich selbst: »Was mach' ich bloß mit Faber ... Mit dem wird es noch Ärger geben ...«

Feringer enthielt sich eines Kommentars. Er wußte, daß Bach normalerweise mit keinem seiner Mitarbeiter über den Finanzchef sprach, denn Edmund Faber genoß im fünfköpfigen Direktorium eine Sonderstellung. Er war der einzige Mann in der Konzernleitung, der vor BB nicht zitterte, einerseits, weil er als ältester Direktor »herzlich gern«, wie er bei jeder Gelegenheit betonte, in Pension gegangen wäre, anderseits, weil die komplizierte Finanzstruktur des Unternehmens ihn einfach unersetzlich machte.

Angesichts der Postmappe kam Benjamin Bach dann aber doch wieder auf den Stürmer Helmut Haller von Juventus Turin zu sprechen, ohne den die deutsche Nationalmannschaft wohl kaum die Fußball-Weltmeisterschaft erringen würde.

Ein Wirtschaftsjournalist hatte einmal ausgerechnet, daß das kleine Gremium an der Spitze des TALL-Konzerns bereits 1951 – ein Jahr nach seiner Übernahme durch den damals 36jährigen Benjamin Bach – das für die Ruhr sensationell niedrige Durchschnittsalter von 49,6 Jahren aufwies und sich bis zur 100-Jahr-Feier des Konzerns im März 1961 sogar auf 46,5 Jahre verjüngte. »Während BB immer älter wird und der Konzern immer mächtiger«, so hatte der Journalist geschrieben, »reduziert sich das Alter des Direktoriums pro Dezennium um rund drei Jahre!«

Um 9 Uhr morgens, am 18. Mai 1970, hätte der Statistiker um den Konferenztisch Benjamin Bachs im 21. Stock des mächtigen TALL-Gebäudes am Düsseldorfer Rheinufer ein Durchschnittsalter von 40,2 Jahren errechnen können. Aber das wurde von den beiden Stellvertretern beeinflußt, die vom Verkaufsressort und vom Zentralbüro geschickt worden waren. Den knapp 40jährigen Diplomkaufmann Henry Blum kannten die Senioren schon, er kam für Verkaufschef Fred Machkanz, 45 Jahre alt, der in Venezuela das Opfer eines Verkehrsunfalls geworden war und seit Monaten im Krankenhaus lag. Benjamin Bach spielte bereits mit dem bösen Gedanken, Henry Blum für Machkanz fest ins Direktorium zu holen. (»Wird Zeit, daß wir wieder 'n bißchen jüdisches Blut ins Haus kriegen!«)

Der andere Stellvertreter schockierte sie allein durch sein Erscheinen; der junge Volkswirt Hans-Joachim Lehmann mußte sich einigen Direktoren erst noch vorstellen, so wenig war er ihnen bisher aufgefallen. Wie er berichtete, hatte sein Chef, Dr. rer. pol. Dieter Wenkötter, 36 Jahre alt und Leiter des Zentralbüros, sich am Sonnabend in der Sporthalle des Verwaltungsgebäudes das Rückgrat verletzt und war bereits in die Bonner Universitätsklinik übergeführt worden.

»Ausgerechnet Wenkötter!« tobte Benjamin Bach los. Diesen jungen Direktor hielt er für seine beste Akquisition seit Jahren, sein Zentralbüro wickelte den gesamten internen Geschäftsverkehr der Direktionsressorts ab und galt als klassischer Schuttabladeplatz des Hauses. Unvorstellbar, daß ein anderer als Wenkötter dieses komplizierte Stellwerk bedienen konnte! »Wie ist das passiert? Was hat dieser Narr am Wochenende zu turnen? Ich lasse diesen gemeingefährlichen Unfug verbieten!« Und als er hörte, das Unglück sei bei einem Flick-Flack geschehen – einem raschen Salto rückwärts –, fing er hysterisch zu lachen an.

Gitta Wagenseil, die Chefsekretärin, stellte unterdessen fest, daß Wenkötter noch im TALL-Krankenhaus an der Wupper lag, transportunfähig, und Benjamin Bach bekam ihn ans Telefon. »Geht's Ihnen dreckig? ... Reden Sie so wenig wie möglich, mein Junge ... Ja, China war ein Riesenerfolg, und wir schaffen das schon irgendwie – wenn's sein muß, auch ohne Sie, wäre ja gelacht! ... Man kann eben nicht alles haben, Bodenturnen *und* China ... So ist es. Sie bleiben bei Talls im Bett, und ich lasse Ihnen den besten Professor aus Japan kommen, das ist doch gar keine Frage! Nur etwas noch ... Was ist mit Ihrem Herrn Lehmann? Sie glauben, er kann Sie vertreten? Sprechen Sie ruhig, ich bin allein ...«

Lehmann, drei Schritte neben Bach stehend, fing fluchtartig an, sich rückwärts zu bewegen, aber die anderen sechs oder sieben Herren wichen und wankten nicht, sahen ihn nur skeptisch an. Benjamin Bach hörte auffallend geduldig zu, es wurde mäuschenstill im Raum, dann sagte er: »Schön, ich will's mal glauben, Doktor, was bleibt mir auch anders übrig ... Liegen Sie brav, ich besuche Sie bald!« Sogleich betrachteten alle den jungen Lehmann weniger zurückhaltend.

Benjamin Bach knallte den Hörer auf und sagte voller Widerwillen: »Montagmorgen!« Wenn er es nicht so tragisch nahm, pflegte er »Blue monday!« zu sagen, seine Herren hatten ein Ohr für solche feinen Differenzierungen. Dieses Mißgeschick mit Wenkötter, gleich zu Beginn, das an einem normalen Tag mit ein paar »Scheiße«-Rufen ad acta gelegt worden wäre, nahm der Großartigkeit, mit der die heutige Sitzung hätte verlaufen müssen, allen Glanz. Benjamin Bach spürte körperlich, wie der Überdruck entwich, der sich in den letzten Tagen in diesen Männern angestaut hatte, jene erstrebenswerten atü, die sie Hürden überspringen ließen, vor denen sie an nüchternen Tagen zurückgescheut wären.

»Ich habe immer gesagt«, meinte einer, »wenn man eine Karriere wie Wenkötter macht, darf man nicht Ski fahren – aber daß er sich an Reck und Barren verlustiert!«

»Reden wir, um Himmels willen, endlich von China!« drängte ein anderer und bestellte vorsorglich noch eine Kanne Kaffee.

»Korf hat schon gedacht, wir bringen ihm den Auftrag seines Lebens, aber ich habe doch gewußt, wenn die Chinesen elektrisch schmelzen wollen, gehen Sie zu den Amerikanern!«

»Schon mal was von Vietnam gehört?«

Alles zerfloß in Quatschereien. Sekretärinnen liefen hin und her. Feringer schob sich, von vorsorglich bestellten Mitarbeitern aus den einzelnen Fachabteilungen umdrängt, auf den Gang hinaus. An der aufblinkenden Rufanlage machten sich zwei Herren gleichzeitig zu schaffen. Benjamin Bach putzte sich die Nase und sah alle der Reihe nach an, und langsam erstarben die Gespräche im Raum.

Henry Blum stand mit dem Rücken am Panoramafenster, hinter dem die Windungen des Rheins bis nach Duisburg zu erkennen waren, und rieb sich mit einer typischen Geste das blauschimmernde

Kinn. Gewiß träumte er nicht von seinem Chef in Caracas, seine ungemein wachen Augen ließen Benjamin Bach nicht eine Sekunde los. Neben BB, »an meiner grünen Sei-eite«, wie er manchmal ironisch sang, tauchte Tassilo Billstein auf, der hagere alte Bill, sein offizieller Vertreter im Direktorium, der die ganze Verwaltungsbürokratie des Konzerns unter sich hatte. Sein anhaltendes Räuspern ließ Schlimmes befürchten, bald würde er eine Rede zu halten versuchen. Der Neue, Lehmann, blieb verständlicherweise noch im Hintergrund – trotz der auf ihn einstürmenden Überlegungen fiel Benjamin Bach auf, daß der ernste junge Mann einen altmodischen Zweireiher trug, stramm auf zwei Knöpfe gearbeitet. Was war daraus zu schließen? Nichts, wahrscheinlich. Sein verhinderter Chef hätte an einem Tag wie diesem längst ein Dutzend Fragen abgefeuert, die Priorität der zentralen Organisation herausgekehrt und den anderen Direktoren mit seiner schneidenden Stimme das Recht streitig gemacht, auch nur einen Finger hochzuheben, bevor nicht er zuerst über jede Einzelheit informiert war. Weiß der Kuckuck, mit Wenkötter hätte es die Hälfte Sorgen nur gegeben, der Junge hätte die tausend Aktivitäten, die noch heute vormittag im gesamten Konzernbereich ausbrechen würden, eisern im Griff gehabt.

»Wie alt sind Sie, Herr Lehmann?«

Der Mensch zögerte tatsächlich, bevor er »Zweiunddreißig« sagte. Nun schauten ihn alle voller Mitleid an, und Plini – Dr. Ing. Paul Plinegger – seufzte laut. Er war 45, ein riesiger Österreicher, der aussah wie ein Zwillingsbruder des SS-Rabauken Skorzeny. Konnte es sein, daß Plini bereits beleidigt war? Offensichtlich nahm er übel, daß »Deppen« wie Feringer und Goergelen – er ging großzügig mit solchen Ausdrücken um, zumal »die Piefke« das auch noch komisch fanden – nach China hatten fahren dürfen, er als Stahlfachmann und Verantwortlicher für die gesamte Technik aber nicht. Benjamin Bach erkannte es an der Art, wie er Feringer behandelte, der gerade wieder hereinkam. Der Assistent legte ein Schreiben vor Plinegger auf den Tisch, lächelte und stellte sich an die Tür. Plinegger sah das Blatt Papier nicht einmal an. Vielleicht quälten ihn auch schon die schrecklichen Probleme, die zuletzt ja doch alle bei ihm landen würden. An so einem »verhauenen Vormittag« entstanden die grundsätzlichen Fehlentscheidungen wie von selbst. »Habe die Ehre«, sagte er jedesmal. »Das ist, wie wann du nach New York fahren willst und dich bei Helgoland schon um einen halben Strich verrechnest –

du landest auf Barbados!« Guter Plini, anstrengender Plini, die VÖEST war sicher froh, daß sie ihn los war, in ein staatliches Unternehmen wie die Vereinigten Österreichischen Eisen- und Stahlwerke paßte er nicht hinein.

Benjamin Bach raffte sich auf. »Wer sitzt an der Maschine?« Das war gewöhnlich das Stichwort zum Beginn der Sitzung. Nun verteilten sich alle um den Tisch, die Cajek lief hinaus, Benjamin Bach sah ihren aufreizenden Hintern in der Tür verschwinden, sie hatte ihm Cebion-Tabletten hingestellt, aha. Dann kam der Assessor herein, ein richtiger Assessor neuerdings, der die Protokollmaschine bediente; früher machten das geschickte Damen, aber bei diesen Sitzungen wurden so viele Kraftausdrücke gebraucht und Schweinereien verzapft, daß Billstein sich Männer geholt hatte, dreimal geeichte, hochbezahlte und schwer vergatterte Wesen, die niemals mitlachten, sondern bemüht waren, selber wie Maschinen aufzutreten.

»Und wo ist Herr Faber?«

Faber war schon zweimal hinausgegangen und wieder hereingekommen und kam jetzt mit Dr. Rhode zurück, einem kleinen, stämmigen und früh erkahlten jungen Mann, der im Finanzressort die Beteiligungen und Patente verwaltete.

»Es ist gleich halb zehn«, sagte Faber nervös, »und ich habe die Bude voller Hamburger!« Das waren die Herren von der TALL-Werft, deren Tanker zu teuer wurden. »Außerdem stehen mir um zehn schon die Rheinhagener mit der Aufstockung ins Haus. Es macht Ihnen doch nichts aus, wenn ich erst später dazustoße? Doktor Rhode ist soweit im Bild und könnte sich in der nächsten Zeit hauptsächlich um China kümmern.«

Die Rheinhagen AG, eine hundertprozentige Stahltochter des Hauses, sollte kapitalmäßig endlich von 62 auf 80 Millionen Mark aufgestockt werden, eine lange überfällige Maßnahme. Von Rechts wegen hätte sie vor fünf Jahren schon 100 Millionen gebraucht, und wenn das Chinageschäft jetzt losging, würde sie leicht auch das Doppelte vertragen, ohne überkapitalisiert zu erscheinen.

»Nehmen Sie sich nur Zeit, Herr Faber!« rief Benjamin Bach, sehr zum Erstaunen der anderen Herren, die einen Wutanfall erwartet hatten. Bei so einem Auftrag kümmerte sich der Finanzchef um Wichtigkeiten wie eine Aufstockung? Aber Benjamin Bach strahlte – um genau diese Zurückhaltung hatte er Faber vor zwei Stunden ohne allzu große Hoffnung gebeten. Dafür würde Dede das schönste

Armband verdient haben, wenn sie sich etwas aus Armbändern gemacht hätte. »Ich habe Egerwald Bescheid sagen lassen«, rief er Faber nach, als dieser schon halb aus der Tür war, »daß wir wahrscheinlich noch vor Mittag auf einen Sprung zu ihm rüberkommen werden!«

Der Finanzchef antwortete mit einem undefinierbaren Blick und schmiß die Tür hinter sich zu. Aber es knallte nicht, denn Feringer hielt diskret seinen Fuß dazwischen. Er sagte schnell: »Falls es Sie interessiert – das Haus wird seit etwa halb neun von Anrufen überschwemmt. Wir haben die Zentrale verstärken und soeben die Durchwahlautomatik abstellen müssen. Zeitungen, Sender, halb Bonn und tausend andere wichtige Leute – von unseren eigenen Betrieben ganz zu schweigen – wollen alle gleichzeitig etwas erfahren. Doktor Björner hält sich in Ihrem Sekretariat auf und droht, fristlos zu kündigen, wenn er nicht endlich etwas in die Hand bekommt. Er will unbedingt an der Sitzung teilnehmen ...«

»Das ist doch jetzt überhaupt nicht wichtig!« rief Billstein energisch.

Geistesabwesend sah Benjamin Bach zur Tür. »Björner?«

»Die Presseabteilung«, half Feringer nach.

Henry Blum und Dr. Rhode lachten verhalten, doch eindeutig herablassend. Und Dr. Plinegger winkte Feringer ab: »Hörn S' auf mit Ihnan Schmäh!« Die Presseabteilung, oder vornehmer »Stabsabteilung Information« genannt, spielte bei TALL eine höchst untergeordnete Rolle. Was zu veröffentlichen war – und das war wenig genug –, besorgten die einzelnen Konzernbetriebe allein oder erledigte Benjamin Bach im Vorübergehen, wie auf dem Flughafen gestern.

Doch diesmal verhielt er sich anders, als die Herren es von ihm gewohnt waren. Er gab keine schnoddrige Antwort, sondern drückte die Taste auf seiner Rufanlage.

»Ist Doktor Björner bei Ihnen, Gitta?«

»Steht neben mir!«

Und schon drang die aufgeregte Stimme des Dr. Luthard Björner aus dem Kasten: »Herr Bach, ich bitte um Entschuldigung, aber es ist von größter Wichtigkeit, daß ich ein paar Minuten mit Ihnen ...«

»Hören Sie zu«, sagte Benjamin Bach. Er mußte es zweimal sagen, bevor Björner zuhörte. »Ein Mann wie Sie versteht doch zweifellos, wie peinlich es ist, wenn man etwas dementieren muß ...«

»O ja, und ob, und wie!«

»Hören Sie gut zu! ... Wir versuchen seit einer halben Stunde, die Sitzung in Gang zu bringen, und nun kommen Sie auch noch, Björner! Ich muß Sie bitten, mich für heute noch mit allen Fragen zu verschonen, aber am Mittwoch ...«

»Herr Bach!« winselte es aus dem Lautsprecher. »Sie haben ja keine Ahnung, was hier los ist! Ich kann Sie nur allerdringlichst bitten ...«

»Wenn Sie zuhören würden, *wüßten* Sie schon, was los ist!« sagte Benjamin Bach grob. »Ich wollte gerade sagen: aber am Mittwoch, da haben Sie Ihren großen Tag, Herr Björner – eine Pressekonferenz! Da können Sie alle einladen, auch die Wochenschau und das Fernsehen, einfach alle! Und es darf auch Geld kosten. Machen Sie's feierlich. Nehmen Sie den großen Saal unten. Kaltes Büffet, Sekt, Blumen. Sagen wir, am Mittwoch, Punkt zwölf, Herr Björner. High noon. Den Rest erfahren Sie von Feringer. Auf Wiedersehen!« Und er schaltete sich aus.

Alle waren mehr als überrascht. Bei TALL gab es keine Bilanzen zu veröffentlichen, also auch keine Pressekonferenzen. Und nun gleich eine im großen Saal, mit allem Drum und Dran! Alle auf einmal fingen an zu reden.

»Warum?«

»Wieso?«

»Das ist doch ganz ungewöhnlich, Herr Bach!«

Sogar Lehmann: »Halten Sie das nicht für verfrüht?«

Und Plinegger rief erbost: »Aber *ich* erfahre es doch noch vorher, oder?«

»Vielleicht habe ich's Tschou En-lai versprochen«, sagte Benjamin Bach leichthin, »vielleicht hat es auch mit der Finanzierung zu tun, auf jeden Fall, meine Herren, ist es nicht *Ihr* Bier! ... Einverstanden?«

Sie schwiegen.

Tassilo Billstein sah den Zeitpunkt gekommen, etwas loszuwerden, das ihm am Herzen lag. Er stand auf und rief, mit der ihm eigenen Feierlichkeit: »Herr Bach, meine Herren!« – und dann sah er zur Tür hinüber.

Dort stand noch immer Feringer und winkte mit dem Block in seiner Hand. Als Benjamin Bach ihn fragend ansah, rief er halblaut: »Dachten Sie wirklich eben an Knolle?« Und hob wieder den Block, um anzudeuten, daß in diesem Falle sofort etwas geschehen müsse.

»Um Gottes willen, ja, das hätte ich jetzt vergessen!« rief Benjamin Bach. »Sie sind ein Schatz, Doktor! Schicken Sie ein Telegramm. Aber stellen Sie vorher genau fest, was mit seinem Zustand ist!«

Feringer verschwand endlich.

Die Runde, bis auf Lehmann und Dr. Rhode, war an solche kurzen, gespenstigen Dialoge zwischen BB und Feringer gewöhnt und zerbrach sich nicht mehr den Kopf darüber. Im Klartext hätte sich Feringers Frage so angehört: »Haben Sie eben am Telefon, als Sie mit dem armen Wenkötter sprachen, wirklich an den fabelhaften japanischen Professor gedacht, der Ihnen damals Ihre Bandscheiben wieder in Ordnung gebracht hat und den wir, seiner unglaublichen Nase wegen, Knolle genannt haben? – Oder war das nur tröstendes Geschwätz?« Lehmann und Dr. Rhode sahen verwirrt aus, aber Tassilo Billstein sprach sogleich weiter.

»Meine Herren! ... Ich weiß, daß wir viel Zeit heute morgen schon verloren haben, doch ich möchte die Gelegenheit nicht vorübergehen lassen, nicht wahr, um Herrn Bach, auch in Ihrem Namen, wie ich annehmen darf, für seine großartige Leistung zu danken. Ich weiß, daß seine Bemühungen in dieser schweren Zeit vor allem darauf gerichtet sind, die Arbeitsplätze von hunderttausend Tall-Angehörigen auch in Zukunft zu sichern, und ich finde, wir sollten diesen Augenblick nicht so ohne weiteres vorübergehen lassen und – beinahe hätte ich gesagt: das Glas erheben, aber ...«

Der alte Bill trank gern einen, und er nahm die Gelegenheiten wahr, wo er sie fand. Aber als alle nun belustigt ihr Wasserglas in die Hand nahmen und es in Richtung Bach schwenkten, der gar nicht daran dachte, Alkohol auffahren zu lassen, machte der Redner gute Miene und griff ebenfalls nach seiner Karaffe.

So tranken sie, bevor sie auch nur ein Wort von Benjamin Bach gehört hatten, auf das Chinageschäft – Wasser. Und der Geehrte war so froh über die Kürze der Rede, daß ihn erst ein schlechtes Gefühl beschlich, als alle schon schmatzend ihre Wassergläser wieder absetzten. Jäh griff er nach der Rufanlage, um rasch noch Sekt kommen zu lassen, resignierte dann aber. Was für ein Montagmorgen! ... Flüchtig drückte er Billsteins Hand. Sie unglaublicher Trottel, hätte er gern gesagt, aber auch dieser TALL-Direktor war zu wichtig, um, einer Lappalie wegen, vergrämt zu werden. Tassilo Billstein, aus pommerschem Beamtenadel und ehemaliger Generalstabsoffizier, der das ›von‹ in seinem Namen abgelegt hatte, nachdem er bei

Kriegsende zuerst Kommunist, dann Sozialdemokrat geworden war, konnte mit den Gewerkschaften umgehen wie kein anderer im Direktorium, jede Tarifverhandlung brachte er geräuschlos über die Runden, und mit dem Gesamtbetriebsrat verfuhr er nach Gutdünken. Als Personaldirektor, und gelegentlich auch sonst, war er schon eine Kanone. Er hatte elf Kinder.

Der gewaltige Österreicher klopfte mit dem Knöchel auf den Tisch und zischte: »Ich ersticke, Herr Bach, wenn ich nicht wenigstens erfahre, ob es sich ...«

»Ich erzähle jetzt *alles!*« sagte Benjamin Bach. »Von Anfang an.«

»... ob es sich um LD-Werke handelt, oder um was sonst?« Damit meinte Plinegger ein Sauerstoff-Aufblas-Verfahren, das in Österreich entwickelt worden war und weltweit als Linz-Donawitz-Verfahren Geltung hatte.

»Jaaa ... !« antwortete Benjamin Bach geduldig. »Um Oxygen-Stahlwerke natürlich!« Er benutzte die deutsche Bezeichnung.

Plinegger atmete schon ein bißchen auf.

»Über die Grundkonzeption sind sich die Chinesen erstaunlich klar, sie haben bereits Feasibilitystudien gemacht, und es gibt Grobspezifikationen über Hochöfen, Mischer, Konverteranlagen und die Walzwerke ...«

»Nur Massen? Kein Edelstahl?« rief Plinegger gespannt.

»Richtig. Viermal Massenstahl. Viermal das gleiche. Sonst hätte ich's doch nicht gemacht – bei diesen Lieferterminen! Wofür halten Sie mich, Doktor? Vier integrierte Hüttenwerke mit Hochofenanlagen, Oxygen-Stahlwerken, Breitbandstraßen und Profilwalzwerken – sie brauchen Spezialstähle, gewiß, aber sie haben erkannt, wie wichtig es ist, gerade in den Zentren der Stahlverarbeitung jetzt eine breite Basis für Massenstähle zu schaffen ...«

»Wo liegen die Dinger?«

Benjamin Bach sah sich um und lachte hoffnungslos. »Wir haben natürlich wieder keine Karten da – es ist ja zum Weinen!«

Im großen Konferenzraum der Technik, ein Stockwerk tiefer, besaßen sie eine supermoderne, computergesteuerte Meßtischkarten-Bildwerferanlage, die aus einem riesigen, auf Mikrofilm gespeicherten Archiv sekundenschnell jede gewünschte Gegend der Erde hervorzauberte und gestochen scharf auf eine 4 x 4-m-Leinwand projizierte – ein Gegengeschäft mit der amerikanischen Luftwaffe, für die sie, mehr aus Zufall, etwas Abscheuliches erfunden hatten, mit dem sich Deutsche nicht mehr befassen wollten.

Plinegger sprang schon auf. »Gemma zu mir!«

Aber Benjamin Bach winkte ab. Er hatte ohnehin nicht vor, jetzt schon allzu tief in die Sache einzusteigen; der junge Lehmann hatte außerdem einen alten Schulatlas mitgebracht, den ließ er sich reichen, und alle standen lachend auf und drängten sich um ihn, und er erklärte ihnen kurz die Standorte der geplanten Stahlwerke. Sie lagen achtzehnhundert, achthundert und dreihundert Kilometer auseinander, die Verschiffung konnte über Tsingtau oder Port Arthur laufen, das als Talienwan-Lüschun im Atlas eingetragen war. »Es gibt überall Wasser genug und Elektrizität, ein Staudamm liegt günstig, da bauen wir uns ein eigenes Kraftwerk, ein zweiter ist im Bau, auch der Boden ist meistens gut, teilweise Fels, und einmal haben wir schon – halten Sie sich fest! – eine von den Russen angefangene Aufbereitungsanlage ...«

»Ich werd' wahnsinnig!« rief Plinegger.

Aber Henry Blum fragte nach dem Wichtigsten: »Wieviel erwarten sich die Chinesen?«

Benjamin Bach ließ sie alle erst wieder Platz nehmen, bevor er, breit lächelnd, sämtliche Finger spreizte und hochhob, nur einen kleinen krümmte er etwas. »Neuneinhalb Millionen Tonnen Rohstahl pro Jahr! ... Drei, zwoeinhalb und zwomal zwo – neuneinhalb.«

Nun pfiffen alle durch die Zähne und rückten mit ihren Sesseln. Eine elektrisierende Stimmung breitete sich aus.

»Mit welchem fangen wir an?« wollte Plinegger wissen.

»Mit dem bei Schenjang, früher Mukden, das ist auch das einzige, für das mir die Chinesen alte russische Meßtischblätter mitgegeben haben ... Sitzen Sie gut, Herr Plinegger?«

Dann eröffnete ihm Benjamin Bach, daß die ersten Lieferungen für dieses Stahlwerk im Januar 1971 erfolgen müßten; es war ausgerechnet das mit dem Dreimillionenausstoß.

Der energische Österreicher sah auf einmal ganz hilflos aus. »Ja, aber ... die Pläne ... und ... in acht Monaten!«

Sie sahen ihm an, wie gern er »Wahnsinn!« geschrien hätte, doch er war mit dem Ruf zu ihnen gekommen, daß er einfach *alles* möglich zu machen imstande sei; den klassischen Landser-Slogan »Unmögliches wird sofort erledigt – Wunder dauern etwas länger!« trug er ständig im Mund.

»Ich dachte an das ägyptische Projekt«, sagte Benjamin Bach. »Die Blaupausen haben Sie doch noch in der Schublade – das käme ungefähr hin.« In Kairo hatten sie sich vor Jahren an einer Ausschreibung für ein LD-Stahlwerk beteiligt, für das dann die Franzosen den Zuschlag bekommen hatren. »Und um es Ihnen leichter zu machen, habe ich mir gedacht, wir könnten die Hallenkonstruktionen nach Melbourne vergeben.« Da war TALL an einer halbstaatlichen Industriebaufirma beteiligt.

»Das ist das einzige«, protestierte Billstein, »wo ich Luft bei uns sehe! Ich soll in Marl nächste Woche vierhundert Spanier und Jugoslawen auf Kurzarbeit setzen!«

Lehmann, der trotz der Protokollmaschine eifrig Notizen machte, warf ein: »Herr Heidenreich hat mal, auf dem Papier, neue Planungsstäbe auf die Beine zu stellen versucht – das sieht düster aus, Herr Bach!«

»Wieso bauen wir eigentlich Konverter für die Arbed?« stichelte Henry Blum. Diesen Auftrag für die Luxemburgischen Stahlwerke hatte Plinegger selbst ins Haus gebracht.

Der Österreicher lief rot an. »San Sie deppert, Herr Blum? Ham S' an Vogel?« Er schlug mit der Faust auf den grünen Filz. »Ich verbitt' mir Einmischungen in mein Ressort!« Jedenfalls kam er wieder zu sich.

»Wir müssen natürlich prüfen«, sagte Benjamin Bach ruhig, »ob wir andere Aufträge rausschmeißen können ...«

»Die Arbed ist in einem halben Jahr fertig!« verteidigte sich Plinegger.

»Aber sie ist eine einmalige Angelegenheit – China hingegen ein Dauerlutscher, das bekommt in Zukunft allererste Priorität!«

Alle schossen sich psychologisch auf den Techniker ein, gaben ihm Stichworte für Rationalisierungsmaßnahmen, bezweifelten, daß er mit den Terminen fertig werden würde, und rieten ihm, sich nicht festlegen zu lassen.

»Den lieb' ich, der Unmögliches begehrt!« rief Dr. Rhode. »Goethe, Faust zwo.«

»Das erzählen Sie mal Herrn Faber«, sagte Benjamin Bach und schaute Plinegger wieder an, der angestrengt sein massives Kinn rieb.

»Ich würde auch an Mexiko denken!« riet Henry Blum.

»Was glauben Sie denn, was ich die ganze Zeit tue?« schrie Plinegger.

»Verzeihung, aber ich habe eine Zweijahreskapazität für die Gesenkschmiede in Alvarado«, erinnerte ihn Blum. »Die würde ich ungern absagen – wenn es nicht ohnehin zu spät ist.«

Plinegger stöhnte und sah Benjamin Bach hilfesuchend an.

Der klatschte in die Hände. »Also los, meine Herren, an die Bouletten! ... Greifen Sie hinter sich, Herr Lehmann, und bemächtigen Sie sich der Aktentasche auf dem Tisch! Ihr Inhalt gehört dem Zentralbüro – nicht doch, Plini!«

Der technische Direktor war aufgesprungen, daß sein Sessel umfiel, um als erster einen Blick in die schwarze Aktentasche zu werfen. Aber – siehe da – der junge Herr Lehmann war schneller, und er traute sich, den riesenhaften Österreicher anzuherrschen: »Hände weg!«

Es wurde gelacht.

Benjamin Bach atmete auf. Wenigstens war Plinegger nicht der Mann, der sich mit einem Schock aufhielt. Er hatte das Gefühl, daß er sich schon irgendwie arrangieren würde, wozu war er Österreicher. Und auch die anderen machten nicht gerade einen geknickten Eindruck. Der Assessor an der Protokollmaschine sah überhaupt nicht gelangweilt aus, was immer ein gutes Zeichen war. Das schönste aber war, daß Faber sie nicht störte.

Für einen Flachlandbewohner wie Lambert Koch sah der Föhnhimmel über dem Alpenvorland ausgesprochen attraktiv aus. Kann ich mir vorstellen, dachte er, als er seinen verdreckten Wagen neben der kleinen Kapelle parkte, daß Onkel Josef sich hierher zurückgezogen hat, diese irre Gegend könnte mir auch gefallen.

Es war doch zehn Uhr geworden, bis er das Gestüt bei Bad Aibling erreicht hatte. Dafür trug er aber auch einen feschen Hut »mit Rasierpinsel«, und mit dem kurzgeschnittenen Haar hätte ihn nicht einmal Solveig wiedererkannt. Er hatte das Gefühl, ein Opfer von ungeheuren Ausmaßen gebracht zu haben, und das war eine so erschütternde Erfahrung für ihn, daß er sich gleich wie ein Märtyrer vorkam – sonderbarerweise gefiel ihm das, er war im Begriff, ein gutes Werk zu tun, und er fand sich einfach großartig dabei und zum ersten Mal im Einklang mit dem Leben.

Aus der Kapelle ertönte ein fauchendes Geräusch, wie wenn ein Bunsenbrenner losgeht, und Lambert nahm schnell wieder die Hand von der wuchtigen Türklinke. Was, zum Teufel, machte der Alte da? Gleich darauf erklang ein helles bi-bi-bib, gefolgt von einer dröhnenden Zehnfingerkadenz. Das war eine Orgel!

Ganz vorsichtig öffnete der junge Mann die schwere, eisenbeschlagene Tür, mußte mit beiden Händen ziehen und sich dagegen stemmen, um sie überhaupt zu bewegen. Es war sehr dunkel in der Kapelle, eine kleine Kirche war das ja, mit sechs, sieben, acht Sitzreihen auf beiden Seiten, sah man ihr von außen gar nicht an. Ganz vorne, am Altar, brannte eine helle Lampe, und da hockte der kleine alte Mann vor einer zerlegten Orgel und machte wieder bi-bi-bib.

Er sah sich um, als ihn der Luftzug von der Tür traf, und wartete, bis Lambert Koch sie geschlossen hatte, dann beugte er sich wieder über seine Arbeit.

»Schönen guten Tach!« rief Lambert fröhlich. Ihm war nach einer lauten, herzlichen Begrüßung zumute, der viele Kaffee, den er getrunken hatte, machte ihn ganz zappelig.

Aber der Alte rührte sich nicht, arbeitete, tief über die Orgel gebeugt, weiter, als wäre er so allein wie vorher. Er hielt Lambert Koch doch nicht etwa für einen, der schnell mal ein bißchen beten wollte?

»Onkel ... Diergard«, sagte Lambert behutsam, den »Josef« brachte er einfach nicht über die Lippen.

Josef Maria Diergard brummte etwas.

»Ich bin Lambert Koch, dein ... Patenkind.«

Wieder brummte der alte Mann etwas Undeutliches, und Lambert sagte, nähertretend: »Von Koch und Mahler.« Das schlüpfte ihm so heraus, und sofort ärgerte es ihn. War er, ohne Koch & Mahler, etwa nichts?

Nach einer unendlich langen Zeit drehte sich der Alte auf seinem Bänkchen um, sah ihn kurz an und wies auf die Sitzreihen.

»Warte.«

Lambert Koch setzte sich. Er hätte schwören können, daß dieser Onkel nicht so schwerhörig war, wie er tat. Wie lange würde er da herumbasteln, fauchen, piepsen und mit den kurzen Beinen strampeln, die nicht mal bis an die Pedale reichten?

Josef Maria Diergard, Vorsitzender des Aufsichtsrates der Nationalen Commerzbank, steckte in einem zerschlissenen Wams, das ihm weit über die Hüften herab schlotterte, auf der Orgelbank neben ihm lag eine dünne blaue Jacke ohne Kragen, wie Bauern sie bei der Arbeit tragen, aus seinen hochgezogenen Hosenbeinen ragten grobe

Socken in knöchelhohen Schuhen, deren Riemen mehrfach geflickt waren, und die mageren Handgelenke und Finger schwebten wie Knochengerippe über den Registerzügen. Wenn Lambert Koch sich nicht an den spiegelblanken Schädel und die komische Lesebrille erinnert hätte, die nur aus den unteren Hälften der Gläser bestand und dauernd von der spitzen Nase zu rutschen drohte, wäre er unsicher geworden. Das war der Mann, um den sich auf der Kindtaufe die größten deutschen Industriellen gedrängt hatten?

Schließlich murmelte Diergard etwas, räusperte sich anhaltend und sagte es, laut und enttäuscht, noch einmal: »... die sind doch kaputt ...«

»Was?«

»Die Koppeln klemmen!«

Sprach er von seinen Pferdekoppeln? Bevor Lambert sich eine Antwort einfallen lassen konnte, drehte sich der Aufsichtsratsvorsitzende zu ihm um und sagte mit einer wehleidig-krächzenden Stimme: »Zweihundert Mark hat er dafür verlangt – so ein Pfusch! – Da!« Wieder produzierte er einen Ton. »Hörst du den Bruch im Register?«

Der Alte spinnt, dachte Lambert Koch. Warum wirft er die schaurige Kiste nicht weg und kauft sich eine neue Orgel? Sah ja zum Weinen aus, das Ding!

»Ich versteh' nichts davon, Onkel Diergard. Ich hab' nur Klavier spielen gelernt. Auf der Kindtaufe habe ich gespielt. Erinnerst du dich?«

Diergard schien ihm nicht zuzuhören. Seine kratzige Stimme wurde ganz sanft und liebevoll, als er daranging, die einzelnen Teile der Orgel wieder zusammenzubauen. »Das ist eine echte Silbermann, aus dem Erzgebirge, zweihundertzwanzig Jahre alt, vom Bruder – hier!« Er zeigte auf eine reichgeschwungene Jahreszahl, die Lambert Koch allein nicht zu entziffern imstande gewesen wäre.

Er war heraufgekommen, um dem Onkel zu helfen, doch der schaffte das spielend, mit wenigen Handgriffen.

»Der Andreas, das war der Ältere, aber der ist siebz'nvierunddreißig schon gestorben, im Elsaß. Die hier ist vom Gottfried, der die schöne Orgel im Freiberger Dom gebaut hat. Warst du schon mal im Erzgebirge?«

»Das liegt doch in der Ostzone? ... Was kostet denn so was?« fragte der Patenjunge des Bankiers.

Darauf bekam er keine Antwort, erst die Frage, wie er zu der Orgel gekommen sei, beantwortete Josef Maria Diergard mit einer langen Geschichte, in der Russen, SS-Leute und Flüchtlinge vorkamen, was Lambert sogleich wieder langweilte. Jeder alte Sack hatte so eine Story parat, die er, nach 25 Jahren noch, in allen Einzelheiten erzählen konnte.

Diergard trennte sich erst von seinem Lieblingsthema, als sie die Kapelle schon verlassen hatten und sich auf dem Weg zum Gutshaus befanden, das auf einem leicht ansteigenden Hang, dreihundert Meter weiter, lag. Etwas ungeduldig wollte er wissen, was den jungen Mann ins Bayerische geführt habe. Seine windige Ausrede, er sei zufällig in der Nähe gewesen und auf den Gedanken gekommen, dem Onkel mal hallo zu sagen, kam Lambert jetzt schwer über die Lippen.

»Ach«, sagte er, »ich wollte was mit dir besprechen, und da ich sowieso in München zu tun hatte ...«

Der kleine alte Mann blieb stehen und sah mißtrauisch zu ihm auf, er reichte Lambert nicht einmal bis zu den Schultern. »Wenn ich nicht wüßte, daß du alles geerbt hast ... Du bist doch der Sohn von Albert und Eloise? Dann brauchst du doch kein Geld!«

Lambert mußte lachen. Der tat ja so, als ob er nur Besuch von Leuten bekäme, die es auf sein Geld abgesehen hatten. »Aber Onkel Diergard, du hast mich doch übers Taufbecken gehalten! Warum soll ich dich nicht besuchen dürfen?«

Der alte Mann zog den Kopf ein und ging weiter. Und nach einer ganzen Zeit erst keuchte er vor sich hin: »Was ich schon alles übers Taufbecken gehalten habe ... !«

Lambert glaubte sich verhört zu haben. »Wie? ... Erinnerst du dich nicht mehr? Wir haben uns vor drei Jahren bei der Taufe auf Schloß Heimbach gesehen! Wo du Pate bei meiner Cousine Adelheid Einzich warst! Du hast damals zu mir gesagt, wenn ich mal Lust hätte, irgendwo einzusteigen, sollte ich mich bei dir melden!«

Diergard brummte: »Habe ich das?«

»Aber ja!«

Den Rest der Anhöhe stapften sie wortlos nebeneinander her. Ein Rudel Pferde kam hinter einer Hütte hervor und trabte an den Weg heran, blieb neben ihnen, wartete auf ein Stück Zucker, aber der Alte hatte kein Auge dafür.

Lambert meinte verwirrt: »Vielleicht komme ich ungelegen? Ich wollte ja auch nur mal reinschauen und vielleicht was mit dir besprechen ...«

Keine Antwort. Nun wurde die Situation kritisch. Sollte er sich einfach verabschieden? Dieser Onkel benahm sich ja wie die Axt im Walde! Nicht mal neugierig schien er zu sein.

Aber dann blieb Diergard an der Einfahrt zu seinem prächtigen Landhaus noch einmal stehen, sah den jungen Mann listig von unten herauf an und sagte: »Weißt du, wieviel Patenkinder ich habe? ... Über hundert!«

Wieder glaubte Lambert Koch nicht recht gehört zu haben. »Hundert? ... Hast du hundert gesagt?« Er war entsetzt, schockiert, beschämt, suchte nach Worten. »Das müssen ja ... ach du großer Gott! Und ich habe mir immer was darauf eingebildet, daß der Chef der Nationalen Commerzbank mein Patenonkel ...«

»Tschä«, machte Diergard, »das war wohl auch der Sinn der Sache. Darauf haben wohl alle Geschäftsfreunde spekuliert ... Aber komm doch rein, wenn du schon mal da bist, es gibt Weißwürste.«

Eine hübsche blonde Frau im Dirndl empfing sie, Ende Dreißig und mollig und rosig wie ein Schweinchen, dieselbe, die Lambert Koch, als er angekommen war, zur Kapelle hinuntergeschickt hatte. »Na, haben Sie ihn gefunden?« Sie strahlte ihn mit zweiunddreißig weißen Zähnen an.

»Das siehst du doch!« fauchte der Alte.

Vorstellen mußte sie sich selber. »Ich bin Frau Leonie. Sicher haben Sie Hunger! Essen Sie Leberkäs?«

»Weißwürste!« bestimmte Diergard.

Aber bevor er weiße Würste aß, nahm Lambert Koch lieber nochmal Leberkäs. Er folgte Frau Leonie in die Küche, wo eine einheimische Frau schon alles vorbereitet hatte. Diergard war sich umziehen gegangen.

»Sie sind doch der Schwiegersohn von Benjamin Bach?« überfiel ihn die Üppige, Strahlende, als sie allein waren. Sie sah aus, als ob sie vor Neugierde gleich platzen würde.

Lambert Koch war äußerst angetan. Er hatte seinen Namen genannt, als er angekommen war, und auch das Patenschaftsverhältnis, das ihn mit Diergard verband, aber er hätte schwören können, daß sie vor einer halben Stunde noch nichts von seiner Verwandtschaft mit BB gewußt hatte. Mit wem konnte sie in der Zwischenzeit telefoniert haben?

»Allerdings – der bin ich.«

Sie machte »Ach ...!« und war so beeindruckt, daß sie sich hinsetzen mußte, die Bierflaschen noch in der Hand, die sie gerade aus dem Eisschrank genommen hatte. »Was ist das für ein Mensch?«

»Mein Schwiegervater?«

Wenn das kein Dusel war! Diese Leonie war ein BB-Fan, genau wie er selber! Etwas Besseres, fand er, konnte ihm nicht passieren. Und Lambert Koch begann, sehr von oben herab, zu schwärmen. »Ben« war ein »Mordskumpel«, ein »alter Freund« von ihm, ein »Typ«, mit dem man Pferde stehlen konnte. Er war gerade aus Peking zurückgekommen, Rotchina, jawohl, und hatte ihn spät nachts, gestern, noch zu sich bestellt, ein ungeheuerliches Geschäft – sie hatte nicht zufällig gestern abend die Tagesschau gesehen? Sie *hatte* – ??? Dann wußte sie ja Bescheid, ja, und um die Wahrheit zu sagen: exakt dieser Chinasache wegen war er eigentlich hergekommen, deswegen wollte er mit Onkel Josef sprechen; jetzt nannte er ihn doch Josef.

»Benjamin Bach persönlich hat Sie geschickt?« rief Frau Leonie entzückt.

Ein Rest von Verstand hielt ihn davon ab, einfach »Klar!« herauszuschmettern. »Gewissermaßen«, antwortete er schlau. »Wenn auch nicht direkt. Sie verstehen, was ich meine!«

Frau Leonie rief, das müsse sie Diergard auf der Stelle erzählen, und rannte, mit den Bierflaschen in der Hand, die Treppe hinauf, stellte sie unterwegs ab, und Lambert Koch schlenderte hinter ihr her, in die Halle, und rieb sich die Hände, als er das Stimmengewirr im Obergeschoß hörte. Diese reife Brumme war doch nicht etwa die Geliebte des Alten? I gitt. Vor zwei Jahren war Josef Maria Diergard siebzig geworden. Aber möglich war alles. Umwerfend, jedenfalls, wie der Name Benjamin Bach auf die Industrie und Hochfinanz wirkte. Er sah seine Mission schon so gut wie geglückt.

Als der alte Mann dann in einem Tölzer Trachtenanzug die Treppe herunterkam, wurde Lambert Koch wieder enttäuscht. Ohne ihn anzusehen, ging der Onkel mit grimmigem Gesicht durch die Halle, öffnete die Terrassentür, trat in die Sonne hinaus und verschwand. Lambert wartete noch einen Augenblick auf Frau Leonie, und als sie nicht kam, folgte er Diergard ins Freie, doch er sah ihn nirgends mehr.

Auf dieser Seite des Hauses zeigte sich die Gegend von ihrer malerischen Seite. Der Föhn hatte das Alpenpanorama ganz nahe gerückt, ein steiler Abhang an der Terrassenfront öffnete den Blick auf das weite Mangfalltal, in dem verstreut einzelne Bauernhöfe lagen, und ein ausgebauter Spazierweg führte direkt in einen märchenhaften Tannenwald, der offensichtlich auch noch zu Diergards Besitz gehörte.

Lambert überlegte gerade, ob und wohin er dem Onkel nachrennen sollte, da tauchte die Bedienerin aus der Küche mit einem leeren Tablett an der Hausecke auf und rief: »'s wäre angerichtet, bittschön!« Lambert eilte zu ihr und sah den alten Mann an einem windgeschützten Gartentisch neben einer mannshohen Hecke sitzen, wo er bereits die erste Weißwurst verzehrte.

»Mich wirst du nicht los!« rief er forciert und lachte, etwas ungereimt. Das Benehmen des Alten kam ihm immer unerklärlicher vor. »Darf ich?«

Diergard wies auf den Platz an der Stirnseite des Tisches. Dort standen der Leberkäs, eine Bierflasche, Senf und Semmeln. Als er sich setzte, machte Lambert offenbar einen neuen Fehler, indem er nach Frau Leonie fragte. »Kommt sie nicht?«

»Nein«, sagte der Alte grantig. »Und ich brauche auch beim zweiten Frühstück keine Unterhaltung.«

Dann war es aber doch Diergard, der ihm zuerst den Weißwurstsenf aus der Hand nahm und den richtigen reichte und das bedrükkende Schweigen mit der Frage unterbrach: »Was hat denn dein Vater dazu gesagt?«

Lambert wußte sofort, daß der Onkel seine Heirat meinte. Seine Antwort steckte in der Gegenfrage: »Magst du meinen Schwiegervater etwa auch nicht?«

Diergard sah ihn schief an. »Den von Tall?« Aber er verkniff sich eine Antwort.

»Ich finde ihn fabelhaft – und meinen Vater idiotisch!«

Der Onkel brummte nur, kaute sorgfältig und schaute in seinen Teller.

»Ich war gestern abend noch mit ihm zusammen, mit meinem Schwiegervater.«

»Hm ...«

»Warum ...« Merkwürdig, wie schwer das fiel. »Warum arbeitet er eigentlich nicht mit deiner Bank?«

Diergard ließ eine volle Minute verstreichen, bis er den Kopf hob. »Weil Tall seit hundert Jahren mit der Handelsbank verheiratet ist.

Weißt du das nicht?«

»Ah ja ... Das heißt, daß in so einem Fall ...«

Diergard hob nur die schmalen Schultern.

Lambert Koch merkte, wie ihm warm wurde. Vielleicht war das Ganze doch eine Schnapsidee gewesen. Wer weiß, was die beiden für einen Hund begraben haben, dachte er.

Und da kam auch schon eine Kurve!

»Hat er dich zu mir geschickt?« fragte der Alte. Es klang nicht sehr interessiert.

Lambert nahm Gas weg. »*Überhaupt* nicht! Wie hat er sich noch ausgedrückt? Ach ja: So schlecht, hat er gesagt, kann es uns gar nicht gehen, daß wir mit der Nationalen arbeiten müßten! Wörtlich ... !«

Der Alte kicherte. »Dann habt ihr über mich gesprochen?«

Vorsicht, Vorsicht jetzt, sonst reißt BB dir den Kopf ab! »Über *dich* doch nicht! Er weiß ja gar nicht, daß du mein Onkel bist! Über die Bank haben wir gesprochen, ich habe ihn nur mal gefragt, und er hat wörtlich so geantwortet, und das war's auch schon!«

»Warum hast du ihn gefragt?«

Der Alte wurde ja direkt gesprächig!

»Ooooch ...« Als es nun endlich soweit war, klebte dem Jungen die Zunge am Gaumen, er hatte einen feuchten Rücken und das abscheuliche Gefühl, eine riesengroße Dummheit zu machen. Ganz offensichtlich waren sich Josef Maria Diergard und Benjamin Bach überhaupt nicht grün! Was sollte er jetzt sagen? Was *konnte* er noch sagen, ohne dem Schwiegervater zu schaden?

»Na?«

Lambert schob den Leberkäs weg und versuchte überlegen zu grinsen. »Weißt du, das ist so, Onkel Diergard ...« Er machte ein paarmal »Äh ... äh ...«, und dann gab er auch schon auf. Dieser alte Geier hatte eine Art, einen anzusehen, die einen wahnsinnig machen konnte! »Bach ist doch mit diesem Riesengeschäft aus China zurückgekommen und muß es jetzt finanzieren!« rief er. »Und wie ich ihn verstanden habe, fällt es Tall im Moment schwer, über die Handelsbank eine größere Anleihe unterzubringen – so sagt man doch?«

Diergard schüttelte verwundert den Kopf. »Im Fernsehen, gestern abend, hat er behauptet, die Chinesen zahlen *cash*.«

»Naja, im Fernsehen!« Lambert Koch wischte sich den Schweiß von der Stirn. »Du weißt ja, da wird viel geredet ...«

Der Alte schob ihm den Leberkäs wieder hin. »Die Chinesen sind bekannt dafür, daß sie ihren finanziellen Verpflichtungen immer pünktlichst nachkommen. Die Bank of China«, das brachte er nasal heraus, wie ein richtiger City-Banker, »hat erhebliche Gold- und Devisenbestände angesammelt, die hat so was wie einen guten Ruf.«

Der junge Mann staunte. »Im Ernst?«

Diergard hob die Schultern wieder und die Hände – wo ist das Problem, schien die Geste auszudrücken.

»Dann versteh' ich nicht, was er gemeint hat«, sagte Lambert unsicher.

Der Onkel schnitt säuberlich die letzte Weißwurst auf, entfernte die Haut, bestrich das weiße Zeug mit Senf und schob ein Stück in den Mund. Die Sonne spiegelte sich in seiner Glatze. Langsam kauend, dachte er laut vor sich hin: »Von den Chinesen bekommt er Akkreditive ... Aber die werden erst fällig bei Lieferung ... Zehn Prozent zahlen sie an ... Nein.« Er schüttelte den Kopf, kaute sorgfältig, trank ein Schlückchen Bier, stieß eklig auf und dachte hörbar weiter: »Fünf nur ... Bei *dem* Geschäft bekommt er keine zehn ... Er wird mit seinen Akkreditiven, nein, das ist zuviel ... *pro rata* ... Dann wird er den Bund brauchen, bis die Lieferung soweit ist, und mit der Hermes-Deckung ... Hm ... Aber den Bund bekommt er nicht ... Und wenn er den Bund nicht hat, macht die AKA nicht mit ... tschä ...«

»Was ist das – AKA?« Lambert Koch war beunruhigt.

»Das ist ein Zusammenschluß von über fünfzig Banken, genannt Ausfuhr-Kredit-Anstalt oder -Gesellschaft, die sitzen in Frankfurt und machen Exportfinanzierungen ...«

»Seid ihr mit der Nationalen auch dabei?«

Diergard nickte.

»Die Handelsbank auch?«

»Auch ... Willst du noch was wissen?«

Lambert zögerte. »Der Bund, wie du immer sagst ... ist das die Bundesregierung?« Und als Diergard ihn nur verwundert ansah, fragte der junge Mann: »Warum soll die dagegen sein?«

Der alte Mann lächelte milde, trank noch ein Schlückchen und lehnte sich, die Hände über dem kleinen Bauch faltend, zurück. »Kannst du dir nicht vorstellen, was die Chinesen mit dem Stahl machen, den dein Schwiegervater ihnen verschaffen will?«

Lambert Koch war überfragt.

»Sie liefern ihn nach Vietnam«, klärte der Bankier ihn auf. »Und das sehen die Amerikaner nicht so gern – deswegen kann der Bund so etwas auch nicht verbürgen.«

Betroffen sagte Lambert: »Ich denke, die Amis ziehen sich zurück aus Vietnam?«

»Meines Wissens marschieren sie gerade in Kambodscha ein.«

Und damit erhob sich Josef Maria Diergard. »Ich sehe, du hast keine Ahnung, mein Junge ... Insofern ähnelst du durchaus deinem Schwiegervater ...« Er kicherte ein bißchen, aber er wirkte weiterhin freundlich, spazierte mit seinem Patenkind an das Terrassengeländer, schaute in das weite Tal hinab und erzählte ihm etwas von den Risiken im geschäftlichen Umgang mit Diktaturen – und in diesem besonderen Falle mit volksdemokratischen. »Das sind die Schlimmsten, die beschließen über Nacht ›Ganze Abteilung kehrt!‹, und dann stehst du da ... Hast du noch nichts von dieser Kulturrevolution gehört, die sie vor ein paar Jahren in China angezettelt haben?«

Lambert erinnerte sich wenigstens an das Wort und schüttelte sich. »Aber Benjamin Bach verkauft denen doch keine Stahlwerke, wenn das mit Vietnam ... Ich meine, er hat sich doch sicher vorher erkundigt, ob ihm die Amerikaner da keinen Stein in den Weg legen!«

Der Bankier lächelte, wie es Lambert vorkam, nach Art der Sphinx und roch ganz leicht nach Aramis dazu, doch dann hielt er die Hand vor den Mund und beschäftigte sich mit einem Zahnstocher, und nun sah er nur noch aus wie Lamberts alter Mathematiklehrer.

»Mit dem Rotchina-Embargo ...«, das kam so verquetscht aus seinem Mund, als ob er bewußt unverständlich sein wollte, » ... die Amerikaner ... so genau nicht mehr ... hat sich seit ein paar Jahren ...« Dann war er fertig mit der Säuberung, drehte sich um und zeigte auf eine kleine Bank am Rande des Tannenwaldes. Und sagte, ganz unmotiviert: »Da hat der russische Außenhandelsminister mit mir gesessen und sich ausgeweint über die Chinesen! Was die mit denen erlebt haben, sollte jedem eine Warnung sein!«

Schließlich gingen sie ins Haus zurück, und der alte Mann erklärte, er müsse sich jetzt ein wenig hinlegen, er sei seit fünf Uhr auf den Beinen.

»Von all dem, was du da erzählt hast«, begann Lambert Koch noch einmal, »hat mein Schwiegervater kein Wort gesprochen. Er hat nur über die Handelsbank geredet, deswegen dachte ich ja, ich könnte dich mit ihm ...«

Josef Maria Diergard stieg schon die Treppe hinauf. Auf dem ersten Absatz blieb er noch einmal stehen und meinte: »Du bist also doch wegen Geld gekommen ... Laß ihn mal bei der Handelsbank, ohne die geht's nicht. Mit seiner Hausbank fängt das ganze Spielchen an.« Dann ging er weiter, und bevor er verschwand, hörte Lambert ihn noch sagen: »China war mal eine Domäne der Nationalen Commerz ...«

Kein Wort, wie lange er schlafen würde, ob der Besucher noch bleiben wolle – er verschwand einfach und sagte nicht einmal »Tschüs!«, dieser seltsame Onkel. Was er wohl gemeint hatte mit seinem letzten Satz? Lambert Koch kam sich wie ein dummer Junge vor. Das war die kürzeste Verabschiedung, die er je erlebt hatte. Ratlos wanderte er in der großen Halle umher, rief halblaut »Hallo?« und »Frau Leonie?« und schaute auch in der Küche nach; sie war blitzblank und sauber. In der Ablage hing sein fescher Hut, er setzte ihn mißmutig wieder auf. Als er noch einmal vor das Haus trat und bis zu der Ecke ging, wo sie gesessen hatten, war auch der Gartentisch schon abgeräumt. Nur ein Hund tauchte plötzlich auf, ein Irish-Setter, schaute ihn an und lief gleich weiter. Beinahe wären ihm Tränen gekommen. Schmach und Schande! Und er hatte sich eingebildet, die Nationale für TALL interessieren zu können! Hoffentlich erfuhr BB nie etwas davon.

Er wanderte um das Haus herum, ging an der Koppel entlang und versuchte die Pferde anzulocken, aber nicht einmal so ein Gaul wollte etwas von ihm wissen. Doch als er zu seinem Wagen zurückkam, saß, blond und rosig, Frau Leonie auf der Bank neben der Kapelle und strahlte ihn an. Zu ihren Füßen hechelte der Setter.

»Der Onkel schläft bis zwei«, sagte sie und befeuchtete ihre vollen roten Lippen hurtig mit der Zungenspitze. »Fahren wir ein bißchen spazieren?«

Am liebsten wäre er ihr um den Hals gefallen.

Schon beim Einsteigen in das flache, enge Ungetüm mußte er ihr helfen, die Beine unterzubringen, und bemerkte, daß sie keine Strümpfe trug. Er lachte, sie quiekte, und dann zeigte er ihr, wie sich der Lamborghini, mit durchgetretenem Gaspedal und eingeschlagenem Steuer, auf der Stelle um die Achse drehte. Die Dreckfontänen flogen bis auf das Dach der Kapelle. Als er das Steuer zurückschnellen ließ, war sie von der Fliehkraft in seinen Schoß gedrückt worden. Er brüllte vor Lachen, sie kreischte.

Weit kamen sie nicht. Mitten in einem Hohlweg blieb er stehen und riß sie an sich. Sie keuchte, wehrte sich, aber er grub seinen Mund zwischen ihre prachtvollen Zähne, daß sie stöhnte, schob eine Hand unter ihren teuren Bauernrock und versuchte mit dem linken Fuß an den Hebel zu kommen, der seinen Schalensitz in einen Liegesitz verwandelte.
Diesem Onkel würde er es zeigen ...!

Seit halb zwölf saßen Benjamin Bach, Edmund Faber und Tassilo Billstein im grünen Zimmer des Vorstandsvorsitzenden der Handelsbank, an der Königsallee, und konferierten. Das heißt, Bach redete ununterbrochen, und die anderen hörten zu, das war immer so, wenn er mit einem neuen Geschäft kam. Die Gegenseite vertraten Hans-Theo Egerwald, ein braungebrannter, silberhaariger Sechziger von geschniegeltem Äußeren, den selbst erfahrene Wirtschaftsjournalisten fälschlicherweise für ein Aushängeschild, und sonst nichts, hielten – »der Bilderbuchbankpräsident«, hatte einer geschrieben –, und die Vorstandsmitglieder Edgar Stolp und Heinz von Lodtwitz, deren Ressorts sich den Großkunden TH. TALL teilten. Stolp war klein und dicklich, einer der größten deutschen Effektenspezialisten, und »Dandy« Lodtwitz klein und drahtig, ein schnurrbärtiger Herrenreitertyp mit Bruyèrepfeife und speckigem Sportjakkett, den es bei El Alamein erwischt hatte; in seinem verbrannten und vernarbten Gesicht zuckten unkontrolliert Nervenstränge. Beide Herren waren hoch in den Fünfzigern, und niemand hätte behaupten können, daß sie in den Chef des TALL-Konzerns vernarrt waren – was vielen jüngeren Herren, auch in der Handelsbank, durchaus nachgesagt werden mußte. Aber sie haßten ihn auch nicht, wie Benjamin Bach das selbstverständlich annahm. TH. TALL und Benjamin Bach waren einfach ihr Schicksal, es war ihnen aufgezwungen worden, als sie in den Vorstand gewählt wurden, und nun versuchten sie, je nach Temperament, damit fertig zu werden.

Um zehn vor zwölf erzählte Benjamin Bach immer noch von seiner abenteuerlichen Chinareise, aufgehalten nur von gelegentlichen Fragen, die sich auf die Wirtschaft und die politische Stabilität des Riesenreiches bezogen, aber sonst hörten die Herren, auch Faber und Billstein, mit größter Aufmerksamkeit zu. Wer kam schon frisch aus Peking und konnte erzählen wie BB?

»Da ist dieses irrsinnige Becken in Sinkiang – Dschungarei oder so, ich bitte, mich nicht festzulegen, jedenfalls größer als die Bundesrepublik –, und da sagt Tschou also zu mir: Unsere sowjetischen ›Freunde‹ haben das untersucht und herausgefunden, daß wir mit den Erzen, die dort liegen, mehr Stahl schmelzen können als in Hupeh und Honan zusammen – das sind Zentralprovinzen, da produzieren sie so drei, vier Millionen Tonnen im Jahr und werfen die Hälfte wieder weg, und er hat auch gleich die Unterlagen da – Sie können sie sich anschauen, ich habe sie mitgebracht. Das stellen Sie sich nicht vor, wie er so eine Besprechung organisiert, mit Scharen von intelligenten Typen um sich herum. Er winkt also so einen stummen Zuhörer heran, von dem Sie glauben würden, das ist 'n tüchtiger Vorarbeiter oder Gewerkschaftsmann, und der knattert los wie ein Maschinengewehr, der Dolmetscher hat Schwierigkeiten mitzukommen, aber ich verstehe die englischen Fachausdrücke, er erzählt, wo die Kohle herkommen soll und das Wasser und daß wir 'ne kleine Bahn brauchen, und die ganze Zeit steht er stramm vor uns, und hinterher sagt Tschou: das war übrigens Wumm-Bumm, der Minister für die Schwerindustrie ...«

Egerwald lachte Tränen, er war leicht zu unterhalten, auch die anderen lächelten und schüttelten den Kopf, und selbst Stolp, der den Blick nicht vom Monitor lassen konnte, auf dem seit 11 Uhr 30 die Börseninformationen liefen, klatschte sich auf die Schenkel. »Dandy« Lodtwitz aber legte die Pfeife weg und hob eines der Papiere hoch, die vor ihm lagen.

»Eine Frage, Herr Bach!«

Er las aus der 69er Jahresanalyse des Moskauer Sekretariats der COMECON vor – des Rats für gegenseitige Wirtschaftshilfe im Ostblock, einer Art Gegenstück zur westeuropäischen Wirtschaftsgemeinschaft –, in der behauptet wurde, die Industrieproduktion der Volksrepublik China habe auch 1969 noch nicht den Tiefpunkt des Jahres 1967 überwunden.

»Dann lesen Sie mal ein paar japanische Zahlen«, widersprach ihm Benjamin Bach, »darauf können Sie sich eher verlassen als auf Sowjetpropaganda! Auch die ›Financial Times‹ schreibt ...«

»Da sieh an!« rief Lodtwitz, und sein rechtes Auge triefte. »Sie wissen wohl nicht mehr, wer mir diese Comecon-Analysen vor Jahren zum erstenmal ins Haus getragen hat?«

»Etwa ich? Na gut, was den europäischen Ostblock betrifft, sind sie vielleicht ganz nützlich, aber wenn die Russen über China das Maul aufreißen, können Sie Gift drauf nehmen, daß Propaganda herauskommt!«

Faber benutzte die Gelegenheit, um zur Sache zu kommen, bevor eine größere Debatte darüber ausbrach. »Es ist Montagmorgen, meine Herren!« mahnte er. »Warum setzen wir uns nicht an einem dieser Abende mal bei einem Fläschchen Wein zusammen und lassen Herrn Bach die ganze Geschichte in Ruhe erzählen? *Ich* wüßte zu gern jetzt, erst mal, wie denn überhaupt die Aussichten auf eine so neue und große ...«

Er kam nicht so weit. Lodtwitz bohrte noch immer in den russisch-chinesischen Beziehungen herum. Er richtete seine Pfeife wie eine Pistole auf Bach und rief: »Können Sie mir mal erzählen, was denn hinter der ganzen Geschichte steckt? Können Sie mir einen einzigen plausiblen Grund nennen, warum andere China-Interessenten nicht das gleiche Schicksal erleben sollen wie die Russen?«

»Kann ich. Massenhaft Gründe!« sagte Benjamin Bach. »Um einen einzigen zu nennen: Der große Bruder in Moskau hat den armen Verwandten in Peking grundsätzlich hundert bis hundertfünfzig Prozent auf Lieferungen aus anderen Ostblockländern draufgeschlagen, und da haben sich Mao und Tschou natürlich gesagt: Dann doch gleich mit den Kapitalisten!«

Finanzchef Faber erhielt jetzt Schützenhilfe von Egerwald und Stolp, die ebenfalls das Montagmorgengewissen plagte.

»Um zwölf beginnt die Goldbörse!« rief Edgar Stolp nervös. »Dann muß ich mal verschwinden!«

Und Egerwalds Bariton nahm eine Cheffärbung an, als er nach der Uhr schaute und sagte: »Ich glaube auch, meine Herren, wir sollten zum Ende kommen. Sie haben wissen wollen, Herr Faber, ob ...«

»Ende?«

Benjamin Bach sprang auf. Bis jetzt hatte er es, erstaunlicherweise, auf dem kleinen, gestreiften englischen Sofa ausgehalten, das im Zentrum der zwanglosen Sesselgruppierung stand und, traditionell, bei solchen Zusammenkünften für ihn reserviert war. Nun stob er mit weiten Schritten über den dottergelben Afghan, der den Boden des langgestreckten Vorstandszimmers bis zur gläsernen Rheinfront bedeckte.

»Sie glauben doch nicht, daß ich herübergekommen bin, um ein Schwätzchen mit Ihnen zu halten, Herr Egerwald!«

Faber klappte den Aktendeckel, den er gerade geöffnet hatte, resigniert wieder zu.

»Natürlich nicht, Herr Bach!« rief Egerwald lachend. »Aber nehmen Sie etwa an, daß wir jetzt, zwischen zwölf und Mittag ...«

»Und ob! Ich werde Ihnen jetzt und hier erzählen, was wir brauchen!« fuhr ihm Benjamin Bach über den Mund. »Und Herr Faber wird Sie laufend mit Einzelheiten vertraut machen, und dann können Sie darüber nachdenken und mich bis nächsten Montag wissen lassen, was Sie davon halten oder nicht halten! Und ich will Ihnen gleich noch etwas sagen, meine Herren ...« Er blieb, nach einem Hin- und Hermarsch, vor ihnen stehen und schoß, mit Aplomb, den genau eingestellten Zeitzünder ab. »Wir sind in Eile, wir fangen in acht Monaten an zu liefern, und wenn Sie glauben, wir können in dieser Sache wieder ein langes Palaver abhalten, dann haben Sie sich geschnitten! Diese Geschichte ist so groß und mit so vielen technischen Schwierigkeiten behaftet, daß wir uns den üblichen Qualm um die Vorfinanzierung, diesmal, ums Verrecken nicht leisten können! ... Ich möchte, daß Sie das von Anfang an begreifen! ... Außerdem bringe ich einen Kunden, der wie kein anderer solvent ist, der nichts kreditiert haben will und pro rata zahlt! ... Ich schlage vor, Sie hören auf, mit diesen alten Wischs herumzuspielen, Herr von Lodtwitz, und fangen an, sich mal gründlicher für China zu interessieren! ... Das Unternehmen entwickelt sich auf drei Ebenen, wobei die technische absolut den Vorrang hat! Je schneller Plineggers Herren sich klarwerden, um so schneller haben wir die unterschriebenen Verträge! ... Ich bin mit Tschou En-lai verblieben, daß wir spätestens am ersten Juli unterzeichnen! Er schickt uns in vierzehn Tagen eine Kommission von Fachleuten, die Plinegger zur Hand gehen wird und alles ausbügelt, was an Meinungsverschiedenheiten sonst im letzten Augenblick immer hochkommt! ... Die Technik hat also Vorrang, es folgt die politische Ebene. Sie wissen, daß die Regierung wegen Kassel in dieser Woche ziemlich kopflos ist, haha, und Herr Schiller sich wegen der Konjunktur und der Inflation ein bißchen komisch anstellt – vergessen Sie das. Ich habe heute nacht schon mit Staatssekretär Wickert ein langes und interessantes Gespräch gehabt, und ich sehe gar keine Schwierigkeiten, die Bundesbürgschaft für den benötigten Zeitraum zu bekommen – womit wir dann bei Ihnen wären, meine Herren! ... Es handelt sich um einen vergleichsweise lächerlichen Betrag von minimal hundert, maximal dreihundert Millionen, und wie ich mit Plineggers Leuten gerade ausgeknobelt habe, werden wir wegen der fehlenden Kapazitäten sowieso einen Teil nach Australien und Mexiko vergeben müssen, das heißt, wir lassen auch dort finanzieren – ich persönlich, ohne Herrn Faber vorgreifen zu wollen, bin bereit, schon jetzt Wetten abzuschließen, daß wir mit einigen Erweiterungs- und Rationalisierungsinvestitionen, Materialkosten und entsprechender Erhöhung der Umlaufmittel mit ziemlich genau *hundertfünfundachtzig* Millionen in diesem Jahr auskommen werden, im nächsten Jahr stehen uns durch auslaufende Geschäfte ohnehin wieder die alten Kapazitäten zur Verfügung – wollen Sie wetten, Herr Egerwald?«

Faber wäre am liebsten aufgestanden und gegangen. Benjamin Bach hatte ihn zwar aufgeklärt über die Marschroute – »diesmal gleich aufs Ganze!« –, aber was er da hörte, klang so deplaciert, so falsch in seinen Ohren, daß er alle Hoffnung fahrenließ. Er hatte den Arm aufgestützt, rauchte unentwegt und beobachtete aus halbgeschlossenen Augen die Gesichter der Bankmenschen. Da er selbst am besten Bescheid wußte, konnte er sich die Antwort Egerwalds an einem Finger ausrechnen. Doch wider Willen bewunderte er die Unbedenklichkeit, die dreiste Schamlosigkeit, mit der Benjamin Bach, anstatt sich Gedanken über seine Schulden zu machen, auf neues Geld losging.

Tassilo Billstein war der einzige, den Bachs Rede entzückte. Er nickte begeistert zu jedem Satz und versuchte, peinlicherweise, auch die Handelsbankvorsteher mitzureißen, indem er ihnen aufmunternde Blicke zuwarf und sie mit beifälligen Gesten unterstrich. Wer so wenig über den finanziellen Zustand des Konzerns Bescheid wußte, war allerdings entschuldigt.

»Danke«, sagte Egerwald eisig, »ich wette nicht.« Das breite Lächeln, mit dem er Bachs stürmischen Vortrag begleitet hatte, war ihm zu einer Grimasse geronnen. Auch er hatte sich mit seinen Herren eine Marschroute zurechtgelegt und, um ganz sicherzugehen, heute morgen noch einmal das Tagesschau-Interview Bachs vorgespielt; Stolp hatte es noch nicht gesehen. Ihre Politik war einfach genug: Laß ihn mal kommen und reden, er wird uns was von China vorphantasieren, und bevor es dann ernst wird, fangen wir alle an zu lachen, und Edgar verabschiedet sich auf französisch, und wenn er dann anfängt, die Hände zu ringen, kühlen wir ihn mit der Frage nach einer konsolidierten Bilanz ab, das war eine Idee von »Dandy«, und keine schlechte, diese Bilanz würde ihre Zeit brauchen, und wenn er sie endlich vorlegen würde, hätte man, auf jeden Fall, etwas erreicht, und eine Absage dieses Chinageschäfts müßte dann selbst Bach verstehen. Aber nun fing der Kerl gleich an zu toben, und bevor sie überhaupt Gelegenheit bekommen hatten, ihren naiven Plan zu entwickeln, waren sie schon am Ende ihrer Möglichkeiten angelangt. Hilfesuchend wandte sich Egerwald an Stolp und Lodtwitz. »Meine Herren ...«

Edgar Stolp, ein gutmütiges Männchen, reagierte wie ein Terrier und biß in die Wurst, die Benjamin Bach ihm hinhielt, anstatt einfach hinauszurennen. »Warum haben Sie nicht vorher ein Wort mit uns darüber gesprochen, Herr Bach!? Jetzt auf einmal kommen Sie an ... !«

Seine Worte gingen in klatschenden Schlägen unter, denn nun hatte sich »Dandy« Lodtwitz endlich gefaßt, vielmehr seine Fassung endgültig verloren, und schlug mit seiner verbrannten Hand auf die Tischplatte vor sich und schrie, skandierend: »Das – ist – doch – wieder – einmal – typisch – Bach!« Sein Gesicht zuckte furchterregend, aber da es immer zuckte, fürchtete sich niemand mehr. »Sie – haben – die Stirn – uns zu – einem neuen – Abenteuer einzuladen – !«

»*Herr* Bach, bitte!« sagte Benjamin Bach kühl. »Soviel Zeit muß sein.« Der amüsierte Ausdruck verschwand nicht von seinem Gesicht. Nun hatte er sie an der Angel und konnte sich erlauben, gezielt zu feuern. »Einer kann nur schreien – sind Sie fertig, Herr von Lodtwitz?«

Egerwald machte rudernde Armbewegungen, um die gefährliche Eruption seiner Vorstandskollegen zu stoppen. Sie nahmen sich auch gleich wieder zusammen, und Egerwald sah Faber an, von dem er sich eine realistischere Einstellung erhoffte. »Vielleicht sagen *Sie* mal ein Wort dazu! Sie sagen ja gar nichts! ... Ich habe das Gefühl, Ihnen ist gar nicht wohl in Ihrer Haut!« Womit er den Nagel auf den Kopf getroffen hatte.

Der Finanzchef überwand sich und schlug den Aktendeckel wieder auf, aber Benjamin Bach ergriff das Wort schon wieder. »Herr Faber spricht, wenn *ich* ihn darum bitte. Wie Sie sehr richtig bemerkt haben, Herr von Lodtwitz, handelt es sich um ein neues Abenteuer, und überraschend finde ich daran nur, daß es Sie so überrascht. Ich habe mich nie dagegen verwahrt, daß Sie mich gelegentlich eine

Abenteurernatur genannt haben – im Gegenteil. Ich *liebe* Abenteuer, ich finde unsere Welt so banal und langweilig, daß ich immer darauf aus bin, neue Abenteuer zu erleben. Diese Chinageschichte interessiert mich tatsächlich ihres abenteuerlichen Charakters wegen – *was da alles schiefgehen kann!* ... Aber ich gehe nicht so weit, Sie, meine Herren, in meinen Spaß miteinbeziehen zu wollen. Ihnen geschieht recht, daß Sie von Abenteuern nur noch träumen dürfen, Sie sollen die Sicherheit haben, nach der Ihnen zumute ist, Friede Ihrer Seele! Ich decke die hundertfünfundachtzig Millionen, ehe Sie die AKA damit überraschen, durch eine Bundesbürgschaft ab. Ich sorge dafür, daß sie bis zum Ende der Sommerferien durch ist, und bis dahin beläuft sich, was wir brauchen, auf ein paar Dutzend Millionen und nichts weiter. Es handelt sich also darum, unsere Kreditlinien um eine Kleinigkeit auszudehnen, Herr Faber wird Ihnen ...«

»Und die Werft!?« schrie Lodtwitz schrill. »Was ist mit den Tankern?«

»Schschschttt –!« machte Egerwald, sah seine Herren drängend an, sah Benjamin Bach an und sagte, mit einem zitternden Atemzug: *»Nicht eine einzige Million mehr für Abenteuer, Herr Bach!* ... Ich kann nur wiederholen, was ich Ihnen so oft schon gesagt habe: Bevor wir nicht von dem Berg runter sind, können Sie einfach nicht mehr mit uns rechnen! Unter den gegebenen Umständen können wir nicht im Traum daran denken, noch mehr andere Banken – und seien es mit uns verbundene – da hineinzuziehen! ... Wir kriegen jetzt schon den größten Zoff mit dem Aufsichtsrat! Ich habe gestern abend zwei Stunden mit Herrn Wallassé vertelefoniert und bin auf ein paar ganz harte Termine festgelegt worden, über die wir übrigens auch noch sprechen müssen ...«

»Ach hören Sie mir doch mit Ihrem Aufsichtsrat auf, Herr Egerwald!« polterte Benjamin Bach vom anderen Teppichende her. »Wenn ich mit Aufsichtsräten reden wollte, wäre ich vor zwanzig Jahren nicht zu Tall, sondern zu einer AG gegangen! ... Immer wenn es mulmig wird, fangen Sie mit Ihrem ollen Wallassé an, der schon Hitler die Hand dafür ins Feuer gelegt hat, daß die Amerikaner nicht in den Krieg eintreten werden. *So* machen wir doch keine Geschäfte, Herr! Ich habe wirklich den fatalen Eindruck, Sie sind nicht ganz imstande, sich klarzumachen, um was für Größenordnungen es da in China eigentlich geht!«

»Auf Ihre Beleidigungen werde ich mich nicht einlassen«, sagte

Egerwald gefaßt, »aber Sie haben sicher recht, was die Größenordnung angeht ... Dies China ist einfach zu groß für uns, Herr Bach, und insgesamt zu unsicher. Es ist unser gutes Recht, das festzustellen, nachdem Sie es vorgezogen haben, nach Peking abzureisen, ohne vorher noch ein Wort mit uns zu sprechen.«

Benjamin Bach schlenderte näher und lachte ungeniert. »Aus gutem Grund! ... Wenn ich vorher die Karten auf den Tisch gelegt hätte, wären Sie mir auch vorher schon umgekippt – das geben Sie doch zu?«

Edgar Stolp sah den Zeitpunkt gekommen, aus dieser gräßlichen Debatte zu verschwinden. »Die Goldbörse«, sagte er schnell und sprang auf, aber Egerwald schüttelte den Kopf und hielt ihn am Arm fest; es war ohnehin alles zu spät.

»Vorher war, glaube ich, nur von *einem* Stahlwerk die Rede!« rief Lodtwitz. »Das ist wohl ein Unterschied!«

»Quatsch. Sie hätten mir den Schneid abgekauft, so oder so. Aber jetzt«, begeisterte sich Benjamin Bach, »stehen Sie vor einem Fait accompli, meine Herren! Jetzt haben Sie vier Stahlwerke am Hals, die ganze Welt spricht darüber, und Sie können gar nicht mehr anders als mitmachen!«

Egerwald sah Benjamin Bach mit offenem Mund an, er hörte zwar ausgezeichnet, aber er wollte nicht glauben, was er hörte. Keinem Bankier wäre es anders ergangen. Dieser Bach war nicht bei Trost!

»Dandy« Lodtwitz begriff schneller. »Ihre sogenannte Ehrlichkeit«, schimpfte er los, »macht mich noch krank! Ich halte das schlicht für ein Zeichen brutaler Selbstüberschätzung, wenn Sie jetzt ...«

Arrogant unterbrach ihn Bach. »Ich dagegen halte nichts von Drumherumreden, Herr von Lodtwitz. Ich habe Ihnen gesagt, daß ich keine Zeit zu verlieren habe! Ich bin gezwungen, ganz offen mit Ihnen zu werden – außerdem habe ich mit Offenheit noch immer alles erreicht!«

Da stand er, während sie alle saßen: groß und selbstbewußt, mit dem ehrlichsten Gesicht der Welt, und redete nicht nur von »Offenheit«, wie so viele Kunden, die leicht zu durchschauen waren – er ging noch einen Schritt weiter und stieß sie mit der Nase auf den alten Trick. Er wollte provozieren, von der Konversationsebene herunter, die offene Konfrontation erzwingen, und er erreichte spielend, was er sich vorgenommen hatte.

Egerwald ließ einen langen Seufzer los und sagte, mühsam beherrscht: »Wenn Sie sich da mal nicht täuschen, Herr Bach!«

»Das will ich auch meinen!« sekundierte ihm Stolp. Er war am hilflosesten und kam für solche Auseinandersetzungen am wenigsten in Frage.

»Wen wollen Sie hier über den Löffel balbieren?« rief Lodtwitz.

Vielleicht bezog Egerwald das auf sich, denn auf einmal wurde er, der stets Verbindliche, ganz wild und sprang auf und schrie: »Wir können nicht mehr anders, sagen Sie? ... Das werde ich Ihnen *beweisen!*«

Ausgerechnet Hans-Theo Egerwald! Der nach einem ähnlichen Vorfall, bei dem sie alle in die Luft gegangen und beinahe tätlich geworden waren, die strikte Parole ausgegeben hatte, sich nie wieder von dem TALL-Chef provozieren zu lassen, komme, was da wolle. Doch kaum hatte er sich derart echauffiert, da sah er, zu seinem Schrecken, auch »Dandy« Lodtwitz aufspringen, den er nun wirklich für unberechenbar hielt, und das kühlte ihn jäh ab, und er setzte sich schnell wieder.

»Wir ziehen jetzt mal andere Saiten auf!« schrie Lodtwitz.

»Ich bin sehr gespannt«, sagte Benjamin Bach, »Sie bei Ihrer großen Nummer zu erleben, meine Herren.« Lächelnd stellte er sich neben Faber an den Tisch. »Wollen Sie Skandal? ... Mich rausschmeißen? ... Alle Kredite sofort kündigen? ... *Was* wollen Sie?«

Auf den Rausschmiß hätte Faber inzwischen Wetten angenommen, aber Egerwald war noch damit beschäftigt, seine Front zu konsolidieren. Er sah »Dandy« Lodtwitz durchbohrend an. »Setzen Sie sich bloß wieder!«

Die triefenden Augen zuckten, doch Lodtwitz gehorchte.

»Wie hoch stehen wir bei unserer Hausbank in der Kreide, Herr Faber?«

Der Finanzchef hob nicht einmal den Kopf. »Das wissen Sie doch ...«

»Sagen Sie's!« schrie Bach unvermittelt. »Und sagen Sie's *laut!*«

Alle zuckten zusammen. Daß er Faber anschrie, hätte keiner für möglich gehalten. Der Mann war wirklich durchgedreht! Diese Erkenntnis stand Egerwald wie mit großen Buchstaben im Gesicht geschrieben. Seine Hand tastete nach dem Klingelknopf, und schnell warf er ein: »Das läßt sich doch so ohne weiteres gar nicht ...«

Faber rasselte laut herunter: »Eintausendachthundertundneunundsiebzigundzwohundertzwoundzwanzigtausend.«

Und dann klappte er seinen Aktendeckel endgültig zu.

Als sie die unheimliche Zahl tatsächlich ausgesprochen hörten, senkten alle den Blick. Eine seltsame Scheu hielt diese Bankiers stets davon ab, Endsummen solchen Charakters in den Mund zu nehmen; ihr Vokabular konnte erstaunlich blumig werden, wenn es darum ging, sie immer wieder neu zu umschreiben.

Benjamin Bach machte sich ein Vergnügen daraus, die Herren noch mehr zu peinigen. »Eintausendundachthundert Millionen und ein paar Zerquetschte, das sind an die zwei Milliarden deutsche Mark – tja ... Denn man tau, meine Herren.« Er warf sich in seine Sofaecke und legte, auf die Bügelfalten achtend, ein Bein über das andere. »Dann fangen Sie mal an, und sehen Sie mal zu, wie Sie die wieder zurückkriegen. Ich bin gespannt.«

In dieser Situation, in der niemandem mehr etwas einfiel – Edgar Stolp schilderte sie vor einem kleinen Kreis später einmal als »die schwärzeste im Leben jedes Bankiers« –, machte Tassilo Billstein zum erstenmal den Mund auf und bemerkte hastig: »Als Personaldirektor bitte ich zu bedenken, daß es hier um mehr als hunderttausend Arbeitsplätze geht!«

Egerwald, Stolp und Lodtwitz glotzten ihn an, und wenn sie bis zu diesem Augenblick die Frechheiten Benjamin Bachs für weiter nichts als eine verbrecherische Rabulistik gehalten hatten, mit dem Ziel, sie auf die ordinärste jemals bekanntgewordene Weise zu erpressen, so wurde ihnen, bei der Ernsthaftigkeit, mit der Billstein sich ausdrückte, nun der Mund auf einmal trocken, und sie sahen sich verstohlen an und dachten alle drei das gleiche: War da etwas im Busch, was Bach ihnen verheimlichte? Bahnte sich bei TALL nicht nur ein Geschäft, sondern vielleicht auch eine Katastrophe an? Steckte, am Ende, etwas ganz anderes hinter dem Auftreten dieses pöbelhaften Menschen?

Faber glaubte, noch nie eine so dämliche Bemerkung gehört zu haben, aber Benjamin Bach sagte ernsthaft: »Sehr richtig, Herr Billstein!«

Die Hitze ihres Gespräches hatte sich urplötzlich in Kälte verwandelt, in eine hitzige Kälte, sozusagen, die auch nur wieder BB zugute kam. Er bemerkte sofort, daß die Bankiers zu denken anfingen, und hätte den alten Bill für seine bornierte Bemerkung abküssen mögen.

In einem gepreßten Ton sagte »Dandy« Lodtwitz vorsichtig: »Ich finde das nicht sehr komisch, wirklich nicht ...«

Egerwald sah bleich aus unter der Höhensonnenbräune, und Edgar Stolp starrte verzweifelt auf den Monitor, auf dem, vorübergehend, eine Hand erschien, die etwas hinschrieb, was sich wie »Dr. Feringer ist da!« las. »Wer ist das?« hätte er gern gefragt. Aber dann kamen die bröckelnden Dollarkurse wieder, und er war erlöst.

»Ich bin ganz ernst, Herr von Lodtwitz«, sagte Benjamin Bach. »Ich habe noch nie etwas so ernst gemeint wie jetzt, in diesem Augenblick ...« Er schaute seine Gegenspieler der Reihe nach an und sprach mit quälender Deutlichkeit weiter. »Wenn ich durch diese Tür hinausgehe, sehen Sie mich erst vor dem Konkursrichter wieder ... Dann stelle ich die Zahlungen ein und informiere die Betriebsräte und gehe mit meinen Freunden von der IG-Metall zum Minister und stelle Antrag auf Massenentlassungen – in der ersten Woche fünftausend, in der zweiten zehntausend, dann zwanzigtausend ... Ich lasse die Hochöfen ausgehen und lege die Baustellen still und schließe die Werften und stoppe die Auslieferungen der Handelsgesellschaften ...«

Sie hörten ihm zuerst noch relativ friedlich zu, wie Menschen, die gelernt haben, einem Irren zuzuhören, aber als er gleichmütig immer weiter die ungeheuerlichsten Maßnahmen androhte und dabei zu erkennen gab, wie ernst er das alles meinte, lief Egerwald rot an und rief: »Jetzt gehen Sie aber zu weit, Herr Bach! Sie *zwingen* mich geradezu, den Aufsichtsrat zu informieren ... !«

Benjamin Bach nickte nur. »Natürlich müssen Sie das! Und Sie werden ihm, vor allem, erklären müssen, *warum* Sie es überhaupt so weit haben kommen lassen, mein lieber Herr Egerwald ...«

Egerwald setzte die hochmütigste Miene auf, zu der er noch fähig war, und Edgar Stolp und »Dandy« Lodtwitz schüttelten ungläubig ihre Köpfe.

»Anderseits gebe ich zu, daß es mir bestimmt nicht leichtfällt, eine vor zwanzig Jahren übernommene Lebensaufgabe – nach all den Erfolgen, schließlich, die wir bei Tall zu verzeichnen hatten – in dieser Weise ... eh ... abzuschließen.« Benjamin Bach sprach in einem nachdenklichen Ton, als ob er sich selbst erst über die Tragik eines solchen Endes klarwerden müsse. »Aber ich war immer ein Realist, wie Sie wissen, und die öffentliche Meinung, oder die meiner Herren Kollegen aus dem Revier, hat mich noch nie tangiert. Ich habe die Gelegenheit unserer langen Reise nach China benutzt, um auch mit

Professor Rasser die sich ergebenden Konsequenzen zu diskutieren, und ich darf sagen, daß die Tall-Erben, in seiner Person, hundertprozentig hinter mir stehen. Aber das ist ja nichts Neues ...«

»Der Professor war mit in Peking?« rief Egerwald, überrascht und leicht beklommen.

Er wußte nichts davon! Auch die beiden anderen Herren reagierten eher betroffen. Benjamin Bach fiel ein, daß der Konzern ja den ganzen Vormittag über nicht zu erreichen gewesen war – und mit ihm wohl auch die Spione der Bank nicht.

»Natürlich ist der Professor dabeigewesen«, sagte er leichthin. »Bei so einem Unternehmen? Er hat jedes Stück Papier, das ich in Peking unterschrieben habe, selbstverständlich mitunterschrieben ...«

Endlich begann sich für Faber ein Sinn in dem selbstmörderischen Auftreten Bachs abzuzeichnen, und erneut wurde er zwischen heftiger Bewunderung und abgrundtiefem Zweifel hin und her gerissen. War es denn vorstellbar, daß erfahrene Geldverleiher wie Egerwald, Stolp und Lodtwitz sich in diesem Umfang aufs Kreuz legen ließen? Wie dem auch sei, dachte Faber schadenfroh und zündete sich an dem Stummel der alten eine neue Gauloises an, nun war der ganze Unrat dieses überfrachteten und seit Jahren sich immer rasender drehenden Kreditkarussells endlich einmal auf dem Tisch, und weder Bach noch die Bank würden seinen Gestank so leicht wieder aus den Kleidern schütteln können. Dieses Gespräch setzte einen Schlußpunkt unter die hundert Jahre alte Beziehung des TALL-Konzerns zur Deutschen Handelsbank AG. So oder so – jetzt mußte alles anders werden.

Benjamin Bachs Überlegungen wanderten in der gleichen Richtung. Er ließ den Bankmenschen nur eben genug Zeit, um sich über die Bedeutung der Komplicenschaft des Professors klarzuwerden, dann fragte er seinen Finanzchef: »Was haben wir der Handelsbank für ihre laufenden Kredite im letzten Jahr an Zinsen bezahlt, Herr Faber?«

Faber beeilte sich, aus dem Gedächtnis zu zitieren: »Hundertzwoundsechzig Millionen ...«

Benjamin Bach stieß einen Pfiff aus. »Dunnerlittchen! Und immer pünktlich?«

Faber nickte.

»Nie die besonderen Beziehungen zwischen unseren Häusern dazu benutzt, die vereinbarten Termine zu überschreiten?«

Faber schüttelte den Kopf. »Nie.«

»Hundertzwoundsechzig ehrliche deutsche Mark!« rief Benjamin Bach und ging, wie die Attorneys in amerikanischen Filmen, hinter den Sesseln der Bankherren auf und ab. »Das muß sich der Mensch mal vorstellen!«

»Millionen!« rief Faber dazwischen. Er war dankbar für jede einzelne, die zur Sprache kam.

»Hundertzwoundsechzig Millionen Mark!« wiederholte Benjamin Bach bereitwillig. »Und dafür haben diese Herren hier dicke Prämien bezogen und sich die Gratulationsbriefe ihres Aufsichtsrates rahmen lassen und ein paar tausend Löwenbräu-Aktien wieder dazugekauft ...«

»Was soll das alles?« rief Lodtwitz wütend.

Und Edgar Stolp fragte verwirrt: »Löwenbräu-Aktien?«

»Wußten Sie nicht«, klärte ihn Bach auf, »daß Herr Egerwald der zweitgrößte Sammler von Löwenbräu-Aktien ist?«

Egerwald guckte demonstrativ auf seine Armbanduhr und erhob sich, sagte steif: »Das Gespräch nimmt jetzt eine Wendung, die selbst unter *Ihrer* Würde liegt, Herr Bach!«

»Und die Aktionäre der Handelsbank haben auch im vergangenen Jahr wieder sechzehn Prozent Dividende bekommen«, fuhr Benjamin Bach fort, »und der Aufsichtsrat hat eine weitere Rücklage von achtundzwanzig Millionen genehmigt ...«

Natürlich war es ziemlich kindisch, was der TALL-Chef da trieb, nicht nur vom Standpunkt des Kreditsuchenden aus, aber auch das gehörte zu seinem System. Benjamin Bach wollte sich als der unzurechnungsfähige Choleriker in Erinnerung bringen, für den ihn diese Leute ohnehin immer gehalten hatten. Nur dann würde das Schreckgespenst eines Zusammenbruchs glaubhaft werden, das er ihnen unentwegt an die Wand malte. Der Konzern spielte unter den Kunden der Handelsbank insofern eine einmalige Rolle, als seine Kreditlinien traditionell tatsächlich nicht von den Sicherheiten bestimmt wurden, die TALL zu bieten hatte, sondern von den Möglichkeiten der Bank – und die hatte Benjamin Bach seit zwei Jahren restlos erschöpft. Inzwischen mußte die Handelsbank AG bereits für hohe Beträge bei anderen Bankhäusern gutsagen, um TALL flüssig zu halten. Das war eine haarsträubende, allen bankkaufmännischen Prinzipien zuwiderlaufende Praxis, die sich weder mit dem Kreditwesengesetz vereinbaren noch mit dem in hundert Jahren gewachsenen Vertrauensverhältnis zwischen den beiden Häusern ausreichend erklären ließ. Die Handelsbank erkannte, wie die Dresdner damals bei Krupp, das Anlage- und Umlaufvermögen des Konzerns in voller Höhe als Sicherheit an. Schon der alte Theodor Tall hatte widerspruchslos betonen können: »Unser Name bürgt für jeden Kredit.« Nach dem deutschen Kreditwesengesetz mußten Firmenverbindlichkeiten, die eine Million Mark überstiegen, der Bundesbank gemeldet werden, die dann dafür sorgte, daß sämtliche anderen Banken informiert wurden. Augenscheinlich verließen sich aber alle anderen Banken, die Faber im Laufe der Jahre angezapft hatte, auf die Nerven der Hausbank. Darum wurde das erpresserische Auftreten Benjamin Bachs von Egerwald und seinen Kollegen wie ein ungeheuerlicher Verstoß gegen Treu und Glauben empfunden, wie ein Griff an die Gurgel, eine mutwillige Zerstörung des hundertjährigen Vertrauensverhältnisses, eine Tat von beispielloser Gemeinheit – ein Akt der Verzweiflung?

Steckte wirklich Verzweiflung dahinter, dann war auch die Handelsbank AG in Gefahr, denn die meisten Banken würden – sowie das geringste von einer Krise bei TALL an die Öffentlichkeit kam – wie eine Meute Hunde auf die dicke fette Großbank losgehen, und gute sechs- bis siebenhundert Millionen konnte auch sie nicht so ohne weiteres lockermachen, um eine Kettenreaktion zu verhindern.

Von solchen entsetzlichen Vorstellungen geplagt, ließ sich Egerwald zu der wütenden Bemerkung hinreißen: »Sie sind nicht der einzige Kunde, Bach!«

»*Herr* Bach, bitte!« Er wurde nicht müde, den alten Schnokus immer wieder aufzutischen. Vor beinahe zwanzig Jahren hatte ihn einer der Großen in der Stahlbranche, mit dem er sich auf vertrautem Fuß glaubte, mit eben diesen Worten auf Distanz gebracht. So was vergaß BB nicht, ihn brauchte man nur einmal zu ducken, dann duckte er andere.

»Wir sind gewiß nicht der einzige Kunde, Herr Egerwald, aber wir sind garantiert der *größte.* Und mit den Gehaltskonten von hundertundsiebzehntausend Arbeitern und Angestellten der bei weitem *allergrößte!* Wenn Sie sich das, bei dieser Gelegenheit, mal wieder ins Gedächtnis rufen wollen!«

Sie sahen sich alle wieder an, und dann sahen sie Faber an. Wie konnte ein Mann wie Faber das ertragen? Aber der Finanzchef hüllte sich in Rauchwolken und starrte unbewegt über sie hinweg.

Benjamin Bach blieb neben ihm stehen. »Wie ist das, Herr Faber

– vielleicht fangen wir mit den Gehaltskonten mal an, was? Wickeln wir doch die Gehaltskonten vom nächsten möglichen Termin an bei Rodenkirch und Albers ab, das ist unsere eigene Bank, die siebenfünftel Prozentchen stecken wir uns dann selber in die Tasche, das sag' ich doch schon immer ...«

Für die Herren von der Bank war das der letzte Beweis, daß Benjamin Bach seine Sinne nicht mehr beisammen hatte. Egerwald, der zu seinem Schreibtisch hinübergewandert war, lachte schauerlich. »Als ob unsereiner dabei was verdienen würde ... !« »Dandy« Lodtwitz jedoch sagte ganz behutsam: »Sie sind überdreht, Herr Bach ... nicht ausgeschlafen ... der Zeitunterschied ...«

Bach beachtete ihn nicht. »Wie ist das, Herr Faber?«

Edgar Stolp sprang triumphierend auf. »Das können Sie gar nicht! Ihre Bank darf unsere Geschäfte nicht machen! Das steht in den allgemeinen Vertragsbedingungen!«

»Wir brechen den Vertrag«, sagte Benjamin Bach, »prozessieren Sie ruhig. Ich habe eine Frage an Sie gestellt, Herr Faber!«

Faber, gequält: »Wir sind mit unseren Gehaltskonten bei der Handelsbank, weil wir in langjährigen, freundschaftlichen Geschäftsbeziehungen mit ihr ...«

»Das ist aus. Ab heute ist Krieg. Nehmen Sie das zur Kenntnis, Herr Faber!«

Faber zuckte die Achseln. »Es gibt noch einen Grund, aber den sage ich Ihnen zu Hause ...«

»Heraus damit!«

»Rodenkirch und Albers«, sagte Faber zögernd, »sitzt nur in Düsseldorf. Unsere hunderttausend Leute aber ...«

»Dann richten wir Filialen in den Betrieben ein!«

»Und wo wollen Sie die Kassierer hernehmen?«

»Die holen wir aus unseren eigenen Buchhaltungen!«

Egerwald hob den Blick aus seinem Terminkalender. »Ich kann nur sagen ...«

»Sagen Sie lieber nichts!« fuhr ihn Benjamin Bach an. Er ging rasch an ihm vorbei auf die Glaswand an der Rheinseite zu und rief: »Was Sie dort drüben, auf dem anderen Rheinufer, den Himmel verdunkeln sehen, meine Herren Vorstandsmitglieder, ist der giftige Ausstoß der Eisengießerei Welhagen – eines Werkes, das hundertprozentig mit einem Kredit Ihrer Bank im Notjahr neunzehnhundertdreiundzwanzig und unter der Verantwortlichkeit meines verehrten

Vorgängers, des letzten Tall, gekauft und in zehn Jahren bis auf den Pfennig abgezahlt worden ist! Die Vorstände Ihrer Bank sind dafür auf offener Straße von ihren Aktionären verprügelt worden, aber sie haben enorm dabei verdient und später noch heiklere Unternehmungen des alten Herrn ohne Zögern unterstützt ...«

Er sah das Gemälde von Theodor Tall an, das unter der Ahnengalerie der Bankvorstände an der langen grünen Wand hing. »Er schmückt noch heute Ihre Tapete, Herr Egerwald! Ein echter Padua, der heute seine hunderttausend wert ist. Vielleicht sollten wir ihn mit nach Hause nehmen ...«

Tassilo Billstein hatte sich ebenfalls erhoben und war, jeder Zoll ein treuer Knappe, hinter Benjamin Bach hergewandert. Jetzt trat er an die Wand, hob das Bild prüfend an und meinte: »Gar keine schlechte Idee!«

»Das werden Sie nicht tun!« schrie Edgar Stolp.

Benjamin Bach drehte ihnen schon wieder den Rücken zu und schaute aus dem Fenster. »Die zweitausend Arbeiter der Gießerei da drüben haben uns oft genug schwer auf der Tasche gelegen. Ich kenne Ihre wiederholten Anträge, das veraltete Werk stillzulegen, inzwischen auswendig, meine Herren ...«

Er schaute sich um und musterte jeden einzelnen. »Aber ich werde nicht verkaufen ... Ich würde auch dann nicht verkaufen, wenn ich testamentarisch dazu nicht gehalten wäre, und so gibt es einiges in unserem Konzern, das wir aus Sentimentalität oder aus Dickköpfigkeit mit uns herumschleppen, nennen Sie es Tradition – Sie verstehen es ohnehin nicht. Einiges, das uns teuer ist in einem ganz unmateriellen, immateriellen Sinne – nun gut.«

Mit einer ganz neuen Tonart und Intensität sprach er weiter. »Und ich sage Ihnen noch was! ... Ich sage Ihnen, daß diese Eisengießerei Welhagen durch das Chinageschäft innerhalb von achtzehn Monaten wieder ein florierender Laden sein wird, und in drei Jahren erst recht – sie braucht nur ein paar Investitionen. Und wenn wir die erste Bilanz von denen haben, die sich wieder sehen lassen kann, werden Sie mich auf den Knien anflehen, das Werk *nicht* zu verkaufen! ... Und das ist, für heute, mein letztes Wort. Ich gehe jetzt. Greifen Sie zum Rechenstift ...«

Und er ging, zu aller Überraschung, einfach zur Tür hinaus. Ohne sich noch einmal umzuwenden. Ohne selbst Faber oder Billstein ein Wort zum Abschied zu hinterlassen. Mit einem Mal war er verschwunden, wie ein Spuk aus einem bösen Traum.

Egerwald ließ sich krachend in seinen Sessel fallen und rief weinerlich: »Ist er weg? Ist er wirklich weg? ... Lieber Gott, Herr Faber, ich freue mich, Sie allein vor mir zu sehen! Ich freue mich wie ein Kind!«

Auch »Dandy« Lodtwitz war auf einmal wieder ganz aufgekratzt. »Ich brauche sofort einen Schnaps! – Zwei!«

Edgar Stolp zog die Jacke aus und sagte, ihm sei heiß geworden. »Wenn der Kerl da ist, traut man sich ja nicht mal mehr für kleine Jungs zu gehen!«

Tassilo Billstein fand diese Bemerkungen alle sehr ungehörig und sah Faber vorwurfsvoll an, doch der streckte die Beine aus und schlüpfte aus den Schuhen, wackelte mit den Zehen und rief aufgekratzt: »Schauspieler hätte er werden sollen!«

Worauf ihm Tassilo Billstein sagte, was er von ihm hielt, sich kühl verabschiedete und ebenfalls ging. Egerwald brachte ihn, immerhin, noch an die Tür.

Feringer war um zehn nach zwölf gekommen und hatte sich über den Monitor anmelden lassen, und zehn Minuten später kam Benjamin Bach allein aus dem Vorstandszimmer, küßte Tinchen Lemkrog, die pensionsreife Sekretärin Egerwalds, auf die rosigen friesischen Bäckchen, schlug Feringer auf den Rücken und rannte voran in den Fahrstuhl.

»Kinder, war das wieder ein Theater! ... Bloß an die frische Luft!«

Feringer kannte ihn lange genug, um seine innere Erregung zu bemerken, aber er zeigte keine Neugierde, denn er wußte, daß BB ihm doch nichts erzählen würde, wenn ihm nicht danach zumute war. Der Chef brauchte jetzt Erholung, und das hieß Ablenkung. Er reichte ihm eine drei Seiten lange Liste mit den wichtigsten Anrufen, die Benjamin Bach rasch überflog, um zu dem ersten zurückzukommen. »Mein Schwiegersohn?«

»Ihre Frau Tochter«, korrigierte Feringer. »Sie scheint sich Sorgen zu machen, weil Herr Koch heute nicht nach Hause gekommen ist – Gitta hat mit Ihrer Gattin telefoniert.«

»Scheißkerl«, sagte Benjamin Bach, und Feringer wußte, daß nicht er damit gemeint war. »Was machen Plini und Genossen? Wie kommt der kleine Lehmann zurecht? Sind schon alle hysterisch?«

Sie kamen im Erdgeschoß an, und Feringer erzählte, Direktor Plinegger hätte die halbe Eisen- und Stahlabteilung im großen Konferenzraum des 20. Stocks versammelt, wohin ihm auch Herr Lehmann mit sechs Herren vom Zentralbüro gefolgt sei, und nach gewissen Anlaufschwierigkeiten scheine dort jetzt gearbeitet zu werden. Henry Blum sei nach Mailand geflogen und hoffe, Herrn Bach ebenfalls bei der Staudammeinweihung morgen mittag begrüßen zu können, während Dr. Müller-Gräwen von der Revision mit den unseligen Tankerbauern aus Hamburg eine Basisuntersuchung veranstalte.

»Was soll das heißen?«

»Er will das Problem mit ihnen noch einmal ganz von vorne überdenken«, meinte Feringer.

»Da hätte er sich lieber Goergelen holen sollen, das wird ein Fall für die Juristen.«

»Ganz Ihrer Meinung«, sagte Feringer. »Herr von Goergelen ist übrigens dabei.«

Benjamin Bach blieb auf der Königsallee stehen, atmete tief durch die Nase, betupfte sie links und rechts und grinste zufrieden. »Nicht *einmal* geniest die ganze Zeit! Vor diesen Bankhaien fürchten sich sogar die Bazillen – ach was? Goergelen steckt jetzt also die Kameraden von der Werft an? Die richtige Strafe!«

Jonas stand ein paar Schritte weiter am Bürgersteig und hielt die Tür des schwarzen 6,3-Liter-Mercedes mit dem Kennzeichen D-THT 1 auf. Der schmächtige Berliner war mit Benjamin Bach in russischer Gefangenschaft gewesen. Feringer hielt ihn nicht für den besten Fahrer, den es im TALL-Haus gab, aber BB pflegte die wenigen Zeugen seiner Jugend mit hartnäckiger Sentimentalität.

»Wie lange brauchen wir heute bis Bonn?« fragte er seinen Chauffeur.

Jonas hatte sich schon so an den Anblick Feringers gewöhnt, daß er den Konzernchef auch in Anwesenheit des Assistenten duzte. »Wenn de dich anschnallst ...«, murmelte er vage.

Das war zwar nicht die Antwort, die Benjamin Bach haben wollte – er hatte sich mehr einen Bericht über die Verkehrslage erwartet –, aber er ließ es gut sein. Seine Erregung verklang schon, und die Befriedigung, den ersten Nagel ins Gestein getrieben und sein Geld für heute wieder einmal verdient zu haben, nahm überhand. »Laufen wir noch zehn Minuten«, schlug er vor. »Ich habe um eins ein Essen im Steigenberger-Hotel. Da können Sie dann auch was futtern, Doktor, und Ihre Telefonspielchen betreiben.«

Feringer war nicht gerade gekränkt, aber er wunderte sich über die Verabredung, von der er nichts wußte. »Kenne ich die Dame?«

Jonas fuhr im Schrittempo auf der zweiten Fahrspur hinter ihnen her.

Benjamin Bach lachte. Sein Assistent hatte ein gewisses Recht zu dieser Frage, er benutzte ihn gelegentlich als Maître de plaisir, was er mit keinem seiner Vorgänger gewagt hatte, und das letzte Rendezvous hatte er ausgerechnet im Bonn-Center arrangiert, dem Steigenberger-Hotel. »Leider«, rief er, »ist die ›Dame‹ schon auf dem Weg zu ihrem achtzigsten Geburtstag und dazu noch ein Mann. Der alte Herr hat so peinlichst um Geheimhaltung gebeten, daß ich nicht einmal Gitta was sagen wollte – und jetzt rücken Sie das Fläschchen schon raus, Doktorleben!«

Sie waren gerade vor einem Aktualitätenkino angekommen, und während Feringer mit seinem Aktenköfferchen in den schmalen Durchgang trat und eine silberne Taschenflasche hervorholte, sah Benjamin Bach sich die Aushangfotos an. Lauter nackte Pärchen! »Das gibt es jetzt öffentlich? Schade, daß wir keine Zeit haben, uns das mal anzugucken.«

An solchen Bemerkungen erkannte Feringer, daß auch an Benjamin Bach die Jahre nicht spurlos vorübergegangen waren. Er reichte ihm den Becher. »Wohl bekomm's!«

»Wieviel?«

»Wie immer«, sagte Feringer, »eins zu zehn.«

Umgeben von eiligen Passanten, trank der TALL-Chef mit animalischem Behagen. »Aaahhh ... das tut not! ... Nochmal, bitte!« Und während Feringer einen zweiten einschenkte, sagte er gutgelaunt: »Darüber sind Sie sich doch wohl klar, Doktor: Den Job haben Sie damals nicht Ihres summa cum laude wegen bekommen, sondern weil Sie die besten Martinis mixen. Wenn *ich* eins zu zehn mische, wird's noch immer eine Katastrophe!«

»Da geht Herr Billstein!« warnte Feringer und stellte sich, wie zufällig, vor Bach.

Tassilo Billstein hatte den schwarzen Mercedes bemerkt und messerscharf geschlossen, daß Benjamin Bach noch in der Nähe sein müsse. Sich umschauend, erkannte er seinen Generaldirektor, der einen Trinkbecher über die Schulter Feringers hob und ihm laut zurief:

»Wie haben Sie denn das wieder gerochen, Bill?«

Leise setzte er hinzu: »Aber nicht aus meinem Becher!«

Billstein trat aufgeregt zu ihnen.

»In aller Öffentlichkeit, wie ich sehe – aber ich nehme gern einen. Nach diesem Vormittag! ... Das war ja, um aus der Haut zu fahren, Herr Bach! – Danke.« Er kippte, ohne mit dem Reden aufzuhören, den zweiten Becher aus Feringers Koffer. »Kaum waren Sie draußen, da haben die Herren ihr wahres Gesicht enthüllt! Sie wissen, Herr Bach, daß es mein Stil nicht ist, über das Benehmen hochgeschätzter Kollegen zu urteilen, aber in dieser Situation, vor dem Feind, sozusagen ...«

Fünfzig Prozent seiner Geduld mußte Benjamin Bach auf die Abwehr von Intrigen verschwenden. »Ach Gottchen«, sagte er weitergehend, »Faber muß so oft mit den Wölfen heulen, das bedeutet doch nichts.«

Billstein brachte es fertig, noch einen zweiten Martini zu konsumieren, ihm zu folgen und sich seine Eindrücke bei der Konferenz von der Seele zu plaudern. »Ich gebe zu, als Sie da vom Leder gezogen haben, konnte auch ich mich der Suggestion nicht entziehen, wir säßen wirklich in der Tinte – ich sah mich schon vor Otto Brenner niederknien! ... Massenentlassungen! ... Ich dachte, mich laust der Affe ...«

Benjamin Bach blieb stehen. »Themawechsel, Herr Billstein! Ich versuche mich gerade ein bißchen zu entspannen, und Sie fangen wieder an damit! Lassen Sie sich lieber mal von Doktor Feringer erzählen, was sich seit heute morgen tut!«

Hinter Bach hergehend, holte Feringer seine Liste hervor. »Nur die Anrufe, die bis fünf vor zwölf durchgekommen sind, ohne die Wirtschaftspresse, ohne Namen, die Ihnen nichts sagen – sechzehn Vorstände unserer Zulieferfirmen – Herr von Wechmar vom Bundespresseamt – eine Dinnereinladung vom amerikanischen Botschafter – ein mysteriöser Anruf von der Sowjetbotschaft in Ost-Berlin -Herr Ministerpräsident Kühn – Gabriele Henkel rechnet mit Herrn Bachs Kommen, sie gibt eine Party heute abend – das ZDF will Herrn Bach zu einem Round-table haben – eine Einladung zu einem Vortrag im Rhein-Ruhr-Club – ein Herr Gaue, muß wohl Gaus heißen, mit schönen Grüßen von Herrn Augstein – und die deutsch-amerikanische Handelskammer in Frankfurt – Henri Nannen ist zufällig in Bonn und fragt, ob Herr Bach zur Henkel geht – Legationsrat Hellbeck vom Auswärtigen Amt ...«

»Sagen Sie mal«, unterbrach Benjamin Bach die Suada, »sind das nicht Staubsauger von uns?« Er war vor dem Schaufenster eines Haushaltswarengeschäftes stehengeblieben. Auch Billstein, der kopfschüttelnd Feringer zugehört hatte, zwang sich dazu, ins Schaufenster zu starren.

»Staubsauger?«

»Natürlich«, sagte Feringer, »die sind von der Tall-Handelsgesellschaft in Dortmund.«

Benjamin Bach wunderte sich. »Habe ich nicht irgendwo gelesen – aber nein, habe ich nicht selbst vor zwei, drei Jahren schon veranlaßt, das Staubsaugergeschäft aufzugeben?«

Tassilo Billstein setzte seine Brille auf und sagte gedehnt: »Jaaa ... warten Sie mal ... Das sind ja auch ganz alte! Die werden wahrscheinlich hier verramscht!«

»Für dreihundertachtundneunzig Mark das Stück?« Benjamin Bach wandte sich an Feringer. »Stellen Sie das doch mal fest, Doktor!«

Feringer sah eindringlich auf die Uhr, bevor er das Geschäft betrat. »Wir müssen!«

»Ich weiß.« Benjamin Bach nahm Billstein unter den Arm und zog ihn vom Schaufenster weg. »Hören Sie, Bill, wir können Faber in seinem derzeitigen Zustand da nicht allein lassen – ich halte das für scheißgefährlich!«

Tassilo Billstein schnitt ein Gesicht. »Meinen Sie, ich soll wieder zurückgehen? Unmöglich! ... Erstens war ich nicht darauf vorbereitet, Herr Bach, und zweitens habe ich verflucht viel Schwierigkeiten mit Hannover und muß vielleicht heute noch ...«

Benjamin Bach führte ihn schon in die Richtung zurück, aus der sie gekommen waren. »Sie, und kein anderer, sind der richtige Mann dafür! Faber mag Sie nicht, und Sie mögen Faber nicht – erzählen Sie mir nichts, Bill! Ich habe mir gerade überlegt, daß da doch vielleicht eine gewisse Kumpanei – Finanzleute unter sich, Sie wissen schon – entstehen könnte. Wenn Sie aber wieder auftauchen, mit schönen Grüßen von mir, ich hätte Sie als Beobachter gebeten, an den Verhandlungen teilzunehmen ...«

»Faber wird ruppig werden und sagen, er braucht keinen Beobachter, Sie kennen ihn doch!«

»Eben.« Benjamin Bach war sehr angetan von seiner Idee. »Sie erklären vielleicht gleich beim Reinkommen, ich hätte Sie als Zeuge gebeten, daran teilzunehmen!«

»*Zeuge?*« Das schmeckte Tassilo Billstein schon eher. »Dann überlegen sie sich jedes Wort!«

»Sie sagen es, Bill!«

Als Feringer aus dem Geschäft zurückkam, war Tassilo Billstein verschwunden, und Benjamin Bach saß schon im Wagen und hantierte mit Tempo-Taschentüchern.

»Soll ich Ihnen etwas über Staubsauger erzählen?«

»Nein«, sagte Benjamin Bach, »schnallen Sie sich lieber an. Wir müssen in fünfundzwanzig Minuten in Bonn sein.«

»Dachte ich mir's doch«, murmelte Feringer.

Auf der Bühler Höhe bei Baden-Baden, jenem etwas aus der Mode geratenen Luxussanatorium der alten Reichen, lag Professor Hermann Rasser auf der Terrasse, warm verpackt in einem Liegestuhl, und wartete auf den Schlaf. Hier oben schien die Sonne, und das machte ihn glücklich, denn es bestätigte seine Cleverness. Er hätte ja auch in Düsseldorf bleiben können, wo Ben ihn vielleicht gebraucht hätte, aber dort regnete es. Um neun Uhr hatte ihn Tilly in Düsseldorf angerufen. »Du warst in Peking? Ich rede kein Wort mehr mit dir! Kommst du zurück? Wo gehst du hin? Nach Bühler Höhe? Du mußt verrückt sein!« Außerdem hatte er erfahren, daß es in Acapulco erst Mitternacht war, was er ohnehin wußte, und das war auch schon alles. Zwei Stunden später war er in Baden-Oos aus dem TALL-Jet geklettert, entschlossen, sich die nächsten acht Tage nicht mehr stören zu lassen. Er hätte gut ohne Tilly auskommen können, dachte er schläfrig. Was hatte sie ihn früher um die Welt gehetzt! Es waren die Jahre nach dem Krieg, und er hatte sich, wie jeder damals, der über die nötigen Mittel verfügte, eingebildet, daß er sich für die verlorene Zeit revanchieren müßte. Waren die Jahre in Schanghai verlorene Jahre gewesen? Für Tilly vielleicht.

»Herr Professor!« drang eine leise Stimme in seinen Schlaf.

Komischerweise hatte er das Gefühl, von der englischen Stewardeß geweckt zu werden, die ihm die Malzbonbons geschenkt hatte, aber dann schlug er die Augen auf und sah, daß er nicht mehr im Flugzeug saß, obwohl in seinen Ohren noch immer die Düsen rauschten.

»Es tut mir ganz schrecklich leid, Herr Professor«, sagte die junge Empfangsdame, »da ist ein Telefonat für Sie von Herrn Diergard von der Nationalen Commerzbank; er besteht darauf, mit Ihnen zu sprechen.«

Maria-Dir? ... Wenn das kein blöder Witz von Benjamin Bach war! ... Natürlich bestand die leise Möglichkeit, daß Diergard ihn, trotz ihres schwer gestörten Verhältnisses, mal wieder anrief, früher hatten sie regelmäßig miteinander telefoniert, und noch früher hatte er ihm sogar einen Persilschein ausgestellt. »Ich bestätige mit dem größten Vergnügen, daß Herr Josef Maria Diergard stets ein Gegner des nationalsozialistischen Regimes war.« Verflucht, Diergard? ... Er setzte sich mühsam auf, die Angestellte half ihm, sich aus den Decken zu befreien.

»Von wo ruft er an? ... Wie spät ist es?«

Der Anruf käme aus Frankfurt, hörte er, und es sei gleich vierzehn Uhr fünfzehn.

Wackelnd kam er auf die Beine. Wenn das kein saudummer Witz von Ben war!

»Kennen Sie Benjamin Bach, schöne Maid?«

»Der Industrielle? ... Leider nein.«

»Vielleicht haben Sie eben mit ihm gesprochen!«

Ben fand solche Anrufe sehr lustig. Ostern, zum Beispiel, hatte er den Professor auch auf Bühler Höhe angerufen und sich als Wilhelm vorgestellt, und als ihn die Zentrale gefragt hatte, ob das sein Familienname sei, hatte er »der Zweite« hinzugefügt, und genau so ein junges Mädchen wie dieses da war gekommen, um den Professor für »Wilhelm den Zweiten« an den Apparat zu holen. War es möglich, daß diese jungen Leute schon nichts mehr vom letzten deutschen Kaiser wußten?

Als er endlich in einer Telefonzelle gelandet war, meldete sich Professor Rasser barsch mit: »Was is los?«

In seinem Arbeitszimmer in Aibling winkte Frau Leonie mit dem Hörer, und Josef Maria Diergard, in Stadtanzug und Hut und Mantel, kam vom Flur zurück, nahm erst den Hut ab, dann den Telefonhörer entgegen und sagte, tief durchatmend: »Mein lieber Freund, ich weiß, Sie sind jetzt überrascht ... !«

Langsam ging er um seinen Schreibtisch herum und sah der blonden Frau nach, die leise die Tür ins Schloß zog.

Professor Rasser blies die Backen auf und ließ die Luft zischend entweichen. »Diergard! ... Ich hab' das für 'n Scherz von Bach gehalten, Donner und Doria! ... Das nenn' ich allerdings 'ne Überraschung! ... Woher wissen Sie, daß ich – dumme Frage, Sie wissen ja immer alles ...«

»Wie geht es Ihrer lieben Frau, Professor?«

»Sie kennen ja Tilly, Diergard ... Von einem Bad ins andere und immerzu am Sterben, da hat sich in den letzten zwanzig Jahren wenig geändert ... Und bei Ihnen? ... Frau Loni?«

»Le-onie«, verbesserte Diergard. »Sie hat uns verbunden, sie ist meine ganze Freude ... Sie dürfen ihr nachher guten Tag sagen.«

Der Professor verzog das Gesicht. »Ich dachte, Sie sind in Frankfurt? ... Wie? ... Ach so. Die haben Ihren Namen hier gehört und gleich auf die Nationale Commerz geschlossen. Und die Geschäfte – zufriedenstellend?«

»Ich habe schon mehr gelacht«, meinte Diergard. »Die Umsätze steigen von selbst, der Gewinn kann sich sehen lassen, und der Spaß ist kleiner geworden ... Und bei Ihnen? ... Sie waren mit in Peking, habe ich gehört?«

Professor Rasser erzählte ein bißchen, unterbrach sich dann aber. »Darf ich mich mal laut wundern, Diergard? ... Meines Wissens haben wir in den letzten fünf Jahren nicht mehr miteinander gesprochen – und über Benjamin Bach schon gar nicht. Was ist der tiefere Grund für Ihr plötzliches Interesse?«

Er lehnte sich gespannt gegen die Wand der engen Telefonzelle und fischte eine Havanna aus der Tasche, biß sie gekonnt ab, spuckte das Ende aus, klemmte den Hörer zwischen Ohr und Schulter und holte eine Streichholzschachtel hervor. Die Zigarre anzündend, gab er kurze, knurrende Kommentare von sich, und zuletzt paffte er dikke blaue Rauchwolken gegen die Wand und sagte: »Doch, ich höre ... Ich höre immer zu, wenn Sie reden, Diergard!«

Feringer hatte sich ein Zimmer im dreizehnten Stock des Bonner Hotels geben lassen und eine Amtsleitung nur für sich, hatte gegessen, telefoniert und weitere zwanzig Zeitungen und Magazine gelesen, oder besser gesagt überflogen, denn hauptsächlich hatte er telefoniert. Eineinhalb Stunden wie diese, in einem anonymen Hotelzimmer, mit den notwendigen Facilities an der Hand, konnten ihn glücklich machen. Dann zog er sich Schuhe und Strümpfe, Hemd und Hose aus, legte sich, mitten am Tag, ins Bett, links das interne Telefonverzeichnis des Konzerns, rechts die Zeitungen, und fing an zu wählen. Zuerst Düsseldorf, natürlich, Gitta Wagenseil. Nur er und BB – und Frau Bach – kannten die Geheimnummer der Chefsekretärin.

»Wir sind im Steigenberger in Bonn, Gitta, der Chef in einer Suite im achtzehnten Stock, wo wir ihn nicht stören können, selbst wenn Ihr in Flammen aufgeht ...«

»Geschenkt. Und Sie?«

»Ich bin auf dreizehnnullacht. Was liegt an?«

»Plini und Co. haben sich Essen ins Konferenzzimmer bringen lassen, Müdrei sagt, in der Bank essen sie auch auf dem Zimmer« – Müller III war die Sekretärin Fabers –, »und außer daß der Schwiegersohn echt verschollen zu sein scheint, sehe ich nichts Erschreckendes. Hat er sich aufgeregt?« Sie meinte, wegen des Schwiegersohns.

»Nicht die Spur«, sagte Feringer. »Aber auf der Bank muß es rund gegangen sein, Egerwald hat ihn nicht zur Tür gebracht.«

»Schlechte Laune?«

»Überhaupt nicht – wir sind spazierengegangen, stellen Sie sich vor. Und wenn er nicht dieses Essen hier gehabt hätte, wären wir in ›Schreie der Lust‹ gelandet ...«

»In wo?«

»Einem Pornofilm.«

Schweigen, dann: »Für mich heißt das dicke Luft, Reinhard.«

»Ich glaube auch.« Nur wenn Benjamin Bach sich von Problemen erdrückt fühlte, kam er auf kindische Ideen, versuchte auszubrechen.

»Sie wissen nicht zufällig, mit wem er hier ißt?« fragte Feringer.

»Neugierig?«

»Ich habe das Gefühl, gerade jetzt alles wissen zu müssen – geht's Ihnen nicht auch so?«

»Doch. Aber ich weiß es nicht. Keine Prominenz im Hotel gesehen?«

»Wienand und Raffert von der SPD ...«

»Die bestimmt nicht.«

»Und Jonas meint, den Kriminalbeamten erkannt zu haben, der immer hinter Ludwig Erhard herläuft.«

»Das schon eher ... ja, ich glaube, das könnte es sein.«

Im Hintergrund hörte er immer wieder Telefone klingeln und die Stimme der zweiten Sekretärin. »Nein, Herr Bach ist nicht ...«

»Ach ja«, sagte Gitta, »wir haben nicht nur Antwort aus Tokio – wir haben sogar schon mit Professor Ishitaka telefoniert ...«

»Wie das?«

»Er ist in London, wollte übermorgen zurückfliegen, wir haben ihn zwischen zwei Operationen in einem Royal Air Force Hospital erreicht, und er kommt morgen abend, hoffentlich kann er was tun ...«

»Wer hat mit ihm gesprochen?«

»Ich habe mir einen aus der Metallurgie geholt.« In der Stabsabteilung Metallurgie saßen drei Japaner.

»Armer Wenkötter.«

»Sag' ich auch ...«

»Okay, gehen Sie essen, Gitta. Das wird eine Late-late-show heute.«

»Und klappt das mit Wang Shu?«

Für den Nachmittag war ein Treffen mit dem inoffiziellen Vertreter Pekings in Bonn vorgesehen, mehr eine Höflichkeitssache.

»Gewiß doch – wenn nichts dazwischenkommt.«

»Wenn ...« Und sie hängte, ohne Gruß, auf, in der Gewißheit, daß er in der nächsten Stunde noch dreimal und bis zum Abend vielleicht dreißigmal anrufen würde. Am liebsten verständigte sich Feringer telefonisch mit Gitta Wagenseil. Sie war eine extrem selbstsichere Frau, seit sechzehn Jahren Chefsekretärin von Benjamin Bach, und Feringer verstand sich blendend mit ihr, obwohl sie, nach wie vor, nicht leiden konnte, wenn er in ihrem Vorzimmer herumhing; das hatte sicher noch mit seinen zahlreichen Vorgängern zu tun. Doch solange er mit ihr durch die Wände kommunizierte, also zum Beispiel aus seinem kleinen Verschlag zwei Türen weiter anrief, war sie die Liebenswürdigkeit selber. Feringer hatte diese Phobie, nur am Telefon ungezwungen auftreten zu können, auch bei anderen Frauen schon erlebt, und jedesmal handelte es sich um Frauen in sehr selbständigen Positionen, die in die Jahre gekommen waren.

Gitta Wagenseil war eine sorgfältig zusammengehaltene Schönheit von Mitte Vierzig, mit blauschwarzem Haar und gelblichem Teint, einer schlangengleichen Figur und abgeschlossenem Jurastudium, und jeder witterte ein amouröses Geheimnis hinter ihr und Benjamin Bach, nur Feringer nicht; er glaubte, was die Bettgeschichten seines Chefs anging, auf dem laufenden zu sein. In seiner exklusiven Position verband den persönlichen Assistenten mit der Chefsekretärin die

Lust an der Macht, die sie stellvertretend ausüben konnten, ebenso wie ein Hang nach Perfektion, mit dem sie das tägliche Chaos zu bändigen und den Ereignissen voraus zu sein versuchten. Manchmal ging es dabei um eine halbe Stunde, manchmal nur um halbe Minuten. Das bedingte ihren intimen Kontakt.

Was Benjamin Bach im Frühjahr 1966, wieder einmal, gesucht hatte, war eigentlich nur ein junger Mann aus gutem Hause gewesen, adrett und sauber, von dem nicht viel mehr verlangt wurde, als daß er seines Chefs Aktenköfferchen trug, die unwichtige von der wichtigen Post trennte, den labilen Terminkalender des Sekretariats im Auge behielt, sich mit Flugplänen und Kursbüchern auskannte und der, wenn es privat wurde, diskret zu sein verstand. Sechzehn Jahre lang hatten »lauter Trottel«, wie BB sich ausdrückte, diese Position eingenommen und sie, durch ihre Oberflächlichkeit, zu einer bloß noch dekorativen Funktion denaturiert.

So genau war Reinhard Feringer darüber nicht orientiert gewesen, als er Benjamin Bach im »Breidenbacher Hof« in Düsseldorf zum erstenmal begegnete. Natürlich kannte er den spektakulären Ruf dieses Mannes – seine unorthodoxen Unternehmungen und Geschäftsmethoden und seine ungeschminkten Äußerungen in der Öffentlichkeit hatten mit den Jahren einen Bekanntheitsgrad erreicht, um den viele Politiker ihn beneideten. Einem frisch von der Universität kommenden Nationalökonomen freilich, der an die reine Lehre glaubte, mußten der hemdsärmelige Stil des TALL-Chefs, seine manchmal hanebüchenen Kommentare zu komplizierten wirtschaftlichen Vorgängen und viele seiner jeder Erfahrung spottenden Praktiken reichlich suspekt erscheinen. Feringer kam selbst aus dem Fach – aus einer oberschlesischen Industriellenfamilie, die 1945 alles verloren hatte – und war, nach dem Abitur in Hannover und dem volkswirtschaftlichen Diplom bei Schiller in Hamburg, zwei Jahre auf der Harvard Business School gewesen, hatte seinen MBA als Jahrgangsvierter gemacht und anschließend bei der Deutschen Bank in Düsseldorf volontiert, daneben bei Schmölders in Köln mit einer Arbeit »Über den dominanten Faktor in der Pluralität der Ursachen konjunkturzyklischer Untersuchungen« promoviert und sofort einen gutbezahlten, aber langweiligen Job als Bilanzleser im Stab Leroys von der Pariser Gruppe der Morgan Guaranty Trust angenommen. Nach einem Jahr bei den Amerikanern zählte er sich nicht unbedingt mehr zu den Theoretikern, aber er hatte diesem Treffen mit Benjamin Bach doch mit größter Reserve entgegengesehen.

Und dann lernte er einen braungebrannten und viel jünger und sportlicher als im Fernsehen wirkenden Mann von Anfang Fünfzig kennen, einsfünfundachtzig groß, wie er selber, mit einer athletischen Figur, widerborstigem grauem Haar, einem vernarbten Kinn, das eher nach Autounfall als nach Mensur aussah, und übernächtigt blinzelnden hellen Augen – den ersten deutschen Industriemanager, der in einem kaffeebraunen, statt grauen oder dunkelblauen Anzug steckte (nach dem Schnitt von Shepherd & Anderson in London, wo die Exilamerikaner arbeiten ließen) und der einen Veilchenstrauß im Knopfloch trug, an dem er hin und wieder mit geschlossenen Augen schnupperte. Er hatte den unauffälligen jungen Mann, der sein Assistent werden wollte, ausgesprochen distanziert, wenn nicht deutlich uninteressiert gemustert, als ob er in Gedanken ganz woanders wäre, hatte ihn jedoch höflich gefragt, ob er einen Drink wünsche, und es dann wohl zu anstrengend gefunden, mehr als ein paar dürre Worte über den vakanten Job zu verlieren. In den fünfzehn Minuten, die das Ganze gedauert hatte, kam er auf alles mögliche, doch nichts Persönliches zu sprechen, und Reinhard Feringer, der sich einbildete, die eine oder andere intelligente Antwort parat gehabt zu haben, war sich am Ende wie ein dummer Junge vorgekommen. Benjamin Bach hatte ihn die grobe Logik der Macht spüren lassen, die keinen selbständigen Gedanken neben sich verträgt.

Zum Beispiel hatte er ihn gefragt, ob Flohr-Otis-Fahrstühle »etwas Besonderes« an sich hätten, und als Feringer den guten alten Ruf dieser Firma hervorhob, war er geringschätzig darüber hinweggegangen. »Wir sprechen nicht von so Übersinnlichem wie einem Image – mit diesen Fahrstühlen beschäftigen sich beinharte Kunden, die noch nie ein Gesangbuch in Händen gehalten haben, und außerdem ist Tall älter als der Amerikaner Otis ... Es muß damit zu tun haben, wer den ersten Fahrstuhl in einem Wolkenkratzer gebaut hat.« Und, lag es Feringer auf der Zunge zu fragen, ist das kein Image? Damals hatte er sein Talent, zu erraten, was BB meinte, wenn er maulfaul war, noch nicht entwickelt.

Oder als er über die Schwierigkeiten der Diversifizierung in der Computerprogrammierung klagte und Feringer die befriedigenden Resultate der Datenbank der französischen Pharmaproduzenten dagegen hielt – »Hören Sie auf!« hatte er ihn da abgefertigt. »Hunderttausend auf die Hand, wenn Sie mir ein Team finden, das den

Zusammenhang zwischen neuen Bereichen und dem Bekannten herstellt! Aber diese Computerfuturologen programmieren ja grundsätzlich so, daß sie zu Lebzeiten nicht mehr zu widerlegen sind ...« Das klang nach Begriffsschwierigkeiten, aber ein halbes Jahr später hatte TALL in Kaiserswerth, in der Nähe seines berühmten Forschungsinstitutes, das modernste Datenverarbeitungszentrum des Ruhrgebietes eröffnet und die Computerberechnung der Monatsplanung aller TALL-Betriebe begonnen.

Damals hatte Benjamin Bach ihm auch prophezeit, es werde zu einer großen Koalition in Bonn kommen, was in Feringers Ohren so lächerlich klang, daß er einfach widersprechen mußte. CDU/CSU und SPD in einer Regierung – wie grotesk! Aber dieser Großkotz war ihm über den Mund gefahren: »Kennen Sie Wehner?«

Natürlich kannte er Wehner nicht. Diese ganze Art, wie Benjamin Bach mit ihm umgesprungen war, hatte Feringers angeborene Zurückhaltung schwer erschüttert, seinen Blutdruck in die Höhe getrieben und aus seinem unterkühlten Temperament etwas hervorgepreßt, was ihn bis dato nie gepiesackt hatte: den heißen pubertären Drang, sich mit seinem Gegenüber anzulegen, sich gegen diesen Menschen durchzusetzen, ihn zu überzeugen, vor ihm recht zu behalten. Wie er heute wußte, ging das fast jedem so, der zum erstenmal mit Bach zusammenkam.

Auch Benjamin Bach hatte den jungen Mann bei diesem ersten Gespräch nur mit äußerster Beherrschung ertragen können. Damals sah er in dem blonden Kopf über der englischen Regimentskrawatte lediglich »auch wieder so einen« – einen dieser Burschen mit den glänzenden Examen, die nur zu genau wußten, daß ein Jahr, oder zwei, im Dunstkreis des TALL-Gewaltigen ihrer Karriere äußerst bekömmlich sein würde und daß ihnen selbst ein Rausschmiß nach ein paar Monaten, oder Wochen gar, überhaupt nichts schaden konnte, denn in der Branche galt BB nun einmal als »cholerisch« und »unberechenbar«, als ein »Wüterich« und »Berserker«, kurz: als leidenschaftlicher Anhänger des Hire-and-fire-Prinzips. Was den Ausschlag für Dr. Reinhard Feringer gegeben hatte, war vielleicht seine spontane Idee, hinter die Bar zu treten und BB einen »richtigen« Martini-Cocktail zu mixen, war möglicherweise auch nur das Gefühl der Resignation, das Benjamin Bach jedesmal überkam, wenn er wieder so einen zuversichtlichen Karrierejüngling vor sich sah – und seine Abscheu, noch mehr von ihrer Sorte kennenlernen zu müssen.

Auch die unernste Antwort konnte ausschlaggebend gewesen sein, die der junge Mann ihm, auf die Frage nach seinen finanziellen Vorstellungen, gegeben hatte. Benjamin Bach war sich nie zu schade, solche Details persönlich zu klären.

»Geld«, hatte Feringer in einer raffinierten Mischung aus Hohn und Begeisterung damals gerufen, »Geld gibt es auch noch dafür?«

Das war, fast auf den Tag, vier Jahre her jetzt. In weniger als drei Wochen war es ihm damals gelungen, alles an sich zu reißen, was ihm in sein Ressort zu fallen schien; die Vorzimmerdamen bei TALL sahen es mit ungläubigem Staunen. Aus diesem Job etwas zu machen hatten schon so viele versucht, aber Feringer konnte sich, vom ersten Tag an, einer besonderen Nachsicht des Chefs erfreuen. Genauer gesagt: vom Abend des ersten Tages an.

Anstatt, wie seine Vorgänger, diesen Tag mit der Einrichtung seines Büros zu verbringen – BB befand sich in Bonn –, hatte der neue Assistent nur einen Blick in das für ihn bestimmte Kabinett geworfen und sich dann neugierig zu Gitta Wagenseil gesellt. »Was schreiben Sie da?«

Sie hatte ihm einen unsagbar hochmütigen Blick zugeworfen. »Stören Sie mich nicht!«

»Liebe Dame« – Feringer konnte sarkastisch sein –, »ich bin der neue Assistent von Herrn Bach. Das haben Sie doch nicht schon vergessen?«

Sie hatte nur so lange zu schreiben aufgehört, wie sie ihm klarzumachen benötigte, daß sie nicht seine »liebe Dame« sei, daß er sich nicht in ihrem Vorzimmer aufzuhalten habe, daß ihm ein eigenes Büro zur Verfügung stehe und daß nebenan noch »etliche Mädchen« säßen, die ihm gern einen Kaffee kochen würden, falls er sich langweile.

Gerade trat Frau Heinemann ins Zimmer, eine ewig lächelnde Frau, die eines Tages aus einem D-Zug gefallen war oder sich gestürzt hatte und damals mit Gitta das Chefsekretariat alternierend besetzt hielt. Sie berichtete wenig später, noch nie einen Mann so »erschreckend kühl« mit der Wagenseil umspringen gehört zu haben, da hätten sich »die Richtigen« gefunden.

»Ich habe Sie gefragt, was Sie schreiben«, hatte Feringer leise wiederholt, »alles andere ist im Augenblick unerheblich. Wenn Sie sich zu beschweren haben, wenden Sie sich, bitte, an Herrn Bach.« Er konnte ein Aas sein, wenn er wollte.

Gitta Wagenseil war allerdings auch nicht ohne, sie hatte empfindliche Ohren und einen Blick für Menschen: ohne weitere Debatte händigte sie Feringer drei beschriebene Blätter aus.

Es handelte sich um eine Rede, die Benjamin Bach am nächsten Tag auf einem Kongreß der Industriegewerkschaft Metall in Mannheim halten sollte – Feringer mußte zweimal hinschauen. Er konnte sich nicht erinnern, je von einem Unternehmer gehört zu haben, der auf einem Gewerkschaftskongreß reden durfte. Fasziniert machte er die nächste Tür auf und betrat das Arbeitszimmer des Chefs, um in Ruhe zu lesen.

Die Heinemann wollte hinter ihm her, denn Benjamin Bach sah es nicht gern, wenn Fremde sich in seiner Abwesenheit in seinem Zimmer aufhielten. Doch Gitta Wagenseil gab ihr einen Wink, es gut sein zu lassen; sie ahnte schon, daß Feringer von anderem Kaliber war als seine Vorgänger.

Fünf Minuten später schockte er sie jedoch, als sie ihm die nächsten beiden Seiten bringen wollte und ihn nicht auf einem der Kaminsofas, sondern hinter dem 350 000-Mark-Schreibtisch sitzen sah, einem bildschönen Régence mit acht unverschließbaren Fächern aus dem Besitz Ludwigs XIV.

»Was machen Sie denn da?« entfuhr es ihr.

Feringer redigierte. Es reizte ihn gewaltig, sein Sprachgefühl an diesem deutlich unter Zeitdruck herunterdiktierten Manuskript zu erproben, die allzu kurzen Schlüsse seines neuen Arbeitgebers auf eine – auch für Arbeitnehmer – verständliche Länge zu bringen, aus ellenlangen Satzungeheuern, wiederum, kurze und prägnante Hauptsätze zu fertigen, Angreifbares zu eliminieren, Grobheiten auszubügeln, oder wenigstens so zu verfeinern, daß perfide Nadelstiche daraus wurden, aus bestimmten Kommas Gedankenstriche – speziell für Redner – zu machen und aus einem Wald von Ausrufezeichen eine Kette ehrlicher Punkte.

»Sie Optimist!« sagte die Chefsekretärin. »Als ob Herr Bach seine Reden halten würde, wie er sie diktiert! Die Ausrufezeichen wird er auf jeden Fall wieder einsetzen. Er liebt Ausrufezeichen!«

»So kam er mir gar nicht vor«, meinte Feringer. »Aber kann Frau Heinemann nicht schon die Korrekturen abschreiben?«

Bis zum Mittagessen hatte er 18 Seiten – die Hälfte etwa – so gut wie neu gedichtet, und Gitta Wagenseil ließ ihn werkeln, war froh, daß sie eine Kopie der Originalrede besaß, und brachte, für alle Fälle, das neue Manuskript zu Bachs Stellvertreter Tassilo Billstein hinüber, dem der Chef alles zum Gegenlesen anvertraute, was die Interessen der Gewerkschaften berühren konnte.

Als sie später, um Zeit zu sparen, ausnahmsweise im Chefzimmer ein paar belegte Brote aßen, brachte Tassilo Billstein das Manuskript wieder zurück, schaute den neuen Mitarbeiter prüfend an und sagte, ihm gefiele der Anfang nicht, es sei ihm zuviel von der marktwirtschaftlichen Bedeutung des Unternehmergewinns die Rede. »Verstehen Sie mich nicht falsch, das hat schon seine Richtigkeit, obwohl ich Sozialdemokrat bin, aber wenn Herr Bach das in seinen Worten sagt, klingt es ehrlicher, unverblümter – Sie haben ihm den Charme herausredigiert, diesen typischen Benjamin-Bach-sagt-wie-es-ist-Charme.«

Feringer hielt das für Geschwätz, aber am späten Nachmittag, als 31 Seiten säuberlich neugetippt vor ihm lagen und Benjamin Bach immer noch nicht aus Bonn zurück war, las er die erste Seite noch einmal und fand plötzlich, daß der Stellvertreter vielleicht doch nicht so unrecht hatte. Er rief einen Studienkollegen in München an, der im Ifo-Institut arbeitete und als Zitaten-Fex schon Phänomenales geleistet hatte, schilderte ihm sein Problem und war dreißig Minuten später in der Lage, Gitta einen neuen Anfang zu diktieren.

»Liebe Metaller«, begann er, wie Benjamin Bach begonnen hatte, »liebe Freunde und Gegner! ... Wenn Sie erwartet haben, das allgemeine Klagelied über die steigenden Kosten hier direkt von einem Unternehmer gesungen zu bekommen, dann haben Sie sich nicht getäuscht. Klammer auf: Gelächter, und Klammer zu.«

Und dann las er nur noch von einem Zettel ab:

»In einer Marktwirtschaft, wie wir sie haben, ist der Gewinn die Antriebskraft unternehmerischer Betätigung. Punkt, Punkt, Punkt, hier lassen wir etwas aus und fahren fort: *Ein Unternehmer, der in der Marktwirtschaft antritt, um wohltätig zu sein, soll zu Hause bleiben, er soll Mitglied in einem karitativen Verband sein, er soll, von mir aus, dort auch Direktor werden. Da ist er besser aufgehoben. Der Unternehmer aus sozialer Erwägung wird auch keine Erfolge haben ...*«

Gitta Wagenseil schaute vom Stenoblock auf und schüttelte den Kopf. »Das sagt er nie.«

Feringer grinste. »Wetten, doch? Weiter: *Wenn er nicht nach dem Gewinn strebt, wird er auch als Unternehmer nicht erfolgreich sein.*

Er ist für euch, liebe Metaller, auch nicht nützlich, denn wenn er keinen Erfolg hat, könnt Ihr nicht an dem Erfolg teilnehmen.«

»Klammer auf«, sagte Gitta Wagenseil ungeduldig, »laute Pfuirufe, Gebrüll: Aufhören, Bach! Nach Hause gehen, Bach!«

»Vollkommen richtig«, sagte Feringer, »aber passen Sie auf – wenn die Aufregung sich gelegt hat, sagt Herr Bach folgendes, Doppelpunkt. Liebe Gegner ... ich habe mir soeben erlaubt, den ehemaligen Ersten Vorsitzenden der Industriegewerkschaft Bau-Steine-Erde zu zitieren, euren Freund Schorsch Leber, früher Maurer, heute Bundesminister für Verkehr. Hier«, schloß Feringer, »bitte ein Ausrufezeichen!«

Gitta lachte, und auch Benjamin Bach zeigte sich amüsiert, als er Feringers Werk am Abend überflog. Er lobte den Redakteur nicht ausdrücklich, denn er pflegte, wie seine Vertraute schon prophezeit hatte, solche Ansprachen nicht vom Blatt herunterzulesen, aber er sah sich den neuen Assistenten jetzt etwas genauer an, und am Tag darauf, in Mannheim, zitierte er jedenfalls Georg Leber. Und die Tagesschau übernahm aus seiner Rede genau jenen Absatz.

Seitdem lief das zwischen Dr. Feringer und seinem Chef ganz ausgezeichnet – es lief beinahe schon zu ausgezeichnet – und zu lange schon. Der Job eines persönlichen Assistenten bei dem berühmten Benjamin Bach erfüllte seine Funktion als Karrieretreibsatz ideal für ein, zwei Jahre – wenn er sich auf die doppelte Zeit ausdehnte, wirkte er wie der Umkehrschub einer Düse: er bremste die Karriere ab. Treue und Begeisterungsfähigkeit zahlten sich in einem solchen Fall nicht aus. Das mußte Feringer seinem Chef nicht erst klarmachen. BB hatte ihn von den lächerlichen 1200 Mark, die für den Posten im Etat vorgesehen waren, schnell auf 2000 und schließlich 3000 DM geliftet und zahlte ihm, seit Feringer ein Angebot der Werhahns ausgeschlagen hatte, in die Leitung der Rheinisch-Westfälischen Elektrizitätswerke einzutreten, stillschweigend aus einem Sonderfonds noch 5000 Mark dazu, steuerfrei, wodurch er, mit 32 Jahren, in die Vergütungsklasse eines stellvertretenden Stabsabteilungsleiters aufgerückt war. Angesichts seiner Zukunftsmöglichkeiten kam es dem jungen Mann jedoch auf schnelles Geld nicht an, lieber wäre er auf einen aussichtsreichen Posten bei einer der vielen Auslandsniederlassungen des Konzerns gerückt, in Süd- oder Mittelamerika vielleicht. Von Zeit zu Zeit machte Benjamin Bach ihm in dieser Hinsicht auch Versprechungen, doch Feringer gab sich keinen Illusionen über ihre Ernsthaftigkeit hin. Er konnte selbst am besten beurteilen, wie sehr er von BB gebraucht wurde und daß es eines Wunders bedurft hätte, um seiner Umlaufbahn zu entkommen.

»Ich höre, Sie können bei der Degussa etwas werden«, hatte Benjamin Bach ihn vor vier Wochen erst gefragt. Solche Informationen bezog er von Gitta Wagenseil, die von Feringer auf dem neuesten Stand gehalten wurde.

»Na ja ...« Der Assistent wurde immer verlegen, wenn das Gespräch darauf kam. »Sie wissen ja, wie das ist, Herr Bach ... Die Degussa ist was besonders Feines, Solides ... Wer bekommt da schon ein Sprungbrett in den Vorstand geboten ... Ich müßte nur ein Jahr noch in Altensteig verbringen, irgendwo in Württemberg.«

»Das ist natürlich etwas anderes«, hatte BB erwidert. »Altensteig wird einem Mann sicher nur einmal im Leben geboten – *ich* wollte Ihnen gerade vorschlagen, ein Jahr für uns in Peking zu verbringen.«

Wie gesagt, es war nicht so einfach, diesem Benjamin Bach zu entrinnen.

Um Viertel nach zwei ließ Feringer den Chauffeur schon mal vorfahren und fragte, zum drittenmal in fünf Minuten: »Herr Bach hat sich noch nicht gerührt?«

»Die Herren haben gerade den Nachtisch bestellt!« wußte die Telefonistin.

»Ich gehe jetzt mal nach oben horchen und halte mich dann in der Halle auf, falls was kommt.«

»Auf achtzehn gibt's auch noch Telefon!« witzelte die Kleine in der Zentrale. Sie meinte die Bar im obersten Stock.

Feringer schnappte sich sein Aktenköfferchen, ließ einen Berg Zeitungen zurück und marschierte zum Fahrstuhl. Dort stand ein rundlicher kleiner Mann mit einer größeren jungen Frau, ein Pärchen, schloß Feringer sofort, das nach dem Mittagessen einen weggesteckt hat. Dafür war das ganze Jahr Saison in Bonn, der kleinen Stadt der zwanzigtausend Beamten und zwölftausend alleinstehenden Sekretärinnen. Die Frau, mit etwas zu dünnen Beinen, aber strammem Busen, sah frisch geschminkt aus und rief gerade auf hessisch: »Hawwe mir auch nix vergesse, Karl?« Der rundliche Mann sah sich um, bemerkte Feringer und drängte die Frau zur Treppe.

»Herr Wittlich!« rief Feringer. Der Teufel ritt ihn, als er den CDU-Bundestagsabgeordneten erkannte. Karl Eugen Wittlich war ein Stadtoberinspektor aus dem Hessischen, ehemaliges Mitglied der Gemeinsamen Versammlung der Europäischen Gemeinschaft für Kohle und Stahl – daher kannte Feringer ihn – und Mitglied des Wirtschaftspolitischen Ausschusses des Bundestages, der NATO-Parlamentarier-Konferenz, Vorstandsmitglied einer Landesversicherungsanstalt und Vorsitzender des Aufsichtsrates einer bekannten Wohnungsbau- und Siedlungsgesellschaft; und wahrscheinlich sang er auch im evangelischen Gemeindechor seines Heimatortes an der Lahn.

»Ach, Herr Doktor ... ja, was für ein Zufall!« Wittlich reagierte wie nach dem Lehrbuch der Psychiatrie, ließ prompt seine Begleiterin im Stich und eilte Feringer entgegen, schüttelte ihm, voll schlechten Gewissens, die Hand und tat so, als begegne man sich nicht in Bonn, sondern mindestens in Kairo. »Wie geht es Herrn Bach?« Er dampfte vor Beflissenheit. »Ich habe doch vorhin erst seinen Namen gehört ... Ach ja, die Kleine Anfrage! Ein Unding, daß gerade wir von der CDU ... Ich meine, es geht doch da um Probleme, die uns alle ...«

»Eine Anfrage?« Feringer mußte ja etwas antworten, er verstand so schnell nicht, was Wittlich hervorsprudelte, sein rasches Realisierungsvermögen war durch den Genuß an der kabarettreifen Szene leicht blockiert, er schielte mehr nach der Frau, die beleidigt wieder zum Fahrstuhl zurückkehrte, anstatt dem Abgeordneten zuzuhören. Die Christlichen traf man so selten am hellen Tag mit ihren Bräuten an, da waren die Sozis viel ungenierter, die ließen sich sogar im Wahlkampf noch von ihren ausgedienten Ehefrauen scheiden und heirateten mit Klimbim und Trara den frischen Nachwuchs. Benjamin Bach hatte Feringer den Rat gegeben, Politikern in peinlichen Situationen keinesfalls auszuweichen, sie vielmehr kräftig in Verlegenheit zu bringen, das zahle sich immer aus.

Erst als das Wort China fiel, horchte Feringer auf. »Eine Kleine Anfrage? ... Warum?«

Karl Eugen Wittlich hatte den Drang, mit Feringer den langen Hotelflur hinaufzuwandern, und hakte ihn unter, aber Feringer blieb stur stehen und schaute zwischen dem Abgeordneten und seiner Freundin hin und her.

»Ich sage doch, ich war vorhin in der Fraktionsgeschäftsstelle und habe da zufällig etwas gehört, vielleicht gehen Sie selbst mal vorbei,

Herr Doktor, es dürfte sich, ohne Zweifel, um das Chinageschäft handeln, das Herr Bach da gerade ... Waren Sie auch in Peking?«

Kurz vor halb drei begann das Autotelefon in Bachs Mercedes zu läuten, die Glocke machte einen erschütternden Lärm. Sie war mit der Zündung verbunden und trat nur in Tätigkeit, wenn der Motor nicht lief.

Jonas hatte den Wagen auf der Auffahrt, direkt unter dem Halteverbotsschild und gegenüber dem Hoteleingang, geparkt und war zu dem Torhüter hinübergeschlendert. Der kannte die Düsseldorfer Wagennummer und schüttelte den Kopf. »Noch nicht da.«

»Tu mir 'n Jefallen, Kumpel, und jib Laut, wenn er kommt«, sagte Jonas, denn BB liebte Auftritte im Märchenstil. »Husch, husch, die Waldfee!« sagte er immer. Rein ins Auto, raus aus dem Auto, und nichts wie weg.

In diesem Moment fing die Glocke an zu lärmen.

Jonas rannte zum Wagen, schwang sich hinter das Steuer und hob den Hörer ab. »Düsseldorf einundzwanzig-zwölf?«

Er wurde mit Gitta Wagenseil verbunden.

»Sind Sie das, Jonas? ... Ist Herr Bach noch nicht da?«

»Noch nicht, Jnädigste, aber der Doktor hat mich schon vorfahren lassen, kann nich' mehr lange dauern.«

Gitta klang sehr ungeduldig. »Schauen Sie doch mal in der Hotelhalle nach, vielleicht unterhält er sich noch, ich habe hier ein wahnsinnig dringendes Gespräch für ihn!«

Jonas machte sich auf den Weg, und in Düsseldorf drückte Gitta eine andere Taste auf ihrem Apparat und sagte: »Wenn Sie 'n Momentchen noch aushalten, Herr Professor – im Restaurant ist er schon nicht mehr, ich spreche jetzt mit dem Wagen, der ist schon vorgefahren!« Höchst ungern hätte sie zugegeben, daß Benjamin Bach mit einem Gast speiste, den sie nicht kannte, und auf einem Zimmer, in das auch sie nicht verbunden wurde.

Auf der Bühler Höhe nebelte sich Professor Rasser in der engen Telefonzelle mit Zigarrenrauch ein. »Schön, schön, Kindchen!« nuschelte er. »Hauptsache, er entwischt Ihnen nicht!« Er stieß die Tür auf und wedelte frische Luft herein, sehnsüchtig nach der sonnigen Terrasse blinzelnd, die sich in der Scheibe spiegelte. »Wie ist das Wetter bei euch?«

Aber Gitta hatte den Hörer ihrer Kollegin Lydia Cajek übergeben und versuchte, von einem zweiten Apparat aus, noch einmal den Chef direkt zu erreichen. Das Mädchen in der Telefonzentrale des Bonner Hotels behauptete wieder: »Lage unverändert.«

»Und Feringer?«

»Er wollte in die Bar gehen, aber da ist er nicht aufgetaucht, die kennen Herrn Doktor Feringer dort – oh, ich höre gerade, daß der Gast von Herrn Bach in den Fahrstuhl gestiegen ist! Ich kann Sie jetzt verbinden ...«

»Na endlich!« Und Gitta nickte ihrer Kollegin zu.

Lydia Cajek drückte die Taste der Sammelleitung, auf der sowohl das Sanatorium Bühler Höhe als auch die Autotelefonverbindung mit Bonn hingen, meldete dem Professor, es sei nun soweit, schaltete ihn wieder aus und drückte die vorprogrammierte Nummer des Bonner Hotels.

Indessen rief die Telefonistin dort, die mit Gitta Wagenseil sprach: »Die Suite meldet sich nicht!«

»Lassen Sie weiterklingeln!« befahl Gitta.

Die Cajek hatte jetzt die andere Telefonistin in Bonn am Ohr, nickte Gitta zu und sagte: »Legen Sie Herrn Bach dann hierher, wenn er kommt ...« Nur auf ihrer Leitung war er mit Bühler Höhe zu verbinden.

Gitta wurde ausgeschaltet, schmiß den Hörer hin und griff sich den von der Cajek wieder. Aber Benjamin Bach meldete sich nicht.

Der Professor bekam einen Zwischentrost: »Gleich!«

»Gott«, seufzte er, »macht der's wieder spannend.« Doch er war schon wieder ausgeschaltet.

Die beteiligten Damen regte das Telefonspiel überhaupt nicht auf, es war ihr täglich Brot. Aufregend war nur, daß der Professor den Chef so dringend sprechen wollte, das war man von ihm nicht gewohnt.

»Was sagt denn der Zimmerservice?« rief Gitta in Düsseldorf.

Das Telefonfräulein in Bonn konnte den Etagenkellner nicht erreichen. »Wird bei Herrn Bach sein, nehme ich an, vielleicht zahlt er gerade.«

»Quatsch«, sagte Gitta, »die Rechnung wird doch geschickt!«

»Oh, Verzeihung.« Nun wurden sie auch noch sarkastisch, diese langweiligen Hoteltelefonistinnen!

Auch die Zentrale der UKW-Vermittlung schaltete sich ein. »Wird da noch gesprochen?«

»Und wie! Hängen Sie uns bloß nicht ab!«

Warum meldete sich dieser Jonas nicht mehr!

Er stand am Eingang zur Hotelhalle und versuchte, sich in dem Gewirr von Menschen und Gesichtern zurechtzufinden. Ständig sah er einen Boy mit einer Tafel Kreise ziehen, auf der Feringers Name gemalt war.

Feringer befand sich nur wenige Schritte entfernt von Jonas, aber an einem Selbstwählapparat und insofern von der Telefonzentrale nicht wahrnehmbar. Er hatte sich den Rat des Abgeordneten Wittlich zu Herzen genommen und war entschlossen, zum Bundeshaus hinüberzufahren. Deshalb hatte er darauf verzichtet, mal im achtzehnten Stock zu »horchen«, war in sein Zimmer zurückgegangen, hatte für BB ein paar Zeilen hingeworfen, sie hinaufschicken lassen und war, beim Hinunterfahren, einem ARD-Mann begegnet, der ihm aufgeregt erklärte, er sei jetzt beim ZDF, und der Bonner Studioleiter telefoniere wie verrückt hinter Benjamin Bach her und Feringer möge doch so nett sein und die ZDF-Nummer auf der Stelle anrufen. Die Kleine Anfrage der CDU im Kopf, wurde sich Feringer wieder bewußt, wie wichtig in den nächsten Tagen das Fernsehen sein konnte, darum hatte er sich breitschlagen lassen und war, aus dem Fahrstuhl kommend, gleich in die nächste Telefonzelle gegangen, um mit dem ZDF zu sprechen. Und wenn er die Tafel mit seinem Namen nicht sah, die dauernd an der Telefonzelle vorübergetragen wurde, so nur deshalb, weil er dem ZDF-Mann, der eisern vor der Zelle Wache hielt, den Rücken zukehrte.

»Es geht um unseren Bericht aus Bonn heute abend«, sagte der Redakteur. »Das in der Tagesschau gestern war doch eher eine müde Angelegenheit, Herr Feringer, darum hoffe ich sehr, Herrn Bach heute abend zu einer Gesprächsrunde bewegen zu können ...«

»Wer ist noch dabei?«

»Schiller hat zugesagt, vielleicht schickt er auch nur Klaus Arndt oder Wickert, und vom AA erwarte ich Staatssekretär Frank ...«

»Zum Thema Chinahandel? Ich will ehrlich sein mit Ihnen«, sagte Feringer. »Ich glaube nicht, daß Sie zum gegenwärtigen Zeitpunkt auch nur einen der genannten Herren mit Herrn Bach an einen Tisch kriegen werden, und seit ein paar Minuten glaube ich nicht einmal, daß Sie auch nur einen Namen aus der CDU dafür gewinnen können – aber ich sehe eine Chance ...«

»Und die wäre?«

»Ich will versuchen, Herrn Bach zu überreden, am späteren Nachmittag zu einer Aufzeichnung zur Verfügung zu stehen. Wenn Sie ihn fragen, wird er Ihnen jede Antwort geben, die Sie heute abend in die Debatte werfen können ...«

»Aber warum glauben Sie, daß nicht mal die CDU zur Zeit bereit wäre, das ist doch ...«

»Mehr kann ich nicht sagen, aber fragen Sie doch mal in der Fraktionsgeschäftsstelle nach, ich gehe da auch gleich mal hin.«

Sie verblieben, BB auf Ampex zu nehmen.

Als Feringer aus der Zelle trat, eilte Jonas auf ihn zu und gestikulierte bereits mit der Faust am Ohr. Gleichzeitig trat Ludwig Erhard aus dem Fahrstuhl, gefolgt von seinem Kriminalbeamten. Eine amerikanische Touristin schrie auf und rannte mit gezücktem Kugelschreiber auf den Wirtschaftswunderstrategen zu. Feringer hätte den Altbundeskanzler gern gefragt, ob sein Chef auch auf dem Weg sei, aber Jonas machte es dringend, und so saß er eine Minute später im Wagen und hielt den nächsten Telefonhörer am Ohr.

»Tag, Herr Professor, hier ist Feringer – was kann ich für Sie tun?«

In seiner Zelle in Bühler Höhe bellte Professor Rasser: »Gar nichts! Ich muß Bach haben – und zwar presto, junger Mann! Ich steh' mir hier schon die Beine in den Bauch!«

»Erschlagen Sie mich, Herr Professor, aber er ist erst auf dem Weg! Können wir Sie zurückrufen?«

»Nein, ich will nicht nochmal ans Telefon geschleppt werden, verdammt! ... Hören Sie zu, Feringer, wir waren zusammen bei den Chinesen, Sie werden mir also keinen Mist einreden?«

»Ich schwöre ... !«

»Gut, dann schreiben Sie ihm auf, daß Maria-Dir ihn dringend sprechen will, er hat mich hier angerufen – das erste Mal seit fünf Jahren !«

»Maria – wer, bitte?«

»Maria-Dir! ... Er weiß dann schon!«

»Wo sind Sie, Herr Professor?«

»Fragen Sie nicht soviel! Auf Bühler Höhe. Schreiben Sie ihm das auf und schicken Sie's ihm gleich rein – ich weiß nicht, mit wem er zusammengluckt, aber ich kenne meinen Benjamin! Er kann jeden Augenblick den Mund aufmachen und etwas von sich geben, was er schon in Kürze bereuen wird – schreiben Sie, ich halte das für seriös, und er soll es sich, im Interesse der Sache, unbedingt durch den Kopf gehen lassen und soll, um Himmels willen, Den Haag endlich mal vergessen!«

»Verzeihung, aber was meinen Sie, Herr Professor?«

Eine Sekunde war nur das Schnaufen des alten Mannes in der Leitung zu hören, dann drang seine Stimme auf einmal ganz nahe an Feringers Ohr, als ob der Professor den Mund dicht an die Sprechmuschel hielte. *»Diergard,* Mensch! ... Muß ich noch mehr sagen???«

Feringer war beeindruckt. Diergard. Maria-Dir. Den Haag vergessen. Diergard will BB dringend sprechen. Der Professor hält das für seriös. Was hält er für seriös? Diergards Versuch, mit BB zu sprechen? Der Aufsichtsratsvorsitzende der Nationalen Commerzbank war ein rotes Tuch für Benjamin Bach, das war Feringer natürlich nicht unbekannt, aber es gab so viele Leute, speziell in ihrer Branche, die BB nicht leiden konnte, daß sein Assistent sich von Anfang an gehütet hatte, auch nur darüber nachzudenken. Zum Thema Diergard fielen ihm, im Augenblick, nur Faber ein, der Finanzchef, den Benjamin Bach der Nationalen in grauer Vorzeit abgeworben hatte, und natürlich der Tankervertrag vor zwei Jahren, hinter dem, wie allen bekannt war, die Nationale Commerzbank steckte. Die Transatlantik-Reederei hatte, auf Wunsch der Nationalen, die ihre Hausbank war, darauf bestehen müssen, daß TALL die Tanker zu festen Terminen und festen Preisen baue, und die Lage der Werft war auch damals nicht so gewesen, daß sie sich hätte zieren können – obwohl jeder bei TALL wußte, daß die Preise ihnen während der Bauzeit davonlaufen würden. Aber BB persönlich hatte mit dem üblichen »Kommt Zeit, kommt Rat!« das Problem von sich geschoben und die Werft ermuntert zu unterschreiben. Deswegen konnte er also nicht diesen Haß auf Diergard haben, der Ursprung mußte viel älter sein – und vielleicht in Den Haag liegen.

Feringer versprach dem Professor prompte Erledigung, nahm sich die Zeit, in Kurzschrift ein Gedächtnisprotokoll des Gesprächs anzufertigen, und eilte ins Hotel zurück.

Jonas stand neben dem Torhüter und kommentierte sachverständig: »Qualm in der Küche!«

Der Torhüter blinzelte erfahren zurück. »Hier qualmt's den ganzen Tag ... Ich könnte dir Geschichten erzählen – mein lieber Schulli!«

Benjamin Bach saß im Badezimmer der Suite 1804 auf der Brille und schaute mit einem abwesenden Ausdruck in den Augen auf Feringers Nachricht. Das ferne Telefongeläute hatte aufgehört, und er konnte sich mit Hingabe wieder seiner friedlichen Beschäftigung widmen. Ein guter Stuhlgang war das halbe Leben, das hatte ihm schon der Kommandant seines ersten Räumbootes beigebracht – und um wieviel eher traf die goldene Regel auf das Dasein eines gehetzten Managers zu! Benjamin Bach hatte Marathonkonferenzen erlebt, bei denen viele Millionen verdient und verloren wurden, weil einer der Teilnehmer sich nicht wohl fühlte und hinausrennen mußte, oft genug, um nachher zu erfahren, daß die Zurückgebliebenen sich hinter seinem Rücken auf seine Kosten geeinigt hatten. Nein, diese halbe Stunde nach dem Mittagessen mußte übrig bleiben, erst wenn er diese Zeit nicht mehr fand, sollte er aufgeben. Er genoß den intimen Vorgang als einen Akt der totalen Entspannung, bei dem ihn nichts und niemand drängeln durfte, weder das Telefon noch Feringer mit einer Nachricht über eine Kleine Anfrage der CDU. Wie recht er hatte, bewiesen die vielen guten Ideen, die ihm, mit den Hosen in den Kniekehlen, schon gekommen waren.

Auch die Zeitungen, vor ihm auf dem Boden, gehörten zu dieser halben Stunde. Politik und Wirtschaft überflog er nur, den Sportteil las er bis zur letzten Zeile, das Feuilleton nie. Schon daheim in Löskat hatte er jeden viereckigen Ausschnitt studiert, der an dem Nagel in der hölzernen Abortwand hing. Vielleicht trauerte er, wenn er so dasaß, dem Frieden der gackernden Hühner nach, die auf dem staubigen Hof des kleinen ländlichen Anwesens umherspaziert waren. Aber seinen Vater hatte er gehaßt, wenn er aus der offenen Schmiede über den Hof brüllte: »Wie lange willst du noch auf dem Abtritt bleiben, Benjamin?«

In der Tat, nicht Geld war der Maßstab für die Unabhängigkeit eines Mannes, sondern die Freiheit, so lange auf dem Klo zu hocken, wie es ihm beliebte. Und damit erhob sich der TALL-Chef, zog an der Wasserspülung, knöpfte seine Hose zu und fing genüßlich an, sich die Hände zu waschen.

»CDU will Kleine Anfrage starten, ob es stimmt, daß Bundesregierung beabsichtigt, China zu verbürgen. Ich gehe mal rüber, nachsehen. Bleiben Sie im Hotel? – Vor 16.00 brauchen wir nicht bei W. Sh. zu sein. F.«

Das las sich, insbesondere nach diesem Mittagessen eben, so grotesk, daß Benjamin Bach geneigt war, an ein lächerliches Mißverständnis zu glauben. So tölpelhaft konnte die Opposition unmöglich in die Hände der Regierung spielen! Es sei denn – er unterbrach seine Tätigkeit und starrte sich im Spiegel an – ein paar Oberschlaue bildeten sich ein, Brandt in Verlegenheit bringen zu können, wenn sie ihn genau in der Woche, in der er in Kassel mit Stoph zusammentraf, dem Verdacht aussetzten, auch mit den chinesischen Kommunisten bereits zu liebäugeln ... Es machte Mühe, sich so etwas vorzustellen, aber Benjamin Bach hatte seine Erfahrungen mit Bonner Politikern, und wie auch immer das ausgehen mochte: im Augenblick hatte TALL durch so einen Blödsinn entschieden mehr zu verlieren als Willy Brandt.

Schnell trocknete er sich die Hände ab, zog sich einen neuen Scheitel, schlüpfte in Weste und Rock und stürmte in den Salon zurück. Der alte Oberkellner hatte schon aufgeräumt und beschäftigte sich umständlich noch damit, die Stühle zurechtzurücken, unsichtbare Krümel wegzufegen, am Tischtuch herumzuzupfen, ein allerletztes Mal die Aschenbecher auszuwischen – Benjamin Bach wußte schon, worauf er noch wartete.

»Verschwinde, Schorsch!« sagte er ungeduldig. »Ich habe leider wieder mal kein Geld bei mir, du kriegst das nächste Mal was. Jetzt muß ich telefonieren!«

Der Oberkellner verbeugte sich und hielt ihm ein Tablett hin. »Sehr wohl, da ist nur noch dieser Brief gekommen, Herr Bach.«

Benjamin Bach riß ihn schon auf. Wieder von F.! Der Junge war ja unheimlich auf Trab heute. Wie bitte? »Professor dringend aus Bühler Höhe: *Maria-Dir* hat ihn angerufen, möchte Sie unbedingt sprechen. P. meint, es sei ›seriös‹ und Sie sollten endlich ›Den Haag‹ vergessen. Bittet, ihn erst abends zurückzurufen. Ich bin bei der Fraktion – F.«

In der ersten Aufwallung zerknüllte er das Schreiben, schob es aber in die Tasche und riß dann fast die Telefonschnur ab. Diergard ruft den Professor an! Der Kerl hat die Stirn, den Professor anzurufen, wie es ihm beliebt!! Und dieses Arschloch von einem Herrn Rasser läßt sich glatt als Botenjunge benutzen!!! Und bringt es fertig, mich an Den Haag zu erinnern - *mich!!!*

Benjamin Bach sah rot, die Wut begrub ihn wie unter einer Sturzwelle, sekundenlang wußte er nicht mehr, was er tat, schlug auf die Gabel, daß sie nur wie durch ein Wunder nicht zerbrach, schrie irgendwas und schlug noch drauf, als längst die Telefonistin sich gemeldet hatte; erst ihre Stimme brachte ihn halbwegs wieder zu sich.

»Aber, Herr Bach! ... Ich bin doch dran! ... Mehr als melden kann ich mich nicht! ... Herr Bach!«

»'tschuldige, Mädchen!« Er riß den Kragen auf, ging mit dem Telefon zum Fenster, aber das ließ sich nicht öffnen, ächzte: »Bühler Höhe, bitte, das Sanatorium!« Und noch im selben Atemzug: »Nein, nicht Bühler Höhe, der soll sich einsargen lassen, geben Sie mir Düsseldorf, meine Nummer ...«

Und schrie: »Schorsch!«

Sofort öffnete sich die Tür wieder, der alte Ober glitt in den Salon, gekrümmt wie ein Fragezeichen.

»Bring was zu trinken, Flasche Wasser, schnell!«

Dann war Gitta an seinem Ohr und merkte sogleich, daß etwas Ernstes geschehen sein mußte. »Was ist mit Ihnen?« Ihre Stimme klang hoch, entsetzt.

»Großer Gott«, er mußte sich zu jedem einzelnen Satz zwingen, »ich glaube, ich kriege einen Schlaganfall oder so was ... Sind Sie mit den Symptomen vertraut, Gitta?« Er hatte Schmerzen in der Brust, tastete sich rückwärts nach einem Sessel und ließ sich hineinsinken.

»Beschreiben Sie, wie Sie sich fühlen!«

Eine Minute verging, in der er nur so dasaß, das Schlimmste befürchtete und von einer rasenden Angst geschüttelt wurde. Er atmete mit Mühe tief durch, öffnete auch seinen Hosenbund und fühlte kalten Schweiß auf der Stirn.

»Herr Bach? ... Herr Bach? ... Antworten Sie doch!« Undeutlich hörte er sie noch mit anderen sprechen.

»Erinnerst du dich an Den Haag, Gitta?«

»Den Haag? ... Wie fühlen Sie sich, Herr Bach?«

»Beschissen, gottverdammt beschissen, Gitta ... Erinnerst du dich an Den Haag?«

»Legen Sie sich hin, Herr Bach, öffnen Sie Ihren Kragen, das Fenster! ... Denken Sie nicht an Den Haag! Kriegen Sie genug Luft?«

»Ich wollte doch telefonieren«, stöhnte er. »O verflucht und zugenäht ... Ich bin aus dem Badezimmer gekommen und wußte genau, mit wem ich telefonieren wollte ... Was ... Was war denn, bevor mich der Schlag getroffen hat ... ?« Seine Zähne klapperten, er mußte aufhören zu sprechen.

»Beruhigen Sie sich doch, Herr Bach! Reden Sie möglichst gar nichts, der Arzt ist unterwegs ... flach hinlegen!«

Er zwang sich weiterzusprechen, den Kragen offen, die Hose, schwer atmend, die eine Hand auf dem Herz. »Ich wollte doch mit einem sprechen ... einem von der CDU, wer war das ...«

»Feringer muß jeden Augenblick auf der Geschäftsstelle eintreffen, wir sprechen gerade mit den Herren dort, sie werden ihn sofort zu Ihnen zurückschicken – eben meldet sich auch Jonas!«

»Nein!« schrie er und erhob sich wankend. »Nicht zurückschikken! Jetzt weiß ich ... Ich muß mit Pistor sprechen, gottverfluchtnochmal, Sie müssen mir Pistor auftreiben, Gitta, sofort! ... Er soll mich hier anrufen, finden Sie ihn mir ...« So viel und so gotteslästerlich hatte sie ihn nur ganz selten fluchen hören. Aber diese Ausbrüche waren es, die sie daran hinderten, sich nur noch wie eine Krankenschwester zu fühlen.

»Wir stellen schon fest, Moment!«

Schorsch kam lautlos hereingewetzt, überschlug sich vor Eifer, brachte eine Flasche Fachinger.

»Idiot!« schrie Benjamin Bach. »Was Kaltes will ich haben! Mach schon! – Gib her, laß doch das schon da!« Und gierig trank er das zimmerwarme Wasser aus der Flasche.

Der alte Ober rannte schon wieder hinaus, stieß in der Tür mit einem Herrn von der Direktion zusammen, der sich Benjamin Bach mit beschwörenden Bewegungen näherte und »Der Arzt ist gleich da!« flüsterte.

Er wurde mißverstanden. »Der Arzt ist da«, sagte Benjamin Bach, »ich lege mich hin, Gitta. Aber mach mir jetzt keinen trouble, Kindchen, und ruf nicht Feringer zurück, das ist wichtig, was er da zu tun hat – und sag Pistor, er soll ...«

»Herr Pistor ist in Bonn, höre ich gerade, wahrscheinlich sogar im Bundeshaus, soll ich ihn zu Ihnen schicken? Vielleicht schlafen Sie doch lieber etwas ...«

»Er soll mich anrufen, ich glaube, es ist nicht so schlimm, nur ein kleiner Schock ... Den Haag«, sagte Benjamin Bach und legte, mit einem kläglichen Grinsen, den Hörer auf.

Marcel Pistor saß im Vorstand einer Drahtfabrik von TALL im Saarland und war einer von vier Bundestagsabgeordneten, die im Konzern arbeiteten, die anderen drei gehörten der SPD an und tummelten sich im Gewerkschaftsbereich. Pistor mußte den Lumpen stoppen, der da eine Kleine Anfrage starten wollte, wozu brüstete er sich dauernd mit seiner Freundschaft zu Barzel!

Der Herr von der Direktion geleitete Benjamin Bach ins Schlafzimmer, und hinter ihm tauchten gleichzeitig ein richtiger Arzt und Jonas auf, dann kam auch Schorsch mit kaltem Wasser, wurde wieder weggeschickt, und der Arzt spritzte dem prominenten Gast etwas Beruhigendes und empfahl ein EKG, sonst fand er nichts Alarmierendes. »Haben Sie vielleicht etwas gegessen, was Ihnen nicht bekommen ist?«

»Hauen Sie ab!« sagte Benjamin Bach.

In den Jahren 1955/56 hatte er den Versuch unternommen, mit dem holländischen Stahlkonzern Hoogovens zu einer Kooperation zu kommen, und der Professor war einige Male in Holland gewesen, um die Stimmung zu erkunden. Bei Hoogovens saßen Männer in wichtigen Positionen, die während des Krieges als Zwangsarbeiter nach Deutschland verschleppt worden waren und, unter anderen, in TALL-Betrieben das harte Brot der Sklaverei gegessen hatten. Ein Jude wie Professor Rasser, so hatte Benjamin Bach kombiniert, wäre am ehesten in der Lage, die Vergangenheit für TALL zu bewältigen. Aber der Schuß war nach hinten losgegangen. Und die unmittelbare Schuld daran trug Josef Maria Diergard, damals noch nicht Aufsichtsrats-, sondern Vorstandsvorsitzender der Nationalen Commerzbank.

Derselbe Diergard, den der Professor 1947 noch großherzig mit Persil-Scheinen versorgt hatte, war 1956 vor einem erlesenen Kreis holländischer Industrieller in Den Haag massiv gegen seinen Gönner aufgetreten, als er in einem Vortrag über die Situation der deutschen Wirtschaft im Dritten Reich feststellte: »Nicht alle Juden haben sich gegen Hitler gewandt!« Benjamin Bach hatte sich eine Niederschrift der Rede besorgt und kannte noch heute jeden einzelnen Satz auswendig.

»Ich denke dabei auch an hervorragende Wirtschaftsfachleute wie den damals achtunddreißigjährigen Inhaber eines angesehenen Lehrstuhls der Betriebswirtschaften in Köln, Herrn Professor Hermann Rasser, der bereits neunzehnhundertdreißig zum engeren Freundeskreis des Herrn Theodor Tall gehörte, im Reichsbund jüdischer Frontsoldaten saß und vier Wochen nach der Machtergreifung Hitlers in Kassel den sogenannten ›Deutschen Vortrupp‹ mitbegründete, eine damals wie heute nur als faschistisch anzusehende ›Gefolgschaft deutscher Juden‹, die sich die Erneuerung des Reiches auf die Fahne geschrieben hatte und den Nationalsozialismus jubelnd begrüßte.«

So hatte sich dieser Diergard vor den Holländern ausgedrückt. Doch es kam noch toller: »Herr Professor Rasser, den ich seit neunzehnhundertzweiunddreißig kenne und schätze und dem ich durchaus zubilligen will, daß er damals guten Glaubens handelte, hat freilich noch Ende März neunzehnhundertdreiunddreißig, wenige Tage vor dem ersten allgemeinen Boykott jüdischer Geschäfte, zu dem der in Nürnberg gehenkte Julius Streicher aufrief, in einer öffentlichen Rede in Berlin folgendes erklärt – ich zitiere: ›Wir lehnen die Lehre des Marxismus vom jüdischen Standpunkt aus ab und bekennen uns zum Nationalsozialismus – ohne seine antisemitische Komponente. Ohne den Antisemitismus würde der Nationalsozialismus in den überlieferungstreuen deutschen Juden seine gläubigsten Anhänger finden!‹«

Benjamin Bach hatte damals die besten Rechtsanwälte Deutschlands alarmiert, um den Verleumdungsprozeß des Jahrhunderts gegen Diergard anzustrengen, doch der Professor war ihm in die Arme gefallen.

»Jedes Wort stimmt, mein lieber Ben«, hatte der alte Mann erklärt, »auch wenn der ganze Zusammenhang fehlt. Herr Diergard hat die typische Haltung des Mitläufers eingenommen, der von sich ablenkt, indem er auf andere zeigt – in diesem Falle auf einzelne national gesinnte deutsche Juden, die in der Frühzeit der Nazis unmöglich voraussehen konnten, was daraus werden würde. Ich bin fünfunddreißig in die Schweiz gegangen, obwohl ich Diergard damals für den Nationalsozialismus zu begeistern versucht hatte, aber er, der tatsächlich dem ›böhmischen Gefreiten‹ nie über den Weg getraut hat, ist bis zum bitteren Ende am Trog geblieben.«

Für einen Mann wie Benjamin Bach, der sich wenig für Geschichte und ihre Zusammenhänge interessierte, war das alles absurd und schlechterdings unglaubwürdig. *»Du* willst dich in Hitler getäuscht haben?«

»Ich könnte dir ein paar Bücher zu lesen geben«, hatte Professor Rasser gesagt, »aber du liest ja keine Bücher. Vielleicht findest du es überzeugender, wenn ich dir versichere, daß Männer wie unser Bundespräsident Theodor Heuss oder Reinhold Maier oder Ernst Lemmer, die damals der demokratischen Staatspartei angehört haben, oder Fritz Schäffer, der Finanzminister, mit dem du so gut kannst und der bei der Bayerischen Volkspartei war – daß alle diese aufrechten Demokraten es am dreiundzwanzigsten März neunzehnhundertdreiunddreißig fertiggebracht haben, aus taktischen Gründen im Reichstag für das Ermächtigungsgesetz zu stimmen, mit dem Hitler die totale Macht an sich reißen konnte. Nur die Sozis haben geschlossen dagegen gestimmt, aus Prinzip, nicht weil sie schlauer waren als die bürgerlichen Parteien ... Die Juden, mußt du wissen, waren die glühendsten Verteidiger des Reiches. Ich selbst habe mir als Kriegsfreiwilliger und Pionierleutnant in der Marneschlacht das EK eins und zwei geholt. Und der einzige Deutsche, der sich, meines Wissens, umgebracht hat, als der Kaiser im November neunzehnhundertachtzehn gezwungen wurde, das Land zu verlassen, war ein Jude – Albert Ballin, der große Hamburger Reeder und Chef der Hapag.«

Gut und schön, aber nun brannte Benjamin Bach noch mehr darauf, es diesem Diergard heimzuzahlen. Ein Deutscher, der im Ausland einen anderen Deutschen anschwärzte, um ein Geschäft zu torpedieren, das seine Bank selbst gern gemacht hätte – später verband sich Hoesch mit Hoogovens –, verdiente eine Tracht Prügel. »Aber nicht bildlich gesprochen!«

Der Professor hatte milde den Kopf geschüttelt über seinen plötzlich ausbrechenden Nationalismus. »Laß ihn doch«, hatte er Benjamin Bach zu beruhigen versucht, »dieser Diergard läuft uns schon noch mal vor die Flinte, keine Sorge. Weißt du, wie wir uns kennengelernt haben? ... Das war zweiunddreißig, auf dem Höhepunkt der Arbeitslosigkeit, als er eine Filiale in Sachsen geleitet hat und Direktor der Nationalen werden wollte. Er war hinter mir her wie der Teufel hinter der armen Seele, um mit Tall ins Geschäft zu kommen, so wie die Deutsche Bank immer hinter Krupp her war. Er hat mir zehn Prozent für das erste Geschäft angeboten, und später, in der Schweiz, habe ich gehört, daß er den jungen Wallassé, der damals schon Rennpferde laufen hatte – sein Vater hieß noch Walasz –, mit einem eigenen Gestüt zu übertreffen versuchte. Ich bin sicher, daß ihm Tall auch heute noch im Kopf herumspukt!«

Das war 1956, und Benjamin Bach hatte die Sache schließlich auf sich beruhen lassen, doch fortan versäumte er keine Gelegenheit, um den Josef Maria Diergard madig zu machen, ihn hartnäckig, vor allem im Ausland, als »alten Nazi« zu verunglimpfen und bei offiziellen Anlässen brüsk zu schneiden. Immer in der Hoffnung, der »erbärmliche Wicht« würde ihn einmal auf Beleidigung verklagen und er würde Gelegenheit erhalten, die ganze stinkige Geschichte in einer öffentlichen Gerichtsverhandlung auszubreiten. Doch den Gefallen tat der schlaue Hund ihm nicht, er rief statt dessen den Professor an, und sein bester Freund besaß die ungeheuerliche Charakterlosigkeit, ihn auch noch anzuhören und seine Vorschläge *ihm* als »seriös« zu empfehlen!

Mit einem Ruck setzte sich Benjamin Bach im Bett auf. *Was wollte der Schuft eigentlich von ihm?*

In seiner ersten Erregung hatte er das Wichtigste überhaupt nicht wahrgenommen! Das war ein böses Zeichen, so sollte man sich, in seinem Alter, nicht den Verstand abkaufen lassen! ... Wenn Maria-Dir den Mumm aufbrachte, einfach den Professor anzuläuten, dann mußte etwas ganz Besonderes dahinterstecken, dann hieß es die Ohren steif halten und volle Deckung nehmen. Der Kerl mußte etwas in der Hand halten, was ihn absolut sicher machte, daß er sich keine blutige Nase holen würde, sonst hätte er sich nicht gemeldet – und auf einmal bekam der Hinweis, das Telefonat sei »seriös«, ein anderes Gesicht.

»Seriös« konnte, so gesehen, auch »gefährlich« heißen, und wenn man dazu noch in Betracht zog, daß der Professor sich gehütet hatte, selbst vor einem Vertrauten wie Feringer Klartext zu reden, multiplizierte sich diese Gefährlichkeit. Das Stichwort »Den Haag« mußte dem Professor jedenfalls nicht leicht über die Lippen gekommen sein, er wußte, daß er damit in einer Wunde bohrte, die nie verheilt war – Den Haag ihm gegenüber erwähnen hieß, verflucht nochmal, mit der Brechstange zu arbeiten!

»Verbinden Sie mich mit Bühler Höhe, ja, das Sanatorium, aber Tempo!«

Während er noch wartete, spürte er, daß seine Erregung die Wirkung der Beruhigungsspritze wieder aufhob. Sein Herz schlug deutlich schneller.

Zum Glück klopfte Feringer gerade in dem Augenblick an die Schlafzimmertür, als eine schnippische Frauenstimme es kategorisch ablehnte, den Professor vor 18 Uhr noch einmal ans Telefon zu holen, und Benjamin Bach schon spürte, wie ihm die Adern wieder schwollen. Das besorgte Gesicht seines Assistenten vor sich, gelang es ihm, einen neuen Wutanfall zu unterdrücken. »Dann rufe ich wieder an!« – Peng.

»Herr Rasser geht nicht an den Apparat!«

Feringer blinzelte überrascht. »Sie sind ja ganz munter – unten erzählt man, der Arzt wäre hiergewesen.«

»Sie mit Ihren Briefchen!« fuhr Benjamin Bach ihn an. »Was hat der Professor noch alles gesagt? Ich will jedes Wort wissen, verstanden!?«

Aber kaum hatte Feringer aus seinem Stenoblock vorzulesen begonnen, da unterbrach er ihn schon wieder.

»Vor fünf Jahren hat er zum letzten Mal mit ihm telefoniert? – Sie meinen vor *fünfzehn!*«

»Ich habe mitgeschrieben – vor *fünf!*«

Wütend sah ihn Benjamin Bach an, doch das Gedächtnisprotokoll gab weiter nichts her.

»Und die CDU? ... Haben Sie Pistor erreicht?«

Es stellte sich heraus, daß Feringer noch gar nichts von seinem Drang, den TALL-Abgeordneten zu sprechen, wußte, jedoch von sich aus auf die Suche nach ihm gegangen war. »Ich habe ihn aus einer Sitzung des Haushaltsausschusses holen lassen, er wußte von der Kleinen Anfrage überhaupt nichts, hat sich aber stark dafür gemacht, bis heute abend herauszufinden, was dahintersteckt. Dann werden wir weitersehen ... Läßt Sie übrigens sehr grüßen und gratuliert!«

Von der Fraktionsgeschäftsstelle war Feringer »kalt abgewimmelt« worden. Er solle schleunigst ins Hotel zurückfahren, hatte man ihm ausgerichtet.

»Ungeheuerlich«, murmelte Bach. »Wenn ich nicht vor einer Stunde noch mit einem der besseren Herren dieser Partei nebenan gegessen hätte, würde ich sagen, da bildet sich eine Front ...«

»Warum telefonieren Sie nicht mal mit Ihrem Essensgast?« schlug Feringer vor.

Benjamin Bach sah ihn schief an. »Sie sind ja nicht bei Trost! ... Erst mal macht das einen sehr schlechten Eindruck, zweitens hieße das Öl ins Feuer gießen, denn die Herren in der Fraktion nehmen ihn nicht mehr allzu ernst, benutzen ihn nur noch als Aushängeschild, drittens könnte einer auf den Gedanken kommen, wir machten uns Sorgen ...«

»Vielleicht läßt sich übers Fernsehen etwas machen. Das ZDF hat Sie zu einem Round-table heute abend eingeladen.«

Bach schüttelte den Kopf. »Wie läuft so eine Kleine Anfrage? Wann kann sie frühestens bekanntwerden?«

Nun erst setzte sich Feringer, stellte sein Köfferchen ab und blätterte wieder in seinem Block. »Wenn der Fraktionsvorstand nichts dagegen einwendet, sie sogar unterstützt, besteht natürlich die Gefahr, daß die Tatsache an sich sofort bekannt wird ...«

»Heute noch?«

»Heute noch. Ansonsten ist der Ablauf der, daß nach Paragraph hundertzehn der Geschäftsordnung jedes Fraktionsmitglied im Bundestag Auskunft über bestimmte Bereiche von der Bundesregierung verlangen kann. Die Frage wird dem Präsidenten des Bundestages schriftlich eingereicht, der gibt sie dem Kabinett weiter, und der zuständige Minister hat vierzehn Tage Zeit zu antworten. Tut er das nicht oder fällt die Antwort unbefriedigend aus, kann der Fragesteller beantragen, seine Frage in der Fragestunde des Plenums mündlich an den Minister zu richten. Zulässig, nach Paragraph hundertelf, Absatz zwo, sind Einzelfragen, nach denen der Fragesteller noch zwei Zusatzfragen stellen kann ...«

»Sie langweilen mich«, sagte Benjamin Bach. »Heißt das, daß vor vierzehn Tagen nichts passieren kann, oder gibt es da auch wieder ein Hintertürchen?«

Feringer wiegte den Kopf. »So einfach ist das eben nicht ... Wenn das Ding heute an den Präsidenten gehen sollte, kann es morgen bei Schiller sein, und wenn der Lust hat, es noch am selben Tag zu beantworten – was wohl stark anzunehmen ist – *ich* würde es durch die Sekretärin ins Bundeshaus zurückschicken! –, kann es morgen mittag, zum Beispiel, schon wieder in der Fraktion sein, und der Sprecher teilt das Ergebnis in der Zwei-Uhr-Konferenz der Presse mit, und abends hören Sie's schon im Fernsehen, wenn es interessant genug ist.«

Benjamin Bach gähnte herzhaft und stieg vom Bett. »Soso ... Und hat die CDU sich das so vorgestellt?«

»Ich weiß nicht ... Irgendwer muß die Brüder aufgehetzt haben ... Irgendwer muß ihnen weisgemacht haben, daß Schiller Ihnen heimlich doch seinen Segen zu diesem Chinageschäft versprochen hat. Auch Pistor sagt, im Haushaltsausschuß ist über nichts anderes heute gesprochen worden. Die Meinung der Herren ist die, daß vier Stahlwerke einfach zu groß sind, um abgelehnt werden zu können. Deswegen wollen sie Schiller jetzt auch die Hosen ausziehen ...«

Kopfschüttelnd ging Benjamin Bach ins Bad. »Karl Schiller in der Unterhose ... hm ...« Er spritzte sich Wasser ins Gesicht, fing wieder an, sich zu kämmen, sagte: »Die CDU muß doch aber damit rechnen, daß der Schuß auch in den Ofen gehen kann! Daß die Unternehmer ihr aufs Dach steigen, wenn sie sich – aus blödsinnigen ideologischen Gründen – dazu bereitfindet, auf diese Weise Geschäfte kaputtzumachen!«

Feringer trug ihm die Weste hinterher. »Sie sind wegen Kassel und Egon Bahrs Verhandlungen in Moskau ganz hysterisch. Sie wollen die SPD zwingen, laut und deutlich zu erklären, daß sie mit Mao nichts im Sinne hat.«

»Schon begriffen.« Benjamin Bach ließ sich in die Jacke helfen. »Das nennt man kurzsichtig. Die werden die nächste Wahl verlieren, wenn sie so weitermachen. Das müßte ihnen einer mal laut und deutlich sagen ...«

Wieder griff Feringer das Fernsehen auf. »Vielleicht ist Barzel dabei – oder Katzer! Das ZDF würde auch bereit sein, Sie nur mit einem Ampex-Interview in die Gesprächsrunde heute abend einzublenden. Stellen Sie sich mal vor, Herr Bach, was Sie da alles sagen können, ohne daß Ihnen einer ins Wort fallen kann!«

Benjamin Bach lachte. »Das haben Sie sich fein ausgedacht, Doktor. Aber wenn, dann sitze ich mit am Tisch. Müssen wir nicht zu Wang Shu?«

»In zwei Minuten, wir brauchen zehn nach Godesberg.«

Wang Shu vertrat die Volksrepublik China als Leiter der amtlichen Nachrichtenagentur Hsinhua, und früher oder später würde er der erste chinesische Botschafter in der Bundesrepublik werden – mit Formosa unterhielt Bonn ohnehin keine Beziehungen.

»Den Schröder sollte ich mal treffen«, sagte Benjamin Bach, als sie die Suite verließen.

»Gerhard Schröder? Der hat doch, als Vorsitzender des Auswärtigen Ausschusses, nichts mit der Wirtschaft zu tun?«

»Aber er sitzt im CDU-Parteivorstand, und er hat sich schon vor sechs Jahren für diplomatische Beziehungen zu Peking ausgesprochen.« Es war Tschou En-lai, der Benjamin Bach darauf aufmerksam gemacht hatte, doch das brauchte er Feringer ja nicht auf die Nase zu binden.

»Wohnt er nicht bei Ihnen in Düsseldorf um die Ecke? Ich notier's mir mal«, sagte Feringer.

Im 21. Stock des TALL-Gebäudes brannten bereits die Lichter, die großen Aluminiumfenster hatten einen Dunstrand, und das riesige TALL-Emblem auf dem Dach verwandelte sich in den tiefhängenden Regenwolken langsam in ein blendendes Sternengefunkel – zwei sechs Meter hohe, aufeinandergeschobene T, die bei klarem Wetter sechzig Kilometer weit zu sehen waren und sich, ab einer gewissen Windstärke, selbsttätig flachlegten.

Gitta Wagenseil war zwischen 16.09 und 16.11 Uhr zum erstenmal an diesem Tag zwei Minuten allein im Chefsekretariat. Sie hatte die Cajek bis 19 Uhr nach Hause geschickt und hoffte, den Chef vor ihrer Rückkehr noch »auf einen Sprung« zu sehen. Auf ihrem Schreibtisch loderten die grellroten Plastikreiter von wenigstens 50 Eilmemoranden, was, in dieser Häufung, seit den wilden Streiks des Jahres 68 nicht mehr vorgekommen war. Auf der Dringlichkeitsliste stand ein gutes Dutzend Besucher, die zum Teil schon seit BBs Abreise nach China warteten, darunter der tunesische Wirtschaftsminister, der seit vergangenen Mittwoch durch die Bundesrepublik reiste und dessen Referent seit heute morgen beinahe stündlich anrief, und die beiden amerikanischen Rechtsanwälte, die für TALL einen Mammutprozeß um Stimmrechte an einer kanadischen Beteiligung führten, aber auch ein südamerikanischer Industrieminister, mit dem Benjamin Bach eine intime Freundschaft pflegte und dessen Regierung vor drei Tagen einem Staatsstreich zum Opfer gefallen war; er saß im »George V« in Paris und behauptete, er werde sein Amt auch in der Revolutionsregierung behalten, vorausgesetzt, er bringe einen bestimmten Vertrag nach Hause. Alle diese Besucher hatten entweder einen Rang, der den persönlichen Auftritt des Generaldirektors erforderte, oder ihre Probleme waren von den zuständigen Ressorts des Hauses so weit behandelt worden, daß nur noch Benjamin Bach selbst eine Entscheidung treffen konnte. Auch die 70jährige Mutter Oberin des TALL-Krankenhauses steckte unter den Eilvorlagen; ihr hatte BB versprochen, sie persönlich zu verabschieden, und nun wartete sie seit beinahe drei Wochen auf den großen Augenblick, an dem die TALL-Kapelle den TALL-Marsch spielen, »unser schöner General« ihr die Hand drücken, alle Patienten aus den Fenstern winken und die Fernsehleute filmen würden. Jeden Tag rief der Krankenhausdirektor mit Panik in der Stimme an, denn die alte Frau machte sie langsam verrückt und weigerte sich, ihr Zimmer der Nachfolgerin zu übergeben, und Gitta Wagenseil entwickelte schon einen akademischen Haß auf die Alte. »Nur weil der Chef sich dort vor zwölf Jahren den Blinddarm hat herausnehmen lassen!« Diese Oberin war verknallt in ihn, wie alle Weiber bei TALL.

Für Margitta Wagenseil hingegen war Benjamin Bach die Liebe ihres Lebens, einmalig, voller Entsagung und doch höchst befriedigend. Womit zweifellos der Abgrund deutlich wurde, der sie von all diesen anderen Dämchen trennte, die mit den durchsichtigsten Tricks arbeiteten, um in seine Nähe zu gelangen und ihn auf sich aufmerksam zu machen. Sie hielt ihre Gefühle so geheim, wie ihr starker Charakter es von ihr verlangte, und es gelang ihr von Jahr zu Jahr besser, obwohl ihre Kraft immer wieder gefordert wurde. Gitta war nicht eifersüchtig im ordinären Sinne, sie sah lächelnd über gespielte und echte Ohnmachtsanfälle hinweg, die es schon gegeben hatte und immer wieder gab, wenn BB unvermutet einen Raum des Hauses betrat, wo schmachtende Anbeterinnen arbeiteten, die nie Gelegenheit bekamen, ihn aus der Nähe zu sehen. Sie sortierte auch nicht die hübschen Mädchen aus, die vom Direktionsschreibpool in das Zimmer neben ihrem Sekretariat geschickt wurden, sie beurteilte nur ihre Arbeiten, streng und gerecht, wie es sich gehörte, und so hielten sich die jungen Dinger nie allzu lange. (»Wo ist denn die niedliche Schwarze geblieben, die Sie vorige Woche noch hier hatten, Gitta? Ich glaube wirklich, Sie gönnen mir nicht mal mehr den Anblick eines engen Pullovers!«) Darüber konnte sie nur lachen. Wenn er es gewollt hätte – die hübschesten Mädchen hätte sie ihm eigenhändig ans Bett gebracht! Sie selbst war über das aktive Stadium längst hinaus, hatte sich schon in ihren Studienjahren wenig aus körperlicher Liebe gemacht und hielt ihren Hormonspiegel durch regelmäßige Arztbesuche peinlich konstant. Ihre Sinne fanden vollauf Befriedigung durch den Genuß ihres täglichen Beisammenseins, durch die Beweise seiner Hochachtung, die er ihr am laufenden Band schenkte. Ihm dienen zu dürfen, ihm durch eine direkte Tat, einen Einfall, eine außerordentliche Leistung aus akuten Sorgen heraushelfen zu können machte sie auf eine wertvollere Weise glücklich, als eine Stunde in seinem Bett das hätte tun können, sagte sie sich oft. Was hatte denn Frau Bach davon, daß sie mit ihm verheiratet war? Sie sah ihren Mann manchmal Tage und Wochen nicht, denn er kam regelmäßig erst um Mitternacht, oder noch später, nach Hause, und am nächsten Morgen reichte es nur zu einem gemeinsamen Frühstück. Außerdem verreiste er zehn Tage im Monatsdurchschnitt, er haßte

Bürostunden und liebte es, selbst zu akquirieren und TALL-Niederlassungen zu inspizieren. In der Bundesrepublik gab es allein 29 Verkaufsbüros des Konzerns, in Europa sieben (Warschau, Kopenhagen, London, Zürich, Madrid, Belgrad, Athen) und in Übersee noch einmal sieben Verkaufsgesellschaften (Buenos Aires, Johannesburg, Melbourne, Singapur, Tokio, San Franzisko, New York), abgesehen von einem Dutzend selbständig arbeitender Betriebe und Beteiligungsgesellschaften, wie das Hüttenwerk in Mexiko, die Lkw-Fabrik in Argentinien, die chemischen Werke in Südafrika – und überall war Gitta schon mit ihm gewesen, er nahm sie zu größeren Konferenzen immer wieder mit, brauchte seine »ambulante Vorzimmerdame«, wie er sagte, und überhaupt seine Bequemlichkeit, solche Reisen waren anstrengend, und er bemühte sich, jeden »Laden« mindestens einmal in 30 Monaten unangemeldet zu überraschen.

Und Frau Bach blieb zu Hause. Sie reiste gar nicht gern, ließ sich lieber von Gitta im Detail erzählen, wie es gewesen war, und beneidete die Sekretärin ihres Mannes. Das waren die großen Augenblicke in Gittas Leben: wenn Frau Bach sie zu sich einlud, an ihren Lippen hing, bestimmte Ereignisse immer wieder berichtet haben wollte und ungeduldig wurde, wenn sie Höhepunkte nicht Satz für Satz und Wort für Wort wiederholte. »Was hat er da geantwortet? Hat er wieder so amüsiert ausgesehen? Wie macht er das bloß, daß er die vielen Einzelheiten behält?« Und Gitta erzählte und erzählte und genoß die Bewunderung und die Seufzer der Gattin. »Sie haben's gut, Gitta! Sie dürfen mit ihm zusammensein!«

Leider war sie nicht mit in Peking gewesen, aber der Tag nach so einer Reise war auch schon erhebend, denn ER war verschwunden, und alle, alle hingen an ihr und löcherten sie mit Fragen – der schönste Augenblick des Tages aber kam erst jetzt.

Gitta steckte sich eine Zigarette an, kippte ihren Schreibtischsessel zurück und drückte die Wähltaste der internen Verbindung. Die vier Zahlen waren kaum abgeschnurrt, da meldete sich Dede Bach schon.

»Endlich! ... Seit Stunden warte ich auf Ihren Anruf, Gitta!«

»Die Hölle ist los, liebe Frau Bach, das ist seit heute morgen die erste Minute, in der ich allein bin!«

»Ich kann's mir denken! Wie geht es ihm? Wo ist er? In Bonn?«

Gitta berichtete und verlor kein Wort über den seltsamen »Schlaganfall«, das hätte ihr BB nicht verziehen. »Feringer sagte was von einer Fernsehaufzeichnung um fünf, und dann wird er sicher noch Herrn Pistor sehen wollen ...«

»Wer ist das wieder?«

Gitta erklärte es umständlich, sie wußte selbst nicht genau, warum der Drahtdirektor aus dem Saarland plötzlich aktuell war, aber das gab sie nicht zu, ließ vielmehr ahnen, daß sie nicht alles sagen dürfe, auch der Ehefrau nicht, wodurch sie ihr Nichtwissen noch mit Überlegenheit garnierte.

»Hoffentlich geht nicht mal was schief, Gitta! ... Wann er nach Hause kommt, wissen Sie wohl noch nicht?«

Die alte Frage, und Gitta gab die alte Antwort. »Ist überhaupt noch nicht abzusehen!« Sie seufzte mitleidig.

Auch Dede Bach seufzte.

Doch der Unterschied von Himmel und Erde lag zwischen ihren Seufzern. »Ich werde mich bemühen, ihn so bald wie möglich heimzuschicken!« versprach Gitta. Und auch das war eine alte Lüge, die ihr nur schwer über die Lippen kam, denn eigentlich liebte sie auch seine Frau; sie war der einzige Mensch, mit dem sie reden konnte über ihn.

»Solveig ist bei mir«, sagte Frau Bach. »Vielleicht ist meinem Schwiegersohn etwas zugestoßen, er ist immer noch verschwunden ...«

»Ich bin sicher, daß Feringer es ihm gesagt hat, aber – was kann Ihr Mann tun?«

»Nichts.« Dede Bach klang entmutigt. »Es ist nur ... Es kann sein, daß Solveig ein Kind erwartet ...«

»Nein!« Und den Rest der Minute sprachen sie über die Aspekte, die ein Kind eröffnen würde. Gitta war in die Scheidungsabsichten eingeweiht und unterstützte sie, weil sie noch nicht wußte, daß BB dagegen war. »Das arme Kind! ... Was können wir denn da machen? ... Soll ich vielleicht mit meinem Arzt sprechen?«

Dann blinkten zwei Lämpchen auf der Sammelanlage gleichzeitig auf, eins intern, das andere auf der Seite der externen Anrufe, und aus dem Nachrichtenraum hinter Feringers Büro kam Pedro, ein spanischer Student, und brachte ein Fernschreiben aus Hannover.

»Bleiben Sie mal dran, hier sind zwei Gespräche«, sagte Gitta und schaltete sich in die anderen Leitungen ein. Der Assistent von Aschenbach, von der Verbindungsstelle der Stabsabteilungen, wollte wissen, ob Herr Dr. Rhode bei Herrn Bach sei, er wäre einfach aus einer Sitzung weggerannt, und als Gitta die andere Taste drückte, meldete sich das Büro des Hamburger Wirtschaftssenators. »Grüß Sie, liebe Frau Wagenseil! Ich verbinde mit dem Senator – verbinden Sie auch, bitte?«

»Momentchen!« rief Gitta. »Herr Bach ist gar nicht da, bleiben Sie mal dran, Frau Kollegin!«

Sie schaltete sich zurück zu Dede Bach und fragte: »Haben Sie noch'n Augenblick Zeit? Ich muß hier nur jemand abwimmeln, bin sofort zurück!«

Und sagte der Hamburgerin: »Wenn's um die Werft geht, muß ich Sie mit Herrn Doktor Müller-Gräwen verbinden ...«

»Der Senator wollte mit Herrn Bach persönlich sprechen, wo ist er denn?«

»In Bonn, und heute den ersten Tag wieder da. Er hat auch keine Ahnung, Kollegin, glauben Sie mir. Doktor Müller-Gräwen sitzt mit den Herren von der Werft zusammen und ist autorisiert ...«

Das stimmte zwar nicht, aber manchmal hingen gewaltige Entscheidungen an der Sturheit von Sekretärinnen, besonders in Ämtern, und schließlich gab die Hanseatin nach.

Wieder drückte Gitta zuerst die Taste von Frau Bach: »Moment noch, das ist der Hamburger Wirtschaftssenator!«

»Mein Gott, was will denn der?« rief Dede Bach, doch Gitta sprach bereits mit dem Konferenzraum des Finanzressorts. »Wagenseil – da ist der Hamburger Wirtschaftssenator, Herr Doktor, ich habe gesagt, Sie sind ermächtigt, Sie werden ja Herrn Bach nachher noch sehen – bleiben Sie dran!«

Taste, und: »Ich habe ihn in der Leitung – verbinden Sie?«

»Danke, ich verbinde.«

Und dann horchten beide Chefsekretärinnen, wann die andere drückte, es war das alte Spielchen. Heute verband Gitta mal als erste, Müller-Gräwen war ja nicht so wichtig.

»Da bin ich wieder, soll *ich* vielleicht mit Solveig mal reden?« Benjamin Bach und Großvater – ein unvorstellbarer Gedanke!

Während Dede Bach erzählte, las Gitta das Fernschreiben, das Pedro gebracht hatte, und stöhnte unwillkürlich.

»Was ist?« fragte Frau Bach gleich. »Ist was passiert?« Das war das Aufregende an Gesprächen mit der Wagenseil, bei ihr geschah ständig etwas.

»Ach, in unserem Hannover-Werk soll morgen gestreikt werden, nichts Besonderes, erzählen Sie weiter – wenn ihm nun etwas zugestoßen ist, sagten Sie ...«

»Wenn Lambert ... Ich meine, er kann ja einen Unfall gehabt haben, mein Mann hat mir heute morgen erzählt, er wäre nachts noch bei ihm gewesen, und ganz betrunken, und dann mit dem Wagen losgefahren – man muß doch heutzutage mit dem Schlimmsten rechnen – dann hätte sie doch wenigstens das Kind von ihm ... In Hannover soll gestreikt werden, sagen Sie?«

»Nicht wichtig, das betrifft Herrn Billstein mehr. Aber da haben Sie natürlich recht, Frau Bach, es geht ja hier wirklich nicht ums Geld, obwohl das Kind doch dann die ganzen Aktien von Ihrem Schwiegersohn erben würde ...«

Am Rande hatte Gitta mitbekommen, wie diese Ehe zustande gekommen war, und sie billigte den Standpunkt der sanften, aber realistischen Frau Bach ohne weiteres, die sich damals wohl kaum so stark für die Heiratsabsichten ihrer Tochter eingesetzt hätte, wenn Lambert Koch ein armer Schlucker gewesen wäre; Frauen dachten in solchen Dingen immer praktischer als Männer.

»Es muß sich ja in den nächsten Stunden herausstellen, was mit Herrn Koch los ist«, sagte Gitta beruhigend. »Sonst müssen wir eben die Polizei einschalten ...«

»Oh, das hat mein Mann überhaupt nicht gern, wenn das vielleicht noch in die Presse kommt!«

Leider ging schon wieder die Tür auf, der Etagenbote schleppte einen dicken Entwurf der vorgesehenen Pressekonferenz und den telefonbuchstarken Bericht des Rechnungshofs über die Bundesbahn von 1968 herein und behauptete, er sei von der HB – wie die Handelsbank kurz genannt wurde – an das Büro Bach geschickt worden, »leihweise«.

»Bestimmt nicht an Herrn Faber?«

Auf einer anderen Hausleitung fragte das Casino im Erdgeschoß nach, ob heute abend wieder ein kaltes Buffet benötigt werde, es gäbe auch rheinische Dampfwurst, wie Herr Bach sie möge.

»Ich muß Schluß machen, Frau Bach – im Ersten läuft übrigens wieder ein Film von der Monroe heute abend – grüßen Sie Solveig!« Wenn der Chef kam und fragte, was seine Frau mache, war er immer froh zu hören, sie sehe sich einen schönen Film im Fernsehen an.

Normalerweise arbeiteten sie in verschobenen Schichten – die Cajek fing um 8.30 Uhr an und ging um 17.00 Uhr nach Hause,

Gitta kam erst um 11.30 Uhr und blieb bis 20.00 Uhr, so stand es im Dienstplan – , aber dieser Tag war so wenig »normal« wie jeder andere Tag, an dem Benjamin Bach sich in Düsseldorf aufhielt.

Die Postmappe, zum Beispiel, bestand weniger aus unerledigten Briefen als aus Kopien bereits beantworteter, über deren Inhalt der Konzernchef jedoch unbedingt unterrichtet sein sollte, doch er kam nie zum Lesen, die Mappe wurde immer umfangreicher, und wenn Feringer nicht täglich die wichtigsten Sachen herausgefischt und unterwegs mit BB besprochen hätte, wäre sicher schon die eine oder andere Katastrophe eingetreten. Daß es in den 16 Jahren ihrer Zugehörigkeit zum Haus noch nie eine Panne größeren Ausmaßes gegeben hatte, war Gitta Wagenseil heute noch unbegreiflich – Benjamin Bach schien es für ganz natürlich zu halten. »Was wollt ihr«, rief der Optimist, wenn sie, wieder einmal, um ein Haar einem Unglück entronnen waren, »ich habe doch talentierte Mitarbeiter!«

Und Gitta Wagenseil schob nervös die roten Reiter über die Eilmeldungen und versuchte, sich allein, oder in Beratung mit anderen, ein Bild zu machen, eine Entscheidung vorzubereiten, ein nahes Verhängnis zu erahnen. Dieser Streik in Hannover, sollte sie nicht doch Billstein in der Bank anrufen? Schon hatte sie die Taste gedrückt, die sie direkt mit Frau Lemkrog im Vorzimmer Egerwalds verband, als sie es sich wieder überlegte und lieber nochmals Wraßmann drückte, einen der Vertreter Billsteins, dessen Name unter den Verteilern auf dem Fernschreiben stand.

»Herr Wraßmann ist schon gestern abend nach Hannover«, meldete die Sekretärin im 15. Stock, »und soviel ich weiß, hält er Herrn Billstein in der Bank auf dem laufenden ... Unter uns«, die Dame, die von Haslip heißen mußte, wenn das Verzeichnis stimmte, senkte ihre Stimme, »da stecken die Kommunisten dahinter, Frau Wagenseil! Da hätte Herr Billstein schon selber hinfahren müssen – aber wenn er *hier* zu tun hat ...«

Im Geist notierte Gitta: Wraßmann hat eine geschwätzige Sekretärin, die paßt nicht ins Personalressort. Aber es konnte auch sein, daß die Frau sich nur anbiedern wollte, so oft telefonierte Bachs Chefsekretärin nicht mit ihr.

Anstatt selber herumzurufen, schickte Gitta eines der jungen Mädchen aus dem kleinen Schreibpool nebenan durch die Etage, um fest zustellen, wer den Geschäftsbericht der Bundesbahn bestellt hatte.

Selbst im 21. Stock, der kleiner war als alle anderen Stockwerke des Hauses, betrug die Grundfläche noch 1200 Quadratmeter und reichte kaum, um die Chefzimmer mit ihren Baderäumen und Toiletten, die Sekretariate und eigenen Konferenzräume der fünf Direktoren aufzunehmen, und dazu kamen noch der große Schreibpool mit derzeit 28 Tippsen, das Nachrichtenzentrum mit acht Fernschreibern und der konzerneigenen Bildfunkanlage (die ganze Schriftsätze und technische Pläne in Minuten an die TALL-Niederlassungen auf der anderen Seite der Erde übermittelte), diverse Wartezimmer, allgemeine Toiletten, Feringers »Kabuff«, der kleine Schreibpool dazwischen, Gittas großes Sekretariat und Benjamin Bachs Riesenzimmer. Bis vor drei Jahren hatte Professor Rasser ebenso große Räume nebenan zur Verfügung gehabt, ohne Gebrauch davon zu machen, dann hatte BB sie aufgeteilt, Tassilo Billsteins Zimmer etwas größer als die der anderen Direktoren gestalten lassen und sich selbst in dem verbliebenen Raum ein komplettes Privatappartement geleistet, Schlafzimmer, großes Bad und Ankleidezimmer. Der Professor hatte sich, als er die Pracht sah, gleich zu einem Schläfchen hingelegt und bemerkt: »Jetzt darfst du dir keine Gewinnausschüttung unter zehn Prozent mehr leisten, Ben, sonst kriegst du Ärger mit den Besitzern!« Im Jahr darauf waren sie zum erstenmal in die roten Zahlen gerutscht.

Dr. Rhode kam hereingeplatzt, der kleine, agile, kahle junge Finanzanwalt, der für das Chinaprojekt zuständig sein sollte. »Was machen Sie, liebe Frau Wagenseil, wenn Sie auf Biegen und Brechen den Chef erreichen müssen?« Er warf sich mit Schwung in den Sessel der Cajek.

Gitta schaute nach der Uhr. »Fünf nach halb fünf – wenn's todernst wäre, könnte ich ihn bei Herrn Wang Shu noch erwischen ...«

»Kann er da reden? Ach was – rufen Sie einfach an, er braucht ja nur ja oder nein zu sagen!«

Gitta rührte sich nicht, ließ auch das neu aufblinkende Telefon liegen. »Hat es nicht noch zehn Minuten Zeit? Dann können Sie ihn über den Wagen erreichen ...«

Rhode sprang auf und schrie: »In Zürich sitzt ein Mann, der uns zwei Millionen schenken will, und wenn ich ihn nicht *sofort* zurückrufe, geht er nach Hause oder gibt sie einem anderen! Sind Sie verrückt?«

Gitta beherrschte sich, nahm den Hörer ab und löschte erst mal den blinkenden Anruf. »Wagenseil.«

Bevor Rhode sich noch steigern konnte, machte sie eine Kopfbewegung. »Nehmen Sie da ab!«

Rhode riß den Hörer auf dem Schreibtisch der Cajek an sich. »Was ist? ... Herr Aschenbach soll sich gedulden, ich bin gleich wieder da!«

Er hatte etwas Brutales an sich, dieser Rhode, und gehörte zur Führungsreserve, darum schlug Gitta ohne weitere Widerreden ihre Kladde unter »W« auf und wählte die chinesische Nachrichtenagentur in Bad Godesberg. »Pfeifen wir auf dem letzten Loch, oder was soll das bedeuten?« fragte sie Rhode zwischendurch.

Er antwortete nicht, marschierte hin und her und sah ihr verbissen zu.

»Guten Tag, hier ist die Tall-Hauptverwaltung in Düsseldorf ...« Sie deutete mit dem Daumen auf Bachs Zimmer.

Rhode stürzte hinein, ließ die Tür hinter sich halb offen.

Erstaunlich schnell war Benjamin Bach am Apparat.

»Doktor Rhode ist am Überschnappen, ich verbinde mal ...«

Dann hörte sie durch die offene Tür Rhodes Stimme. »Tut mir leid, die Störung, aber es eilt. Entweder steht der Dollar vor einer Ab- oder wir vor einer Aufwertung – unser gemeinsamer Freund in Zürich will uns ganz schnell zwei Millionen in die Hand drücken, zinslos, aber täglich kündbar, was sagen Sie?«

Gitta versuchte zu begreifen, schüttelte den Kopf.

»Fünf?« schrie Rhode. »Wieso? ... Capito, ich kann ihn fragen, aber im Prinzip ... ? Okay, ich eile!« Und er legte auf und kam an die Tür gerannt, ein kleines Notizbuch in der Hand. »Rufen Sie diese Nummer in Zürich an, der Commerzverein muß sich melden, verlangen Sie Herrn Rüchli!«

Diesmal schloß er die gepolsterte Tür hinter sich, als sie Herrn Rüchli in der Leitung hatte. Er sprach genau eine Minute, und als er wieder aus dem Zimmer kam, grinste er und entschuldigte sich. »Bei fünf Millionen verliere ich leicht die Fassung, liebe Frau Gitta ...«

»Fünf?«

»Zwei habe ich angeboten bekommen, aber Herr Bach meinte, wer zwei loswerden will, hat vielleicht auch fünf – recht hat er gehabt! Und außerdem erhöht's das Renommee ...«

»Renommee?«

Er griff sich eine Praline aus Gittas Versteck und erzählte kauend: »Tägliche Kündigungen von zwei Millionen können sich nur große

Firmen leisten, deswegen hat man's uns ja auch angeboten – wer fünf hergibt, vertraut zweieinhalbmal soviel. Aber das verdanken wir den Chinaschlagzeilen ...«

»Können Sie mir das nicht mal erklären, Herr Doktor? Man gibt doch nicht fünf Millionen ohne Zinsen her!«

Er griff schon nach der Türklinke. »Ich bin eilig – aber nehmen Sie mal an, die Devisenbörse hat geschlossen, die Bank eigentlich auch schon, und Sie hören, daß heute nacht der Dollar abgewertet wird – oder die D-Mark aufgewertet ...«

»Wird denn?«

»Was weiß ich, ich glaube nicht. Aber die Währungen huschen rauf und runter, und die Gerüchte geistern durch die Nacht. Vielleicht hat einer in Oslo ein gefährdetes Dollarguthaben in der Schweiz und einen Freund in Washington, der wieder einen im Schatzamt kennt und soeben vom Mittagessen weg zu einer Sondersitzung geholt worden ist ...«

»Das kann ich mir schon ausmalen«, sagte Gitta, »aber die fünf Millionen haben wir doch noch gar nicht! Wenn sie morgen überwiesen werden, kann doch schon wieder alles zu spät sein?«

»Liebste«, er wurde ungeduldig, »was Sie soeben erlebt haben, war unsere eigene kleine Devisenbörse, erzählen Sie's nicht weiter. Mein Wort und das von Herrn Rüchli sind soviel wert wie Bargeld. Herr Rüchli weist morgen in Dollar den Gegenwert von fünf Millionen D-Mark zum Kurs von heute nachmittag an, und ich stehe dafür grade, daß er in aufgewerteter D-Mark täglich zurückbekommen kann, was er am Telefon eben herausgerückt hat – das sind die Zinsen. Capito? Adios ...!«

»Das kann doch aber ein schlechtes Geschäft werden!« rief sie schnell.

»Wenn heute nacht auf- oder abgewertet wird, ja. Darum habe ich ja Bach fragen müssen. Aber er glaubt auch nicht dran. Da hat nur einer die Nerven verloren. Wenn wir Glück haben, schmücken wir mit dem Zaster drei Wochen unsere Auslagen und zahlen ein, zwei Prozente zum Schluß!«

Solche Transaktionen spielten sich sonst nur in Fabers Zimmer ab, darum war Gitta von der platten Konfrontation mit dieser waghalsigen Währungsspekulation eher schockiert. Wieso machte ER so was mit? Brauchte der Konzern *so* dringend Bargeld? Lächerliche fünf Millionen?

In diesem Haus lernte man nie aus, nicht in ihrer Position. Sie mußte sich überwinden, dem nächsten Lämpchen Aufmerksamkeit zu schenken, das vor ihr blinkte.

»Wagenseil.«

Josef Maria Diergard befand sich auf dem Weg nach Frankfurt. Im stehenden Verkehr der Münchner Innenstadt hatte er den Zehn-nach-drei-Zug verpaßt und, zwischen Horden von Gastarbeitern, entsetzlich lange auf Leonie warten müssen, die sich um eine neue Reservierung für den TEE, Abfahrt 16.32 Uhr, bemühte – überdies beanspruchte der Aufsichtsratsvorsitzende ein ganzes Abteil für sich allein. Unter anderen Umständen wäre ihm der Kragen geplatzt, er hätte Leonie rücksichtslos die Schuld an seiner Verspätung aufgehalst, wäre glatt wieder nach Aibling zurückgefahren. Aber heute war alles anders, er fühlte sich wie auf einer langen Dünung emporgehoben und vorangetragen, die Monate des Grübelns und Rechnens waren vergessen, es wehte ein frischer Wind um ihn, wie in den besten Tagen in Frankfurt. Knoblauchgeruch? Gedränge? Lärm? Er konnte nur lächeln darüber. Verpaßter Zug? Er hatte Zeit. Selten hatte er so viel Zeit gehabt wie heute, da alles schiefzugehen schien. Als Leonie abgehetzt gerannt kam und, fassungslos, berichtete, sie habe kein leeres Abteil mehr bekommen, ein anderer Mann säße bis Mannheim bei ihm, hatte er bloß ihre Hand getätschelt. »Kein Problem, mein Herz. Ich werde dem Herrn hundert Mark geben.« Sie hatte ihn auf den Mund geküßt, vor all diesen Gastarbeitern, die prompt applaudierten und »Papa!« hinter ihm herriefen, und hatte ihm seinen Koffer in den Zug gehoben, da natürlich auch kein Gepäckträger sich sehen ließ. Und nun saß er allein in der Fensterecke seines Abteils und fühlte sich wohl und angeregt wie seit langem nicht mehr. Die Rouleaus waren heruntergelassen, der Zettel »Reserviert!« hing an der Tür. Dieser Mitreisende hatte sich als Kunde der Nationalen entpuppt, ein Fabrikant aus Unterfranken, der Spezialpumpen herstellte, seine Geschäftskarte lag auf dem Fensterbrett. Der Mann war dankbar gewesen, daß er ihm einen bescheidenen Dienst erweisen konnte, rückwärts hatte er sich hinausbegeben und noch entschuldigt, daß er, ahnungslos, das ganze Abteil für sich hatte beanspruchen wollen.

Augsburg. Stuttgart. Er öffnete kaum die Augen, durchdachte mit

Genuß jedes Detail seines bevorstehenden Feldzuges. Er würde eine Schlacht schlagen, die sich sehen lassen konnte. Natürlich war ein Feldherr nie vor Mißinterpretationen untergeordneter Instanzen sicher, doch er glaubte, seine Kräfte diesmal so auf Fakten und Zahlen verteilt zu haben, daß menschliches Versagen keine entscheidende Rolle mehr spielen würde. Die politische Seite seiner Strategie achtete Diergard genauso gering wie Benjamin Bach. Im Gegensatz zu Geldinstituten waren demokratische Regierungen weitgehend von der öffentlichen Meinung abhängig, und die befand sich ständig in Bewegung, auch wenn sie, in Grenzen, beeinflußt werden konnte.

Als der TEE sich Bruchsal näherte, schaute Josef Maria Diergard auf die Uhr und dachte flüchtig, doch liebevoll, an seine blonde Lebensgefährtin. Sie mußte inzwischen wieder in Bad Aibling sein, hoffentlich war sie nicht zu schnell gefahren. Dieses Kind. Sie hatte noch ins Kino gehen wollen, doch er hatte sie bitten müssen, darauf zu verzichten, und sie war so vernünftig gewesen, sich zu fügen. Gute Leonie! Prachtvolle Leonie! ... Seine Frau war vor zwölf Jahren überraschend gestorben, seine beiden Söhne lebten in Holstein und in New York, waren aus der Art geschlagen, Landwirt der eine, der andere Wissenschaftler, beide hatten Frauen – der »Amerikaner« schon die zweite – und Kinder, die bald zur Universität gehen würden. Enkel und Söhne bedeuteten Diergard nicht mehr viel, sie waren zu selbständig schon und auch zu weit weg, und seine Schwiegertöchter fand er »unter aller Kritik«. Er war nie ein Paterfamilias gewesen, der die Seinen um sich versammelte, ihn hatte das wechselvolle Schicksal der Bank und ihre zunehmende Macht stets mehr interessiert als Privates, als Menschen und ihre kleinlichen Affären. Doch vor zwölf Jahren hatte er, schaudernd, das Alleinsein kennengelernt, sich nach der klagenden Stimme gesehnt, die ihn »Egoist« schimpfte, hatte kopfschüttelnd vor seiner Bildersammlung gestanden und sich gefragt, wofür er ein Gestüt unterhielt, das ihn nur Zeit und Geld kostete. Selbst der Gang an die Orgel war ihm schwergefallen, da er niemand mehr hatte, vor dem er fliehen mußte. Wahrscheinlich wäre er total vereinsamt, inzwischen, oder auch schon unter der Erde, wenn er nicht Leonie kennengelernt hätte, die so vollkommen seinen verborgenen Neigungen entsprach – sie möglicherweise erst geweckt hatte – und die ihr Leben nun seit acht Jahren schon mit ihm teilte. Ihr gleichmütig heiteres Wesen, ihr appetitlicher Anblick und ihr unverbildeter Charakter hatten aus Diergard einen neuen Menschen gemacht, er fühlte sich wie einem Jungbrunnen entstiegen, schöpferisch, tatkräftig, geistig und körperlich auf neuen Höhen – ein überwältigendes Erlebnis für einen Mann in seinem Alter, in das sich freilich die bittere Erkenntnis mischte, fünfunddreißig Jahre seines Lebens an der Seite der falschen Frau verbracht zu haben. Immer häufiger dachte er in den letzten Jahren daran, was er alles anders gemacht haben könnte, wenn er einer Frau wie Leonie schon als junger Mann begegnet wäre. Gewiß hätte er weniger gearbeitet und viel mehr »gelebt«, wäre vielleicht in die Industrie gegangen, mit festen Arbeitszeiten, oder in den Auswärtigen Dienst. Dem Bankier erging es wie so vielen Männern, die ihr Leben lang nur mit einer Frau zusammengewesen waren: die erstbeste Neue warf ihn völlig um. Er hielt Leonie für eine außergewöhnliche und schicksalhafte Entdeckung, für etwas ganz Einmaliges und Kostbares – und für ihn war sie das zweifellos.

Andere Männer hingegen – durchweg Herren mit ausgeprägten Karrierevorstellungen, die sich mit einer attraktiven Frau zu schmükken gedachten – hatten in Leonie jedesmal nur ein besonders naives Exemplar von Weiblichkeit erkannt, ansehnlich und mit hausfraulichem Geschick, aber so erschütternd infantil und oberflächlich, daß es keiner lange mit ihr aushielt. Ihre Ehe mit einem Rundfunkredakteur, zum Beispiel, war nach drei Jahren an purer Langeweile eingegangen – der Exehemann lebte heute mit einer ›Women's Liberation‹-Kämpferin, die ihn zum stellvertretenden Programmdirektor emporgejagt hatte und ihm auch sonst die Hölle heißzumachen verstand.

Diergard wäre unfähig gewesen, sich vorzustellen, daß Leonie um 19 Uhr an diesem Abend noch immer in München saß, mit Lambert Koch bei »Boettner«, und soeben daranging, ihn ebenso arglos wie massiv zu verraten. Acht Jahre lang hatte er nicht bemerkt, daß sie heimlich für Benjamin Bach schwärmte, jeden Zeitungsartikel über ihn las und jedes Foto in ein Album klebte, so wie sie als Teenager alles über Rudolf Prack und Dieter Borsche gesammelt hatte. Noch heute fuhr sie bis nach Wasserburg und Schliersee, sobald ein alter Film dort lief, und am Sonntagnachmittag verdunkelte sie die Wohnhalle und zerbiß, mit Tränen in den Augen, ein ganzes Taschentuch, wenn das Fernsehen noch einmal »Dr. Holl« zeigte. Ein Blinder hätte erkennen müssen, daß Leonie auf dem Niveau eines Teenagers stehengeblieben war, ein Verblendeter wie Diergard jedoch bezog selbst ihr widersprüchliches Interesse am »Handelsblatt« und an der »Wirtschaftswoche« noch auf sich. Am Anfang ihres Verhältnisses, als Leonie noch in München wohnte, hatte sie ihm einmal von ihrer Begegnung mit Benjamin Bach erzählt – von jenen Tagen in den frühen fünfziger Jahren, als sie Tonassistentin beim NWDR in Hamburg gewesen war, mit dem Redakteur nur befreundet, und ihn, zu manchen Reportagen, noch begleiten durfte. Benjamin Bach hatte damals den ersten Nachkriegs-Neubau der TALL-Werft vom Stapel gelassen, hatte Leonie bei der anschließenden Hafenrundfahrt in einer Barkasse voll Journalisten entdeckt und sie, auf seine lärmende Art, aus der Anonymität gerissen. »Hallihallo! ... Wem gehört denn diese strahlende Zuckerpuppe?« Ungeniert hatte er sie in die Arme genommen und abgeküßt, alle Fotografen hatten sich auf das Bild gestürzt, es war von sämtlichen Zeitungen abgedruckt worden, und selbst in der Wochenschau erschienen sie. Ihr Freund war so stolz auf sie gewesen, daß er sich, eine Woche später schon, mit ihr verlobte. Der TALL-Chef hatte gewaltig mit ihr herumgeschäkert damals und, unter allgemeinem Gelächter, ihrem Freund angeboten, sie ihm abzukaufen. »Die nehm' ich mit nach Düsseldorf! Was wollen Sie für dieses Prachtstück?« Sie hatten furchtbar viel Klare getrunken auf dieser Hafenrundfahrt, und Leonie war für den Rest ihres Lebens mit Stoff zum Träumen versorgt worden. Sie und dieser tolle Mann – Arm in Arm – überall abgebildet! Als sie Diergard davon erzählte, behauptete sie – und glaubte längst daran –, Benjamin Bach hätte ihrem späteren Ehemann einen Scheck über hunderttausend Mark für sie geboten. Diergard hatte nur dünn gelächelt und seinerseits das Scheckbuch gezückt. »Ich biete zweihunderttausend.« Aber sein Ärger war unverkennbar. »Dieser Bach wird es nicht mehr lange machen!« hatte er prophezeit. »Und bevor er fertig ist, kannst du ihn auf den Knien zu mir kriechen sehen!« Leonie war sehr erschrocken über diese Bemerkung, und instinktiv hatte sie den Namen Benjamin Bach nie wieder vor Diergard erwähnt. Ihre schüchternen Versuche, sich dem TALL-Chef noch einmal zu nähern, waren alle mißglückt. Auf ihre erste Ansichtskarte aus dem Hamburger Hafen hatte er noch mit einem fünf Zeilen langen persönlichen Brief auf Büttenpapier geantwortet, das wertvollste Stück in ihrer Sammlung. »Rufen Sie doch mal an, wenn Sie in Düsseldorf sind!« hieß der aufregendste Satz darin – bei der Hafenrundfahrt hatte er du zu ihr gesagt. Spätere Ansichtskarten, auf denen sie ihre Hochzeit und ihre Scheidung mitteilte und ständig neue Möglichkeiten eines Besuchs am Rhein signalisierte, waren entweder überhaupt nicht oder, sehr kühl, von einer Frau Wagenseil beantwortet worden. »Herr Bach befindet sich im Ausland«, hieß es immer, auch wenn die Zeitungen Bilder von ihm brachten, wie er gerade mit Lale Andersen auf dem Bundespresseball tanzte. Sie war felsenfest überzeugt davon, daß er lieber mit ihr getanzt hätte, und war mit einem jungen Herrn von der »Abendzeitung« intim geworden, um beim nächsten Mal in Bad Neuenahr dabeizusein, aber zum nächsten Bundespresseball erschien der TALL-Chef nicht. Mit den Jahren hatte sich Leonie auf ihr geheimes Leben mit seinen Fotos und Zeitungsartikeln beschränkt und die Ohren gespitzt, wenn gelegentliche Besucher vor Diergard den Namen Bach erwähnten – in herabsetzender Weise, natürlich. Stundenlang konnte sie auf dem Bett liegen und ihr immer üppiger werdendes Archiv betrachten, seine Bilder streicheln und die komplizierten wirtschaftlichen Sachverhalte bestaunen, mit denen sein Name verknüpft war. Auf die Rückseite eines Hinterglasbildes der Jungfrau Maria hatte sie die farbige Titelseite von »Capital« geklebt, die Benjamin Bach »schön wie Clark Gable« zeigte, wenn auch ohne Schnurrbart. Wenn sie ihre Zimmertür hinter sich verriegelte, drehte sie das Bild um, legte sich aufs Bett und versank in den Anblick seiner Rückseite. So hätte das mit dem Mann ihrer Träume ewig weitergehen können, wenn ihr nicht heute, aus heiterem Himmel, sein Schwiegersohn begegnet wäre . . . Seit diesem Augenblick war ihre funktionierende kleine Traumwelt vollkommen aus den Fugen, seit heute mittag benahm sie sich wie von Sinnen, handelte wie eine Fieberkranke.

Der Schwiegersohn hatte mühsam ein Stündchen in seinem engen Wagen auf einem Autobahnparkplatz geschlafen und war viel zu spät in diesem Konzertcafé am Hauptbahnhof erschienen, wo Leonie ihn für 15 Uhr hinbestellt hatte. Alle beide kamen sie zu spät, und daß sie sich dann doch, zufällig noch, unter Tausenden von Menschen wiedertrafen, kam ihm wie eine höhere Fügung vor, und ihr erst recht, denn sie war ihm ausgelassen in die Arme gefallen und hatte ihn geküßt wie mittags in diesem verdammten Hohlweg, wo er nicht ans Ziel gelangt war, obwohl er es – heavy petting! – mit beiden Händen greifen konnte. Ihre Zungenspitze hatte Lambert im Ohr gekitzelt, ihr praller Schenkel hatte sich zwischen seine Beine geschoben – oh, war die heiß, die Dame! Keuchend hatte er sie an sich gepreßt, da mitten auf der Treppe vor dem Telegrafenamt. »Ich f ... dich in Fetzen!« Sie quietschte, ob vor Begeisterung über diese Aussicht oder nur aus Lust an obszönen Worten, das kam nicht ganz heraus, jedenfalls hatte er sie an der Hand genommen und war in Richtung »Bayerischer Hof« mit ihr gerannt, ein breites, weiches Bett vor Augen. Es handelte sich jetzt nicht mehr, wie mittags noch, um einen billigen Triumph über seinen »muffigen Onkel«, nun hatte er tatsächlich Feuer gefangen, diese Leonie herumzukriegen wurde zu einer sportlichen Angelegenheit.

Doch sie kamen nie im Hotel an, die Frau machte ihn crazy! Schon vor dem Justizpalast hatte sie ihn atemlos gefragt, ob er inzwischen mit Benjamin Bach telefoniert hätte, und am Viktoriahaus mußte sie stehenbleiben und ihre heiße Stirn an das Schaufenster eines Kindermodengeschäftes lehnen, ihr war auf einmal schlecht, und als er sie weiterzog, hatte sie plötzlich Hunger und wollte erst noch zu Humplmayr, aber da bekamen sie nichts mehr. Halbe Ringkämpfe hatte er, auf offener Straße, mit ihr aufgeführt, die Leute blieben stehen; sie beteuerte fortwährend, sie sei nicht zu haben, aber dann lockte sie ihn wieder, strahlte ihn mit diesen unverschämt gesunden Zähnen an und ließ eine Zungenspitze sehen, die den Drang hatte, sich selbständig zu machen.

Und nun saßen sie, seit Stunden schon, in diesem kleinen Schlemmerlokal in der Theatinerstraße, an einem versteckten Tisch für zwei, hatten getrunken, gegessen und wieder getrunken, und Leonie kam, erhitzt und aufgelöst von seinen Knutschereien, immer von neuem auf seinen Schwiegervater zurück und wollte alles auch über seine Frau und die Tochter wissen. »Dede heißt sie? ... Betrügt er sie? ... Und Solveig? ... Bist du glücklich mit ihr?« Pervers, ihm solche Fragen zu stellen. »Na klar!« rief er zynisch und griff wieder nach ihren Händen, küßte ihre Fingerspitzen, streichelte die blonden Härchen auf ihrem Arm, aber wenn er sich auf die Sitzbank neben sie schwingen wollte, sprang sie gleich auf und drohte zu gehen. Doch sie ging nicht, sie ging schon seit Stunden nicht, sie lachte absolut irre und wurde zwischendurch auch wieder still und blaß, wenn er aus dem Hause Bach erzählte, sie wollte alles ganz genau wissen. »Gehst du oft fremd? ... Kommt sie dir nie auf die Schliche?« Erschöpft berichtete er schließlich, wie er BBs Schwiegersohn geworden war – eine ganz neue Geschichte seit heute nacht, und als er sie jetzt zum ersten Mal aus seinem eigenen Mund hörte – mit kleinen Korrekturen, versteht sich –, gefiel sie ihm nicht einmal schlecht. Der große Mann habe ihn bei einer privaten Gelegenheit zur Seite genommen, auf einer Party, natürlich, man treffe sich in ihren Kreisen ja ständig auf Parties, und habe ohne Umschweife verlangt, daß Lambert Koch sein Schwiegersohn werde. »Zack! ... Einfach so! ... ›Ich suche einen nicht ganz verblödeten Juniorchef aus einer mittleren Klitsche‹ ... Die Kleine haben wir gar nicht erst gefragt ...«

Leonie preßte die Hand aufs Herz, glaubte ohnmächtig werden zu müssen. Was sie da hörte, entsprach so völlig ihrer Erinnerung an Benjamin Bach – den Mann, der sich über alles hinwegsetzte! –, daß sie nicht länger an sich halten konnte und das Foto von damals hervorkramte, das beste, wo er sie so richtig auf den Mund küßte; sie hatte sich von allen Fotografen Vergrößerungen besorgt und besaß den kurzen Augenblick in zweihundert Versionen. »Hier! ... Da! ... Das bin ich mit ihm ...«

Das war wie ein Sprung ins kalte Wasser auf einmal. Lambert Koch brachte gerade noch ein »Verdammt!« heraus, und danach fiel ihm noch fünfmal dasselbe ein. Das Weib hatte ihn hereingelegt, sie kannte BB! Und offenbar seit tausend Jahren! Wie sah er denn da aus? Zum Schreien jung! ... Nur Leonie hatte sich kaum verändert, die Frisur vielleicht, war das die Möglichkeit? »Ich war zwanzig damals!« rief sie. »Bitte noch einen Cognac!« Und Lambert – er rechnete schnell nach – mußte zehn gewesen sein, unvorstellbar! Er hatte Mühe, sich von dem Foto loszureißen und ihrer Geschichte zu folgen, die wie eine Fontäne sprudelte. Leonie erzählte ihm alles und noch mehr, beschrieb – und übertrieb – ihr Erlebnis auf der Hafenbarkasse in unendlichen Details und strotzenden Farben; es dauerte einige Zeit, bis Lambert merkte, daß sich das Ganze im Kreise drehte. »Und dann? ... Heißt das, du hast ihn seit damals nicht mehr gesehen?« Sofort wurden ihre Augen naß, sie umschlang seinen Arm und drückte, seufzend, ihren blonden Kopf an seine Schulter. Und da merkte Lambert endlich, daß er Benjamin Bach vertrat ... Er war ziemlich besoffen, sie auch, aber er registrierte erstaunlich klar die verschiedenen Empfindungen. »Irgendwie« fand er es unheimlich erhebend, den Ersatzmann für Benjamin Bach zu spielen, und gleichzeitig kühlte ihn die Vorstellung maßlos ab, ein Studienkollege fiel ihm ein, der beim »Spiegel« gelandet war und ein erstaunliches Mädchen an Land gezogen hatte, das für Augstein schwärmte –

wußte man, wie viele Männer nur stellvertretend geliebt wurden? Als er an dem Punkt angelangt war, reizte ihn Leonie nicht mehr, ja, er fand sie auf einmal abstoßend, und grob fragte er sie, wie ihre Schwärmerei für Benjamin Bach sich mit Diergard vereinbaren lasse. »Wie kannst du dich mit einem Greis ins Bett legen!« Und da behauptete sie dann, mit der unschuldigsten Miene der Welt, noch nie mit dem Bankier »verkehrt« zu haben, ihm blieb der Mund offen vor soviel Chuzpe, er wurde wütend und rief nach der Rechnung. Woraufhin sie ihm, ebenso leichtherzig, das süße – oder eher schlüpfrige – Geheimnis Diergards verriet. »Er wäscht mich halt!« Er verstand nicht und schrie so laut »Wie bitte?«, daß sich die hastigen Voroper-Esser an den Nebentischen nach ihnen umdrehten. »Doch, er wäscht mich mit einem großen Stück Seife und einem Lappen und einem Schwamm von oben bis unten und trocknet mich dann ab ... Was ist denn schon dabei?« Und geziert setzte sie hinzu: »Wenn es ihm Spaß macht! ... Mir macht es nichts aus, er will ja sonst wirklich nichts, und ihm bereitet es doch soviel Freude ...« Und sie zählte auf, was sie, außer der Genugtuung über ihr gutes Werk, alles davon habe: das schöne Haus, ein sorgenfreies Leben, kaum Arbeit, ihr eigenes Auto – »und im Testament bin ich auch bedacht, ich brauche nie im Leben wieder etwas zu tun, so eine Stellung finde erst mal!« Eine saubere Sache, aber Lambert Koch war so weit entfernt von einem subtileren Verständnis menschlicher Schwächen, daß ihm bei dem Bild dieser üppigen Blondine, die sich von dem Alten waschen ließ, ganz übel wurde. Wenn sie ihm eine wüste Bettgeschichte erzählt hätte, wäre er kaum so schnell auf den Gedanken gekommen, seinen Wagen in München stehenzulassen und noch eine Abendmaschine nach Düsseldorf zu nehmen. Als er zahlte, fiel ihr sein Stimmungsumschwung endlich auf, und sie hing sich an seinen Arm und lockte wieder: »Vielleicht gehe ich doch noch mit dir ins Hotel ...« Er ließ sie merken, daß ihn das Angebot nicht mehr interessierte. »Ich glaube, ich mache, daß ich nach Hause komme. Morgen früh will BB mich gestiefelt und gespornt in seinem Büro sehen.« Die Vorstellung, daß er mit Benjamin Bach schon morgen über sie reden würde, erregte Leonie so, daß sie zur Toilette rennen mußte. Aufregung schlug Frauen sofort auf die Blase, das hatte Lambert schon in seiner frühesten Jugend mitbekommen. »Eloise, stell dir vor, was passiert ist!« – »Ich komme gleich, Albert!«

Endlich standen sie auf der Theatinerstraße, es war kurz vor halb acht, Lambert winkte einem Taxi, und als sie zum Hauptbahnhof zurückfuhren, wo sie ihre Wagen geparkt hatten, stellte er Leonie noch eine Frage; sie war ihm gar nicht wichtig, er wollte nur ein bißchen konversieren, wie man in seinen Kreisen gesagt hätte, das plötzliche Schweigen vor dem Abschied deprimierte ihn; also fragte er, was denn sein Onkel zu Benjamin Bachs großem Chinageschäft sage. Er hatte die Frage schon einmal gestellt, als er Leonie mittags aus dem Hohlweg zurückbrachte, doch da hatte sie nur gelacht und mit den Schultern gezuckt.

Jetzt sagte sie, etwas schnippisch und in Gedanken ganz woanders, denn sie fuhren gerade am »Bayerischen Hof« vorüber: »Ach, er will ihn wieder mal vernichten ...«

Lambert hatte einen double take, wie das in Hollywood heißt. Kopfschüttelnd wiederholte er: »Er will ihn ...« Und dann zerriß es ihn förmlich, es war, als schlage der Blitz in ihn ein, er fuhr hoch, daß sein Kopf gegen die Wagendecke stieß. »Er will ihn *vernichten* ...???«

Leonie wunderte sich nicht schlecht über seine gewaltige Reaktion. »Aber ja, weißt du denn das nicht? Er will ihn doch schon immer – wie sagt er bloß? – ja: fertigmachen, sagt er, vernichten ...« Das brachte sie in einem Ton heraus, als handele es sich um Unkrautzupfen, und sie kicherte dazu.

Der Taxifahrer war sensibler als Leonie. Er fuhr langsamer und drehte sich um. »Fehlt Eahna wos?«

Lambert war vor Schreck wie gelähmt. »Und das sagst du einfach so dahin?? ... Warum hast du das nicht früher gesagt??? – Fahren Sie weiter!« schrie er den Taxifahrer an.

Auf dem Weg zum Hauptbahnhof erzählte sie ihm dann den Rest, erzählte alles, was sie wußte. Auch von dem Anruf bei Professor Rasser, nachdem er das Haus verlassen hatte. Es war ungeheuerlich. Und Lambert Koch verspürte, wie so einige Männer vor ihm, den unwiderstehlichen Drang, diese strahlende, sinnlos lachende blonde Puppe windelweich zu prügeln. Erst jetzt fiel ihm der kindliche Tonfall dieser Achtunddreißigjährigen auf, aber jetzt war es zu spät.

Er mußte sofort mit Benjamin Bach telefonieren, er mußte ihn warnen, auch wenn er sich selbst dabei verriet, der Professor hatte ihn bestimmt längst erreicht ...

»Mach's gut!« rief er vor dem Bahnhof und rannte einfach weg. Leonie sah ihm erstaunt nach.

Unterdessen gab sich Josef Maria Diergard den apartesten Zahlenträumen hin und merkte erst, daß der Zug schon wieder fuhr, als es an seine Abteiltür klopfte und Dr. Gustav Werner hereintrat, sein VV, der Vorstandsvorsitzende der Nationalen Commerzbank.

Überrascht schaute er ihn an.

»Ich komme aus Stuttgart und hörte unterwegs erst, daß Sie im Zug sind«, sagte Werner. »Wie geht es Ihnen? Guten Abend. Sie waren lange nicht mehr in Frankfurt, Herr Diergard.« Er war ein großer, sehr beherrscht wirkender Mann von Ende Fünfzig, mit förmlichem Gehabe, dünnem weißem Haar und einem kleinen Schmiß auf der linken Wange.

Der Aufsichtsratsvorsitzende blieb sitzen, streckte Werner nur die Hand entgegen. »Sie sind im Zug? Warum kommen Sie jetzt erst?«

»Ich war im vorherigen Zug – nicht in diesem. Bin in Bruchsal ausgestiegen und habe mir erlaubt, ein Stündchen auf Sie zu warten, war nicht weiter schlimm.« Er verstaute Hut, Mantel und Aktenkoffer.

»Eine Stunde und zweiundzwanzig Minuten!« rief Diergard. »Sie gehen recht großzügig mit Ihrer Zeit um, mein Lieber! Wir hätten uns doch ohnehin morgen früh gesehen! Setzen Sie sich, nehmen Sie Platz ...«

Werner war ein Mann, der sich, in der Tat, Zeit ließ und allerlei Überflüssiges zelebrierte, bevor er zu einem Thema kam, das ihm nicht behagte. Er schlug erst das eine, dann das andere Bein übereinander, entschied sich dann doch für das erste, knöpfte seinen Rock zu, zupfte an seinen Manschetten, tastete nach der Krawatte, legte den Kopf schief, hüstelte – und dann sagte er, allerdings sehr bestimmt: »Ich habe einiges von Ihnen gehört, Herr Diergard, was mich zutiefst beunruhigt!«

»So?« Diergard war schon darauf gefaßt. »Und das wäre?«

»Zum Beispiel, daß Sie heute abend noch ins Büro kommen wollen. Und daß Sie Unterlagen über die letzten AKA-Sitzungen angefordert haben. Und daß der Konjunkturstab von Herrn Doktor Fleissner seit heute nachmittag eine spezielle Ausfuhrstatistik für Sie zusammenstellt, Herr Diergard, und sich auf Überstunden vorbereitet ...«

»Ach, wissen Sie ...«, versuchte Diergard zu begütigen, doch wenn er harmlos aussehen wollte, bekam er eher etwas Verschlagenes.

»Und daß Sie die Akten unserer Geschäftsfreunde haben wollen – *aller* unserer Geschäftsfreunde, die nach China exportieren. Zu Ihrer Information, Herr Diergard: Ich habe das rückgängig gemacht. Leider ist es mir erst heute nachmittag in Stuttgart zu Ohren gekommen.«

Diergard hob beide Hände. »Lieber Freund, es sollte mir leid tun, wenn ich Ihre Kompetenzen berührt habe – ich werde alt und schusselig, wissen Sie ...«

»Sie«, sagte Werner, »sind weit davon entfernt, alt und schusselig zu werden, Herr Diergard. Und was meine Kompetenzen anbelangt – darüber wissen Sie, vorläufig noch, besser Bescheid als ich, denn niemand war länger Vorsitzender des Vorstandes als Sie!«

Diergard reagierte mit Befremden: »Sie sind so aggressiv heute, Herr Werner! So kenne ich Sie gar nicht!«

»Ich habe immer gewußt«, fuhr Werner fort, »daß dies kein Honiglecken werden würde, als Sie die außerordentliche Güte hatten, mich dem Vorstand als Ihren Nachfolger zu empfehlen, Herr Diergard. Ich wußte auch, daß Sie sich, als Vorsitzender des Aufsichtsrates, nicht darauf beschränken würden, in Bad Aibling die Orgel zu spielen. Wie mir auch klargewesen ist, daß die Bemerkung in Ihrer Festrede vom Rückzug aufs Altenteil – Sie erinnern sich – als ein Scherz, und nichts anderes, aufzufassen war.«

Josef Maria Diergard lächelte flüchtig.

»Aber«, hob Werner an und rückte ganz vor auf die Kante des 1.-Klasse-Sitzes, »daß Sie nur knapp zehn Monate gebraucht haben, bis das ganze Haus Ihren Namen wieder flüstert und Dutzende der besten Leute in der Zentrale und in den Filialen damit beschäftigt sind, äußerst heikle Erhebungen für Sie anzustellen – *das,* Herr Diergard, beunruhigt mich nun wirklich! Um keinen schärferen Ausdruck zu gebrauchen.«

Zögernd fragte Diergard: »Was meinen Sie, Herr Werner?«

»In Ihrem Zimmer steht eine zwei Meter hohe Papiersäule – Unterlagen über die Kapitalverflechtungen von *mehr als achtzig deutschen Banken,* und ich frage mich ...«

»Sie spionieren mir nach!«

»Sie meinen«, sagte Werner ruhig, »ich weiß, was in der Nationalen Commerzbank vorgeht? Das habe ich neunzehnhundertzweiunddreißig schon in Dresden gelernt, wo ich angefangen habe – unter einem Filialleiter Diergard, übrigens.«

Der alte Mann lächelte übertrieben und klopfte seinem Gegenüber aufs Knie. »Möchten Sie vielleicht einen Sherry mit mir trinken? Wir könnten in den Speisewagen gehen ...«

»Danke, nein. Ich möchte nur wissen, was Sie vorhaben, Herr Aufsichtsratsvorsitzender. Wollen Sie eine Bank für uns dazukaufen – oder gleich mehrere? Dann darf ich Sie darauf aufmerksam machen, daß die Geschäftsführung in meinen Bereich fällt und Sie nur nachträglich Ihren Segen dazu geben – oder verweigern dürfen. Natürlich würde *ich,* wenn ich eine solche Absicht verfolgen würde, *vorher* mit Ihnen sprechen ...«

Diergard seufzte und sank in seinen Sitz zurück, schaute an seinem Vorstandsvorsitzenden vorbei aus dem Abteilfenster. Draußen flogen Stationsschilder mit dem Namen Sinsheim vorüber. Dann kam wieder die dämmerige Landschaft, und Diergard schielte nach Werner, schien sich aber noch nicht schlüssig zu sein und zog es vor, wieder aus dem Fenster zu sehen. Schließlich seufzte er noch einmal, gab sich einen kleinen Ruck und beugte sich vor. »Ich wollte Sie aus dieser Sache noch heraushalten, Werner – aber seit heute früh überschlagen sich, gewissermaßen, die Ereignisse, äh ...«

Er holte umständlich ein kleines, dünnes Notizbuch aus seiner Brusttasche, tauschte seine Brille gegen eine Lesebrille, blätterte in dem Büchlein hin und her und sah Werner über den Brillenrand hinweg an. »Diese achtzig Banken haben mir nur bestätigt, was ich ohnehin wußte, sie sind gar nicht so wichtig.« Seine Stimme klang äußerst konspirativ. »Es sind Häuser, bei denen Teha Tall – oder nennen wir den wahren Schuldigen beim Namen –, bei denen Benjamin Bach, der Generaldirektor des Konzerns, in der Kreide zu stehen scheint ...«

Der Vorstandsvorsitzende starrte seinen Aufsichtsrat verblüfft an. »*Was* sagen Sie da? Wie kommen Sie denn auf ... Wie können Sie denn wissen, mit welchen Banken er verkehrt?«

Diergard blinzelte verständnislos den Jüngeren an. »Aber Herr Werner! ... *Das* ist doch nicht so schwer herauszufinden! .. Sie können doch in Zahlen lesen! Sie sind doch Fachmann!«

Langsam begriff Werner. »Der Rückkoppelungseffekt. Darum die Kapitalberichte der Banken. Das Aufsichtsamt. Die Statistiken ...«

»Sehr richtig.«

»Warum aber das Ganze?« Werner sah noch genauso ratlos aus wie vorher. »Teha Tall ist doch kein Kunde von uns! ... Was bezwecken Sie mit Ihren Recherchen, Herr Diergard?«

Mit einem hintergründigen Lächeln fragte Diergard zurück: »Kein Kunde? ... Wer sagt, daß das ewig so bleiben wird? Dieser Herr Bach ist vor zwei Wochen nach Peking gefahren – haben Sie die Tagesschau gestern abend nicht gesehen ? Lesen Sie keine Zeitungen? ... Er braucht Geld, auf die Hand dreihundert Millionen, wenn Sie mich fragen, und später noch mehr! Das größte Exportgeschäft der letzten Jahre – und er wird sein Geld von Wallassé und Egerwald nicht bekommen!«

Werner kam immer noch nicht ganz mit. »Sie wollen mit Benjamin Bach ins Geschäft! Ja, hat er sich denn gemeldet? Ich kann mir das, beim besten Willen, nicht vorstellen, so wie er sich bisher benommen hat ...«

»Ich«, sagte Diergard trocken, »habe ihn angerufen, und ich weiß, daß er gar nicht anders kann, als sich mit uns zu treffen – und zwar recht bald schon!«

Werner schüttelte den Kopf. »Das ist doch ... Sie haben ihn angerufen? Deswegen also der ganze Auftrieb, deswegen wollen Sie noch heute abend ... Aber wie können Sie so sicher sein, daß er gerade zu uns ... *Was hat er denn gesagt* ...?«

»Ich nehme an«, wich Josef Maria Diergard aus, »daß wir morgen vormittag schon von ihm hören werden. Wahrscheinlich wird er Faber vorschicken und ...«

»Ah!« Der Name elektrisierte Werner. »Sie haben mit Faber gesprochen! Jetzt wird mir so verschiedenes klar ...«

Der Aufsichtsratsvorsitzende hob die Schwurhand. »Mein Ehrenwort, Werner! Ich habe Faber seit der Beerdigung von Pferdmenges nicht mehr gesprochen, und das ist ein paar Jahre her. So gut sollten Sie mich kennen, um zu wissen, daß ich für solche Sachen prinzipiell nicht zu haben bin.« Er sah gekränkt aus.

Werner entschuldigte sich, es sei ihm so einleuchtend vorgekommen. »Was mir nicht in den Kopf will, ist, daß Benjamin Bach auf einmal seinen Haß begraben haben soll – außerdem wird die Handelsbank ihrem ältesten und größten Kunden doch nicht gestatten, mit der direkten Konkurrenz ins Geschäft zu kommen! Sie wissen, wie oft wir versucht haben, das eine oder andere Geschäft zu Fall zu bringen, aber Egerwald hat immer ...«

»Natürlich«, sagte Diergard ruhig, »werden Egerwald und seine Herren vollkommen den Verstand verlieren, wenn sie von uns hören

– aber sie können das Chinageschäft mit Bach nicht allein machen, ich habe es mir ausgerechnet.«

Diergard öffnete eine bescheidene schwarze Mappe und holte ein paar Blätter hervor, die in seiner kleinen, krakeligen Schrift bis an die Ränder mit Zahlen, Namen und Daten vollgeschrieben waren. »Hier«, er reichte seinem Vorstandsvorsitzenden das erste Papier. »Ich habe mir, zum Spaß nur mal, festzustellen erlaubt, wieviel Fremdkapital dieser Bach seit dem Tod Theodor Talls aufgenommen haben muß – Sie wissen, daß ich in den fünfziger Jahren schon einen Herrn aus dem Vorstand gebeten hatte, die Aktivitäten des Konzerns laufend zu observieren ...«

»Faber«, erinnerte sich Werner. »Und Bach hat ihn denn ja auch schleunigst zu sich herübergeholt.«

Diergard machte eine abwertende Handbewegung. »Faber war eine Abenteurernatur, das habe ich immer geahnt. Es fragt sich, ob er bei Herrn Bach nicht etwas zuviel von jener Befriedigung gefunden hat, nach der ihm der Sinn stand.«

Werner stieß einen leisen Pfiff aus und blickte von dem Papier in seiner Hand hoch. »Entschuldigung, aber – *zwölf Milliarden?* Halten Sie das für möglich? Bitte, ich möchte Ihrem genialen Kombinationstalent nicht zu nahe treten, Herr Diergard, aber – zwölf Milliarden, das sind, immerhin, auch in zwanzig Jahren noch sechshundert Millionen pro anno – und das scheint mir doch etwas zu hoch gegriffen!«

Diergard nahm ihm das Papier wieder ab, Werner gab es nur zögernd her.

»Natürlich hat er sich das Geld nicht allein von der Handelsbank besorgt ...«

»Die achtzig Banken!«

Aber Diergard winkte ab. »Das sind nur diejenigen, für die sich ein hinreichender Verdacht ergibt, daß sie mit drinstecken könnten.«

»Bestimmt«, fiel Werner ein, »hat er sich auch noch bei den Versicherungen bedient!«

»Selbstverständlich. Und darüber hinaus dürfen Sie annehmen, daß Herr Bach, bei seiner bekannten Skrupellosigkeit, den Vorteil der Personengesellschaft bis zur Neige ausgekostet hat, und das heißt: Erst wenn Sie die Häuser noch hinzurechnen, an denen wir selbst beteiligt sind – und von denen wir es einfach *wissen* –, kommen Sie auf ein ungefähr richtiges Bild!«

Werner dachte schon nach, das Thema erwärmte ihn zusehends. »Wir hatten doch da mal einen vertraulichen Bericht über die Banken, die ...«

»Sechsundsiebzig waren's«, half Diergard nach.

Werner scheute vor dieser Zahl zurück. »Das wären ja dann mehr als hundert ... fünfzig! Das ist doch *unmöglich!*«

Josef Maria Diergard nickte lächelnd und verschloß seine Papiere wieder in der Mappe.

»Hundertsechsundfünfzig, genau. Und wissen Sie, was? Ich lege, in diesem besonderen Falle, noch zehn, nein, zwanzig, ach – ich lege unbesehen noch dreißig Prozent zu. Ich gehe auf zweihundert Banken, mit denen er es treibt! ... Und jetzt kommen Sie, Herr Werner!«

Der Vorstandsvorsitzende hatte heftig den Kopf geschüttelt, sprang jetzt erregt auf und schritt zur Abteiltür, kehrte wieder um, rief: »Also, hören Sie, Herr Diergard, das ist doch vollkommen phantastisch! ... Das würde ja bedeuten ... Nein. Nein, das traue ich selbst diesem Bach – bei allem, was man von ihm weiß – nicht zu! Das würde ja bedeuten, daß ... daß ...« Er rang nach Worten.

Diergard wies auf den Platz gegenüber. »Setzen Sie sich.«

»Aber die Bundesbank! Und das Aufsichtsamt! Die Herren vom Bundesamt für das Kreditwesen müssen doch kopfstehen!«

»Ach«, machte Diergard verächtlich, »wer liest das Zeug schon, was die verschicken! An die blauen Briefe aus Berlin haben sich die Bankiers doch gewöhnt wie an den Wetterbericht! Und wenn mal einer nervös wird und Egerwald und Lodtwitz anruft – na, was würden *Sie* dem erzählen?«

Werner setzte sich. Er mußte Diergard recht geben.

»Sie lassen Ihren bankmännischen Gefühlen zu sehr Lauf, Herr Werner. Damit kommen Sie jedoch nicht weiter, denn was Herr Bach tut, ist alles ganz legal. Das Gesetz steht ihm mindestens noch bis Ende neunzehnhunderteinundsiebzig zur Seite, und solange er seine Zinsen bezahlt, ist er niemandem Rechenschaft schuldig ...«

»Er muß sich totzahlen!« stellte Werner ärgerlich fest. »Bedenken Sie bloß den Diskontsatz!«

Diegard meinte behaglich: »Da haben Sie recht, es werden so an die zwei-, dreihundert Millionen jährlich sein.«

Werner legte die Hand vor die Augen und stöhnte: »Allmächtiger!«

»Ein rundes Sümmchen ... tschä. Uns gegönnt. Nun verstehen Sie allmählich, wie mir zumute ist, wenn ich an Herrn Benjamin Bach denke ...«

Werner sah ihn an und flüsterte: »Um das herauszuholen, müssen unsere sämtlichen Filialen ...«

»Ich weiß, das ist Musik in den Ohren eines Bankiers«, sagte Diergard. »Das ist wie der Engelschor in ›Palestrina‹ unter Toscanini – aber den haben Sie nicht mehr gekannt, Herr Werner.«

Der Vorstandsvorsitzende verstand, obwohl er seine Orgasmen weniger musikalisch empfand. Hilflos fragte er: »Was bezweckt dieser Bach damit? Will er Teha Tall zugrunde richten?«

»Im Gegenteil«, versicherte Josef Maria Diergard aufgeräumt, »ganz im Gegenteil! Dieser Mensch weiß, anscheinend, wie kein anderer, daß der deutschen Industrie im Gefüge der europäischen Wirtschaft natürliche Grenzen gesetzt sind – deshalb reißt er die Welt ein, um seinem Konzern neue überseeische Märkte auf lange Zeit hinaus zu sichern –, und schert sich den Deubel darum, daß seine Banken aus dem Zittern gar nicht mehr herauskommen. *Er* will der Größte sein, wenn der Kuchen einmal verteilt ist, und – soll ich Ihnen etwas verraten? – er wird auch der *einzige* sein, der dann seine Schulden bezahlen kann!« Und verschlagen setzte Diergard hinzu: »Wenn er durchkommt mit seiner Methode.«

Werner verstand den komplexen Hintergrund dieser banalen Worte. Die ganze Entwicklung lief, international gesehen, auf eine endgültige Verteilung des Weltmarktes hinaus, auf neue Kolonien, industrielle Eroberungen diesmal. Die imperialistischen Supermächte von morgen waren multinationale Industriekonzerne wie Unilever oder supranationale wie United Fruit, gegen die sich deutsche Riesen wie Siemens ernüchternd halberwachsen ausnahmen. Wenn ein Kerl wie Bach es fertigbrachte, sich ein Reservat in China zu sichern, bevor der Krieg in Vietnam zu Ende war und amerikanischen Stahlgiganten wie Bethlehem oder United Steel nachzurücken erlaubte, verdiente er jede nationale Unterstützung. Und der Vorstandsvorsitzende rief: »Die Regierung! ... Die Regierung wird ihm das Chinageschäft natürlich verbürgen!«

Diergard hatte schon wieder Anlaß zu lächeln. »Soviel ich weiß, hat das Kabinett im April erst darüber gesprochen, Exporte nach Rotchina nicht zu forcieren ...«

Werner wischte diese Bedenken schnell beiseite. »Aber, Herr Diergard! *Das* wissen Sie doch nun besser als jeder andere – *diesem* Erfolg, den Bach da nach Hause gebracht hat, hält doch so ein Aprilscherz nicht stand! Man wird das überprüfen und den nationalen Stolz goutieren, das wäre doch nicht das erste Mal! Ich sehe Benjamin Bach doch schon vor mir, wie er die Genossen vom DGB, mit denen er so gut kann, in den Breidenbacher Hof bittet und ihnen bei Pfirsich Melba und flambierten Kirschen was von drohenden Massenentlassungen zuraunt – hunderttausend Arbeitsplätze in Gefahr! Glauben Sie, irgendeine Regierung hat die Nerven, das durchzustehen, was der Wüterich aufzufahren imstande ist? Ich wette mit Ihnen, daß er heute mittag schon in Bonn aufgekreuzt ist und mit Barzel oder Katzer oder direkt mit Schiller gegessen hat!«

Diergard hatte ihm lächelnd, und manchmal auch nickend, zugehört und öffnete nun seine Mappe wieder, um ein kleines japanisches Transistorgerät hervorzuholen. »Zufällig habe ich vorhin die 18-Uhr-Nachrichten gehört, und da war die Rede von einer Kleinen Anfrage der CDU heute – wenn ich recht verstanden habe, will der Abgeordnete Wildfogel von der Bundesregierung wissen, ob sie unseren amerikanischen Verbündeten in den Rücken fällt und sich mit Rotchina einläßt.«

Werner starrte seinen Aufsichtsratsvorsitzenden hellwach an. »Wildfogel! .. *Unser* Wildfogel! ... Und *zufällig* einen Tag, nachdem Bach aus Peking zurück ist?«

Diergard nickte und beschäftigte sich mit dem kleinen Radio. »So spielt das Leben manchmal ... ein lächerlicher Zufall, der es dem Herrn Bach sehr schwer machen wird, den Wirtschaftsminister in seinem gewohnten Tempo für sich zu gewinnen.«

Werner suchte den Blick Diergards. »Sie meinen, wenn ihn die Regierung zappeln läßt ...«

Diergard entlockte dem Apparat quietschende Töne. »Es braucht sich nur ein paar Wochen hinzuziehen, und die Schwierigkeiten wachsen ihm über den Kopf – mal sehen, ob wir Frankfurt kriegen, die müßten jetzt mit ihrer Berichterstattung aus Bonn dran sein.«

»Aber der Handelsbank bleibt doch gar nichts anderes übrig, als mitzumachen! Sie können doch einen Konzern wie Tall nicht hängen lassen!«

Diergard schaltete das Radiogerät ab und sah Werner groß an. »Was würden Sie denn tun, Herr Werner, wenn Sie an Egerwalds Stelle wären? ... Im Ernst! Stellen Sie sich das mal für einen Augenblick vor! Der großmächtige Herr Bach steht vor Ihnen und sagt: Ich bin am Ende, Herr Werner, wenn Sie nicht nochmal dreihundert Millionen finanzieren – fürs erste.«

Die Idee, vor so einer Entscheidung zu stehen, gefiel dem Vorstandsvorsitzenden der Nationalen Commerzbank ganz und gar nicht. Aber Diergard drängte ihn.

»Na? ... Alles verlernt?«

Werner druckste herum: »Ich müßte wohl wissen, mit wieviel er bei mir in den Büchern steht ...«

Kalt sagte Diergard: »Nehmen Sie an, daß es zuviel ist – nehmen Sie eineinhalb Milliarden an! Los, Werner, was sagen Sie in einem solchen Augenblick zu diesem Kunden, der da mit einem neuen Riesenbedarf ankommt?«

Werner sprang wieder auf und ging zur Abteiltür – einen Schritt hin, einen Schritt her – und wiederholte erschüttert: »Eineinhalb Milliarden! ... Mein Gott!« Ging noch einmal hin und her und blieb vor Diergard stehen. »Ich würde sagen ... Also ich würde sagen – schön, Herr Bach, vergessen wir im Moment mal, daß Sie sich als Einzelhandelsgeschäft gebärden dürfen! Erstellen wir zunächst mal eine konsolidierte Bilanz, und wenn wir die geprüft haben, dann lassen Sie uns weitersehen.«

»Bravo!« rief Diergard, erhob sich nun ebenfalls und drückte mit derselben Bewegung seinen Vorstandssprecher auf den Sitz zurück, blieb hochaufgerichtet vor ihm stehen. »Ich bin jetzt Bach und lache Sie aus – hahahaha. Mit mir nicht, Herr Egerwald! Eine konsolidierte Bilanz? Wenn ich Bilanzen für Sie erstellen wollte, wäre ich bei einer GmbH oder Aktiengesellschaft!«

Werner schaute Diergard verblüfft an, aber dann brauchte er keine besondere Aufforderung mehr, sprang wieder auf, drückte seinerseits den Aufsichtsratsvorsitzenden auf seinen Platz zurück, sah ihn so recht von oben herab an und verkündete laut: »Dann muß ich Ihnen leider sämtliche Kredite fristlos kündigen, Herr Bach! Mit dieser Weigerung haben Sie einen ernsten Grund geliefert. Ich sehe Sie wohl vor dem Konkursrichter wieder!« Sprach's, ging zur Abteiltür, drehte sich um und schaute Diergard, beeindruckt von seinen eigenen Worten, an.

Der verschränkte die Arme. »Sehr schön, Herr Werner. Das ist die konkrete Situation des Herrn Bach.«

Werner schien es langsam auch zu glauben und spitzte die Lippen, als ob er einen Pfiff ausstoßen wollte, brachte ihn aber nicht heraus. »Eine entsetzliche Vorstellung – brrr!« Er schüttelte sich. »Dann ist Benjamin Bach also echt in Schwierigkeiten?«

»Das«, sagte Josef Maria Diergard, »versuche ich Ihnen beizubringen, lieber Freund, seit Sie in Bruchsal in den Zug gestiegen sind.«

Faber hatte die Soireen in Bachs Arbeitszimmer einmal den »unterhaltenden Teil des Tages mit dem Guillotineeffekt« genannt, aber das stimmte nur zur Hälfte. Bei solchen Abendzusammenkünften waren auch schon Karrieren gemacht worden – und nicht nur jäh zu Ende gegangen. Sie ergaben sich, in der Regel, nach 18 Uhr und sahen Direktoriumsmitglieder und leitende Herren aus den Stabsabteilungen zu einem aufgelockerten Plauderstündchen um den Boß versammelt; auch zufällig in Düsseldorf weilende Vorstände aus den Konzernbetrieben benutzten die Gelegenheit gern, sich vorteilhaft in Szene zu setzen und ihre Schwierigkeiten mit der Hauptverwaltung zu beklagen. Die Damen aus den Sekretariaten bauten ein kaltes Buffet auf dem Konferenztisch auf, und der alte Bill gab mit seinem Erscheinen das Zeichen, sich »einen zur Brust« zu nehmen. Wenn Benjamin Bach, nach einer diplomatischen Verspätung, aus seinen Privatgemächern auftauchte, standen manchmal bis zu zwanzig Herren in seinem Arbeitszimmer, palaverten lauthals und genossen, nach einem harten Tag, die entspannende Atmosphäre einer Männergesellschaft. Da wurden die neuesten Witze und Parolen zum besten gegeben, Verhandlungserfahrungen und Konzernereignisse besprochen, verbotene Absprachen getroffen, Wetten ausgehandelt, Ischiasrezepte empfohlen, politische Prognosen gestellt, delikate Erlebnisse preisgegeben, aber auch Kinderbilder herumgereicht. Insbesondere freilich wurden die neuesten Unternehmungen des Chefs durchgehechelt und jedem dabei die Freiheit, anderer Meinung zu sein, ausdrücklich zugestanden, ja, rückhaltlose Offenheit war nachgerade erwünscht.

Benjamin Bach hatte diese abendlichen Runden zu einer Zeit erfunden, als er noch Rohstoffbeschaffer gewesen war und nicht damit rechnen konnte, selbst einmal Generaldirektor zu werden, und seit jenen Tagen vor 21 Jahren trugen sie den unverwechselbaren Charakter einer Verschwörung. Wer zu »König Benjamins Tafelrunde« gehörte, fühlte sich ihm persönlich verpflichtet; der archaische Trieb zum Leithammel, der in jedem Mann steckt und in der liberalisierten Arbeitswelt nicht mehr beansprucht wird, fand hier seine undemokratische Erfüllung. Es war der alte Sozi Billstein, der bedenkenlos in seine, noch ältere, Offizierskiste griff und das Wort von der »verschworenen Gemeinschaft« wiederbelebte, und außer Benjamin Bach lachte keiner darüber. Ihm brauchte kein Betriebspsychologe zu erzählen, wie wichtig Nestwärme war, besonders unter leitenden Angestellten. Gute Köpfe fluktuierten von Konzern zu Konzern, kamen sie aber zu TALL, dann blieben sie, bis BB ihnen selbst den Abschied gab. Er legte Wert darauf, daß ständig auch jüngere Herren aus den unteren Etagen des Hauses dazugebeten wurden, denen er dann in persönlichen Gesprächen die Gelegenheit gab, sich »höchsten Orts auszukotzen«, und oft genug profitierte er von ihren Ausführungen.

Heute war der Andrang zum 21. Stock besonders groß, so daß Gitta Wagenseil schon um 19 Uhr die »Notbremse« zog. »Wir werden wahrscheinlich gleich zum zweiten Teil übergehen«, hatte Feringer verkündet, als er, kurz vor sieben, mit dem Chef erschienen war. Mit dem »zweiten Teil« verband sich die Vorstellung einer kleineren Gruppe Mitarbeiter, die sich am Ende der abendlichen Unterhaltung vor dem Schreibtisch BBs niederließ, um anstehende Probleme zu diskutieren; sie nannten diesen Teil auch ihre »aktuelle Fragestunde«.

Benjamin Bach hatte Gitta flüchtig über die Wange gestrichen, eine Geste, die sie aus der Fassung brachte. Er sah todmüde aus, sagte nur »Geh nach Hause, ich brauche dich wirklich morgen früh!« und verschwand in seinem Schlafzimmer.

Feringer gab bekannt, der Chef werde bis 21 Uhr ruhen, und machte sich über die Abendliste her. Plineggers Stab hatte Vorrang, natürlich auch Lehmann mit seinen Leuten vom Zentralbüro, während er den Tankergeschädigten riet, sich vorerst noch fern-, aber bereitzuhalten. Dann holte er sich frische Unterwäsche aus seinem Schrank und schlüpfte, ausnahmsweise mal, unter die Dusche Billsteins; der Menschenfreund hatte es ihm oft genug angeboten.

Faber und Billstein waren eine halbe Stunde vorher nach Hause gekommen und redeten sich im Zimmer des Finanzchefs die Köpfe heiß, wobei der Stellvertreter die Rolle BBs zu spielen versuchte und sich gänzlich unbeeindruckt von der finanziellen Misere zeigte. Das verführte wiederum Faber, noch einmal mit dem Personaldirektor über die wohlbegründeten Argumente der Bank zu reden, von der – falschen – Prämisse ausgehend, Billstein sei in Bachs geheime Vorstellungen besser eingeweiht als er, und in der Hoffnung, soviel wie möglich Gegenargumente aus ihm herauszuholen, um für die anstehende Konfrontation gerüstet zu sein.

Die ersten Gerüchte über eine »konsolidierte Bilanz« machten die Runde in der Chefetage, als Müller III herumzutelefonieren begann und eine dreimonatige Urlaubssperre für die Bilanzierer des Finanzressorts ankündigte.

Feringer begab sich, frisch rasiert, auf einen Informationsgang durch die Direktionsressorts und traf Gitta um halb acht noch immer vor dem Telefon, jedoch schon im Mantel. »Also, wir gehen nach Mailand morgen, aber erst gegen Mittag, das kann Lydi«, so nannte er Lydia Cajek, »später Herrn Blum durchgeben, von allem anderen lassen wir uns überraschen. Den Jemine«, das war der Spitzname für den südamerikanischen Industrieminister, der in Paris wartete, »will der Chef nicht mehr sehen, die Ami-Anwälte hingegen morgen abend, auch wenn's spät wird, und die Frau Oberin soll sich Mittwoch früh um neun bereithalten. Fünfzehn Minuten. Herr Bach wird anschließend mit Herrn Plinegger auch Recklinghausen erledigen und zur Pressekonferenz, um zwölf, zurück sein.« In der Recklinghausener TALL-Hütte stand seit einem halben Jahr ein Triumvirat an der Spitze, das sich untereinander befehdete, und BB mußte sich endlich entscheiden, welchem der drei – gleich exzellenten – Herren er den Vorrang geben wollte. »Mit dem Tunesier könnte er am Donnerstag mittagessen, am liebsten in Oberammergau, hier im Haus will er ihn keinesfalls haben. Und alles, natürlich, wie immer.« Wie immer hieß: wenn nichts dazwischenkommt. »Gehen Sie doch endlich, Gitta!«

Sie hatte die unangenehme Pflicht selbst noch übernommen, Dutzende von Herren abzuwimmeln, die sich schon auf einen ausgedehnten Abend mit Bach gefreut hatten, und folgte Feringer in das Chefzimmer, wohin er sich, bis das kalte Buffet aufgebaut wurde, meistens zurückzog, um private Gespräche zu erledigen. »Was ist denn bloß geschehen?« Sie war, noch immer, ganz verwirrt.

Feringer warf sich in Bachs Schreibtischsessel und betrachtete sie kritisch. »Was soll sein? Fernsehen hat er gestrichen, wir haben uns bis zuletzt mit Pistor unterhalten – fehlt Ihnen was, Gitta?«

Sie erzählte ihm von dem Anfall, den sie am Telefon miterlebt hatte, und von Den Haag, und erwähnte auch den verschollenen Schwiegersohn; es klang alles ein wenig konfus, doch Feringer bemerkte die tiefe Beunruhigung dahinter.

»Das ist sicher kein ungewöhnlicher Tag«, sagte er, »aber ich verstehe, was Sie meinen, Gitta. Es liegt Ungewöhnliches in der Luft. Anderseits ist China ja auch ein ungewöhnlicher Brocken ...«

»Das ist es nicht, es sind ein paar Dinge, die harmlos aussehen, mich aber nervös machen, wie der Anruf vom Professor – und wie der Chef darauf reagiert hat.« Sie schüttelte den Kopf. »Es riecht nach Unheil, Reinhard ... Ob ich nicht doch lieber dableibe? An so einem Tag hat er mir, vor Jahren, plötzlich sein Testament diktiert!«

Feringer brachte es nicht fertig zu lächeln, nicht, wenn eine Frau wie Gitta von Unheil sprach. »Mit dem Professor scheint er vorhin lange telefoniert zu haben. Mit wem hätte er sonst über Diergard geredet? Ich war mit Pistor im Nebenzimmer, den Namen habe ich genau verstanden. Auf meine Fragen hat er mir aber keine Antwort gegeben ...«

Sie sagte müde: »Machen Sie's gut, Reinhard. Und ... passen Sie ein bißchen auf ihn auf, ja?«

Als Feringer danach eine Nummer in Köln anrief, war er nicht mehr ganz bei der Sache. Er entschuldigte sich zuviel und wiederholte sich zu oft. »Mädchen, das siehst du falsch ... !« Privatleben war ein Anachronismus, aber wer träumte nicht davon. Mit dieser da, in Köln, war er erst einmal zusammengewesen, doch er hätte sie, auf der Stelle, geheiratet, wenn das Leben nicht so kompliziert gewesen wäre. »Du siehst das absolut falsch, Susanne ...!«

Im Vorzimmer Fabers erschien gegen 20 Uhr ein rothaariges, rotgesichtiges, sommersprossiges Individuum und sagte zu Fräulein Müller III: »Ich komme direkt von der Autobahn! Wenn er das Geld heute nicht rausrückt, können wir die Löhne nicht zahlen!«

Geraldine Müller hatte Haare auf den Zähnen, so zierlich sie auch war, und übertraf Gitta Wagenseil noch an Energie, zudem kannte sie sich, als Vertraute des Finanzchefs, mit forschen Besuchern nur zu gut aus, aber dieser verschwitzte Mensch in seinem ausgebeulten, grünschimmernden Pfeffer-und-Salz-Anzug, mit einem rosa Hemd darunter und einem Schlips, der einfach nicht wahr sein konnte, verschlug ihr, im ersten Augenblick, die Sprache. So etwas hatte sie, in dieser Etage, noch nicht gesehen, und sie war jetzt zehn Jahre dabei.

»Glasenapp!« fauchte er. »Stehen Sie nicht 'rum, gehen Sie 'rein und melden Sie mich! – Haben Sie zufällig 'n Bier da?«

Das war also der sagenhafte Direktor ihrer Lkw-Fabrik in Mannheim! Sie beeilte sich, ihm eine Flasche Dortmunder aus dem Eisschrank zu holen. Er verzichtete auf ein Glas und trank so gierig, daß sein Adamsapfel mit jedem Schluck vom Kragenrand bis unters Kinn hüpfte. Fasziniert sah sie ihm zu.

»Warum sind Sie denn noch nie hiergewesen, Herr Glasenapp? Nach den Fotos hätte ich Sie nicht erkannt!«

Seine rotunterlaufenen Augen schwammen, er reichte ihr die leere Flasche. »Hier wird zuviel gequatscht – hat er einen drin?«

Sie wollte ihn noch ein bißchen hinhalten. »Soll ich Ihnen vielleicht den Knopf da annähen?«

Aber er stieß die Tür zu Fabers Zimmer auf und schrie: »Da bin ich!« Ein nicht sehr großer, etwas zu schwerer Mann, der sich seines Wertes bewußt war.

»Eugen!« rief Billstein. »Du siehst aus, als kämst du von der Front!« Sie umarmten sich.

Faber nahm hastig eine neue Pille.

Und kurz nach acht hob ein Mädchen namens Gisela im Vorzimmer Bachs das blinkende Telefon ab und hatte einen aufgeregten Herrn Koch am Ohr, der behauptete, BBs Schwiegersohn zu sein, und ihn dringend zu sprechen verlangte.

Bis zu diesem Zeitpunkt war Benjamin Bachs Chinaunternehmen, trotz kleiner Widerstände, die man indes als eingeplant hätte bezeichnen können, wie nach Maß verlaufen, aber nun ging etwas schief. Ein winziges Teilchen in dem glänzend organisierten Apparat bewegte sich anders, als es sollte, und löste eine Kettenreaktion aus, an deren Ende jenes Unheil wartete, das Gitta in ihrer Überempfindlichkeit bereits zu spüren meinte.

Die zweite Chefsekretärin, Lydia Cajek, hatte die relative Ruhe vor dem Sturm benützt, um sich auf der Damentoilette noch etwas zurechtzumachen. Sie war eine rotblonde, elegante Person von 28 Jahren, kleiner als Gitta, aber üppiger, seit einem Jahr mit einem Programmierer der TALLschen Datenbank verheiratet – sonst hätte Gitta sie im Vorzimmer nicht akzeptiert –, und machte einen intelligenten und properen Eindruck. Den beiden Mädchen, die im Schreibpool neben dem Sekretariat die Kaffeemaschine zu reparieren versuchten, hatte sie eingeschärft, jedem, der Bach sprechen wollte, zu erklären, er telefoniere gerade – daß er schlief, bekamen selbst die Direktoren nicht immer mit, und auch das Mädchen Gisela wußte es nicht, das den Anruf des Schwiegersohns entgegennahm.

»Ich stehe auf dem Flugplatz in München«, rief Lambert Koch, »und stecke meine letzte Mark in den Apparat! Gehen Sie doch mal in die Leitung und sagen Sie ihm, daß ich etwas ungeheuer Wichtiges hätte!«

Auf der Tischanlage konnte Gisela sehen, daß auf BBs Nummer *nicht* gesprochen wurde, darum ließ sie sich breitschlagen. »Ich versuch's mal, Moment!«

Feringer telefonierte auf dem Direktapparat, dessen Anschluß identisch war mit der Direktleitung im Chefsekretariat. Als es neben ihm summte, sagte er: »Sekunde, Susanne!« und drückte eine Taste. Aus unsichtbaren Lautsprechern drang die Stimme Giselas in den Raum. »Da ist der Schwiegersohn von Herrn Bach, er sagt, er hätte was ganz Wichtiges mit Herrn Bach zu besprechen, er ruft aus einer Telefonzelle an und will unbedingt mit ihm ...«

Leider hörte er sich die Botschaft nicht zu Ende an. »Das geht jetzt nicht, bestellen Sie Herrn Koch, Herr Bach freue sich, daß er wieder aufgetaucht sei, aber heute abend wäre es definitiv nicht drin. Er soll sich mal morgen früh um neun melden!« Dann sprach er wieder auf sein Privatleben ein.

Im Chefsekretariat notierte Gisela noch einmal: »Wichtig, jawohl, Sie landen um halb zehn heute abend in Düsseldorf und kommen noch zu uns. Ich hab's aufgeschrieben, Herr Koch, das ist vielleicht auch das beste, wenn Sie selbst herkommen. Doch, ich glaube schon, daß Herr Bach dann noch hier ist . . .« Sie hätte sich sehr gern noch eine Weile mit ihm unterhalten, aber er legte einfach auf.

Dann lief sie in den Schreibpool zurück und rief: »Wußtest du, daß BB einen Schwiegersohn hat?«

Im gleichen Augenblick kam Lydia Cajek wieder, sie war nur drei Minuten weg gewesen.

Und gleich darauf rief Dr. Plinegger an.

»Herr Bach telefoniert!« bekam er zu hören.

»Dann gib mir halt seinen Klugscheißer, Mäderl, oder derfst ihm auch was ausrichten?«

»Ich verbinde Sie, glaube ich, lieber mit Herrn Doktor Feringer«, antwortete die Cajek.

Feringer verabschiedete sich von seiner Dame und hörte sich die Stimme des Österreichers an.

»Ich gehe mit meinen Herren jetzt nachtmahlen, ich kann auch noch gar nichts sagen, ich will auch heute nicht mehr mit ihm reden, des macht mi nur verruckt – morgen kann er eine erste Übersicht haben!«

Feringer empfand Panik, als er das hörte, aber er antwortete ganz ruhig: »Können Sie nicht irgendwann nach neun nochmal vorbeikommen, Herr Direktor? Er wollte bestimmt mit Ihnen heute noch sprechen! Morgen vormittag muß er nach Mailand.«

»Da hat er Pech gehabt, heute ist Schluß. Wir trinken jetzt einen ...« Im Hintergrund hörte Feringer Lärm, Gelächter und eine Stimme, die Plinegger etwas zurief. »Ach ja«, sagte Plinegger fröhlich, »er könnte sich nicht für eine Sekunde, bittschön, von seinem Telefon lösen und mir eine Frage beantworten?«

»Herr Bach spricht mit Herrn McNamara von der Weltbank«, sagte Feringer ohne Zögern. »Aber vielleicht kann ich Ihnen die Frage beantworten ...«

»Sie?« Plinegger lachte, schrie »Ruhe!« und sagte: »Er soll McNamara grüßen, ich bin einmal mit ihm auf dem Ortler herumgekraxelt, eine richtige Wildsau, der!«

»Wenn Sie Fragen haben«, fing Feringer wieder an.

Der technische Direktor lachte schon wieder, offenbar hatten die Herren bereits mit dem Trinken angefangen. Dann rief er: »Verstehen Sie denn was von Hämatit, Magnetit oder Siderit, junger Mann? ... Mir genügt aber nicht, daß Sie wissen, um was es sich handelt, ich muß einfach ein paar handfeste Auskünfte kriegen! Diese Unterlagen, die der hohe Herr uns da auf den Tisch geknallt hat, sind in einem fürchterlichen Zustand, das wissen Sie wohl! Das Zeug ist so umfangreich und in einem so miserablen Englisch, teilweise auch noch in Russisch, und es widerspricht sich in einem fort so ...«

»Fragen Sie doch mal«, schlug Feringer vor.

Plinegger schnaufte und dachte wohl nach, ob es sich lohne, überhaupt damit anzufangen. Mehrere Stimmen sprachen auf ihn ein. Endlich sagte er: »Okay, das Ding da in Sinkiang, Sie wissen schon – bauen wir am Tag ab oder tief?«

»Tief, natürlich.«

»In Sinkiang auch? Bei den anderen wissen wir's, gottlob, schon ...«

»Auch in Sinkiang. Bei allen vieren.«

»Und können Sie mir verraten, wie es da mit dem Transport aussieht? Wie weit wir die Kohle zu transportieren haben?«

»Aus dem Kopf«, sagte Feringer, »kann ich da schlecht etwas Genaues von mir geben, das müßte aber in den Unterlagen stehen, das habe ich selbst gesehen – Herr von Goergelen dürfte es wissen!«

»Der ist krank, nach Hause gegangen.«

»Bedauerlich. Ich weiß nur so viel, daß in allen Fällen von idealen Transportmöglichkeiten gesprochen wurde – richtig, in Sinkiang bauen wir ja die Bahn!«

»Eine Bahn?«

»Eine Eisenbahn, ja.«

»Wie weit?«

»Fünfzig Kilometer, habe ich gehört.«

»Dann stimmt das also doch, ihr Hampelmänner!« schrie Plinegger seine Mitarbeiter an. »Es handelt sich um eine Bahn! No servas – bin Ihnen sehr verbunden, Herr Kollege, küss' die Hand ...« Auf einmal war er wie umgewandelt.

»Sehen wir Sie heute noch?«

Aber Plinegger hatte noch eine Frage. »Gibt es dabei Schwierigkeiten? Vielleicht noch einen kleinen Tunnelbau oder dergleichen?«

»Nicht daß ich wüßte. Kommen Sie heute nochmal?«

»Bis morgen, Feringer!«

Es war halb neun, als er sich aufraffte und die Liste noch einmal durchging. Ohne die Techniker des Österreichers waren sie jetzt nur noch – er überflog schnell die Namen und kam auf elf Personen – mit Bach und ihm 13. Au Backe, dachte er, das geht nicht, selbst wenn keiner abergläubisch ist. Billstein würde Heidenreich mitbringen, den Personalchef – Technik; Aschenbach von der Verbindungsstelle und Eberhard Jaksch von der Organisation kamen allein, das waren vier. Faber und Roselund, der zentrale Bankenleiter, und Dr. Rhode noch, ergaben sieben, dazu Lehmann und Stein vom Zentralbüro – was machte eigentlich Wenkötter? Feringer drückte auf die Taste. »Geben Sie mir mal den Arzt von Herrn Wenkötter, Lydi.«

»Ich habe hier ein Bulletin von achtzehn Uhr«, antwortete Lydia Cajek. »Da steht: Befinden unverändert, Patient schläft. Wollen Sie ihn trotzdem noch ...«

»Nein, danke. Wie oft kommt das Ding?«

»Dreimal täglich, morgens um acht, um zwölf und um sechs. Haben Sie das nicht angeordnet?«

»Das muß ein anderer kluger Mensch gewesen sein, Lydi. Wie steht's mit dem Buffet?«

»Schon da, für dreißig Personen.«

»Kann ich 'n Schluck Schampus haben?«

»Aber gern!«

Lehmann und Stein machten neun, Dr. Müller-Gräwen von der Revisionsabteilung zehn, Goergelen war krank, da stand es ja schon, und an seiner Stelle war Prof. Wolfgang Amsler eingetragen, der auch Bachs Privatvermögen verwaltete, er würde die Stabsabteilung Recht vertreten – tatsächlich elf Leute. Einen Augenblick überlegte Feringer, ob er nicht Dr. Björner von der Presseabteilung noch dazubitten sollte, schlug sich den Gedanken aber schnell wieder aus dem Kopf. Wenn es hoch herging, duldete der Chef keine Journalisten, er mißtraute seinen Presseleuten zutiefst. (»Sind sie was wert, dann stecken sie ja doch mit den Zeitungen unter einer Decke!«) Björner war seit zwei Jahren bei ihnen und bemühte sich ehrlich, doch Feringer hatte das Gefühl, daß er nicht mehr lange bleiben würde, insofern hatte BB also auch wieder recht: ein Björner, der später bei Thyssen oder Hoesch herumerzählte, wie es an King Benjamins Table zuging, sollte besser ferngehalten werden.

Als Lydia Cajek mit einem Glas Champagner hereinkam, fragte er sie, ob von der Presseabteilung schon etwas gekommen wäre.

»*So* eine Mappe! Liegt auf Ihrem Schreibtisch. Wollen Sie sie rüber haben?«

»Nur die oberste Seite«, sagte er, »wo ›Überblick‹ draufsteht.«

Aber dann war er verschwunden, als sie mit dem Überblick zurückkam, trieb sich im Finanzressort herum, wo auch die Tankerfritzen wieder aufgetaucht waren, und Lydia Cajek ließ das kalte Buffet aufbauen. Um zehn vor neun nahm sie ein Veilchensträußchen aus dem Wasser, schaute noch einmal in den Spiegel, zupfte an ihrem Haar, an der Bluse, strich sich über die Hüften und öffnete leise die Tür zum Ankleidezimmer Bachs. Hinter ihr betraten die ersten Herren das Arbeitszimmer und drängten sich um die Platten.

Sie hob ein Oberhemd vom Boden auf, stellte die Schuhe weg und horchte an der Schlafzimmertür. Als sich nichts rührte, klopfte sie. »Herr Bach?« Und als sie eine Bewegung vernahm, rief sie: »Die Herren sind soweit, es ist gleich neun!«

Benjamin Bach hatte fest geschlafen, war aber sofort hellwach. Er war, zur Qual seiner Frau, immer »mit einem Schlag« da. In der

Ecke brannte matt ein Lämpchen, das Zeichen, daß er nicht zu Hause war. Sich räuspernd, rief er: »Komm doch rein!« Und gähnte ausgiebig.

Geziert schlüpfte Lydia Cajek ins Schlafzimmer, sah nicht zum Bett und bewegte sich mit eiligen kleinen Schritten zur Badezimmertür. »Soll ich Wasser einlassen?«

Er brummte zustimmend und sah hinter ihr her. Da mußte man schon blind sein, um nicht zu bemerken, daß diese Cajek sich in seinem Schlafzimmer anders aufführte als in ihrem Sekretariat. Sie reagierte ausgesprochen affektiert auf den Anblick des Mannes im Bett, steckte wahrscheinlich voll lüsterner Gedanken – oder wußte, daß sie welche provozierte. Ihr auffälliges Benehmen machte Benjamin Bach einen Heidenspaß, und seit sie da war, seit gut sechs Monaten jetzt, legte er es darauf an, sie zum Abenddienst zu bekommen – diese aufregend vollen und doch so schlanken, kerzengeraden Beine, der üppige Schwung ihrer Hüften und, oh, dieser knackige Negerhintern, klein, kugelrund und beweglich, der immer in engen, nicht allzu kurzen Röcken steckte, und dieser breite, große Busen unter der dünnen Bluse, wie das hin und her schwebte, rauf und runter hüpfte, obwohl die Dinger doch in einem Büstenhalter hingen, das war es: sie *hingen,* man sah die Körbchen durch den Stoff schimmern, wahrscheinlich trug sie diese dunklen Blusen nur, um das Blond ihres Haares besser zur Geltung zu bringen. Fünfundfünfzig Jahre hatte er alt werden müssen, um an Lydia Cajek zu entdecken, daß ihn keineswegs nur dunkelhaarige Frauen interessierten. Oder war es die aparte Mischung von Tüchtigkeit und Erotik, die sie repräsentierte? Vielleicht mußte er seiner nachlassenden Selbstdisziplin die Schuld geben, zwanzig erfolgreiche Jahre gingen nicht spurlos an einem Mann vorüber. Man wurde erhaben über so vieles, was den Durchschnittsbürger einschüchterte, und eine Tat wie China war geeignet, ihren Helden gänzlich unangreifbar zu machen. Ganz am Anfang seiner Karriere hatte er es hemmungslos mit jeder neuen Sekretärin getrieben, bis ihm eine erpresserisch kam und die Kriminalpolizei auf den Hals jagte; die Jungens zeigten, zum Glück, Verständnis für einen Mann mit seinem Namen. Aber von da an hatte er sich in acht genommen, seine Entspannung außerhalb gesucht. Das Schicksal belohnte ihn mit etwas so Dauerhaftem wie Gitta, mit ihr hatte er Phasen völligen Desinteresses erlebt, große Unternehmungen, die ihn so in Anspruch nahmen, daß er sich Sex beinahe abgewöhnt hätte;

selbst Dede war ihm lästig gewesen; er konnte monatelang ohne »das« leben, es war eine Kleinigkeit, sein »Hitler-Syndrom« hatte er es genannt. Heute würde ihn die Kripo nicht mehr schrecken. Diese Cajek reizte ihn ganz erheblich!

»Bitte?«

Hatte er laut gesprochen? Sie stand in der Badezimmertür, das Wasser rauschte, und gegen das helle Licht zeichneten sich die Umrisse ihrer Oberschenkel durch den Rock ab.

»Komm mal her«, sagte er mit belegter Stimme. Sie konnte ihn nicht verstehen, stand im Lärm des Badewassers, ihre Augen irrten umher, sie traute sich einfach nicht, ihm ins Gesicht zu sehen.

»Komm doch näher – hast du Angst?« Auch daß er sie bewußt duzte, mußte ihr doch auffallen. Sie löste sich zögernd von der Badezimmertür, trat ans Bett, und er forderte sie mit einer Kopfbewegung auf, um das Bett herum zu kommen; sie folgte wie hypnotisiert. Ein halbes Jahr schon kostete er ihre zunehmende Nervosität aus, verwirrte sie, wenn sie ihn wecken kam, mit zweideutigen Fragen, ließ sie, wie eine Puppe, hin und her laufen, holen Sie mir ein Hemd, Cajekchen, frische Unterwäsche, nein, die anderen Socken, bitte. Sie war längst daran gewöhnt, daß er im Pyjama aus dem Bett stieg; einmal hatte er ihn, auf dem Weg ins Bad, schon ausgezogen – Sie sind ja verheiratet, Frau Cajek. Schon in der Badewanne, bat er sie gewöhnlich noch, ihm einen Bericht zu bringen, der auf dem Nachttisch lag, und dann kam sie, mit abgewandtem Kopf, ins Bad gestolpert, reichte ihm zitternd die Akte und rannte hinaus, um zu rufen: »Brauchen Sie mich noch, Herr Bach?« Wie oft hätte er, am liebsten, komm zurück geantwortet, steig mit in die Wanne! Aber ein Rest von Beherrschung hielt ihn davon ab, vielleicht eine Weisheit, die über ihn gekommen war und die Phantasie höher einzuschätzen begann als nackte Fakten.

Nun stand sie auf seiner Seite des Bettes, kurz atmend, mit halb geöffneten roten Lippen, starr an ihm vorbeisehend, ihre Hände reibend, die noch naß vom Badewasser waren. Unmöglich konnte sie übersehen, was er wollte.

»Noch näher!«

Wenn sie jetzt nicht hinausrannte ... Aber sie trat seufzend einen Schritt weiter und sah ihn, endlich, mit jener Gezwungenheit an, die ihre Demütigung verriet.

Seine linke Hand kam unter der Decke hervor und hob sich einladend, während er in ihre Augen sah, große, graue Augen, die manchmal grün wurden und jetzt im Schatten lagen.

»Na?«

Wieder machte sie einen halben Schritt vorwärts, und seine Hand griff an ihr Knie, sie zuckte zurück, und er sagte harmlos: »Was ist denn?«

»Ich glaube«, ihre Stimme bebte, »ich muß wieder gehen ...«

Er hob sich, im Liegen, etwas an und griff fest in ihre linke Kniekehle, zog sie mit sanfter Gewalt ganz heran und sagte vertraulich: »Setz dich doch.«

Und sie sank, mit einem Laut, der wie ein kleines Lachen begann und als Seufzer endete, neben ihn auf die Bettkante, gespannt, hochaufgerichtet, bereit, im nächsten Augenblick davonzustürzen.

Arpège stieg ihm betäubend in die Nase, er atmete tief ein, murmelte »Schön ... !«, strich über ihre Beine, die sie fest zusammengepreßt hielt, befühlte die knisternden Strümpfe und griff nach ihrer Hand, die ihm, abwehrend, folgte. Mit seiner linken Hand drückte er ihre linke Hand, es war ein fremdartiges Gefühl der Berührung, genoß die weiche Haut, die Spuren von Feuchtigkeit in den Falten, und ihren Gegendruck. »Schöne Beine hast du«, flüsterte er, »schöne Hände ...«

Sie japste nervös: »Ja?«

Dieses Händekneten war obszön, eindeutig sexuell, ihr blieb gar nichts übrig, als seinen Druck zu erwidern, es war die Macht der Gewohnheit, Händeschütteln.

»Hast du eigentlich einen Freund?«

Sie zuckte zusammen, suchte sich zu befreien. »Aber ... Herr Bach ... ich ... ich bin doch verheiratet!«

Sanft zwang er ihre Hand wieder nach unten. »Schade, jemand wie du könnte jetzt etwas für mich tun ... ein Jammer ...« Er wußte, daß er zu distanziert war, viel zu sehr Boß, und was er ihr eigentlich hätte sagen müssen, um sie willenlos zu machen. Du bist phantastisch, du machst mich rasend, noch nie habe ich eine Frau erlebt, die so auf mich wirkt, du bringst mich um den Verstand! ... Es gab keine Frau, wie verheiratet sie auch war, die ihn, Benjamin Bach, nicht liebend gern um den Verstand gebracht hätte. Aber Süßholzraspeln war nie sein Fall gewesen – und schon gar nicht vor einer Untergebenen, seine Omnipotenz stand der Potenz da im Wege. Also sagte er lakonisch: »Mach's mir schon.«

Ungläubig sah sie ihn an, zwar auf seiner Bettkante sitzend und händchenhaltend, aber so entsetzt, wie sich das für eine ansonsten anständige Frau gehörte. Und mit jener Art von Entrüstung, wie sie nur weibliche Logik hervorzubringen vermochte, sprang sie auf und rief: »Nein!« Und noch einmal: »Nein!« Und: »Ich bin doch keine Hure!« Und stürzte aus dem Zimmer.

So eine Zicke. Er war nicht mehr fähig, noch etwas zu sagen. Doch dann mußte er lachen, daß das ganze Bett wackelte. »Sie sollten sich schämen, Frau Cajek!« rief er ihr nach. Aber da war sie längst draußen.

Feringer sah sie, hochroten Kopfes, durch das lange Arbeitszimmer rennen und schob sich schnell so, daß sein Gesprächspartner ihr den Rücken zukehren mußte. Der blonde Revisor Dr. Hans Müller-Gräwen schilderte ihm gerade, wie sich der Verlust von 39 Millionen zusammensetzte, aber Feringer hatte mit den Tankerleuten selbst schon gesprochen und verspürte keinen Ehrgeiz, noch mehr von der Tragödie zu erfahren. Zum Glück standen sämtliche anderen Herren noch um das Buffet und redeten laut, nur Professor Amsler zog sich in der Sekunde, als Lydia Cajek hinter ihm vorbeilief, mit einem Teller voll Waldorf-Salat zurück und wurde angerempelt. Er hatte wohl wieder die falsche Brille auf, denn er rief hinter ihr her: »Wo brennt's denn, Frau Wagenseil?« Sie entschuldigte sich nicht einmal, lief durch das Vorzimmer und auf den Gang hinaus.

Feringer wartete noch eine Minute, dann schlängelte er sich, unter dem Vorwand, Faber suchen zu müssen, ebenfalls nach draußen. Vor seiner Zimmertür stand der Finanzchef, steckte eine Gauloises an der anderen an und hielt einem verwegen gekleideten Menschen dramatisch einen Vortrag. »Fragen wir doch den Majordomus!« rief er bei Feringers Anblick und stellte den Lkw-Chef aus Mannheim vor. »Kann Herr Glasenapp noch mit zu Herrn Bach?«

Feringer zerbrach sich nicht den Kopf darüber, sagt: »Warum nicht?« und ging schnell weiter; er wußte, daß BB den Mannheimer für ein Unikum hielt, und außerdem kam ihm ein zusätzlicher Gast nur recht.

Faber hatte sich offenbar eine andere Antwort erwartet, denn er sah ihm empört nach, aber Glasenapp meinte: »Guter Mann, der. Habe schon von ihm gehört.«

Am Ende des Ganges blieb Feringer vor der Damentoilette stehen, blickte sich um und öffnete, wie in Gedanken, die Tür.

Lydia Cajek stand vor dem Spiegel und preßte mit einer tragischen Gebärde die Fingerspitzen gegen die Schläfen, sah ihn überrascht an. »Was ist ... ?«

Er machte die Tür hinter sich zu. »Das frage ich dich!«

»Du kannst doch hier nicht hereinkommen! ... Ich bin gleich wieder da, mir war nur plötzlich so seltsam. Jetzt geht's schon wieder.«

Seltsam fand Feringer, mit welcher Selbstverständlichkeit sie, nach so langer Zeit, wieder du zueinander sagten, vielleicht machte das die Toilettenatmosphäre. Er vergewisserte sich, ob sie allein waren, und fragte: »Was hat er von dir gewollt?«

»Gewollt – wer? Der Chef?«

»Du zitterst ja jetzt noch«, sagte er kalt. »Du bist aus dem Schlafzimmer geschossen gekommen, daß jeder den Eindruck bekommen hat, er hätte dich kurz mal umgelegt!«

»Bach?« rief Lydia Cajek in schlecht gespielter Verwunderung. »Wie kommst du denn auf *die* Idee? Bist du eifersüchtig?«

Vor acht Jahren hatten sie zusammen bei der Deutschen Bank gearbeitet und ein paarmal miteinander geschlafen. Neumann hieß sie damals, eine Pfarrerstochter von der Mosel, nettes Mädchen, das unbedingt heiraten wollte. Bei der Einweihung der Datenbank waren sie sich wieder begegnet, sie hatte ihm ihren Verlobten vorgestellt, ein vergrübeltes Genie aus der Steiermark. Und vor einem Jahr hatte sie ihm einen Brief geschrieben, sie war verheiratet und arbeitete als Chefsekretärin bei einem Rheinstahl-Direktor, wollte aber gern zu TALL, wie ihr Mann. Er hatte das unauffällig bei Gitta arrangiert, Bedingung: Distanz. Jetzt bereute er.

Er öffnete die Toilettentür, sah auf den Gang hinaus und schob sie am Arm vor sich her. »Wenn du dich nochmal so aufführst, bist du unten durch! Mach dir das klar, Lydi!«

»Du bist ja verrückt!« Sie löste sich ärgerlich von seinem Arm. »Mir war auf einmal nicht gut, und da bin ich auf die Toilette gerannt! Ich weiß gar nicht, was du willst?«

Er ging vor ihr her. »Eine gute Sekretärin rennt nicht, wenn sie aus dem Schlafzimmer ihres Chefs kommt – ein für allemal.«

Fünf Meter vor der Tür ihres Sekretariats blieb er stehen, sie waren allein auf dem Gang. »Ich bin nicht dabeigewesen, aber ich kenne den Chef besser als jeder andere hier«, sagte er, »mit Ausnahme vielleicht von Professor Rasser. Er hat so eine Art, vor wichtigen Entscheidungen plötzlich durchzudrehen und sich ein bißchen kindisch aufzuführen – dann klaut er ein Fahrrad und versucht damit freihändig zu fahren, oder er spielt mit kleinen Jungens eine Stunde lang Murmeln, oder er läuft wie besessen hinter einem Mädchen her und versucht ihr unter den Rock zu gucken, anscheinend braucht er das, um sich abzureagieren ...«

»Warum erzählst du mir das?«

»Damit Sie sich nichts einbilden, Frau Cajek«, klärte Feringer sie auf. »Es hat nämlich nichts zu bedeuten. Er vergißt es im nächsten Augenblick.«

Benjamin Bach mußte sich ungemein beeilt haben, denn schon fünf Minuten später saß er, gebadet und rasiert, in einem dunkelgrauen Anzug, einen Veilchenstrauß im Knopfloch, vor dem Kamin und aß heiße Fleischwurst mit Mostert, Gurke und Schwarzbrot. Ihm gegenüber hatte Faber mit Roselund Platz genommen, auf dem dritten Sofa, mit dem Rücken zum Zimmer, Tassilo Billstein. Die anderen Herren – es waren doch mehr geworden, da Lehmann nicht nur Stein, sondern auch einen Stahlfachmann und den Sachbearbeiter für die Werften und Reedereien aus seiner Abteilung mitgebracht hatte und aus dem Verkauf noch Blums Vertreter gekommen war, ein Schwede namens Waldekranz – verteilten sich auf Sitzgelegenheiten im ganzen Raum und unterhielten sich in unverminderter Lautstärke weiter. Das entsprach dem Ritual dieser Zusammenkünfte: solange gegessen wurde, fanden keine Begrüßungen statt, war Benjamin Bach nicht vorhanden. Auch Faber und Roselund hielten sich daran, löffelten ein Süppchen und hörten Billstein zu.

»Ich habe eine ganze Kleinigkeit vorbereiten lassen«, sagte der Stellvertreter, »eine würdige, dem Stil des Hauses angemessene Schrift, in der das Wort Jubiläum überhaupt nicht vorkommt, Titel: Zwanzig Jahre BB – und darunter vier wuchtige Buchstaben, stahlblau auf silbernem Grund: T a l l.« Er verschlang noch ein Kaviarbrötchen.

»Und was steht drin?« fragte Benjamin Bach. Seit Anfang des Jahres quälten sie ihn mit seinem Jubiläum, das am 1. Juni 1970 fällig war, und obwohl er schroff alle öffentlichen Kundgebungen und internen Veranstaltungen abgelehnt hatte (»Ich bin am Ersten sowieso in Mexiko«), kam Bill, dieser Traditionsapostel, nun doch mit einer »Kleinigkeit« heraus.

»Lauter Hymnen stehen drin«, warf Faber ein. »Von mir, von

ihm, von Plini, selbst Fred hat auf seinem Krankenbett in Caracas ...«

»Wo ist er eigentlich?« rief Benjamin Bach. »Plinegger, meine ich!«

Feringer, der hinter ihm an der Kaminecke stand und Rührei mit Aal verspeiste, klärte ihn mit vollem Mund auf.

»Was ist dagegen zu sagen?« ereiferte sich Billstein über die Hymnen. »Schließlich hat auch Oswald Krüger eine wunderbare Eloge verfaßt!« Sein Freund, der Grevenbroicher Vorsitzende des Gesamtbetriebsrates. »Und Egerwalds Gedicht! Ist das nichts? Haben Sie es gelesen ... ?«

Feringer nahm Lydia Cajek gerade ein Fernschreiben von Henry Blum ab, als Benjamin Bach an seiner Wurst fast erstickte, so mußte er lachen. »Egerwald hat auf mich ein *Gedicht* verzapft? – Das muß ich lesen!«

»Und der alte Wallassé!« schrie Tassilo Billstein begeistert. *»Benjamin Bach ist eine geborene Führerpersönlichkeit, dynamisch, motorisch, weitblickend und aus dem Panorama der deutschen Industrielandschaft nicht mehr hinwegzudenken!«*

Sie brüllten alle vor Lachen, und BB wollte die Festschrift auf der Stelle sehen, doch sein Stellvertreter lehnte ab: »Dann ist ja die ganze Überraschung hin!«

Schließlich beruhigten sie sich auch wieder, aber die allgemeine Aufmerksamkeit konzentrierte sich nun auf die Kaminsofas. Benjamin Bach schob seinen Teller weg und rief nach Kaffee. Feringer kam schon mit einer Tasse, die Mädchen aus dem Schreibpool machten sich ans Aufräumen, Tassilo Billstein telefonierte schnell noch mal mit seinen Kindern, Faber nahm eine neue Beruhigungstablette, und Roselund sah ihn fragend an und flüsterte etwas; er fürchtete immer, der Finanzchef könnte Wesentliches vergessen.

»Eine konsolidierte also«, begann Benjamin Bach.

Faber hob die Schultern. »Da führt kein Weg dran vorbei, fürchte ich, aber damit haben wir ja gerechnet .... «

»Bis die fertig ist, liefern wir nur schon fleißig nach China. Wie stellen die Herren sich das vor?«

»Wir haben ja unsere interne, vom Oktober, die würde ihnen schon genügen«, meinte Faber.

»Kommt gar nicht in Frage! Im Oktober standen wir viel schlechter da!«

Der Finanzchef bezweifelte das. »Mehr Kummer«, sagte er, »machen mir die Tanker. Die belasten das Ganze tödlich. Wir haben ihnen stundenlang alles vorgerechnet«, er sah sich nach Billstein um, »und sind zu zwei gravierenden Auffassungsunterschieden gekommen.«

»Drei!« warf Roselund leise ein.

Faber sah ihn geduldig an. »Darf *ich* vielleicht ...? Herr Roselund zählt die Bilanz mit, aber die lassen wir jetzt außen vor. Wenn ihnen die nicht gefällt, brauchen wir gar nicht weiterreden ...«

»Also, gehen wir rüber«, sagte Benjamin Bach, trank seinen Kaffee aus und erhob sich. Um Faber übertrumpfen zu können, brauchte er Leben in der Bude, die anregenden Für- und Wider-Debatten der anderen, Auseinandersetzungen, Kräche, nur dann würde ihm das Richtige im richtigen Augenblick einfallen. Er merkte schon, daß Faber – trotz der langen Stunden auf der Bank, oder gerade *wegen* ihnen – gut vorbereitet war und sich, mit seinem Roselund, bestimmt alle Winkelzüge überlegt hatte, auf die heute abend noch einer verfallen konnte. Er würde jede Idee schon im Ansatz abzuwürgen versuchen.

Und dann setzte er sich schnell wieder und fragte unterdrückt: »Was, zum Teufel, macht denn Glasenapp hier?«

Der Lkw-Direktor stand mit Dr. Rhode und Heidenreich unter dem großen französischen Gobelin an der Stirnseite des Arbeitszimmers und sah erwartungsvoll zum Kamin.

»Er besteht darauf, mit Ihnen selbst zu reden, sagt, Sie hätten ihm versprochen, er könnte jederzeit zu Ihnen kommen!« Faber wirkte sehr verärgert. Und auch Feringer sagte: »Ich habe das eigentlich auch so verstanden ... !«

Tassilo Billstein kam aufgeräumt hinzu und bestellte Grüße von seinem Zweitältesten, bei dem Benjamin Bach Patenonkel war. »Haben Sie Glasenapp schon gesehen?« rief er dann, als ob er zugehört hätte, und bevor ihm jemand in den Arm fallen konnte, winkte er bereits. »Eugen! Komm, mach deinen Kratzfuß!«

Benjamin Bach sah ihn wütend an. »Dafür haben Sie hoffentlich einen guten Grund!«

»Hab' ich!« schnappte Billstein zurück und musterte Faber ein bißchen verächtlich.

So tüchtig dieser Glasenapp war, niemand sah ihn gern in der Hauptverwaltung, selbst BB nicht; er war einfach zu anstrengend und heute abend gewiß fehl am Platz.

»Vielleicht lesen Sie erst mal meine Hausmitteilung!« riet der Finanzchef.

»Wozu?« Benjamin Bach erhob sich wieder. »Erzählen Sie, was anliegt, und machen Sie's so kurz wie möglich!« Er begrüßte Eugen Glasenapp. »Was machen die Bullen der Autobahn? Sie kommen wieder mal im falschen Augenblick. Ich habe den Kopf voll mit China ...«

»Gebt mir mein Geld«, erklärte der Lkw-Direktor kampfeslustig, »und ich bin schon verschwunden!«

Feringer war zum Schreibtisch gegangen und brachte die Hausmitteilung Fabers, versuchte sie Benjamin Bach vor die Augen zu halten, aber der schob ihn beiseite. »Was für ein Geld?«

»Meine Löhne! ... Heute ist der Achtzehnte, Herr Bach!«

Es wurde still in dem riesigen Arbeitszimmer.

»Herr Glasenapp hat Anlaß ...«, fing Tassilo Billstein an, doch Faber unterbrach ihn, sagte scharf zu Benjamin Bach: »Lesen Sie jetzt meinen Schrieb oder nicht?« Und drehte sich auf dem Absatz um und ging, mit Roselund, zu Jaksch und Aschenbach hinüber.

»Eins nach dem anderen!« sagte Bach. »Setzen Sie sich, Herr Glasenapp, und lassen Sie mich, bitte, mal allein, Herr Billstein!« Und den anderen Herren rief er zu: »Guten Abend allerseits, nehmen Sie schon mal Platz, es geht in zwei Minuten los!« Dann las er die Hausmitteilung, während Feringer sich laut damit beschäftigte, den Herren die richtigen Plätze zuzuweisen.

Glasenapp habe, so schrieb Faber, entgegen den Anweisungen der Hauptverwaltung, ein ERP-Darlehen von 5,5 Millionen Mark dazu benutzt, bereits gestoppte Rationalisierungsinvestitionen weiter zu finanzieren, anstatt die laufenden Löhne und Gehälter damit zu bezahlen. Nach außen hin sei er im Recht, intern gesehen jedoch ...

Benjamin Bach brauchte nicht weiterzulesen, er schloß die Augen und atmete tief durch, nur Ruhe, dachte er, nur jetzt nicht die Nerven verlieren. Das war genau ein Fall, wie er ihn liebte. Diesen Glasenapp würde er, vor versammelter Mannschaft, ungespitzt in den Boden treiben, den würde er so auseinandernehmen, daß nur noch Gräten von ihm übrigblieben, dieser rotgesichtige, grinsende Affenarsch in seinem Zirkushemd, dieser ...

Als er die Augen wieder öffnete, lächelte er allerdings, reichte Glasenapp die Hand und sagte, in seiner bekannt herzlichen Art: »Natürlich kriegen Sie Ihr Geld. Morgen früh können Sie darüber verfügen – Doktor!« Jetzt meinte er Rhode, der in der Nähe stand. »Haben Sie Herrn Faber schon von Ihrer Aufwertung erzählt?«

Dr. Rhode verzog das Gesicht. »Wollte ich eigentlich Ihnen überlassen, Herr Bach!«

»Machen Sie mal!« sagte Benjamin Bach und winkte Glasenapp, ihm nach draußen zu folgen. Faber war imstande, noch hinterherzukommen, wenn er nicht abgelenkt würde.

Der Lkw-Direktor ging mit Siegermiene ab, aber niemand klatschte Beifall, es war, als ob die Anwesenden mitbekommen hätten, daß hier einer gegen eiserne Regeln zu verstoßen versuchte. Auch Tassilo Billstein sah auf einmal unsicher aus.

»Na denn, Wiedersehen, Fräulein Cajek!« sagte Glasenapp im Sekretariat. »Ich werde jetzt rausgeschmissen – schade, daß Sie noch gebraucht werden, sonst hätte ich Sie zu einem Gläschen eingeladen!«

»Vorsicht«, bemerkte Benjamin Bach, die Tür zum Gang aufhaltend, »die Dame ist schwer verheiratet.«

Als sie draußen waren, brach Lydia Cajek in Tränen aus.

Benjamin Bach begleitete den Besucher bis zum Fahrstuhl. »Ich weiß ja nicht, wie Sie darüber denken, Herr Bach«, sagte Glasenapp vertraulich, »aber das ERP-Geld war mir für'n bestimmten Zweck zugesagt, und es gehört sich einfach nicht, daß Faber es zweckentfremdet ...«

Ganz freundlich gab Benjamin Bach zur Antwort: »Halten Sie schon die Schnauze. Sie kriegen Ihr Lohngeld, und damit hat's sich.« Er drückte auf den Knopf, und die Fahrstuhltür öffnete sich.

Glasenapp grinste.

»Und damit wir uns nicht mißverstehen«, sagte der Generaldirektor, »Herr Faber ist der Finanzchef, und wenn Sie ihn aufs Kreuz zu legen versuchen, sind Sie schon ein toter Mann. So was ist schnell herum in der Branche. Und das war das letztemal, daß Sie hier unangemeldet aufgetaucht sind.«

Er schob den Lkw-Direktor in den Fahrstuhl und stellte sich in den Lichtstrahl, der die Tür schließt.

»Noch was: Sie haben vor drei Jahren die Karre prima aus dem Dreck gezogen und jedes Jahr ihre zehn Prozent mehr verkauft, gratuliere. Aber am ersten April waren's nur achteinhalb, Herr Glasenapp ...«

Jetzt hatte sich der Gemaßregelte von seinem Sturz aus den Wolken erholt und rief, knallrot: »*So* würden Sie vor Zeugen nicht mit mir reden, Herr Bach!«

»Sehr richtig«, sagte Benjamin Bach, ohne zu lächeln. »Was glauben Sie, warum ich Sie vor die Tür begleite? Um Ihnen die Ehre zu geben? Sie werden alt, Glasenapp.«

»*Ich* bin immer noch jünger als Ihr alle hier!«

»Sie verwechseln Ihre große Schnauze mit Energie, Mann. Morgen früh will ich ein Effess auf dem Tisch haben, in dem Sie die vollen zehn Prozent bis Oktober garantieren. Wenn nicht, können Sie sich schon mittags nach einem Job bei der Straßenreinigung umsehen ...«

Er trat zurück, und mit leisem Zischen schlossen sich die Fahrstuhltüren. Aber Glasenapp wollte das letzte Wort behalten. Außer sich vor Erregung, stellte er ein Bein dazwischen, zwang die Türen wieder auseinander und schrie: »Ich kündige! ... Fristlos!« Und ließ die Türen zuschnappen.

Doch nun legte auch Benjamin Bach Wert auf ein letztes Wort, hielt blitzschnell die Hand dazwischen und zog die Türen wieder auf. »Oooh nein, Freundchen, wenn hier einer kündigt, dann bin *ich* das! Und da wir, sehr richtig, ohne Zeugen sind, kündige *ich* Ihnen hiermit fristlos, und ich hänge Ihnen eine Schadenersatzklage über fünf Millionen an und sorge dafür, daß Sie kein Bein mehr auf die Erde kriegen! Bei dem Streitwert sind Sie mause, bevor Sie Amen sagen können. Und wenn Sie mir mit zweckentfremdeten ERP-Geldern kommen, hänge ich Ihnen nochmal fünf Millionen an, und auch *den* Prozeß können Sie nur verlieren – oder haben Sie von Faber etwas Schriftliches? Ich glaube nicht ... Na, wie gefällt Ihnen das?«

Glasenapp fehlten buchstäblich die Worte, um etwas Wirkungsvolles darauf zu erwidern. Er ballte die Fäuste, trat einen Schritt auf Benjamin Bach zu, als ob er ihm an den Hals wollte, und schrie: »Das ... das werden Sie ...« Benjamin Bach sah mit seinem kühlen, amüsierten Lächeln, das so wenig von seinem inneren Zustand verriet, auf den kleineren Mann herunter und wich nicht einen Zentimeter zurück.

Und nach einer Kunstpause von drei Sekunden sagte er: »Sie können aber auch das Effess schicken und am ersten Oktober einen neuen Vertrag haben. Um neun, morgen, bin ich im Büro.«

Als er diesmal zurücktrat, blieben die Fahrstuhltüren geschlossen. Glasenapp schwebte in die Tiefe.

Dieser Zusammenstoß pulverte Benjamin Bach auf wie eine Runde

Boxen. Puls und Atem gingen schneller, aber er fühlte sich »sauwohl« und brannte darauf, auch die anderen Probleme im Sturm zu erledigen. Das Sekretariat durchquerend, lächelte er die Cajek freundlich, aber nichtssagend an. »Wenn noch was ist – ich bin für niemand mehr zu sprechen. Rufen Sie meine Frau an, ich würde mich freuen, morgen um acht Uhr fünfzehn mit ihr zu frühstücken.«

»Ihr Herr Schwiegersohn ...«, sagte sie schnell.

Er schlug schon die Tür hinter sich zu und ging gleich zu Faber, der mit Roselund und Feringer in der ersten Fensternische stand und vor Zorn ganz gelb war.

»Sie haben das mit Glasenapp zu weit treiben lassen.« Feringer und Roselund zogen sich diskret zurück, und auch die anderen taten so, als wäre ihnen nichts aufgefallen.

»Aber reden wir nicht mehr darüber«, sagte Benjamin Bach. »Ich habe dem Kerl was gehustet. Geben Sie ihm das Geld frei und schauen Sie ihm scharf auf die Finger.« Er winkte Dr. Müller-Gräwen herbei.

»Ich möchte«, sagte er zu ihm und klang sehr kurz angebunden, »daß morgen früh um acht Ihre besten Leute in Mannheim tätig werden – knallhart. Ich will einen detaillierten Bericht, was mit dem ERP-Geld geschehen und was vielleicht noch zu retten ist, keine Mark bleibt mir ungeprüft.«

Faber murmelte: »Das kann ich Ihnen alles schon sagen ...«

Und Müller-Gräwen wandte ein, daß seine Revisoren erst vor einem halben Jahr in der Lkw-Fabrik das Unterste nach oben gekehrt hätten, außerdem bezweifle er, ob er sie aus anderen Arbeiten heute abend noch herausholen könne.

»Wenn Sie damit nicht fertig werden, dann bringen Sie mir einen Mann, der es kann. Und ob Sie vor einem halben Jahr schon mal in Mannheim waren, interessiert mich nicht. Ich wünsche das Ganze noch einmal, da capo. Die Vollmachten können Sie jetzt gleich haben.«

Müller-Gräwen eilte hinaus.

»Glasenapp wird hinschmeißen«, sagte Faber.

»Ich glaube nicht. Fristlos entlassen habe ich ihn schon im Fahrstuhl gerade. Wenn er morgen früh ein Fernschreiben schickt, in dem er die zehn Prozent auch für dieses Jahr garantiert, geben wir ihm aber einen neuen Vertrag – die Stuttgarter wollen ihn doch behalten?«

Nicht einmal Billstein wußte, daß Faber insgeheim seit einem halben Jahr mit Daimler-Benz über den Verkauf des Lkw-Werkes verhandelte. Mit den schweren Brummern hatten sie noch nie Glück gehabt. Nach den üblichen Anfangserfolgen, in den Jahren nach der Währungsreform, war ihr Marktanteil durch personelle Fehlbesetzungen und eine falsche Typenwahl auf mehr als die Hälfte geschrumpft und nahm, trotz großer persönlicher Anstrengungen des Konzernchefs, immer weiter ab. Mit der Angliederung eines Traktorenprogramms und der Lizenzfertigung amerikanischer Baumaschinen war zeitweilig eine Erholung eingetreten, doch dann ging es weiter abwärts. Erst vor drei Jahren, als Benjamin Bach alles auf eine Karte gesetzt und den robusten Glasenapp aus dem dritten Glied geholt hatte, begann sich das Blatt zu wenden. Mit außergewöhnlichen Vollmachten ausgestattet, organisierte der Betriebsingenieur das Werk vollkommen um, reduzierte das Programm auf zwei Typen und brach vehement in den Markt ein. Seine Erfolge waren erstaunlich, aber Bach und Faber verloren trotzdem die Lust. Dieser Glasenapp war nicht der Mann, mit dem sie sich für längere Zeit »ins Bett legen« wollten. Der Preis für seine Brachialmethoden war eine steigende Beunruhigung in der Branche, waren Auseinandersetzungen mit Gewerkschaften und Gewerbeaufsichtsämtern, Prozesse mit Händlern und Zulieferfirmen, und das alles unter dem Namen TALL.

Nein, sie wollten nur noch die nächste Bilanz abwarten, um beim Verkauf einen möglichst hohen Preis zu erzielen. Glasenapp war natürlich am ahnungslosesten von allen; seine unbezahlbare Tüchtigkeit würde sich, auch in diesem Falle, für ihn nicht bezahlt machen, denn im Mercedes-Vorstand hatte keiner die Macht und die Nerven, ihn, wie Benjamin Bach, drei Jahre lang den wilden Mann spielen zu lassen. Die Stuttgarter würden ihn nicht gerade wieder ins dritte Glied zurückbefördern, aber ins zweite.

Faber nickte nur, er erholte sich zusehends. Dies war einer der Auftritte, für die er BB rückhaltlos bewunderte. Er hätte es nicht über sich gebracht, diesem Rüpel Glasenapp vor allen Augen freundlich zu tun – und ihm vor der Tür den Knüppel zu zeigen.

»So«, rief Benjamin Bach, »wir können anfangen. Ich hoffe doch nicht, daß einer der Herren noch etwas auf dem Gemüt hat, was nicht zu China gehört?« Einige begrüßte er mit Handschlag, anderen nickte er nur zu, dann machte er es sich hinter seinem Schreibtisch bequem. »Nehmen Sie ganz rasch Platz – haben Sie alle was zu trinken? Ich lechze danach, von Ihnen zu hören!«

Hans-Joachim Lehmann schwang sich, wie sein Chef Wenkötter bei solchen Anlässen, auf den Aktentisch neben dem Schreibtisch; er war seit der Vormittagskonferenz um ein paar Jahre gealtert und hatte etwas Verbissenes um den Mund. Sein gleichaltriger Vertreter Alexander Stein, ein in Amerika aufgewachsenes schmächtiges Bürschchen, das aus der zentralen Produktionsdisposition von General Motors in Detroit kam, holte sich instinktsicher den Stuhl, auf dem früher Lehmann gesessen hatte. Billstein teilte sich mit Faber die Mitte vor dem Schreibtisch, auf Plinis Sessel erhob Heidenreich Anspruch, der technische Personalchef, an der Wand zu BBs Privaträumen lehnte Dr. Rhode, der sich nie setzte, wie auch Feringer nicht, der mal hier, mal da auftauchte, und in der zweiten Reihe hatten sich, zwanglos, Jaksch, Roselund, Professor Amsler, Waldekranz, Aschenbach und die beiden Sachverständigen von Lehmann niedergelassen. Ein Sessel blieb für Müller-Gräwen frei.

»Wie ich schon sagte«, begann Faber dort, wo er aufgehört hatte, »es gibt zwei Unterschiede in der Auffassung. Die Bank meint, daß wir uns bemühen sollten, mehr als fünf Prozent Anzahlung aus den Chinesen herauszuholen ...«

»Illusorisch!« konterte Benjamin Bach sofort. »Wenn nicht eine dumme Falle von Dandy Lodtwitz. Die müssen wissen, daß das ganz unmöglich ist! Schon um hundertfünfzig Millionen auf den Tisch zu legen, muß Tschou gewisse Risiken eingehen. Im letzten Jahr sind Ein- und Ausfuhren zwar wieder angestiegen, und dieses Jahr hoffen sie sogar wieder den Höchststand von neunzehnhundertsechsundsechzig zu erreichen. Ich weiß nicht«, wandte er sich an die anderen Herren, »ob Sie über die volkswirtschaftliche Bedeutung der chinesischen Landwirtschaft informiert sind ...«

Alle nickten, und Billstein sagte: »Wir haben in Ihrer Abwesenheit sogar ein Chinaseminar abgehalten, Herr Bach.«

»Ach? ... Sehr schön. Der Höchststand von sechsundsechzig lag bei sechzehnkommaacht Milliarden – vor der Kulturrevolution also.«

Wieder murmelten alle beifällig.

»Nach wie vor aber hängen sie mit ihrer Getreideversorgung an einem kritischen Punkt, es braucht nur mal wieder eine größere Naturkatastrophe einzutreten ...«

»... dann können sie nicht zahlen«, fiel der Finanzchef ein. »Eben darüber haben wir lange und breit gesprochen. Dandy, der die Sache wohl betreuen wird, glaubt einfach nicht daran, daß China ab zweiundsiebzig schon jedes Jahr runde vierhundert Millionen erübrigen kann – und das die nächsten sieben Jahre!«

Benjamin Bach stöhnte ungeduldig. »Das hat eben mit der Politik zu tun – da sehen Sie's, Herr Faber! Sie wollten mir ja heute morgen nicht zuhören. Tschou rechnet mit einer Vietnamlösung und somit einer stetigen Verbesserung seiner Außenhandelsbilanz in den nächsten Jahren – wie hoch ist das Mark-Guthaben der Chinesen zur Zeit? Haben Sie das mal feststellen lassen?«

»Anderthalb Milliarden!« antwortete Roselund aus der zweiten Reihe.

Wieder gab es ein beifälliges Gemurmel, aber Faber schüttelte energisch den Kopf, und Roselund beeilte sich zu erklären: »Die Zahl stimmt aber nicht.« Nun nickte Faber. »Sie haben nämlich keinen Überschuß, sondern einen Unterschuß ...«

»Wollen Sie mich veräppeln, Herr Roselund?« rief Bach.

»Pardon, so nennen wir das unter uns, ein Defizit. Bei diesen anderthalb Milliarden handelt es sich nämlich nicht um Überschüsse aus Geschäften mit der Bundesrepublik, sondern um Guthaben verschiedener Währungen, die von der Bank of China erst kürzlich in die stabilere D-Mark umgeschichtet worden sind; davor hatte Peking sein Auslandskapital fast nur in Pfund Sterling angelegt.«

»Ich gehe wohl nicht fehl in der Annahme, daß Ihnen diesen Mist heute die Bank beigebracht hat?« fragte Benjamin Bach bitter.

Faber grinste. »Nicht alles, ein bißchen haben wir uns auch selbst besorgt. Sie können es drehen und wenden, wie Sie wollen, Herr Bach: die Zeichen stehen nicht gerade günstig für China.«

Benjamin Bach lehnte sich zurück und sah die anderen Herren an, vor allem die jüngeren. »Sperren Sie gut die Ohren auf«, sagte er langsam, »heute abend können Sie was fürs Leben lernen ...« Ruckartig ließ er sich wieder nach vorne kippen. »So hat noch jedes große Geschäft angefangen, meine Herren, genauso, wie Sie's jetzt hören! ... Die Finanzleute überschütten Sie erst mal mit einem Haufen Unrat, daß Ihnen ganz übel wird, und wenn Sie sich da durchgearbeitet haben, stinkt es so, daß Sie die Muttergottes zu Hilfe rufen müssen, um selbst noch an Ihr Geschäft glauben zu können! Das war schon immer so und wird, aus unerfindlichen Gründen, wohl immer auch so bleiben – wenn ich nur Herrn Faber zuhören würde, säßen wir jetzt noch in unserem alten Loch und würden Rheinkähne reparieren – aber wir bauen *Stahlwerke in China!*«

Er schlug mit der Faust auf seinen kostbaren Tisch, daß der Plastikkubus in die Höhe sprang, in den die letzte Zigarette gegossen war, die Benjamin Bach – nicht mehr – geraucht hatte. Das Ding fiel auf die Erde. Dr. Rhode hob es auf und stellte es auf seinen Platz zurück, dann beteiligte er sich am Beifall der anderen. Alle klopften spontan, sogar Faber.

»Ich höre Ihnen zu gern zu«, sagte der Finanzchef lächelnd. »Ich habe heute auch in der Bank gesagt«, er sah Billstein an, »daß an Ihnen ein Staatsschauspieler verlorengegangen ist – aber hier geht es wirklich nur um dürre Zahlen, verehrter Herr Bach, um weiter nichts.«

»Arsch abwischen«, sagte Benjamin Bach, *»das* können Sie sich damit! ... Denn es geht eben *nicht nur* um dürre Zahlen!« Er sprang auf, stieß seinen Sessel zurück, sah sich um. »Mit Zahlen kann jeder Ochse zurechtkommen, wenn er sie nur lange genug gebüffelt hat! Was ich meine, das ist der *Geist,* der in einer solchen Sache steckt, der *Odem,* der ihr eingehaucht werden muß, damit sie lebendig wird und ein Geschäft, zu dem sich hinterher alle Parteien gratulieren können, die *Phantasie,* die euch Nationalökonomen und Volkswirtschaftlern fehlt, das *einzige,* was die Welt bewegt – und *gegen* euch, *gegen* euren Widerstand bewegt! ... Denn das lernt ihr nicht auf euren beschissenen Universitäten, wo ihr Zahlen lernt und Statistiken und Rentabilitätsberechnungen und Devisenarbitragen und wie der ganze Schwindel heißt, das lernt ihr nur *hier!«* Er klopfte hart auf die Tischplatte. »Hier an diesem Tisch, wo ich großschnäuzig genug geblieben bin, um mich über euch alle hinwegzusetzen, wenn ihr mit Valutaumschichtungen kommt und glaubt, ihr könnt mir die Chinesen damit madig machen!« Er ging hin und her und fauchte: »Das ist so lächerlich alles, wenn Sie sich den Globus anschauen! Da liegt dieses Riesenland – ein einziges Paradies für geschäftsfreudige Unternehmer, ein wahrhaft unterentwickeltes Monstrum –, und ich brauche *die fünf Finger* an meiner rechten Hand, um mir auszurechnen, was da rauszuholen ist an Umsätzen und Gewinn, mehr brauche ich nicht! – Ich kann auf Schleimscheißer wie Dandy Lodtwitz und heimliche Lyriker wie Egerwald verzichten, die mir einen Stein in den Weg legen wollen, damit ich nicht fünf, sondern vielleicht fünfdreiviertel Prozent aus einem Mann wie Tschou En-lai herausleiere – ja, sind Sie noch bei Verstand, Faber, daß Sie mir im Ernst diesen Dreck antragen? ... Herr Brandt dampft ab nach Kassel und bügelt alles gerade mit den Russen – und bei den Chinesen, denen ich heute mehr zutraue, was technisches Talent und wissenschaftliche Erfindergabe angeht, als allem, was die Russen je geleistet haben, bei den Chinesen soll ich wegen tausend lächerlicher Einfuhrrestriktionen den Kopf hängen lassen?«

Er hatte zuviel Dampf aufgemacht, war plötzlich heiser. Schwer stützte er sich auf den Schreibtisch und sah die Gesichter um ihn an, keines war unbeeindruckt, besonders die der jüngeren nicht, aber er war noch nicht am Ende, er hatte ihnen noch viel zu sagen. Und leiser, ruhiger, und darum noch wirkungsvoller, fuhr er fort: »Jedes wirklich große Geschäft sieht am Anfang so aus ... Und sicher hat Herr Faber recht, wenn er von dem Risiko spricht, das in solchen Sachen immer drin ist. Aber passen Sie gut auf ...« Er ließ sich in seinen Sessel sinken, streckte die Beine aus und öffnete sich den Kragen. »Das Risiko müssen wir auf uns nehmen, um das Geschäft überhaupt in Gang zu bringen ... Einen solchen Giganten von drei Milliarden, meine Herren, den bewegen Sie nicht ohne Schwierigkeiten – doch *wenn* er einmal in Bewegung ist, dann hält ihn nichts und niemand mehr auf ... !« Er machte eine Pause und griff dankbar nach dem Glas Apollinaris, das Feringer ihm eingeschenkt hatte, trank und wischte sich den Mund ab. »Dann kann passieren, was will, dann tritt sogar die Konkurrenz mit an, um es zu Ende zu bringen – dann kann es sein«, rief er, »daß die Chinesen vielleicht einmal nicht zahlen können, was sie sich vorgenommen haben, aber dann sind sie eher bereit, ihre Politik des ›self-reliance‹ aufzugeben – diesen Standpunkt ›aus eigener Kraft‹, den sie nach dem Exodus der Russen Anfang der sechziger Jahre eingenommen haben – als ihren Verpflichtungen *uns* gegenüber nicht nachzukommen! ... Dann gehen Sie, verdammt und zugenäht, eben auf den internationalen Kapitalmarkt, vor dem sie sich so peinlich noch zurückhalten und auf den sie früher oder später doch müssen, und pumpen sich das Geld für ordentliche Zinsen, das hat Herr Dandy Lodtwitz – wie heißt der Heini eigentlich richtig?«

»Heinz«, sagte Faber.

»Das hat Herr Heinz Dandy Lodtwitz nämlich wohlweislich unterschlagen: daß die Chinesen keinerlei Schulden im Ausland haben, daß ihre Remnimbi-Währung nach innen und außen stabil ist wie keine andere sonst auf der Welt, daß sie keine Preiserhöhungen, sondern Preissenkungen bei sich zu Hause haben und ihr Ansehen, in puncto internationale Zahlungsfähigkeit, einfach *erstklassig* ist! ... Habe ich was vergessen, Herr Faber?«

Faber rauchte, sah vor sich hin und zuckte nur die Achseln.

»Wir werden noch Schwierigkeiten zu überwinden haben«, sagte Benjamin Bach mit einem grimmigen Lächeln, »daß Ihnen die Ohren schlackern werden, meine Herren, aber wir räumen das Zeug, das man uns in den Weg legt, Zug um Zug beiseite, da seien Sie ganz beruhigt, und ich unterschreibe den Vertrag, von heute an gerechnet, in genau vier Wochen, darauf können Sie einen fahren lassen, Herr Billstein – ob wir die Bank auf unserer Seite haben oder nicht –, und damit Sie, Herr Faber, einen Grund haben, so entsetzt auszusehen, will ich Ihnen auch nicht vorenthalten, was uns Pistor heute in Bonn gesteckt hat ...«

Er sah Feringer an, und alle Köpfe wandten sich dem Assistenten zu. Der wirkte nicht sehr glücklich, als er zögernd sagte: »Herr Pistor meint ...«

»Lauter!« rief Benjamin Bach.

»Herr Pistor meint, sichere Informationen darüber zu haben, daß Herr Scheel plant, das Referat römisch zwo A acht im Außenministerium aufzulösen ...«

»Was ist das für ein Referat, Doktor?«

»Das China-Referat!« meldete sich Lehmann.

Feringer nickte. »Herr Legationsrat Hoffmann, der Leiter, ist vor vier Wochen tödlich verunglückt ...«

»Und das ist für eine Frohnatur wie Scheel der Anlaß, China zu vergessen!« rief Benjamin Bach. »Soviel zur kabarettistischen Seite der Angelegenheit. Und wissen Sie, wer den Laden demnächst wieder eröffnen wird? ... *Wir.* Die Firma Teha Tall!«

Die Bombe dieses Abends platzte jedoch erst, als Müller-Gräwen zurückkam. Er riß die Tür auf und rief stürmisch: »Sprechen Sie schon über die Tanker?«

Benjamin Bach sah ihn konsterniert an. »Wieso Tanker? Wir reden über China! Klappt das morgen früh?«

Müller-Gräwen nickte und setzte sich.

Faber gestattete sich einen tiefen Seufzer. Es war doch immer das gleiche mit diesen Abendkonferenzen. Anstatt mit den Leuten kühl und sachlich zu diskutieren, hielt Benjamin Bach eine seiner flammenden Propagandareden, und danach war keiner mehr in der Lage, nüchtern geradeaus zu denken. »So abwegig Ihnen das, im Zusammenhang mit China, vorkommen mag, Herr Bach, aber das ist der zweite Punkt, bei dem sich die Bank auf die Hinterbeine stellt – die Tanker«, sagte er trocken. »Ich muß leider auf der Erde bleiben.«

Benjamin Bach breitete stumm die Arme aus und lehnte sich zurück. »Bleiben wir auf Ihrer Erde, Herr Faber.«

»Bis zur Franc-Abwertung im vergangenen August«, trug Faber vor, »standen wir ja schon gar nicht mal so schlecht mehr da, aber mit Schillers *floating* im September und mit der D-Mark-Aufwertung im Oktober hat sich das Bild wieder entscheidend geändert, wir sind vollkommen ins Schwimmen geraten, wenn ich das, in diesem kleinen Kreis, so deutlich ausdrücken darf.«

»Ins Floaten«, sagte jemand leise.

Und Benjamin Bach sagte: »Kommen Sie zu Potte!«

Faber schüttelte den Kopf, hustete, drückte seine Gauloises aus und griff nach einer neuen. »Wie das immer so ist, wenn man einmal ins Schwimmen gerät – es breitet sich eine gewisse Panik aus ...«

»Wo?«

»Bei der Handelsbank. Die Herren haben es mit der Angst zu tun bekommen und haben wieder mal angefangen, alle möglichen geschäftlichen Vorgänge zu untersuchen, die nicht so laufen, wie sie laufen sollten ...«

»Haben Sie ihnen nicht auf die Finger geklopft?«

Faber wußte eine entwaffnende Antwort: »Ich bin nicht gefragt worden. Erst heute sind sie mit einigem herausgerückt – angeregt, sicherlich, durch Ihren Auftritt, Herr Bach! – und haben mir, zum Beispiel, vorgerechnet, daß wir mit den drei Tankern bis zur Fertigstellung in zwei Jahren fünfundvierzig Millionen verlieren werden – korrigieren Sie mich, Herr Billstein, wenn ich etwas Falsches sage.«

»Stimmt haargenau!« bestätigte Tassilo Billstein.

Auf der Stirn Benjamin Bachs erschien eine tiefe Falte. »*Wieviel*, sagen Sie?«

»Sie haben richtig gehört – fünfundvierzig.«

Tonlos fragte Benjamin Bach ihn: »Sind Sie verrückt geworden, Herr Faber?« Er sah Billstein und schrie unvermittelt: »Sind Sie alle beide noch zu retten?« Und sprang auf und beugte sich über den Schreibtisch, als ob er feststellen wollte, ob er es mit Betrunkenen zu tun hätte. »Wir sollen fünfundvierzig Millionen daran verlieren? ... Und das erfahren wir von der HB? ... Ja, was habt ihr – ihr Trottel, hätte ich beinahe gesagt – denn in der ganzen Zeit gemacht? ... Was hat denn Herr Blum gemacht, Herr Waldekranz? ... Die Revision, Herr Müller-Gräwen? ... Herr Lehmann! Was hat denn Herr Wenkötter gemacht? – Und Sie, Herr Faber, kommen mir im Januar und erzählen, daß wir wohl ›ein paar Millionen‹ teurer werden – ja, bin ich denn von lauter Narren umgeben? Was für einem Verein stehe ich hier eigentlich vor?«

Er schrie so laut zum Schluß, daß sämtliche Herren sich unwillkürlich erhoben und ihn, ziemlich fassungslos, anstarrten. Ungläubig anstarrten, denn dies war nicht die lautstarke, aber doch immer noch kontrollierte Stimme BBs, dies war ein echter Ausbruch, der auch seinen ältesten Mitarbeitern an die Nieren ging. Aber das Wilde in seiner Stimme verschwand so schnell wieder, wie es gekommen war.

Tassilo Billstein wollte ihm die Hand auf den Arm legen und bekam einen Stoß. »Bleiben Sie mir vom Leib!« Es klang immer noch laut genug.

Faber, der als einziger auf seinem Sessel geblieben war, sagte müde und betont ruhig: »Setzen Sie sich wieder, dann werde ich Ihnen alles ...«

»Ich *denke* nicht daran!« schrie Benjamin Bach und marschierte hinter seinem Schreibtisch auf und ab. Feringer nahm schnell ein paar Sessel aus dem Weg. »Es geht hier primär nicht um fünfundvierzig Millionen – es geht hier um die Beantwortung der Frage, wie das in einem Topladen wie diesem geschehen kann, daß wir in solchem Umfang ins Messer rennen, ohne daß auch nur einer von all diesen gelehrten Herren hier etwas merkt davon – und wie es möglich ist, daß diese Flaschen von der Bank so etwas sofort herausfinden! ... Seid Ihr von allen guten Geistern verlassen? Was für eine Verschwörung findet hier statt, Bill? Was würden Sie an meiner Stelle dazu sagen?«

Minutenlang geriet er von einem Ausbruch in den anderen, und jedem, der etwas zu seiner Rechtfertigung anzubringen versuchte, schnitt er das Wort ab, jedem Versuch einer Erklärung setzte er eine Frage vor den Bug, die logisch klang, in sich aber ungerecht war.

»Herr Wenkötter hat *dreimal* in diesem Jahr darauf hingewiesen, daß sich in Hamburg eine Katastrophe anbahnt!« rief der junge Lehmann tapfer.

»Mit einer Hausmitteilung?« schrie Bach ihn an. »Wenn eine Katastrophe auf uns zukommt, möchte ich mündlich unterrichtet werden, verstanden!? ... Wer liest all diesen Plunder, der mir jeden Tag auf den Tisch geschaufelt wird!«

»Ich«, sagte Feringer. »Nach Möglichkeit. Und ich habe Sie immer wieder darauf aufmerksam gemacht, Herr Bach!«

»Fallen Sie mir auch noch in den Rücken, Mensch! Was Sie mir da auf der Straße und im Fahrstuhl andrehen, muß nicht immer auch in meinem Kopf landen! Ist Ihnen das noch nicht aufgegangen?«

Ganz sicher hatte er die Warnungen seiner Mitarbeiter immer wieder erhalten, aber in dem Wust – dem »Plunder« – von Nachrichten, die ihm Tag und Nacht zuströmten, war ausgerechnet die Tankerkatastrophe untergegangen. Vielleicht wollte er sie auch nicht zur Kenntnis nehmen, da er den schlechten Ausgang dieses Geschäftes schon bei Vertragsabschluß mit der Transatlantik-Reederei hatte erwarten müssen – wenn auch nicht gerade einen Verlust von 45 000 000 D-Mark.

Aber Benjamin Bach hätte nicht Benjamin Bach sein müssen, wenn er es beim Haareraufen belassen hätte. Ebenso schnell, wie er explodiert war, zwang er sich auch wieder zur Ruhe, warf sich in seinen Sessel, schrie »Setzen!« und fuhr Faber, als sich die Herren rasch wieder auf eine Ebene mit ihm begeben hatten, heiser an: »Erzählen Sie. Und vergessen Sie nicht, mich aufzuklären, was China damit zu tun hat!«

Faber wurde von keinem beneidet, aber von allen bewundert, wie er gleichmütig dasaß, elend aussah und dem Rauch seiner Zigarette nachblickte. Er legte den Kopf schief, fuhr sich bedächtig mit einem Finger durch den zu engen weißen Hemdkragen, blinzelte ein paarmal und fragte unverschämt zurück: »Können Sie sich das nicht vorstellen?«

»Werden Sie nicht sophistisch!« fuhr ihn Benjamin Bach an. »Ich kann mir überhaupt nichts denken – außer, daß wir noch tiefer in die roten Zahlen rutschen!«

»Das meine ich«, sagte Faber ruhig. »Und das meint auch die Bank. Deswegen steht sie ja dem China-Projekt nach wie vor ablehnend gegenüber. Und ich plädiere dafür, *keine* konsolidierte Bilanz vorzulegen. Wir geben ein elementares Prinzip auf und holen uns doch nur einen Korb ...«

»Das glaube ich nicht«, sagte Benjamin Bach kurz. »Was ist jetzt mit den Tankern? Wieso ist diese Schweinerei einem alten Fuchs wie Ihnen entgangen?«

Faber hob die Schultern. »Von entgangen kann keine Rede sein. Wir verfolgen die Tendenz seit Monaten, aber wir haben uns wohl alle im Tempo geirrt, in dem die Inflation hochkommt. Sie machen sich das zu einfach, Herr Bach – einen Schuldigen suchen! In *dem* Geschäft ... !«

»Wenn Sie damit sagen wollen«, antwortete BB laut, »daß ich selbst diesen Tankervertrag gebilligt habe, dann muß ich Ihnen antworten: *Ich* bin der einzige hier, der sich einen solchen Irrtum leisten kann – *Sie alle aber nicht!* So einfach liegen die Dinge, Herr Faber.«

Faber brachte es fertig, leise zu lachen. Er drückte wieder eine Zigarette aus, betrachtete seine Fußspitzen und erzählte die Geschichte, wie er sie sah. »Drei kleine Tanker zu je neunundvierzigtausend Tonnen mit einem Festpreis von einundvierzigkommafünf Millionen pro Einheit. Der erste ist in drei Monaten fertig und steht mit zwoundfünfzig Millionen zu Buch – oder mit zehnkommafünf zu Verlust. Der zweite wird Mitte nächsten Jahres fertig und dürfte, nach sicheren Prognosen, an die fünfzehn Millionen teurer werden, macht fünfundzwanzig Millionen Verlust.«

Er hob den Kopf über den Schreibtischrand und blickte Benjamin Bach mit weisen, alten Augen, die schon viele Verlierer gesehen hatten, spöttisch an.

»Der dritte aber wird erst im Frühjahr zwoundsiebzig fertig, weil die Helge, auf der er kielgelegt wird, umgebaut werden mußte und in acht Wochen erst betriebsklar ist ... Und die Bank hat sich erlaubt, auf Grund von Prognosen sowohl des Ifo-Institutes als auch des Deutschen Industrieinstitutes, die wiederum auf Trendrechnungen der internationalen Schiffsbaupreise basieren, eine Kostenerhöhung von glatten fünfzig Prozent zu veranschlagen – was, allein bei dem dritten Tanker, zwanzig Millionen ausmacht und uns, im Gesamtergebnis, auf fünfundvierzig bringt.«

Benjamin Bach konnte kaum noch an sich halten, jetzt rief er, beinahe triumphierend: *»Ich will vor Ihren Augen verrecken, wenn ich den dritten Tanker baue!«*

Die fünfzehn Herren um ihn fingen wieder an zu atmen, Stühle wurden gerückt, verkrampfte Beine gestreckt, sie räusperten sich und murmelten Zustimmendes, einige reagierten auch erschrocken.

Ein neuer Aspekt war aufgetaucht und erlöste die meisten aus der Hoffnungslosigkeit tagelangen Im-Kreis-Denkens, auf einmal sah ihre Welt nicht mehr ganz so einheitlich trübe aus.

Faber kicherte wie eine alte Frau. »Auf *die* Antwort war ich gefaßt, Herr Bach – den Prozeß, den Sie dann bekommen werden, verlieren Sie aber haushoch, das ist Ihnen doch klar?«

Aus der zweiten Reihe meldete sich Professor Wolfgang Amsler zu Wort. Da er nicht nur ein äußerst respektabler, sondern auch guterzogener Mann war, stand er sogar auf. »Das kostet dich weitere acht Millionen, Ben!« Er gehörte zu den wenigen, mit denen Benjamin Bach per du stand.

»Wieso?«

»Die Konventionalstrafe! ... Sie ist wesentlicher Bestandteil der Verträge – zwanzig Prozent des vereinbarten Festpreises mußt du zahlen, wenn du, aus irgendeinem Grund, nicht imstande bist, einen Tanker abzuliefern – das sind acht Millionen bei vierzig.«

»Was du nicht sagst?« Benjamin Bach sah ihn mit offenem Mund an. In der Bewegung erstarrt, saß er in seinem Sessel, schloß den Mund nur zögernd wieder und betrachtete Amsler wie ein Wesen von einem anderen Stern. Nicht alle bekamen mit, daß soeben etwas Entscheidendes ausgesprochen worden war, aber die, die es registrierten, wußten aus einer typischen BB-Bewegung sofort die richtigen Schlüsse ziehen: Der Generaldirektor strich sich über den Hals und zupfte ein paarmal an der Haut unter dem Narbenkinn – ein Zeichen äußerster Selbstvergessenheit und tiefen Nachdenkens. Die anderen hielten sein Schweigen für Betroffenheit. So vergingen viele Sekunden und bekamen, je länger Benjamin Bach nachdachte, um so größeres Gewicht.

Als er endlich wieder sprach, lächelte er, und seine Stimme klang sanft wie die eines Liebhabers. »Herr Heidenreich«, sagte er, »tauschen Sie doch mal Ihren Platz mit Professor Amsler – komm doch mal näher, Wolfgang, das ist ja hochinteressant ... Mit anderen Worten: Wenn ich *keinen* der drei Tanker abliefere, muß ich der Transatlantik dreimal acht Millionen zahlen, also vierundzwanzig, nach Adam Riese ... Und Herr Faber hier bedroht mich mit einem Fünfundvierzig-Millionen-Verlust!«

Ein Laut wie ein Stöhnen entfuhr der Runde.

Faber sah etwas Schreckliches auf sie zukommen und rief warnend: »Jetzt bloß keinen Unsinn, Herr Bach!«

Dr. Rhode aber hatte die Bedenkenlosigkeit, laut zu jubeln: »Wir liefern einfach nicht ... !«

Und Tassilo Billstein sprang als erster auf und schrie: »Das ist ja phantastisch! *Und* wir haben noch drei Tanker!«

»Genau!« Benjamin Bach stand auf. »So wird's gemacht.«

»Herrje, Sie haben natürlich recht!« rief Dr. Müller-Gräwen. »Die Tanker gehören uns dann selbst!«

Alle fingen wild durcheinander an zu schreien.

»Sie lügen sich doch schon wieder was in die Tasche!« ereiferte sich der Finanzchef. Er sah aus, als ob er doch noch die Fassung verlieren würde, er kannte seinen Benjamin Bach.

»Wir stehen vor einem Tankerboom!« rief Waldekranz, der Schwede. »Wir sind sogar schon mittendrin! ... Ich kann die Tanker auf dem Markt zu einem viel besseren Preis loswerden!«

»Wir verreedern sie selbst!« Der Jubelruf kam von dem Sachbearbeiter der TALL-Reedereien. Faber versuchte vergeblich, sich Gehör zu verschaffen. Benjamin Bach trieb Amsler an, die Verträge herbeizuholen, und schickte Müller-Gräwen nach den ahnungslosen Tankerleuten, die im Finanzressort noch immer warteten. Tassilo Billstein verglich die Entscheidung mit dem Wunder an der Marne und verlangte reihum: »Jetzt aber die Ohren steif halten!« Eberhard Jaksch lief hinaus, um noch einen Assessor für die Protokollmaschine aufzutreiben; eine ganze Serie von befreienden Entscheidungen war jetzt zu erwarten. Feringer ließ schnell die Reste des kalten Buffets vom Konferenztisch räumen. Der Funke war schon bis zu Fräulein Müller III geflogen, die der Cajek strahlend half. Lehmann, Aschenbach, Stein und die Werft- und Reederei-Sachbearbeiter versuchten, stehenden Fußes, eine Alternativberechnung über den dritten Tanker durchzuführen. Selbst Roselund, der nie etwas über die Lippen brachte, ohne Faber vorher anzuschauen, redete plötzlich wie ein Automat über die Vorteile des § 82 f der Einkommensteuer-Durchführungsverordnung, der Schiffsneubaueigentümern bis zum 31. Dezember noch eine 30prozentige Sonderabschreibung gestattete. Und Rhode rief dazwischen, der dritte Tanker sei doch eine seriöse Kapitalanlage für Kommanditisten – er hatte privat seine Finger in einer Anlageberatungsgesellschaft, die zur Hälfte dem Konzern gehörte.

Es gab kein Halten mehr.

Einen gordischen Knoten konnte jeder durchhauen, der absolute

Macht besaß, doch um ein hoffnungsloses Verlustgeschäft, an dem hochqualifizierte Mitarbeiter schon so lange herumdokterten, in ein stattliches Aktivum zu verwandeln, bedurfte es einer Kleinigkeit mehr – nämlich des speziellen Talents eines Benjamin Bach, im Zentrum einer immer unübersichtlicher werdenden Entscheidungswelt noch unkompliziert denken zu können und sich, selbstverständlich, mit kleinlichen Moralbegriffen nicht aufzuhalten. Die Zeit für eigene Tanker war, in der Tat, selten so günstig wie in diesem Jahr. Die großen Ölgesellschaften litten, trotz ihrer neuen Flotten von Riesentankern, immer noch Mangel an Transportraum, und alle großen Reedereien folgten der Diversifizierungsmode, strebten weg vom reinen Frachtliniengeschäft und charterten oder bauten Tanker aller Größenordnungen. Ein Ende des Booms war, wie Waldekranz richtig gesagt hatte, noch nicht abzusehen, dem Konzern eröffneten sich mit den drei Neubauten die verlockendsten Möglichkeiten.

Die Männer von der Hamburger TALL-Werft – zwei Vorstandsmitglieder, zwei technische Kapazitäten – wurden von Dr. Müller-Gräwen wie Todeskandidaten hereingeführt, die man im letzten Augenblick vom Strick geschnitten hat. Erschüttert und tief ergriffen drückten sie Benjamin Bach die Hand; einer weinte fast. Den meisten Zuschauern wurde jetzt erst klar, was diese Männer in den letzten Tagen und Wochen durchgemacht hatten, spontan rührten sich die Hände, es wurde kurz und mächtig applaudiert, und der alte Bill bekam wieder einmal Gelegenheit, das Wort von der »verschworenen Gemeinschaft« fallen zu lassen.

Soviel Sentiment war auch Fabers angeborene Nüchternheit nicht gewachsen, er hob die Hände und sagte zu Benjamin Bach: »Sie haben gewonnen!«

»Hoffen wir das Beste«, antwortete der ihm. Er war selbst nicht schlecht überrascht von dieser schneidigen Entwicklung zum Positiven und traute seinem Glück noch nicht so ganz. Jetzt wäre er gern ein paar Minuten allein gewesen, um nachzudenken. Mit Faber. Oder auch nur mit Feringer. Er war keineswegs stolz auf seinen »Genieblitz«, hielt solche Einfälle auch gar nicht für genial, sondern nur für eine Bestätigung seiner Philosophie, daß es in diesem Gewerbe noch ein paar Leute an der Spitze geben mußte, die ihre Erfahrung »vor Ort« gesammelt hatten, anstatt sich, in jungen Jahren schon, mit akademischen Scheuklappen die Welt verstellen zu lassen – womit er nichts gegen die Wissenschaften gesagt haben wollte. Nach seinem Gefühl verbrachte die Jugend nur zuviel Zeit in Hörsälen, wo vorgefertigte Ansichten verteilt wurden. Mit 35 Jahren, kurz bevor er Generaldirektor wurde, hatte es Benjamin Bach plötzlich gepackt, und er war in eine Vorlesung in Heidelberg geschlichen, wo er einen Zwangsaufenthalt benutzte – sein uralter DKW war ihm gestohlen worden –, um sich die Mandeln herausnehmen zu lassen. Er war unter die Philosophen geraten, und es hatte hochinteressant geklungen, was ein junger Professor da erzählte, aber als er nachher mit ihm sprach, hatte ihn der Philosoph so mokant abgefertigt, daß er beschloß, sich lieber fernzuhalten von diesen Typen.

»Allerdings«, sagte Faber, »würde ich mir schnellstens Herrn von Goergelen dazuholen, denn das geht nicht ohne Ärger ab!«

Um den Schreibtisch herum wurde ungeheuer palavert, den Tankerkameraden waren Plätze eingeräumt worden, und Tassilo Billstein war drauf und dran, sich die Jacke auszuziehen und die Ärmel hochzukrempeln.

»Nicht doch«, sagte Benjamin Bach, »das brechen wir heute nicht mehr übers Knie, das wickeln wir ungeheuer gediegen ab, meine Herren. Außerdem ist es gleich zehn, und wir brauchen unseren Schlaf.«

Es wurde langsam still, obwohl jeder enttäuscht aussah und Einwände hatte. Auch liefen ständig noch Herren hinaus und neue wurden mit hereingebracht.

»Vergessen wir China nicht über den Tankern«, sagte Benjamin Bach. »Ich schlage vor, wir teilen das neue Problem, das sich jetzt erhebt, in drei Arbeitsgruppen auf und Herr Aschenbach übernimmt die Koordination. Ich sehe auf Sie zukommen, Bill, daß Sie Kreiderjahn die Nachricht überbringen werden.« So hieß der Generaldirektor der Transatlantik-Reederei in Hamburg. »Herr von Goergelen kann sich um den juristischen Aspekt kümmern, Herr Faber wird, nehme ich an, Herrn Roselund mit der finanziellen Seite betrauen, und Herr Waldekranz muß sich um die Verwendung der Schiffchen Gedanken machen. Ab sofort will ich zu diesem Thema aber nur noch Herrn Aschenbach hören – und noch was: Totales Sprechverbot außerhalb des Hauses! Nehmen Sie das ganz ernst, meine Herren. Vor nächsten Montag darf die Transatlantik keinen Hauch von dem, was wir vorhaben, in die Nase kriegen! Ist das klar?«

Laute Zustimmung.

Faber sagte: »Morgen überweisen die Reeder wieder zwei Millionen pro rata. Was mach' ich damit?«

»Nicht anrühren!«

»Wir brauchen aber das Geld«, sagte ein Vorstandsmitglied der Werft flehend.

»Herr Faber wird sich darum kümmern.«

Feringer war schon dabei, eine Anwesenheitsliste unterschreiben zu lassen, »damit wir einen Überblick haben, wer gequatscht haben kann, wenn was rauskommt!«

Und innerhalb von fünf Minuten waren alle gegangen, und nur noch Faber, Billstein, Professor Amsler und Feringer standen vor dem Kamin, während Benjamin Bach sich die Freiheit nahm, mit seiner Frau zu telefonieren.

»In 'ner Stunde, spätestens, bin ich zu Hause.«

»Wie war dein Tag?«

»Das Übliche. Alles ungeheuer problematisch, und zuletzt löst sich alles in Wohlgefallen auf. Geh schlafen.«

»Hat Lambert dich erreicht?«

»Wieso?«

Sie erzählte ihm, daß er zurück sei und ihn unbedingt noch heute sprechen wollte.

»Halt ihn mir vom Leib!«

»Er will um halb neun morgen zu uns kommen.«

Benjamin Bach wurde heftig: »Der soll sich unterstehen! Tu mir 'n Gefallen und ruf ihn noch an – er ist doch wieder in Opladen, nehme ich an? – und sag ihm, er soll um neun Uhr dreißig im Büro sein, dann hat er fünf Minuten.«

Die zurückgebliebenen Herren unterhielten sich leise, als Benjamin Bach auflegte. Feringer aber hatte keine Scheu, erkennen zu lassen, daß er dem Telefongespräch, partiell wenigstens, gefolgt war.

»Herr Koch ist vorhin hier erschienen. Wir konnten ihn nur mit Mühe davon abhalten, ins Zimmer zu kommen. Ich habe ihn für morgen um neun herbestellt.«

»Was hat er gewollt?«

»Das möchte er nur Ihnen erzählen! Mir kam es so vor, als ob er sich wegen irgend etwas furchtbar geniert hätte. Er wäre in Bayern gewesen, sagt er ...«

»In Bayern?«

Tassilo Billstein wollte wissen, warum der »schöne Kamin« eigentlich nie angezündet werde.

»Weil er mir die Bude verpestet ... Herr Faber?«

Der Finanzchef hielt einen Zettel in der Hand. »Roselund hat mal übern Daumen gepeilt, was wir auf jeden Fall verlieren, auch wenn das mit der Neufinanzierung klappt – denn für uns steigen die Preise ja auch, wenn wir weiterbauen.«

»Wieviel?«

Sie kamen alle wieder zum Schreibtisch und setzten sich.

»Achtzehn Millionen.«

»Wie sich das trifft«, sagte Benjamin Bach kopfschüttelnd. Er sah ganz überrascht aus.

Sie sahen ihn fragend an, und Tassilo Billstein redete etwas von den Gewinnen, die sich durch den Verkauf der Tanker ergeben würden.

»Die sind vorsichtig schon einkalkuliert«, beruhigte ihn Faber.

»Doktorleben, holen Sie mir doch mal die kleine Hausmitteilung vom Nachttisch!«

Feringer verschwand im Schlafzimmer, und Faber sagte milde: »Von den drei mal acht Millionen Konventionalstrafe ist dabei natürlich noch nicht die Rede.«

Billstein sah schon wieder besorgt aus, aber Benjamin Bach nickte nur. »Natürlich.«

Feringer brachte das bekannte grüne DIN-A4-Blatt.

Bach hielt es von sich weg – er brauchte jetzt wirklich bald eine Lesebrille, besonders wenn er so müde war wie heute – und sagte lächelnd: »Jetzt werde ich euch verraten, wie wir den Tankerverlust finanzieren – es ist nämlich nicht so, daß ich überhaupt keine Hausmitteilungen lese, manchmal finde ich sogar etwas, das mich interessiert. Und wie ich dieses Ding hier von unserem Glatzkopf Rhode gefunden habe, habe ich mir noch gedacht: Was für ein Schwein ist dieser Rhode doch! ... Aber jetzt stehe ich schon wieder vor der Frage, woher nehmen, wenn nicht stehlen, und nun sage ich: Rhode hat ganz recht. Der Mann ist gut. Wir machen das natürlich.«

Er reichte die Hausmitteilung Tassilo Billstein.

»Was ist das?« wollte Faber wissen. »Warum weiß ich nichts davon?«

Der alte Bill schrie auf: »Das Weihnachtsgeld kürzen! *Unmöglich ... !*«

»Um zehn Prozent, jawohl. Macht bei hundertfünfundachtzig Millionen, die wir als dreizehntes Gehalt zahlen, genau achtzehnkommafünf Millionen. Da strahlen Sie, Herr Faber, was?«

Billstein sprang auf. »Das ist ein Skandal! Das kommt doch überhaupt nicht in die Tüte!«

»Haben Sie achtzehn Millionen? Also, reden Sie nicht so geschwollen daher, Bill. Unsere Leute sind nicht am Verhungern, und unsere Sozialleistungen sind so vorbildlich, wie Sie wissen, daß sich sogar die Kommunisten darüber ärgern – und das sagt Ihnen einer, der selbst armer Leute Kind ist! –, und außerdem ist Weihnachten, da sind die Leute opferwillig und wollen gerührt werden, und wir *werden* sie rühren! ... Ich schreibe jedem einen Brief, oder noch besser: *Sie* schreiben einen Brief, Bill ...«

»Kommt nicht in Frage!« brüllte Tassilo Billstein.

»Also schreibe ich und schildere ihnen die Sache mit den Tankern, von der sie alle gehört haben, und wie fein wir da den Kopf aus der Schlinge gezogen haben, und appelliere an die große Tall-Familie, die nun ein bißchen was – es ist ja kaum der Rede wert – nachlassen muß, damit ihre Arbeitsplätze auch in Zukunft gesichert sind. Was erzähle ich *Ihnen* das, Bill! Das können Sie doch wirklich besser!«

»Das kann ich *nicht!*« protestierte der Personaldirektor. »Da haben auch die Betriebsräte und die Gewerkschaften noch ein Wörtchen mitzureden! Die Tarife werden bestimmt noch vor Herbst gekündigt, und unser dreizehntes Gehalt, das wir jetzt noch freiwillig zahlen, ist Weihnachten schon Pflicht! Daran haben Sie leider nicht gedacht, Herr Bach!«

»Hören Sie auf!« sagte Benjamin Bach. »Als ob Sie das nicht durchziehen würden! Das hätten wir viel früher schon mal exerzieren sollen, Motto Kennedy: Fragt nicht, was Tall euch bietet – fragt lieber, was ihr der Firma bieten könnt! Mir soll keiner erzählen, daß die Leute nicht ab und zu einen Appell an das Höhere brauchen! Das stärkt nur den Zusammenhalt! Hitler hat so viele Appelle abgehalten, daß die Deutschen ja direkt sentimental werden müssen, wenn wir sie daran erinnern! Nennen wir es: eine Winterhilfe. Das ist eine gute Idee, Bill! *Das* schreiben Sie über Ihren Brief!«

Tassilo Billstein handelte wie ein Mann, warf Benjamin Bach die Hausmitteilung auf den Tisch und marschierte aus dem Zimmer, ohne Türenschlagen, aber auch ohne Gruß.

»Das hättest du nicht sagen sollen«, meinte Professor Amsler, »das hat ihn verletzt.«

Faber stand auf. »Sie sind müde. Wir sind alle viel zu müde. Ich finde, es war trotzdem kein schlechter Tag, Herr Bach.«

»Das ist das Beste, was ich heute von Ihnen gehört habe«, antwortete Benjamin Bach lächelnd. Er schüttelte seinem Finanzdirektor kräftig die Hand. »Gute Nacht. Und kommen Sie doch mal morgen etwas später, Herr Faber. Oder muß ich Ihnen meine Frau erst wieder auf den Hals schicken?«

Faber grinste. »Schöne Grüße zu Hause.« Er verabschiedete sich auch von den anderen und ging zur Tür, drehte sich noch einmal um und sagte: »Um acht habe ich die Rheinhagener schon da! Keinen Schritt weitergekommen heute ...« Und ging hustend hinaus.

Benjamin Bach riß die Schubladen seines kostbaren Schreibtisches auf. »Wo ist denn ... Habe ich denn kein Telefonbuch hier?«

»Ich hole eins«, sagte Feringer.

Geistesabwesend blieb Benjamin Bach im Sessel sitzen und starrte seinen Freund Amsler an. Der Professor schielte nach seiner Uhr.

»Die Zeit eilt und ...«

»Gleich halb elf, und ich muß dringend nochmal telefonieren«, sagte Benjamin Bach.

»Soll ich vielleicht morgen ...«

»Nein, nein, bleib da, Wolfgang, wer weiß, was morgen ist. Wie geht's Emily und dem Kind?«

Amsler hatte eine Engländerin zur Frau und ein Contergan-Töchterchen.

»Danke«, konnte er nur noch sagen, dann stand Feringer mit dem Telefonbuch da.

Benjamin Bach nahm es, blätterte darin und schmiß es auf den Tisch. »Das ist ja das Düsseldorfer – ich brauche natürlich das Frankfurter! ... 'tschuldigung, Doktor, ich war im Augenblick etwas weggetreten.«

Feringer eilte wieder hinaus, und Wolfgang Amsler fragte höflich nach Solveig. »Wir waren vergangenen Sonntag zum Essen bei euch, und sie wurde erwartet, ist aber nicht gekommen ...«

»Ach? Hat Dede mir gar nicht erzählt, daß ihr da wart. Ihr müßt viel öfter kommen, wirklich!«

»Alles in Ordnung mit der Ehe? Ich hörte eben nur, daß von deinem Schwiegersohn die Rede war ...«

»Nichts ist in Ordnung. Die Göre will sich scheiden lassen. Muß mal gründlich mit ihr reden. Aber sag – wollt ihr euch nicht noch 'n

Kind anschaffen? Emily kann doch nicht ewig nur die Kleine vor sich haben!« Er wurde von Kummer befallen, wenn er seinen Freund allein vor sich hatte, mußte immer an das Kind denken und hatte das Gefühl, auch ständig nach ihm fragen zu müssen.

Professor Amsler lächelte verständnisvoll. »Ich habe dir doch schon oft gesagt, Ben, daß wir uns längst daran gewöhnt haben. Uns kommt Betty wie ein normales Mädchen vor, sie ist jetzt neun, kann normal reden, denken, lesen und schreiben, ich muß sogar sagen, sie ist hochintelligent ...«

»Aber ein neues Kind wäre doch ...«

»Wir versuchen ja alles, aber es klappt nicht mehr. Sie haben Emily sogar zum Psychiater geschickt, und der meint, sie hätte eine psychologische Sperre ...«

Feringer kam zurück mit dem Frankfurter Telefonbuch, entschuldigte sich, er hätte es aus dem Nachrichtenraum holen müssen. Das Round-table-Gespräch im ZDF werde gerade aufgezeichnet, Katzer sei dabei und Rosenthal, sie sprächen über chinesisches Porzellan, ob Herr Bach es später noch sehen wolle.

»Auf jeden Fall. Was haben Sie da?«

Benjamin Bach nahm ihm einen Zettel ab und las ungläubig: Diergard privat – 0611/428105 – Bank 0611/55311.

Er sah Feringer kopfschüttelnd an. »Gewöhnen Sie sich bloß ab, meine Gedanken lesen zu wollen, Herr Doktor Feringer, sonst springen Sie noch mal aus dem Fenster!«

Dann entschuldigte er sich, ließ das Frankfurter Telefonbuch unberührt liegen und verschwand mit dem Zettel in seinem Schlafzimmer.

Hier stand der Direktapparat noch einmal. Er setzte sich auf das Bett, schaute auf die Uhr und wählte dann die zweite Nummer, die Feringer aufgeschrieben hatte.

Eine Portierstimme meldete sich: »Zentrale.«

»Ist da die Nationale Commerz?« Er verlangte Herrn Diergard zu sprechen. Der Nachtportier antwortete gar nicht erst, verband gleich weiter. Eine Frauenstimme kam dazwischen, hörte seinen Namen und sagte sofort: »Ich verbinde Sie!«

Und dann meldete sich die Stimme des alten Mannes, sagte unendlich langsam: »Guten Abend, Herr Bach.«

»Guten Abend, Herr Diergard.«

Pause. Er regte sich, merkwürdigerweise, gar nicht auf, dabei hatte er sich so oft vorgestellt, wie er durch die Decke gehen würde, wenn er Maria-Dir einmal vor sich hätte. Es war gut, daß sie zuerst einmal miteinander telefonierten, so gewöhnte er sich wenigstens schon mal an die Stimme.

»Ich habe Ihren Anruf erwartet«, begann Diergard.

Benjamin Bach grunzte etwas Undeutliches, schaute wieder auf die Uhr und sagte: »Es ist spät. Sind Sie immer so spät noch in Ihrem Büro?«

»Ich habe auf Ihren Anruf gewartet«, wiederholte Diergard.

»Sind Sie allein?«

»Ja, und ich hoffe, Sie auch.«

»Doch«, sagte Benjamin Bach. »Wann ... können wir uns sehen?«

Wieder kam eine kleine Pause, bevor Diergard fragte: »Wie eilig ist es Ihnen, Herr Bach?«

»*Mir* ...? Überhaupt nicht! Wie kommen Sie darauf, Herr Diergard? Wenn ich meinen Freund Rasser recht verstanden habe, dann legen *Sie* den allergrößten Wert darauf, mich zu sehen – oder?«

»Ach so«, sagte Diergard langsam, »dann rufen Sie nur aus Höflichkeit vor einem alten Mann an?«

Benjamin Bach stutzte, hielt, horchend, den Atem an.

»Haben wir vielleicht doch Publikum, Herr Diergard? Kommen Sie zur Sache, bitte!«

»Sagen wir – morgen mittag um zwölf, zum Essen?«

»*Morgen* schon?« Er mußte grinsen. »Kommen Sie nach Düsseldorf?«

»Nein, ich bin in Frankfurt, Herr Bach. Ein alter Mann, der ungern reist.«

»Hm ... Ich wollte nach Mailand morgen, vielleicht könnte ich vorher eine Zwischenlandung in Frankfurt einlegen ...«

»Das wäre sehr liebenswürdig, Herr Bach.«

»Gut, aber nicht zum Mittagessen, das ist für mich schon zu spät«, sagte Benjamin Bach. »Ich werde es so einrichten, daß wir um halb elf in Frankfurt zusammentreffen können, aber ich muß Sie bitten, *allein* zu kommen, und ich muß Sie bitten, zum Flughafen hinaus zu kommen.«

»Warum das?« Diergard klang erstaunt.

»Können Sie sich das nicht denken?«

»Sie wollen nicht, daß man uns in Frankfurt sieht!«

»Zum Beispiel.«

»Das ist erstaunlich! Ein Gespräch in einem Flugzeug ...«

»Aber nein, ich bestelle ein Appartement im ›Airport-Hotel‹, Herr Diergard. Mein junger Mann wird morgen früh Ihr Büro anrufen und eine Nummer durchgeben.«

»Die Zimmernummer.«

»So ist es. Um halb elf. Zehn Uhr dreißig. ›Airport-Hotel‹. Ich bin da, Herr Diergard.«

»Gute Nacht, Herr Bach.«

In Frankfurt saß Diergard nicht an seinem Schreibtisch, sondern am Kopfende eines Konferenztisches. Er legte sorgfältig den Hörer auf und sah lächelnd fünf Herren an, die mit ihm am Tisch saßen.

Die Herren lächelten zurück, wie die Wissenschaftler der NASA gelächelt haben mußten, als das erste bemannte Raumschiff auf dem Mond landete.

»Eine Sensation ersten Ranges«, sagte Dr. Peetz, der Chefsyndikus der Bank.

»Ich«, sagte Dr. Gustav Werner, »fühle mich an den Tag erinnert, an dem der Nichtangriffspakt zwischen Hitler und Stalin bekanntgegeben wurde.«

»Danke verbindlichst«, sagte der Aufsichtsratsvorsitzende mit einer kleinen Verbeugung im Sitzen. »Fragt sich nur, wer von uns Stalin und wer Hitler ist.«

DIENSTAG,
DER 19. MAI 1970

Fünf Minuten nach acht kam über die interne Leitung ein Anruf von Müller-Gräwen aus Dormagen; er wohnte dort in einer hübschen Anlage von Atriumhäusern, die der Konzern für seine leitenden Angestellten am Rheinufer gebaut hatte. Benjamin Bach stand mit Jupp im Badezimmer und versuchte ein Fensterscharnier zu reparieren, das der nachts aufgekommene Sturm verbogen hatte, der Wind heulte noch immer um das efeubewachsene Haus, und das Bad schwamm in Dunst und Feuchtigkeit.

»Grieshaber und Jellinek haben gerade angerufen«, meldete Müller-Gräwen stolz. »Sie sind vor einer halben Stunde schon im Werk gewesen. Glasenapp ist noch nicht da, zu Hause ist er auch nicht – sonst taucht er immer schon um sieben dort auf. Entweder ist er verunglückt, oder er hat einen zuviel getrunken und schläft irgendwo seinen Rausch aus, das soll bei ihm schon vorgekommen sein.«

»Wäre noch die beste Lösung«, sagte Benjamin Bach, wobei er offenließ, welche ihm lieber gewesen wäre. »Wie sind Ihre Leute nach Mannheim gekommen?«

»Es ging gerade so, wenn Sie den Orkan meinen. Wir haben uns an einer Sechs-Uhr-Charter nach Lindau beteiligen können, Gries sagt, sie sind direkt auf dem Platz in Neu-Ostheim gelandet.«

TALL hatte sich, wie andere Ruhrkonzerne, auf dem Flughafen Düsseldorf-Lohausen eine eigene Verkehrsleitung zugelegt, ein ehemaliger Lufthansa-Angestellter charterte oder kombinierte Flüge mit anderen Firmen, beschaffte Landegenehmigungen auf Militärflughäfen und hielt, auch in Frankfurt, Köln und Amsterdam, ständig ein paar Sitze bei den regulären Fluggesellschaften reserviert.

»Warum rufen Sie mich eigentlich an?«

Wenn Benjamin Bach etwas anordnete, hörte er meistens nichts mehr davon, bis das Resultat irgendwann im Fluß der Vorgänge wieder auftauchte; Anrufe morgens um acht in seinem Haus waren jedenfalls nicht üblich.

»Wir wollten mit Glasenapps persönlichen Unterlagen anfangen, solange er gerade nicht da ist ...«

»Und?«

»Er hat da einen Privattresor eingebaut, an den niemand rankommt, auch seine Sekretärin hat keinen Schlüssel, und Grieshaber ist unsicher, ob er so weit gehen kann, ihn aufschweißen zu lassen.«

»Wenn er mittags noch nicht da ist, brechen Sie ihn auf«, sagte Benjamin Bach ungeduldig. »Privattresore gibt's bei uns nicht!«

Der ganze Fall interessierte ihn, im Grunde genommen, herzlich wenig. Er schimpfte noch ein bißchen mit Jupp, der sich ungeschickt anstellte, und ging dann in sein Schlafzimmer, um sich anzuziehen. Heute morgen fühlte er sich nicht so wohl wie gestern, seine Nase war zu, der Schnupfen voll erblüht. Mit Dede hatte er, nach Mitternacht, noch einen heißen Rum getrunken, »gegen die Erkältung«, das war auch so ein alter Unfug aus der Marinezeit, Alkohol belastete den Organismus nur, schwächte die Widerstandskraft, aber erzähl das mal einem Mann, der gerade gehört hat, daß er Großvater werden soll. Deswegen rannte der Schwiegersohn also so aufgeregt hinter ihm her, kombinierte er, die Sache begann langsam bühnenreif zu werden. Gestern morgen schon war er einigermaßen entsetzt gewesen, als er seiner Frau mit schonenden Worten von dem Scheidungsgerede erzählt hatte und merken mußte, daß sie und das Töchterlein bereits seit Wochen, offenbar, über nichts anderes sprachen und alle Vorbereitungen längst getroffen hatten. Weiber hatten wirklich Nerven, das mußte man schon sagen! Erst die kalte Entscheidung *für* den Milliardenerben, dann die ebenso kaltblütige *gegen* ihn – und jetzt? Heute nacht war Dede ganz aufgelöst gewesen und voller Zweifel auf einmal, Solveigs Schwangerschaft veränderte den Kurs der Damen schon wieder um 180 Grad – für seinen Geschmack etwas zu viel Opportunismus. Doch was einem Mann peinlich vorkam, hielten Frauen wohl für das Selbstverständlichste von der Welt, jetzt arrangierten sie sich bereits wieder, das Kind brauchte ja einen Vater, und er selbst, der sich im Laufe des Tages an den Gedanken einer Scheidung schon so halb und halb gewöhnt hatte, stand auf einmal wieder allein mit seiner Ansicht. Daß die Kleine ihn zum Großvater machte, erschütterte ihn merkwürdigerweise mehr als die Hochzeit vor einem halben Jahr, nun erst hatte er das Gefühl, sie wirklich verloren zu haben. Dieser ungeborene Enkel – er zweifelte keinen Augenblick daran, daß es ein Junge werden würde – veränderte sein gewohntes Leben drastisch, das sah er kommen, Dede würde sich nur noch in Opladen herumtreiben, und auch er würde regelmäßig Besuche machen müssen, mein Gott, er hätte sich wirklich einen anderen Vater für seinen Enkel gewünscht als diesen halbgaren Lambert Koch. Er mußte sich den Burschen dringend vornehmen, vielleicht war er noch hinzukriegen.

Als er endlich soweit war und zur Treppe lief, sah er Dede in ihrem kleinen Salon vor dem Spiegel sitzen, umgeben von Tiegeln und Wattebäuschen, und sich seelenruhig schminken.

»Was ist los?« rief er ungeduldig. »Gehst du schon aus? Sag bloß, du machst dich für deinen Schwiegersohn zurecht!«

Sie war erstaunt. »Der Fotograf kommt doch um neun! Weißt du das nicht?«

»Was für ein Fotograf?« Aber dann fiel's ihm ein, er hatte mit Feringer gestern vormittag über Fotos gesprochen, die er Tschou En-lai schicken wollte. Der Ministerpräsident hatte ihn nach seiner Frau gefragt – »eine sehr schöne Dame aus Norwegen, wie man berichtet« –, vielleicht war es chinesische Höflichkeit, jedenfalls sollte er ein Foto haben, in den Kimonos, mit Widmung.

»Das paßt mir jetzt gar nicht – komm, laß das sein, wir frühstükken!« Sonst wartete sie längst auf ihn, wenn er endlich aus dem Bad kam.

»Aber ich bin schon fertig! Es dauert ja nur Sekunden, hat Feringer gesagt!« Sie warf ihren Bademantel ab, stand einen Augenblick völlig nackt da, schlüpfte in den chinesischen Mandarinmantel und war, von Kopf bis Fuß, »angekleidet«.

»Mensch, Dede!« rief er. »Du kannst doch nicht völlig ohne was dadrunter rumlaufen!«

Doch sie versicherte, man trage diese Mäntel nicht anders, sie habe es nachgelesen, außerdem seien sie wunderbar weich und glatt auf der Haut und warm sowieso. »Komm, wir nehmen deinen auch gleich mit runter, du mußt nur die Jacke ausziehen, wenn du ihn überwirfst!«

Beim Frühstück erzählte er ihr kurz, daß er in Frankfurt noch jemand sehen müsse, bevor er nach Mailand weiterfliege, und ihr Make-up bewundernd, fragte er, ob sie nicht Lust hätte, am Sonntag mit nach Baden-Baden zu kommen, wo er den Professor treffen wolle.

»Sonntag habe ich eigentlich Faber zum Essen gebeten . . .« Sie vermied, wenn sie es konnte, selbst kurze Luftreisen. Nach einer halben Stunde Flug fühlte sie sich schon krank.

»Faber ist auch wichtig«, gab er zu. »Dann operieren wir also auf zwei verschiedenen Kriegsschauplätzen – ich sag's ja, was würde ich ohne dich machen, Dedchen!«

»Hast du mit dem Professor Krieg?«

Er lachte. »Das nicht. Aber es ist besser, ihn in dieser Angelegenheit eng auf dem laufenden zu halten. Hoffentlich hat er sich nicht übersoffen – Gott, kann der Kerl was vertragen!«

»Ich rufe ihn heute mal an.« Den Professor liebte sie.

»Tu das.«

Erst als Feringer kam und den Fotografen mitbrachte, erfuhr Dede, daß er nicht mehr ins Büro, sondern gleich zum Flughafen fahren würde.

»Aber Solvi und Lambert wollten dich doch noch sprechen!« Sie rannte zum Telefon, wählte Opladen.

»Was ist denn?« rief er, schon im Kimono. »Die sollen mich jetzt in Ruhe lassen! Komm, ich muß los!«

Es war fünf Minuten vor neun.

In Opladen sagte eine Hausangestellte, das junge Paar sei nach Düsseldorf gefahren.

»Jetzt warten sie bestimmt im Büro auf dich!« rief sie unglücklich. »Und ich habe Solvi versprochen, daß sie dich sehen können! Wären sie bloß zum Frühstück gekommen!«

»Was wollen die denn nur von mir? Wenigstens *das* kannst du mir doch abnehmen! Wenn ich mich jetzt auch noch um Familienzores kümmern muß ... !«

Sie nahmen im Garten Aufstellung, aber dort war es zu windig. Im Wintergarten sah dem Fotografen alles zu grün aus. Benjamin Bach nestelte nervös an seinem Kimono herum und war gereizt, das Ding kam ihm plötzlich nur noch albern vor. Dazu erzählte Feringer, das seien natürlich keine echten Mandarinmäntel, »echte« gebe es schon seit hundert Jahren nicht mehr.

»Wieso sagen Sie das erst jetzt? ... Also machen wir ein Bild ohne!« Er riß sich den Kimono vom Leib, fuhr wieder in die Jacke, der Fotograf protestierte, und Dede lüftete verzagt das lange Kleidungsstück. »Dann muß ich mich erst anziehen!«

Benjamin Bach fluchte, seine Nase lief, auf der Uhr war es inzwischen fünf Minuten nach neun, in 25 Minuten mußten sie starten, um – bei günstiger Verkehrslage – um zehn Uhr in Frankfurt zu landen, dann würden sie eine volle Viertelstunde bis zum Abstellplatz rollen, und dann hatte er genau noch fünfzehn Minuten Zeit, um ins Auto zu springen, zum Airport-Hotel zu rasen, die Halle zu durchqueren, im Fahrstuhl nach oben zu sausen und Josef Maria Diergard ausgeruht und überlegen gegenüberzutreten.

»Also, dann nicht!« schrie er und rannte, ohne Abschied, zur Tür. »Jupp, meinen Mantel!«

Feringer schnappte sich mit der einen Hand Dede, mit der anderen sein Aktenköfferchen, und lief hinter ihm her. »Seien Sie kein Spielverderber, Herr Bach!« rief er. »Bleiben Sie da stehen – Sie sehen imponierend lebendig aus! ... Bitte, Frau Bach!« Er schob Dede neben BB, der schon vor der Haustür stand und grimmig aussah, scheuchte den Fotografen die Treppe hinunter – »Machen Sie endlich!« – und rief von unten: »Fabelhaft! Wunderbar! ... Zeigen Sie die Zähne noch mehr, Herr Bach! ... Danke!« Es war geschehen.

Dede lachte, ihr Mann küßte sie, rief: »Hol dir keinen Schnupfen, Mädchen!« und sprang in den Wagen. Feringer schwang sich neben Jonas, der gab Gas und schimpfte: »In Rath staut sich alles!«

»Dann fahr doch durch die Stadt!« Benjamin Bach regte sich schon wieder auf. »Ich weiß nicht, warum du immer hintenrum fährst, Mensch!«

»Zuviel Ampeln, Chef.«

Feringer hatte schon wieder den Telefonhörer in der Hand, verlangte die Hauptverwaltung.

Doch Frau Bach war vor ihm in der Direktleitung, sie sprach mit Gitta Wagenseil, die ihr sagte, »die Kinder« seien vor einer Minute dagewesen und, als sie hörten, BB käme nicht mehr ins Büro, gleich zum Flughafen weitergefahren.

»Ach, dann wird er sich aufregen!« sagte Dede. »Er ist sowieso schon so gehetzt!«

Gitta beteuerte, sie seien nicht davon abzubringen gewesen. »Aber ich glaube, wir legen lieber nochmal auf, Frau Bach. Feringer ruft bestimmt gleich an ...«

Im Wagen hörte Feringer von der Telefonistin der UKW-Vermittlung, die Nummer sei besetzt, und sagte mit größter Selbstverständlichkeit zu Benjamin Bach: »Ihre Frau telefoniert mit Gitta.«

»Zum Kotzen«, murmelte der hinter Kleenex-Tüchern hervor.

»Dann geben Sie mir die lange Durchwahlnummer«, sagte der Assistent. Die Telefonistinnen kannten seine Nummern schon auswendig, er war dort bekannt wie der bunte Hund. Aber im gleichen Augenblick konnten sie ihn doch mit Gitta Wagenseil verbinden.

»Entschuldigung«, meldete sie sich, »das war Frau Bach.«

»Klarer Fall«, meinte Feringer. »Gut geschlafen? ... Passen Sie auf, Gitta: Sobald wir uns in die Luft erhoben haben, ruft Jonas Sie an, und Sie wählen dann folgende Frankfurter Nummer und sagen einer Frau Jensen – das ist die Sekretärin von Herrn Werner von der Nationalen Commerz –, wir wären abgeflogen. Das ist alles.« Und er gab ihr die Nummer bekannt.

»Wo seid ihr?«

»In außergewöhnlichen Notfällen im Airport-Hotel, Suite achthundertfünf-sechs, etwa bis halb zwölf.« Dabei drehte er sich fragend zu Benjamin Bach um, der in der Ecke lehnte, mehrere Tücher vor dem Gesicht, und mit geschlossenen Augen nickte.

»Wir hoffen«, sprach Feringer weiter, »bis zwölf wieder aus Frankfurt herauszukommen und mit Rückenwind um eins in Mailand zu sein ...«

»Frau Cajek hat mir eine Timetable hinterlassen, nach der die Eröffnung des Staudamms um elf Uhr sein soll«, sagte Gitta.

»Das ist bekannt, ich habe Herrn Blum heute nacht noch zwei Variationen durchgegeben, die eine, daß wir direkt nach Trient fliegen, wenn wir es irgendwie bis zwölf schaffen, die andere, daß Herr Bach zu dem Essen mit dem Minister nach Mailand kommt ...«

»Um eins im Palazzo Vegni, steht hier.«

»Die Herren brauchen mit dem Hubschrauber von Madonna di Campiglio bestimmt auch eine Stunde ...«

Benjamin Bach genoß diese Gespräche zwischen seinem Assistenten und der Chefsekretärin wie das Geplauder von Kinderfrauen, es behagte ihm außerordentlich, daß seine Vertrauten sich Gedanken um seine Schritte machten, Steine aus seinem Weg räumten und Gestrüpp rechtzeitig zu erkennen versuchten – wie dieses:

»Vom Auswärtigen Amt ist eben nochmal nachgefragt worden, ob Herr Bach auch zur Eröffnung kommt«, sagte Gitta. »Der deutsche Botschafter würde es als einen Affront betrachten, wenn er nicht ...«

»Sagen Sie das nochmal?« Und Feringer drehte den Lautsprecher auf, so daß Benjamin Bach mithören konnte.

»Was haben Sie geantwortet?« fragte Feringer, als Gitta die Message direkt an den Empfänger gebracht hatte.

Benjamin Bach grinste und öffnete ein Auge.

»Daß Herr Bach krank ist und Bettruhe verordnet bekommen hat, trotzdem aber alles dransetzen wird zu kommen.« Krankheit war das einzige, was staatlichen Stellen einleuchtete.

»Sonst noch was?« Als ob er ahnte, was kommen würde, drehte Feringer den Lautsprecher wieder ab.

»Glasenapp ist tot«, sagte Gitta. »Der Direktor von der LKW-Fabrik in Mannheim. Sie haben ihn wohl nicht gekannt? Heute nacht bei Weißenthurm. Mit seinem Wagen gegen einen Brückenpfeiler gerast. Die Polizei sagt, er hatte zwokommavier Promille gehabt. Ziemlich viel ... Er soll gestern hiergewesen sein ...« Sie wußte noch nichts von Glasenapps Auftritt, Müdrei kam wohl erst mittags zum Dienst.

Feringer atmete tief durch. »Das hat Zeit bis später ...« Er wollte Benjamin Bach vor diesem Treffen mit Diergard nicht mit einer solchen Nachricht belasten, gewisse Anzeichen verrieten ihm, daß der Chef nicht in der üblichen Laune nach Frankfurt ging – »üblich« hieß, in diesem Falle, streitlustig, energiegeladen, voll mit Einfällen. Es gab Zusammentreffen mit Kontrahenten, auf die BB sich freute, auch wenn der Anlaß alles andere als erfreulich war, es gab Zusammentreffen, die ihm ganz und gar nicht lagen – das waren meistens Politiker oder Regierungsbeamte –, an die er aber doch mit Elan heranging, und es gab Morgenstunden wie diese, an denen er die Ohren hängen ließ und sich intensiv mit irgendwelchen Wehwehchen beschäftigte, dann waren ihm Gesprächspartner, die auf ihn warteten, in tiefster Seele zuwider, und man tat gut daran, sich auf alarmierend plötzliche Kursänderungen einzurichten. Auf dem Weg zu Barzel, beispielsweise, dem er einen Vortrag über seine Ansichten zur Mitbestimmung halten sollte, hatte er plötzlich verkündet: »Dreh um, Jonas. Wir sind soeben verunglückt. Du bist mit dem Kopf durch die Scheibe – Sie, Doktor, haben eine schwere Gehirnerschütterung, und ich habe einen Schock und die Sprache verloren – geben Sie das durch!« Barzel konnte er nicht leiden, weil er nicht zu fassen war, dieser Parteichef ging aalglatt auf alles ein, was der TALL-Chef ihm vortrug, tat immer hochinteressiert, bedankte sich übertrieben – und rührte keinen Finger. »Leere Kilometer!« pflegte Benjamin Bach zu sagen, wenn er mit dem CDU-Vorsitzenden zu tun hatte. Sie waren damals um den großen Verteiler am Ende der Köln-Bonner Autobahn herumgefahren und nach Amsterdam gebraust, hatten sich Zahnbürsten gekauft und eine Sechs-Meter-Jolle gemietet und waren drei Tage auf dem Ijsselmeer herumgesegelt, der Konzern stand kopf, Frau Bach holte Berge von Blumen aus dem

TALL-Krankenhaus ab, und auch für die echten Patienten blieb noch genug übrig.

Auch ohne unmittelbar Zeuge der Auseinandersetzung gewesen zu sein, wußte Feringer, daß Glasenapps Tod den TALL-Chef aufregen und verstören würde, der Konzern hatte, wie andere Unternehmen seiner Größenordnung, erschreckend hohe Ausfälle durch Verkehrsunfälle zu verzeichnen; vielleicht würde BB sich sogar einbilden, an Glasenapps Tod, oder seiner Alkoholisierung, mitschuldig zu sein. Also lieber verschieben, Toten war ohnehin nicht mehr zu helfen.

»Was noch, Gitta?«

Und damit machte Feringer – ahnungslos und in bester Absicht – einen Fehler, denn Benjamin Bach hätte, unter diesen Umständen, sicherlich veranlaßt, daß der Privattresor des Toten etwas diskreter aufgebrochen wurde, als es die Herren von der Revision dann mittags taten. Sechs Wochen später, als TALL einen Skandal am allerwenigsten gebrauchen konnte, erschien im »Spiegel« unter der Rubrik »Affären« ein Bericht, in dem zwischen der Tresoröffnung, dem Tod Glasenapps, seinem überraschenden Besuch in Düsseldorf und der Verwendung des ERP-Darlehens ein unmittelbarer Zusammenhang geknüpft wurde – die Fakten stimmten leidlich, aber ihr Arrangement ergab, wie bei so vielen »Spiegel«-Enthüllungen, eine allzu simple Auslegung, die Staatsanwaltschaft fühlte sich bemüßigt zu ermitteln, und Benjamin Bachs Gegner fanden sich, einmal mehr, bestätigt.

»Schwiegersohn und Tochter waren eben hier«, berichtete Gitta. »Sie versuchen euch noch auf dem Flughafen zu erreichen. Eine wichtige Mitteilung müßten sie dem Chef machen ...«

Feringer drehte wieder am Lautsprecher. »Bitte, wie war das?«

Benjamin Bach stöhnte, als Gitta die Nachricht wiederholte. »Fahr schneller, Jonas – und hören Sie endlich auf, Doktor!«

Doch Gitta hatte noch fünf weitere Nachrichten, dabei war es erst zwanzig nach neun. Eine handelte von einem Anruf Pistors, der in der CDU-Fraktion erfahren hatte, ein Abgeordneter namens Wildfogel stecke hinter der Kleinen Anfrage, aber vor einer Drei-Tage-Frist sei ohnehin nichts zu erwarten, und bis dahin hätte Pistor genug Kollegen gefunden, die sich dem Antrag widersetzen würden, mit ziemlicher Wahrscheinlichkeit werde er fallengelassen.

»Das hat Pistor auch damals in der Israelsache behauptet!« rief Benjamin Bach. »Und dann hat die CDU doch gegen uns gestimmt.«

»Stellen Sie auf jeden Fall fest«, riet Feringer der Chefsekretärin, »wo dieser Wildfogel herkommt. Ich würde zu gern wissen, wer diesen unabhängigen Abgeordneten unter Vertrag hat!«

In Unter-Rath gerieten sie in Grüppchen eines abgedrängten Demonstrationszuges von Langhaarigen, die in Richtung Innenstadt wollten und rote Fahnen und Marx- und Mao-Köpfe schwenkten, die amerikanische Intervention in Kambodscha verurteilten und den Nulltarif im Kommunalverkehr forderten, mehr war auf den Transparenten nicht zu erkennen.

Jonas drehte um, aber Feringer konnte es nicht lassen, die Scheibe herunterzufahren und einen jugendlichen Demonstranten zu fragen: »Bitte, wo liegt Kambodscha?«

»Kapitalistensau!« war die Antwort.

Einige schlugen aufs Wagendach, andere rüttelten hinten an der Stoßstange, Jonas machte einen Kickstart, und Benjamin Bach sagte zu Feringer: »Lassen Sie doch die Kinder – was glauben Sie, was ich, als Fähnleinführer damals, mit Ihnen gemacht hätte, wenn Sie mir mit dummen Fragen gekommen wären! ... Es wiederholt sich eben alles – leider. Und dafür sind diese intellektuellen Scheißer verantwortlich ... Bis die endlich alt und weise sind, haben sie längst ein paar Hunderttausend angestiftet, Schaufensterscheiben einzuschlagen. Na ja ... Wenn Sie mal Hitlerjunge waren, dann wissen Sie, daß originäre Ideen das letzte sind, was in jungen Köpfen entsteht – woher auch? Auf Grund welcher Erfahrung? Mit zwanzig laufen sie am liebsten hinter einem her, der ihnen die Welt so schlicht und ergreifend wie möglich darstellt ...«

»Inkloppen un' zu Ulbricht rübaschick'n!« knurrte Jonas. Er machte ein Gesicht, als hätte er gern ein paar Langhaarige zusammengefahren.

»Du, als Angehöriger des Proletariats, mit weiter nichts als drei oder vier Bausparverträgen«, sagte Benjamin Bach, »hast natürlich das Recht, kurzen Prozeß zu verlangen. Wir Kapitalisten müssen versuchen, Vernunft zu predigen.«

Er war in der Stimmung zu philosophieren, und Feringer freute sich schon auf ein paar saftige politische Histörchen, denn Benjamin Bach war ein orthodoxer Empiriker und wußte allerhand zu erzählen, aber das Telefon summte wieder, und der Finanzchef, diesmal, wollte verbunden werden. Feringer fürchtete, daß Glasenapp zur Sprache kommen würde, als er den Hörer nach hinten reichte.

Doch Faber hatte eine gute Nachricht – was drei- oder viermal in zehn Jahren vorgekommen war. Er habe soeben lange mit Egerwald telefoniert, rief er aufgeräumt, und der Vorstandsvorsitzende der Handelsbank könne sich vor Begeisterung über das Tankerwunder kaum fassen, er gratuliere aus vollem Herzen, habe die Idee mit der Konventionalstrafe »einen echten Bach« genannt und darauf hingewiesen, daß er dem Konzern ja schon lange in den Ohren liege, doch endlich ins Frachtgeschäft einzusteigen, wo so schöne Gewinne gemacht würden.

»Mit anderen Worten«, sagte Benjamin Bach, »das Ganze ist auf seinem Mist gewachsen! – Und wie stellt er sich jetzt zu China?«

Faber bremste seinen Enthusiasmus. »Wir werden sehen«, sagte er vorsichtig.

Dann bogen sie auch schon in die Zufahrt zum Flughafen ein, und vor ihnen raste mit halsbrecherischer Geschwindigkeit ein wohlbekannter Porsche Targa mit dem Kennzeichen OP.

»Du lieber Himmel!« murmelte Feringer. Was ihnen jetzt noch fehlte, war ein tragischer Unfall Solveigs, direkt vor ihren Augen.

»Det Frollein Tochter«, sagte Jonas. »Hat det schon jenau so eilich wie der Vata.« Er betätigte die Lichthupe.

Benjamin Bach schrie »Diese Idioten!«, aber nicht sehr laut, sein Fatalismus saß tief. Was passieren mußte, passierte eben. Außerdem war er eher in einer freudigen Stimmung plötzlich, Fabers Mitteilung lockerte den Klumpen in seiner Brust, der Diergard hieß, und ein Wonnegefühl, wie er es lange nicht mehr verspürt hatte, breitete sich in ihm aus. Egerwalds Begeisterung über den Schachzug mit den Tankern würde das Eis brechen, das über dem Chinaprojekt lag, er sah es kommen. Die Herren von der HB waren wieder einmal voller Bewunderung für ihn, wer hätte das gestern mittag ahnen können! Fabers Anruf sprach Bände.

Mit einem widersinnigen Ausdruck von Verzückung sah er den Porsche seiner schwangeren Tochter vor den Fußgänger-Überwegen am Abfluggebäude bremsen, schleudern und dicht vor einer Gruppe Menschen vorbeihuschen, die den Zebrastreifen schon betreten hatte.

Jonas fluchte und brachte den Mercedes zum Stehen. Die Leute gingen nicht weiter, sahen erbost dem Porsche hinterher.

»Na, nu mal los, Herrschaften!« rief Jonas.

Benjamin Bach seufzte nur, und Feringer konnte sich eines Kommentars nicht enthalten: »Die müssen aber eine Neuigkeit haben!«

»Einmal«, sagte Benjamin Bach, »wird der Tag kommen, wo ich aufwache und kein Telefon klingelt, wo keiner mir mit Katastrophen kommt und auch keiner von mir wissen will, was er zu tun hat, wo ich bis zwölf mit der Zeitung im Bett liege und mich nur noch amüsiere, wenn ich lese, was für Projekte Herr Generaldirektor Feringer in Südamerika zusammenbastelt ...«

Jonas wieherte: »Un' denn kommste zu mir in mein' Schrebergarten!«

Feringer war überrascht von diesen frühmorgendlichen Sentimentalitäten, so kannte er Benjamin Bach nicht. Während sie an den Flughafenanlagen entlangfuhren, erlaubte er sich die Frage, ob Herr Faber etwa gute Nachrichten gehabt habe.

»China macht sich«, sagte Benjamin Bach. Die Tanker zu erwähnen hielt er bereits für überflüssig.

Erst auf dem Vorfeld sahen sie den Porsche wieder, er war direkt an den Jet herangefahren, der mit laufenden Triebwerken zwischen Dutzenden von anderen Privatflugzeugen wartete. Gerade stürmten Solveig und Lambert Koch auf die Einsteigtreppe zu.

Jonas hupte und fuhr langsam, wie es sich auf Flughäfen gehörte, an den Aero-Commander heran.

»Also gut«, sagte Benjamin Bach ergeben, »ich werde ihnen eine Minute opfern. Gitta muß dann in Frankfurt Bescheid sagen, daß wir uns verspäten.«

Von Verspätung konnte noch keine Rede sein, es war genau halb zehn. Als er ausstieg, summte das Telefon schon wieder, und Feringer hatte Dr. Müller-Gräwen am Ohr, der aufgeregt von Glasenapps Tod berichtete. »Herr Bach ist informiert«, log der Assistent, »er steigt eben in die Maschine. Er kann jetzt gar nichts tun, entschuldigen Sie!« Und legte schnell auf.

Solveig hing ihrem Vater am Hals.

»Es ist was ganz Unangenehmes passiert, Papi, du mußt mir versprechen, daß du dich nicht aufregst! ... Versprich es mir!« schrie sie im Lärm der Düsen.

Benjamin Bach sah den Schwiegersohn an, der sich nur zögernd näherte und nicht mehr wiederzuerkennen war: in einem konventionellen Anzug, mit kurzem Haar, noch dünner, als er ihn in Erinnerung hatte, krumm gegen den Wind gestemmt.

»Ich finde das eine Dreistigkeit sondersgleichen«, rief er »mir mit eurem privaten Mist schon bis auf den Flugplatz nachzulaufen! ... Unglaublich finde ich das!«

Solveig hatte sofort Tränen in den Augen. Sich an den Vater kuschelnd, den Kragen seines Mantels hochschlagend und, wie ihre Mutter, an ihm herumzupfend, rief sie: »Bittebitte, sei nicht böse zu ihm, er hat's doch nur gut gemeint!«

»Was hat er ... Wovon redest du?«

Die Sturmböen wurden auf dieser offenen Fläche langsam ungemütlich, Benjamin Bach öffnete seinen Mantel und legte ihn um Solveig, die keinen anhatte und zitterte.

»Er war doch bei seinem Onkel gestern!« rief Solveig unter Schluchzern. »Er hat doch deinetwegen alles versucht, um ...«

»Ich denke, du bekommst ein Kind?«

Jetzt schob sich auch Lambert Koch heran, sagte mit verzerrtem Mund etwas, hielt seinem Schwiegervater die Hand hin.

Den zog es zum Jet, Feringer stand bereits geschützt in der Einstiegluke und winkte, auch der Mechaniker an der Treppe wartete, daß er an Bord ging.

»Nein!« schrie Solveig. »Können wir nicht allein reden ... ? Können wir uns nicht in den Wagen setzen?« Und sie drängte ihren Vater zum Mercedes.

Benjamin Bach machte sich ungeduldig los. »Was glaubst du, wieviel Zeit ich habe? – Heraus jetzt mit der Sprache!«

Lambert rief entschlossen: »Ich war bei Diergard gestern! ... Ich wollte ihn überreden ... Das war ein Fehler, ich weiß ... Aber ich konnte ja nicht ahnen ...«

Solveig stand an der offenen Mercedestür, zerrte Jonas aus dem Wagen. »Stell dich nicht so an«, schrie sie, »setz dich in den Porsche, mach schon!« Sie keifte mit ihm, als wäre sie noch dreizehn.

Benjamin Bach hatte den Schwiegersohn an der Brust gepackt. »Hast du Diergard gesagt ... ?«

»Ja, und ...«, Lambert fing mit dem Ende seiner Geschichte an, »... er will Sie fertigmachen, habe ich erfahren! ... Er sitzt seit Wochen über Tall-Akten! ... Und nachdem ich gestern bei ihm war, hat er Professor Rasser angerufen, um sich über Sie auszulassen! ... Ich habe sichere Informationen! Ich kann Ihnen alles erzählen! ... Er will Sie reinlegen, Herr Bach, glauben Sie mir ... !« Das ›Sie‹ kam ihm leichter über die Lippen als je zuvor das ›Du‹.

Feringer sah, daß sich da etwas tat, und sprang aus dem Jet. Hinter ihm kam Cramer, der Pilot, und rief, er müsse sofort starten, wenn er nicht in einen Berlin-Engpaß geraten wolle, eine Panam und eine BEA nach Tempelhof liefen gerade warm, und eine KLM und eine Sabena kämen dicht hintereinander herein. Feringer schickte ihn an Bord zurück und eilte, in großem Bogen, um Benjamin Bach und den Schwiegersohn herum, hörte überrascht den Namen Diergard, sah, wie der Chef den Junior schüttelte, prallte gegen Solveig, rief »Was ist denn los?« und beugte sich in den Mercedes, um das Telefon abzuschalten; seine größte Sorge galt noch immer der Nachricht von Glasenapps Tod.

»Kommt doch ins Auto!« schrie Solveig ihrem Vater und ihrem Mann zu. Und Feringer befahl sie schrill: »Sie können da jetzt nicht einsteigen, Doktor!«

Ein großes Stück Dachpappe taumelte über das Vorfeld, vom Sturm irgendwo losgerissen und von Bodenpersonal auf Fahrrädern verfolgt.

Benjamin Bach drängte Lambert Koch auf den Fahrersitz des Mercedes, er selbst stieg hinten ein, Solveig lief um den Wagen und setzte sich neben ihren Mann, der verwirrend erzählte: »Ich kann's mir doch selber nur erklären, daß ich noch weit entfernt war, nüchtern ... ich meine, noch weit davon entfernt war, nüchtern zu sein, als ich gestern nacht ...«

»Er verträgt ja nichts!« rief Solveig tragisch.

Benjamin Bach versuchte sich zu beherrschen. »Was du ihm gesagt hast, will ich wissen! Kommentare kannst du dir ersparen – los! ... Und du hältst den Mund!« Solveig nickte eifrig, wischte sich die Augen.

»Ich?« Lambert Koch hob die Schultern. »Ich habe überhaupt nichts gesagt, *nicht ein bißchen!* ... Sie werden es mir nicht glauben, aber ...« Er sah verzweifelt ehrlich aus, wie ein kleiner Junge, der weiß, daß er um die Prügel nicht herumkommen wird. »Was hätte ich ihm sagen sollen? Ich weiß ja nichts!«

Benjamin Bach ballte die Fäuste und sah seine Tochter an. »Ich muß den Kerl erschlagen ... !« Und er griff sich den Schwiegersohn, riß ihm fast den Kragen seines Anzugs ab und schrie: »Du bist doch direkt von mir dorthin gefahren!! ... *Was hast du gesagt,* Herrgott!!!«

In ihrer Angst schrie auch Solveig, obwohl es im Wagen relativ still war: »Lambert, du hast ihn doch gefragt, warum er nicht mit

Papi arbeitet ... !«

»Ja, sicher«, Lambert nickte aufgeregt, »aber das war auch schon alles!« Er hatte vorgehabt, seinen Schwiegervater rücksichtslos aufzuklären, doch von Angesicht zu Angesicht erging es ihm wie immer: BB paralysierte ihn.

Benjamin Bach ließ ihn los und sank zurück. Kraftlos sagte er: »Das genügt ja auch ...« Ihm war auf einmal ganz übel. Er wußte, er würde nicht zu Diergard fliegen können, er war bis auf die Knochen blamiert, dieses maßlos dumme Stück von einem Schwiegersohn hatte ihm das eingebrockt, hatte Maria-Dir erzählt, daß er in Schwierigkeiten steckte – wie immer dieser Lümmel sich ausgedrückt haben mochte: Diergard hatte es aus ihm herausgeholt! Da war er ganz sicher. Nichts war einfacher.

»Du hast ihm gesteckt, daß ich Geld brauche!« hörte er sich ganz ruhig sagen. »Du hast renommiert damit, daß du mir ein paar Millionen pumpen wolltest, gib's zu!«

Lambert Koch rang die Hände und wurde ganz hysterisch. »Ich schwöre! ... Auf was soll ich schwören? ... Auf mein ungeborenes Kind! ... Ich habe ihn bei Weißwurst und Leberkäse gefragt, warum die Nationale eigentlich nicht mit euch arbeitet – genau was ich *Sie* gestern nacht gefragt habe, ich weiß doch noch, was ich ...«

»Warum sagst du dauernd ›Sie‹ zu meinem Vater!« schrie Solveig, die Tränen rannen ihr herunter. »Du bist auf einmal ganz anders als heute nacht! ... Du lügst doch jetzt! ... Ich glaube dir kein Wort!« Aufheulend griff sie über die Rückenlehne und zog, ganz selbstverständlich, ihrem Vater das weiße Schmucktuch aus der Brusttasche.

»Ich halte das nicht aus ...« Benjamin Bach glaubte ersticken zu müssen, er riß sich den Mantel herunter, verhedderte sich in der Enge des Wagens, öffnete die Tür, um frische Luft hereinzulassen, und zog sie gleich wieder zu.

»Ich werde euch sagen, wie alles war ... !« Lambert keuchte, kniete halb auf dem Vordersitz hinter dem Lenkrad, seine krankhafte Angst verwandelte sich in Wut, als er merkte, daß seine Frau sich auf die Seite ihres Vaters stellte. »Ich bin da hingekommen ... Ich wollte euch zusammenbringen ... Ich kann jeden Tag zu meinem Onkel kommen, da ist gar nichts dabei ...«

»Dein Onkel? ... Wer ist dein Onkel?« Benjamin Bach hatte diesen Umstand noch nicht erfaßt.

Solveig erklärte etwas hinter ihrem Taschentuch, aber ihre Worte gingen in dem immer heftiger werdenden Ausbruch Lamberts unter.

»Ich habe ihm von Ihrem Chinageschäft vorgeschwärmt ... ! Er war unheimlich beeindruckt, wirklich! ... Obwohl er auch behauptet hat, die Chinesen wollten den Stahl nur für Vietnam ... Ich habe ihm genau – ganz genauestens und immer wieder! – klargemacht, daß Sie von meinem Besuch nichts wüßten, Herr Bach! ... Und er hat mir auseinandergesetzt, wie sich das mit der Handelsbank verhält ... daß die eure Hausbank ist und warum er deswegen nichts tun kann ...«

Es wurde immer schlimmer. Diesen schwachsinnigen Milliardenerben mußte man mit einem nassen Lappen erschlagen! ... Benjamin Bach sah ihn starr an, sah durch ihn hindurch, hörte zu und hörte doch nicht zu. Dieser Schwiegersohn hatte ihn mit seinem Gequatsche auf Gedeih und Verderb Herrn Diergard ausgeliefert! ... Ein falsches Wort des Aufsichtsratsvorsitzenden der Nationalen Commerzbank, und Dutzende von Gläubigern würden vorsorglich ihre Kredite kündigen.

» ... und er hat mir auch das mit der AKA alles erzählt, und wie sich das verhält mit den Akkreditiven und daß die Bundesregierung sich wegen der Amerikaner ...«

Diergard mußte ihn für pleite halten. Sein prompter Rückruf gestern nacht, nach diesem Schwiegersohn-Besuch, wirkte doch wie ein Beweis dafür. Wirkte geradezu, als ob er sich danach drängen würde, ihn in Frankfurt zu treffen! ... Warum Diergard ihn überhaupt so dringend sprechen wollte, war ihm bei seinem Telefonat mit dem Professor gestern abend noch nicht klargeworden.

Diergard glaubt, du bist inzwischen wohl nicht mehr so abgeneigt ... Zu was, Professor? Geschäfte mit ihm zu machen? ... Das will er dir selber sagen! ... Das will er mir selber sagen, der Hund! Es war schlechterdings nicht vorstellbar, daß es sich nur darum handelte, einen saftigen Schnitt am Chinageschäft zu machen ... Das mußte viel tiefer sitzen, eine fundamentale Bedeutung für Diergard haben, anders war es nicht zu erklären – eigentlich war das Ganze völlig unverständlich! ... *Ich habe ihm versichert: Benjamin Bach wird Sie auslachen, Diergard! ... Aber er hat seelenruhig geantwortet: Ihr Herr Bach, mein lieber Rasser, wird ganz und gar nicht lachen!* ...

Jetzt wußte er wenigstens, warum Maria-Dir sich so stark vorkam.

Der Schwiegersohn sprach beschwörend auf ihn ein: »Länger als zwanzig Minuten hat das alles ja nicht gedauert – höchstens! ... Dann ist er die Treppe raufgestiegen und hat noch gerufen: China war mal eine nationale Domäne von uns!«

»Eine Domäne der Nationalen Commerzbank!« rief Solveig. »Jetzt verdrehst du auch noch alles! ... Aber das ist ja erst der Anfang, Papi! Wenn du erst mal hörst, was ...«

Benjamin Bach stöhnte und öffnete die Wagentür wieder, winkte Feringer und stieg aus. Er mußte Diergard benachrichtigen lassen, daß er nicht kommen würde, und die Botschaft mußte sorgfältig formuliert werden ... *Erfahre kurz vor Abflug von einem Besuch meines Schwiegersohnes bei Ihnen* ... Ein Fernschreiben, am besten ... *Unter diesen Umständen erübrigt sich das Treffen wohl* ... Unter welchen Umständen? So einfach war das nicht.

»Irgendwas mit Diergard?« fragte Feringer besorgt.

Benjamin Bach sah ihn konsterniert an. »Horchen Sie jetzt schon an meiner Wagentür?« Dann fiel ihm etwas ein, und er griff wieder nach dem Wagenschlag und rief Feringer zu: »Wir fliegen nicht!« Und stieg wieder in den Mercedes.

»Auch nicht nach Mailand?«

»Was? ... Doch, nach Mailand ja!«

Solveig kniete neben Lambert auf dem Vordersitz und rang die Hände. »Bitte, Papi, du *mußt* dir jetzt noch das andere anhören! ... Jetzt erzählt er dir erst mal von dieser Leonie, was *die* alles gesagt hat!« Und sie fuhr ihren Mann an: »Laß bloß nichts aus, Lambert!«

Feringer war groß im Erraten der Rätsel, die Benjamin Bach ihm ständig aufgab, aber vor diesem hier kapitulierte er. Er lief, in geziemendem Abstand, um den Mercedes herum, schaute nicht direkt, aber sehr indirekt hin, und war höchst beunruhigt von der atemberaubenden Pantomime, die sich dort abspielte. Wenn er nicht den Namen Diergard gehört hätte, würde er auf einen Ehestreit getippt haben, aber auch dann hätte er sich sehr wundern müssen, daß BB soviel Zeit für Familienkram aufbrachte – doch er hatte deutlich den Namen des Bankiers mitbekommen, und darum kreisten seine Gedanken immer hektischer um die Frage, was, um alles in der Welt, dieser lahme Schwiegersohn mit dem Aufsichtsratsvorsitzenden der NC zu tun haben könnte. Koch junior war in Bayern gewesen – lebte Diergard in Bayern? Das hielt er beinahe nicht für möglich, Diergard, die Nationale und Frankfurt waren eine Dreieinigkeit, wie sie im Buche stand – aber vielleicht saß Diergard im Aufsichtsrat von Koch & Mahler? Der kleine kahle Bankier stand doch mindestens so vielen Aufsichtsgremien vor wie Hermann Josef Abs von der Deutschen Bank. Was Feringer aber am allermeisten beunruhigte, war das Auftauchen der jungen Leute ausgerechnet in diesem Augenblick. Woher wußten sie, daß BB zu Diergard fliegen wollte? Feringer war beinahe sicher, daß der Chef nicht einmal seiner Frau etwas von Diergard erzählt hatte. Außer ihm, der Diergards Telefonnummern gestern abend herausgesucht hatte, konnte einfach keine Seele etwas von dem bevorstehenden Treffen in Frankfurt erfahren haben!

In der Einstiegluke des Jet erschien Captain Cramer wieder und winkte. Feringer spurtete zu ihm, weil er dachte, ein Telefongespräch sei über den Tower zu der Maschine vermittelt worden, was ja eigentlich gar nicht möglich war, es sei denn, etwas wirklich Dramatisches ereignete sich.

»Fünf nach halb!« rief Cramer. »Und Frankfurt ist total verstopft!«

Feringer klärte ihn über den Kurswechsel auf. »Aber das kann alles noch dauern, Sie sehen ja. Was macht das Wetter?«

Cramer sagte, der Sturm sei am Abflauen, sein Höhepunkt sei vor drei Stunden gewesen, da hätte es zwei Maschinen aufeinandergeschoben, die nicht fest genug vertäut waren. Heiko Cramer war Marineflieger in Leer, Ostfriesland, gewesen, ein kalter blonder Kapitänleutnant der Reserve, 36 Jahre alt, der während seiner letzten Winterübung den Phantom-Schein in El Paso gemacht hatte, und so flog er auch den Aero-Commander des Konzerns: verwegen und mit voller Pulle.

»Da kommt ja auch Fräulein Boese!« rief er. »Hat wahrscheinlich wieder Pantoffeln abgeben müssen!«

Am Schlagbaum hielt ein Taxi, und Feringer sah ihre kleine lustige Stewardeß herausspringen, den kurzen Uniformmantel raffen und über das Vorfeld auf sie zurennen. Sie warf die Beine, daß Strumpfbänder und die nackte Haut ihrer Oberschenkel unter dem Mantel hervorblitzten. Er lachte. »Olympiareif!« Cramer blickte demonstrativ auf seine Armbanduhr. »Eine Stunde und fünf Minuten zu spät!« Und der Mechaniker johlte: »Schneller!«

Elke Boese war Berlinerin, Ende Zwanzig, dunkelhaarig, zierlich und kapriziös. Man erzählte sich, sie sei auch in Tempelhof einmal zu spät gekommen, habe am Panam-Counter ein paar elegante

Hausschuhe abgegeben und erklärt, ein Fluggast habe sie bei ihr stehengelassen, sie wisse den Namen leider nicht mehr.

Ohne auf den Mercedes zu achten, kam sie atemlos vor der Einsteigtreppe an und hechelte: »Ich – habe – verschlafen!«

Feringer und der Mechaniker halfen ihr die schmale Treppe hoch, sie war so schnell gelaufen, daß ihr die Beine wegzusacken drohten.

»Sehr schön!« sagte Cramer streng, drehte sich um und rief in den leeren Jet hinein: »Fräulein Boese ist eingetroffen, Herr Bach – dann können wir wohl endlich!«

Aber Feringer beruhigte sie. »BB ist noch gar nicht an Deck, keine Angst!« Er brachte sie zur Bordküche und half ihr aus dem Mantel. Die kleine Boese war viel zu beliebt bei den fliegenden Herren des Konzerns, als daß ihr einer Verspätungen übelgenommen hätte. »Danke, Ferry!« keuchte sie. Gelegentlich schlief sie mit ihm, wie sie auch schon mal mit Benjamin Bach geschlafen hatte und mit Henry Blum und dessen Chef Fred Machkanz, den Herren vom Verkauf, die den Jet am häufigsten benutzten. Ihr machten Männer Spaß, sie war herrlich unkompliziert, und den Flugkapitän verdroß das außerordentlich, denn er glaubte, sich aus Autoritätsgründen kasteien zu müssen. Benjamin Bach hatte ihm einmal gesagt: »Behandeln Sie Fräulein Boese anständig, Cramer. Mädchen wie sie sind viel seltener als gute Piloten!« Aber jetzt war Benjamin Bach nicht da, und Cramer konnte sich die Frage nicht verkneifen: »Wieso tragen Sie eigentlich keine Strumpfhosen?«

»Das geht schon in Ordnung!« antwortete Feringer für die Stewardeß. »Wir sind weder bei der Lufthansa noch bei der Marine, nicht wahr?« BB haßte Strumpfhosen, er haßte Strumpfhosen, die anderen Herren haßten Strumpfhosen – er kannte überhaupt keinen Mann, der sich noch etwas aus Frauen machte und Strumpfhosen nicht haßte und ihre Erfindung für den eigentlichen Grund der grassierenden männlichen Impotenz hielt, aus der wieder die »Women's Liberation«-Bewegung und folgerichtig die Sexrevolution entstanden war, die nun allen die Lust endgültig nahm. Über dieses umfangreiche Thema unterhielten sich die Konzernherren oft und gern, und wo immer sie Macht über Frauen ausüben konnten, führten sie Strumpfgürtel wieder ein.

Cramer verschwand im Cockpit, wo sein zehn Jahre jüngerer Co-Pilot Alwin Preusch saß und die Triebwerke kontrollierte. Der ehemalige Oberfeldwebel »Ali« Preusch war einer der wenigen Starfighter-Überlebenden, nach zwei Abstürzen hatte es ihn ins Zivilleben zurückgezogen.

Feringer öffnete für Elke Boese eine Pikkolo, sie atmete rasselnd, trank sie in großen Schlücken leer, ihre braunen Kulleraugen sahen ihn aufgeregt über die Flasche an, und als er ihr zublinzelte, zwinkerte sie zurück und lutschte anzüglich am Flaschenhals.

»Du hast zwei Stunden frei in Milano«, sagte er lächelnd. Das bißchen Strumpfband hatte ihn auf dumme Gedanken gebracht.

Sie riß die Augen noch mehr auf, setzte erwartungsvoll die Flasche ab. »Ja ... ?«

»Nimm dir ein Taxi. Ich bin im Hotel Estètica, erinnerst du dich?«

»Das süße, kleine ... !«

»Ecco. Ich erzähl' dem Cramer schon das Nötige.«

»Und ich dachte schon, du magst mich nicht mehr!«

Zwei Minuten später vertrat sich Co-Pilot Preusch ein bißchen die Beine, stellte Vermutungen an, wie lange der Aufenthalt in Mailand dauern könnte, fragte die kleine Boese, ob sie das Flughafenhotel kenne, und mußte, zu seiner sichtbaren Enttäuschung, hören, sie sei mit einer Freundin verabredet.

Aber dann kam doch alles wieder ganz anders.

Ein vor Entschlossenheit lodernder Benjamin Bach stieg endgültig aus dem Mercedes und ging mit Feringer, der ihm in den Mantel half, ein paar Schritte abseits. Der Schwiegersohn rannte zum Jet und die Tochter zu ihrem Porsche, Jonas hielt den Wagenschlag auf.

»Uhrenvergleich«, sagte Benjamin Bach. »Ich habe jetzt genau siebenunddreißig, nein, achtunddreißig nach neun – Sie auch?«

Feringer korrigierte seine Armbanduhr, die er, aus Gewohnheit, stets etwas vorgehen ließ.

»Ich habe mich entschlossen, die Flucht nach vorne anzutreten und Diergard doch zu treffen«, erklärte BB, »aber ich habe mir etwas überlegt. Sie bleiben noch hier, Doktor. Sie müssen telefonieren. Kennen Sie F. A. Hassenstein? Er war mal Reichsbahnpräsident, später im Vorstand und Aufsichtsrat der Handelsbank, ist schon lange pensioniert, erstellt aber manchmal noch Gutachten für Egerwald und wohnt in Kronberg bei Frankfurt. Gitta hat seine Telefonnummer ...«

Und dann erzählte Benjamin Bach seinem Assistenten, was er vorhatte, er schrie es in kurzen Sätzen gegen den Wind, und er vergaß kein Detail. Reinhard Feringer mußte schlucken, weil ihm die Spukke wegblieb. In seinen vier Jahren mit dem TALL-Chef hatte er schon einige Entwicklungsstadien durchlaufen, die seine Lebensanschauungen explosiv erweiterten; jedesmal, wenn BB ihn mit einer neuen Waghalsigkeit verblüffte, hatte er seine Vorstellungen von dem, was möglich war und insbesondere in der Industrie vertretbar schien, radikal revidieren müssen, und mittlerweile war er an Bachs phantastische Einfälle so gewöhnt, daß er sie bereits für selbstverständlich hielt. Aber was er jetzt hörte, klang rabiater und gefährlicher als alles zuvor, das konnte ins Auge gehen, sich in der Branche herumsprechen, und ob das selbst einem BB guttun würde ...

»Ich halte das für bedenklich, Herr Bach!« rief er und wußte im gleichen Augenblick, daß er auch bildlich in den Wind gesprochen hatte. »Wenn der alte Herr nicht mitmacht, wenn er gerade in der Badewanne sitzt oder erkältet ist ...«

»Der alte Hassenstein ist mit seinem Volvo noch im Januar durch Schnee und Eis und Kommunisten in die Hohe Tatra zum Skifahren gebraust und hat mich noch nie sitzengelassen, machen Sie ihm klar, was für mich davon abhängt, und er wird im Bademantel oder in seiner alten Gärtnerhose kommen!«

»Diergard wird ...«

»Diergard will mich vernichten«, sagte Benjamin Bach völlig im Ernst. »Er plant das offenbar seit langem und sieht jetzt seine Chance gekommen – ich weiß nur noch nicht, wo der tiefere Grund liegt. Was das alles ausgelöst hat. Aber ich werde es erfahren.«

»Ihr Herr Schwiegersohn hat mit ihm gesprochen?«

»Hat er, und ich muß dem Rotzlöffel glauben und ihm vielleicht noch dankbar sein, wenn alles vorüber ist. Ich nehme ihn mit.«

Feringer stieg, ohne weitere Fragen, in den Mercedes und machte sich konzentriert ans Werk. Während er mit Gitta sprach, ihr das Notwendigste anvertraute und eine Reihe schneller Aufträge gab, sah er, wie Benjamin Bach im Jet verschwand, die Einsteigtreppe hochklappte und die Maschine mit Vollgas davonrollte. Zuerst rief er kurz in Kronberg an, um sich zu vergewissern, ob Hassenstein überhaupt da und prinzipiell startbereit war, stellte sich, mit Grüßen von Benjamin Bach, vor und sagte, er käme gleich wieder. Dann teilte er Gitta den Abflug mit, ließ sich Tassilo Billstein geben und erklärte dem Direktor, daß es sich darum handele, ihn, Feringer, bei einem eventuellen Rückruf des Reichsbahnpräsidenten a. D. zu identifizieren. Wieder mußte er sich die Nachricht von Glasenapps Tod anhören, und als er erneut Kronberg verlangte, zog der Aero-Commander schon steil in die Luft. Hoffentlich hatte BB daran gedacht, Cramer die neuerliche Kursänderung anzugeben!

Es war sieben Minuten vor zehn.

Feringer hatte sich das Gespräch mit dem alten Hassenstein umständlicher vorgestellt. »Machen Sie nicht zuviel Worte!« rief der alte Herr. »Sie sind der tüchtige junge Mann, der Tilly Rasser im Kurhaus von Baden-Baden den Kopf verdreht hat!«

Feringer blieb die Luft weg. »Woher ... Wieso ...«

Dumme Frage! Natürlich hatte BB geplaudert! ... Es gab eben Sachen, über die man wirklich nicht sprechen sollte, die weiterzuerzählen einfach leichtsinnig war – nicht seinet-, aber der Frau des anderen wegen! Er hatte diese dumme Geschichte, die ihm nur passiert war, weil Benjamin Bach und der Professor sich in Brenners Parkhotel die Nase begossen hatten und er Frau Tilly in die Spielbank begleiten mußte, nach langem Zögern seinem Chef anvertraut, da ihm die Fragen, die Tilly stellte, doch etwas bedenklich vorgekommen waren, und nun ... Es war nicht zu fassen. Nirgendwo, fand Feringer, wurde mehr geklatscht als in der ach so nüchternen Industrie! Er nahm sich ein Herz und sagte, mit rotem Kopf, dessen war er sicher: »Das hat sich im Kurpark ereignet, Herr Präsident, nicht im Kurhaus!«

Und dann kam er zur Sache, und der alte Herr verstand sofort, was Benjamin Bach von ihm wollte, und akzeptierte den wahnwitzigen Vorschlag mit einer Selbstverständlichkeit, als ob derlei Ansinnen jeden Tag an ihn gestellt würden. »Ich bin schon unterwegs!« rief er. »Das wird ein Mordsspaß! Ich schaffe es in zwanzig Minuten!«

Als Feringer den Hörer auflegte, ärgerte er sich beinahe. Das war so glatt und schnell gegangen, daß er ohne weiteres noch hätte mitfliegen können! ... Seufzend griff er wieder zum Telefon und fragte Gitta, ob sie Diergards Sekretärin schon angerufen habe. »Wenn sie in Frankfurt gleich Landeerlaubnis kriegen, sind sie kurz vor elf im Hotel. Eine Verspätung von zwanzig Minuten ...«

»Frau Jensen sagt, Herr Diergard wäre um Punkt elf da. Er benötigt von der Hauptwache in Frankfurt zum Flughafen genau so lange wie der Jet von Düsseldorf nach Frankfurt – *sie* sind im Hotel? Nimmt er den Schwiegersohn etwa mit?«

»Nein, den jungen Koch bringt der Jet wieder zurück.«

»Warum fliegt er überhaupt mit? Ich verstehe die ganze Geschichte nicht, muß ich sagen ...«

»Weil BB wohl, im Detail, alles nochmal hören will. Im übrigen versteht keiner so recht, wie dieser junge Stint dazu gekommen ist, mit Diergard zusammenzutreffen ... Haben Sie inzwischen feststellen können, ob der Herr im Aufsichtsrat von Koch und Mahler sitzt?«

»Das hat er tatsächlich, vor Jahren mal. Er hat den Sitz aber zugunsten eines anderen Vorstandsmitglieds der Nationalen aufgegeben, als der Bundestag die Aufsichtsratposten auf fünfundzwanzig pro Kopf beschränkt hat – Lex Abs, erinnern Sie sich?«

»Verstehe. Und wieviel hat er heute noch?«

»Fünfundzwanzig, natürlich!«

Sie mußten beide lachen. Feringer sah den Porsche mit Solveig am Steuer in einem weiten Bogen das Vorfeld umkreisen und direkt hinter den Mercedes fahren. »Jetzt wird mich gleich das Fräulein Tochter heimsuchen!«

»Seien Sie nett zu ihr!« rief Gitta. »Sie kann einem leid tun. Wenn *Sie* sie geheiratet hätten, wäre das alles nicht passiert!«

Das hatte er im letzten halben Jahr schon einige Male von ihr gehört, und auch diesmal antwortete er: »Achtzehnjährige sind mir zu anstrengend!«

»Wollten Sie nicht Material über diesen Abgeordneten haben, der die Kleine Anfrage der CDU anzetteln will?«

»Wildgans!«

»Wildfogel«, sagte Gitta. »Ich habe es eben bekommen. Herr Woldemar Wildfogel – Woldemar mit ›o‹ und Vogel mit ›f‹ – sitzt mit Herrn Diergard im Aufsichtsrat von Bessamer, ist Mitglied des Bundestages seit siebenundfünfzig und hat ...«

»Bei Bessamer!« rief Feringer. »Das ist doch zu einfältig, um wahr zu sein! Herr Wildfogel benutzt den Bundestag, um der Konkurrenz eins auszuwischen!« Die BESSAMER AG in Herne war ein Stahlkonzern, der sich in den letzten Jahren durch den Bau von Stahlwerken in unterentwickelten Ländern gemausert hatte und angeblich in Fusionsverhandlungen mit Thyssen stand. Seine Aktien wurden von Spekulanten bevorzugt, aber Thyssen-Chef Hans-Günther Sohl dementierte alle Gerüchte nachdrücklich.

»Was steht noch über Wildfogel und Bessamer in den Unterlagen? Am liebsten würde ich schnell kommen und sie mir holen ...«

»Es sind nur neun Seiten: das Bundestagshandbuch, Platow-

Dienst und Munzinger-Archiv, im Grunde sehr wenig ... Hier ist ein Hintergrundbericht von Platow, in dem von einer Kooperation Bessamers mit Gather Steel in Glasgow die Rede ist, Wildfogel war da von siebenundsechzig bis neunundsechzig Continental Consultant ... da ist ein Sternchen, warten Sie mal, ja: Gather ist im vergangenen November von Separa Industries übernommen worden, diesem amerikanischen Mischkonzern ...«

Feringer hatte viel Zeit, er ließ sich noch andere Passagen aus dem Material vorlesen, und dabei malte er auf seinen Stenoblock die Namen

Wildfogel
GATHER STEEL Ltd.
SEPARA INDUSTRIES,

versah sie mit einem großen Fragezeichen und setzte schließlich noch darunter:

Wildfogel
Diergard
BESSAMER AG.

»Schreiben Sie das mal so untereinander, Gitta, und zeigen Sie den Zettel Herrn Faber. Vielleicht fällt ihm was ein, wenn er die erlauchte Gesellschaft in dieser Zusammensetzung vor sich sieht. Und lassen Sie von Doktor Björner, bitte, noch jede Menge Inside-Material über die Herrschaften erstellen!« Er verabschiedete sich etwas plötzlich, als er im Rückspiegel Solveig Koch auftauchen sah.

Sie hatte sich, hinter dem Mercedes parkend, mit Jonas unterhalten, aber Feringer spürte die ganze Zeit, wie sie ihn beobachtete, und jetzt war sie aus dem Porsche gestiegen und trat langsam näher.

Feringer öffnete die Wagentür. »Ich muß nochmal Frankfurt anrufen, dann stehe ich Ihnen zur Verfügung.«

»Darf ich mich einen Augenblick zu Ihnen setzen? Oder störe ich beim Telefonieren?« Sie hielt den hinteren Türgriff schon in der Hand.

»Überhaupt nicht, steigen Sie ein«, sagte er und sprang aus dem Wagen, um ihr die Tür aufzuhalten.

Sie wirkte sehr jung heute wieder, sehr förmlich, hatte zweifellos etwas Prinzessinnenhaftes an sich, wie sie da ganz leicht den Kopf neigte und sich von ihm in den Rücksitz helfen ließ – es huldvoll zu nennen wäre nicht übertrieben gewesen. Feringer registrierte die Attitüde ohne Ärger, er kannte einige, inzwischen, von diesem Industrie-Adel; es waren besonders die Sprößlinge der von ganz unten heraufgekommenen Bosse, die auf exklusiven Internaten gelernt hatten, was ihre Väter sich, im Drang der Geschäfte, gar nicht leisten konnten: Hochmut.

Benjamin Bach, zum Beispiel, war nur hochmütig im Umgang mit Bankvorstehern und Politikern – mit allen, auf die er angewiesen war. Auch einsame Entschlüsse und Fehlentscheidungen – und das betraf dann seine leitenden Herren – deckte er grundsätzlich mit dem Hochmut des absoluten Monarchen zu, des »keiner Menschenseele Verantwortlichen«. Hingegen wäre es ihm nie eingefallen, vor Arbeitern und kleinen Angestellten den Gesalbten herauszukehren, er kam auch kaum noch mit ihnen in Berührung, und wenn, dann wurde er regelmäßig sentimental, nannte sie »meine Kumpel«, biß in ihre Frühstücksbrote, ließ Bierkästen anrollen und schwärmte, ganz ehrlich, davon war Feringer überzeugt, vom einfachen Leben des kleinen Mannes, der einen richtigen Feierabend und samstags Zeit für die Bundesliga hatte.

Aber die Kinder dieser Bosse kassierten, was ihnen »zustand«, bewegten sich streng in »ihren Kreisen«, besonders im Ruhrgebiet, und ließen jeden, der von ihren Vätern abhing, den tiefen Graben spüren, der sie von ihnen trennte. An ganz wenigen Örtlichkeiten, wie in Schwabing – und überhaupt an Universitäten –, fand eine gewisse Mischung der Klassen statt, aber das auch nur temporär. Wenn die Jungen sich ausgetobt hatten, trennten sich ihre Wege wieder, von einer Gemeinsamkeit konnte keine Rede sein. Und diese hier, Solveig, war ein ganz besonders schwieriger Fall, wie Feringer wußte. Es wäre zu einfach gewesen, den Stab über sie zu brechen.

Er war am 2. Januar 1969 mit der Unterschriftenmappe ins Engadin geflogen, Benjamin Bach verbrachte mit Frau und Tochter ein paar Urlaubstage in der Villa eines englischen Geschäftsfreundes in Pontresina, und im benachbarten St. Moritz hielten sich der Professor und seine exzentrische Frau auf. Feringer erlebte, noch nicht fünf Minuten im Haus, eine fürchterliche Szene zwischen seinem Chef und Solveig mit: Benjamin Bach hatte die damals Siebzehnjährige mit den unflätigsten Ausdrücken aus seinem Arbeitszimmer geworfen, nur weil sie sich in einem hohen Lehnsessel versteckte und dem Gespräch der Männer zuhören wollte. Entsetzt war der Assistent ihm in den Arm gefallen. »Das können Sie doch nicht tun, Herr Bach! Sie ist doch noch ein Kind!« – »Halten Sie sich da raus, Feringer!« hatte

BB geschrien. »Glauben Sie, ich will wegen Blutschande verhaftet werden? Letzte Nacht ist sie nackt zu mir ins Bett gekrochen!« Nach diesem Erlebnis war Feringer der einzige im Konzern, der sich über die schnelle Hochzeit der Bach-Tochter nicht wunderte.

Die Kleine liebte ihren Vater eben abgöttisch und hatte sich, sozusagen, »geopfert«. So etwas in einem Romanheftchen zu lesen oder es mitzuerleben war schon ein Unterschied. Seitdem vermied Feringer, der Tochter des Chefs zu begegnen, er hatte sie ohnehin nur ein paarmal erlebt und, in ihrem übermütigen Gebaren, für einen hysterischen Teenager gehalten. Jetzt war ihr Anblick ihm unangenehm, sie tat ihm leid, und ihre Versuche, das Näschen höher zu tragen als andere, fand er nur noch rührend.

»Frankfurt sechs-neun, acht-fünf-eins, das Airport-Hotel!« gab er der Telefonistin an.

»Ist da mein Vater?« fragte Solveig.

Er schaute auf die Uhr. »In einer halben Stunde, wenn alles so läuft ...« Er hörte den Ruf hinausgehen, und als sich die Hotelzentrale meldete, verlangte er einen stellvertretenden Direktor zu sprechen. Im Rückspiegel sah er den gemmenhaften Kopf Solveigs gespannt nach vorn geneigt.

»Ich habe das mit der Suite heute morgen arrangiert – geht alles in Ordnung? ... Dann möchte ich Ihnen ein paar Zeilen diktieren und Sie sehr bitten, sie Herrn Bach persönlich in die Hand zu drükken ... Er wird frühestens in zwanzig Minuten, spätestens in einer dreiviertel Stunde durch die Drehtür preschen und wie der Blitz im Fahrstuhl verschwunden sein, achten Sie, um Himmels willen, darauf, daß er Ihnen nicht entgeht!«

In seinem Nacken verspürte Feringer einen Hauch ihres Atems, sie war aus seinem Blickfeld im Rückspiegel verschwunden und kauerte dicht hinter ihm, neugierig auf die Botschaft, die er zu übermitteln hatte. Lächelnd beugte er sich vor und drehte am Lautsprecher.

» ... ich bleibe an der Tür, bis Herr Bach kommt!« versicherte der Hotelmanager gerade.

»Entrierer der Kleinen Anfrage«, begann Feringer und mußte das wiederholen und buchstabieren, »sitzt mit Maria-Dir in Attilas AR, Gedankenstrich, Hassen dürfte vor halb elf dagewesen sein. Eff Punkt.« Er hoffte, Benjamin Bach würde sich an den Namen des Bessamer-Vorstandes erinnern – Dr. Ing. Hunnen – und die richtige Schlußfolgerung ziehen. Etwas Besseres fiel ihm, mit Solveig im Nakken, nicht ein.

Sie wollte alles erklärt haben, ihre Augen glitzerten vor Erregung, an ihrer durchsichtigen Schläfenhaut pulste eine Ader. »Maria-Dir weiß ich, wer das ist!« rief sie. »Finden Sie das nicht komisch, daß er gerade heute meinen Vater treffen wollte? Ich glaube, mein Vater wird mit meinem Mann noch zufrieden sein!« Es klang eingeweiht, was sie da sagte, aber sie wußte weniger als Feringer, dem auch nicht alles klar war. »Wann erwarten Sie den Jet zurück? Und wer ist Attilas AR und Hassen?«

Er lächelte zurückhaltend, nach Erklärungen war ihm weder zumute, noch glaubte er, sie verantworten zu können. »Woher wissen Sie, daß Herr Diergard Maria-Dir genannt wird?«

»Ach, das weiß man doch, das ist doch kein Geheimnis – oder?«

Da war die leichte Überheblichkeit wieder in ihrer Stimme. Wer angibt, hat's nötig, dachte Feringer und sagte: »Woher dieser Spottname kommt, wissen Sie also nicht?«

Doch sie überraschte ihn. »Onkel Rasser hat meinem Vater mal ein Bild aus der ›Quick‹ rahmen lassen, da kniet Josef Maria Diergard bei der Echternacher Springprozession mitten auf einer staubigen Straße, und seitdem heißt er bei uns eben ... Aber ich habe Sie auch etwas gefragt, Herr Doktor Feringer!«

»Der Jet macht sofort kehrt, wenn er Ihren Herrn Vater abgesetzt hat, und dürfte in ziemlich genau fünfundvierzig Minuten wieder hier sein«, erklärte Feringer. »Vielleicht darf ich Sie inzwischen zu einem Kaffee einladen?«

Sie hatte sich zurücksinken lassen, und jetzt legte sie ein Bein über das andere, verschränkte die Arme und sagte: »Sehr gern. Wenn Sie mir meine Frage beantwortet haben ...«

Beinahe imponierte ihm ihre Hartnäckigkeit. Sie kam ihm ein bißchen wie Audrey Hepburn vor, zart und energisch zugleich.

»Ob ich es komisch finde, daß Herr Diergard gerade heute Herrn Bach treffen will? ... Nein, finde ich nicht. Ich nehme an, daß es mit dem Besuch Ihres Mannes bei Herrn Diergard zu tun hat. Woher kennt er ihn eigentlich?«

»Diergard meinen Mann? Er ist doch sein Patenonkel!« Aber sie war irritiert von dem, was Feringer sagte. »Mein Vater war doch schon mit Diergard verabredet, bevor Lambert zu ihm gefahren ist!«

Ihre schlanken braunen Hände umklammerten jetzt das Polster des Vordersitzes, dicht vor sich sah er ihren offenen Mund, und Feringer mußte zugeben, daß sie ihn auf einmal interessierte; sie oder ihre Interna.

»Da täuschen Sie sich, Frau Koch«, sagte er. »Diergard hat sich gestern nachmittag erst um diese Zusammenkunft bemüht.« Er öffnete den Wagenschlag. »Wollen wir mit Ihrem Flitzer zum Restaurant rüberfahren? Sie haben bestimmt noch nicht gefrühstückt. Jonas muß sowieso hier verschwinden, der Mann am Schlagbaum guckt schon dauernd rüber ...«

Anstandslos folgte sie ihm.

Benjamin Bach sprang drei Minuten vor elf aus dem Wagen der Frankfurter Niederlassung, der ihn zu dem Betonklotz an der Unterschweinstiege gebracht hatte. Aus der Luft gesehen, lag das Airport-Hotel direkt neben dem Flughafen im Frankfurter Stadtwald, aber die riesigen Bauarbeiten an den neuen Anlagen der Jumbo-Ära zwangen auch die Privatflieger zu Umwegen. Vor den Fahrstühlen, am Ende der menschenüberfüllten Hotelhalle, erwartete ihn nervös der stellvertretende Direktor mit einem Briefumschlag und den Worten: »Ein Herr Hassenstein ist vorhin ...«

»Dankedanke, das geht völlig in Ordnung!« sagte Benjamin Bach schnell und drängte sich in eine besetzte Kabine. Der Hotelmanager versuchte noch mitzukommen, doch das ließ er nicht zu. »Achthundertfünf finde ich allein!«

»Ich habe mir erlaubt, ein paar Blumen ...«, sagte der eifrige junge Mann, dann schloß sich die Fahrstuhltür vor seiner Nase.

Gewohnheitsmäßig warf Benjamin Bach einen Blick auf das Herstellerschild, ärgerte sich, daß er Haushahn statt TALL las, aber wenigstens nicht Flohr-Otis, riß den Umschlag auf und schob sich mit einigen »Sorrys« nach hinten – in diesen Hotels stiegen vorwiegend englischsprechende Völkerscharen ab. Feringers Neuigkeiten über Wildfogel lesend, wurde seine verschlossene Miene noch unnahbarer, aber wie immer, wenn er mit fremden Menschen auf Tuchfühlung geriet, machte sich sein Trieb, herzlich zu lächeln, selbständig; seine Mundwinkel brauchten sich nur etwas auseinanderzuziehen, dann war der Erfolg da: Engländer und Franzosen, Japaner, Russen und Eskimos, selbst seine Landsleute strahlten zurück; so wie er nun einmal aussah, erregte er in jeder Menschenansammlung sogleich Aufmerksamkeit, quatschten ihn unweigerlich hemmungslose Amerikanerinnen an, weil sie ihn für einen Filmstar hielten.

Heute schaffte er es, unbehelligt in den achten Stock zu gelangen, wo er mit Erleichterung feststellte, daß Diergard noch nicht da war. Der Salon der Suite war ein Blumenmeer, es roch betäubend feierlich, ein grauhaariger Grieche im Schwalbenschwanz, mit einem jungen holländischen Gehilfen an der Seite, wedelte elegant mit der Serviette. »Zu Ihren Diensten, mein Herr ... !«

»Was soll denn das?«

Benjamin Bach hob ein besonders prächtiges Blütenarrangement vom Damast eines Tisches. »Hinaus damit! ... Ich empfange hier keine Geliebte – und ich will das Zeug auch nicht auf meiner Rechnung wiederfinden!«

Er ging herum und deutete auf die vielen Blumenvasen, und die Kellner schafften sie eilig auf den Gang hinaus. Sogar in das nebenanliegende Schlafzimmer warf er einen Blick und überzeugte sich, daß der Schlüssel innen an der separaten Eingangstür steckte.

Josef Maria Diergard mußte ihm auf dem Fuß gefolgt sein. Als der kleine, kahle Mann in einem altmodischen dunklen Mantel mit Samtkragen, den Hut in der Hand, sich an den blumenschleppenden Kellnern vorbeizwängte, versuchte Benjamin Bach gerade das Fenster zu öffnen, das einen Blick über die Baumwipfel nach Kelsterbach gestattete.

»Die schönen Blumen!« rief der Bankier bedauernd. »Warum tragt ihr sie denn alle hinaus?«

»Die haben das hier mit einer Hochzeit verwechselt«, sagte Benjamin Bach, »oder mit einer Beerdigung.« Er reichte seinem Gast die Hand. »Guten Tag, Herr ... eh ... Ich bin leider nicht früher aus Düsseldorf herausgekommen.« Sein Herz schlug schneller, als er seinen Alptraum leibhaftig vor sich hatte, aber wie er so dastand und sich die Hände rieb, fand er ihn doch eher nichtssagend, ein alter Handwerkermeister, über den die Zeit hinweggegangen war, ein Spengler vielleicht, der das Klo reparieren kam, oder ein Rentner.

»Ich begrüße Sie«, sagte er, schaute Benjamin Bach aufmerksam aus hellen, wäßrigen Augen an und ließ sich aus dem Mantel helfen. »Schade um die schönen Blumen – darf ich sie wenigstens mit nach Hause nehmen, wenn Sie sie ja doch bezahlen müssen?« Er gab sich, für das, was zwischen ihnen stand, recht kregel.

»Ich habe keine bestellt, und ich bezahle auch keine«, sagte Benjamin Bach. »Stauben Sie immer ab, wo's nichts kostet?«

Diergard zog den Kopf etwas ein und rieb sich fröstelnd die Hände. Im Zimmer umherlaufend, sah er den TALL-Chef an, als ob er prüfen wollte, wie rabiat er wohl werden könnte. »Daß Sie ein grober Mensch sind, ist ja nichts Neues, aber daß Sie auch sparsam sein können, überrascht mich, Herr ... ehm ...« Auch er zögerte, einen Namen auszusprechen, solange noch Kellner im Zimmer waren.

Schweigend sahen die ungleichen Herren zu, wie der Salon in seinen ursprünglichen Zustand zurückversetzt wurde, dann fragte der Oberkellner, ob sie einen Aperitif wünschten, und Diergard sah Benjamin Bach interessiert an; er schien zu hoffen, daß sein Kontrahent auch noch Alkoholiker sei, das hätte gut in seine Vorstellungen von ihm gepaßt.

Benjamin Bach tat ihm den Gefallen und schwadronierte: »Aber immer. Ich habe allerdings schon einen im Flugzeug gehabt. Ich trinke jetzt ein Bier, ein Urquell vom Faß, bitte!«

»Oh«, machte Diergard ratlos, »auf Bier werde ich müde, hm ... Dann doch vielleicht lieber ein Fachinger.«

Der Ober verschwand und hinterließ eine Spannung zwischen ihnen, die mit Händen zu greifen war. Diergard verzog das zerknitterte Gesicht zu einem milden Lächeln. »In Wirklichkeit, Herr Bach, sehen Sie nicht ganz so jung aus wie im Fernsehen, ich habe Sie Sonntagabend in der Tagesschau gesehen.«

»Und Sie wirken nicht ganz so alt wie auf Fotos«, konterte Bach. Er warf sich in den nächsten Sessel und griff frontal an. »Warum haben Sie angerufen, Herr Diergard? ... Wegen meines Schwiegersohnes? Dann haben Sie sich umsonst herbemüht.«

Diergard versuchte erstaunt auszusehen, als ob er erst nachdenken müsse. »Wegen Ihres ... Ach, Sie meinen den jungen Koch! ... Aber nein, der ist nur ein – wie soll ich sagen? – ein letzter Anstoß gewesen, nein, nein ... Ich hätte mich ohnehin an meinen alten Freund Rasser gewandt, wissen Sie – erstaunlich, übrigens, die Ausdauer, mit der er zu Ihnen hält, der gute Rasser.«

»Vielleicht ist es mit Ihrer Menschenkenntnis nicht so weit her, wie Sie glauben!«

Diergard stutzte, dann lachte er und nickte. »Oder mit seiner! Oder mit seiner!«

Es klopfte, und der eintretende Ober brachte die Fachingerflasche und enthob sie der Mühe, sich weitere Niederträchtigkeiten einfallen lassen zu müssen. Diergard bestellte gleich noch eine und entschloß sich endlich für einen Sessel mit hoher Rückenlehne, der einen Beistelltisch hatte. Der Ober fragte, wann die Herren zu speisen wünschten, und bevor Benjamin Bach »Überhaupt nicht!« sagen konnte, hatte Diergard sich schon für ein »Süppchen« entschieden, »am liebsten eine klare Rindfleischbrühe mit Mark und eine Scheibe Schwarzbrot, wenn Sie haben.«

Wollte er sich häuslich niederlassen? »Also, reden wir Tacheles!« sagte Benjamin Bach, als sie wieder allein waren. »Was haben Sie so dringend auf dem Herzen?«

Diergard sah ihn mit schrägen Augen an, ließ sich tiefer in den Sessel sinken, so daß seine kleinen Füße sich vom Teppich hoben, legte die Fingerspitzen gegeneinander und erklärte mit unüberhörbarem Behagen: »Sie schaffen dieses Chinageschäft nicht, Herr Bach.«

Benjamin Bach machte »Hm ...« Das hatte er erwartet. Damit fing es jedenfalls an. Aber interessanter war, was weiter kommen würde. Interessant war auch, wie Diergards Schuhsohlen rhythmisch gegeneinander klappten. Der Aufsichtsratsvorsitzende der Nationalen Commerzbank konnte vor Genugtuung kaum an sich halten.

»Und?« fragte Benjamin Bach.

Die Schuhsohlen blieben jäh in der Luft hängen.

»Da Sie das Chinageschäft nicht finanzieren können, beunruhigen Sie die Banken ...«

»Aha«, sagte Benjamin Bach. Er brauchte sich keine Mühe zu geben, gleichgültig zu erscheinen. Dies alles war noch Vorgeplänkel, der Versuch, ihn in eine bestimmte Ecke zu bugsieren.

Diergard reckte sich, um an sein Fachinger zu kommen, trank ein Schlückchen, verschluckte sich, hustete und fuhr fort: »Und wenn sich Ihre Banken beunruhigen, fangen sie an, zwei und zwei zusammenzuzählen, und dann braucht nur eine Angst zu bekommen ...«

»Und dann bin ich pleite, wollen Sie sagen?«

Wenn er überrascht war, eine offene Tür eingerannt zu haben, so zeigte es Diergard jedenfalls nicht. Nur die Art, wie er schon wieder nach dem Wasserglas griff und gierig trank, verriet seine Zufriedenheit. Ansonsten nickte er nur heftig und sah den TALL-Chef lauernd über den Rand seines Glases hinweg an.

»Kurz und schmerzlos«, sagte Benjamin Bach. »So direkt hat mir das noch keiner ins Gesicht gesagt, Herr Diergard. Ich überlege, ob ich mir einen Herzanfall leisten kann ...« Er wollte ihn weiter durch die offene Tür locken.

Aber diese Nonchalance behagte dem Bankier nicht. Er stellte sein Wasserglas weg und rutschte auf die Kante des Sessels vor. »Machen Sie sich nur lustig über mich! Das paßt ganz zu dem Bild, das ich von Ihnen habe, Herr Bach!«

»Oh«, Benjamin Bach gab etwas nach, »ich sehe das durchaus als eine ernste Warnung an – und was weiter?«

»Wieso, was weiter?«

»Na, dann ist Teha Tall also pleite – und was noch? Sie sind doch nicht hergekommen, um mir nur das, und weiter nichts, zu erzählen, Herr Diergard?«

Der Bankier knurrte etwas.

»Ich verstehe nicht.«

Und plötzlich rief Diergard, unangebracht laut: »Die *Firma* Tall kann nicht pleite gehen! ... *Sie* sind dann fertig, Herr Bach! ... Herr Benjamin Bach, Sohn des Glücks!« Triumphierend saß er auf der Sesselkante und ruderte mit den kleinen Füßen.

Benjamin Bach lachte sorglos und entspannt. Es war höchste Zeit, daß er mit diesem Josef Maria Diergard endlich zusammengetroffen war, diese Witzblattfigur hatte sich in seinem Unterbewußtsein, über all den Jahren, zu einem Trauma entwickelt, und nun stellte sich heraus, daß der mächtige Beherrscher eines großen Teils der deutschen Industrie nur ein giftiger kleiner alter Mann war, ein Gnom, den er vom Teppich pusten würde.

»Jetzt hören Sie aber auf, Herr Diergard!« rief er. »Sie sind doch nicht gekommen, um mich persönlich davor zu bewahren, meinen Posten zu verlieren? Mir kommen ja die Tränen!«

Diergard kauerte bösartig in seinem Sessel, er schluckte schwer an der Art und Weise, wie Bach reagierte. »So ... ?« fragte er, gefährlich leise.

»Und was meinen hebräischen Vornamen angeht, so muß man ihn nicht unbedingt mit ›Sohn des Glücks‹ übersetzen – obwohl dagegen nichts einzuwenden wäre –, aber er bedeutet in erster Linie ›Sohn der rechten Seite‹. Und das finde ich noch hübscher, wenn Sie schon darauf anspielen!«

»Soso ...«, ächzte Diergard.

»Jawoll! ... Sie ahnen gar nicht, wie sehr der Name eines Mannes identisch ist mit seinem Tun! ... Ein Benjamin, Herr Diergard, fühlt sich einfach immer auf der Seite des Rechts! ... Ich bin in dem Glauben aufgewachsen.«

Diergard wußte wohl nicht, was er von dieser Ablenkung halten sollte, aber seltsamerweise ging er darauf ein und fragte, etwas zu beiläufig: »Sie sind doch kein Jude, Herr Bach? ... Nicht, daß ich etwas gegen Juden hätte – ich frage nur.«

Benjamin Bach grinste. »Natürlich. Ich erinnere mich gut an die Prozesse, die Sie durchzustehen hatten, Herr Diergard – die jüdischen Banken haben Sie damals nur treuhänderisch übernommen, um Ihren jüdischen Freunden zu helfen!«

»Das ist billig!« konstatierte der Bankier mit Verachtung.

»Ich gebe es zu«, sagte Benjamin Bach, »aber manchmal kann ich nicht anders. Entschuldigen Sie, Herr Diergard.«

»Sind Sie nun Jude?«

»Wegen meines hebräischen Vornamens? Nicht, daß ich wüßte. Sie sind ja auch keiner. Herr Josef Maria ...«

»Josef«, stellte Diergard fest, »ist einer der ältesten christlichen Vornamen! ... Lächerlich!«

Benjamin Bach lachte ihn aus. »Weil das Christentum ihn bei uns heimisch gemacht hat? Das glauben *Sie!* ... Schon Christus senior hieß Josef, Sie erinnern sich wohl. Der alte hebräische Name Josef bedeutet soviel wie hinzufügen – er fügt hinzu – oder, wenn Ihnen das angenehmer ist: Gott fügt hinzu!«

Nun war Diergard doch überrascht. »Das ist mir neu ...«

»Ein ausgesprochen passender Name für einen Bankier«, fand Benjamin Bach. »Aber Sie heißen ja auch noch Maria – hebräisch Mirjam –, und das schwächt den Josef natürlich wieder etwas ab.«

»Wie bitte?«

»Gewiß doch«, sagte Benjamin Bach heiter, »der Name Maria wird mit ›Bitterkeit‹ gedeutet und mit ›widerspenstig‹ – auch mit ›wohlbeleibt‹ ... tja. Nomen est omen, wie auch wir Nicht-Lateiner sagen.« Namen hatten ihn schon immer interessiert, mindestens aber, seit er Heidede Hjort kannte.

Diergard hangelte sich aus dem Sessel, er war schockiert. »Das erfinden Sie jetzt gerade! ... Sie sind schon ein unglaublicher Mensch, Herr Bach! ... Mehr und mehr begreife ich, wie Sie zu Ihrem schrecklichen Ruf gekommen sind. Mein Fehler war wohl, daß ich Sie für einen Geschäftsmann gehalten habe, anstatt für einen – Fußballspieler! ... Das waren Sie doch – oder Trainer, Fußballtrainer, ich bitte um Entschuldigung!«

Benjamin Bach lachte herzlich. »Legen Sie sich keinen Zwang auf

– nichts, was aus Ihrem Munde kommt, Herr Diergard, kann mich ernstlich erschüttern. Ich wette, Sie haben noch nie ein Fußballspiel gesehen?«

»Herein!« rief Diergard und ging zur Tür.

Benjamin Bach hatte das Klopfen des Obers überhört. Er bekam jetzt sein Urquell vom Faß, und Diergard trank seine zweite Flasche Wasser und sagte: »Sprechen wir vom Geschäft, bevor ich mich aufrege und vielleicht bedauere, hergekommen zu sein ...«

Benjamin Bach wischte sich den Schaum vom Mund. »Richtig. Da will ich ja die ganze Zeit hin – obwohl mir, ehrlich gesagt, ein Rätsel ist, welches Geschäft Sie meinen könnten, Herr Diergard. Denn daß ich mit *Ihnen* nicht über die Finanzierung des Chinageschäfts reden kann, hätte Ihnen doch schon klar sein müssen, bevor Sie Professor Rasser angerufen haben!«

Mit der Flasche in der einen und dem Glas in der anderen Hand ging der Bankier hin und her, trank und horchte dem Lauf der Flüssigkeit durch seinen Magen nach, und schließlich blieb er am Fenster stehen und sagte, jedes Wort auf der Zunge zergehen lassend: »In vier Wochen, nehme ich an, stehen Sie vor einem Ausschuß von über fünfzig deutschen Banken, dem anzugehören mein Haus die Ehre hat, und wollen dieses Chinageschäft kreditiert haben ...«

»Aber Sie irren sich, Herr Aufsichtsratsvorsitzender!« rief Benjamin Bach. »Das Chinageschäft beläuft sich auf drei Milliarden – und was ich brauche, sind keine zehn Prozent davon! Sie glauben doch nicht, daß Ihr Kollege Wallassé sich deswegen graue Haare wachsen läßt?«

Diergard lächelte endlich wieder. Er hatte etwas Beschwingtes an sich, als er sich dem TALL-Chef jetzt näherte. »Die wenigen Haare des Herrn Wallassé sind schlohweiß – Sie haben ihn wohl lange nicht mehr gesehen? –, und jeder Bankier in Deutschland ist informiert, daß Sie mit Summen bei ihm in der Kreide stehen, die längst auch das gewohnte Tall-Maß übersteigen ... Nein, Herr Bach, von der Handelsbank bekommen Sie keine dreihundert Millionen mehr. Keine dreißig, würde ich sagen ...«

Es stank Benjamin Bach ungemein, diese Fakten aus dem Munde Diergards zu hören, aber er behielt seine herzlich verzogenen Lippen bei, es kostete ihn keine Anstrengung, auch als Diergard dicht vor ihm stehenblieb und auf ihn herunterschaute. Er hob ihm, salutierend, sein Bierglas entgegen. »Konkurrenzneid! ... Wenn Sie wüßten, wie gut Wallassé und Egerwald schlafen, seit ich aus Peking zurück bin!«

Für einen kurzen Augenblick genoß Diergard die Situation. Was Bach da entgegenzusetzen hatte, war allzu durchsichtig. Er drehte ihm den Rücken zu und wanderte zum Fenster zurück.

»Ich bezweifle nicht, daß es Ihnen wieder gelingen wird, den armen Egerwald durch einen brennenden Reifen springen zu lassen«, sagte er genüßlich, »aber ich bin ja schon viel weiter als Sie. Ich bin, wenn Sie zugehört haben, schon bei der AKA, wo Herr Egerwald mit seinem Antrag, dreihundert Millionen zu kreditieren, demnächst auftreten wird ...«

»Und?« fragte Benjamin Bach ungeduldig. »Soll das heißen, daß die AKA unter dem Druck der Nationalen Commerzbank unseren Antrag ablehnen wird? Das wäre das erste Mal – und es wäre auch das erste Mal, daß die Nationale sich ein Geschäft dieser Größenordnung entgehen ließe!«

»Ihre Vorstellungen übersteigen sämtliche Möglichkeiten der Ausfuhrkredit-Anstalt – die, wie Sie wissen, nicht unbegrenzt sind.«

»Das weiß ich *nicht,* das ist mir, sozusagen, neu«, sagte Benjamin Bach. »Die Geschäftsordnung enthält nichts von einem Limit – im Gegenteil: die AKA erhöht munter von Jahr zu Jahr und je nach Bedarf. Aber nun frage *ich* mal, Herr Aufsichtsratsvorsitzender« – er wußte, warum er den ellenlangen Titel schon zum zweiten Mal gebrauchte –, »was wissen *Sie* denn über die Reaktion der AKA in vier Wochen?«

»Sie beanspruchen zu viel«, antwortete Diergard prompt. »Das ist nicht drin in der Kasse. Das ganze derzeitige Volumen für die gesamte deutsche Exportindustrie beträgt nur sieben Milliarden, und Tall ist, wie üblich, der Spitzenreiter. Fragen Sie mal Herrn Faber.«

Benjamin Bach sah enttäuscht in sein leeres Glas, stellte es weg und erhob sich ebenfalls. »Das liegt doch am Export, nicht am vorhandenen Geld – was reden Sie mit mir für einen Unfug, Herr Diergard? Ich glaube, Sie halten mich wirklich für einen hauptberuflichen Fußballtrainer!«

»Ihre Begriffsstutzigkeit läßt den Verdacht in mir wachsen!« erwiderte Diergard. »Wissen Sie, wie viele Großfirmen in den letzten Jahren mit Rücksicht auf ihre erschöpften Kreditplafonds die interessantesten Aufträge aus dem Ausland ablehnen mußten?«

»Jemand mit vier Stahlwerken dabeigewesen?« fragte Benjamin

Bach höhnisch zuruck.

»Aber Sie müssen doch wissen, Herr Bach ...«

»Ich weiß nur, daß ich auf den Tag gespannt bin, wo fünfzig Banken sich genieren werden, an diesem Geschäft ihren Schnitt zu machen. Auf *die* Ablehnung bin ich neugierig, Herr Aufsichtsrat!«

Sie gingen in einem weiten Bogen umeinander herum und achteten darauf, daß der Kreis nicht kleiner wurde, und Diergard hörte nicht auf zu lächeln. »Oooch ... direkt ›ablehnen‹ wird man Ihren Antrag sicher nicht ... Man wird ihn prüfen. Und vielleicht wird die eine oder andere Bank Ihre Solvenz in Zweifel ziehen ...«

Benjamin Bach blieb stehen. »Die Solvenz der Handelsbank hieße das dann wohl!«

Auch Diergard war sofort stehengeblieben, duckte sich etwas und hob die Schultern. »Weiß ich's? Ich will Ihnen nur die verschiedenen Möglichkeiten verdeutlichen, Herr Bach ...«

Benjamin Bach trat auf den Aufsichtsratsvorsitzenden zu. »Sie verdeutlichen viel zuviel, Herr Diergard, aber richtig deutlich werden Sie nicht!« Er stemmte die Arme in die Hüften. »*Worauf wollen Sie wirklich hinaus?* Wollen Sie das Geschäft mit der Handelsbank zusammen machen? Dann sind Sie bei mir an der falschen Adresse! ... Oder wollen Sie es einfach nur kaputtmachen? ... Dann frage ich mich, was ich hier suche! Warum Sie mich vorher noch sprechen wollen!«

Vor den erschreckend unfeinen Empfindungen in Benjamin Bachs Augen trat Josef Maria Diergard die Flucht an, wanderte schnell in die entgegengesetzte Richtung, zog den Nacken ein, fuchtelte mit den Händen, blieb stehen, rief: »Sie werden immer gleich so persönlich, Herr Bach! ... Vielleicht handelt es sich darum, daß die AKA Ihren Antrag erst mal vertagen wird – was weiß ich? Ich bin nur Aufsichtsratsvorsitzender! Und als solcher kann ich mir zwar Gedanken machen, aber nicht in die Geschäfte eingreifen – und schon gar nicht in die der AKA –, das sollte Ihnen doch klar sein! ... Ich dachte, es sei möglich, ein vernünftiges Gespräch mit Ihnen zu führen, aber anscheinend täusche ich mich ... Ich werde alt ...«

Benjamin Bach zwang sich nur mit Anstrengung zur Ruhe. Das Gespräch nahm eine gefährlichere Wendung, als er vorausgesehen hatte, und die ganze Übellaunigkeit, die seit jeher mit dem Namen Diergard verbunden war, kam wieder über ihn. Er ließ sich in den nächsten Sessel fallen und dachte: Bloß nicht aufstehen, sonst erwürgst du ihn vielleicht!

»Sie haben dazu nichts mehr zu sagen, wie ich sehe!« rief der Bankier, hinter dem tiefen Sessel stehend. Er mußte glauben, den TALL-Chef in die Enge manövriert zu haben.

Benjamin Bach verzog das Gesicht. »Mir geht es ein bißchen so wie dem jüdischen Handelsreisenden in Polen, der schon in seinem Hotelbett liegt, als ihn ein Telegramm erreicht, seine Frau wäre gestorben – und der sich auf die andere Seite wälzt und denkt: Gott, werde ich mich morgen aufregen!«

»Hähä«, machte Diergard unbewegt, »und das heißt?«

»Das heißt, ich rege mich auf, wenn's soweit ist, aber nicht einen Tag früher, Herr Diergard! ... Ich würde mich aufregen, wenn ich derjenige wäre, der das Chinageschäft finanzieren muß – da das alles aber die Deutsche Handelsbank angeht, und nicht mich, bleibt mir nichts anderes übrig, als mich für die Informationen zu bedanken, die Sie mir freundlicherweise jetzt schon zukommen lassen, Herr Aufsichtsratsvorsitzender. Ich bin überzeugt, es wird die Herren in Düsseldorf außerordentlich interessieren, wie die AKA vorzugehen beabsichtigt, und sie werden Mittel und Wege finden, eine Vertagung oder ähnliche Scherze zu verhindern!«

Kalt sagte Diergard: »Die Deutsche Handelsbank wird passen, Herr Bach. Sie wird keine ›Mittel und Wege‹ suchen, um Ihnen zu noch mehr Schulden zu verhelfen!«

»Aber wo«, sagte Benjamin Bach leichthin. »Die verdient jetzt schon so lange und so gut an uns, daß sie sich den Arsch aufreißen wird – außerdem vergessen Sie den Bund in Ihrer Rechnung, lieber Herr.«

»Sie täuschen sich schon wieder«, sagte Diergard, »der Bund wird in Sachen Rotchina absolut *nichts* garantieren! Die Amerikaner werden Herrn Brandt etwas erzählen!«

»Das würde ich, so ohne weiteres, nicht behaupten ...« Benjamin Bach merkte, wie er wieder aufholte. »Der Botschafter in Godesberg verbreitet zwar die offizielle Politik und hat mir dringend abgeraten – ich war selbstverständlich bei ihm, bevor ich nach China gefahren bin –, aber ich habe auch mit einem Freund im Weißen Haus gesprochen, sogar auf deutsch, stellen Sie sich mal vor, und bei dem weht der Wind bereits aus einer ganz anderen Richtung ...«

Diergard hielt es nicht mehr hinter dem Sessel, er kam mit erhobenem Zeigefinger hervorgeschossen. »Sicher kennen Sie eine ganze

Anzahl Herren in Bonn, die auf so ein unqualifiziertes Gerede hereinfallen, aber weder Herr Brandt noch Herr Möller oder Herr Schiller können es sich leisten, sich dem Verdacht auszusetzen ...«

»Ach!« Nun sprang Benjamin Bach doch wieder auf. »Sie leben doch hinter dem Mond, da in Aibling! Sie halten die CDU und die Amerikaner immer noch für eine Macht im Staat – aber passen Sie mal auf, wenn die Herren im Bundestag am Montagmorgen den ›Spiegel‹ lesen und erfahren, wie der kleine dicke Wildfogel zu seiner kleinen dummen Anfrage gekommen ist, was dann von Ihrer jämmerlichen Intrige noch übrigbleibt!«

Angewidert sagte Diergard: »Ihre Beziehungen zu diesem Blatt bestätigen Ihr Niveau, Herr Bach!«

Benjamin Bach ging buchstäblich hoch, er mußte sich recken, um seiner gepreßten Lunge Platz zu verschaffen, das Blut stieg ihm in den Kopf. Er ballte die Fäuste. »Sie ... Heuchler!« Er trat auf Diergard zu. »Sie dummer kleiner Heuchler, Sie! ... Ausgerechnet Sie müssen mir mit Niveau kommen!! ... Wissen Sie überhaupt, was das ist, Sie Clown?«

Diergard sah weniger erschrocken als erstaunt aus, als habe er noch nie einen Menschen solche Ausdrücke in den Mund nehmen hören. Abwehrend hob er die Hände, ging rückwärts und rief: »Bach! ... Sie vergessen sich!«

»Sie haben die Stirn, mir mit Moral zu kommen – Sie, der Sie seit Wochen und Monaten nichts anderes tun, als hinter den Kulissen Intrigen zu schmieden, Fallen zu stellen und Fäden zu ziehen, an denen Ihre Puppen nach Ihren Wünschen tanzen – – Sie wagen es, von *meinem Niveau* zu sprechen!!??« Wo andere, in der Erregung, die Sprache verloren, wurde sie bei Benjamin Bach besonders dicht und plastisch. Und leicht geriet er in die Versuchung, Tabula rasa zu machen ohne Rücksicht auf Verluste. »Sie, der Sie klammheimlich hier anschlawinert kommen, um aus lauter Raffgier eine über hundert Jahre alte Geschäftsbeziehung auseinanderzubringen, der Sie sich mit mir in einem Hotelzimmer treffen, um Ihre stärkste Konkurrenz aufs Kreuz zu legen, der Sie die Geschmacklosigkeit besitzen, sich von meinem Freund Rasser eine fromme politische Gesinnung bestätigen zu lassen, um ihn bei nächster Gelegenheit vor dem Ausland in die Pfanne zu hauen – *Sie sprechen von Niveau, Herr!?«*

Und wie von einer höheren Gewalt einstudiert, überkam ihn an dieser Stelle ein jäher Juckreiz in der Nase, und er hob sich auf die

Zehenspitzen und krümmte sich und platzte mit geschlossenen Augen einen feuchten Nieser heraus, so laut, daß Diergard wie unter einem Peitschenknall zusammenfuhr. Diese Pointe hätte, bei anderen Widersachern, die Spannung in Gelächter verwandeln können, nicht jedoch zwischen Diergard und Benjamin Bach. Dem Bankier kam sie wie Absicht vor, er schrie »Nein – !«, die Hände schützend vor dem Kopf, und mußte mit ansehen, wie der TALL-Chef, in Bauarbeitermanier, seine Finger zu Hilfe nahm, um den Rotz von seiner Nase zu wischen und auf den Teppich zu schleudern, bevor er nach dem Taschentuch griff.

»Ich ... Ich habe es nicht für möglich gehalten ...«, stammelte Diergard. »Man hat mich gewarnt hierherzukommen ... Jetzt ... Jetzt glaube ich es ... Sie sind ... Sie sind ja ... !« Er traute sich nicht auszusprechen, für was er Benjamin Bach hielt, hastig schob er sich an der Wand entlang und griff nach Mantel und Hut, ein alter Mann mit glitzernden Schweißperlen auf dem kahlen Schädel.

Es war eine Szene, von der alle Vorstandskollegen träumten, die Bankiers im Nacken sitzen hatten. Ein Vorfall, der geeignet war, klassische Dimensionen zu bekommen, wie die Ohrfeige des Schauspielers Gustav Fröhlich im Dritten Reich, an der sich alle labten, die vor Goebbels buckeln mußten. Und hier wie da kam es nicht darauf an, ob sie wirklich gegeben wurde – die Phantasie der Gedemütigten fand Trost schon in der Vorstellung, daß es so hätte gewesen sein können.

Benjamin Bach hatte »Dampf abgelassen«, wie er es nannte, jetzt empfand er Erleichterung und beruhigte sich gleich wieder. Mit dem Taschentuch hantierend, stellte er sich vor die Zimmertür und rief: »So einfach kommen Sie mir nicht davon, Sie!«

Josef Maria Diergard, Hut und Mantel in der Hand, wich zurück. »Geben Sie den Weg frei! ... Ich bin ein kranker alter Mann, ich darf mich nicht aufregen ... !«

Benjamin Bach stieß die angelehnte Tür des Schlafzimmers auf, daß sie gegen die Wand knallte, und rief: »Sie haben bei weitem zu viel geredet, Diergard! ... Ihre finsteren Pläne mit der AKA hätten Sie besser nicht verraten! ... Sie sind zu alt, um sich mit mir noch anzulegen! ... Kommen Sie heraus, Herr Präsident!«

Aus dem Schlafzimmer trat Friedrich A. Hassenstein, der ehemalige Präsident der Reichsbahn und Gutachter der Deutschen Handelsbank, eine in jeder Hinsicht erschreckende Erscheinung in Knickerbockern, mit einer flachen Schlägermütze auf dem Kopf und einer unbenutzten Rätselzeitschrift in der Hand. Er klemmte ein Einglas ins Auge, sah den Bankier lange kopfschüttelnd an und sagte: »Sie sind ihm auf den Leim gegangen, Diergard. Ich würde es nicht für möglich halten, wenn ich es nicht mit eigenen Ohren gehört hätte ...«

Als Feringer eine halbe Stunde später in Frankfurt landete und seinen Chef allein an ihrem Abstellplatz warten sah, wollte er nicht glauben, daß die Hinterlist sich nach Programm entwickelt hatte, zumal von Hassenstein nichts zu sehen war.

»Der ist schon wieder nach Hause gefahren«, erzählte Benjamin Bach, »es war entsetzlich peinlich. Diergard hat kein Wort mehr rausgebracht, ohje, ohje ...«

»Und jetzt?«

Hassenstein werde einen Bericht für Egerwald schreiben, samt den Umständen, die zu dem Treffen geführt hätten, und unter besonderer Berücksichtigung der bevorstehenden AKA-Sitzung am 22. Juni. »Ich glaube, die Sache ist damit ausgestanden ...«

»Aber – was wird die Handelsbank dazu sagen?« Feringer war ganz aufgeregt. »Wird sie etwas gegen Diergard unternehmen? Ich meine – ohne neugierig sein zu wollen –, wenn der Aufsichtsratsvorsitzende der Nationalen sich heimlich mit Ihnen verabredet, das ist doch schon irgendwie ...«

»Ach was!« Benjamin Bach reagierte beinahe ärgerlich. »Egerwald wird sich dem Wunsch Hassensteins fügen und das Papierchen im Tresor verschließen. Es ist wirklich zu peinlich ...«

Im übrigen brachte Feringer die Nachricht mit, daß die Staudammeröffnung wegen eines überraschenden Schneesturms auf ein Uhr verschoben worden sei. »Na fabelhaft!« sagte Benjamin Bach. »Dann machen wir uns einen ruhigen Nachmittag in Mailand!«

Er fing schon auf dem Flug damit an, schwieg und grübelte vor sich hin und sah keineswegs aus wie ein strahlender Sieger.

MITTWOCH,
DER 20. MAI 1970

hvw ddorf
sta-tec

ww reckl
an komm. ltg.

gruess dich gusti, ich kommmir heute vor
wie der affe auf dem schleifslfnymrxoeee
rpt schleifstein, bei uns ist der nackte
wahnsinn ausgebrochen, du hatses gut...

deine ute

herr bach und herr dr. plinegger bitten
die hr fischer, schafranski und textor
sich am mittwoch 20. 5. 70 um 10.00 uhr
zu einer klaerenden besprechung bereitzuhalten

i. a. dr. germer
hauptverwaltung
stahl-technik

danke
ww reckl

Dieses Fernschreiben an die kommissarische Leitung des Walzwerkes Recklinghausen war am Montagabend, nach Dienstschluß, eingetroffen. Da die Arbeitsgepflogenheiten des Generaldirektors im Konzernbereich allgemein bekannt waren und seine Rückkehr aus Peking sogar am Fernsehen verfolgt werden konnte, gingen in den Chefetagen der deutschen TALL-Unternehmen die Lichter an diesem Abend sehr spät erst aus.

In Recklinghausen las ein Mädchen den Text, schrie gellend »BB kommt!«, schnitt den ersten Absatz des Fernschreibens heraus, klebte den zweiten Absatz an den Anfang und rannte zu den drei Chefsekretärinnen, Kopien verteilend. Gleich darauf trafen sich die technischen Direktoren Schafranski und Textor auf dem neutralen Boden des Konferenzzimmers und hörten sich die stotternde Erklärung der Sekretärin ihres Kollegen Fischer an. Der kaufmännische Direktor habe gebeten, ihn bei besonderen Vorkommnissen aus der Weinstube »Haberland« zu holen, wohin er sich zur Goldenen Hochzeit eines Betriebsratsmitgliedes begeben habe. Die Techniker entschieden, daß sie auch allein zurechtkämen, und machten sich stante pede an die Planung des großen Tages.

Die Nähe Recklinghausens zu Düsseldorf – 60 Kilometer – hätte zu der Ansicht verleiten können, der Konzernchef lasse sich öfter mal in diesem Walzwerk oder in anderen TALL-Betrieben des Ruhrreviers sehen, aber das Gegenteil war natürlich richtig. Benjamin Bach sorgte für Überraschungen hauptsächlich bei den ferner liegenden Unternehmungen, und da die Interessen des Konzerns weltweit waren, kamen die Herren der benachbarten Betriebe, wie alle anderen, auch nur alle zweieinhalb Jahre einmal in den Genuß seiner leibhaftigen Anwesenheit. Nur so war zu begreifen, daß man sich in Recklinghausen für den großen Augenblick am Mittwochmorgen etwas Außergewöhnliches einfallen ließ.

Benjamin Bach traf mit Plinegger und Feringer genau in dem Augenblick vor Tor IV des Walzwerkes ein, als der Österreicher die faszinierendsten Aspekte zu den Möglichkeiten termingerechter Chinalieferungen vortrug. Schon auf der Fahrt von Düsseldorf zum TALL-Krankenhaus bei Radevormwald hatten sie eine Art Coitus interruptus gehabt, als Jonas, auf die Minute pünktlich, in den festlich geschmückten und von erwartungsvollen Menschen belagerten Hospitalhof einbog, während Plinegger gerade von einem der besten europäischen Stahlwerk-Projektierer berichten wollte, den er der Wiener AUSTROPLAN abzuwerben gedachte. Diese »auch-dazu-gehörenden-Pflichten« strengten Benjamin Bach mehr an als zehn Stunden Schreibtischarbeit, und die haßte er schon wie die Pest. Die TALL-Kapelle spielte unter einem düsteren Regenhimmel den »Radetzky«, seinen Lieblingsmarsch, bevor sie die dünne Weise intonierte, die Heinrich Tall, der Onkel Theodors, eigens für die Firma hatte komponieren lassen, mehrere Petitionen wurden Benjamin Bach überreicht, das bekannte kleine Mädchen sagte ein Gedicht auf und weigerte sich dann, ihn programmgemäß zu küssen, worauf die junge Mutter sich opferte – es war schon enervierend. Und die 70jährige Frau Oberin, um die sich alles drehte, hing wie ein Bleigewicht an seinem Arm, die versammelte Lokalpresse von Castrop-Rauxel bis Krefeld forderte ihn unter Blitzlichtgewittern auf, die Alte immer noch einmal auf die runzeligen Wangen zu küssen, und schließlich lud ein TALL-Wagen, zu aller Überraschung, auch noch Professor Ishitaka ab, der in der Nacht aus London eingetroffen war. Der knollennasige Japaner bezog den Rummel fälschlicherweise auf sich und versuchte jedem Anwesenden die Hand zu schütteln, schwang sich sogar zu einer Dankrede auf, und als kein Dolmetscher zu Hilfe kam, wiederholte er sie noch einmal auf englisch, was Feringer wiederum zwang, sie ins Deutsche zu übersetzen, zum Glück machte er es kurz. Der Besuch am Krankenbett Wenkötters war erschütternd gewesen, weil er Benjamin Bach die Hand drücken wollte und nicht konnte, seine flehenden Augen verfolgten den TALL-Chef und rührten bittere Empfindungen auf. Noch am Sonntag hatte er den begabten jungen Direktor für die wichtigste Position in seinen Chinaplänen überhaupt gehalten – jetzt war er von den Realitäten schon verdrängt, spielte praktisch keine Rolle mehr, so rasend schnell ging das alles. Auf der A 77 durch Bochum, Wanne-Eickel und Gelsenkirchen hatte er Jonas angefleht, sich Zeit zu lassen, während Plinegger weiter das ganze Füllhorn seiner Ideen über ihn ausschüttete und ihm das tröstliche Gefühl gab, alles würde so werden, wie er es haben wollte.

Und jetzt? Was sollte das bedeuten? An Tor IV des schmutzigen alten Walzwerkgiganten hatte sich die Betriebskapelle aufgebaut und blies mit vollen Backen den Radetzky-Marsch, die drei feindlichen Direktoren standen in betontem Abstand voneinander vor dem keilförmig formierten, achtzehn Mann starken Betriebsrat, dahinter wogten die Köpfe einer unübersehbaren Menge von Arbeitern, ein Transparent erschien, fiel schief aus, er las WIR GR und BB, Mützen und kleine Kinder wurden geschwenkt, abermals umringten Fotografen den schwarzen Mercedes, und hinter den Absperrungen auf der anderen Straßenseite standen die Gaffer zu Tausenden.

Da sollte einer behaupten, die Deutschen hätten verlernt, sich für Monarchen zu begeistern, dachte Feringer.

»Wo sind wir?« rief Benjamin Bach. »Das kann doch nicht wahr sein!« Er hatte einen langen black-out, sah verstört Feringer an. War er hier nicht zu einer intimen Besprechung unter sechs oder zehn Augen verabredet gewesen?

Feringer hatte sich gewundert, als an der Autobahnausfahrt drei

»weiße Mäuse« auf schweren BMWs ihren Wagen ins Geleit nahmen und mit Blaulicht und Sirenen den Verkehr zur Seite scheuchten, doch Benjamin Bach, in Plineggers Erzählungen vertieft, hatte nicht reagiert, und so war der Assistent zu dem Schluß gekommen, der feierliche Empfang hätte seine Richtigkeit.

Der riesige technische Direktor sprang als erster aus dem Wagen und erkannte sofort, worum es sich handelte. »Jessas!« schrie er mit seiner Piratenstimme. »Die san mit ihrer Automatik fertig!« Und er umarmte Schafranski und Textor und gleich auch noch Fischer, obwohl er mit dem Kaufmännischen sonst im Streit lag.

»Was soll das bedeuten?« klagte Benjamin Bach. »Hat *der* uns das eingebrockt? Was für eine Automatik denn, um Gottes willen?« Sie mußten ihn mit Gewalt beinahe aus dem Wagen ziehen. Fassungslos stand er vor einem pomadigen Lehrling, der ihm zehn Tulpen in die Hand drücken wollte und mit Stimmbruch vortrug, daß durch eine freiwillige Sonderleistung der Belegschaft die Automatisierung der Grobblechstraße »Sesam« zu Ehren seines Besuches heute schon fertig geworden sei, anstatt am 1. Juni. Dunkel erinnerte sich Benjamin Bach an einen Krach, den es vor einem Jahr mit Faber um die Investition hier in Recklinghausen gegeben hatte.

Mit verzerrtem Mund »herzlich lächelnd«, hörte er sich seinen Lieblingsmarsch innerhalb einer Stunde zum zweiten Mal an und zischte den neben ihm stehenden Direktoren zu: »Sie sind entlassen! ... Alle drei! ... Ich will Sie nicht mehr sehen! ... Mich hier zum Affen zu machen! ... Ich werde Ihnen helfen ... !« Er wunderte sich, wieviel er hervorbrachte, ohne die Zähne auseinanderzunehmen.

Bleich hörten ihm die einfallsreichen Herren zu.

Plineggers Begeisterung über die Automatisierung rettete die Situation dann doch. Der technische Direktor schleppte Benjamin Bach vor den gewaltigen Stoßofen, »aus dem die Brammen herauskommen«, und ließ ihn einen Blick ins Innere werfen, wo ein Stahlblock von der Größe eines Opel Admiral für die Vorführung glühte. »Wir haben keine Zeit, Plini!« rief er, aber dichtgedrängte Scharen von Arbeitern verlangten, daß er auf einen Knopf drückte, und das Vertikalstauchgerüst nahm den Block auf und quetschte ihn breit. Ein Vorarbeiter, der ihm einen weißen Helm verpaßte, rief: »Als Sie das letztemal da waren, hatten wir hier noch das Umkehr-Duo, Herr Bach!« Und Plinegger zerrte ihn zum Quartogerüst und schrie begeistert: »Fällt Ihnen nichts auf, Chef? Fällt Ihnen gar nichts auf?« Er sah die Stahlschere und den Normierungsofen, die Warmrichtanlage und die Kühlbetten und dahinter den Blechwender, die Sekatoren und die Richtmaschine – mein Gott, so sah das eben aus, dachte er, hatte das je anders ausgesehen?

»Keine Arbeiter!« schrie Plinegger. »Alles automatisch!«

Tatsächlich, die Arbeiter standen grinsend alle hinter ihm, schienen sich zu freuen, daß sie nicht mehr gebraucht wurden. Wozu hatten ihn die Gewerkschaften jahrelang in Diskussionen über das Elend der Automatisierung verwickelt?

»Ach was!« rief Plinegger. »Die können wir schon noch gebrauchen, wir werden nur ein paar Italiener los!«

Endlich mußte Benjamin Bach auf ein Rednerpult klettern, das mit der TALL-Fahne geschmückt war – handgestickte dunkle T-Träger auf silbernem Grund –, und eine seiner spontanen Reden halten, für die er immer gut war. Nach drei Sätzen kam er auf China zu sprechen, drückte die Hoffnung aus, daß die Bundesregierung »uns nicht im Stich lassen wird«, und bemerkte, daß die Lokalberichterstatter der Zeitungen eifrig mitschrieben.

Um Viertel nach elf hatte sich die Menschenansammlung soweit verlaufen, daß sie sich endlich im Konferenzzimmer zum eigentlichen Zweck ihres Besuches zusammensetzen konnten.

Vor der Tür flüsterte ihm Feringer zu: »Herr Fischer scheint an der Idee, diesen Zirkus zu veranstalten, nicht beteiligt gewesen zu sein!«

Plinegger, als der unmittelbar Verantwortliche für das Werk, ging sofort aufs Ganze. »Das geht hier nicht so weiter, meine Herren. Tritt jemand freiwillig zurück?«

Fischer hob die Hand.

»Sie? ... Fabelhaft! ... Dann schlage ich vor, Herr Schafranski kommt heute noch in meinen China-Stab und übernimmt die zentrale Automatik-Planung für alle Stahlwerke – und Herr Textor wird Direktor hier. Irgendwelche Einwände, Herr Bach?«

Benjamin Bach sah sich Fischer noch einmal an. Ein guter Kopf, gelernter Wirtschaftsprüfer. Auch die anderen beiden Herren hatten glänzende Beurteilungen und waren reif für Chefposten. Keiner war älter als 42, und keiner wirkte nervös.

»Wie sind Sie auf die Idee verfallen, Herr Fischer, aus meinem Besuch eine Staatsaktion zu machen?«

Fischer lächelte kaum sichtbar. »Sie sind so selten hier, Herr Bach – wir wollten den Leuten etwas bieten.«

»Herr Fischer war dagegen!« sagte Textor.

»Ich weiß«, sagte Benjamin Bach. Er stand auf, klopfte dem langen Österreicher auf den Rücken und beschloß: »Herr Fischer soll das hier machen, Doktor. Wenn Sie Herrn Schafranski brauchen können, dann haben Sie bestimmt auch für Herrn Textor Verwendung!«

Dr. Ing. Plinegger sah gelackmeiert aus, und Textor rief prompt: »Dann muß ich kündigen. Ich habe genug Angebote.«

Gerade hatte Plinegger dem Konzernchef widersprechen wollen, jetzt wandte er sich grimmig an Textor. »Ich nehme Sie mit nach China. Das Angebot gilt eine Minute!«

»Schon abgelehnt«, sagte Textor. »Ich habe im vorigen Jahr erst gebaut, und ich will meine Frau und die Kinder nicht allein lassen ...«

»Die nehmen Sie mit!«

»Meine Frau geht nicht nach Rotchina.«

»Das werden wir noch sehen!«

Benjamin Bach reichte Fischer die Hand. »Ich habe volles Vertrauen in Sie. Wenn Sie Kummer haben ...«

» ... wende ich mich an Herrn Feringer«, sagte Fischer lächelnd. »Danke, Herr Bach.«

»Schert's euch raus«, rief der Österreicher. »Laßt's mich fünf Minuten mit dem Herrn hier allein!«

Bis halb zwölf saßen sie am Tor IV im Wagen und warteten auf Plinegger. Als er endlich kam, sah er wütend aus und bleckte die Zähne. »Der Kerl will nicht. Sie müssen mit seiner Frau reden, Herr Bach.«

»Wat'n noch? Mit meener Ollen muß er ooch ma wieder schmusen!« rief Jonas.

Obwohl sie schon viel zu spät waren, ließ Benjamin Bach an der Abfahrt der Rheinbrücke in Düsseldorf noch einmal anhalten und aß an einem Kiosk eine Currywurst. Im Wagen telefonierte Feringer mit Gitta, die ihm ausrichtete, Herr Faber sei mit Herrn Egerwald zum Mittagessen gegangen und beanspruche am Nachmittag mindestens zwei Stunden von Herrn Bach. Schon auf der ganzen Fahrt nach Düsseldorf, die 45 Minuten gedauert hatte, waren über das Autotelefon Berichte zum Beginn der Pressekonferenz eingelaufen. Mehr als 200 in- und ausländische Journalisten hatten sich im Großen Saal des TALL-Hauses versammelt, dazu das Fernsehen mit seiner Technik und die Vertreter der Rundfunkanstalten, auch der wichtigsten ausländischen.

Plinegger war ebenfalls ausgestiegen und aß eine Currywurst. Als er noch eine zweite verlangte, sagte Benjamin Bach: »Tut mir leid, dann kommen Sie in einem Taxi nach!«

Er sprang in den Wagen. »Los!«

»Wollen Sie Ihre Wurst nicht bezahlen?« schrie der Österreicher hinter ihm her.

Die Pressekonferenz wurde von Henry Blum geleitet, der in der Nacht wieder mit ihnen aus Mailand zurückgekommen war. Der gutaussehende stellvertretende Verkaufsdirektor hatte zu den Unterlagen Björners, die Feringer vorsorglich nach Mailand mitgenommen hatte, so treffende Kommentare gegeben, daß Benjamin Bach ihn mit diesem Auftrag betraute. »Schließlich handelt es sich um Ihr Ressort. Aber beschränken Sie sich auf drei Punkte: China, der künftige deutsche Exportmarkt – die hervorragende Solvenz der Chinesen – und die Pflicht der Bundesregierung, Arbeitsplätze zu sichern!«

Wie vorauszusehen war, sprangen die Amerikaner besonders auf den ersten Punkt an, von ihren 60 in Bonn akkreditierten Korrespondenten waren 42 gekommen.

Als Benjamin Bach mit Feringer um fünf nach halb eins endlich den von Scheinwerfern ausgeleuchteten Saal betrat, hatte ein TV-Korrespondent aus den USA den Verkaufsdirektor gerade wegen Vietnam am Wickel. »Stimmt es, daß der Tall-Konzern aus Mitteln des Marshall-Planes über fünfhundert Millionen zum Wiederaufbau seiner zerstörten Produktionsanlagen erhalten hat?« hieß die verfängliche Frage. Als Henry Blum dazu nur nicken konnte, saß er in der Falle. Die zweite Frage lautete logisch: »Stimmt es, daß Sie diese Anlagen jetzt dazu benutzen, Stahlwerke nach Rotchina zu liefern, die für ein Land Kriegsmaterial produzieren werden, das gegen unsere Soldaten einen blutigen Vernichtungskrieg führt?«

Benjamin Bach blieb stehen, als sich einige Korrespondenten nach ihm umwandten, und legte den Finger auf die Lippen. Er war neugierig auf Blums Antwort.

»Ihre Frage ist *insidious*«, sagte Henry Blum – »heimtückisch!«, zu den anderen Korrespondenten gewandt. »Die ersten Produkte aus unseren Stahlwerken, die wir in China bauen, werden frühestens in zwei, drei Jahren der chinesischen Wirtschaft zur Verfügung stehen – glauben Sie, daß Amerika dann noch immer Krieg in Vietnam führen wird? Soll ich Sie daran erinnern, was Präsident Nixon den amerikanischen Wählern versprochen hat?«

Auf der Bühne saßen neben Blum noch Tassilo Billstein, Dr. Rhode, der junge Lehmann, Dr. Björner, sein PR-Chef Überkranz und zwei Herren vom Anlagenbau, für Benjamin Bach war der Stuhl in der Mitte frei gelassen worden. Während er langsam nach vorne ging, meldete sich schon der nächste Amerikaner.

»Sie benutzen den Krieg in Vietnam also dazu, sich Märkte in Asien zu verschaffen, die früher ...«

»Hell!« rief Benjamin Bach dazwischen. »What kind of bullshit is this?« Er sprang auf die Bühne, wo er sofort von mächtigem Beifall aus dem Saal empfangen wurde, und beugte sich über die Mikrofone. »My name ist Benjamin Bach, I'm a businessman, gentlemen! ... Und wir sind hier nicht im Parlament, sondern in einem Geschäftshaus. Ich verbitte mir jede politische Unterstellung – ich bin nur bereit, sachliche Fragen zu beantworten. Die nächste, bitte?«

So fing das an und dauerte bis dreiviertel drei am Nachmittag. Er sprach über das »Abenteuer«, China zu industrialisieren, über die Pflicht der sozialliberalen Koalition, nicht nur Moskau in die neue Friedenspolitik einzubeziehen, und beantwortete die Frage, ob er mit einer Bürgschaft des Bundes rechne, mit einem selbstverständlichen »Selbstverständlich!«. Die Journalisten wollten einfach nicht nach Hause gehen, eine Pressekonferenz bei TALL, in Anwesenheit Benjamin Bachs, kam nicht alle Jahre vor. Die gewitzteren und mit den Verhältnissen im Haus vertrauten Wirtschaftsredakteure hatten sich bald an Feringer herangemacht und bedrängten ihn mit Wünschen nach anschließenden Einzelinterviews. Er schlug keine Bitte ab, notierte brav alle Zeitungen und Sender und trug schließlich einen Zettel nach vorne.

Benjamin Bach las: »Ziehen Sie die Konferenz in die Länge – nur so entgehen Sie tausend Zusatzinterviews! Werfen Sie diesen Zettel nicht weg! – F.«

Benjamin Bach nickte Feringer zu, und Dutzende von Korrespondenten begaben sich, in Erwartung des TALL-Chefs, in die Vorhalle. Als es dann immer später wurde, bis er endlich aus dem Saal gestürzt kam, verstand jeder, daß es ihm »schrecklich leid« tue, keine Minute mehr verfügbar zu haben, da »oben die halbe Firma auf mich wartet!«. Was noch eine Untertreibung war.

Die amerikanischen Anwälte, die wegen der kanadischen Beteiligungssache schon seit Tagen auf das entscheidende Gespräch mit ihm warteten und am Abend vorher bis 22 Uhr ausgeharrt hatten, als er wegen Nebel drei Stunden zu spät aus Mailand zurückgekehrt war, saßen mit O. E. von Goergelen und drei weiteren Hausjuristen bereits in seinem Arbeitszimmer. Sie waren erfahrene Industrieanwälte, an Kummer gewöhnt, und verstanden viel besser als der deutsche Justitiar, warum Benjamin Bach mit ihren Beschlüssen nicht einverstanden sein wollte. Jeder Big Shot hatte das Recht, selbst zu entscheiden, es war schließlich sein Geld, um das es ging; sie berechneten dem TALL-Konzern für jeden Tag, den sie länger in Deutschland bleiben mußten, eine Grundgebühr von viertausend Dollar, und dazu kam noch eine Latte Spesen.

»Wenn Sie mich fragen«, erklärte Benjamin Bach seinem Assistenten und seiner Sekretärin, »dann würde ich jetzt am liebsten mit Plinegger weiterreden – vielleicht auch hören, was Faber erreicht hat, aber ich bekomme einen Schweißausbruch nach dem anderen, wenn ich an diese Amerikaner denke!«

Er marschierte in seinem Vorzimmer hin und her und starrte wütend auf die Polstertür. Doch da half nun nichts mehr. Als er, noch vor seiner Chinareise, Goergelens Kompromißvorschlag aus reinem Jähzorn abgelehnt hatte – *er* sollte nachgeben, wo er sich im Recht glaubte? –, war ihm das Problem Kanada gar nicht so wichtig erschienen. Ein Druck auf die Taste: »Dann lassen Sie es eben bleiben, Herr von Goergelen. Dann spreche ich selbst mit den Amerikanern! Ich fliege morgen nach New York!« Er war nach New York geflogen, aber nicht um mit den Anwälten über den kanadischen Prozeß zu sprechen, sondern mit seinem Freund im Weißen Haus über Rotchina. Zwei Tage hatte er warten müssen, das Zimmer im »Pierre« kaum verlassen können, hatte sich mit einer endlosen Kette von Geschäftsfreunden abgegeben und sich in jeder freien Minute mit China beschäftigt, dann war der Anruf aus Washington gekommen, und bei der Abreise hatte Feringer die vielen Zettel mit den Anrufen und Terminvorschlägen der amerikanischen Anwälte in den Papierkorb geworfen. Auf Gittas Schreibtisch landete ein FS: »Die Anwälte sollen nach meiner Rückkehr in Düsseldorf sein!«

Dann wurden aus einem Stahlwerk vier, und davor verblaßte die Frage vollends, ob TALL in Kanada künftig nur noch mit 49 statt 51 Prozent beteiligt sein würde. Normalerweise wäre die Geschichte so weitergegangen, daß er Goergelen nach seiner Rückkehr beschieden hätte: »Machen Sie, was Sie wollen!« Aber er hatte blödsinnigerweise diesen Goergelen nach Peking kommen lassen – eine hirnverbrannte Idee! –, und der Chefsyndikus lag ihm seitdem wie eine unverdauliche Speise im Magen. Jetzt wollte er lieber bluten als ihm recht geben. Es war kindisch, er wußte es, aber er konnte nun einmal nicht aus seiner Haut. Vielleicht trieb ihn auch sein Instinkt zu dieser Widerspenstigkeit, jedenfalls mußte er mit diesen Kerlen jetzt, da ihm der Kopf nach Wichtigerem stand, über Kanada reden. »Kröten fressen!« nannte er das.

Früher hatte er solche Mühsale leichter überwunden, er brauchte nur an sein Jahresgehalt von einer Million zu denken, das Th. Tall ihm großzügig zugestanden hatte, dann war er zu so manchem fähig. Doch an nichts gewöhnt sich der Mensch leichter als an Millionen, besonders bei dieser Geldentwertung. Schon 1954 hatte Alfried Krupp seinem Generalbevollmächtigten Berthold Beitz ebenfalls ein siebenstelliges Jahresgehalt bezahlt, und inzwischen bekamen einige deutsche Vorstandsvorsitzende, auch an der Ruhr, schon wesentlich mehr – nur Benjamin Bach nicht. Zwei der Bedingungen, unter denen er vor zwanzig Jahren 1000000 DM garantiert bekommen hatte, hießen Verzicht auf übliche Umsatzprämien und Gehaltserhöhung. Nach Abzug der Steuern – er zahlte 55 Prozent – blieben ihm monatlich noch 37000 DM, einige seiner Direktoren erhielten 25000 plus Zulagen aller Art, da war also kein großer Unterschied mehr. Sein Vermögen hatte er mit Börsen- und Grundstücksspekulationen gemacht, seine Bank und Wolfgang Amsler, vielmehr, hatten das besorgt, er selbst verbrauchte kaum etwas, lebte praktisch von seinem unbegrenzten Spesenetat. Und Dede verstand es bis heute nicht, Geld auszugeben. Das war das Schicksal der Bemittelten: wer genug hatte, wurde leider bedürfnislos.

Bevor er Gitta und Feringer allein ließ, um sich den amerikanischen Anwälten zu widmen, erinnerte ihn die Sekretärin noch einmal beschwörend: »Herr Faber! ... Er machte es heute ganz besonders dringend!«

Da saßen diese Amerikaner mit der Zulassung beim obersten Zivilgericht von British Columbia und ließen ihre teuren Jacketkronen blitzen. »Great to see you, Mister Bach, Sir!« Und O. E. von Goergelen schaute nervös auf die Uhr, als rechnete er aus, was seine Verspätung den Konzern bisher gekostet habe und was die Minuten, die er auch jetzt noch über Wall Street mit den Anwälten verplauderte, zusätzlich kosten würden. Einer der Anwälte vertrat eine Brokerfirma, auf die sich John McCandish King bei seiner IOS-Rettungsaktion berief, und anstatt zum Thema zu kommen, redete Benjamin Bach mindestens fünf Minuten über King und Bernie Cornfeld. »Sind Sie ganz sicher, daß Ihre Leute ihn stützen werden?« Der Anwalt wich aus. »Ich habe heute noch nicht mit New York gesprochen.« Benjamin Bach nahm den Hörer seines Direktapparates ab. »Nullnulleins ist die Vorwahl ...«

So spielte er um die Probleme herum, die ihn quälten, und vermied es, den Chefsyndikus anzusehen. Noch während der Amerikaner mit New York sprach, murmelte er: »Ich bin gleich wieder da!« und verschwand in seinen Privaträumen. Dort schloß er die Tür neben dem Badezimmer auf, die in den Gang hinausführte, und drückte Fabers Taste auf der Rufanlage. »Kommen Sie direkt ins Schlafzimmer und verriegeln Sie die Tür hinter sich!«

Als Faber erschien, stand Benjamin Bach unter der Dusche, Anzug und Wäsche lagen in allen Ecken verstreut.

Der Finanzchef sah, für seine Verhältnisse, bestens aus, ließ von seiner üblichen Zurückhaltung wenig erkennen und deklamierte, an der Badezimmertür lehnend und Asche verstreuend, zu welchem Resultat der Bankvorstand gekommen sei. »Ich nenne es ein Wunder! ... Es ist mehr, als Sie sich erhoffen konnten, Herr Bach! ... Und es ist eben kein Flickwerk mit Draht und Zange, das bei der ersten Belastung ins Wanken gerät, sondern eine vollständige Sanierung – ich glaube, wir sind in einem Jahr so fünf- bis sechshundert Mio los!« Er suchte hinter der Tür nach dem WC und warf seine Kippe weg.

Benjamin Bach schlüpfte in einen Bademantel. Was Faber da bekanntgab, oder verdächtig stimmungsvoll vorbereitete, roch ihm verdammt nach Verkäufen, er kannte das, schon einmal hatte der Finanzchef mit Egerwald eine ganz linke Bambule ausgeheckt.

»Da bin ich aber gespannt, Herr Faber.«

Wieder begann Faber weitschweifig, eine neue Gauloises anzündend, mit der hoffnungslosen Lage, in der sich die Bank befinde. »Der alte Wallassé hat Egerwald gestern morgen zu sich bestellt, er muß erfahren haben, daß Sie selbst aufgetreten und kiebig geworden sind, und Egerwald – das stellen Sie sich, bitte, mal vor! – hat ihn auf das Wochenende vertröstet und behauptet, er hätte jetzt keine Zeit! ... Er läßt schön grüßen und sagt, wenn Sie ihm entgegenkommen, sorgt er dafür, daß wir bis zur AKA erst mal Luft haben, er nimmt das auf seine Kappe!«

Benjamin Bach stieg in neue Unterwäsche und rief gereizt: »Darf ich jetzt endlich erfahren, was ihr da ausgeheckt habt?«

Faber holte tief Luft. *»Umwandlung!«* Er rief es triumphierend. *»Kapitalerhöhung!* ... Aber hören Sie mich erst mal an! ... Die Sache hat ganz neue Aspekte seit China! ... Die Gelegenheit, den Konzern in eine Aktiengesellschaft umzuwandeln, ist bei dieser Publicity einfach ideal! Ich frage mich, wieso Sie nicht selbst darauf gekommen sind! Egerwald hat, unter der Hand, bei ein paar Großkunden rumgefragt – rein hypothetisch –, und ich kann Ihnen nur sagen: Wenn wir jetzt an die Börse gehen, reißen sie uns die Aktien aus der Hand! ... Das ist uns heute mittag völlig klargeworden! ... Und heute in einem Jahr sind wir ja sowieso dran!«

Seit vielen Jahren war die Rede von einer Umwandlung der Personalgesellschaft TALL in eine AG, und seit einem dreiviertel Jahr stand die Entscheidung akut ins Haus: die Große Koalition unter Kiesinger hatte im August 1969 das sogenannte Publizitätsgesetz verabschiedet, das alle Großunternehmen, die sich im Familienbesitz befanden oder nur als GmbHs firmierten, spätestens 1972 zwingen würde, zum ersten Mal ihre Jahresabschlüsse zu veröffentlichen – wenn sie 250 Millionen DM umsetzten, mindestens 125 Millionen bilanzierten und mehr als 5000 Leute beschäftigten. Die bekanntesten Namen waren davon betroffen: Reemtsma, Hertie, Quandt, Miele, Henkel, die Werhahns und eben TALL. Ihre Lobby war heftig Sturm dagegen gelaufen, hatte aber einsehen müssen, daß der Zug der Zeit abgefahren war. Einer »seiner« Bundestagsabgeordneten hatte Benjamin Bach gewarnt: »Macht um Himmels willen nicht so viel Lärm! Wenn die Sozis allein an die Macht kommen, wird's noch schlimmer!« Immerhin hatten sie erreicht, daß Einzel- und Personenunternehmen nicht wie GmbHs behandelt wurden und aus ihrer Gewinn- und Verlustrechnung nur Umsätze, Erträge aus Beteiligungen, Löhne, Gehälter und soziale Abgaben zu veröffentlichen brauchten – schlimm genug, fand Benjamin Bach.

Er hörte sich Faber ruhig an, während er schnell in einen neuen Anzug schlüpfte. Den Finanzchef einmal begeistert zu erleben war ein solches Ereignis, daß er ihm ungern ins Wort fiel. »Ich muß jetzt nochmal zu den Amerikanern rein«, sagte er, »aber wir treffen uns in einer halben Stunde wieder hier. Ich melde mich!«

»Sonst haben Sie nichts dazu zu sagen?« rief Faber enttäuscht.

»Wir können, unter Umständen, schon im Dezember ...«

»Machen Sie sich nichts vor!« Er drängte ihn zur Gangtür. »Mehr als Gerede springt dabei in diesem Jahr für uns nicht heraus, aber die Handelsbank wird um dreißig Punkte steigen – *damit* holt sich Egerwald bei Wallassé das grüne Licht!«

»Na und?« rief Faber. »Na und?? ... Wollen Sie der Bank auch noch vorschreiben, wie sie unsere Schulden abdeckt?«

»Bis gleich!«

Er schloß hinter ihm ab und eilte fluchend in sein Arbeitszimmer zurück. Das sah überhaupt nicht koscher aus, daß Egerwald auf einmal mit der Umwandlung kam! Hatten sie Faber also mit schönen Reden auf den Leim gelockt! Für ihn war sofort klar, daß die Bank versuchte, sich durch die Hintertür Klarheit über ihre wahren Verpflichtungen zu verschaffen. Unglaublich, daß Faber auf so was hereinfiel!

»Kommen Sie doch an meinen Schreibtisch!« lud er die Amerikaner und Goergelen mit seinen Juristen ein. »Vielleicht muß ich zwischendurch was nachsehen.« Während sie sich neu placierten, drehte er die Lautsprecher ab und rief Feringer an. »Was machen Sie gerade?« Mit den Anwälten wurde englisch gesprochen, Goergelen beherrschte ihre juristischen Termini ausgezeichnet, hatte für TALL schon einige hundert Mal den Atlantik überquert, aber Benjamin Bach war nicht gesonnen, während der ganzen Gesprächsdauer auf Fallen zu achten, die ihm sein eigener Jurist womöglich stellen würde. Feringer sollte dazustoßen und mithören. »Ich spreche mit dem Minister der amerikanischen Botschaft«, sagte der Assistent. »Sie werden um neun zum Dinner erwartet – Reynolds ist da!«

Er wollte schon ablehnend reagieren, aber der Name Reynolds faszinierte ihn augenblicklich. »Was Sie nicht sagen! ... Dann wird es heute abend nichts mit ...« Er ließ den Rest in der Luft hängen.

Feringer sah auf seiner Terminliste eine Ballung von Plineggers Leuten, und mitten drin stand unter 20.00 – 20.15 Uhr der Name der Tochter: Solveig Koch.

»Soll ich sie anrufen?«

»Nnein ...«, sagte Benjamin Bach zögernd, er lächelte die Runde Herren vor sich entschuldigend an und sprach gedehnt weiter: »Nein, wir machen das später ... Kommen Sie herein. Ich brauche Sie hier!«

Der Anwalt, der mit der Brokerfirma in New York gesprochen

hatte, wurde sofort ernst, als er den Hörer auflegte, und sagte geheimnisvoll: »Ihre Frage zu Mister King kann ich leider nicht beantworten, Sir.«

»Mit anderen Worten: er hat keine Rückendeckung mehr bei Ihrer Firma«, sagte Benjamin Bach. »Vielen Dank, George!«

Beunruhigt blickte sich der Anwalt um. »Sie sind doch mit IOS in keiner Weise ... ?«

Benjamin Bach sah O. E. von Goergelen an. »Sind wir?«

Der schüttelte den Kopf. »Wir hatten mal ein paar kurzfristige Beziehungen, aber das ist lange her. Können wir jetzt beginnen, Herr Bach?«

Benjamin Bach lächelte ihn hoffnungslos an. »Was macht der Schnupfen? Meiner ist noch da ...« Er deutete auf die herumstehenden Kleenex-Kästen.

O. E. von Goergelen ersparte sich eine Antwort darauf und fing energisch an, die Prozeßsituation noch einmal in einer Kurzfassung wiederzugeben, ab und zu unterbrochen von einem der Amerikaner. Seine drei Gehilfen aus der Stabsabteilung Recht sahen verbiestert aus, es war ihnen anzusehen, daß sie sich langweilten und an die unerledigte Arbeit auf ihren Schreibtischen dachten.

Während er sich zuzuhören zwang, irrten Benjamin Bachs Gedanken immer wieder ab. Was Reynolds in Deutschland machte, hätte er gern gewußt. Und was Diergard jetzt machte. Ob Hassenstein seinen Bericht fertig hatte. Und Wenkötters Untersuchung – zu welchem Ergebnis Professor Ishitaka wohl gekommen war. Ob der Staudamm halten würde. Jetzt mußten die Wasser den kritischen Punkt schon erreicht haben. Feringer hatte gestern wahrscheinlich mit der kleinen Boese geschlafen, er hatte da einen Blickwechsel mitbekommen. Die Umwandlung aufs Tapet zu bringen sah ganz nach »Dandy« Lodtwitz aus. Dem traute er zu, sich etwas wirklich Teuflisches auszudenken. Vielleicht glaubte Egerwald selber daran. Der und Faber! Zwei reine Toren, man durfte sie nicht allein mittagessen lassen. Bestimmt hatte Solveig die alte Geschichte mit Leonie in allen Einzelheiten aus Lambert herausgepreßt, sie würde glauben, er hätte Dede mit ihr betrogen. Und Reynolds! ... Reynolds konnte amüsant werden. Bestimmt wollte er ihn über Tschou En-lai aushorchen. Wie gut stand er eigentlich mit Henry Kissinger?

Feringer kam herein und setzte sich still dazu. Als Benjamin Bach seinen Blick suchte und ihm unauffällig ein Zeichen gab, die Ohren zu spitzen, unterbrach Goergelen seinen Vortrag. »Hören Sie zu, Herr Bach?«

»Das werden Sie gleich merken!«

Der Streitpunkt zwischen ihnen lag in der Frage, ob das oberste kanadische Gericht, wenn man mit der Sache weiterging, bei seiner Entscheidung mehr der Rechtsprechung der englischen Krone oder der des obersten amerikanischen Gerichtshofes zuneigen würde. Goergelen hatte sich ganz auf die Krone festgelegt und verstand seine Ansicht mit Kommentaren zu untermauern, die bis in die Zeit Cromwells zurückreichten. Benjamin Bach begriff die juristischen Feinheiten längst nicht mehr. Er neigte dem Standpunkt der amerikanischen Anwälte zu, der wenigstens ein Fünkchen Hoffnung ließ, daß Ottawa anders entscheiden würde als Vancouver, wo sie verloren hatten. Doch die Amerikaner standen selbstverständlich im Verdacht, an ihren eigenen Profit zu denken – Streitwert 11 Millionen englische Pfund oder beinahe 90 Millionen Mark –, obwohl sie vor dem Obersten Gerichtshof in Ottawa nicht auftreten konnten. Aber sie konnten sich die kanadischen Anwälte aussuchen, die halbe-halbe mit ihnen machen würden. Andererseits hatten sie einen ehemaligen Kronanwalt aufgetrieben, der für ein unverschämtes Honorar eine Expertise angefertigt hatte, nach der das Fünkchen Hoffnung schon wie ein winziges Flämmchen aussah.

Als Goergelen, vierzig Minuten später, nach einem dramatischen Schlußsatz schwieg, sagte Benjamin Bach, ohne zu zögern: »Sie haben nichts Neues zu erzählen, Herr von Goergelen ...«

»Natürlich nicht!« fuhr der Chefsyndikus auf.

»... aber Sie tragen Ihre Argumente von Mal zu Mal heftiger vor, beinahe leidenschaftlich – und was ist das Resultat? Sie *glauben*, aber Sie *wissen* nicht, daß es so ausgehen wird! Die Entscheidung bleibt bei *mir* hängen ...«

»Sie sind der Chef.«

Benjamin Bach nickte und sah die Amerikaner an. »Wann müssen Sie zurück, Gentlemen?«

»Heute abend«, sagte einer, »definitely, Sir!«

Er wußte, man konnte sie zu einem weiteren Tag überreden – für sehr viel Geld. Aber was nutzte das?

»Ich habe Hunger«, sagte er. »Möchte noch jemand was?«

Alle verneinten, und er bestellte bei Gitta einen Reis Trautmannsdorff, den Jonas im Breidenbacher Hof besorgen mußte.

»Herr Egerwald will Sie dringend sprechen!« sagte sie.

»Ich gehe nach nebenan.« Und den versammelten Juristen schlug er vor: »Machen wir eine Pause von fünfzehn Minuten. Dann möchte ich die Gegenseite hören.«

Was war in ihn gefahren? Er konnte sich nicht entscheiden. Die Antwort, die sie von ihm erwarteten, drückte ihm langsam die Kehle zu. Es war doch sonst nicht seine Art, sich so peinigen zu lassen! Er brauchte nur ja oder nein zu sagen und würde das ganze Problem für lange Zeit lossein, konnte sich sofort Faber oder Plinegger widmen! Auch die neuen Kupferlager, die diese Gesellschaft gefunden hatte, versprachen keine so großen Profite, daß ein solcher Aufwand an Zeit und Nerven angebracht gewesen wäre.

Beinahe dankbar vernahm er Egerwalds eifrige Stimme, die sich nach seinem Befinden erkundigte und Schmeichelhaftes mit Vertraulichem zu paaren wußte. »Ich wollte Sie schon gestern anrufen, hoffentlich hat Ihnen Herr Faber berichtet, wie sehr ich von der Lösung unseres *(unseres!)* Tankerdilemmas angetan bin – außerordentlich angetan bin, Herr Bach, aber Sie waren gestern in Mailand, wo alles prächtig gelaufen ist, wie ich höre, und bevor ich es wieder versuchen konnte, rief mich unser guter alter Hassenstein aus Kronberg an, und nun drängt es mich doch, obwohl ich seinen schriftlichen Bericht noch nicht erhalten habe, Ihnen zu sagen, wie sehr uns alle hier die Art und Weise beeindruckt hat, in der Sie Ihre Loyalität zu unserem Haus ...« Es war nicht auszuhalten. Wie lange war sein Auftritt bei Egerwald her? Wirklich nur 58 Stunden? ... Er wollte etwas einwerfen, aber der Vorstandsvorsitzende der Handelsbank hatte wohl Angst, er könnte eine Gegenleistung in Zahlen verlangen, und verschärfte das Tempo seines Zuckerbombardements jedesmal, wenn er nur »Äh ...« machte, und kam schließlich, etwas gewaltsam, auf sein heutiges Mittagessen mit Faber zu sprechen. »Und wissen Sie was, Herr Bach? Ich habe zum ersten Mal seit Jahren ein gutes, ein absolut positives Gefühl, ich sehe unsere Probleme seit heute mittag in einer ganz neuen und soliden Perspektive – hat Ihnen Herr Faber schon erzählt? Ich sehe Land, man soll's nicht glauben, dieses Chinageschäft ist interessant, ist hochinteressant, wenn wir's richtig anpacken, und ich glaube, ich weiß den Weg, lieber Herr Bach! Auch Herr Lodtwitz hat ganz enorm Feuer gefangen, und Herr Stolp ist auf phantastische Zahlen gekommen! Haben Sie mit Herrn Faber schon gesprochen? Am Freitag, spätestens, muß ich Bescheid wissen, damit ich Herrn Wallassé die richtigen ...«

Benjamin Bach ließ sich erschöpft aufs Bett fallen. »Drängeln gilt nicht, Herr Egerwald!« Aber er hörte noch eine Weile zu und hatte zum Schluß den Eindruck, sein Kopf sei von alldem süßen Gerede auf den doppelten Umfang angeschwollen. Er legte den Hörer neben die Gabel und stieß einen tierischen Schrei aus, die Tränen traten ihm in die Augen, so strengte er sich an dabei. Danach mußte er sich die Nase putzen und kam sich krank und trostbedürftig vor.

Feringer kam herein, machte Licht, entschuldigte sich und machte es wieder aus, es war halb fünf und nahezu dunkel schon über dem Ruhrgebiet – Ende Mai. Er murmelte: »Rufen Sie Herrn Faber herüber – oder warten Sie, lassen Sie mich schnell noch mit meiner Frau sprechen.« Sie würde ihm nicht helfen können, aber er wollte eine Minute ihrer Stimme lauschen, etwas ganz und gar Unwichtiges erzählt bekommen. Er wählte seine Nummer selbst, um von Jupp hören zu müssen, die Gnädige sei mit Frau Hecker soeben zum Arzt gefahren. Typisch! Einmal brauchte er sie, und dann war sie nicht da! Und wer war Frau Hecker? Die Nachbarin, sagte der Butler erstaunt. Ach ja, und was hatte Frau Hecker? Nichts, sagte Jupp, aber der Bimbo werde doch eingeschläfert, zum Tierarzt seien sie, Frau Hecker sei doch so schwach mit den Nerven. Also, dieser Boxer würde nachts nicht mehr bellen, wenigstens etwas Erfreuliches! Morgen, sagte Jupp, der es nicht fassen konnte, daß der Chef so viel Zeit für ihn hatte, käme ein neuer Boxer. Das fand er ungeheuerlich – und wunderte sich überhaupt, was seine Frau so alles trieb, wenn er nicht zu Hause war. Wann immer er einen flüchtigen Blick auf ihr Leben erhaschte, war er beinahe gekränkt, daß sie ein so ungetrübtes Privatleben führte, während er sich mit Gott und der Welt herumzuschlagen hatte. Es war widersinnig, er wußte es, die Vorstellung, daß sie mit flatternden Nerven auf dem Sofa säße und seine Geschäfte, von denen sie ohnehin nichts verstand, im Geiste mitverfolgte, war lachhaft, und trotzdem ... Trotzdem hätte er gern gesehen, wenn sie sich etwas mehr Sorgen um *ihn* gemacht hätte, anstatt um die Nerven der Nachbarin mit ihrem verfluchten Köter.

Faber stand vor seinem Bett und fragte mißtrauisch: »Spielen Sie krank?«

»Einen schweren Kopf habe ich, Schnupfen!«

»Wie lange wollen Sie das noch treiben mit den Kanadiern?«

Er stöhnte. »Egerwald hat gerade angerufen, mich vollgeschleimt, der Wichtigtuer.«

Aber Fabers Anblick disziplinierte ihn.

Eine halbe Stunde nahm er sich Zeit, mit dem Finanzchef über die Gefahren einer forcierten Umwandlung zu reden. An der Notwendigkeit gab es nichts zu rütteln, darüber waren sie sich klar, aber er versuchte Faber, der in manchen Dingen genau jene Phantasie vermissen ließ, von der er selbst zu viel hatte, den riskanten Ablauf darzustellen, den der Umwandlungsprozeß nehmen mußte.

»Die HB will den Plan möglichst bald bekanntgeben, habe ich recht?«

Er hatte.

»Als nächstes«, fuhr er fort, »will sie uns helfen, die notwendige Sonderbilanz zu erstellen – habe ich recht?«

»Das ist doch klar! Wenn sie unsere Aktien unter die Leute bringen soll, muß sie ...«

»Theoretisch, vielmehr praktisch bedeutet das doch: wenn Sie Egerwald morgen zustimmen, schickt er uns übermorgen die Prüfer von der Treuhand ins Haus!«

Darüber zerstritten sie sich heftig, obgleich Faber zugeben mußte, daß die Prüfer kommen würden, zwar nicht übermorgen, aber bald. In einigen Wochen, spätestens.

»Aber«, rief er, »darum kommen wir doch nicht herum! Sind Sie von allen guten Geistern verlassen?«

»Ich möchte, daß wir das Thema in aller Ruhe durchsprechen und daß Sie nicht blind im Duett mit Egerwald den Schlager von der Umwandlung singen!«

Bis halb neun ging das zwischen seinem Arbeitszimmer, dem Schlafzimmer und Fabers Büro hin und her, und langsam verloren auch die Juristen die Geduld, von Faber ganz zu schweigen. Gegen 19 Uhr hatte es einen scharfen Wortwechsel zwischen Goergelen und einem der amerikanischen Anwälte gegeben, die Amerikaner verabschiedeten sich abrupt und verließen das Haus. Goergelen schickte daraufhin seine drei Mitarbeiter aus dem Zimmer, um mit Benjamin Bach unter vier Augen zu sprechen. Der hatte sich inzwischen wieder Faber vorgeknöpft und hielt ihm noch einmal einen ausführlichen Vortrag über den »schmutzigen Trick«, den er hinter der Umwandlungsidee vermutete. »Gestern oder vorgestern haben Sie mich noch beschworen, auf eine konsolidierte Bilanz nicht hereinzufallen!« Faber fing schon an unsicher zu werden, jedenfalls ließ er sich verleugnen, als Egerwald wieder anrief. Inzwischen war einer der Amerikaner klugerweise zurückgekommen, und aus dem Gespräch unter vier Augen wurde ein kleines Essen unter sechs Augen. Und je deutlicher alle diese Herren Zeichen der Erschöpfung erkennen ließen, um so sichtbarer erholte sich Benjamin Bach. Nach dem Essen ging er in Fabers Büro hinüber, ließ sich den Kaffee von Müdrei servieren und bat die beiden Juristen in seinem Arbeitszimmer telefonisch, allein noch einmal alle Möglichkeiten durchzusprechen. Dann wurde er wieder grundsätzlich mit Faber.

»Ich spiele das Spiel mit der HB doch nur so hoch, weil sie nichts wissen, die Herren Egerwald und Lodtwitz! Solange sie im dunkeln tappen und keine Ahnung von unseren wahren Verpflichtungen haben, müssen sie sich auf mein und Ihr Wort verlassen, Herr Faber! ... Wandeln wir aber um, dann öffnen wir ihnen Tür und Tor und stehen mit nacktem Hintern und roten Köpfen da – und dann möchte ich mal sehen, wie Ihr Freund Egerwald mit Ihnen umspringt! *Dann* nämlich geben wir ihnen die Waffe in die Hand, uns auf ganz legale Weise zu erledigen, dann werden Sie erleben, wie eine betrogene Bank sich aufführt, dann werden Sie eine Figur wie Lodtwitz hier an Ihrem Schreibtisch haben, der jede Anweisung sehen will, die Sie unterzeichnen – im besten Fall. Im schlechteren gehen wir *beide* nach Hause – oder gleich ins Kittchen – und zwei Steinärsche von der Bank setzen sich auf unsere Sessel!«

Faber hob kraftlos die Hände und hielt in jeder eine brennende Zigarette.

»Ich verstehe Sie nicht mehr, Herr Bach! ... Sie reden wie ein Defraudant! ... Sie reden, als ob wir Verbrecher vor uns hätten! ... Was ist mit Ihnen los?«

»Wir haben Verbrecher vor uns!« behauptete Benjamin Bach. »Ab einer gewissen Größenordnung handelt es sich nur noch um Verbrechen, wenn Sie die Vorgänge am StGB messen. Auch wir sind dann Verbrecher, Faber, machen wir uns nichts vor. Wir sind nur so lange Ehrenmänner, wie wir uns nicht erwischen lassen. Und deswegen bin ich dagegen, daß wir morgen Prüfer ins Haus kriegen. Oder auch noch selber einladen!«

Damit ließ er den schockierten Finanzchef allein und widmete sich, händereibend, wieder seinem Hausjuristen und dem Amerikaner. Die erschöpften Herren hatten ihm endlich – es war 20 Uhr vorbei – einen Kompromiß anzubieten. Gewissen Informationen zufolge, denen sie »vielleicht nicht ganz die gebührende Beachtung geschenkt« hatten, bestand die Möglichkeit, daß die Gegenseite einlenken und einen Vergleich anbieten würde, wenn sie tatsächlich vor das Oberste Gericht gingen. »Bis das entschieden ist, vergehen gut und gern zwei Jahre«, erklärte O. E. von Goergelen, »und so lange wird ein neutraler Schiedsmann, unterstützt von unserem bisherigen Geschäftsführer, die Gesellschaft leiten ...«

»Heiliger Bimbam!« rief Benjamin Bach. »Davon rede ich doch nun die ganze Zeit – gratuliere, meine Herren! So kommen wir voran! Ich danke Ihnen für den Besuch!« Er hatte, immerhin, fünf Stunden gedauert, und das ganze Hickhack, ob ja oder nein, vier Wochen.

Der Finanzchef begleitete ihn, als er mit Feringer nach unten fuhr. der Assistent nahm diskret den Nachbarfahrstuhl.

Die Tür schloß sich hinter ihnen, und Faber sagte elend, aber erstaunlich beharrlich: »Ich sehe und verstehe Ihre Einstellung vollkommen, Herr Bach, und ich bin mir auch über das Ungewöhnliche dieser Eile nicht im unklaren, aber glauben Sie nicht, daß Egerwald genau so drinhängt wie wir? Er steht mit horrenden zweihundert Millionen ohne Deckung durch den Aufsichtsrat da! ... Wissen Sie, was das heißt? Was immer er bei uns entdeckt, er muß es akzeptieren!«

»Das mit den zweihundert Millionen erzählt er doch jedesmal, wenn Lodtwitz aus dem Zimmer geht! ... Sie können Gift darauf nehmen, daß er nur davon träumt, eines Tages bei uns im Aufsichtsrat zu sitzen!«

Faber verlor endgültig die Lust und damit auch den Rest von Gesichtsfarbe. »Also, bitte ...« Gegen die Fahrstuhlwand gelehnt, schloß er die Augen und preßte einen Arm an den Magen, in der zitternden Hand noch eine Gauloises.

»Mann, Faber!« rief Benjamin Bach erschrocken. »Machen Sie mir bloß nicht schlapp jetzt! ... Gehen Sie nach Hause und schlafen Sie sich aus, Sie wissen doch, wie die Welt wieder in Ordnung ist, wenn Sie mal richtig gepennt haben! ... Ich muß jetzt einfach zu Reynolds!«

Als er ausstieg, drehte sich Faber ohne Gruß um und drückte wieder auf den Fahrstuhlknopf.

»Ich mache mir Sorgen«, sagte Benjamin Bach zu Feringer, der aus dem anderen Fahrstuhl gesprungen kam. »Faber ist ernstlich krank.

Diese plötzlichen Anfälle, dieses leichenblasse Gesicht, das erlebe ich jetzt zu oft in letzter Zeit. Meinen Sie, er hat Magenkrebs?«

Feringer schüttelte sich. »Ich bin kein Arzt, aber Sie sind der Chef. Zwingen Sie ihn doch, sich untersuchen zu lassen!«

Der hat gut reden, dachte Benjamin Bach, als sie in den Wagen stiegen. Was mache ich ohne Faber, wenn der Arzt wirklich was feststellt? Vielleicht im Spätsommer, wenn China finanziert ist.

Hilary F. Reynolds war ein baumlanger, knochiger Neuengländer aus Rhode Island, ehemaliges Zehnkampf-As von Yale, Mitglied der amerikanischen Olympiamannschaft von 1932, einer der jüngsten Sechziger und, vermutlich, der schnellste Bankier der Welt. Er beriet seit Eisenhower jede amerikanische Regierung in vertrackten Handelsfragen, war einer der Architekten der LAFTA, der Lateinamerikanischen Freihandelszone, die Castros Kuba den Beitritt beharrlich verweigerte, kannte sich aber auch in Asien und Europa aus und hatte Freunde im Vatikan, im holländischen Königshaus und in Monte Carlo. Jetzt kam er aus Brüssel, wohnte in der Residenz des amerikanischen Botschafters in Godesberg und hatte sich mit einigen »deutschen Kollegen« über Finanzierungsprobleme der amerikanischen Truppenstationierung in der Bundesrepublik unterhalten, ein Ergebnis des ersten Brandt-Besuches bei Nixon, Anfang April.

»Was haben Sie, als Handelsexperte der Regierung, mit Finanzierungsfragen zu tun, Hilary?« fragte ihn Benjamin Bach. Er war eine Dreiviertelstunde zu spät gekommen, was aber nicht tragisch genommen wurde.

Der Amerikaner strich sich über das Bärtchen, das er in der Art von Douglas Fairbanks jr. trug, und lächelte sonderbar. Dann sagte er, als handele es sich um die Fortsetzung einer langen Antwort, deren Anfang der TALL-Chef erraten mußte: »In fact, Ben, ich hatte Mister Möller zum Essen gebeten, den Finanzminister, aber wie sein Sekretariat gehört hat, daß Sie auch eingeladen sind, hat er es mit seinen Terminen nicht schaffen können – und vorhin war noch ein Direktor eurer Bundesbank da, der eigentlich zum Essen bleiben sollte – über den Teppich da ist er gestolpert, so eilig hat er es plötzlich gehabt, als Ihr Name fiel. Alles wegen Peking?«

Benjamin Bach lachte. Er war darauf eingestellt, den üblichen Widerstand in Bonn vorzufinden; seit Adenauers Zeiten hatte er sich daran gewöhnt, die maßgebenden Herren aus dem Finanz- und Wirtschaftsministerium flüchten zu sehen, wenn er mit dicken Exportabschlüssen aus dem Ostblock zurückkam; gegen irgendein Tabu der Tagespolitik verstieß er immer, und es amüsierte ihn nur noch, weil er wußte, daß sie sich, früher oder später, doch mit ihm zusammensetzen mußten. Dieser Affront, vor den Augen von Amerikanern, war freilich ungewöhnlich, fast hatte er das Gefühl, sich für seine Landsleute entschuldigen zu müssen.

»Wäre es nicht einfacher gewesen, *mich* auszuladen?«

Aber davon wollte Hilary F. Reynolds nichts wissen, er machte keinen Hehl daraus, daß ihm an einem Gespräch über Rotchina lag. Sie aßen mit einem höheren Beamten der Botschaft, und als sie sich lange genug über das Wetter und die Preise unterhalten hatten, schützte der Beamte dringende Arbeiten vor und ließ sie, bei Kaffee und Cognac, in der Bibliothek allein. Benjamin Bach zog eine Zigarre hervor, eine kubanische Monte Christo, und wedelte damit vor Reynolds' Nase. »Wie wär's, Hilary?«

Sie kannten sich seit den fünfziger Jahren, als der Amerikaner – damals noch Präsident einer führenden Investment-Bank in Boston – der Regierung von Uruguay und dem TALL-Konzern bei der Finanzierung eines Staudamm-Projektes am Rio Negro auf die selbstloseste Weise gefällig gewesen war. Benjamin Bach hatte den umkomplizierten britischen Stil genossen, mit dem Reynolds sich für die Lösung ihres Problems verwandt hatte, alles war unter seinen Fittichen wie geschmiert gegangen, ganz im Gegensatz zu den sonstigen Gepflogenheiten amerikanischer Großbanken, die bei neuen Kunden stets mit umfangreichem Personal angereist kamen und sie erst mal peinlichst unter die Lupe nahmen. Als Fidel Castro an die Macht kam und alle ausländischen Besitzungen in Kuba enteignete, darunter einen lateinamerikanischen Versicherungskonzern, auf den Reynolds' Bank Ansprüche erhob, hatte Benjamin Bach geglaubt, sich revanchieren zu können, denn die mexikanische TALL-Niederlassung war mitten im Bau einer noch von Batista in Auftrag gegebenen, hochmodernen Zuckerraffinerie, die Deutschen konnten Druck ausüben, und nach jeder kaufmännischen Logik bot sich ein Koppelgeschäft an, von dem alle Parteien profitieren würden. Selbst der sowjetische Außenhandelsexperte Mikojan, den er seit langem kannte, gab der Idee eine Chance, und so flog der Konzernchef aus Düsseldorf am Jahresende 1959 nach Havanna, um mit dem neuen Präsidenten der kubanischen Nationalbank zu konferieren, einem 31jährigen argentinischen Arzt namens Ernesto Guevara. Der deutsche Besucher, an sozialistische Verhältnisse nur aus dem Ostblock gewöhnt, wo man schon wieder recht bürgerlich amtierte, sah sich mit einem bärtigen Jüngling im Pyjama konfrontiert, der im Amtszimmer des Nationalbankpräsidenten auf einem eisernen Bettgestell lag, sich zur Begrüßung weder erhob noch einen Stuhl anbot, ihn aber dreißig Minuten lang mit geradezu pathologischen Vorwürfen überschüttete, mittendrin vor Ergriffenheit über den Sieg der Revolution in Tränen ausbrach und den »Yankee-Petitioner« schließlich von einer Schar abenteuerlicher Gestalten mit gezogener Pistole zum Flughafen zurückschaffen ließ. Das Castro-Regime, gerade ein Jahr an der Macht, versetzte die USA damals in erste Alpträume, der Alleingang des im Umgang mit Diktatoren erfahrenen, aber politisch doch eher naiven TALL-Chefs schlug sich in sensationell aufgemachten Zeitungsartikeln nieder, sein Foto riß die Damen der Washingtoner Gesellschaft zu Entzückensschreien hin – sah er nicht aus wie Cary Grant und Spencer Tracy in einem? Er wurde auf das Cocktail-Karussell gehoben, die »Washington Post« brachte Karikaturen, auf denen einmal er und einmal Che Guevara voreinander knieten, von weither mischte sich sogar die Pekinger »Volksstimme« ein und nannte ihn ein »bourgeoises Furunkel«, und Hilary F. Reynolds nahm ihn zu einem Weekend nach Hyannisport mit und stellte ihn einem jungen Senator vor, der als Geheimtip für den nächsten demokratischen Präsidentschaftskandidaten durch die Presse geisterte: Jack Kennedy. Seitdem waren sich der amerikanische Bankier und der deutsche Konzernherr fast nur noch auf Beerdigungen begegnet, und Benjamin Bach sah sich von Mal zu Mal gezwungen, seine populären Vorstellungen von einem internationalen Finanzmagnaten zu relativieren. Ein Mann wie Hilary F. Reynolds dachte in beängstigend langen Zeiträumen, er konnte es sich leisten, als Idealist zu gelten, ein Prädikat, das jeder andere Bankier, nicht nur in Deutschland, als geschäftsschädigend empfunden hätte. Er schien wenig von persönlichem Reichtum zu halten, jedenfalls zeigte er ihn nicht; was ihn antrieb und faszinierte, mußte wohl oder übel mit dem strapazierten Substantivum *Macht* umschrieben werden, doch worin diese Macht im einzelnen bestand und wie er sie ausübte, das entzog sich selbst den Röntgenaugen der Wall-Street-Experten. Man wußte, daß er zweimal eine Berufung in den Board of Governors der Federal Reserve Bank ausgeschlagen hatte, ein kleines Büro im Handelsministerium in Washington und ein anderes in einer sehr vornehmen und sehr alten Privatbank in der Londoner City unterhielt, daß er mit Pompidou Ferien machte und mit Sukarno Golf spielte und seine Finger in dem ersten großen Getreidegeschäft zwischen Rotchina und Kanada gehabt haben sollte, viel mehr war über ihn nicht bekannt.

Eines seiner Geheimnisse hatte Benjamin Bach persönlich entlarvt, er hielt es in der Hand. »How about a Monte Christo?«

Zu seiner Überraschung ließ sich der Bankier korrumpieren, nahm die Zigarre und zündete sie an.

»Friede mit Castro?«

»Vielleicht.«

Das war eine Sensation. Reynolds und seine Freunde hatten durchgesetzt, daß der Senat auch den Genuß von Havanna-Zigarren in den USA verbot, und jeder vaterländisch gesinnte Amerikaner hielt sich daran. Benjamin Bach hatte dem Bankier mehrmals eine Kiste aus den europäischen Duty Free Shops mitgebracht, aber der leidenschaftliche Havanna-Raucher hatte sie immer abgelehnt.

»Ist Fidel jetzt brav geworden?«

Der Bankier sah dem Rauch nach und lächelte sarkastisch. »Sagen wir – er hat sich ›überzeugen‹ lassen. Der große Bruder hat ihn in der Schraube ...«

Benjamin Bach pfiff leise durch die Zähne. »Kann man darüber reden?«

»Nein«, sagte der Bankier sofort. »Das ist off the record. Reden wir lieber von euch, Ben – oder von Ihnen. Was sind Sie jetzt, Kommunist oder Maoist?«

Gespräche mit Reynolds waren deswegen so angenehm, weil sie blank geführt wurden, mit gezogenem Säbel, ohne Drumherumreden, ohne Zeitverschwendung, absolut ökonomisch. Benjamin Bach wischte sich das Auge aus, als ob ihm der Amerikaner draufgespuckt hätte.

»Autsch! ... Wovon ist die Rede, Hilary?«

Reynolds zog sorgfältig an der Zigarre und seufzte. »Ich treffe plötzlich Leute in der Bundesrepublik, die den Kommunismus für ›auch eine Gesellschaftsform‹ halten. Mit der man sich auseinandersetzen muß. Die man nicht länger blind bekämpfen darf. Schließlich hat sich auch im Osten einiges geändert – und so weiter. Glauben Sie das auch, Ben?«

»Nein. Nichts hat sich geändert.« Benjamin Bach war belustigt. »Man trägt jetzt schon Maßanzüge in Ostberlin und produziert mehr für den Konsum. Aber sie müssen weiterhin jeden erschießen, der das Land verlassen will.«

»Warum?«

»Wahrscheinlich, weil immer noch mehr weglaufen als dableiben wollen. Was ist das, Hilary – ein Verhör?«

»Ich mache mir Sorgen um die Bundesrepublik.«

Er hatte den Kalten Krieg nur aus der Washingtoner Perspektive erlebt und gehörte zu den wenigen Amerikanern, die sich Gedanken um die Entstehung des Nationalsozialismus gemacht hatten. Als Investment-Bankier hielt er die westdeutsche Industrie für den wesentlichen Faktor der Stabilität in Europa, aber er fürchtete ihre Krisenanfälligkeit. Hitler war an die Macht gekommen, weil Millionen Arbeitslose den Hunger satt hatten – ergo war Vollbeschäftigung in der Bundesrepublik lebensnotwendig, um einen neuen Hitler von den Massen fernzuhalten. Etwa so – schlicht, aber »mit etwas Wahrem dran«, wie Benjamin Bach zugeben mußte – stellte sich seinem amerikanischen Freund die deutsche Problematik dar.

»Aktuelle Gründe?«

Reynolds sah ihn durch einen blauen Rauchschleier an und nickte langsam. »Euch Deutschen geht's einfach zu gottverdammt gut. Dieser Brandt geht herum, als ob ihn Jesus geküßt hätte. Die Professoren an euren Universitäten graben die Knochen von Karl Marx aus. Ihr bereitet dem Kommunismus das Bett. Und wenn es an der Ruhr mal kracht, hissen eure Arbeiter die roten Fahnen ...«

Benjamin Bach grinste, das war ein typisch amerikanisches Gespenst. »Sie haben zu erwähnen vergessen, Hilary, daß diese neomarxistischen Unruhen, wie so vieles Masochistische, aus den USA zu uns gedrungen sind. Und was unsere roten Universitäten angeht – ich glaube nicht, daß sich das hält. Schon auf dem ›langen Marsch durch die Institutionen‹ stoßen sich die Junggenossen die Füße wund an den Realitäten. Und unsere Arbeiter haben immer noch einen mächtigen Nachholbedarf, die meisten waren zwar in Teneriffa, aber noch nie in Acapulco – solange es ihnen gutgeht, verfängt dieser gesellschaftsverändernde Quatsch bei denen nicht. Worauf wollen Sie hinaus? ... Hat Nixon nicht größere Sorgen?«

»Ich hoffe«, sagte Reynolds, »daß Sie nicht wirklich so oberflächlich denken, wie Sie reden, Ben. Was sagt die Industrie zu Brandts

Ostpolitik?«

»No comment. Über ›die Industrie‹ kann ich nicht reden«, antwortete Benjamin Bach, »aber die Vorstandskollegen, mit denen ich zusammenkomme, sind durchaus für eine engere Zusammenarbeit mit Ostdeutschland – aus geschäftlichen, nicht aus politischen Gründen, Hilary. So wie ihr mit Kuba!«

»Ich sehe das ganz anders«, meinte Reynolds nach einer kleinen Pause. »Ich mache mir Sorgen um diese Ostpolitik. Da ist zuviel Euphorie im Spiel – und auf der Gegenseite gar keine. Ein typisch deutsches Melodrama, das sich da entwickelt.«

Der TALL-Chef stand auf und bewegte die Glieder ein wenig. »Ich habe einen harten Tag hinter mir, Hilary, und ich freue mich, Sie zu sehen, aber – können wir nicht über etwas anderes reden?« Er setzte sich wieder.

Der Bankier zog einen schmalen Aktendeckel näher. »Herzlich gern, obwohl das eine vom anderen kaum zu trennen ist ... Lesen Sie eigentlich die regelmäßigen Untersuchungen Ihres Industrie-Institutes in Köln?«

»Nein«, sagte Benjamin Bach kurz. »Ich komme kaum dazu, zu lesen, was ich unbedingt lesen *muß!*«

»Das habe ich mir gedacht, und da ich mir Sorgen um die Bundesrepublik mache, möchte ich Ihnen gern beweisen, daß die Gefahr weniger von Politikern kommt als von der Industrie. Von Ihnen, Ben ...«

Benjamin Bach verschränkte die Arme und streckte die Beine aus. »Ach nee? Das müssen Sie mir erklären, Hilary.«

»Es steht hier drin«, er klopfte auf den Aktendeckel. »Sie lesen es nur nicht.« Und dann hielt ihm der Bankier einen Vortrag über die mangelnde Ausstattung der westdeutschen Industrie mit Eigenkapital. In einem Vergleich der acht führenden Industrienationen, sagte Reynolds und nannte die USA, Großbritannien, Frankreich, Holland, Schweden, Japan, Italien und die Bundesrepublik, stellten die Verliererernationen des Zweiten Weltkrieges trotz hoher Bilanzsummen ihrer Unternehmer einen Negativrekord auf. »Ihr hier werdet da nur noch von Italien und Japan übertroffen!«

»Japan auch? Das euch so einheizt?«

»Ganz recht, aber wir sprechen von der Bundesrepublik jetzt. Wenn Sie zum Beispiel Ihr Anlagevermögen an Ihrem Eigenkapital messen, dann müssen Sie das Schlimmste befürchten, mein Freund.

Können wir offen reden?«

Benjamin Bach nickte aufmunternd und gab sich den Anschein betroffener Nachdenklichkeit. Er hatte das Gefühl, sein Freund Reynolds habe einen besonderen Grund für diesen Vortrag – und irgendwann würde er auf China zu sprechen kommen. Gewöhnlich langweilten ihn solche Theorien, sie erinnerten ihn an Fabers Uneinsichtigkeit. Als Mann der erfolgreichen Tat war er von einem solchen Selbstbewußtsein durchdrungen, daß er glaubte, jedes Krisengeschwätz mit einem neuen Donnerschlag von Geschäft ad absurdum führen zu können. Die Öffentlichkeit stellte sich unter einem Konzernchef wie ihm gern einen Mann von überragender Bildung, enormer Weitsicht und ungeheurer Durchschlagskraft vor, selbst die Journalisten heute mittag – eine abgebrühte Zunft, sollte man meinen – hatten ihre Fragen nicht ohne einen gewissen Respekt an ihn gerichtet. Es waren ja nicht nur Wirtschaftsredakteure gekommen, aber fast alle waren studierte Herren, praxisfremde Theoretiker, die prompt dem Nimbus erlagen, den sie selbst um ihn gewoben hatten. Ihre Meinung über ihn orientierte sich an seinem Erfolg, und an sonst nichts. Schon in seinen allerersten Wochen in der Industrie, noch unter dem alten Theodor Tall, hatte Benjamin Bach herausgefunden, wie einseitig und dürftig die Kenntnisse der leitenden Herren des Konzerns waren, alle erwiesen ihren Wert nur auf einem Spezialgebiet, und es war ihm damals schnell klargeworden, daß auch er, bei dem Versuch, das monströse Unternehmen in seiner Gesamtheit in den Griff zu bekommen, scheitern würde. Deswegen hatte er das getan, was alle Herren an der Spitze solcher Unternehmen taten – nämlich so zu tun als ob. Er hatte seine naturgegebene Miene überlegener Allwissenheit kultiviert, soviel Macht wie möglich delegiert, die Experten ständig durch Widerspruch verunsichert und, im übrigen, nach der Faustregel gehandelt, die er 1952 erfunden und seitdem nicht mehr modifiziert hatte: Export steigern und Umsatz machen.

»Sie besitzen«, fuhr Hilary F. Reynolds fort, »wenn ich mich recht erinnere, so um die fünf Milliarden an Grundstücks-, Gebäude- und Produktionswerten, an technischen Anlagen, Beteiligungen und Patenten ...«

»Das wären nur zwosieben etwa«, warf Benjamin Bach ein. »Sie rechnen, wenn Sie von fünf Milliarden ausgehen, wahrscheinlich das Umlaufvermögen mit, Rohstoffe, Produkte und so weiter.«

»Floating capital, richtig. Und wie hoch sind Ihre Belastungen?«

»Wir bewerten unser Vermögen gerade neu und kommen auf mehr«, antwortete Benjamin Bach ausweichend. »Im einzelnen kann ich Ihnen das nicht ...«

»Ich sprach von Ihren Belastungen – nicht von Ihrem Vermögen, Ben. Sie haben ein Eigenkapital von, zuletzt, siebenhundert Millionen gehabt, oder?«

»Ich sehe, Sie sind auf dem laufenden, Hilary.«

»Und wie hoch sind Ihre Liabilities – wie heißt das liebenswürdige deutsche Wort dafür?«

»Verbindlichkeiten. Ver-bind-lich-keiten«, betonte Benjamin Bach. »Aber hören Sie mal – wenn *Sie* nicht wissen, wie hoch unsere Schulden sind, Hilary, wer ...«

»Ich will hoffen«, sagte Reynolds, »daß sie zwei Milliarden nicht übersteigen. Um Ihnen aber zu verdeutlichen, warum ich mir große Sorgen mache, Ben: Nach den vergleichenden Untersuchungen Ihres eigenen Industrie-Institutes beträgt das Eigenkapital der großen deutschen Unternehmen nur durchschnittlich sechzig Prozent des Anlagevermögens – ich will gar nicht persönlich werden und Ihnen vorwerfen, daß es bei Tall nur fünfundzwanzig Prozent ausmacht – ich will Ihnen nur mal daneben halten, wie solche Prozentsätze bei englischen Unternehmen aussehen – hier!« Er reichte ihm ein zahlenbedecktes Papier, und Benjamin Bach las: 92, 119, 102, 122 – mein Gott, Vickers: 140! Und das hatte Geoffrey Summers aufgegeben, um Chef bei TALL werden zu wollen ... ! Er tat so, als ob er interessiert weiterlese, und dachte bei sich: Hier, auf diesem Stückchen Papier, steht endlich klipp und klar, daß wir den verlorenen Krieg *doch* bezahlt haben! Oder richtiger: irgendwann bezahlen *müssen!* Noch nie war ihm das so eindrucksvoll bewußt geworden.

Als er die Zusammenstellung zurückreichte, verspürte er eine sentimentale Regung für Faber. Der Finanzchef wußte das alles wohl schon lange, aber warum hatte er es ihm nie so kurz und bündig gezeigt wie Reynolds?

Der Amerikaner reichte ihm wieder zwei Papiere. »Schweden und die Staaten.« Hier lag der durchschnittliche Prozentsatz nur wenig unter dem der Engländer: Die Skandinavier wiesen 105% aus, die USA 107%.

Und TALL 25 Prozent!?

»In der englischen Schwerindustrie«, sagte der Bankier, »ist seit neunzehnhundertfünfzig an die dreißigtausendmal gestreikt worden, darunter Streiks von acht Monaten – bei Ihnen, Ben, sind in diesen zwanzig Jahren nur vierzehnmal die Räder stehengeblieben ...«

»Das finde ich ja ganz toll!« rief Benjamin Bach.

»Shut up«, sagte Reynolds, »und hören Sie gut zu, Mister Bach: Wenn der Tall-Konzern – Sie können ruhig die ganze deutsche Wirtschaft nehmen – auch nur zehn Prozent von diesen Streiks in den letzten zwanzig Jahren erlebt hätte, wissen Sie, wo Sie dann wären?« Er machte eine Pause, ehe er fortfuhr: »Dann würden Sie heute für Procter und Gamble als Zahnpastavertreter arbeiten und Tall wäre längst zerstückelt und verkauft worden, so wie der größte Teil der Ruhrindustrie, und nach meiner vorsichtigen Schätzung hätten Sie in der Bundesrepublik bereits Mitte der fünfziger Jahre eine Million Arbeitslose gehabt – die abends in den Bierkellern einem Agitator gelauscht hätten. Das finden Sie komisch?«

Benjamin Bach konnte nicht anders, er mußte lächeln, und da seine verzogenen Lippen Überlegenheit vorgaukelten, ärgerte sich Reynolds darüber.

»Ich sehe jetzt, wo Ihre Sorgen liegen, Hilary!« sagte er. »Sie halten uns für einen tönernen Koloß, den der geringste Windstoß umpusten kann. Aber übertreiben Sie nicht ein wenig? Man kann doch die Bundesrepublik nicht aus dem internationalen Wirtschaftsaufschwung herauslösen, den die Welt seit zwanzig Jahren erlebt, und für sich allein betrachten! Ich halte Ihre Furcht vor einer neuen Wirtschaftskrise, bei allem Respekt, für übertrieben!«

Reynolds nickte zu diesen Worten, als habe er nichts anderes von Benjamin Bach erwartet, zog an seiner Zigarre, ließ ihn ruhig aussprechen und sagte dann: »Die Zeichen der Zeit stehen auf Sturm, lieber Freund, aber das werden Sie erst begreifen, wenn der Sessel unter Ihnen zusammenbricht, auf dem Sie jetzt noch thronen. Von einem kontinuierlichen internationalen Aufschwung kann keine Rede sein, das weiß ich besser als Sie. Es gibt maßlose Umsätze der deutschen und, vor allem, japanischen Industrie, und jedermann versteht, warum das gerade in diesen Ländern so läuft. Ansonsten kenne ich ein Dutzend Staaten, bei denen es auf und ab geht, deren Sozialprodukt in zwanzig Jahren nicht um das Siebenfache, wie in Westdeutschland, sondern nur um einen Bruchteil davon gewachsen ist, was, nach diesem Boom, als eine Katastrophe bezeichnet werden muß. Wir selbst, die größte Siegernation, wie Sie sich erinnern werden, kämpfen im Augenblick mit härtesten Mitteln gegen eine Inflation und steigende Arbeitslosenziffern an – also, seien Sie nicht zu sicher.«

Er hatte dann noch einen letzten Bogen Papier für Benjamin Bach vorbereitet, kleiner als die anderen, und als er ihn dem TALL-Chef überreichte, sah er besonders ungehalten aus, beinahe wie ein Vater, der seinen Sprößling nach langer Zeit wiedersieht und überrascht ist, wieviel er an ihm auszusetzen findet.

Benjamin Bach nahm den Zettel ohne Begeisterung entgegen. Er verstand die Hartnäckigkeit von Reynolds nicht, der wirklich so tat, als hingen die schwärzesten Wolken über der Ruhr. Unter den fortlaufenden Nummern 932, 933, 934 las er drei Firmennamen, und wider Willen entschlüpfte ihm ein »Ach ... !«. Er brauchte lange Sekunden, um sich über die Bedeutung dieser spröden Aufzählung klarzuwerden. Über den drei Namen stand »Final Quotations«, was Schlußnotierungen heißen konnte, auch Schlußlichter.

932	Shabuta Power Ltd	– 26,2
933	TH. TALL	– 25,9
934	Tosti Navale S.A.	– 25,4

Drei von über neunhundert Großfirmen aus acht untersuchten Industrienationen, die am mangelhaftesten mit Eigenkapital ausgestattet waren. Und TALL war die vorletzte.

Er machte »Puhhh ...« und sagte: »Das ist ein Tiefschlag, Hilary ... Warum zeigen Sie mir das? Wollen Sie mir Angst machen? ... Wir haben in den letzten Jahren unser Eigenkapital kontinuierlich erhöht und werden ...«

»Schon. Aber drei- bis viermal so schnell haben Sie Ihren Umsatz auch erhöht, Ben. Und mit diesem Chinaprojekt schießen Sie sich geradezu auf den Mond und liefern Ihren Konzern *totalement* den Banken aus. Ich möchte nicht wissen, was Sie an Zinsen und Tilgungen zahlen. Als Bankier gesprochen, würde ich Sie am liebsten unter Glas packen und in der Vorhalle unseres Hauses am Potomac aufstellen ...«

»Okay«, sagte Benjamin Bach, »darauf muß ich jetzt einen Wodka trinken. Sie haben gewonnen, Hilary ... Was schlagen Sie vor?«

Hilary F. Reynolds deutete mit seiner Zigarre auf die Wand voll lederner Buchrücken. »Hinter den Faulkners ist der Eisschrank.«

Er wartete, bis Benjamin Bach den versteckten Mechanismus gefunden und sich ein Wasserglas voll Wodka eingegossen hatte – er selbst trank nie einen Tropfen Alkohol –, dann sagte er: »Bevor wir über China sprechen, sollten Sie noch wissen, Ben, daß die Tosti-Werft in Genua ihre Zahlungen gestern eingestellt hat. Die Italcantieri wird sie wahrscheinlich übernehmen.«

»Wer, zum Teufel, ist die Tosti-Werft?« rief Benjamin Bach.

»Das war, bis gestern, die letzte Firma auf der Liste – jetzt sind Sie's: neunhundertdreiunddreißig, der Tall-Konzern.«

Das Wodkaglas zitterte leicht in seiner Hand. Er fürchtete sich nicht vor einem ähnlichen Schicksal – was war schon eine Werft in Italien, gemessen am TALL-Konzern! Daß TALL je die Zahlungen einstellen könnte, war so absurd wie ... wie ... Es fiel ihm kein entsprechender Vergleich ein, er ärgerte sich nur, es machte ihn wütend, daß es da eine Liste gab – wie bedeutungslos auch immer –, auf der sein Konzern als letzte Nummer rangierte. Bei diesem Umsatz war das eine Schweinerei.

»Es hat sich so ergeben«, sagte der Bankier, »daß Ihr Name heute immer wieder genannt wurde – vier Stahlwerke in Rotchina regen jeden auf, der etwas davon versteht. Und wissen Sie, was die einhellige Meinung der Experten ist?«

Benjamin Bach wanderte um den Amerikaner herum und ließ die Eiswürfel klicken. Der Ärger verblaßte schon wieder. Von einem Mann wie Reynolds, der keinen Schmus redete, frische Statements aus Bonn zu hören war schon eine Standpauke wert. Denn das vermißte er bisher am meisten: die tatsächliche Bonner Reaktion.

»Sie sprechen nur vom Finanz-, oder auch vom Wirtschaftsministerium?«

Reynolds ging auf diese Frage nicht ein. »Ich spreche von den *richtigen* Leuten, Ben. Ich kann mir die Elogen ersparen, die man Ihrem Talent, so etwas nach Hause zu bringen, natürlich gemacht hat. Ebenso werden Sie sich denken können, daß nicht ein einziger der Meinung ist, die Bundesregierung werde sich sperren, was eine Securityleistung angeht ...«

»Eine Bürgschaft.«

»Eine Bürgschaft. Aber man wird die Gelegenheit benutzen, Ihnen auf die Finger zu sehen, Ben.«

Es gefiel ihm sehr, das zu hören, er hatte wirklich nie daran gezweifelt, daß Bonn mitziehen würde, doch er war auf all die tausend Schwierigkeiten gefaßt gewesen, die einer Ministerialbürokratie einfallen konnten. Die Bestätigung seiner Ansicht nun klipp und klar aus kompetentem Mund zu hören tat ihm außerordentlich gut. Dagegen amüsierte ihn der Rest nur.

»Auf die Finger sehen?«

»Ich könnte mir denken«, sagte der Amerikaner, »daß man Sie zwingen wird, Ihre Bücher offenzulegen.«

Benjamin Bach goß sich noch einen Wodka ein und setzte sich. »Erzählen Sie!«

»Ich entnehme das verschiedenen Äußerungen, die alle denselben Kern haben. So ein Geschäft – vergessen Sie das nicht – schafft Neider, Ben. Um Bürgschaften des Bundes kämpfen viele Konkurrenten, und Sie haben sich mit Ihren scharfen Kalkulationen eine Menge Feinde gemacht ...« Der Bankier zögerte etwas, bevor er, jedes Wort überlegend, hinzusetzte: »Es könnte schon sein, daß die Regierung auch von anderer Seite unter Druck gesetzt wird.«

Wenn Reynolds so weit ging, hatte er konkrete Anhaltspunkte. Aber mehr würde er sich nicht entlocken lassen, fürchtete Benjamin Bach. Er mußte an Diergard denken und versuchte es trotzdem.

»Ich verstehe nicht, wie Sie das meinen, Hilary. Meine Bücher offenlegen?«

»Stellen Sie sich mal vor, Sie gehen mit Ihrer Zwischenfinanzierung – wie hoch?«

»Zwei-, dreihundert Millionen.«

»Sie gehen damit zur AKA, und die verlangt die volle Haftung Ihrer Hausbank. Was machen Sie dann?«

»Das«, sagte Benjamin Bach aufmerksam, »wäre ... ungewöhnlich. Ich weiß nicht, ob die AKA das kann.«

»Sie kann, mein Freund, sie kann. Was würde Ihre Hausbank dann tun?«

»Haften.«

Reynolds sah ihn groß an. »Wenn Sie mit mir pokern wollen, haben Sie sich den Falschen ausgesucht!«

»Im Ernst, sie wird haften, weil sie a) gar nicht anders kann und b) durch die Bürgschaft des Bundes abgesichert ist.«

»Wann?«

»Nun ...« Benjamin Bach sah, daß er in einer Sackgasse war. »Die AKA und der Bund werden sich vielleicht überschneiden ...«

»Plain talk!« forderte Revnolds. »Sie brauchen sofort Geld. Ich wette, Ihre Techniker arbeiten Tag und Nacht, um die Kalkulation hinzukriegen, und sowie Sie den Vertrag mit Tschou endgültig unter Dach und Fach haben, klopfen Sie auch schon in Frankfurt an die Tür. Vielleicht gehen Sie schon am zweiundzwanzigsten Juni hin – und wann können Sie frühestens mit der Bundesbürgschaft rechnen? Wenn Sie Glück haben, im September!«

Jedes Wort stimmte, was Reynolds da in die Waagschale warf, Benjamin Bach hatte es sich seit der Unterschrift in Peking immer wieder selbst ausgerechnet, aber diese Fakten wurden alle von einem Superfaktum aus ihren vorgeschriebenen Bahnen gehoben: *den vier Stahlwerken zu drei Milliarden Mark* ... Die schafften sich neue Richtlinien, davor würde die Bonner Bürokratie kapitulieren.

»Ich bin doch kein Idiot«, sagte er zu Reynolds, »auch wenn ich in diesen Tagen vielleicht den Anschein erwecke.« Er war ganz ehrlich jetzt, so aufrichtig wie zu keinem anderen bisher. »Ich habe die Wahl gehabt, als Tschou damit kam, mir entweder die Realitäten in Rechnung zu stellen und auf drei Stahlwerke zu verzichten – oder alles auf eine Karte zu setzen und auf die Überzeugungskraft dieser Milliarden zu bauen. Was hätten Sie getan, Hilary?«

Er war sicher, daß Reynolds ihn verstehen würde, der Bankier war von anderem Kaliber als Faber, bekannt für unorthodoxe Entscheidungen, ein Mann von Weitblick und Phantasie. Aber Reynolds zögerte, wich seinem Blick aus und schüttelte nachdenklich den Kopf.

»Ich glaube nicht, daß ich das riskiert hätte, Ben ... Sind Sie nie auf den Gedanken gekommen, sich einen Partner zu suchen?«

Im Äußeren des TALL-Chefs veränderte sich nicht das geringste, interessiert lauschend saß er dem amerikanischen Bankier gegenüber, doch in seinem Innern läutete eine kleine Alarmglocke, eine ganz kleine vorerst, aber die genügte, um ihn frösteln zu lassen, so überheizt die Bibliothek auch war. Zum ersten Mal, seit er ihn kannte, erwog er die Möglichkeit, daß der Amerikaner nicht nur uneigennützige Vorstellungen mit seinem Interesse an ihm verband. Seine Detailkenntnisse waren frappierend, wenn nicht gefährlich. Er stellte das volle Wodkaglas weg und sagte lächelnd: »Ich würde gern noch einen Kaffee haben, einen doppelten Espresso vielleicht ...«

Der Bankier gab den Wunsch weiter und sah Benjamin Bach fragend an. Der hatte die Augen halb geschlossen, den Kopf zurückgelehnt und zupfte nachdenklich an der Haut unter seinem Kinn.

»Ich wüßte jemand«, sagte Reynolds, »der bereit wäre, ohne viel zu fragen mit zwanzig Prozent mitzugehen ...«

»In dem Chinageschäft?«

»In den vier Stahlwerken, ja.«

Benjamin Bach dachte an alles mögliche gleichzeitig. Reynolds als Vermittler vor sich zu haben war keine neue Erfahrung für ihn – aber nach der langen Einleitung eine fragwürdige. Sollte er sich so in dem Mann getäuscht haben? Der Reynolds, den er zu kennen glaubte – bis jetzt zu kennen geglaubt hatte, besser gesagt –, würde ihn schon an der Tür mit seinem Vorschlag empfangen haben, ohne all den Summs um »Sorgen wegen der Bundesrepublik« und vergleichende Untersuchungen des Industrie-Institutes. Jetzt sah das auf einmal aus wie eine sorgfältig aufgebaute Falle, aus der TALL nur noch mit einem Partner herauskommen konnte.

»Und wie ... stellt dieser ›Jemand‹ sich das vor?«

»Man hat ausgerechnet«, sagte Reynolds sofort, »daß vierzig Millionen Dollar ausreichen würden, um eine Zwanzig-Prozent-Beteiligung am TALL-Anlagenbau zu erwerben. Um es ganz klar zu sagen, Ben: an den Firmen, die mit der Chinalieferung beschäftigt werden.«

Das war wie ein Uppercut, ein kalt geführter Schlag auf die Kinnspitze. Wer immer sich hinter ›jemand‹ versteckte, der hatte nicht die Absicht, sich zu beteiligen, der wollte das Geschäft zum gegebenen Zeitpunkt übernehmen.

»Eurodollar?« fragte Benjamin Bach. »Und ich nehme an, Sie haben den Scheck in Ihrem kleinen Aktendeckel da?«

Die Beerdigung Kennedys fiel ihm ein, Ende November 1963. Drei Wochen vorher war der Londoner »Sunday Telegraph« mit einer Serie von Artikeln über »ernste Finanzschwierigkeiten bei Krupp« erschienen, und ein Freund in der Londoner City hatte auf Hilary F. Reynolds als Urheber hingewiesen. Wie sie da in Arlington auf den Sarg warteten, hatten sie sich über Onassis unterhalten, der merkwürdigerweise unter den Familienmitgliedern, noch vor den Staatsoberhäuptern, seinen Platz einnahm. Reynolds hatte ihn sarkastisch darauf hingewiesen, daß die internationalen Finanzfäden oft über die seltsamsten Wege gespannt wurden. »Darum gehe ich so gern zu Beerdigungen, da werden Ihnen erstaunliche Zusammenhänge klar. Das ist mir neunzehnhundertsiebenundfünfzig zum erstenmal aufgefallen, als wir in Lissabon Admiral Horthy begraben haben, den ehemaligen ungarischen Reichsverweser. Meine Bekanntschaft mit Alfried Krupp datiert daher.« Benjamin Bach hatte die Gelegenheit benutzt, ihn nach den »Sunday Telegraph«-Artikeln zu fragen, und Hilary F. Reynolds hatte das Gerücht mit »Nonsens« abgetan. In London war kurz vor dieser Beerdigung Hermann Josef Abs aufgetreten, der Vorstandssprecher der Deutschen Bank, und hatte sich für die Bonität des Krupp-Konzerns unter anderem mit dem Hinweis stark gemacht, daß der Konzern am Eurodollar-Markt keine Gelder aufgenommen habe. Drei Jahre später hatte die Kreditanstalt für Wiederaufbau den Konzern in aller Stille mit 75 Millionen ERP-Geldern aus Eurodollar-Schwierigkeiten befreit, bald darauf war es zu der spektakulären Krupp-Krise gekommen, und das Land Nordrhein-Westfalen hatte noch einmal 150 Millionen lockermachen müssen, um dem Konzern aus seinen knappen Zahlungsterminen auf dem Eurodollar-Markt herauszuhelfen.

Ohne mit der Wimper zu zucken, holte Hilary F. Reynolds ein schmales Papier hervor. Es war tatsächlich ein Scheck. »Sie können ihn mitnehmen, Ben.«

Benjamin Bach schluckte schnell herunter, was in ihm hochkam und sich in einer ätzenden Antwort entladen wollte. Er behielt seine Hände bei sich, las »Manufacturers Hanover Trust Company« und war sicher, daß der Scheck auf eine Züricher oder Genfer Bank ausgestellt war, und wenn er sich nicht irrte, dann hieß die deutsche Korrespondenzbank dieses viertgrößten amerikanischen Geldinstitutes »Nationale Commerz« ... Aber das konnte Zufall sein, wer weiß, wie die »Hanover Manufacturers« zu der Ehre gekommen waren, einen Scheck über 40 Millionen Eurodollars auszustellen.

Reynolds ließ den schmalen Scheck sinken und hob die Augenbrauen. »Ich hoffe, Sie betrachten das Angebot nicht mit überflüssigen Emotionen, Ben? ... Ich habe mich stark dafür gemacht, daß wir in Ihnen einen Mann von kaltem Verstand vor uns haben, mit dem sich reden läßt ...«

Der TALL-Chef streckte die Hand aus. »Geben Sie mal her ... Das hat mit Verstand weniger zu tun als mit Können, Hilary. Ich kann den Erben ja schlecht einreden, sie müßten sich von zwanzig Prozent des Anlagenbaus trennen ...« Crédit Suisse Genève, na bitte. Und ganz im Widerspruch zu seiner Antwort steckte Benjamin Bach den Scheck in seine Brieftasche, zwischen das Farbfoto von Dede und einen einsamen Hundertmarkschein.

Reynolds verriet weder Genugtuung noch Zweifel, als er mit leidenschaftsloser Stimme sagte: »Sie sind der einzige, der das den Inhabern Ihres Konzerns einreden kann. Sie brauchen Ihre Hosen nicht einmal ganz herabzulassen, wie Sie das nennen, es genügt, wenn Sie ein wenig von Ihrer Unterwäsche sehen lassen. Verzeihen Sie den kleinen Scherz. Ich habe mir, außerdem, sagen lassen, daß Sie ohnehin im Begriff sind, den Konzern umzuwandeln und das Kapital aufzustocken – gehen Sie an die Börse, oder schießen die Erben zu?«

Es hätte Benjamin Bach gewundert, wenn Reynolds nicht auch darüber schon informiert gewesen wäre; wahrscheinlich konnte man Egerwald nicht mal einen Vorwurf machen, seine ersten diskreten Erkundungen mußten wie ein Lauffeuer die Runde unter den potentiellen Kunden gemacht haben.

»An die Börse natürlich, nächstes Jahr«, sagte er. »Sie zu fragen, wer Ihre Auftraggeber sind, hat wohl keinen Sinn, Hilary? ... Das habe ich mir gedacht.« Er erhob sich, ging hin und her. »Dann sagen Sie ihnen folgendes: Ich nehme den Scheck und benutze ihn schon morgen, falls ich ihn brauche, aber es kann auch sein, daß ich diese vierzig Millionen wieder zurückzahle und ihnen einen Korb gebe – auch darüber sollten sich Ihre Auftraggeber im klaren sein.«

»Das würden sie weniger gern sehen.«

»Kann ich mir denken. Doch das ist die Situation. Wollen Sie das Papierchen wiederhaben?«

Das wollte Hilary F. Reynolds nicht. Er schüttelte Benjamin Bach die Hand und sagte: »Sie sehen nicht glücklich aus, Ben, aber Sie werden schnell merken, daß Ihnen keine andere Wahl bleibt – und das haben Sie allein zu verantworten. Anyway, you did a great job in Peking.«

»Danke.« Es freute ihn wirklich, das von Reynolds zu hören. Und der Scheck in seiner Tasche bewies, daß es nicht nur leere Worte waren, die der amerikanische Bankier machte. Dieses kleine Pflaster reichte zwar nicht aus, um seine Wunden zu bedecken, aber es milderte den Schock ein wenig.

»Wann sollen die Formalitäten steigen?« fragte er ruhig.

»Nächste Woche in Zürich.«

Solche Transaktionen über viele Millionen wurden grundsätzlich nicht in der Bundesrepublik notariell gemacht, da die deutschen Anwälte Gebühren nach dem Geschäftswert kassierten, mit den Schweizer Kollegen aber freie Honorare ausgehandelt werden konnten.

»Ich will's versuchen«, antwortete Benjamin Bach. »Am Sonntag sehe ich Professor Rasser erst ...«

»Oder Freitag, den neunundzwanzigsten, in Philadelphia«, schlug Reynolds vor. »Das würde mir noch besser passen – Sie sind doch noch bei Wayne und Danters?« Das waren TALL-Anwälte in Boston.

Benjamin Bach ging sofort auf Philadelphia ein, nicht weil ihm der Ort besonders zusagte, sondern das spätere Datum. »Am Sonntag wollte ich sowieso nach Mexiko – Freitag in Philadelphia gefällt mir ausgezeichnet!«

Der Espresso kam, und Hilary F. Reynolds begann ihm Fragen über Rotchina zu stellen. Zwanzig Minuten lang sprachen sie über Peking, die chinesische Außenpolitik und die Chancen einer Aufnahme des Riesenreiches in die UN, der Bankier rechnete im nächsten Jahr damit. Dann wurde er noch privat und zeigte Benjamin Bach ein Foto seiner jüngsten Tochter Margerie, die auf der University of Pennsylvania ihren Master of Arts gemacht hatte und am Sonnabend, dem 30. Mai, in der Old St. Mary's Church einen Navy Lieutenant aus dem Astronauten-Corps heiraten würde.

»Sie kommen selbstverständlich zur Hochzeit«, sagte er, »und vielleicht bringen Sie auch Ihre Frau mal mit – ich weiß jetzt schon, was Elsie mich fragen wird, wenn ich von Ihrem Besuch erzähle.« Elsbeth Reynolds war eine knochige, sommersprossige Reederei-Erbin aus Portland, Oregon, die wie eine ältere Schwester des Bankiers aussah. Benjamin Bach hatte sie nur einmal erlebt. Aber die Tochter wirkte niedlich auf dem Foto.

Vor ein paar Minuten noch wäre der TALL-Chef glücklich über diese Einladung gewesen. Er pflegte seit langem eine Theorie über »gutklassige« und »minderwertige« Amerikaner, war stolz auf seine Ostküstenfreundschaften mit jenen ältesten Einwanderern, die im Greentree Valley vor Baltimore oder auf Cape Cod in hochherrschaftlichen Landsitzen residierten, sonntags mit ihren Dienstboten in die Kirche gingen und hinterher auf Tontauben schossen, prächtig aussehende Leute, die ihre Vorfahren noch ehrten, an das Gute in den Menschen glaubten und regelmäßig für soziale Zwecke stifteten. Hilary F. Reynolds war ein Musterbeispiel des idealen Amerikaners für ihn gewesen – bis vor ein paar Minuten.

»Gehen Sie ins ›Marriott‹ am Schuylkill-Expressway«, sagte der Bankier, »da können Sie schwimmen, und ich hole Sie Freitagmorgen um zehn ab. Wir machen das im Custom-House in der Chestnut Street, da sitzen unsere Anwälte.«

»Alles, was Sie wollen, Hilary ...«

Als Benjamin Bach sich verabschiedete, war es 23 Uhr 45.

Reynolds begleitete ihn bis zum Wagen, klopfte ihm auf den Rükken und, als der Besucher eingestiegen war, noch einmal an die Scheibe. Benjamin Bach ließ sie herunterrollen, der Bankier beugte sich in den Wagen und fragte: »No irritations, Ben?«

Benjamin Bach lächelte herzlich.

»You son of a bitch!«

Hilary F. Reynolds lächelte ebenfalls, nickte ihm zu und trat zurück. Benjamin Bach winkte aus dem Rückfenster, als er davonfuhr.

»Mann«, sagte Jonas, »heeßt det nich soviel wie Hundesohn oder so?«

»Sehr richtig!« sagte Benjamin Bach.

»Feine Leute seid ihr«, meinte Jonas.

Feringer hatte die Verabredung Solveigs mit ihrem Vater auf 21 Uhr 30 verschoben, und da er, aus Prinzip, so nahe wie möglich an der Wahrheit zu bleiben pflegte, hatte er ihr verraten, daß BB »abends nochmal zu den Amerikanern in Godesberg« müßte, er, Feringer, aber pünktlich sei. »Danke!« hatte sie geantwortet. »Ich brauche keinen Herrn zur Unterhaltung – oder hat er Sie beauftragt, ihn zu vertreten?«

Er hatte die Bar des »Excelsior« in Köln vorgeschlagen, das Hotel lag am Dom, also zentral, und Solveig konnte es um diese Abendstunde in zwanzig Minuten bequem von Opladen aus erreichen. Auf der Fahrt von Düsseldorf nach Godesberg hatte er sich telefonisch ein Taxi in die Siegburger Straße, an der Köln-Porzer Autobahnabfahrt, bestellt, und Benjamin Bach hatte ihm noch einmal klarzumachen versucht, worauf es ihm ankam.

»Ich traue Diergard zu, daß er da in Aibling herumhockt und auf Rache sinnt – Bankiers sind in dieser Beziehung nicht anders als kleine Jungs, ich habe ihn wirklich aufs Blut beleidigt –, und darum muß mein Schwiegersohn den Kontakt zu dieser Leonie aufrechterhalten. Die scheint ein rechtes Plappermäulchen zu sein – mit heißen Höschen an. Lambert Koch hat sich da ziemlich unmißverständlich ausgedrückt. Ich habe ihn ermuntert, ruhig aufs Ganze zu gehen, und der Junge ist Feuer und Fett, ist gestern abend schon nach München geflogen. Ich habe ihm versprochen, meine Tochter soweit wie möglich aufzuklären. Die beiden haben sich ausgerechnet Montagnacht wieder versöhnt, und die Kleine ist von einer penetranten Neugierde. Sie müssen ihr klarmachen, daß Lambert für mich arbeitet und in den nächsten Tagen – und Wochen vielleicht – keine Belästigungen von seiner Frau verträgt, keinerlei Fragen beantworten kann und darf – – und überhaupt: Sie soll sich endlich mal wie ein erwachsener Mensch benehmen!«

Feringer wußte zu wenig von den Zusammenhängen, und besonders von Leonie, um diese Erzählung nicht für eine ausgemachte Räuberpistole zu halten. Er wurde das unheimliche Gefühl nicht los, daß der Chef sich da auf ein windiges Unternehmen einließ, das seiner nicht würdig war, und daß nicht nur Bankiers sich, unter gewissen Umständen »wie kleine Jungs« benahmen. Lieber hätte er noch einmal drei oder vier Stunden den amerikanischen Anwälten zugehört, als diesen seltsamen Auftrag zu übernehmen. Aber er hatte gelernt, auch unangenehme Pflichten ohne Murren auszuführen, und so beschränkte er sich auf den Hinweis: »Ihre Tochter wird sich kaum von mir vorschreiben lassen, wie sie ihre Ehe ...«

Benjamin Bach war sofort ausfallend geworden. »Das ist mir scheißegal, ich kann mich jetzt nicht selbst um diesen Kram kümmern – also tun Sie schon, was ich Ihnen sage, und vertreten Sie mich an Vaterstelle!«

Es war schon zwanzig Minuten nach neun gewesen, als Feringer an der Autobahnabfahrt ins Taxi umstieg, und um fünf nach halb zehn erst war er im »Excelsior« angekommen.

»Nein«, sagte der Ober, »eine Dame dieser Beschreibung war noch nicht in der Bar.«

Er sah in der Hansestube nach, einem Grillrestaurant hinter der Bar, und um zu telefonieren und dabei den Eingang im Auge zu behalten, mußte er den Gang vor der Bar entlanggehen und, mit dem Hörer in der Hand, außerhalb der Telefonzelle stehenbleiben. Er beauftragte Gitta, die wußte, wo er mit Solveig Koch verabredet war, nach der Tochter zu forschen, und forderte sie gleichzeitig auf, nach Hause zu gehen. »Wenn BB sich mit Reynolds trifft, wird das eine lange Nacht!«

Als er in die Bar zurückging und den Ober mit einem Zwanzigmarkschein auf sich aufmerksam machte, war es Viertel vor zehn und von Solveig immer noch nichts zu sehen. An den Tischen saßen vorwiegend holländische und belgische Geschäftsleute, den Gesprächen nach zu urteilen. Er trank im Stehen einen Wodka-Bitter-Lemon und ärgerte sich, daß er seinen Aktenkoffer bei Jonas im Wagen gelassen hatte. Da er entschlossen war, bis zur Rückkehr Benjamin Bachs hier zu warten, hätte er sich mit ungelesenen Berichten beschäftigen können. Gerade wollte er sich wieder zur Telefonzelle begeben, um Jonas nach Köln zu beordern, da reichte ihm der Barkeeper einen Telefonhörer. »Anruf für Sie, Herr Doktor! – Sie können gleich hier sprechen.«

Gitta war dran und ziemlich aufgeregt. Solveig sei kurz nach 19 Uhr bereits von Opladen weggefahren und habe sowohl der Hausangestellten als auch der Mutter in Düsseldorf hinterlassen, sie treffe »jemanden« in der Bar des »Excelsior« in Köln.

Feringer war auch sofort beunruhigt. »Hoffentlich ist nichts passiert!«

»Wo ist denn eigentlich Solveigs Mann?« wollte Gitta wissen. »Frau Bach wundert sich auch, daß er noch nicht zurück ist. Solveig hat ihrer Mutter erzählt, er wäre gestern nachmittag noch nach München geflogen, um seinen Wagen zurückzuholen, den er da irgendwo stehengelassen hat – er müßte längst wieder dasein!«

Trotz des Lärms in der Bar glaubte Feringer einen fragenden Ton aus Gittas Stimme herauszuhören. BB hatte seine Chefsekretärin offenbar nicht ins Vertrauen gezogen – vielleicht war er nicht dazu gekommen? Gestern abend hatte Lydi Dienst gemacht.

»Haben Sie mit Frau Cajek gesprochen?« fragte er und hörte direkt, wie Gitta aufatmete.

»Entschuldigung, Reinhard, ich wollte Sie nicht auf die Probe stellen, es ist mir nur etwas sonderbar vorgekommen. Ja, ich habe mit Lydi gesprochen, aber ich wußte nicht, ob Sie eingeweiht waren, und da ...«

Diese Geheimniskrämerei!

»Also was jetzt?« fragte er scharf. »Ich stehe hier mitten in der Bar, Gitta!«

»Lydia Cajek hat mir eben erst, als ich sie angerufen habe, gesagt, daß der Chef gestern abend noch eine Spezialnummer im Nachrichtenraum verlangt hat, aber ich habe nicht gewußt, daß sie für Herrn Koch war ...«

»Und woher wissen Sie es jetzt?«

Eine Spezialnummer hieß, daß im Nachrichtenraum ein Bandgerät bereitgestellt wurde, das sich automatisch einschaltete, wenn ein Beauftragter des Konzerns von irgendwoher anrief, um einem bestimmten Teilnehmer in der Direktionsetage, der abwesend war, eine persönliche Mitteilung zukommen zu lassen. Der Abwesende hatte Gelegenheit, nachts oder von unterwegs die Nummer zu wählen und, mittels einer zusätzlichen Codezahl, sich das besprochene Band vorspielen zu lassen. Ein hauseigener Auftragsdienst.

»Der Nachrichtendienst hat Herrn Bach fünfundfünfzig programmiert, sein Alter, Lydia Cajek hat es mir gesagt, und nur weil wir uns Sorgen gemacht haben, was mit Solveig sein könnte, habe ich die Nummer eben mal angerufen ...« Eine sechsstellige Amtsnummer und zweimal die 5 dazu. Das besprochene Band war zurückgeschnellt und wieder vorgelaufen.

»Reden Sie schon!«

»Herr Koch hat um einundzwanzig Uhr drei angerufen, er ist gestern abend im Parkhotel Ludwigsbad eingetroffen und hat seine Nummer angegeben – nach der Vorwahl muß es Bad Aibling sein.«

»Neugierig sind Sie gar nicht!«

»Verzeihung, ich wußte ja nicht ... Er sagt, er hätte heute morgen Kontakt aufgenommen, ›die Dame‹ aber heute nachmittag erst treffen können – welche Dame, Reinhard?«

»Machen Sie sich nicht unglücklich!« rief er. »Oder haben Sie das brühwarm auch schon Frau Bach erzählt?«

»Also, hören Sie!« Nun war Gitta beleidigt und fuhr geschäftsmäßig fort: »Der Onkel sei gestern abend aus Frankfurt zurückgekehrt und habe ein Schlafmittel genommen, was er seit Jahren nicht mehr getan hätte, heute morgen aber sei ein Anruf gekommen, der ihn sehr aufgeregt habe, und die Dame hätte ihn mittags schon wieder nach München fahren müssen, wo er die LH siebenzwoundneunzig nach Wahn genommen hätte, Abflug dreizehnfünfundfünfzig, also nach Köln oder Bonn ...«

»Ich weiß, wo Wahn liegt!« kommentierte Feringer bissig. Natürlich ärgerte es ihn, daß er von diesem Teil der Geschichte jetzt und hier erst erfuhr.

»Bitte, ich gebe nur exakt wieder, was Herr Koch alles gesagt hat! Er sei dann mit der Dame bis eben zusammengewesen, und nun habe sie sich verabschiedet, weil sie den Onkel um zweiundzwanzig Uhr soundsoviel wieder in München-Riem abholen müsse. Das war's! ... Ich wußte ja nicht, daß es ein Geheimnis war!«

»Nicht geheimer als alles andere«, sagte Feringer, »aber vergessen Sie's trotzdem, Gitta. Ich nehme an, der Chef wird die Nachricht spätestens auf dem Nachhauseweg selbst abrufen ...«

»Dann gehe ich jetzt.« Es war 22 Uhr 10.

»Ich wollte Sie noch bitten, mir Jonas mit meinem Aktenkoffer herzuschicken«, sagte er besänftigend.

»Haben Sie keine Groschen mehr?«

Doch sie tat ihm den Gefallen und erreichte Jonas auf dem Parkplatz der US-Botschaft. Er moserte etwas, von wegen: »Hätta sein' Allawertesten nich' jleich mitnehm' können?«, trennte sich aber von seinem Pabelheftchen über die Helden von Monte Cassino, sagte dem deutschen Wachtposten am Tor, daß er in 30 bis 40 Minuten zurück wäre, und erschrak mächtig, als ihm beim Einbiegen in die Mehlemer Aue die Tochter seines Chefs mit ausgebreiteten Armen »direktemang vor'n Kühla!« sprang.

Die Reifen quietschten noch, da riß sie schon die hintere Wagentür auf und erkannte enttäuscht, daß der Chauffeur allein im Wagen saß.

»Wo ist mein Vater?« rief sie wütend.

»Der wird wohl jrade'n ersten Gang ssu sich nehm' ...«

»Wieso – ist er zum Essen hier?«

»Det wollt ick damit jesacht ha'm!«

Wortlos drehte sie sich um und lief zurück über die Straße, auf ihren Porsche zu.

Jonas rief hinter ihr her: »Ick darf ja nich' mithör'n, junge Frau, aba meene Ohren sachen mia, det Herr Dokta Feringer uff Ihn' wartet!«

Sie machte einen Kavaliersstart und raste davon.

Als Jonas eine knappe halbe Stunde später vor dem »Excelsior« parkte, wartete Feringer am Hoteleingang auf ihn.

»Ick bin ihr nach, aba über det rote Licht in Bonn ha'ckse alleene rasen lassen – isse da?«

Feringer bekam seinen Aktenkoffer und hörte sich verständnislos die Geschichte an. Dann schickte er Jonas zurück. »Und sagen Sie Herrn Bach, ich warte auf jeden Fall hier, bis ich was von ihm höre!«

Sehr irritiert blieb er noch einige Minuten vor dem Hotel stehen, aber kein Porsche tauchte auf, und so begab er sich wieder in die Bar, blätterte in seinem dicken Adreßbuch, bestellte einen Mokka und trat zum zweiten Mal in die Telefonzelle, um die Nummer des Schwiegersohns in Opladen anzurufen. Nichts rührte sich.

Nach dem Mokka versuchte er es, mit mehr Glück, noch einmal. Solveig meldete sich augenblicklich.

»Feringer. Wir hatten eine Verabredung in Köln.«

»Ich lasse mich nicht an der Nase herumführen!« Sie schrie sofort.

Betont ruhig sagte er: »Als ich Sie heute anrief, haben Sie nicht gesagt, daß Sie nicht kommen würden.«

»Ich hatte eine Verabredung mit meinem Vater, nicht mit Ihnen!« Aber dann nahm sie sich zusammen. »Das hat mit Ihnen nichts zu tun, Herr Doktor, ich meine, das geht nicht gegen Sie persönlich ...«

»Ihr Herr Vater hat mich gebeten, hier auf Sie zu warten, falls er sich etwas verspätet ...«

»Ach ja? ... Und wo ist er denn? ... Auf meiner Uhr ist es jetzt elf, Herr Doktor Feringer!«

»So etwas kann immer passieren«, sagte er entschuldigend, »es ist ein Freund von ihm aus Washington da ...«

» ... mit dem er zum Essen verabredet war!« schrie sie. »Warum müßt ihr mich alle immer belügen!? ... Warum müssen *Sie* mich auch noch belügen, Herr Doktor Feringer? ... Was habe ich Ihnen getan?? ... Seid ihr für Geld denn alle käuflich ... ???«

Es verschlug ihm die Sprache. Sie weinte leise, erstickt in die Muschel, sie legte nicht auf, heulte ganz ungeniert vor ihm. Und Feringer, so kühl er zu exekutieren gewohnt war, was man ihm auftrug, hatte plötzlich einen trockenen Hals, spürte es kribbeln auf seiner Kopfhaut, fühlte sich hundsgemein, eine ohnmächtige Wut auf Benjamin Bach überkam ihn. Was fiel ihm ein, seine Tochter, seinen Schwiegersohn, vielleicht auch seine Frau noch in dieses Netz von Lügen und Verdrehungen hineinzuziehen, sie wie Figuren auf einem Schachbrett hin und her zu schieben und ihn, Feringer, mit den fadenscheinigen Erklärungen zu betrauen!

»Solveig«, sagte er behutsam, »er wollte auch nur über Ihren Mann mit Ihnen sprechen – es hat mit Diergard zu tun, Maria-Dir, Sie wissen schon – Ihr Mann muß sich da noch etwas um ihn kümmern ...«

Sie schrie und tobte.

»Ihr lügt doch alle nur! ... Lügt! Lügt! Lügt! ... Ich habe doch

Diergard heute abend gesehen! ... Er war doch mit Papi in der Botschaft verabredet! Er ist doch hier in Bonn gewesen! In Godesberg, meine ich!«

Feringer verstand überhaupt nichts mehr. Spielte BB jetzt auch schon Versteck mit ihm? Traf er sich heimlich mit Diergard? Er hörte lange schweigend zu und verabschiedete sich dann kurzerhand.

DONNERSTAG, DER 21. MAI 1970

Zwanzig Minuten nach Mitternacht sprang Benjamin Bach vor dem »Excelsior« aus dem Wagen. »Es dauert nicht mehr lange, Jonas!«

»Macht übahaupt nücht«, sagte der Chauffeur und trug die neunte Überstunde in sein Fahrtenbuch ein.

Ein größerer Pulk später Gäste verließ gerade die Bar. Feringer saß an einem versteckten Ecktisch, blätterte in der Donnerstag-Ausgabe des »Kölner Stadtanzeigers« und hatte zwei halbvolle Gläser Whisky vor sich stehen.

Benjamin Bach betrachtete die Gläser und fragte hoffnungsvoll: »Ist sie doch noch gekommen?«

Feringer erhob sich, holte tief Atem, sagte »Nein!« und ließ sich schnell wieder in den grünen Ledersessel fallen.

Benjamin Bach grinste und nahm den Nachbarsessel. »Sie sind ja endlich mal besoffen, Mensch! Wie finde ich denn das?« Klopfte Feringer auf den Rücken und rief dem Ober zu: »Wodka – eiskalt!«

Feringer riß sich zusammen. »Ich habe zwei ... zwei ...« Dann schüttelte er heftig den Kopf, stand wieder auf, sah auf Benjamin Bach hinunter, schüttelte wieder den Kopf und erklärte: »Das ist nicht meine Sache, Herr Bach, das nicht ... !« Nickte und setzte sich wieder.

Sein Chef lachte laut, schlug ihm wieder auf den Rücken und rief: »Kolossal, Doktorleben! ... Haben Sie wenigstens was gegessen?«

Feringer nickte, preßte die Lippen zusammen und versuchte, unter ziemlich viel Geräuschaufwand, stabilisierend durch die Nase zu atmen. »Ich bin pünktlich dagewesen, aber sie ... sie ...«

Benjamin Bach hatte sich den »Stadtanzeiger« gegriffen, überflog die ersten Seiten, die voll mit Berichten aus Kassel waren, und blätterte sich zum Wirtschaftsteil durch, der ganzseitig mit der TALL-Pressekonferenz aufgemacht war – und halbseitig mit einem Foto von ihm, dramatisch hinter Mikrofonen gestikulierend. Dabei hörte er mit einem Ohr Feringer zu, der seinen Abend in der Bar schilderte. »Ich weiß, ich weiß«, unterbrach er ihn, »Jonas hat mir erzählt, daß meine Tochter vor der Botschaft in Godesberg auf mich gelauert hat – offenbar haben wir sie, in der Eile, bei unserer Ankunft übersehen. Sie hätten ihr nicht verraten sollen, daß ich um neun bei den

Amerikanern sein wollte!« Aber eigentlich interessierte ihn die Zeitung mehr.

Feringer berichtete von seinem Telefonat mit Solveig, gab seinem Verdacht Ausdruck, daß sie eifersüchtig auf Lambert Koch sei und brennend gern selbst für ihren Vater arbeiten würde, was Benjamin Bach nur ein Kopfschütteln entlockte – inzwischen kam der Ober mit einem Wodkagläschen und wurde aufgefordert, die ganze Flasche zu bringen –, und dann rückte der Assistent mit dem heraus, was ihn am meisten bedrückte.

»Das ... das mit Diergard hätten Sie mir genausogut sagen können, dann hätte ich nicht so dumm ... so dumm dagestanden, Herr Bach!«

»Was ist mit Diergard?«

»Aber, Herr Bach! ... Solveig hat ihn in die Botschaft in Godesberg fahren gesehen – ich weiß nicht, ob sie auch mit ihm gesprochen hat, jedenfalls ... jedenfalls hat sie gesagt, er wäre mit Ihnen verabredet ...«

»Moment mal ... Langsam! ... *Was* erzählen Sie da?« Benjamin Bach war geneigt, die Trunkenheit Feringers schlimmer einzuschätzen, als sie sich, dem ersten Anschein nach, darbot.

Und Feringer wiederholte, was er, zwischen den Tränen, mitbekommen hatte, er machte es ausführlich und gab sich Mühe, sachlich und nüchtern zu formulieren. »Mir war – verzeihen Sie – aber mir war sofort klar, daß er sich mit Ihnen getroffen haben müßte.«

Benjamin Bach warf die Zeitung weg. »Wo ist sie? ... Mehr hat sie nicht gesagt? ... Was Sie sich da einbilden, ist Kokolores, Doktor – zufällig habe ich eine Nachricht von meinem Schwiegersohn bekommen, daß Diergard vor zwei Stunden schon wieder in München gelandet ist!«

Er hatte also die Spezialnummer angerufen. Feringer holte bereits einen Block aus seinem Aktenkoffer und schrieb eine Telefonnummer auf. »Rufen Sie Ihre Tochter doch an, Herr Bach! Im Gang draußen ist eine Zelle ...«

Benjamin Bach sprang auf, winkte den Ober weg, der mit einer Wodkaflasche kam, und rief ungeduldig: »Was heißt telefonieren – wir fahren sofort hin! Los, Doktor, schwingen Sie sich auf die Beine!«

Feringer erhob sich und nahm eine Art militärischer Haltung an. »Danke ergebenst, nein, Herr Bach. Wenn Sie erlauben, bin ich jetzt privat.« Nickte sich selbst zu und wiederholte: »Privat.« Und setzte sich rasch wieder.

»Sind Sie verrückt geworden?«

Doch Feringer hatte durch den genossenen Alkohol weniger Verstand verloren als Mut dazugewonnen. Entschlossen erhob er sich wieder, um richtigzustellen: »In Anbetracht der Haltung, die Ihr Fräulein ... ich meine, Ihre Frau Tochter einnimmt, Herr Bach, finde ich es klüger, wenn ich – Oh!«

»Zahlen!« rief Benjamin Bach. »Und jetzt hören Sie mal zu ...«

Feringer sah an ihm vorbei und verbeugte sich leicht. »Darf ich bekannt machen – Herr Bach – Fräulein Susanne Montus, meine ... meine Braut.«

An ihrem Tisch stand plötzlich ein Mädchen, groß, blond, mit auffallenden Backenknochen, einem breiten Mund, dessen Winkel herabhingen, und kühlen, grauen Augen. Sie trug einen dicken Pullover und weitausgestellte Hosen, sagte kurz »Tach!« und setzte sich auf den Sessel, von dem Benjamin Bach sich gerade erhoben hatte.

»Braut?« rief der TALL-Chef.

Fräulein Montus trank ihr Whiskyglas in einem Zug leer.

»Ich habe mir erlaubt«, sagte Feringer, »meine Braut zu einem späten Drink – sie studiert hier in Köln – und weil ich nicht wußte, wie lange es noch dauern würde ...«

»Du spinnst doch!« sagte das Mädchen. »Seit wann bin ich deine Braut?«

»Das hör' ich auch zum ersten Mal!« rief Benjamin Bach. Er setzte sich schnell wieder und sah Susanne Montus neugierig an. »Sind Sie eine Tochter von Lotte Koch?«

»Von wem?«

»Nein!« sagte Feringer. Er stand immer noch. Jetzt setzte er sich und erklärte: »Fräulein Montus hat in keiner Weise mit der Firma Koch und Mahler ...«

»Ach, nun seien Sie doch mal still, Doktorleben«, fuhr ihm Benjamin Bach über den Mund. »Ich meine Lotte Koch, eine Filmschauspielerin, eine junge, aus dem Krieg. Sie ist hier in der Gegend verheiratet, und Sie sehen ihr verblüffend ähnlich ...«

Feringer sprang schon wieder auf und kippte ein bißchen nach vorne, mußte sich auf den Tisch stützen. »Fräulein Montus kommt aus der Montus-Familie – Renartzbank in Aachen, wenn Sie erlauben ...«

»Sag mal, du bist aber reichlich beknackt heute!« rief Susanne Montus. »Du scheinst dich dauernd für irgendwas zu entschuldigen! Bist du der Sklave von dem Herrn hier – ich meine, auch nach Mitternacht noch?«

Benjamin Bach stand auf und reichte Feringer lächelnd die Hand. »Machen Sie nicht mehr zu lange, Reinhard – wir sehen uns morgen, zur gewohnten Stunde. Fräulein Montus«, er nickte ihr zu. »Sie können ihn haben.« Dem wartenden Ober sagte er: »Der junge Mann zahlt.«

Dann ging er zur Tür, machte aber sofort noch einmal kehrt und holte sich den Zettel mit der Telefonnummer seiner Tochter vom Tisch. Die arrogante junge Dame bemerkte: »Ich will ihn gar nicht haben – nehmen Sie ihn ruhig mit!«

Benjamin Bach lächelte abwesend vor sich hin und ging hinaus, telefonieren.

Vielleicht war der Alkohol daran schuld und der zermürbende Tag, das Theater morgens im TALL-Krankenhaus und in Recklinghausen, die Pressekonferenz oder die stundenlange Debatte mit den amerikanischen Anwälten, vielleicht spukten ihm auch Faber und die Umwandlung im Kopf herum und er hatte sich bei dem dreistündigen Gespräch mit Reynolds zu viel mit anderen Dingen beschäftigt – jedenfalls dauerte es unverhältnismäßig lange, bis Benjamin Bach die richtige Schlußfolgerung aus dem Auftauchen Diergards in Godesberg zog. Weil Opladen auf dem Weg lag, fuhr er mit Jonas zuerst noch dorthin, versuchte schon unterwegs, seine Tochter telefonisch zu erreichen, doch es meldete sich niemand, und als er um Viertel nach eins vor der leeren Doppelgarage stand und den dunklen Bungalowkomplex zum ersten Mal sah, in dem sie jetzt lebte, kam er sich wie am Ort eines Verbrechens vor.

Hinter mannshohen Hecken brannte die Unterwasserbeleuchtung eines ovalen Swimming-pools, Wasserlachen auf den Fliesen verrieten, daß sie vor kurzem noch hier geschwommen war. Zufällig regnete es nicht, ein warmer Westwind wehte, der die tiefliegenden Wolken aufgerissen hatte und gelegentlich den Mond zum Vorschein brachte.

Benjamin Bach stieg aus seinem Anzug und warf sich nackt in den Pool, schwamm prustend ein paarmal hin und her. Sicher kannten sich Reynolds und Diergard, der plötzliche Anruf am Morgen in Aibling und sein überstürzter Flug nach Bonn bewiesen, daß da jemand am Drücker saß, auf dessen Wunsch sich der mächtige Aufsichtsratsvorsitzende in Bewegung setzte und Strapazen nicht scheute. Gab es irgendeine Macht in Deutschland – außer dem Bundeskanzler, und der war in Kassel –, die Herrn Diergard derart umherscheuchen konnte? Und wenn es Reynolds war, der ihn nach Godesberg bestellt hatte? Am Vormittag war der amerikanische Bankier noch in Brüssel gewesen, bei Robert Schaetzel, dem EWG-Botschafter der USA, aber der Anruf konnte auch von dort gekommen sein, warum nicht. Die Frage war: Was verband den einen mit dem anderen? Wo berührten sich ihre Interessen? Versuchte Diergard über Reynolds ein Bein in das Chinageschäft zu stellen? Hatte Diergard vielleicht einen Scheck nach Godesberg gebracht, der die vierzig Millionen Dollar deckte? Das erschien ihm zu phantastisch, es gab einfachere Wege für Großbanken, Salden zu decken, ein FS genügte. Bei der Nationalen Commerz erregten hundertund ... – der Wechselkurs stand bei 3,66 DM – hundertfünfundvierzig Millionen, grob gerechnet, kein Aufsehen. Und auch dann war die Frage immer noch ungeklärt, wo das gemeinsame Interesse lag. Für wen konnte Diergard handeln wollen – und für wen Reynolds?

»Paß auf, du verlierst mir noch die Brieftasche!« rief er Jonas zu, der seinen Anzug und die Wäsche vom Beckenrand aufhob. »Laß das Zeug doch liegen und spring rein, Mann!«

»Ick will ins Bette!« nörgelte der Chauffeur, doch dann stieg auch er aus der Kluft und ließ sich ins Wasser plumpsen, behielt nur die Unterhose an. Lachend und schreiend schwammen sie umeinander her und versuchten sich gegenseitig unterzutauchen. Als sie genug hatten, froren sie, suchten nach Handtüchern und fanden keine. Über einem Terrassensessel hing ein kurzer Bademantel, der naß war, Benjamin Bach schlüpfte hinein und schrie: »Ich bleibe so! Trockne dich an meinem Hemd ab!«

So kamen sie um zwei Uhr in Düsseldorf an, schlotternd und todmüde, schon auf der Fahrt hatte Jonas niesen müssen, und die Nase seines Chefs lief schneller, als er nach Kleenex-Tüchern greifen konnte. Jonas fuhr in die Tiefgarage hinunter, wo der Porsche aus Opladen, wie zu erwarten, stand, und trug Benjamin Bach Schuhe und Strümpfe und Anzug und Unterwäsche hinterher.

»Komm schnell unter die heiße Brause!«

»Ick will heim!«

Sie duschten lange in der Sauna im Souterrain, und als sie in warmen Bademänteln wieder heraufkamen und noch einen Schnaps trinken wollten, fanden sie Solveig im Arbeitszimmer, hellwach in einem Sessel kauernd.

»Was war das jetzt mit Diergard? Du hast ihn gesehen?«

Sie hatte, um acht Uhr abends schon, vor der Botschaft geparkt, weil sie nicht wußte, wann ihr Vater dort verabredet war, und um halb neun war Maria-Dir in einem schwarzen Ford des State Department aus dem Tor gefahren. »Ich habe ihn genau gesehen, wie der Wagen vor der Schranke gehalten hat, und der Posten hat mir erzählt, daß der Fahrer zum Flugplatz muß!«

Das war also der »Direktor der Bundesbank« gewesen, der es so eilig hatte, daß er »über den Teppich gestolpert« war, als sein Name fiel! Er dachte: Wenn das so ist, mein lieber Hilary, dann wirst du diese kleine Lüge noch bereuen.

Benjamin Bach tätschelte die Wange seiner Tochter. »Gestern dein Lambert – heute du. Ohne euch bin ich, glaube ich, verloren. Schenk uns mal zwei Wodka aus dem Tiefkühlfach ein – und sieh nach, wo Jonas schlafen kann.«

Behende machte sie sich an die Arbeit, während Jonas schimpfte, er wolle nach Hause, in seinem eigenen Bett die Nacht verbringen.

»Du bist mir zu müde«, sagte Benjamin Bach. Er hob den Hörer der internen Leitung ab, und der Nachrichtenraum meldete sich.

»Wer hat Dienst?«

Ein Herr Hochwälder wurde gerufen, der berichtete, daß aus Kapstadt gerade »die Embargosache« – Änderungsentwürfe für ein Chemiewerk in Rhodesien – durchkäme. Benjamin Bach wußte gar nichts von Änderungen.

»Ich habe ein paar Wünsche«, sagte er. »Schalten Sie ein Band ein, damit Frau Wagenseil und Frau Cajek Bescheid wissen und sich darum kümmern können ...«

Zuerst verlangte es ihn, zu erfahren, wann die Frühmaschine nach Genf ging, und als er hörte, erst um neun Uhr soundsoviel, gab er Anweisung, den Jet für sieben Uhr zu bestellen. Hochwälder sagte, der Jet sei in der Überholung, aber sie würden einen chartern können. Dr. Rhode solle vom Nachrichtenraum rechtzeitig geweckt werden, befahl Benjamin Bach, und nach Genf fliegen, alle anderen Verabredungen müsse er absagen, könne sich aber darauf einrichten, am

Nachmittag wieder zurück zu sein. Vor dem Abflug solle er sich in Bachs Haus einen Umschlag abholen, der hier für ihn bereitliege, und um acht Uhr solle er aus Genf bei ihm anrufen.

»Weiter: Unsere Verkehrsleitung in Lohausen soll sich mit der Lufthansa in München in Verbindung setzen und eine schriftliche Bestätigung über zwei Flüge besorgen – aber diskret, bitte! –, die ein Herr Diergard heute, das heißt gestern, am Mittwoch, dem zwanzigsten, von München nach Köln/Wahn und mit der letzten Maschine abends von dort nach München zurück unternommen hat. Klar?«

»Alles klar, Herr Bach!«

»Und dann sorgen Sie noch dafür, daß Herr Doktor Feringer spätestens um halb neun bei mir zu Hause ist. Wenn Sie ihn ab sieben Uhr unter seiner Privatnummer nicht erreichen können, versuchen Sie's unter der Nummer eines Fräulein Susanne Montus in Köln – tragen Sie die für alle Fälle in Ihrer Kartei ein!«

Mit dieser Empfehlung besiegelte Benjamin Bach das private Schicksal seines Assistenten: Susanne Montus hatte sich noch in der Nacht mit ihm verkracht, wurde kurz nach sieben von einer munteren Stimme aus dem Schlaf gerissen (»Hier ist die Firma Tall mit einem schönen guten Morgen! – Können wir Herrn Doktor Feringer bei Ihnen erreichen?«), legte unflätig antwortend den Hörer auf und wurde in den folgenden Wochen immer wieder zu nachtschlafender Zeit angerufen – sie stand in der Kartei, und es blieb ihr gar nichts übrig, als sich bei Reinhard Feringer wieder zu melden.

Solveig servierte Wodka. Jonas schlief im Sessel ein, der 40-Millionen-Dollar-Scheck wanderte von der Brieftasche in ein gelbes Kuvert, und Benjamin Bach fragte seine Tochter: »Bist du sehr müde?«

»Nein, ich wollte eigentlich noch mit dir sprechen ...«

»Morgen. Schaff die Schnapsleiche ins Bett und sorg dafür, daß Jupp zuverlässig um sechs auf den Beinen ist und diesen Brief keinem anderen als Doktor Rhode aushändigt, wenn er kommt. Ich möchte um acht geweckt werden. Du kannst auch nachher nochmal diesen Hörer hier abnehmen und einem Herrn Hochwälder ausrichten, daß er Herrn Faber für neun Uhr herbestellt – ach ja, er möchte auch einen neuen Chauffeur um acht Uhr dreißig herschicken, Jonas lassen wir morgen mal schlafen, aber seine Frau muß benachrichtigt werden.«

Bevor ihm noch mehr einfiel, machte er, daß er ins Bett kam. Solveig lief bis vor seine Schlafzimmertür hinter ihm her. »Ich erledige alles bestens, Papi! Aber ich warne dich, du hast einen Fehler gemacht, daß du Lambert nach Paris geschickt hast, er macht bestimmt alles wieder falsch und versackt mit irgendeiner ...«

»Wie kommst du auf Paris?«

»Er wollte nur seinen Wagen in München abholen und hat aber dann aus Paris angerufen und gesagt, du hättest ihn mit einem geheimen Auftrag ...«

»Paris?« Er mußte grinsen. »Na denn, gute Nacht, Kleines.«

Sie umarmte ihn und gab ihm zwei kleine Küsse hinters Ohr, die Aufträge machten sie selig.

Fünf Minuten später erschien Dede Bach schwankend an der Verbindungstür der beiden Schlafzimmer. Sie hatte getrunken und bis jetzt wach gelegen, hatte ihre Tochter kommen hören, sich aber schlafend gestellt. Dede war zu Tode gekränkt, sie wollte ihren Mann fragen, warum er am Nachmittag Jupp angerufen und über ihren Gang mit der Nachbarin zum Tierarzt ausgehorcht hatte. Noch nie in zwanzig Jahren hatte er in ihrer Abwesenheit angerufen und sie verdächtigt, ihn zu betrügen.

Benjamin Bach lag nackt auf dem Rücken, die Nachttischlampe brannte, er schlief bereits fest. Das fand seine sanfte Frau, die zu viele Stunden schon allein mit ihrem Kummer gewesen war, brutal, egoistisch und roh – wie konnte er seelenruhig schlafen, während sie unter seinem Mißtrauen litt? Stundenlang hatte sie nachgedacht, war unfähig gewesen, irgend etwas zu tun, hatte sich einen großen Cognac eingegossen, dann noch einen, hatte sich immer wieder geprüft und gefragt, was sie in ihrer Ehe falsch gemacht haben könnte, hatte sich, einen Cognac nach dem anderen trinkend, auf eine entscheidende Auseinandersetzung vorbereitet – und nun schlief er! ... Sie beschimpfte ihn, aber er wachte nicht auf, sie rüttelte ihn, und er fing an zu schnarchen. »Nein, Benjamin«, rief sie klagend, »so kann das nicht weitergehen!« Zum ersten Mal war sie von seinem Schlaf nicht gerührt, dachte nicht daran, wie schwer der Tag für ihn gewesen sein mußte – wenn er Zeit hatte, den Butler auszufragen, konnte es mit seiner »vielen Arbeit« nicht weit her sein.

Sie deckte ihn zu, machte das Licht aus und suchte nach einer Schlaftablette. Als sie ein Röhrchen Veronal fand, schoß ein berühmter Gedanke durch ihren Kopf, der Gedanke, der so vielen Frauen unter bestimmten Zwangsvorstellungen schon gekommen ist. Sie war klug und schön, sie war zwanzig Jahre lang glücklich mit ihm gewesen, ihr Leben war vollkommen an sein Leben gekettet, sie lebte nur durch ihn, seit er sie vor dreißig Jahren unter den Augen seiner Bewacher lachend in die Arme gerissen hatte, sie war für ihn geächtet worden und ins Gefängnis gegangen, ihr Kind war gestorben – und dann hatte er sie geholt, hatte sie geheiratet, in Liebe eingehüllt wie in einen undurchdringlichen Panzer, es gab nicht die geringsten Probleme mehr für sie, sie lebte wie unter einem Glassturz, beschäftigte sich mit dem Haushalt, verbrachte ihre Tage, wie andere Frauen ihrer Gesellschaftsschicht den Tag verbrachten, vielleicht etwas einsamer, verinnerlichter, ohne Interesse für die Außenwelt, für gesellschaftliche Erfordernisse, sie wartete nur auf ihn, machte sich schön für ihn, ging zu Bett, wenn er nicht kam, wachte auf, wenn er nebenan rumorte, und betrachtete ihn, wenn er schlief. Es war ein stilles Glück, eine wohltemperierte Wärme, in der sie lebte – sie vertrug nur keine Zugluft. Und heute nachmittag war ein Windstoß durch das Haus gefegt. Seit heute nachmittag war alles anders ... Was Jupp ihr in seiner tumben Art vorgetragen hatte, war so unglaubhaft, daß sie nur den Kopf schütteln konnte darüber, dann hatte ihre Tochter angerufen und sich beklagt, daß Papi so anders sei in letzter Zeit – »Er liebt mich nicht mehr!«, die kindliche Klage, sie bekam auf einmal Bedeutung –, und noch vor dem Abendessen hatte sie den Butler ein zweites Mal befragt, hatte ihn aufgefordert, sich an jedes einzelne Wort zu erinnern, das ihr Mann am Telefon mit ihm gesprochen hatte. Vor so viel Interesse war der alte Mann lebendig geworden, hatte ausgeholt und aus einem vier Minuten dauernden Gespräch einen Dialog über zwanzig Minuten gemacht, hatte gespürt, wie Macht schmeckt, ein berauschendes Gefühl, das ihm fremd gewesen war sein Leben lang, nun salbaderte er sich tief hinein, vermischte Gehörtes mit eigenen Ansichten, bauschte das Telefonat immer mehr auf und kostete die Angst der »Gnädigen«, der er sonst so treu ergeben war, mit greisenhafter Lüsternheit aus. Bis sie ihn wegschickte, das Abendessen stehenließ, einen Cognac trank, sich aufs Bett legte, Gitta Wagenseil anrief, nach wenigen Worten auflegte, noch einen trank und Stunde um Stunde den schrecklichsten Alpträumen nachhing, die der Alkohol lebendig machte. Sie war nicht gewohnt zu trinken, hatte immer geglaubt, Alkohol nicht vertragen zu können, jetzt stürzte sie sich darauf, und der Cognac rührte auf und schwemmte hoch, was seit dem Krieg in ihrem Unterbewußtsein an Angstvorstellungen schlummerte. Ben mißtraute ihr ... mißtraute ihr vielleicht schon lange ... er liebte sie nicht mehr ... sie war ihm zu alt geworden ... alle Ehen, die sie kannte, waren im Laufe der Jahre kaputtgegangen oder in einem feindseligen Nebeneinander geendet ... Was wußte sie denn von ihm, wenn er sie so lange allein ließ? ... Vielleicht hatte er längst eine andere, suchte nach einem Scheidungsgrund? ... Ben, der nachmittags den Butler anrief und über jeden ihrer Schritte aushorchte ... Sie trank die ganze Flasche leer.

Als sie gegen halb drei seine Schritte im Nebenzimmer hörte, lag sie total betrunken auf dem Bett, eingesponnen in die Hölle ihrer Zwangsvorstellungen und schon ganz sicher, daß er die Scheidung verlangen würde. Sie versuchte sich aufzuraffen, aber sie hatte nicht die Kraft mehr. Erst als sie sich einbildete, er rufe nach ihr, kam sie auf die Füße, taumelte zur Verbindungstür, und da lag er und schlief. Lag einfach da und schlief mit offenem Mund, etwas blöde aussehend und, wie immer, sehr selbstzufrieden. Und nackt, als wüßte er, daß sie immer noch einmal kam, wie zu einem Kind, um nach ihm zu sehen, ihn zuzudecken.

Als sie das Röhrchen mit den Veronaltabletten in der Hand hielt und, mehr zufällig, erkannte, daß es zwanzig Stück waren, drehte sich vor ihr schon alles, sie fühlte sich zu Tode erschöpft, aber unfähig, zu schlafen. Sie war nicht mehr sie selbst, die da vor dem Spiegel lehnte und einem winzigen neuen Gefühl nachhing, das der Alkohol in ihr freigemacht hatte, einem seltsamen kleinen Haßgefühl auf den Mann, der sie beherrschte, von dem sie nicht mehr loskam, seit er ihr begegnet war, der sie unglücklich machte und selber ruhig schlafen konnte. Sie sah ihr verwüstetes Gesicht vor sich, die zerlaufene Schminke, und aus ihrer Abscheu vor sich selbst erwuchs der sehr weibliche Gedanke, sich an dem Mann nebenan zu rächen, ihn einmal richtig zu erschrecken, seine Selbstsicherheit zu zerstören. Von der Idee bis zur Ausführung vergingen nur Sekunden ...

Sie taumelte vor sein Bett, knipste das Licht wieder an, umklammerte das Wasserglas, in dem zwanzig Veronaltabletten schwammen, und lallte: »Da! ... Ich ... trinke es, Ben ... !« Und sie trank es, bis auf den bitteren Rest. Zum Glück hatten sich nicht alle Tabletten schon aufgelöst.

Faber fand die Haustür angelehnt, als er um neun Uhr kam. Er klingelte trotzdem und trat in den Vorraum, sah sich noch einmal nach den beiden Wagen um, die vor dem Haus parkten, und wunderte sich, daß beide Ärzteschilder trugen.

Feringer kam ihm übernächtigt entgegen, half ihm aus dem Mantel und murmelte: »Furchtbare Geschichte, Herr Direktor ... Frau Bach hat einen Selbstmordversuch gemacht ...«

Der Finanzchef riß den Mund auf, als hätte man ihm den Sauerstoff entzogen. »Wer hat ... Was ... Wieso ...«

»Sie schläft jetzt, ist außer Gefahr!« Feringer führte ihn in die Halle. »Die Tochter hat es entdeckt, als sie ihren Vater wecken wollte, heute morgen, kurz nach sechs ... Er hat überhaupt nichts bemerkt ...«

Vor dem Kamin saß, überraschenderweise, Dr. Rhode und las in einem dicken Stapel Zeitungen die Berichte über ihre gestrige Pressekonferenz. Er erhob sich, als er den Finanzchef sah, und zuckte die Achseln, als bedauerte er, hier untätig herumsitzen zu müssen.

»Frau Bach hat ...« Faber schien nur langsam zu begreifen. »... mit Gift?« Er sah so entgeistert, so persönlich betroffen aus, daß Feringer und Rhode beide das gleiche dachten: Hat der Finanzchef Frau Bach näher gekannt?

»Veronal«, sagte Feringer.

Dr. Rhode war um 5 Uhr 30 geweckt worden – »nach drei Stunden Schlaf!« – und hatte, da er in der Nähe wohnte, schon um 6 Uhr 15 hier in der Halle gestanden, um den Umschlag abzuholen.

»Welchen Umschlag?«

Rhode schob dem Finanzchef das Kuvert zu und berichtete von BBs Auftrag, nach Genf zu fliegen.

»Das geht doch gar nicht«, sagte Faber geistesabwesend. »Um zehn haben Sie doch den Chinesen!« Von der »Bank of China« in London hatten sie gestern einen Valutafachmann nach Düsseldorf gebeten, der eine Reihe grundsätzlicher Transferfragen beantworten sollte.

»Eben«, sagte Dr. Rhode. »Deswegen habe ich ja zu Frau Koch gesagt, die mich hier erwartet hat, ich müßte ihren Vater sprechen. Sie hat ziemlich angegeben, aber ich bin stur geblieben, und so mußte sie nach oben gehen – im nächsten Augenblick war das Theater da! Sie hat geschrien, daß ich dachte, er wollte sie erwürgen, weil sie ihn geweckt hatte ...«

Faber sah sich besorgt um und machte Rhode ein Zeichen, etwas mehr piano zu sprechen.

»Sie schläft«, sagte Feringer. »Hat auch ein paar Spritzen bekommen. Aber zweifellos hat Herr Rhode durch seine Festigkeit ...« Er ließ den Satz in der Luft hängen.

»Ich habe ihr Leben gerettet«, sagte Rhode schlicht. »Wie der Zufall so spielt.«

Faber sah ihn an, stöhnte und sagte kaum hörbar: »Was muß sie gelitten haben ...« Den Zuhörern wurde nicht klar, ob er ihren aktuellen Zustand meinte oder ihre Ehe schlechthin. Er drehte sich ratlos um. »Wo ist er jetzt?«

»Drin«, sagte Feringer und deutete auf die geschlossenen Flügeltüren zum Arbeitszimmer. »Mit den Ärzten. Aber er will Sie gleich sehen, wenn Sie da sind, hat er gesagt ...«

Er trat zu den hohen Türen und klopfte. »Herr Faber ist eingetroffen!«

Jetzt erschien auch Jupp, der Butler, und fragte sie verstört, was sie zum Frühstück wünschten. Sie wollten nur Kaffee und Tee, und ihre Fragen nach Frau Bachs Befinden konnte er nicht beantworten. »Ich habe der Pflegerin gerade das Frühstück gebracht.«

Die war mit Feringer um halb neun gekommen.

Selbst für private Katastrophen dieser Art war der Konzern gerüstet. Rhode hatte etwa um 6 Uhr 20 den Nachrichtenraum alarmiert, und zehn Minuten später schon war ein Unfallwagen mit dem diensthabenden Betriebsarzt der TALL-Röhrenwerke aus Düsseldorf-Ratingen eingetroffen, gefolgt von einem Notarztwagen des, zur Sicherheit ebenfalls benachrichtigten, Städtischen Krankenhauses am Cranachplatz. Der Computer im TALL-Forschungsinstitut in Kaiserswerth hatte einen Bruder in Paris angezapft, der wiederum über einen kommunizierenden UNESCO-Computer in Genf sekundenschnell ein paar deutsche Namen aus den gespeicherten Toxikologen aller Erdteile heraussuchte – einer dieser Giftspezialisten lebte in Düsseldorf, nur zwei Straßen von Benjamin Bach entfernt, aber am Telefon meldete er sich nicht. Ein Wagen, der ihn holen sollte, war schon unterwegs, als der hilfreiche Computer in Paris von einem anderen der University of Chicago mit der Zusatzinformation versehen wurde, der Düsseldorfer Professor befinde sich bis zum 22. Mai auf einem Kongreß in Rom.

Um 7 Uhr 35 hatte Rhode die Konzernbemühungen abblasen können. »Wir brauchen nur noch eine zuverlässige Pflegerin. Herr Bach dankt Ihnen allen für Ihren Einsatz und erwartet, daß Sie die Schnauze halten!« Das war typisch Rhode: hemmungslos in der Aneignung eines gewissen Führungsstils.

Als Benjamin Bach mit den beiden Ärzten aus seinem Arbeitszimmer kam, erschraken seine Herren in der Halle. Nicht weil er so scheußlich unausgeschlafen aussah, das hatten sie erwartet, nein: er war im Bademantel, und trug ihn auch noch verkehrt herum, die Innenseite nach außen, und unten schauten behaarte Waden hervor. Wie sehr das Bild des stets tipptopp angezogenen Konzernchefs in ihrem Bewußtsein verankert war, fiel ihnen erst jetzt auf, da er barfuß, mangelhaft bekleidet und mit ungekämmtem Haar vor ihnen stand. Er verlor nichts von seiner Autorität, aber sein Aussehen verriet, wie sehr ihn der Vorfall mitgenommen hatte.

»Morgen, Herr Faber«, sagte er etwas fahrig. »Es geht ihr schon wieder besser. Eine Art seelischer Hypertonie, möglicherweise. Eine Überreiztheit. Kommt in den besten Familien vor. Ich zieh' mir nur schnell was an – gehen Sie schon rein!« Und er lief – wann hatten sie ihn je so rennen sehen? – durch die Halle und die Treppe hinauf, zwei Stufen auf einmal nehmend.

Die beiden Ärzte schüttelten Hände, nannten ihre Namen und nickten den Konzernmitarbeitern vertraulich zu. Den städtischen Arzt hatten sie gleich wieder nach Hause geschickt, der Ratinger Betriebsarzt hatte, nach einer Magenspülung und kreislaufstabilisierenden Injektionen, nur den Chefarzt der Internen Abteilung des TALL-Krankenhauses dazuholen lassen, der in Düsseldorf wohnte.

»Muß Frau Bach nicht ins Krankenhaus?« fragte Faber ihn.

»Oooch ...«, machte Dr. Mittelstaedt. »Im Augenblick ist Schlaf wohl das beste, am Tropf kann sie auch hier hängen.« Aber er sah fragend den Betriebsarzt an.

Der sagte: »Ich muß zurück, Sie bleiben wohl noch, Herr Kollege?«

Faber trat ihm in den Weg und rief erregt: »Hier geht es um das Leben und die Gesundheit einer Frau, die sich nicht rühren kann! Ich verlange von Ihnen, daß Sie sich nicht einschüchtern lassen und alles tun, um ...«

Das war so peinlich, daß Feringer und Rhode gleichzeitig dazwischentraten. »Herr Faber, bitte ... !«

»Wer sind *Sie* denn?« unterbrach der Betriebsarzt den Finanzchef.

»Sind Sie Mediziner?«

Und der Internist Mittelstaedt bemerkte schneidend: »Frau Bach ist aus jeder Gefahr und unter gewissenhafter ärztlicher Kontrolle! Ich bleibe den ganzen Tag hier ...«

»Aber Sie sind nicht der Hausarzt!« rief Faber. »Der Hausarzt ist Professor Crespi! Warum wird er nicht dazugeholt?«

»Das müssen Sie schon Herrn Bach überlassen, wen er in einem solchen Fall holt!« schnappte der Internist zurück. »Ich kann ihm ja von Ihren Verdächtigungen berichten!« Und er drückte dem Betriebsarzt die Hand und eilte Benjamin Bach in die oberen Räume nach.

Feringer und Rhode hatten den fatalen Eindruck, daß Faber diesen Selbstmordversuch dem Konzernchef persönlich übelnahm, und befürchteten einen Skandal. Vor allem Rhode war, angeregt von der Rolle, die er an diesem Morgen gespielt hatte, empört über die Einmischung des Finanzchefs.

»Machen Sie Herrn Bach nicht noch nervöser, als er ist!« rief er dem Arzt nach und zog Faber, scharf werdend, in die äußerste Ecke. »Was soll denn das? Was versprechen Sie sich davon, Herr Direktor? Wollen Sie BB übelnehmen, daß er so eine Geschichte nicht an die große Glocke hängt? *Ich* habe dafür gesorgt, daß nur Tall-Leute hier beschäftigt werden und ein alter Quatschkopp wie Crespi, der die halbe Ruhrindustrie verarztet, draußen bleibt! Wollen Sie Krach mit dem Chef?«

»Er hat sie auf dem Gewissen ...«, sagte Faber. »Er hat sie ...« Er kam nicht darüber hinweg, zerquetschte eine Gauloises nach der anderen in der Hand, bemühte sich immer wieder, eine anzuzünden, und zerdrückte sie dann schnell, als befände er sich an einem Ort, an dem es sich nicht gehörte zu rauchen. Rhodes Ermahnungen schienen keinen Eindruck auf ihn zu machen.

»Wie können Sie das sagen!« fuhr auch Feringer auf ihn los. »Das ist die beste Ehe, die ich je gesehen habe, Herr Faber! ... Fragen Sie mal Gitta Wagenseil oder Professor Rasser!«

Faber ließ sich von Rhode auf einen Sessel drücken und seufzte gequält. »Das ist ganz allein seine Schuld ...«

Rhode reichte ihm Feuer. »Hier, rauchen Sie endlich!« Und blinzelte Feringer zu, nach oben deutend.

Der Assistent verschwand, um sich seines Chefs anzunehmen.

So sorgten die beiden jungen Männer dafür, daß aus der privaten nicht eine dienstliche Katastrophe wurde.

Als Benjamin Bach mit Feringer eine halbe Stunde später in seinem Arbeitszimmer erschien, sah er beinahe schon wieder aus wie immer, nur die Furchen unter seinen Augen waren tiefer geworden, und seine Stimme klang rauher als sonst. Feringer hatte ihn vorbereitet, daß Faber sich »komisch« benahm, und der Finanzchef hatte unterdessen Tee getrunken und achtzehn Schwarze geraucht und Rhode versprochen, sich zusammenzureißen.

Schnell hinter seinen Schreibtisch tretend, sagte Benjamin Bach geschäftsmäßig: »Ich habe Sie hergebeten und Herrn Rhode heute morgen nach Genf schicken wollen, weil ... weil ...« Seine Hand tastete nach dem Revers seines dunkelgrauen Anzuges, wo um diese Zeit immer eine dunkelrote Nelke steckte, und da war heute keine; er wußte es, weil er sich vor fünf Minuten im Spiegel betrachtet und die Blume selbst ins WC geworfen hatte, und diese Kleinigkeit hinderte ihn nun daran, so forsch, wie er wollte, und so kühl, als sei nichts geschehen, zur Tagesordnung überzugehen. Anstatt zur Sache zu kommen, ließ er sich in seinen Sessel sinken, starrte seine Mitarbeiter hilflos an und hob die Hände. »Es war entsetzlich ...«

Bis die Ärzte kamen, hatte er gefürchtet, es sei alles aus, Dede sei nicht mehr zu retten, er werde den Verstand verlieren. Er hatte Solveig an sich gepreßt und dauernd gedacht: Aus. Aus. Aus ... Es war nicht so sehr der mögliche Verlust seiner Frau, der ihn ins Mark traf, als die Tat an sich. Wie konnte *ihm* so etwas geschehen? Wie konnte sie *ihm* das antun? Warum hatte er, der ein Gespür für Menschen und eine Witterung für Gefahren besaß, in seinem eigenen Haus so hoffnungslos versagt? Was hatte er übersehen, ihr angetan, das sie zu einer solchen Tat trieb? Warum war sie nicht glücklich? Hatte er sie nicht oft genug in diesen zwanzig Jahren gefragt, ob sie glücklich sei? Ob sie sich langweile? Hatte er ihr nicht immer wieder angeboten, sie mit auf Reisen zu nehmen? – »Gerade bei Frauen, die nicht die geringsten Probleme haben«, hatte Mittelstaedt ihm erklärt, »wachsen sich Kleinigkeiten manchmal zu Katastrophen aus!« Aber welche Kleinigkeit hätte solche Dimensionen annehmen können? – Es war gut, daß Rhode nicht geflogen war, nicht nur für Dede, auch für ihn. So hatte er sich ablenken können, wieder um seine eigenen Probleme kümmern müssen. »Das beste wäre«, hatten die Ärzte gesagt, »sie wachte auf und könnte sich an nichts mehr erinnern – und Sie sprächen sie gar nicht darauf an!« Weiß Gott, auch ihm wäre das am liebsten. Ob irgendein Weib ihr einen anonymen Brief geschrieben hatte? Hauptsache, die Beteiligten würden dichthalten und ein Narr wie Faber würde sich nicht aufspielen, auf die Jungen schien ja Verlaß.

Die Herren standen vor dem Schreibtisch, blickten betreten vor sich hin, und Faber, dessen Ausbruch von Rhode in einem Schaumteppich von Vernunft erstickt worden war, konnte sich nicht helfen: nun tat ihm BB schrecklich leid, und er war alt genug, um in diesem Augenblick das Richtige zu sagen. »Tja, Ben«, sagte er, »darüber müssen wir hinweg ...«

Den Jüngeren rann ein Schauer über den Rücken.

»Setzt euch!« sagte Benjamin Bach leise.

Faber nahm umständlich in dem einzigen Sessel Platz, der vor dem Schreibtisch stand, und hantierte mit Feuerzeug und Gauloisesschachteln. Die anderen schoben sich lautlos zwei Stühle links und rechts hinter ihn.

»Lassen Sie sie eine große Reise machen, wenn sie wieder beieinander ist«, sagte Faber, die Arme auf die Knie gestützt, den Kopf tief zwischen die spitzen Schultern gezogen.

»Zweiundzwanzig Jahre«, sagte Benjamin Bach, »und nie eine Szene ... Kennen tue ich sie seit dreißig Jahren, und nie ein Protest. Keine Wünsche, keine Launen, nie das Geringste nicht – und dann dieses!« Er atmete schwer, schlug mit der Faust auf seine Sessellehne. »Ich wache auf, und meine Tochter rüttelt mich und schreit ... schreit ... Gellende Schreie ... Und da liegt sie, liegt neben mir, ganz verkrampft, mit offenem Mund, röchelnd, wie tot ... Sie hat ein eigenes Schlafzimmer ... Ich bin um zwei, halb drei nach Hause gekommen ... mit Jonas noch in die Sauna gegangen ... Ich dachte doch, sie schläft längst ...« Er stöhnte so laut auf, daß die anderen zusammenzuckten, und sagte, ein paar Stationen überspringend: »Bis wir das Röhrchen gefunden haben ...«

So blieben sie noch ein paar Sekunden schweigend sitzen, dann stand Benjamin Bach langsam auf und ging hin und her, holte ein Taschentuch hervor, wischte sich die Handflächen ab, öffnete seinen Kragen, griff nach einer Whiskyflasche auf dem Bartisch, stellte sie wieder weg, räusperte sich mehrmals und sagte unbeholfen: »Das ... eh ... Das ist ... eh ...« Sagte schnell: »Na ja. Das ist das. So ... Und nun zum Geschäft, und tun Sie mir einen Gefallen und sprechen Sie mich auf diesen Morgen möglichst nie mehr an, ja? ... Was ich sagen wollte ...«

Er trat hinter den Schreibtisch, stützte die Hände auf und sah sie alle drei an. »Rhode hat da einen Umschlag, in dem vierzig Millionen Dollar drin sind.« Er brachte es fertig, sich sachlich wie immer auszudrücken, es klang nur etwas intimer als sonst. »Hören Sie gut zu: Faber, Rhode, Feringer. Wie ihr da sitzt. Möglicherweise müßt ihr alle eines Tages vor einem Gericht erscheinen, hier oder in den Staaten, und die Frage beantworten, was ich gesagt habe, als ich den Scheck hier vorgezeigt habe – wo ist er?«

Rhode legte schnell das gelbe Briefkuvert auf den Schreibtisch, er sah fasziniert aus und nicht halb so überrascht wie Faber und Feringer. Wahrscheinlich hatte er den Umschlag schon mal aufgemacht.

Benjamin Bach öffnete ihn, holte den Scheck heraus und reichte ihn seinem Finanzchef. Faber griff so hastig danach, daß er mit seiner Zigarette daranstieß und glühende Asche umherflog.

»So ist's recht, brennen Sie mir noch'n Loch hinein!« rief Benjamin Bach. Wieder ging er auf und ab, doch schneller diesmal.

»Was ich bis jetzt gesagt habe, war intern – vergessen Sie es gleich wieder. Ich weiß nichts von einem drohenden Prozeß. Ich erzähle Ihnen nur eine Geschichte. Passen Sie auf ...«

»Der ist echt«, meldete sich Faber, »ich kenne eine der Unterschriften!«

»Was dachten Sie denn? ... Reynolds hat ihn mir gestern abend in die Hand gedrückt. Hilary F. Reynolds. Bis gestern abend – das ist nochmal in Klammern gesprochen – hätte ich gesagt: ein guter Bekannter von mir. Unter dem Eindruck dieses Schecks sage ich: ein guter Freund. Beachten Sie das, meine Herren. Mein guter Freund Reynolds hat mir diesen Scheck gegeben, um an unserem Chinageschäft beteiligt zu werden, er möchte damit einen Anteil an den Werken kaufen, die für China produzieren.«

»Was?« rief Faber. »Das kann er doch gar nicht! Was für einen Anteil will er ...«

»Ruhe! ... Schweigen Sie, Faber! ... Das ist keine Diskussion hier, ich berichte nur! ... Diskutiert wird bei uns überhaupt nicht, es entspricht nicht meinem Image, mit Ihnen zu diskutieren. Sie schlagen die Hacken zusammen, wenn ich Ihnen etwas befehle ...«

»Was tue ich?«

»Pschschschttt! ... Im Auftrag eines amerikanischen Konzerns, den er noch nicht verraten will, hat Hilary F. Reynolds mir diesen

Scheck gestern abend überreicht, und ich habe ihn angenommen. Ein *Gentlemen's Agreement.* Das Geschäft ist damit perfekt. Am Freitag, dem ...«

Faber sprang auf. »Was reden Sie da von perfekt? Sie können doch nicht ...«

»Seien Sie still!« schrie Benjamin Bach. »Bleiben Sie sitzen und hören Sie gut zu! Muß ich das noch öfter sagen?«

Kopfschüttelnd sank Faber wieder in den Sessel.

Rhode und Feringer grinsten verhalten.

»Am Freitag, dem neunundzwanzigsten«, fuhr Benjamin Bach fort, »fliegen Rhode und mein wundervoller Goergelen nach Philadelphia und unterzeichnen die Verkaufspapiere.«

Faber wollte schon wieder etwas sagen, aber Benjamin Bach blickte ihn drohend an und sprach schnell weiter.

»Sie, Herr Faber, werden in den nächsten drei Tagen ermitteln, wie hoch der Wert der mit China beschäftigten Werke zu veranschlagen ist. Am Sonntag kommen Sie mit Herrn Rhode nach Baden-Baden, wo wir den Professor in dieser Sache treffen werden – und jetzt«, rief er, »haben wir Herrn Doktor Rhode lange genug hingehalten – nehmen Sie endlich den Scheck, Doktor, und fliegen Sie ab nach Genf, der Jet wartet doch noch? Und rufen Sie mich sofort an, wenn Sie in der Stadt sind. Gehen Sie am besten ins ›Richmond‹, das ist diskret.«

Rhode sprang enttäuscht auf. »Mehr bekomme ich nicht ...«

Auch Faber sprang auf. »Herr Bach, ich bin ja an einiges gewöhnt, aber was soll das ...«

Und Feringer stand auf und sagte: »Ihr Chinese, Herr Rhode!«

»Setzen!« brüllte Benjamin Bach. »Wenn jeder hier dazwischenredet, werden wir nie fertig mit der Sache! ... Herr Faber, setzen Sie sich endlich wieder, und Sie, Rhode, will ich jetzt nur noch von hinten sehen!«

Er brachte ihn – es war zehn vor zehn – selbst an die Tür, eilte dann in die oberen Räume hinauf, um nach Dede zu sehen, und kam in gehobener Laune wieder zurück.

»Mittelstaedt meint, daß sie heute abend schon aufwacht – so!« Er warf sich in seinen Schreibtischsessel. »Und jetzt werde ich euch ein paar Neuigkeiten erzählen!«

Faber warf einen deutlichen Blick auf Feringer, der sich nicht wieder hingesetzt hatte.

»Nein, nein, Feringer kann und muß zuhören. Ab heute keine Geheimnisse mehr vor ihm. Ihr alle, die ihr heute morgen hier wart, habt mich in Zukunft in der Hand – Gitta Wagenseil weiß übrigens noch nichts davon! Und ich will auch nicht, daß sie etwas erfährt. Ich habe ihr gesagt, daß meine Frau sich heute nicht so wohl fühlt ... Und Rhode schwört ja, daß der Nachrichtenraum den Mund halten wird. Können Sie sich darum nochmal kümmern, Doktor?«

Nun erhob sich Faber und ging erregt vor dem Schreibtisch auf und ab.

»Ich hätte den Scheck zerreißen oder fressen und hinunterschlukken können«, sagte er, heftig qualmend, »aber da Sie Rhode ausdrücklich befohlen haben, erst wieder hier anzurufen, bevor er ihn weitergibt, nehme ich doch stark an, Herr Bach, daß ich jetzt noch Gelegenheit haben werde, Sie vor einer neuen Wahnsinnstat zu bewahren – vor einer Idee, die Ihnen möglicherweise erst heute morgen, in dieser besonderen Situation, gekommen ist ...«

Lächelnd hörte Benjamin Bach zu und schüttelte den Kopf. »Die Idee ist mir gestern abend gekommen, als ich gemerkt habe, daß mein ›guter Freund‹ Reynolds mich kaltblütig aufs Kreuz zu legen gedenkt. Setzen Sie sich, mein Lieber. Haben Sie eigentlich gefrühstückt? Überflüssige Frage. Sie wohl auch, Doktorleben? Dann hört mal schön zu ...«

Er lehnte sich weit im Sessel zurück, faltete die Hände über der Weste und berichtete.

»Was mir bei meinem ›Freund‹ Hilary immer großen Eindruck gemacht hat, war die Gründlichkeit seiner Planungen ... Gestern abend hat er mir, nach einem düsteren politischen Vortrag, nicht nur nachgewiesen, daß Tall am Ende einer Liste von neunhundert Großfirmen aus acht Nationen steht, was die bekannte Unterkapitalisierung des Konzerns angeht – Sie wären ihm vor Begeisterung auf den Schoß gehüpft, Herr Faber! –, sondern er hat sich auch erstaunlich informiert gezeigt über den Weg, den ich einschlagen will, um das Chinageschäft zu finanzieren. Er zweifelt nicht daran, daß Bonn uns die Bürgschaft geben muß, aber er glaubt, daß Schiller von der Konkurrenz stark unter Druck gesetzt wird und sie darum mit bestimmten Auflagen verbindet ...«

»Umwandlung!« rief Faber.

Benjamin Bach nickte. »Kann sein, mir roch es aber nach mehr, ich glaube, Reynolds hat ein paar Informationen bekommen, die er nicht unbedingt an mich hätte weitergeben sollen. Daß er es getan hat, entspricht seinem Bemühen, mir die Situation als ausweglos zu schildern. Zum Beispiel hat er durchblicken lassen, daß die AKA ihren Kredit von der vollen Haftung der Hausbank abhängig machen könnte – einer, der es noch besser wissen müßte, hat mir erst vorgestern in Frankfurt mit einer Vertagung unseres Antrages gedroht ...«

»Diergard«, sagten Faber und Feringer wie aus einem Mund.

Benjamin Bach nickte.

»Diergard wollte mich dringend sprechen – aber alles, was er am Dienstag vorzubringen hatte, waren düstere Prognosen über unsere Zukunft, genau wie Reynolds gestern abend. Mit Diergard bin ich zu schnell aneinandergeraten, er kam nicht mehr zum zweiten Teil seines Programms – im Gegensatz zu Reynolds.«

»Sie meinen«, rief Faber, »die beiden stecken unter einer Decke?« Was er da hörte, regte ihn maßlos auf.

Benjamin Bach erzählte, daß Diergard nach einem Anruf gestern morgen Hals über Kopf nach Bonn geflogen war und Solveig ihn die amerikanische Botschaft verlassen sah, kurz bevor er, Bach, dort eingetroffen sei.

»Was halten Sie davon?«

Edmund Faber machte wieder eine seiner bekannten Metamorphosen durch – von gelblich-kränklich bis zu feurigem Rosa. Er sprang auf, stemmte die Hände in die Seitentaschen seines blauen Anzuges und schritt rasch im Arbeitszimmer auf und ab, im Mundwinkel eine zerdrückte Gauloises, die noch nicht brannte. Dafür qualmte im Aschenbecher vor Benjamin Bach noch eine.

»Das stinkt!« rief er. »Das stinkt zum Himmel! Wenn Ihre Informationen echt sind, Herr Bach, dann braut sich da ein ungeheures Komplott zusammen! ... Aber wer steckt *hinter* Diergard und Reynolds? ... Sagen Sie jetzt bloß nicht: die Amerikaner!«

»Natürlich die Amerikaner«, sagte Benjamin Bach, »wer denn sonst?«

Faber fuchtelte mit seiner Zigarette herum. »Das glaube ich nicht! ... Warum sollte sich ein amerikanischer Konzern, der über Kontaktleute wie Reynolds verfügt, an Diergard wenden? ... Ich traue ihm ja viel zu, meinem alten Chef, doch das würde er nicht machen, das würde ihm sein nationaler Stolz verbieten, mit den Amis ist er gar nicht so gut, wie Sie vielleicht glauben! ... Die haben ihn damals acht Monate lang eingesperrt!«

Feringer hörte fasziniert und gleichzeitig gequält zu, ihm war, als könnte er zu der Lösung dieses Rätsels etwas beitragen, schon gestern abend, als Benjamin Bach im »Excelsior« erschienen war, hatte er das Gefühl gehabt, zu dem Auftauchen Diergards in Godesberg etwas beisteuern zu können, aber da war er noch zu unsicher gewesen, hatte sich von Solveig zweimal erzählen lassen, wie und wo sie Diergard getroffen habe, und war von dem bedrückenden Gefühl überwältigt worden, BB und Maria-Dir hätten sich längst arrangiert und heimlich in der US-Botschaft getroffen, und darüber hatte er sich mit Alkohol hinweggetröstet und Susanne angerufen, und als der Chef dann eingetroffen war, konnte er schon nicht mehr klar denken.

»Ich traue Diergard *alles* zu!« antwortete Benjamin Bach. »Obwohl ich einräumen muß, daß da eine Lücke in der Logik klafft. Wenn es sich nur darum handeln würde, Reynolds Auftreten für einen amerikanischen Konzern zu erklären, wäre das Ganze ja denkbar einfach – Tschou En-lai hat mir aus der ›New York Times‹ vorgelesen, daß General Motors über englische und kanadische Filialen immer wieder versuchen, einen Fuß auf den chinesischen Festlandsmarkt zu stellen. Insofern war also vorauszusehen, daß sich ein amerikanischer Stahlkonzern für unser Geschäft interessieren würde. Aber wie Diergard da hineinkommt ...«

Feringer sprang auf, daß sein Stuhl umfiel, und er war so aufgeregt plötzlich, daß er es dem Finanzchef überließ, ihn wieder aufzuheben. »Halt!« schrie er mit ausgebreiteten Armen, einem Blinden gleich, der auf einmal wieder sehen kann. »Halt, ich hab's! ... Es ist Bessamer! ... Diergard handelt für Bessamer ... Wildfogel, Herr Bach – dieser Abgeordnete mit seiner Kleinen Anfrage – Wildfogel sitzt mit Diergard zusammen im Aufsichtsrat der Bessamer AG! ... Und Wildfogel war für eine englische Stahlfirma – wie heißt sie schnell wieder? – war für sie Continental Consultant, und die sind jetzt an einen amerikanischen Mischkonzern verkauft worden – – ich muß sofort Gitta anrufen, sie hat mir das Material besorgt!«

»Gather Steel in Glasgow!« meldete sich Faber. »Mensch, was haben Sie für ein Sieb im Kopf! Ein junger Mann wie Sie! ... Sie haben mir's doch selbst von Frau Wagenseil vorlegen lassen – ich soll mir das mal angucken, hat sie gesagt, ob mir bei den Namen was auffällt!«

Feringer tanzte wie ein Derwisch um den Schreibtisch. »Das ist es!

... Das ist es!« Und er schrie Faber an: »Wissen Sie noch, wie der amerikanische Konzern hieß? Irgendwas mit Salpeter oder so ... !?«

Benjamin Bach nahm schon den Hörer ab, doch statt Gitta hörte er den Arzt sprechen. »Was machen Sie auf dem Apparat? ... Gehen Sie aus der Leitung, Doktor! ... Natürlich müssen Sie mit Ihrem Krankenhaus telefonieren, aber ich muß auch ... Nehmen Sie den zweiten Apparat auf dem Nachttisch ... hallo? Hallo! Hallo! ... Hallo, Gitta?«

Feringer stand schon neben ihm, nahm ihm den Hörer aus der Hand und verlangte die Akte Wildfogel, die beim Finanzchef liegen müsse. »Schicken Sie alles mit, das Bundestagshandbuch, den Platow-Dienst und was Björner noch zusammengetragen hat – schnell!«

»Liegt schon wieder auf Ihrem Schreibtisch«, sagte Gitta. »Herr Faber hat's sich gar nicht angeguckt. Aber behalten Sie den nächsten Fahrer nicht auch noch da! In eurer Küche müssen mindestens drei Chauffeure herumsitzen! ... Was macht der Arzt bei euch?«

Mit dem anderen Ohr hörte Feringer, wie der Finanzchef zu BB sagte: »Separa! ... Separa Industries? ... Separa war's! ... Das neue Konglomerat, das dieser Judenjunge aus Venezuela zusammengekauft hat! Und Gather Steel war im November dran! *So* ist Reynolds an Diergard geraten!«

»Ruhe jetzt mal!« sagte Benjamin Bach.

Feringer erklärte Gitta: »Der Arzt sieht nur mal nach Frau Bach ...«

»Warum nicht Crespi?«

Das entgeisterte Gesicht BBs vor sich, legte Feringer einfach auf. »Wenn Herr Mittelstaedt sich von Gitta mit dem Tall-Krankenhaus verbinden läßt, dürfen Sie sich nicht wundern, daß sie dumme Fragen stellt. Vielleicht weihen Sie sie doch besser ein!«

Benjamin Bach nickte und schaltete wieder um. »Grundsätzlich, Herr Faber. Wenn Feringer Ihnen etwas vorlegt, dann tut er das in meinem Auftrag. Wenn Sie sich gestern etwas mehr Zeit genommen hätten ...«

»Vorgestern schon!« warf Feringer ein.

»... dann wären wir nicht so lange im dunkeln umhergetappt!«

»Was soll ich wohl noch ...«, fing Faber an.

Doch Benjamin Bach überholte ihn: »Was sollen Sie noch alles tun, ich weiß! Aber jetzt nochmal von vorne, meine Herren!«

Es war das alte Lied: vor dem Umfang ihrer Probleme versagte die Kommunikation untereinander, es genügte nicht, daß sie sich täglich sahen und das Wichtigste – oder das für einen von ihnen Wichtigste – besprachen, sie hätten sich, um Pannen dieser Art zu vermeiden, theoretisch jede Stunde sehen müssen, bewaffnet mit immer länger werdenden Checklisten, die abzufragen allein mehrere Stunden gedauert hätte. Benjamin Bach sah den Tag kommen, an dem er auf der fernen Wolke eines Aufsichtsratsvorsitzenden thronen würde, ohne jede Möglichkeit, sich über die Vorgänge im Konzern noch ein klares Bild zu machen. Schon jetzt war es kaum noch vertretbar, eine der fünf Säulen des Riesenunternehmens, wie den Finanzchef, einen ganzen Vormittag lang ihren Schreibtischpflichten zu entziehen oder eine Kapazität wie Rhode für eine wichtige Reise loszueisen.

Feringer berichtete eilig von seinen Recherchen am Dienstagvormittag auf dem Flughafen Lohausen, während er auf den Jet nach Frankfurt hatte warten müssen, und versuchte zu erklären, warum er Benjamin Bach auf dem anschließenden Flug nach Mailand kein Wörtchen von dem Ergebnis verraten hatte. »Ich dachte, Diergard hätte sich erledigt ...«

»Überlassen Sie das Denken mir!«

» ... und außerdem haben Sie ausgesehen, als ob Sie den Namen nie wieder hören wollten!«

»Woran ist der Tall-Konzern zugrunde gegangen?« höhnte Benjamin Bach. »An der zartbesaiteten Seele eines persönlichen Assistenten! ... Auch gestern abend ist Ihnen nicht eingefallen, mich zu informieren?«

Feringer wehrte sich erbittert: »Ich habe gerade noch Zeit gehabt, mich auf die ›Vaterstelle‹ vorzubereiten, dann stand ich schon allein auf dem Kölner Autobahnring ...«

»Und hinterher?«

Als der Assistent auch noch zu erklären anfing, warum er sich betrunken hatte, wurde es Faber zu bunt.

»Kann ich nun erfahren, wie es weitergeht, oder wollen Sie die neue Sachlage allein überdenken? Dann fahre ich nämlich ins Büro!«

Benjamin Bach kam um den Schreibtisch herum und klopfte ihm auf den Rücken. »Kommen Sie, wir gehen in den Garten, ich ersticke hier noch an Ihrem Qualm!«

Er führte sie durch das Eßzimmer ins Freie.

Auf zweieinhalbtausend Quadratmetern standen zwei Dutzend

»märkische Kiefern«, derentwegen er sich 1953 für das Objekt entschieden hatte, und außer allen möglichen Blumenanlagen in Hausnähe gab es einen gepflegten englischen Rasen und dichtes Gebüsch rings um das Grundstück. Das Wetter war besser geworden, die Sonne verbarg sich nur noch hinter einem dünnen Wolkenschleier, und die Temperatur war auf 16 Grad gestiegen.

Benjamin Bach hakte seine Begleiter links und rechts unter und legte ein forsches Marschtempo vor.

»Nehmen wir also mal an, daß der alte Hunnen von Bessamer dahintersteckt und Diergard vielleicht schon früher auf den Gedanken gekommen ist, daß China ein Markt der Zukunft sein könnte – meine Tochter sagte mir so etwas, oder mein Schwiegersohn: China war schon immer eine Domäne der Nationalen Commerzbank ...«

Feringer riß sich los, ihm war schon wieder etwas eingefallen. »Ich habe Ihnen ja sogar noch eine Nachricht zukommen lassen!« rief er. »Hat man Ihnen die nicht übergeben? ... ›Wildfogel sitzt mit Maria-Dir in Attilas Aufsichtsrat!‹ ... Ich hab' sie Ihnen ins Airport-Hotel ...«

»Also, was denn jetzt wieder!« beschwerte sich Faber.

»Großer Gott«, sagte Benjamin Bach betroffen, »ich erinnere mich, ein völlig unverständlicher Wisch, irgendwas mit Haushahn und Attila und ...«

»Mit Haushahn?« Nun war Feringer verwirrt. »Ich wollte den Namen des Bessamer-Vorstandes nicht nennen und habe, statt Hunnen, ›Attila, der Hunnenkönig‹ durchdiktiert – *Wildfogel und Diergard sitzen zusammen in Hunnens Aufsichtsrat!*«

Benjamin Bach versteifte sich darauf, auch etwas von Haushahn-Fahrstühlen gelesen zu haben. »Aber das ist ja auch egal jetzt, Sie haben Ihre Geheimniskrämerei diesmal etwas zu weit getrieben ...«

»Mit Ihrer Tochter im Nacken, ja!«

Faber war ganz verzweifelt. »Schluß jetzt! ... China war schon immer eine Domäne der Nationalen Commerz! Das kann ich unterschreiben, weiß Gott: der alte Imskeiner, der vor dem Krieg die Exportabteilung bei der Nationalen hatte, konnte sogar ein paar chinesische Dialekte sprechen, und auch Diergard ist nach dem Krieg nirgendwo lieber hingeflogen als nach Taiwan, und der alte Hunnen von Bessamer hat vierundsechzig bei Schmücker – der war damals Wirtschaftsminister, erinnern Sie sich? Auf der Tagung in Wiessee! – gegen das China-Embargo gewettert ... Ich bin nur gespannt, wann wir endlich auf den Vierzig-Millionen-Scheck kommen!«

»Halten wir ein paar einfache Tatsachen fest«, begann Benjamin Bach wieder, »immer vorausgesetzt, daß wir richtig liegen mit unseren Vermutungen. Halten wir fest, daß Diergard für Bessamer handelt und Reynolds für diese Separa Industries auftritt. Mit anderen Worten: Noch ein anderer deutscher und ein amerikanischer Stahlkonzern haben sich – unabhängig von Tall und mit weniger Erfolg – um ähnliche Aufträge in China bemüht. D'accord?«

»Und wahrscheinlich schon viel länger als Sie!« sagte Faber.

Benjamin Bach blickte irritiert zurück. Hinter dem Efeu an der hohen Glaswand des Schwimmbeckens, das sich direkt unter seinem Arbeitszimmer befand, schimmerte ein bläuliches Licht.

Feringer folgte seinem Blick. »Das sind die Chauffeure, die sehen sich an der Bar im Pool die Übertragung aus Kassel an!«

»Ach herrje«, Benjamin Bach seufzte. »Chauffeur hätte man werden sollen ...«

In einer langgezogenen Ellipse unter den Kiefern wandernd, und seine Begleiter immer wieder einhakend, stellte Benjamin Bach endlich dar, wie er sich die Realisierung des Schecks gedacht hatte.

»Mich legt man nicht aufs Kreuz, und wenn das ein sogenannter Freund versucht, dann werde ich tück'sch, wie mein Großvater schon gesagt hat ... Ich möchte, daß das Folgende absolut unter uns bleibt – und mit ›uns‹ meine ich, daß auch Rhode kein Sterbenswörtchen davon erfährt. Wenn wir zehn Jahre jünger wären – wir beide, Faber –, würde ich uns jetzt in den Arm ritzen und verlangen, daß Sie mein Blut trinken ...«

Faber lachte nicht, sein besorgter Ausdruck wurde um einige Grade besorgter.

»*Wir wandeln um!*« Benjamin Bach stieß Faber in die Seite. »Sie haben gewonnen. Egerwald darf sich gratulieren. Die Beweisführung von dem Kerl gestern abend war so, daß mir klar geworden ist: es bleibt uns gar nichts anderes übrig! Das ist das erste, was die in Bonn verlangen, und bevor die frech werden und Einblick in die Bücher fordern – was sie, bei einer Bundesbürgschaft, unter Umständen können –, geben wir selbst die Absicht bekannt ...«

»Sie können«, murmelte Faber, »sie können!«

»Also gut. Sie rufen Egerwald nachher gleich an und treiben die Sache mit Hochdruck voran!«

»Und mit den Miesen ... ?« Faber wollte stehenbleiben.

Benjamin Bach zog ihn weiter.

»Mit den Miesen machen wir das so, daß wir alles, was aus Versicherungsgeldern und kurzfristigen Bankverbindlichkeiten kommt, stehen lassen – alles, was eine gewisse Seriosität noch hat und nicht nach Wucher aussieht – und daß wir den Scheck benutzen, um die kurzfristigen Eurodollar-Spitzen abzubiegen ...«

Faber machte sich gewaltsam von dem Arm los, der ihn zog. »Das habe ich geahnt. – Bitte!« Er wandte sich an Feringer. »Können Sie uns mal allein lassen, Doktor?«

Benjamin Bach lachte.

»Hören Sie mich doch erst mal an, Mann! ... Sie bleiben da, Doktor, es gibt keine Geheimnisse mehr ...«

Faber sah Feringer an. »So spricht der größte Aufreißer von Löchern – und bestimmt hat er auch schon eine Idee, wie er sie wieder stopfen wird!«

Benjamin Bach zog ihn weiter. »Also, los! Wenn Sie erst mal stehenbleiben, kriegen Sie vielleicht noch Lust, sich hinzusetzen, und dafür ist der Rasen noch zu kühl!«

Sie gingen weiter.

»Wir lassen Rhode heute noch das Schlimmste abtragen oder in mittelfristiges Geld umwandeln, und nächste Woche darf uns Egerwald die Treuhand schicken. Es wird immer noch nötig sein, ihn ein bißchen vorzubereiten, aber ich ahne – dank der lebhaften Nachfrage von Reynolds, Diergard und Company –, daß er eine Kapitalerhöhung, bis wir damit rauskommen, doppelt und dreifach zeichnen kann, ohne von seinem Schreibtisch aufstehen zu müssen, nur mit dem Telefon in der Hand. Auf zehn Prozent zukünftiger Tall-Anteile zahlt ihm der alte Flick heute schon zweihundert Mio à conto auf die Hand!«

Selbst Feringer, dem diese Entwicklung ziemlich egal sein konnte, spürte, wie ihm heiß unter dem Hemd wurde. Er lebte doch nun seit vier Jahren beinahe rund um die Uhr mit Benjamin Bach, hatte die unglaublichsten Ränke und Schliche miterlebt, aber sonderbarerweise – das fiel ihm jetzt auf – nie ein »wirkliches« Finanzgespräch. Was BB und Edmund Faber unter vier Augen trieben, bekam er, wie alle anderen, nur in den Auswirkungen mit, und die sahen stets so aus, als ob die großartigsten Überlegungen dahintergestanden hätten. Daß hier mit den Millionen en gros gespielt wurde, und zwar nach Lust und Laune, ohne gründliche Beratung, ohne abwägende

Anhörung von Experten, wollte ihm nicht in den Kopf. Spielten sich die Geschäfte, auf dieser Ebene, wirklich so primitiv ab? Und wenn das so war, wozu hatte er dann die Theorien der Volkswirtschaft studiert? Ahnten die Lehrer an den Universitäten so wenig von dem, was in den Chefetagen wirklich vorging?

»Egerwald«, sagte Faber verdrossen, »wird es nicht zulassen, daß Sie zwanzig Prozent von den China-Betrieben ...«

»Sie träumen, Liebster«, sagte Benjamin Bach fröhlich. »Ich denke doch nicht daran, Reynolds für seine lumpigen vierzig Millionen Dollar auch nur *ein* Prozentchen von irgendeinem Tall-Betrieb zu geben!«

Faber blieb wieder stehen, sein Mund öffnete sich, aber er sagte nichts, schloß ihn wieder und kniff ein paarmal rasch die Augen zusammen. Auch Feringer hielt die Luft an. War ihm etwas entgangen?

»Ich lege ihn aufs Kreuz«, fuhr Benjamin Bach fort, »so wie er mich aufs Kreuz legen wollte. Sein Fehler gestern abend war, daß er mich für einen Gentleman gehalten hat. Und ich war Gentleman genug, ihn zu warnen: Vielleicht benutze ich den Scheck, habe ich ihm gesagt, und gebe Ihnen doch nicht die zwanzig Prozent, sondern eines Tages das Geld zurück. Darüber hat er nur lachen können, der Gentleman Reynolds. Sie werden schnell merken, mein lieber Ben, hat er geantwortet, daß Ihnen gar keine andere Wahl bleibt, als zu verkaufen. Und weil ihm das vielleicht selbst nicht ganz gentlemanlike vorkam, hat er schnell dazugesagt: Das haben Sie toll hingekriegt mit China! You did a great job, Ben!« Er grinste.

Der Finanzchef hatte sich von seinem ersten Schreck erholt, jetzt mußte auch er lächeln, doch es gelang ihm nicht ganz; wer ihn nicht kannte, hätte seine Grimasse auch für Zahnweh halten können. Er schüttelte den Kopf und rief: »Am liebsten wären Sie wohl heute nacht noch selbst nach Genf gefahren!«

Benjamin Bach schob ihn weiter. »Wie Sie mich doch kennen, Herr Faber! ... Ja, ich habe sofort an Rhode gedacht und wann wohl die erste Maschine geht. Sie ahnen jetzt, wie ich mich verhalten will?«

Faber schüttelte noch immer den Kopf und seufzte abgrundtief, sah sich nach Feringer um, der auf Abstand achtete, und sagte mit einem zitternden Atemzug: »O ja ... Ich kann's mir denken ... Wie damals, bei den Schweden!«

Benjamin Bach hatte sich nicht länger mit der TALL-Werft herumärgern wollen und Verkaufsverhandlungen mit dem Hamburger Senat begonnen. Und weil das mit Politikern immer eine langwierige Sache ist, hatte er ein bißchen nachgeholfen und auch mit einer schwedischen Industriegruppe Gespräche geführt. Intern wußte jeder in der Chefetage, daß es nur um eine Erpressung des Senats ging – darum waren alle auch sehr entsetzt, als bekannt wurde, die Schweden hätten bereits eine Anzahlung geleistet. Eine Zeitung schrieb, es handle sich um zehn, eine andere wußte von 60 Millionen Mark, tatsächlich waren es 30 Millionen. Es gab einen kurzen, aber heftigen Lärm in der Öffentlichkeit, der bis zu Anfragen im Bundestag führte und die Hamburger Bürgerschaft zu schnellem Handeln veranlaßte: Benjamin Bach ließ sich »zwingen«, einen langjährigen Überbrükkungskredit des Senats anzunehmen und die Traditionswerft nicht an das Ausland zu verkaufen. Die Millionen flossen längst in die Kassen der Werft, da stritt er sich öffentlich noch immer mit dem Senat herum, behauptete hartnäckig, »über den Löffel balbiert« worden zu sein, und drohte sogar mit einem Prozeß gegen die Hansestadt, der ihm die Handlungsfreiheit, zu verkaufen, an wen er wollte, zurückgeben sollte. Es war pure Spiegelfechterei, doch sie wiegte die Schweden zwei Jahre lang in der Hoffnung, aus dem Verkauf an sie würde doch noch etwas werden, und so lange behielt er die 30 Millionen auf dem Werftkonto. Als er sie endlich zurückgab, einigte sich O. E. von Goergelen mit den Schweden auf zweidreiviertel Prozent Zinsen, es war der billigste Kredit, den TALL je bekommen hatte. Eine Göteborger Zeitung schrieb: »Benjamin Bach versteht es wie kein anderer, Geld zu nehmen und einen feuchten Händedruck dafür zu geben.« Es war eher eine trockene Ohrfeige: zufällig handelte es sich um dieselbe schwedische Gruppe, die ihm 1948 die 600 Werkzeugmaschinen nur um den Preis des letzten TALL-Frachters geliefert hatte.

»So ähnlich denke ich mir das«, sagte er zu Faber. »Rhode und Goergelen werden Reynolds' Freunden am neunundzwanzigsten in Philadelphia jede erdenkliche Schwierigkeit machen – zum Glück haben die Amerikaner eine Menge Instanzen in ihrer Justiz. Und wir werden so lange wie möglich Gentlemen bleiben und technische Probleme produzieren.«

»Wie lange?« wollte Faber wissen.

Benjamin Bach sah ihn groß an. »Das Ziel steht fest – das wissen Sie doch! ... So lange, bis wir mit Tall-Aktien an die Börse gehen. Ich würde sagen: bis Ende nächsten Jahres.«

»Eben. Denn spätestens dann werden die Amerikaner ihre strittigen zwanzig Prozent blockieren ...«

»... oder wie heiße Kartoffeln fallen lassen.«

Feringer stellte die Frage, warum er so sicher sei, daß sich ein eventueller Prozeß unbedingt in den USA abspielen werde, schließlich sei TALL ein deutscher Konzern und es ginge um deutsche Beteiligungen.

»Eine sehr gute Frage, die ich mit einer Gegenfrage beantworten muß: Warum, glauben Sie, hat Reynolds mir den Scheck in den Räumen der amerikanischen Botschaft in die Hand gedrückt? Warum haben wir vorher mit einem überflüssigen Beamten der Botschaft ein Dinner gehabt? Der ahnungslose Mann ist von Reynolds, für den Fall der Fälle, als Zeuge vorgesehen – Botschaftsgelände ist immer exterritorial, das wissen Sie doch, Doktor! Sogar im deutschen Sprachgebrauch wird die Mission in Godesberg ›Klein-Amerika‹ genannt. Darauf – daß das Geschäft auf amerikanischem Boden abgeschlossen wurde – wird Reynolds seine Klage begründen!«

»Aber er muß doch damit rechnen, daß Sie einen deutschen Prozeß verlangen!«

»Natürlich. Ich werde ihn in Amerika bloß nicht bekommen. Und unsere Auslandsbesitzungen in den Staaten und den lateinamerikanischen Ländern, die mit den USA juristische Abkommen haben, reichen aus, um Reynolds sicherzustellen – falls er gewinnt. Aber so weit kommt es gar nicht.«

Er schlug vor, wieder ins Haus zu gehen, es war kurz vor elf. Im Arbeitszimmer übernahm der Finanzchef das Telefon, und Benjamin Bach ging mit Reinhard Feringer in die Halle. Dort saß ein Fahrer mit den Unterlagen über Wildfogel und Bessamer. Eben noch hatte der Hausherr nach seiner Frau sehen wollen, jetzt stürzte er sich mit Feringer gemeinsam auf die Akte, war begierig, zu erfahren, wer sich hinter SEPARA INDUSTRIES versteckte.

Aber Feringer unterbrach ihn noch einmal. Zu gewaltig empfand er die Neuigkeiten, zu unverdaulich, zu viele Fragen offenlassend. Im stillen wunderte er sich über den Finanzchef und seine schwache Reaktion. War Faber schon so abgebrüht, daß er mit einem Achselzucken über 40 Millionen Dollar hinwegging? Nebenan telefonierte er hektisch, wie es seine Art war, mit Roselund, sie konnten jedes Wort hören, die Türen standen offen.

»Ich wollte Sie nur noch etwas fragen«, sagte Feringer leise.

»Go on!«

Der junge Mann sah recht ernst aus. »Das mit den ... den vierzig Millionen ... dem Scheck«, sagte er, »das begreife ich nicht ...« Und als Benjamin Bach eine unwillige Bewegung machte, setzte er schnell hinzu: »Ich meine, daß er Ihnen den so einfach gegeben hat – das ist doch höchst ungewöhnlich, Herr Bach! ... Ich habe noch nie so etwas gehört, und ich mache mir ganz einfach Sorgen, ob Sie vielleicht etwas übersehen haben und ob nicht doch etwas anderes noch dahintersteckt! ... Vielleicht ist er gar nicht gedeckt?« Er machte es sich schwer, und Benjamin Bach wußte, daß dies nur der Anfang war, wenn er sich nicht die Zeit nahm, ihm die Sache einleuchtend zu erklären.

Er sprang auf. »Mein lieber Junge!« Ging schnell ein paar Schritte weg und kam wieder. »Sie sind noch Lehrling in diesem Geschäft, und ich gebe zu, solche Transaktionen erlebt man nicht alle Tage. Aber Sie haben doch Vertrauen zu mir? ... Ha? ... In gewissen Grenzen, sagen wir mal!«

Feringer sprang auf und hob die Schwurhand. »Herr Bach ... !«

Übermütig gab ihm Benjamin Bach einen Stups, daß er in die Sofakissen zurückfiel. »Nicht so ernst, Mensch! ... Reynolds muß an dieser Geschichte gestern abend lange gearbeitet haben. Er ist ein Mann, der keinen Schritt tut, ohne ihn sich dreimal zu überlegen ... Er weiß, daß ich ihn bewundere, ja, ihm blind vertraue – wie die Berliner sagen: Ick schwöre – aber hundertprozentig weeß ick's nich' ... Umgekehrt hat er mir auch oft genug zu verstehen gegeben, daß er mich für einen der smartesten Burschen in der Branche hält. Das hat er in einem Artikel in der ›Financial Times‹ wörtlich geschrieben! ... Okay. Nun stellen Sie sich mal vor, er ist – wie auch immer – verstrickt in dieses Unternehmen. Er hat handfeste Interessen in Separa Industries. Wahrscheinlich hat er dem ›Judenjungen‹, wie Faber sich ausdrückt – das schlägt immer mal wieder durch –, geholfen, dieses Konglomerat zusammenzukaufen, hat ihm die Penunzen beschafft oder hat von ihm welche zu kriegen, das kommt auf dasselbe heraus. Was ihn persönlich sehr interessieren wird, ist China, der große Markt. Deswegen steckt er seine vornehmen Finger in dieses nicht sehr feine Komplott. Er steht also vor dem Problem, nach Deutschland zu fahren und seinem guten alten Buddy Bach ein Stückchen Bein abzusäbeln – und zwar so, daß ich ihm noch dankbar bin für die Amputation. Er überlegt, wie sich seine Separas in mein Chinageschäft einfädeln lassen, und er kommt auf die einzige Idee, auf die ein Mann wie er nur kommen kann – außerdem ist er Bankier, nicht wahr. Er stellt sich die Frage: Braucht mein Freund Bach Geld? ... Und die Frage wird ihm von allen Seiten stürmisch beantwortet. Am lebhaftesten wahrscheinlich von Diergard, dem unsere Schulden zum Hobby geworden sind, wie ich höre. Der Wert von zwanzig Prozent unserer Firmen, die für China arbeiten werden, ist schnell ausgerechnet. Zwanzig Prozent kauft einer aber nur, wenn er nicht koscher ist. Wer sich echt beteiligen will, versucht fünfundzwanzig in die Hand zu bekommen. Doch das könnte Verdacht erwecken. Es muß ja so aussehen, als ob die bekannte Reynoldssche Uneigennützigkeit dahintersteckt. Später, das weiß mein ›Freund‹ Hilary, wird noch etwas mehr Kapital gebraucht werden, und er weiß auch, daß ich mich dann an ihn wenden werde – und ich weiß, daß er dann bedauernd die Hände heben wird: Lieber Ben, ich habe Ihnen ja nur aus der Patsche helfen wollen, wenn Sie mehr brauchen, müssen Sie schon mit Separa Industries selbst reden! ... Und da würde ich dann die harten Bandagen zu spüren bekommen – Was ist?«

Faber stand hinter ihm an der offenen Tür zum Arbeitszimmer und nickte. »Machen Sie weiter, Sie sind auf dem richtigen Weg, Herr Bach! Später, sagten Sie, werden Sie noch mehr Kapital brauchen ...«

»Ach!« Benjamin Bach machte eine Handbewegung, als wollte er den Finanzchef in das Arbeitszimmer zurückscheuchen. »Haben Sie telefoniert? Ist Rhode ...«

»Ich habe mich eben mit der Crédit Suisse verbinden lassen«, sagte Faber, »der Scheck ist selbstverständlich gedeckt, das Geld steht bereit. Aber Rhode ist noch nicht gelandet – hat er überhaupt Vollmachten? Bei diesem Betrag werden sie ihm auf die übliche Weise nicht behilflich ...«

Benjamin Bach unterbrach ihn. »Er fährt vorher bei Adam vorbei und holt sich eine.« Adam Nodier war ein bekannter Genfer Finanzanwalt und Notaire, in dessen Büro immer ein paar unterschriebene Vollmachten lagen, auf denen nur noch der Name des Bevollmächtigten und das Datum eingetragen zu werden brauchten. »Warum fahren Sie nicht ins Büro, Herr Faber, und kümmern sich darum?«

Edmund Faber steckte sich ein Bonbon in den Mund, das er auf

BBs Schreibtisch gefunden hatte. »Roselund kümmert sich schon darum. Er meint, die Summe wird gerade ausreichen, um die ärgsten Sachen loszuwerden. Außerdem hat er etwas von einer Dollarabwertung gehört – vielleicht schlagen wir auf diese Weise noch mehr heraus. Jedenfalls sollten wir uns ein bißchen Zeit lassen ...«

»Wir haben keine!« sagte Benjamin Bach ungeduldig. Er schaute auf die Uhr.

Feringer verstand den Finanzchef nicht. Mit 40 Millionen Dollar in der Hand ließ man sich doch keine Zeit, wenn eine Abwertung bevorstand? Aber die Wege der Koryphäen waren dunkel, vielleicht meinte Faber die Eile, mit der Dr. Rhode sich heute noch daranmachen sollte, Eurodollar-Kredite zurückzuzahlen – natürlich, das war's: BB mußte die 40 Millionen loswerden, bevor er durch die Dollarabwertung ein paar davon wieder verlieren würde, aber seine Eurodollar-Schulden waren auch im Begriff, durch die Abwertung weniger zu werden. Wartete er noch etwas, dann zahlte er weniger zurück, als er bekommen hatte! ... Wohin aber, inzwischen, mit den 40 Millionen? ... Eine verdammte Zwickmühle.

»Es sieht so aus«, sagte Faber, »als hätte Reynolds sich gerade im richtigen Augenblick von diesen Dollars getrennt ...«

»Wo waren wir stehengeblieben?« fragte Benjamin Bach. »Ja, der Wert von zwanzig Prozent unserer China-Firmen, wie wir sie mal nennen wollen, errechnet sich für Reynolds mit vierzig Millionen. Und ich bin sicher: wenn wir selber anfangen zu rechnen, kommen wir auf kein anderes Ergebnis. In dieser Beziehung legt Reynolds bestimmt Wert darauf, nicht schäbig dazustehen ...«

»Immer vorausgesetzt«, warf Faber ein, »der Dollar steht am neunundzwanzigsten auch noch bei drei Mark sechsundsechzig!«

»Wenn nicht, dann haben wir einen Grund mehr, uns zu zieren!« antwortete Benjamin Bach hitzig. »Reynolds, also, verlangt von seinen Hintermännern einen Scheck. Er weiß, daß er mit mir nicht feilschen kann – nicht über ein Stück meines einen Beins, ich habe nur zwei. Er kann mich nur in die Botschaft bestellen, meine Lage in seiner coolen Art als hoffnungslos schildern und in die Tasche greifen und den Scheck herausziehen. Mit Größe, verstehen Sie, Feringer? Mit Stil und Grandezza. Wie ein Mann von seinem Format das tut, wenn ein widriges Geschick ihn in die unglückliche Lage bringt, mit einem Freund Geschäfte machen zu müssen. Gegen vierzig Millionen Dollar, das weiß er, gibt es keine Widerrede. Nicht von einem

Mann, dem, nach seinen Vorstellungen, das Wasser am Halse steht. Er weiß ja nicht, wie gut ich schwimmen kann, wie sehr ich an Wasser gewöhnt bin. Er weiß nur, daß ich zugreifen werde. Ich müßte ja *nuts* sein – besengt –, wenn ich es nicht täte. Ich habe mich vielleicht in der Illusion gewiegt, meine Stahlwerke allein durchzubringen, aber er hat mir überzeugend dargelegt, wie sehr ich mich irre – und er hält mir die Lösung aus meinem Dilemma hin: kein Ärger mit der Handelsbank mehr – keine AKA – keine Bundesbürgschaft! ... Wir können einfach loslegen – dank Hilary F. Reynolds. Er hätte mich für geistig verwirrt gehalten, wenn ich nicht darauf eingegangen wäre. Auch meine Vorbehalte, daß ich mit dem Scheck Unfug anstellen könnte, hat er nur als einen letzten – und legitimen – Versuch gewertet, mein Gesicht zu wahren. Brav, Ben. Ich wußte, daß ich mich auf Sie verlassen kann! ... Er ist überzeugt, ich bin voller Dankbarkeit weggegangen. Das war's, mein Junge. Das Schauspiel eines Gentlemen's Agreement. Ich bin eine bedeutende Persönlichkeit der deutschen Industrie, und er ist eine very important personality der amerikanischen Hochfinanz. In unseren Kreisen ist es nicht üblich, Herr Doktor Feringer, mit vierzig Millionen stiften zu gehen!«

Benjamin Bach ließ sich in die Kissen fallen, streckte die Beine aus und lachte rauh. »Daß ich ihn ganz legal über den Tisch ziehe, mit Schwierigkeiten über Schwierigkeiten, mit endlosen Forderungen von vierundvierzig Erben, die der Professor mir in einem großen Sack liefert, das kann er sich einfach nicht vorstellen. Er weiß ja, wie eilig wir es mit dem Chinaprojekt haben, er wird diese Umständlichkeit nicht begreifen – und noch weniger, daß ich inzwischen unsere Eurodollar-Kredite mit seinem Geld abdecke und weiter mit der HB arbeite. Mister Reynolds wird es unfaßbar finden. So benimmt sich kein Gentleman, Ben, wird er mir one of these days sagen ...«

»Und Sie werden ihm sagen: Sie sind auch keiner!« rief Faber. »Warum erzählen Sie das Herrn Feringer alles nochmal? ... Was sind Sie für ein Mensch, Herr Bach, daß Sie sich an Ihren eigenen Untaten so begeistern können!«

»An *seinen?«* Feringer sprang erregt auf. »An Reynolds' Untaten wollten Sie wohl sagen, Herr Faber!«

Der Finanzchef war sprachlos. Jetzt hatte BB auch diesen netten jungen Mann schon verdorben!

Dr. Mittelstaedt erschien auf der Treppe.

»Da war eben ein Anruf von Ihrem Sekretariat, Herr Bach – Sie wären um halb eins in Bonn mit dem tunesischen Wirtschaftsminister zum Essen verabredet ...«

Benjamin Bach schlug die Hände vors Gesicht und stöhnte. »Sagen Sie das ab, Feringer!«

Der Assistent war schon auf dem Weg ins Arbeitszimmer, wo leise das Telefon vor sich hinschnurrte. »Unmöglich!« rief er. »Sie *müssen,* Herr Bach!«

Der Finanzchef eilte auf die Treppe zu. »Wie geht es Frau Bach, Herr Doktor?«

FREITAG,
DER 29. MAI 1970

Das war der Tag nach der totalen Konfusion an der Weltbörse. Am Anfang der Woche war der Dow-Jones-Index in New York auf den tiefsten Stand seit der Kubakrise gefallen: 631,2 Punkte. In London, Zürich und Frankfurt polterten die Kurse ins Bodenlose. Papiere wie IBM und Mercedes verloren binnen Stunden 30 Prozent, unangreifbare Besitzer von Chemiewerten, wie Lambert Koch, wurden am Dienstag um 20 Prozent ärmer. In Geld ausgedrückt: sein Vermögen reduzierte sich, während er noch schlief, um über 350 Millionen Mark. Da er sich dafür nicht interessierte, vermochte ihn auch die Tatsache nicht zu erfreuen, daß es bis zum Donnerstag, an dem wegen Fronleichnam nur die norddeutschen Börsen geöffnet hatten, wieder um 300 Millionen zunahm. Seit den Fiebertagen der Weltwirtschaftskrise im Oktober 1929 hatte es kein solches Auf und Ab mehr gegeben.

Hans-Theo Egerwald hatte um acht Uhr früh fast den gesamten Vorstand der Handelsbank AG um sich versammelt, insgesamt acht Herren. Ihre Laune entsprach den konvulsivischen Zuckungen der Börse, zudem war keiner am Abend vorher zur gewohnten Stunde ins Bett gekommen, noch lange nach Mitternacht hatten sie einlaufende Berichte von den Börsen in Melbourne und Tokio studiert und »letzte Diagnosen« der Wallstreet-Analytiker diskutiert, die nach dem jähen Dienstag-Fall und dem ebenso überraschenden Donnerstag-Wiederaufstieg neue Kursstürze voraussagten. Die Tendenz war eindeutig und wahrscheinlich durch den IOS-Krach entstanden: überall auf der Welt verschafften sich die großen Investmentfonds durch rücksichtslose Verkäufe eiligst Bargeld, denn Millionen kleiner Sparer hatten das Vertrauen verloren.

In dieser Atmosphäre mußte Egerwald von seinen Mitverantwortlichen einen Mehrheitsbeschluß für oder gegen die Umwandlung des TALL-Konzerns in eine Aktiengesellschaft verlangen, ein totes Rennen, das der Vorstandsvorsitzende selbst einläutete.

»Unter diesen Umständen«, sagte er kurz, »sehe ich keine Möglichkeit für unser Haus, auch nur ein Drittel der Aktien zu übernehmen – ich bemerke keinen Einwand, die Sache ist damit beschlossen.«

Edgar Stolp fühlte sich von dieser Absage am härtesten betroffen. Der Börsenspezialist hatte die Idee mit der Umwandlung vor zehn Tagen frisch aufs Tapet gebracht, hatte Egerwald begeistert und, allein am Wochenende und mit der linken Hand, so viele erstklassige Interessenten zusammengebracht, daß die Bank lediglich noch vor der Frage stand, ob sie sechzig Prozent oder gleich drei Viertel aller Anteile übernehmen sollte. Selbst Wallassé und einige seiner Aufsichtsräte, denen er am Sonntagabend auf dem Bürgenstock bei Luzern Vortrag gehalten hatte, waren äußerst angetan gewesen von diesem »Kardinallöser« aller TALL-Schwierigkeiten. Am Montagabend hatte Stolp den Finanzchef Faber angerufen und ihm, im Vertrauen, mitgeteilt, daß »bei dem Tempo, in dem sich die Dinge entwickeln, noch in dieser Woche mit einer doppelten Zeichnung zu rechnen ist!« Zweimal soviel Anteilzeichner, als gebraucht wurden, standen der Bank bereits zur Verfügung. Aber am Dienstagabend schaute Stolp auf einen Trümmerhaufen: binnen Stunden waren Handelsbank-Papiere von 268 auf 239 Mark gefallen und rutschten am Mittwoch auf 221. Wallassé rief an: »Wenn das so weitergeht, sind wir in zehn Tagen auf Null!« Am Donnerstag hatte sich die Bank überraschend, wie andere Institute auch, auf 254 Mark erholt, doch sämtliche TALL-Interessenten hatten »vorläufig« abgesagt, und die Vorstandskollegen stimmten Egerwald lauthals zu, der erklärte, er hätte »Pudding in den Knochen«, wenn er an die Umwandlung denke. Und nun war Freitag, das Verdikt hieß »Rückzug!«, und Edgar Stolp konnte nur noch darum bitten, die Formulierung »zur Zeit« ins Protokoll aufzunehmen.

»Unter diesen Umständen«, zitierte sich Egerwald, »heißt ja wohl soviel wie zur Zeit!«

»Ich habe vorhin mit Herrn Vontobel telefoniert«, sagte Edgar Stolp, »die Kauforders häufen sich für heute wieder.« Dr. Hans Vontobel war der Präsident der Züricher Effektenbörse. »Herr Faber wird diese ›Umstände‹ so leicht nicht anerkennen.« Er wies auch auf den Auftragsbestand des Konzerns hin, auf die unerschüttert hitzige Konjunktur, auf die um 20 Prozent höheren Umsätze, verglichen mit dem ersten Quartal des Vorjahres, und auf die allgemeine zwölfprozentige Exportsteigerung der deutschen Industrie. »Ich halte das für eine vorsätzlich verschärfte Baisse im Hinblick auf die Landtagswahlen!« Edgar Stolp war das Gegenteil eines Sozis, aber er hätte sich an diesem Morgen auch der Argumente des »Neuen Deutschland« in

Ostberlin bedient, um noch etwas zu retten.

Egerwald schob ihm die letzte Meldung der Tokioter Börse hin: der größte Kursverfall in der japanischen Aktiengeschichte. »Von wegen Landtagswahlen!« Es war nichts mehr zu retten.

»Dann bitten Sie Herrn Faber wenigstens her und teilen Sie's ihm nicht am Telefon mit!«

Egerwald hob die Sitzung auf, bevor er sich mit dem Finanzchef verbinden ließ. Es war 8 Uhr 11.

»Herr Faber ist noch nicht da«, meldete das alte Fräulein Lemkrog, »ich bin mit dem Nachrichtenraum von Tall verbunden – aber Herr Bach soll schon im Haus sein ...«

Egerwald zögerte, dann holte er tief Luft und sagte mutig: »Verbinden Sie.«

Benjamin Bach klang lebendiger denn je.

»Telefonieren Sie immer so früh mit Faber – oder nur, wenn Sie schlechte Nachrichten haben?« Er lachte, dieser Mensch.

Egerwald strich sich über das wellige Silberhaar und rutschte auf die Kante seines Sessels vor. »Der Vorstand hat soeben einen Beschluß gefaßt, Herr Bach.« Er sprach unnatürlich schnell. »Und ich bin beauftragt, Ihnen mitzuteilen – ich wollte, an und für sich, Herrn Faber dazu herbitten, aber er scheint noch nicht ...«

»Faber ist krank. Um was geht's, Herr Egerwald?«

Egerwald mußte noch einmal tief durchatmen. Wenn Faber auch noch krank war! Aber nun blieb ihm keine Wahl mehr. »Ich muß Ihnen mitteilen, daß der Vorstand sich zur Zeit und unter diesen Umständen – Sie haben ja von den Vorgängen an der Börse gehört – äh – nicht in der Lage sieht, die Umwandlung in dem erwünschten Tempo voranzutreiben ... äh ...«

»Was heißt das?«

Benjamin Bach war nicht unvorbereitet. Seit drei Tagen spielte Faber verrückt, sah die Umwandlung in Gefahr, belästigte ihn mit Katastrophennachrichten en bloc – aber das war doch schon wieder Vergangenheit! Er protzte immer damit, daß er Laie sei, was die Börse anbetraf, und gestern hatte er sich schiefgelacht, als Faber, einem wandelnden Leichnam ähnlich, hereinkam und stotterte: »Es geht wieder auf ... wieder aufwärts!« Denn er hatte ihn vorgestern abend, als »alle im Keller« gelandet waren, mit der Versicherung getröstet: »Morgen geht's aufwärts! Ich weiß es!« Er hatte überhaupt nichts gewußt – außer, daß es bei der Börse immer rauf und runter ging. Faber hatte ihn wie ein Wundertier angestarrt. Und eine Stunde später hatte ihn seine Sekretärin zusammengebrochen hinter seinem Schreibtisch vorgefunden, von einem Weinkrampf geschüttelt. Benjamin Bach hatte dem Arzt befohlen, dafür zu sorgen, daß der Finanzchef achtundvierzig Stunden schlief.

»Ich denke, es geht lustig wieder aufwärts?« fuhr er Egerwald an. »Und außerdem: seit wann machen Sie diesen Schnickschnack mit? ... Faber hat diesen Anruf von euch vorgestern schon erwartet, aber als es dann wieder hochgegangen ist, war er beruhigt ...«

Egerwald erklärte ihm, oder versuchte es zumindest, daß die gestrige Erholung der Börsen nur eine vorübergehende sei, alle Fachleute erwarteten einen neuen Sturz ins Bodenlose, auch wenn keiner sich den Grund erklären könne, eine allgemeine »Verfügbarkeits-Psychose« sei ausgebrochen. »Jeder will im Augenblick flüssig sein, Herr Bach!«

»Heißt das, daß auch Ihre Interessenten abspringen?«

»Alle, Herr Bach, alle. Kein einziger will sich, zur Zeit, mit dem Gedanken an Tall-Aktien belasten ...«

Das aber war die Ausgangsbasis für alle ihre Überlegungen und das einzige Gesprächsthema am Sonntag in Baden-Baden gewesen: das starke Interesse potenter Geldgeber. Benjamin Bach hatte sich mit Professor Rasser auf der waghalsigen Basis geeinigt, daß er der »Erbengemeinschaft Tall« für den Verzicht auf die Hälfte ihrer Anteile eine Vorzugsdividende von 20% auf zehn Jahre garantieren würde, und zwar »mindestens den Durchschnitts-Gewinnsatz aller bisherigen Ausschüttungen« – ein ansehnliches Pflaster auf die Wunde der letzten beiden Jahre, die keinen Pfennig für die Inhaber erbracht hatten. Diesem Resultat lag, endlich einmal, eine optimistische Rechnung von Faber zugrunde, der dem Konzern, bei ausreichender Kapitalausstattung, die rosigsten Zeiten prophezeite. In Kauf zu nehmen war freilich, daß viele Interessenten, die auf das erste Gerücht hin der Handelsbank blind zugesagt hatten, bei Kenntnis der hohen Vorzugsdividenden wieder abspringen würden. Am Sonntag hatten sie darüber noch gelacht und diesen »kleinen Umstand« zum Problem der Bank erklärt. »Wallassé und Egerwald werden sich ein bißchen anstrengen müssen!« Und nun war auch das schon wieder vom Tisch.

»Das bedeutet doch aber nicht, daß wir die Umwandlung nicht weiter betreiben!« rief Benjamin Bach. »Morgen hat sich diese Geld-

Psychose doch verflüchtigt, und wir sind wieder am Zug!«

Egerwald zögerte. »Morgen ... ja ... Morgen sieht alles wieder anders aus ... Natürlich, Herr Bach ... Das Problem ist auch nur, daß *Sie* nicht warten können, nicht wahr ... Immerhin waren einige der Interessenten durchaus bereit, jetzt schon ihren Anteil, der im nächsten Jahr erst praktikabel werden kann, zu realisieren ...«

Jetzt schon hieß: genügend Millionen einschießen, die es der Handelsbank erlauben würden, das Chinageschäft vorzufinanzieren. Natürlich ... Die Katze biß sich in den Schwanz ... Für à-conto-Zahlungen mußte die HB ihren Interessenten wiederum besondere Konditionen einräumen, und am Ende würden sie jede Menge Vorzugsberechtigte haben und viel zu hohe Belastungen ...

Benjamin Bach knirschte mit den Zähnen. »Alle nicht!« sagte er, ohne nachzudenken. »Alle sind nicht abgesprungen, Herr Egerwald! ... Was würden Sie dazu sagen, wenn ich einen Interessenten hätte, der bereit ist, hundertfünfzig Millionen bar auf den Tisch des Hauses zu legen – für zwanzig Prozent der Firmen, die am Chinageschäft beteiligt sind?«

Auch über Reynolds und den Vierzig-Millionen-Scheck hatte er in Baden-Baden gesprochen, der Professor hatte Ohrensausen bekommen, als er von dem hinterhältigen Schachzug hörte, aber schließlich hatte er sich einverstanden erklärt, je nach Wunsch »Schwierigkeiten« im Namen der Erben zu bestätigen – was hätte er auch anders tun können? Die Entscheidung für Benjamin Bach und seine riskanten Praktiken war vor zwanzig Jahren gefallen, ein Zurück gab es längst nicht mehr.

»Sie wollen verkaufen?« rief Egerwald. »Das ist ja ganz was Neues! ... Was sagen denn die Erben dazu? ... Ich halte das für den denkbar ungünstigsten Zeitpunkt!«

»Ich habe ein Angebot«, sagte Benjamin Bach. »Das ist alles. Guten Morgen, Herr Egerwald. Besprechen Sie das Weitere mit Herrn Faber, er ist morgen wieder da.«

Danach blieb er zusammengekauert hinter seinem Schreibtisch sitzen und starrte die Uhr an. Die Imponderabilien waren über ihn hereingebrochen, jene unkalkulierbaren Umstände, die ein Pläneschmied fürchtet wie die Pocken. Dedes unerklärlicher Selbstmordversuch ... sie war in einem schlimmeren Zustand aus dem »Schlaf« erwacht, als er es sich, nach dem organischen Befund der Ärzte, erhoffen durfte, hatte nur geheult und ihn immer wieder gefragt, ob er sich scheiden lassen wolle, ein unglaublicher Blödsinn, der auch nicht erklärlicher wurde, als Solveig ihn, nach einem langen Gespräch mit ihrer Mutter, auf ein Telefonat hinwies, das er mit Jupp, dem Butler, gehabt haben sollte, er konnte sich kaum noch daran erinnern, den alten Narren mußte er unbedingt pensionieren lassen. Die Ärzte bestanden auf einem Sanatoriumsaufenthalt, aber Dede weigerte sich, behauptete, man wolle sie »abschieben«. Sie war auch am Sonntag noch nicht zurechnungsfähig gewesen, als er sie nach Baden-Baden mitnehmen wollte in der Hoffnung, der Professor würde sie zu Bühler Höhe überreden und einen beruhigenden Einfluß auf sie haben. Sie war in einen neuen Weinkrampf ausgebrochen, als sie die Absicht erkannte, und er hatte sie zu Hause lassen müssen. Zum Glück bemühte sich Solveig vorbildlich, spürte wohl, wie sehr sie ihm half, wenn sie sich um ihre Mutter kümmerte ... Und dieses Affentheater mit der Börse! ... Am Donnerstag und Freitag, und auch am Montag noch, hatte Rhode auf wirklich elegante und geräuschlose Weise 40 Millionen Eurodollar-Kredite getilgt, damit die Bank eine halbwegs erklärbare Situation vorfinden würde, wenn sie mit der Treuhand angerückt kam. Zwischendurch hatten sie die Kleine Anfrage der CDU überstanden und Glasenapp beerdigt, und am Montagabend hatten sie ein bißchen gefeiert, Pommery auffahren lassen. Henry Blum war es tatsächlich gelungen, den ersten Tanker mit einem ansehnlichen Gewinn zu verkaufen, wenn die anderen beiden auch so günstig loszuschlagen waren, kamen sie vielleicht mit einem blauen Auge und einem Plus von ein, zwei Millionen davon. Faber war in ausgelassene Stimmung geraten, der junge Lehmann ließ Plinegger nach seiner Pfeife tanzen und legte einen ersten Zeitplan vor, Stolps Meldung von der doppelten Zeichnung ließ sie auf die Stühle steigen, und dann hatte auch noch das Bundeskanzleramt angerufen, Brandt lege Wert darauf, den TALL-Chef noch vor der außenpolitischen Debatte über die Ostpolitik am Mittwoch im Bundestag zu einem Informationsgespräch über seine Chinareise zu sehen, Herr Schiller werde dazukommen, und auch Herr Scheel sei interessiert, obschon er noch nicht wisse, ob er am Dienstag rechtzeitig von der NATO-Konferenz in Rom zurückkehre. Es war alles wie am Schnürchen gelaufen. Und während er am Dienstag im Palais Schaumburg dem Kanzler berichtete – der Wirtschaftsminister kam erst kurz vor Schluß des 45-Minuten-Gesprächs hinzu, der Außenminister überhaupt nicht –, krachte die Börse und brachte das Kartenhaus seiner Pläne zum Einsturz ... Am Mittwoch hatte ihn Faber bestürmt, die Handelsbank über das Angebot von Reynolds zu informieren, um Egerwald den Rücken zu stärken, denn der Finanzchef sah voraus, daß ihm, bei weiteren Kursstürzen, die Interessenten davonlaufen würden, aber er hatte vormittags einen Sprung nach Berlin machen müssen, um an der Einäscherung eines TALL-Erben teilzunehmen und sich von Professor Rasser einem Haufen Kinder und Enkel vorstellen zu lassen – nun gab es nicht 43 TALL-Erben, sondern 56. Unterwegs hatte er Feringer auf fünf Schreibmaschinenseiten diktiert, was bei dem Gespräch im Bundeskanzleramt nicht so recht zur Sprache gekommen war: die moralische Verpflichtung der Bundesregierung, das Chinageschäft zu verbürgen. Und am Nachmittag war er vor Tassilo Billstein und einem Korb voll Personalentscheidungen und Fabers immer gespenstiger werdenden Börsennachrichten in eine Suite im Breidenbacher Hof ausgerückt und hatte mit Lydia Cajek geschlafen; es war recht erholsam gewesen, doch als sie schließlich zu heulen anfing, hatte er ihr für den Rest des Tages frei gegeben. Den Abend verbrachte er, mit Goergelen, dem Professor und Müller-Gräwen telefonierend, zu Hause und war sehr lieb zu Dede ... Am Donnerstagmittag hatte er, nach einem letzten Briefing, den Chefsyndikus und Dr. Rhode auf die Reise nach Philadelphia geschickt und die Unmöglichkeit, selbst zu fliegen, in einem langen FS an Reynolds mit einem »tragischen Familienereignis« begründet. Seine Unterhändler waren gut gerüstet: die von der Finanzabteilung ermittelte Bewertung der am Chinageschäft beteiligten Firmen differierte um sechs Millionen Mark zugunsten TALLs, außerdem verlangten »die Erben« eine gleitende Verrechnung, falls die amerikanische Regierung den Dollar in den nächsten 24 Monaten abwerten sollte. Der Vertrag selbst war von der Stabsabteilung Recht auf den kürzestmöglichen Text gebracht worden und nur dort ausführlich gehalten, wo es um das aufgeführte Anlagevermögen ging. Da es sich bei zwei Hüttenwerken ohnehin bereits um Aktiengesellschaften handelte, auch wenn sie hundertprozentig den Erben gehörten, begleitete ein entsprechender Anhang den Vertrag, nach dessen Lektüre jeder Jurist den zukünftigen Teilhaber nur warnen konnte. Die gefährlichste Falle für den Gegner verbarg sich jedoch in den TALL-Zechen, die ebenfalls zu den »Chinabetrieben« gezählt werden mußten, seit einem Jahr allerdings aus dem Konzern ausgegliedert und in die halbstaatliche Ruhrkohlen AG eingebracht waren, einem hochsubventionierten Unternehmen, an dessen Fassade das unsichtbare Schild hing: »Für Ausländer verboten!« ... Goergelen und Rhode und ihre Leute hatten glänzend gearbeitet.

Aber vielleicht war, seit ein paar Minuten, die ganze Anstrengung umsonst ... Wenn die Handelsbank sich im derzeitigen Stadium auf die Umwandlung nicht einließ, waren vierzig Millionen Dollar – oder 146 400 000 Mark – vollkommen sinnlos zurückgezahlt worden, sie auf dem Eurodollar-Markt wieder aufzunehmen würde neues Geld kosten und Faber das Herz brechen. Und wenn die Handelsbank die Umwandlung nicht betreiben konnte, finanzierte sie auch nicht ... Dann war es besser, in Philadelphia zu unterschreiben ...

Als Gitta Wagenseil zwei Minuten vor halb neun die Tür zum Chefzimmer öffnete, saß Benjamin Bach wie schlafend hinter seinem Schreibtisch, doch er schlief nicht, er hatte nicht einmal die Beine hochgelegt; so, wie er sich zur Seite geneigt hatte, um die Taste zu erreichen, die das Telefon ausschaltete, saß er noch immer und hob kaum den Kopf.

»Aber, Herr Bach!« rief Gitta. »Was ist passiert? ... Wo ist Herr Doktor Feringer?« So früh am Morgen, und so allein, bot er ein gar zu trauriges Bild.

Benjamin Bach raffte sich langsam auf und stöhnte und reckte sich, gähnte hingebungsvoll und stieß einen seiner Lustschreie aus, die auf dem Höhepunkt jäh abbrachen.

»Sie sind doch müde!« sagte Gitta lächelnd. »Was war denn, daß Sie so früh schon ... ?«

»Ich habe um sechs mit Goergi und Rhode telefoniert ...« Er schlenkerte mit Armen und Beinen und griff nach Gitta. »Außerdem kann ich nicht schlafen, ich weiß auch nicht ... Seit diesem Morgen traue ich mich kaum noch, mich hinzulegen ...« Er zog sie an sich, und sie verkrampfte sofort und sah ihn starr an, wagte nicht mehr zu atmen. »Halt mich ein bißchen fest, Gitta ... so, bitte ... ja ...« Er verschränkte seine Hände auf ihrem Rücken, drückte sie an sich, legte seinen Kopf auf ihr Haar und schloß die Augen, wiegte sich leicht mit ihr hin und her. »So ... ja ...« Manchmal trafen ein paar Dinge zusammen, die ihn noch immer belasteten – nach so langer Zeit noch.

Feringer kam, sah sie da stehen und zog die Tür leise zu.

Die nächste Imponderabilie spazierte um diese Zeit zweihundert Kilometer südlich bei strahlendem Sonnenschein über den Golfplatz von Kronberg und war eine kleine sportliche Dame in Kniestrümpfen und Haferlschuhen.

Neben ihr schritt Dr. Klaus Peetz, der alerte Chefsyndikus der Nationalen Commerzbank, ein Mann von Anfang Vierzig und äußerster Geriebenheit. Er trug einen funkelnagelneuen Schläger unter dem Arm und versuchte seiner Begleiterin auseinanderzusetzen, daß das Chaos an der Börse nur vorübergehenden Charakter habe.

»Also schön, Sie wollen mich überreden – dann überreden Sie mich!« rief Netta Amlund und schlug einen hohen Ball in die Mitte des Fairway. »Für hunderttausend würde ich demnach in fünf Jahren hundertachtzig zurückkriegen?«

Peetz war, in der Tat, nicht ohne Grund um sieben Uhr morgens mit ihr auf den Golfplatz geeilt. Henrietta Gräfin Amlund ließ sich seit zehn Jahren von ihm bei der Anlage ihres Vermögens beraten, und gerade jetzt sah er eine Chance, sich ihrer ewigen Dankbarkeit zu versichern – wenn nicht mehr. Doch vorerst lachte er sie noch aus. »Wenn Sie mit solchen Sümmchen anfangen, brauchen wir gar nicht weiterreden, Liebste!«

»Ach«, rief sie ärgerlich, »ich nehme doch nur mal hundert an, um zu rechnen – Sie wissen doch, daß ich nicht rechnen kann! Bei einer Million wären das in fünf Jahren einskommaacht – hm, das klingt *natürlich* besser, aber ...«

»Na sehen Sie!« Peetz legte vertraulich den Arm um ihre Hüften. Er fand, er passe gut zu ihr.

Sie wich schnell aus und rief eigensinnig: »Aber dann möchte ich Tall-Aktien haben – nicht *Ihre* Bank!«

Der Chefsyndikus zwang sich zur Geduld. »Ich bitte Sie, hören Sie doch wenigstens zu! ... Ich habe Ihnen schon am Anfang erklärt, es gibt keine Tall-Aktien, das ist eine ganz popelige Einzelfirma, die einer Erbengemeinschaft gehört, so wie Henkel! ... Sie, Netta, kaufen entweder Handelsbank oder unsere, wobei ich Ihnen jetzt schon prophezeien kann, daß Sie bei der Nationalen besser liegen. Aber Sie sollten wirklich nicht mehr lange überlegen! Insider-Tips sind rar, doch nicht unbedingt exklusiv!«

»Ha!« machte die kleine Dame. »Na!« Und schwang energisch den Schläger. »Also! ... Gerade habe ich die teuren Lufthansa-Aktien ohne jeden Gewinn abgestoßen, und schon wollen Sie mich wieder überreden, diese irrsinnig überzahlten Papiere von euch zu kaufen! Was glauben Sie, was meine Kinder dazu sagen? Die halten mich für plemplem!«

Peetz blieb stehen und legte treuherzig die Hand auf die Brust. »Haben Sie bei mir schon mal Geld verloren? Sie haben hier und da vielleicht mal keinen Gewinn gemacht, oder nur einen kleinen – aber *verloren* haben wir bisher noch nichts! ... Und von ›überteuert‹ kann ja keine Rede sein! So billig wie heute kriegen Sie die Nationale nie wieder!«

»Und wenn dieser unberechenbare Bach auf einmal nicht mehr mitmacht?« fragte die kleine Gräfin.

Peetz lächelte überlegen, blickte sich um und näherte sich dem Ohr seiner Begleiterin. »Heute vor zehn Tagen haben sich Benjamin Bach und Diergard hier getroffen und alles abgeklärt – aber das bleibt unter uns, verstanden?«

Sie riß die Augen auf. »Diergard persönlich?«

Peetz sah sich wieder um, machte »Ssss!« und legte einen Finger auf ihre Lippen. »Keine Namen, Scheißerchen!«

Sie stieß ihm den Ellenbogen in die Rippen und sah sich ebenfalls rasch um. »Hör auf! ... Denkst du, der Caddy ist blind?« Energisch ging sie weiter und rief über die Schulter: »Hier im Hotel?« Sie meinte das ehrwürdige Schloßhotel Kronberg, das hinter ihnen in der Morgensonne lag.

»Ob hier oder in einem anderen, das ist jetzt ganz egal!« sagte Peetz ungeduldig. »Ich weiß jedenfalls, daß sie sich in einem Hotel in der Nähe vom Flughafen getroffen haben – Bach war auf dem Weg nach Mailand – , und wenn du bedenkst, daß die noch nie miteinander konnten, dann kannst du dir einen Begriff von der Bedeutung machen!«

»Drei Milliarden ... !« sang die Gräfin vor sich hin. »Ich hab's in der Zeitung gelesen! ... In Japan, nicht?«

»In China!« seufzte Peetz. »Die Handelsbank – das ist die Hausbank von Tall – schafft das nicht allein. Vielleicht müssen wir das Ganze sogar übernehmen. Deswegen mußt du NC kaufen, nicht HB!«

Nach weiteren drei Schritten drehte sie sich ratlos um. »Wo nehm' ich aber 'ne Million her, können Sie mir das verraten, Doktor?«

»Es muß ja nicht gleich 'ne Million sein, Verehrteste!«

Netta stampfte mit dem Fuß auf. »Ich *will* aber mit einer Million dabeisein, sonst macht's mir keinen Spaß!«

Der Chefsyndikus lächelte sie warm an und flüsterte: »Bezaubernd!« Und sagte, weitergehend: »Lassen Sie mich mal machen ... Ich schaue mir Ihr Paket heute morgen mal in Ruhe an ...«

»Ach, bitte!« rief sie selig.

Um 15 Uhr an diesem Nachmittag telefonierte Benjamin Bach mit O. E. von Goergelen und Dr. Rhode in Philadelphia, wo es 9 Uhr morgens war. Da ihre Recherchen ergeben hatten, daß das »Marriott« Reynolds' Bank gehörte, waren sie, aus Sicherheitsgründen, ins »Benjamin Franklin«-Hotel gegangen, es lag zudem an der Chestnut Street in der Nähe des Custom-House, wo die Vertragsunterzeichnung stattfinden sollte.

»Alles klar, Chef!« rief Dr. Rhode munter. »In diesem Drei-Sterne-Schuppen hört keiner mit, oder es versteht jedenfalls keiner Deutsch, bis auf einen österreichischen Zimmerkellner ...«

Goergelen, der gern in Amerika war, klagte, was aus Philadelphia geworden sei. »Nur noch Schwarze!« Den Adressenwechsel hatten sie an diesem Morgen erst telegrafisch mit »sentimental reasons« begründet.

»Und Reynolds hat sich noch nicht bei euch gemeldet?«

Benjamin Bach sah Feringer an, der in seine Sorgen eingeweiht war und unruhig vor seinem Schreibtisch auf und ab ging.

Rhodes Stimme drang aus den unsichtbaren Lautsprechern: »Kein Stück! ... Aber ich nehme an, daß er uns pünktlich um zehn in der Halle erwartet. Daß *Sie* nicht da sind, weiß er ja wohl seit gestern schon ... Noch was, Herr Bach?«

Feringer blieb stehen und sah Benjamin Bach groß an.

Aber BB zögerte noch, er wußte selbst nicht, warum, es fiel ihm schwer, seinen kunstvoll aufgebauten Plan mit einem Schlag aufzugeben. Er war sich in den letzten Stunden klar darüber geworden, daß es keine Vorkasse auf die Umwandlung geben würde, hatte sich mit Egerwald und Stolp zum Mittagessen getroffen und so ruhig wie noch nie mit den Bankiers über die Lage gesprochen – ja, er war so weit gegangen, ihnen Einzelheiten über das amerikanische Angebot zu machen, ohne Namen zu nennen oder zu verraten, daß die Verkaufsverhandlungen unmittelbar bevorstanden. Und er hatte, zu seiner Überraschung und Enttäuschung, erlebt, daß die Chefs der HB ihm zurieten. »Das ist die beste Lösung!« hatte Egerwald gesagt. Derselbe Egerwald, der ihm, unter anderen Umständen, mit dem Staatsanwalt gedroht hätte, denn 20 Prozent weniger Besitz hieß 20 Prozent weniger Sicherheit für die Bank, jedenfalls von den Werken, die für China arbeiten würden. Kein Wort mehr von Vorkaufsrechten der Bank. Kein Wort auch darüber, daß der Erlös – die 40 Millionen Dollar – von Rechts wegen der Bank zufließen mußte. Da die Hausbank weder selbst kaufen noch einen Käufer im gegenwärtigen Zeitpunkt zu finden hoffen konnte, gab sie stillschweigend ihr Placet – Egerwald vermied es, mit vollem Mund zu sprechen, sah in seinen Teller, und Edgar Stolp tat so, als studiere er intensiv das Nachtisch-Angebot der Speisekarte. Benjamin Bach war beschämt gewesen, überrascht und gerührt, aber auch sehr enttäuscht, daß die Blütenträume so schnell zerronnen waren. Und ziemlich erleichtert, daß es nicht zu dem Spektakel kam, den Faber befürchtet hatte. Als er sich von seinen Mittagsgästen verabschiedete, war er entschlossen gewesen, das Vabanquespiel mit Reynolds gar nicht erst zu beginnen, denn es war ein Unterschied, ob man in diesem Geschäft mit China die Hausbank oder einen potentiellen Prozeßgegner auf seiner Seite hatte. Egerwald hatte ihm Hoffnungen gemacht: »In ein paar Wochen kann alles wieder anders aussehen ...« Aber so lange konnte er nicht warten. Er mußte sich neues Kapital auf dem Eurodollar-Markt beschaffen und sicher sein, die ausgegebenen 40 Millionen nicht urplötzlich zurückzahlen zu müssen. Kein Risiko mehr eingehen! ...

Und jetzt sprach er mit Rhode und Goergelen und brachte das entscheidende Wort nicht über die Lippen, ließ sich, wieder einmal, von den unbestimmtesten Gefühlen treiben.

»Ist noch was, Herr Bach?«

»N ... nein«, sagte er. »Nein. Ich gehe jetzt auf Tauchstation und bin ab achtzehn Uhr zu Hause zu erreichen – über die Firma. Ende.« Er trennte das Gespräch und sah Feringer an.

Der sagte: »Verdammt! ... Und jetzt?«

Benjamin Bach hob die Schultern und ließ sie wieder fallen. »Ich weiß nicht, was mit mir los ist ... Vielleicht schlafe ich ein bißchen ....«

Und er ging, ohne noch ein Wort zu verlieren, in seine Privaträume.

Zwischen 16 Uhr 20 und 16 Uhr 40 kamen drei Anrufe aus Philadelphia, und jedesmal war zuerst Rhode, dann Reynolds selbst am Apparat.

»Wir sind noch im Hotel«, sagte Rhode geschäftsmäßig, »und Mister Reynolds möchte Herrn Bach persönlich sprechen!«

Gitta und Lydia Cajek waren angewiesen, alle Gespräche aus Amerika – oder auch der Godesberger US-Botschaft – einfach an Feringer weiterzuleiten und keinerlei Auskünfte über den Aufenthalt BBs zu geben.

Feringer saß am Chefschreibtisch und las Unterlagen über die SEPARA INDUSTRIES, von denen täglich ein paar Pfund in Düsseldorf eintrafen. Inzwischen war er Experte geworden und voller Bewunderung für den »Judenjungen«, der das alles innerhalb von wenigen Jahren zusammengekauft hatte, ein Tscheche mit venezolanischem Paß.

»Ben?« hörte er eine Stimme.

»This is Hilary Reynolds speaking!«

»Oh, Mister Reynolds, good morning, Sir, I'm Doktor Feringer, Mister Bachs personal assistant ...«

»Give me Mister Bach, please!« sagte die Stimme höflich und bestimmt.

Feringer sagte, Mister Bach sei »at the moment« nicht erreichbar, ob er etwas ausrichten dürfe.

Offenbar gab Reynolds den Hörer an Rhode zurück, denn Feringer bekam keine Antwort, hörte sie jedoch debattieren. Wenn Feringer behaupte, Benjamin Bach sei im Moment nicht erreichbar, sagte Rhode – und er sagte es so, daß Feringer kein Wort verlorenging –, dann könne man sich darauf verlassen. BB sei nur »over his dead body« zu erreichen, nur über Feringers Leiche.

Reynolds kam wieder an den Apparat.

»Können Sie mir sagen, wann Mister Bach zu sprechen ist, Doktor Feringer?«

»Nicht einmal das«, antwortete der Assistent, »im Augenblick bin ich selbst etwas hilflos, Sir. Hat er Ihnen nicht ein Telex geschickt?«

Er sei in Schottland gewesen, sagte Reynolds, und gestern abend erst von Edinburgh nach New York zurückgekehrt, wie er aber von den Herren hier höre, sei Mister Bach wegen einer Familienangelegenheit verhindert, selbst nach Philadelphia zu kommen. Und etwas abrupt legte er auf.

Feringer dachte, das ist ja nochmal gutgegangen, und hörte sich das Band an, auf dem er das Gespräch mitgeschnitten hatte.

Zehn Minuten später war Reynolds schon wieder dran und fragte besorgt, ob es Neuigkeiten von Mister Bach gäbe. Inzwischen hatte er wohl von seinem Washingtoner Büro den Inhalt des Fernschreibens erfahren und von Rhode, nach einigem Drumherumreden, die Wahrheit: Frau Bach hatte einen Selbstmordversuch unternommen. Und bestimmt stand O. E. von Goergelen daneben und war außer sich über diese »ruchlose Lüge«.

»Ich habe alles versucht«, sagte Feringer, »aber Herr Bach geht nicht ans Telefon. Er ist bei seiner Frau.«

Reynolds bat, herzliche Grüße und Segenswünsche zu übermitteln.

Und fünf Minuten später rief er ein drittes Mal an, inzwischen aus dem Custom-House.

»Meine Partner hier legen großen Wert darauf, mit Mister Bach persönlich zu verhandeln. Angesichts seiner gegenwärtigen Bedrängnis schlagen wir vor, die Zusammenkunft auf nächste Woche zu verschieben, meine Partner wären auch bereit, nach Europa zu kommen ...«

Feringer hatte einen jähen Schweißausbruch. Doch er zwang sich, ohne Hast zu antworten.

»Ich glaube nicht«, sagte er, »daß Herr Bach zur Zeit imstande ist, zu verreisen ... Um die Wahrheit zu sagen, Sir, wir alle hier, die wir ihn in den letzten Tagen erlebt haben, glauben nicht, daß er in nächster Zeit zu irgendeiner geschäftlichen Tätigkeit zu bewegen ist!«

»Na ja«, meinte Reynolds, »aber da ist doch China ...«

Feringer ließ eine winzige Pause verstreichen, bevor er dunkel sagte: »Herr Bach lebte in einer sehr glücklichen Ehe mit seiner Frau, Sir.«

»Hm ... na ja«, machte Reynolds wieder. »Ist es denn so schlimm, Doktor?«

»Ich glaube nicht, daß ich über Einzelheiten sprechen sollte – abgesehen davon, daß ich zuwenig weiß, Sir. Andererseits kann ich Ihnen bestätigen, daß Herr Bach sich große Mühe mit der Vorbereitung dieses Geschäfts gegeben hat und außerordentliche Hoffnung in die Tüchtigkeit seiner Herren setzt. Herr von Goergelen war mit in China, und Doktor Rhode gehört zu den engsten Mitarbeitern des Finanzchefs ...«

»Ich weiß«, sagte Reynolds. »Ist Herr Faber, übrigens, da?«

Der Finanzchef zusammengebrochen – das fehlt uns noch, dachte Feringer, wenn ich ihm das sage, kündigen morgen hundert Banken ihre Kredite.

»Leider – Herr Faber hat die ganze Nacht gearbeitet und schläft jetzt. Er wird am Nachmittag aber wieder dasein!« setzte er schnell hinzu.

»Und wer vertritt Herrn Bach, wenn er nicht da ist?«

»Jeder«, sagte Feringer leichthin, »der gerade anwesend ist, Sir – ich meine, jeder Direktor. Aber grundsätzlich Herr Tassilo Billstein. Wollen Sie ihn sprechen? ... Er ist allerdings mit der Angelegenheit nicht befaßt ...«

»Geben Sie ihn mir trotzdem mal!« sagte Reynolds.

»Moment, ich verbinde weiter. Good bye, Sir!«

Und während Gitta das Gespräch wieder übernahm und an Billsteins Sekretariat weiterleitete, drückte Feringer die entsprechende Taste, die das Chefzimmer direkt mit Billsteins Zimmer verband, und rief, wie besessen, mitten in eine Unterhaltung des stellvertretenden Generaldirektors mit vier italienischen Gewerkschaftsdelegierten hinein: »Sie kennen den Anrufer nicht – stellen Sie sich dumm, Herr Direktor, hier ist Feringer im Auftrag BBs!«

Billstein fragte ihn noch, ob er verrückt geworden sei, da summte das Telefon bei ihm bereits, und Feringer hörte, wie der alte Bill rief: »Wer? ... Ach Reynolds, ja, was ... Ist er in Deutschland?«

»Sie sollen ihn abwimmeln!« schrie Feringer in die Rufanlage.

»Ja, warten Sie mal, verflucht ...« Jetzt hatte der alte Bill endlich geschaltet und brüllte seine Sekretärin an: »Ich kenne keinen Reynolds und will auch nicht nochmal gestört werden, verstanden!?«

Zwei Minuten später tauchte Billstein in Bachs Zimmer auf und verlangte Aufklärung. »Schließlich ist mir Reynolds gut bekannt – was wird er jetzt von mir denken? ... Wo ist Herr Bach?«

Feringer versicherte, daß BB »gute Gründe« habe, mit Reynolds nicht zu sprechen. Bei der üblichen Morgensitzung der Direktoren hatte der Chef den anderen Herren nur einen recht groben Überblick gegeben. »Irgendwelche Amis versuchen sich an das Chinageschäft heranzuschlängeln – Rhode und Goergelen sind da mal hin, um zu hören, was dahintersteckt.« Es hatte keinen sonderlich interessiert. Aber jetzt wäre es beinahe schiefgegangen: Reynolds hätte den ahnungslosen Billstein nur nach dem Befinden von Frau

Bach zu fragen brauchen.

Man konnte sich auf den Standpunkt stellen, daß dies nicht die richtige Art war, einen Konzern zu führen, aber die Praxis hatte Benjamin Bach längst gelehrt, nicht jeden Vorgang im Detail den Direktoren anzuvertrauen. Das belastete sie nur unnötigerweise, multiplizierte das Geheimhaltungsrisiko und verursachte Diskussionen »über ungelegte Eier«. Es war das alte Problem aller Unternehmensleitungen, die hunderttausend und mehr Menschen unter sich hatten, verstreut über den ganzen Erdball. Wo das alles auf dem Schreibtisch von fünf Männern zusammenlief, die zwar mehr als alle anderen verdienten, aber auch nur einen Kopf mit begrenzter Aufnahmefähigkeit besaßen, mußte aussortiert und, vor allem, an Mitarbeiter delegiert werden. Und ein Mann wie Tassilo Billstein, der als Personaldirektor vielleicht am heftigsten mit dem Kommunikationsproblem konfrontiert war, wußte das und hielt sich an Feringer.

»Ersparen Sie mir die Geschichte«, sagte der Assistent, »sie geht ohnehin schief. Vermeiden Sie nur, Reynolds oder anderen Amerikanern in diesen Tagen vor die Flinte zu laufen. Und sollte es Ihnen doch passieren, dann lassen Sie sich, bitte, auch von Fragen nach dem Gesundheitszustand von Frau Bach nicht aus der Fassung bringen. Sagen Sie einfach: das ist BBs persönliche Angelegenheit!«

»Was soll das heißen?«

»Was ich gesagt habe!«

Tassilo Billstein hatte das starke Gefühl, daß der junge Feringer mehr wußte, als ihm, seiner Position nach, zustand, und gleichzeitig graute ihm vor seinen Geheimnissen.

»Ich hoffe«, sagte er streng, »Sie machen sich nicht lustig über Frau Bach!«

Dann verschwand er wieder zu seinen Gastarbeiterproblemen.

Um halb sechs an diesem Nachmittag erschien Benjamin Bach wieder in seinem Zimmer. Er hatte tief geschlafen und war von seinem »eingebauten Wecker« pünktlich ins Leben zurückgerufen worden, hatte geduscht und einen neuen Anzug angezogen, aber seine Augen sahen verquollen aus, und auf seiner Stirn standen mehr Falten als sonst.

Feringer legte eine Sportzeitung weg und spielte ihm das Band mit den drei Telefonaten vor.

Sie waren noch mittendrin, da rief Goergelen an und berichtete, daß über den Vertrag kaum gesprochen worden wäre, um so mehr über Frau Bach. Der Justitiar war empört.

»Daß Sie Ihrer Frau einen Selbstmordversuch ...«

»Sie sind ja Jurist«, sagte Benjamin Bach hart, »Sie können also schweigen – meine Frau hat einen begangen. Und nach Lage der Dinge ist das die einzige Erklärung, die mich davon abhalten kann, selbst nach Philadelphia zu kommen!«

Goergelen war betroffen, aber noch nicht besänftigt. »Warum tut Rhode dann so, als hätten Sie das erfunden?«

»Weil er schweigen kann!«

Im übrigen hatten die Amerikaner, zwei farblose Anwälte, die SEPARA INDUSTRIES vertraten – jetzt hörten sie in Düsseldorf zum erstenmal eine Bestätigung ihres Verdachts –, die Vertragsunterlagen an sich genommen, um sie übers Wochenende zu studieren. Am Montag werde man sich wieder treffen. Und morgen seien Rhode und er zu einer Hochzeit eingeladen, sagte Goergelen.

Feringer verband ihn weiter zu Professor Amsler.

Gitta kam herein und brachte vier Anzüge aus der Reinigung und die dritte Fassung des Briefes an Brandt. »Und Ihre Frau hat eben angerufen, Herr Bach. Frau Professor Rasser ist eingetroffen, ob Sie heute vielleicht etwas früher nach Hause kommen könnten ...«

Bei der Beerdigung in Berlin hatte der Professor vorgeschlagen, seine verrückte Tilly aus Acapulco kommen zu lassen, sie sei die ideale Betreuerin für schwermütige Frauen. Er selbst hatte erst am Sonntag in Baden-Baden von Dedes Selbstmordversuch erfahren und ganz hilflos darauf reagiert. »Laß mich Tilly holen, sie stellt dir zwar das Haus auf den Kopf und möbelt Dede vollkommen um, aber du bist eine Sorge los!« Benjamin Bach war skeptisch gewesen, doch jetzt kam ihm Tilly wie gerufen.

Er ließ sich mit seinem Haus verbinden und begrüßte den Gast. »Ich bin gerührt, daß du Acapulco schießen läßt, um dich um Dede zu kümmern, Tilly!«

Die geborene Prinzessin Coy hätte eine Zwillingsschwester der rheinischen Stimmungskanone Gisela Schlüter sein können, nicht nur äußerlich. Sie redete wie ein Maschinengewehr. »Stell den Honig ab, Ben, ich weiß, du kannst mich nicht leiden, und wenn du etwas zur Therapie beitragen willst, dann läßt du dich so wenig wie möglich zu Hause sehen!«

Er lachte. »Nichts einfacher als das. Hoffentlich bringt sich Dedchen in drei Tagen nicht endgültig um!« Auf einen groben Klotz, fand er, gehörte ein grober Keil, und Tilly Rasser konnte etwas vertragen.

»Das laß mal meine Sorge sein, du Großmaul! ... Wann hat sie das letzte Mal bei dir laut gelacht, ha?«

Sie verstand sich auf Tiefschläge. Benjamin Bach konnte sich, in der Tat, nicht erinnern, seine Frau lauthals lachen gehört zu haben, sie war einfach nicht der Typ.

»Dede hat noch nie ...«

»Dede hat soeben geschrien vor Lachen!«

Nun, das war wenigstens etwas Erfreuliches. Mit dem Brandt-Brief in der Hand und Feringer auf den Fersen ging er zu dem jungen Lehmann hinüber, der das Zentralbüro in den wenigen Tagen seit Wenkötters Unfall offenbar fest in den Griff bekommen hatte; Benjamin Bach merkte es daran, daß er kaum von ihm belästigt wurde und auch Plinegger sich noch nicht beschwert hatte.

Im Konferenzraum des Zentraldirektors ließ sich die Tür kaum noch öffnen, so viele Stühle waren zusätzlich hineingeschafft worden, um mehr als dreißig Direktoren aus ebenso vielen TALL-Betrieben aufzunehmen. Lehmann war selbst gar nicht da, sein Vertreter Alexander Stein gab den versammelten Vorständen Antwort auf tausend Fragen, die mit der Priorität des China-Programms zusammenhingen. Interessiert hörte Benjamin Bach einen Augenblick zu und bestaunte ein neues Organisationsschema, das auf zwei riesigen Rechtecken die ganze Innenwand des Konferenzraums bedeckte. Über dem einen Rechteck stand AUGUST 70, es hob in rosa Färbung acht TALL-Betriebe in der Bundesrepublik aus der grauen Masse der übrigen hervor. »Das sind die ersten China-Firmen«, belehrte ihn Feringer, der mehr in der Direktionsetage herumkam. Auf dem zweiten Rechteck stand SEPTEMBER 70, und achtzehn rosa gefärbte Firmennamen, darunter fünf überseeische, verrieten etwas von dem Tempo, in dem der China-Auftrag in Gang kam. Erfreut quetschte sich Benjamin Bach wieder durch die Tür.

»Wo ist Herr Lehmann?« fragte er Wenkötters Sekretärin, die jetzt dem Vertreter des verunglückten Direktors unter die Arme griff. Base Bramstedt, wie die resolute Vierzigerin genannt wurde, weil sie mit mindestens zehn TALL-Angehörigen mehr oder weniger eng verwandt war, lachte dröhnend. »Vor zwanzig Minuten isser aufs Häuschen gerannt, Herr Bach – wenn sie ihn man nöcht wieder erwischt haben!« Sie sprach ein seltsames Messingsch, aber mit ihrer Lautstärke wurde sie von jedem verstanden. Und sie eilte voran und riß ungeniert die nächste Tür auf dem Gang auf, die ein H zierte.

»Herr Lehmann ... ??«

Der Chef des Zentralbüros war nicht da, wie ein junger Bolivianer aus dem Nachrichtenraum versicherte, der sich vor dem Spiegel die Haare kämmte.

»Hat er keine eigene Toilette?« fragte Benjamin Bach.

Base Bramstedt lachte scheppernd. »Da traut er sich nöch' drauf – das issa Herrn Wenkötters seine!«

Ein Mädchen aus dem Schreibpool lief vorbei und sagte, sie hätte Herrn Lehmann bei Herrn Plinegger gesehen.

»Wie geht es Herrn Wenkötter?« fragte Benjamin Bach die Base, bevor er zu Plinegger weiterging.

Die Operation hatte am vergangenen Sonntag stattgefunden und war offenbar negativ verlaufen. Professor Ishitaka hatte sie abgelehnt, aber auf Wenkötters ausdrücklichen Wunsch war sie von einem deutschen Professor versucht worden, und das Resultat stand nun fest: Querschnittlähmung, ohne Hoffnung auf Besserung.

»Ich besuch' ihm jeden zweiten Tach, nöch'«, sagte seine alte Sekretärin, »aber da issa man nöcht mehr zu machen. Er fragt immer nach Sie, Herr Bach!«

»Ich besuche ihn auch bald«, versprach Benjamin Bach, ging schnell weiter und zwang sich, an etwas anderes zu denken.

Lehmann war nicht mehr bei Plinegger, die Sekretärin sagte, beide Herren seien zu Herrn Faber gerannt. War Faber schon wieder im Amt? Mittags hatte seine Haushälterin ihm am Telefon noch versichert, er schlafe fest.

Als sie zu Müdrei ins Vorzimmer kamen, hörten sie Plinegger schon schreien: »Dann gehen wir eben zu BB, was reden wir da lange!«

Hinter Fabers Schreibtisch stand Roselund, der zentrale Bankenleiter und Fabers Vertreter, neben ihm Dr. Peter Netzer von der Handelsbank, im Zimmer saßen noch zwei Herren von der Finanzabteilung, die Benjamin Bach nur vom Sehen kannte, und dazwischen liefen Plinegger und Lehmann im Kreis herum wie wilde Tiere im Käfig.

»Bin schon da«, sagte Benjamin Bach, »wieviel braucht ihr denn wieder?«

Wenn Plinegger sich Lehmann griff, wie früher Wenkötter, und zum Sturm auf Fabers Festung ansetzte, ging es immer nur um Geld.

Plinegger hielt einen verworrenen Vortrag über Eilinvestitionen, zu denen er die technischen Voraussetzungen mit einer wahrhaften Brachialleistung in der vergangenen Woche schon geschaffen hatte – Lehmann nahm ihm die Mühe, sein Problem zum hundertsten Mal an diesem Tag darzulegen, mit wenigen Worten ab: »Es handelt sich darum, daß die ersten vierzehn Mio am Montag gezahlt sein müssen, also heute zur Überweisung gelangen, es ist immerhin schon nach Bankenschluß – das ist eine wesentliche Voraussetzung für die weitere Terminplanung der Technik, Herr Bach!« Lehmann sah blaß und nervös aus, schrecklich überarbeitet, und biß sich nach jedem Satz auf die Lippen, als sei er dauernd damit beschäftigt, sein Temperament zu zügeln.

»Waren Sie eigentlich schon auf dem Klo?« fragte ihn Benjamin Bach, und als der junge Mann ihn nur gequält anstarrte, öffnete er die Tür hinter Fabers Schreibtisch, die zu Bad und Toilette führte, und sagte: »Verschwinden Sie erst mal! ... Wie soll einer mit vollem Magen sich durchsetzen können!«

Beglückt huschte Lehmann davon, und als er – ein neuer Mensch – zehn Minuten später wiederkam, war Plineggers Problem gelöst. Es handelte sich, wie immer, um eine Machtfrage, diesmal durch die außergewöhnliche Eile provoziert, mit der Plinegger vorgehen mußte; aber auch für Benjamin Bach war es eine Neuheit gewesen, daß ein »Sümmchen« von 60 Millionen quasi hinter seinem Rücken verplant wurde, wenngleich auf zwei Jahre verteilt. Roselund bestätigte, daß Dr. Rhode als federführender Mann zwei Alternativpläne für Investitionsfinanzierungen vorgelegt hatte, die Fabers Billigung fanden, aber weder der eine noch der andere waren anwesend, und so hatte der vorsichtige Vertreter die Sache bis Montag verschieben wollen, wenn Faber wieder im Hause sein würde. Zu seiner angenehmen Überraschung hatte Benjamin Bach bei dieser Gelegenheit erfahren, daß zwölf von den beanspruchten vierzehn Millionen aus ihrem Umlauf kamen und die Bank die restlichen zwei »selbstverständlich«, wie Dr. Netzer sagte, bereitgestellt hatte.

»Eine China-Investition!« betonte Benjamin Bach. »Das ist Herrn Egerwald bekannt?«

Der Investitionsfachmann wunderte sich. »Aber jadoch! Herrn Rhodes Alternativpläne liegen seit dem vergangenen Montag vor!«

Nun staunte er noch mehr.

»Sechzig Millionen?«

Sechzig Millionen, bestätigte Dr. Netzer. Herr von Lodtwitz habe sich zweimal in der vergangenen Woche und auch am Dienstag noch einmal mit Herrn Dr. Rhode und Herrn Faber in dieser Angelegenheit getroffen. Der Vorstand habe zwar noch nicht Beschluß gefaßt, weil das mit dem Vorstand immer seine Zeit dauere, aber Herr von Lodtwitz hätte diese zwei Millionen »ohne weiteres« freigegeben.

»Wissen Sie, was das heißt?« fragte Benjamin Bach seinen Assistenten, als sie um halb sieben mit dem Fahrstuhl nach unten fuhren.

»Daß die Handelsbank mitmacht!« antwortete Feringer.

Benjamin Bach schüttelte den Kopf. »Das nicht, mein Junge. *Das* noch lange nicht. Aber jetzt steckt sie jedenfalls schon mit der Nasenspitze drin! Und ich möchte wissen, wie sie *die* wieder herausziehen will! ... Schon ein Herzchen, unser Faber.«

MONTAG,
DER 1. JUNI 1970

Ein Börsenmakler in München, Oskar Spaener, setzte gegen halb neun an diesem Morgen fort, was Dr. Peetz und andere in der vergangenen Woche angezettelt hatten. Er diktierte seiner Sekretärin ein paar Eilmitteilungen nach dem römischen Code, und in einem Pool hoch über Ascona, der an einem betondurchschossenen Berghang klebte, hörte kurz darauf eine junge Dame den Fernschreiber klingeln, warf sich etwas über und riß aus dem Wandschrank vor dem Schlafzimmer des Hausherrn ein Stück Papier.

»terplex ascona ... eilt ... nazi collabt mit commerziale in rivos formicino obj ... rac ogni con ... ende ... tacitus.«

Fünf Minuten später hatte sie die Zeilen entschlüsselt und zu einem anderen Trakt des Hauses gebracht, wo ein beinahe schwarzgebrannter Fünfziger vor dem Hintergrund des in der Tiefe schimmernden Lago Maggiore einen kleinen Jungen zu fotografieren versuchte. Herr Terwinkel, früher Elberfeld-Barmen, las: »Nationale Commerzbank arbeitet mit der Deutschen Handelsbank in Bachs Ameisenobjekt zusammen, empfehlen Kauf unter jeder Bedingung – Spaenersche Finanzverwaltung.«

Er schüttelte den Kopf, begab sich zu seinem Frühstückstisch zurück, klopfte ein Ei auf, las das FS noch einmal und ließ sich mit dem Absender in München verbinden.

»Oskar? ... Was ist das für ein Unsinn? Die Nationale bei Tall?«

Spaener wußte, was es bedeutete, wenn »Terplex« zum Telefon griff. »Das ist gußeisern!« rief er. »Sie kennen doch meine Schwägerin, die Netta – ja, eine geborene Haller, Schwester von meiner Frau – genau! Die Witwe! ... Hat vier Kinder und den ganzen Klumpatsch von Amlund geerbt, dem besoffenen Schweden – finnische Kabel und badische Stickstoff und die ganze Kongo-Entschädigung – den ganzen Klumpatsch! Und der Älteste – ihr Ältester, Wasa heißt er, wie der Großvater – ist doch bei der Bundeswehr; war leider nicht zu verhindern ...«

Terwinkel bekam Krämpfe. »Ich bin im Bilde! Und was weiter?«

»Das ist es ja!« schrie Spaener. »Vorgestern abend ruft mich der Junge an, liegt hier in Mittenwald in der Kaserne, reitende Gebirgsmarine, ich bin doch der Onkel, und erzählt mir was von einer Unterschrift, die er leisten soll – was sagen Sie: eine Siebenstellige will sie realisieren! ... Wieso? Langt das nicht?? Eine Siebenstellige! ... Die anderen Kinder sind noch zu jung, aber Wasa muß unterschreiben, ich rate natürlich dringendst ab – na, und gestern abend ruft sie selber an und läßt die Katze aus dem Sack, unter dem Siegel strengster Verschwiegenheit, hat da so'n Macker von der Nationalen, Sie verstehen!« Und dann wurde er so vorsichtig, als ob er mit der Zunge einer heißen Herdplatte nahekomme. *»Dier* ... Ich will hier keine Namen nennen, aber: *Dierchen ist selber mit BB zusammengetroffen!«*

»Das kann ich einfach nicht glauben!« rief Terwinkel. »Vorige Woche war Pepper noch hier, aus Berlin, und hat mir erzählt, wie Diergard sich ...«

»Dann lassen Sie's bleiben!« schrie Spaener frech. »Und nennen Sie keine Namen! ... Das ist the top of it, sage ich Ihnen! ... Ich mache alles flüssig, was in dem Laden drin ist! Eben hat Boskop schon angerufen, ist bei Riedel-de Haën schon wieder ausgestiegen und setzt alles auf die Ameisen – der alte D! ... Der gute alte DeDeDe – ich muß an mich halten, um den Namen nicht zu nennen – mit wieviel sind Sie dabei, Terchen? ... Wie? ... Das ist ein Wort! ... Bestätigung, bitte! Ich beauftrage Epstein in Frankfurt, daß mir ja nichts rauskommt! ... Der Kurs steht morgen mittag auf dreihundert! Sie können mich beim Wort nehmen! ... Wie geht's der Gesundheit?«

In dem Tohuwabohu der Frankfurter Börse fiel, trotz der atemberaubenden Kursschwankungen der vergangenen Woche, die Notierung der Nationalen Commerzbank auf: sie hatte seit den Einbrüchen des vergangenen Jahres solide zwischen 287 und 297 variiert, war am »schwarzen Dienstag« jäh auf 248 gefallen, hatte sich, wie andere, bis Fronleichnam mit 276 Mark relativ erholt, war am Freitag dicht hinter der Deutschen Bank auf 281 gestiegen und schloß an diesem Montag, fünfundvierzig Minuten nach Börseneröffnung, mit sensationellen 338 Punkten ab. Darüber blieb fast ohne Resonanz, daß auch die Handelsbank sich von 268, der letzten Notierung vor dem Dienstagbeben, auf 301 vorgeschoben hatte – und damit den höchsten Kursgewinn in ihrer Geschichte erzielte.

Einigen besonnenen Köpfen erschien er substantieller als der Gewinn der Nationalen, und in den Wandelgängen wurde ganz offen über ein Zusammengehen der beiden Banken in der Finanzierung der Stahlwerke für Rotchina diskutiert.

Die Placierungen erfolgten ausschließlich in Frankfurt, so daß sich der Eindruck eines gezielten Insider-Manövers verstärkte. In Düsseldorf schrie ein Händler der Nationalen nach der Börsenaufsicht, knallte den Hörer auf, nahm den nächsten und befahl: »Stellen Sie fest, was da im Busch ist – und gehen Sie vorsichtig mit!« Und einen Kunden ließ er wissen: »Achtunddreißig Punkte in fünfunddreißig Minuten, das ist ein mittleres Erdbeben!«

Einer seiner Mitarbeiter rief: »Die Standleitung ist zusammengebrochen!« Ein anderer brachte ein flash-flash, ein besonders eiliges Fernschreiben, von der Zentrale der Nationalen in Frankfurt, in dem die Agenten der Bank aufgefordert wurden, das Geschäft einzustellen, gez. Dr. Werner.

»Werner persönlich!«

»Und wer ersetzt mir den Schaden?« heulte der Händler.

Er versuchte, den Vorstandsvorsitzenden zu erreichen, geriet aber an den Justitiar der Bank.

»Tut mir leid«, rief Dr. Peetz. »Herr Werner ist in einer Sitzung, und ich muß auch gleich rein – das Ganze ist *ungeheuerlich!*«

Der Syndikus war entsetzt über den Verlauf der ersten halben Börsenstunde. Er hatte seine Gräfin noch am Freitag bewogen, ihrem Makler den Kaufauftrag zu geben, und sich dabei eine solide, über Wochen und Monate hinziehende Kurssteigerung vorgestellt – jetzt mußte er annehmen, daß andere Vorstands- oder Aufsichtsratsmitglieder und leitende Angestellte des Hauses sich ebenfalls ihrer Insiderkenntnisse bedienten und massiv ans Geldverdienen machten. Da er die in Frage kommenden Herren recht gut kannte, traute er jedoch höchstens einem, oder zweien, einen solchen Verstoß gegen den Ehrenkodex der Wertpapierhändler zu und verdächtigte eher die Handelsbank und, in allererster Linie, natürlich Benjamin Bach.

Nichts konnte einer Großbank unangenehmer sein als eine aufsehenerregende Bewegung ihres eigenen Aktienkurses, die von den Kunden, sehr zu Recht, immer als private Spekulation Eingeweihter ausgelegt wurde. Es gab zwar kein Gesetz – noch nicht –, das leitenden Bankangestellten verboten hätte, aus ihrem internen Wissen Kapital zu schlagen, aber jeder Vorstand war bemüht, die Geschäftsmoral hochzuhalten, wer erwischt wurde, mußte damit rechnen, den Gewinn an die Bank zu verlieren und sich auch sonst nur berufliche Nachteile einzuhandeln. Gerade Dr. Peetz war unter seinen Vorstandskollegen in dieser Hinsicht außerordentlich gefürchtet, denn er gehörte dem Beirat einer Sachverständigenkommission an, die im Auftrag des Bundeswirtschaftsministeriums seit langem an strengeren Geheimhaltungsrichtlinien arbeitete, und er hatte alle leitenden Herren unterschriftlich gezwungen, sich mit einer Prüfung ihrer Privatkonten im Verdachtsfalle einverstanden zu erklären.

Entsprechend empört klang denn auch seine Stimme, als er in den Konferenzsaal geschossen kam. »Wir sehen uns einem beispiellosen Insider-Verrat gegenüber, Herr Werner, und ich muß Sie, als Jurist des Hauses, jetzt dringend ersuchen, auch die übrigen Herren einzuweihen!«

Er bekam lebhaften Zuspruch, alle Anwesenden schienen zu wissen, wovon die Rede war, und alle sprachen ungeniert über das TALL-Geschäft und den eigenen Aufsichtsratsvorsitzenden.

»Moment mal!« rief der Vorsitzende. »Augenblick mal! Ich höre Bach und China und den Namen von Herrn Diergard, vielleicht klärt mich mal jemand auf?«

»Aber nun tun Sie doch nicht so!« ereiferte sich Dr. Peetz. »Ihre Geheimniskrämerei hat ja wohl genug Schaden angerichtet – bei solchen Partnern konnten Sie doch kaum erwarten, daß eine Zusammenarbeit im dunkeln bleiben würde!«

Erst jetzt dämmerte dem Dr. Werner, was in den Köpfen seiner Kollegen vorging, und er hätte beinahe gelacht, aber Peetz bekam für seine Worte so viel laute Zustimmung, daß er auf den Tisch schlagen mußte, um sich Gehör zu verschaffen. »Ruhe! ... Ich bitte um Ruhe! ... Ich muß eine Erklärung abgeben, ich muß zu diesem bewußten Abend vor zwei Wochen, glaube ich, sofort etwas erklären! ... Das ist doch ein Stück aus dem Tollhaus!«

Er war selbst nicht ganz unschuldig an dieser Entwicklung, war am Tag nach dem Treffen Diergards mit Benjamin Bach immer wieder nach dem Ergebnis gefragt worden und hatte, da er sich für seinen Aufsichtsratsvorsitzenden verantwortlich fühlte, leider nur ausweichend geantwortet, die üblichen Sprüche zum besten gegeben, wie: Man wird sehen, es ist noch zu früh, um etwas dazu zu sagen, undsoweiter. Die definitive Absage hatte er heute morgen erst durch einen kurzen Brief Diergards erhalten, sie aber nicht für so wichtig erachtet und, vor allem, für längst überholt.

»Die Möglichkeit bestand damals«, rief er, »daß unser Haus sich an dem bekannten Chinaprojekt der Firma Tall beteiligen würde, wobei ich dahingestellt sein lassen möchte, ob die Zusammenkunft mit Herrn Diergard von Herrn Bach nur entriert wurde, um seine Hausbank unter Druck zu setzen! ... Was bei dieser in durchaus freundschaftlicher Form geführten Unterhaltung herausgekommen ist, war jedenfalls nicht von der Qualität, die uns hätte veranlassen können, in Verhandlungen mit dem Tall-Konzern einzutreten – das ist alles, was dazu zu sagen ist, meine Herren!«

Die enttäuschten und erbosten Mienen vor ihm verrieten nur allzu deutlich, wie es zu dem mysteriösen Kursanstieg der Nationalen Commerzbank gekommen war. Doch der Chefsyndikus gab sich noch nicht geschlagen.

»Das ist nicht wahr!« widersprach er prompt. »Ich habe Herrn Diergard am Tag nach seinem Gespräch mit Bach abends in Wahn getroffen, auf dem Kölner Flughafen, und er hat meine diesbezügliche Frage keineswegs negativ beantwortet – im Gegenteil! Er hat wörtlich zu mir gesagt: ›Wird schon! Wird schon, Peetz! Ich bin in dieser Sache gerade unterwegs!‹ ... Und auch Sie, Herr Werner, haben sich in all diesen Tagen nicht halb so deutlich ausgedrückt wie jetzt!«

Dr. Peetz bekam demonstrativ Beifall von seinen Kollegen. Der Vorsitzende war entsetzt und erschüttert, es gab überall schwarze Schafe, natürlich auch im Bankgewerbe, und er hatte schon so manchen Insider-Verrat erlebt – aber daß sich sein Vorstand in toto an dieser Spekulation beteiligt haben sollte, wollte ihm nicht in den Kopf.

»Das glauben Sie doch nicht im Ernst, Herr Peetz!« rief er. »Sie müssen Herrn Diergard mißverstanden haben!«

»Rufen Sie ihn doch an!« sagte der Chefsyndikus wütend. »Ich habe es schon einmal vorgeschlagen, und ich fordere Sie auch ein drittes Mal auf, wenn Sie wollen!«

Es blieb dem Vorstandsvorsitzenden nichts anderes übrig, als Bad Aibling anzurufen und die Lautsprecheranlage so aufzudrehen, daß alle neun Kollegen, die sich inzwischen am Konferenztisch niedergelassen hatten, mithören konnten.

»Wie geht es Ihnen?« fragte er gewohnheitsmäßig, als Diergard sich kurzangebunden meldete, aber er wartete die Antwort des Aufsichtsratsvorsitzenden nicht ab: »Wir stehen auf dreifünfunddreißig, und in vier Minuten wird uns die Börse aus dem Geschäft nehmen ...« Bei deutlich spekulativen Entwicklungen konnte der Börsenvorstand eine Aktie 45 Minuten nach der Eröffnung aus dem Verkehr ziehen. »Außerdem muß ich darauf hinweisen, daß fast der ganze Vorstand diesem Gespräch zuhört, Herr Diergard!«

Diergard schwieg lange, bevor er etwas sagte. Und schließlich sagte er: »Das ist dieser Bach ... Sollte mich wundern, wenn er nicht auch hinter der anderen Sache steckt ...«

»Hinter welcher Sache, Herr Diergard?«

»Na, hinter dem ganzen Rummel!« Das klang höchst ärgerlich.

Dr. Werner sah hilflos seine Kollegen an. Was redete der Alte da? Bevor er sich darauf einließ, dem alten Mann in Aibling klarzumachen, daß Benjamin Bach unmöglich die Börsen der ganzen Welt allein in Unordnung gebracht haben könnte, schaltete sich Dr. Peetz ein.

»Wir wollten auch nur wissen, Herr Diergard, was aus der Tall-Geschichte geworden ist – hier spricht Peetz! – Sie haben mir doch in Wahn kürzlich noch erzählt, das würde was werden!«

»Jeder redet da, was soll das heißen, Werner?« klagte Diergard. »Wer war das jetzt?«

»Herr Doktor Peetz, Herr Diergard! ... Fehlt Ihnen was?«

»Mir geht es nicht gut, ich glaube, ich lege mich wieder hin, grüßen Sie die Herren, lieber Werner, und alles Gute!«

Alle schrien gleichzeitig auf und wollten noch etwas sagen, aber Diergard hatte bereits den Hörer aufgelegt. Dr. Werner sah ratlose Gesichter vor sich.

»Was jetzt?« fragte Dr. Peetz. »Das ist doch unglaublich!«

»Achtunddreißig!« las einer vom Monitor ab.

Das Telefon summte schon wieder.

»Die Handelsbank will Sie dringend sprechen, Herr Doktor!« sagte eine Sekretärin.

Bei der Handelsbank in Düsseldorf ging es ähnlich zu, nur waren die Herren noch etwas konfuser, da ihnen ein Motiv für die sensationelle Aufwärtsentwicklung ihrer Aktie überhaupt nicht einfallen wollte. Dem ersten, der den Namen Benjamin Bach in die Debatte warf, sprang »Dandy« Lodtwitz fast an den Hals. »Herr Bach hat damit ausnahmsweise einmal *nichts* zu tun – ich warne Sie, Herr Kollege!«

»Aber es gibt ein Gerücht«, rief ein anderer, »daß BB sich mit Diergard von der Nationalen getroffen haben soll! Wenn das wahr ist, dann ...«

Mehrere Herren gaben zu, sie hätten auch »so was gehört«, und einer wußte sogar etwas von einer Ohrfeige, die entweder Diergard dem TALL-Chef oder der dem Bankier gegeben habe, worauf sich alle einig waren, nur letzteres könne der Fall gewesen sein.

In Vertretung Egerwalds, der sich an diesem Tag in London befand, amtierte Wilhelm Feuerlein, das älteste Vorstandsmitglied. Von ihm war bekannt, daß er sich mit dem TALL-Chef in offenem Kriegszustand befand, er hielt Benjamin Bach für einen »Krebsschaden« der Industrie. Die Kollegen waren daher sehr erstaunt, als auch Feuerlein abwinkte.

»Zufällig weiß ich, was es mit diesem Treffen auf sich hat – Herr Egerwald hat mir einen Bericht von Hassenstein gezeigt, und ich bin bereit, Bach vieles abzubitten.«

Damit machte er die anderen freilich nur noch neugieriger, und als auch »Dandy« Lodtwitz und Edgar Stolp zugaben, den Hassenstein-Report gelesen zu haben, verlangten die Nichteingeweihten stürmisch Aufklärung. Feuerlein lehnte ab, aber Edgar Stolp schob seine Bedenken beiseite. »Ich nehme das auf meine Kappe«, sagte der Börsenspezialist. »Ich bin fuchsteufelswild, daß Sie ganz selbstverständlich erst mal unseren größten Kunden verdächtigen, dabei liegt es auf der Hand, daß Diergard viel mehr daran interessiert sein muß, das Ergebnis seiner Zusammenkunft mit Bach, wenn schon nicht geheimzuhalten, so doch wahrheitswidrig darzustellen! ... Für mich liegt die Ursache für die heutigen Vorgänge an der Börse ganz zweifellos in Diergards Verhalten!« Und er gab in wenigen Worten eine zutreffende Schilderung des Rendezvous im Airport-Hotel und nannte auch die Quelle seines Wissens. »Wie Herr Hassenstein in seinem Bericht schreibt, hat Herr Bach sich absolut vorbildlich benommen – was hingegen in Diergard vorgegangen sein muß, kann ich mir ohne Mühe ausmalen!«

Er war erstaunlich sicher in seiner Beurteilung, der kleine Mann, dreißig Jahre Berufserfahrung und eine realistische Einschätzung seiner Kollegen standen dahinter. Dennoch wollte es seinen Zuhörern nicht in den Kopf, daß Diergard selbst geplaudert haben könnte. Warum hätte er das tun sollen?

»Aus Eitelkeit«, sagte Edgar Stolp, »das ist doch klar!«

Ihre Debatte wurde immer wieder von den Börsennachrichten unterbrochen, und als der Handelsbank-Kurs sich unaufhaltsam der 300-Mark-Grenze näherte – zu jeder anderen Zeit ein Traumziel –, verlangten einige Vorstandsmitglieder, daß Feuerlein mit Dr. Werner von der Nationalen spreche. Der alte Herr wehrte sich. »Was soll ich ihm sagen?« Was eine Paradefigur wie Egerwald wert war, erwies sich erst, wenn sie fehlte. Egerwald hätte das glänzend gekonnt: der Konkurrenz auf den schmerzenden Zahn fühlen!

»Dandy« Lodtwitz sprang in die Bresche. Seine Augen trieften, und seine Bruyèrepfeife qualmte wie ein Schiffsschlot. Seine Kollegen umdrängten ihn, obwohl die eingeschaltete Lautsprecheranlage jeden Winkel des Konferenzsaales erreichte.

»Bei uns brennt's!« versuchte eine Frankfurter Sekretärin den Anruf abzuwimmeln.

»Bei uns auch!« schrie Lodtwitz.

Dr. Werner zögerte ebenso wie Feuerlein. »Was soll ich mit Egerwald reden?« Der Chefsyndikus beugte sich über das Mikrofon. »Lassen Sie mich!« Er brannte darauf, die Wahrheit zu erfahren, und hielt dies für eine ideale Gelegenheit. Offenbar spielten Diergard und Benjamin Bach noch immer Versteck, und er glaubte auch zu wissen, warum: Natürlich sollte die Handelsbank erst erfahren, daß der TALL-Chef sich an die Nationale gewandt hatte, wenn sie sich über die Konditionen einig waren, darum auch die ganze Geheimniskrämerei, selbst Werner wußte ja nicht Bescheid!

»Peetz hier!« rief er.

»Lodtwitz, Tag, Klaus. Ich muß Werner sprechen, ist er da?«

Sie kannten sich gut, waren vor langen Jahren sogar einmal zusammen bei der Dresdner Bank gewesen und hatten geschäftlich immer wieder miteinander zu tun.

»Du wirst mit mir vorliebnehmen müssen, Werner ist auf der Börse. Egerwald wohl auch, wie?«

»Vielleicht ist es ganz gut, daß ich dich erwische«, sagte Lodtwitz. »Was ist das eigentlich für 'ne Schweinerei? Wir haben soeben mit drei-eins abgeschlossen – angeblich wollt ihr mit uns in Sachen Tall zusammengehen! Du hast das Gerücht wohl gehört?«

Dr. Peetz zwinkerte seinen Kollegen zu.

»Wir mit *euch?*«

»Dandy« Lodtwitz wurde laut. »Stell dich nicht so dumm an,

Mensch! Oder warum glaubst du, daß ausgerechnet mit NC und HB verrückt gespielt wird? Wie ich sehe, habt ihr bei dreiachtunddreißig abgeschlossen – auch nicht schlecht für einen Montagvormittag, was?«

Dr. Werner schob Peetz einen Block hin, auf den er EGERWALD??? geworfen hatte.

»Nu beruhige dich mal, Heinz!« sagte Dr. Peetz grinsend. »Bist du allein, oder hört dir Herr Egerwald zu? Wenn wir allein wären, könnten wir vielleicht ...«

»Egerwald ist in London! Also, heraus mit der Sprache. Du kannst dir vorstellen, daß die Börsenaufsicht sich da noch einschalten wird! Und wenn das böse Wort erst mal in den Zeitungen auftaucht, möchte ich nicht in deiner Haut stecken!«

Peetz glaubte, nicht recht gehört zu haben.

»Wer – ich? Du sprichst von *meiner* Haut?«

»Von der Nationalen! Das ist doch wohl klar! Oder kannst du dir einen Grund denken, der *uns* veranlassen könnte, mit so 'nem Gerücht hausieren zu gehen? Das ist doch geschäftsschädigend! ... Als ob wir unseren ältesten Kunden nur noch mit eurer Hilfe finanzieren könnten, und auch noch bei *dem* Geschäft!«

Im Konferenzsaal der Nationalen waren die Vorstandsmitglieder unmerklich näher an Dr. Peetz herangerückt. Der Chefsyndikus sah, blaß vor Wut, seinen Vorsitzenden an. Und Dr. Gustav Werner nickte heftig und zischte: »Sagen Sie's ruhig! Sagen Sie's!«

»Ich würde«, sagte Dr. Peetz, sich zur Ruhe zwingend, »an deiner Stelle vorsichtiger mit solchen Behauptungen umgehen, mein Lieber, es sei denn, du kannst dir wirklich keinen anderen als unseren Aufsichtsratsvorsitzenden vorstellen ...!«

»Diergard!« rief Lodtwitz. »Das sagen wir ja hier auch alle! ... Diergard ist der einzige, der dieses Gequatsche aufgebracht haben kann!«

Peetz konnte nicht fassen, was er hörte. Im ersten Moment war er verblüfft, dann aber kochte sein Temperament über.

»Sag mal, hast du schon was getrunken, daß du eine faustdicke Ironie nicht mehr verstehst? ... Ich wollte dir elegant auf die Sprünge helfen, aber wenn du so schwer von Kapee bist, geb' ich dir's gern auch mitten auf die Nase – *wer anders als Benjamin Bach hätte einen Grund, dieses Zeug zu erzählen???«*

»Laß den armen BB in Frieden!« sagte »Dandy« Lodtwitz seelenruhig. »Der ist wahrhaftig der letzte, der von diesem Gerücht was hätte – Tall spielt leider an der Börse noch nicht mit, mein Freund!«

Wollte Lodtwitz nicht verstehen? »Dann muß ich dich wohl mal aufklären!« rief Peetz voller Hohn. Ihm war jetzt egal, was daraus wurde. Wenn Diergard nicht bereit war, eine einfache Frage seines Hausjuristen zu beantworten, sollte er sehen, wie er sich die Trümmer dieses Geschäfts wieder zusammenklaubte. »Dann frage mal deinen ›armen BB‹, wo er am neunzehnten mittags war – wen er da in einem Frankfurter Hotel getroffen hat, um seine China-Finanzierung sicherzustellen! ... Tut mir leid, Heinz, aber du zwingst mich, die Dinge beim Namen zu nennen!«

»Dandy« Lodtwitz fiel keineswegs in Ohnmacht, wie Peetz sich das vorgestellt haben mochte, er brauchte auch keine Schrecksekunde, um eine Antwort auf diese Frage zu finden – er lachte einfach los, und er klang ausgesprochen roh und hämisch dabei. In Düsseldorf gab es mehrere Zuhörer, die »Dandy« Lodtwitz noch nie lachen gehört hatten, sie fanden es scheußlich. Er lachte lange und rief: »Diergard, natürlich! ... Glaubst du, das wissen wir nicht?«

»Das ... das wißt ihr?« Peetz war nicht auf den Mund gefallen, aber nun wußte er keine Antwort mehr, und das war ihm selten in seinem Berufsleben passiert. Er war überhaupt selten so ins Messer gelaufen wie jetzt.

»Glaubst du im Ernst«, fuhr »Dandy« Lodtwitz, prustend vor Lachen, fort, »daß unsere Kunden sich hinter unserem Rücken mit der Konkurrenz treffen? ... Ihr tappt ja wohl wirklich im dunkeln, da in Frankfurt! ... Vielleicht sollte ich dir'n bißchen auf die Sprünge helfen, wie? ... Ich hätte es nicht für möglich gehalten, aber Edgar Stolp scheint recht zu haben – er ist gerade bei mir und behauptet, daß Diergard aus reiner Eitelkeit nicht hat zugeben können, bei seinem Treffen mit Benjamin Bach die Abfuhr seines Lebens erhalten zu haben – und wir haben einen Zeugen für das, was ich sage, lieber Klaus! ... Hörst du mir noch zu?«

»Ja ... doch ... sprich weiter!« Peetz mußte jedes Wort einzeln hervorwürgen. Er mußte sich hinsetzen, ein Kollege sprang schnell auf und bot ihm seinen Sessel an.

»Diergard – nicht Benjamin Bach – hat sich um dieses Treffen im Airport-Hotel bemüht! Und BB war so klug, einen einwandfreien Zeugen mitzubringen und im Nebenzimmer zu installieren – F. A. Hassenstein, einen besseren gibt es nicht, das wirst du zugeben! ...

Aber Diergard muß euch doch davon erzählt haben! Hat er denn nicht eurem Doktor Werner, wenigstens, berichtet, was sich auf Zimmer achthundertfünf abgespielt hat?«

In Frankfurt sahen sie alle den armen Dr. Werner an, der sich den Schweiß von der Stirn tupfte und einen mehr als kläglichen Eindruck machte. Er schüttelte den Kopf und hob die Schultern und ließ sie wieder fallen. »Machen Sie Schluß!« sagte er. »Machen Sie, um alles in der Welt, Schluß ...!«

In Düsseldorf redete »Dandy« Lodtwitz noch, schoß aus allen Rohren und genoß das Schauspiel, oder Hörspiel, die Nationale Commerzbank im Staub auf den Knien liegen zu sehen, wenn auch nur in der Person des alerten Dr. Peetz, als eine Sekretärin das Konferenzzimmer betrat und laut dazwischenrief: »Die andere Partei hat aufgelegt!«

Um »Dandy« Lodtwitz brach Beifall los. Selbst der alte Feuerlein beteiligte sich daran. Der kleine dicke Stolp rief: »Fa-bel-haft, Herr Kollege!« Und Lodtwitz ließ sich gratulieren und schmetterte: »Dafür vergess' ich dem Bach so einiges ...!«

Diergard hatte mit seinem merkwürdigen Verhalten eine grelle Farbe in das graue Alltagsgeschäft der Bankmenschen gebracht, und das regte die Vorstandsmitglieder so an, daß sie sich ein paar Flaschen Champagner genehmigten und, übermütig, ihren Vorsitzenden aus einer Konferenz bei den Oberhäuptern der Londoner Midland-Bank holten, um ihm eine Kurzfassung der Ereignisse zukommen zu lassen.

Egerwald, freilich, zeigte sich seltsam spröde am Telefon. Vielleicht konnte er nicht so reden, wie er wollte, vielleicht ärgerte es ihn insgeheim, daß »Dandy« Lodtwitz sich diese Feder an den Hut gesteckt hatte, jedenfalls lachte er nicht ein einziges Mal, sondern sagte, das Gespräch zum Schluß abbrechend: »Ich sehe da noch keinen Grund zu jubeln, meine Herren. Wer immer dieses Manöver an der Börse inszeniert hat, muß sich mehr dabei gedacht haben als Herr Diergard. Versuchen Sie mir unbedingt für meine Rückkehr heute abend Herrn Bach ans Telefon zu schaffen. Ich habe hier ein paar sehr bedenkliche Sachen gehört – er muß in den letzten Tagen Eurodollar-Kredite so um die hundert Millionen zurückgezahlt haben, und die Frage steht im Raum: Von wem hat er das? Und was hat er dafür gegeben?«

Benjamin Bach und Feringer befanden sich seit Sonntagabend in Mexico City, offiziell, um der zu erwartenden Jubiläumsfeier auszuweichen, die Tassilo Billstein für den 1. Juni geplant hatte, inoffiziell, um Reynolds zu entgehen, dessen Hartnäckigkeit Überraschungen befürchten ließ, und in Wirklichkeit natürlich nur, um die deutsche Nationalelf Fußballweltmeister werden zu sehen.

Tilly Rasser hatte in Bachs Haus auf eine Weise das Kommando übernommen, daß ihm nur noch Unterwerfung oder Flucht übrigblieb. Schon am Samstagmorgen war sie mit Dede zum Golfen gefahren, am Nachmittag war Rita Chamier mit einer brandneuen Yves-Saint-Laurent-Kollektion aus München eingefallen, und am Abend waren die Damen, aufgedonnert wie die Gabor-Sisters, ins Kleine Schauspielhaus gegangen, zur »Kahlen Sängerin« von Ionesco, und anschließend auf eine Party zu Biggi Liesenfeld, viel Vergnügen. Dede hatte sich nur einmal, am frühen Sonnabend, als Tilly noch schlief, zu ihm ins Bett geschlichen und ihn besorgt gefragt, ob er nichts dagegen habe, daß sie soviel Zeit mit der verrückten Freundin verbringe – ihre Demut war herzbeklemmend. Und am Nachmittag, als er von einem Besuch Fabers kam und das Haus von den Münchener Modeleuten auf den Kopf gestellt fand, hatte ihn Tilly beiseite genommen. »Warum machst du dir nicht ein hübsches Wochenende in Monte Carlo?« Er hatte über ihre verstaubten Vorstellungen lachen müssen und die Koffer gepackt, und am Sonntagmorgen war er mit Feringer nach Amsterdam gefahren, die Plätze auf der KLM nach Mexiko waren ohnehin seit einem Jahr gebucht, genau wie die Suite im Del Prado, jenem Prachthotel auf der Avenida Juarez, das er liebte wie kein anderes Hotel in der Welt, weil es eine Stadt für sich war, in der man unerkannt leben konnte. Natürlich war ihm schon auf dem Flughafen Max Schmeling über den Weg gelaufen, aber der Exweltmeister hatte versprochen, den Mund zu halten.

Nach der mittelamerikanischen Standardzeit lagen sie acht Stunden hinter der deutschen Zeit, darum war Feringer erst um ein Uhr morgens ins Bett gekommen, er hatte noch mit Gitta telefonieren wollen, aber nur Lydia Cajek erreicht.

»Gitta ist einkaufen, und sonst tut sich hier überhaupt nichts, Herr Faber ist auch schon da.« Sie klang bedrückt.

»Paß gut auf«, hatte er ihr noch einmal eingeschärft, »außer Faber weiß kein Mensch, daß wir in Mexiko sind – auch Frau Bach und ihr Besuch nehmen an, wir wären nach Monte Carlo gefahren!«

»Und warum das alles?«

Darauf wußte Feringer auch keine Antwort, darum sagte er: »Das hat schon seine Gründe, stell nicht so dumme Fragen!«

»Weißt du, daß er mich vorige Woche erst eingeladen hat, mit nach Mexiko zu kommen?«

Feringer konnte sich denken, wann das gewesen war. Er hatte den ganzen Nachmittag in der Halle des Breidenbacher Hofes verbringen dürfen, bis Frau Cajek mit verheulten Augen an ihm vorbeigerannt war.

»Und warum bist du nicht mitgefahren?«

»Weil ... Ich habe ihm gesagt, daß das die Scheidung bedeuten würde ...«

»Ach du armes Lottchen.«

Dann hatte er auch noch das »Benjamin Franklin« in Philadelphia angerufen, dort war es nur zwei Stunden früher, und hatte sich mit Rhode verbinden lassen, um ihm anzuvertrauen, wo sie sich befanden. »Aber Herr Bach meint, es genügt, wenn *Sie* wissen, wo wir zu erreichen sind!«

»Verstehe«, sagte Dr. Rhode. »Goergi dreht sowieso bald durch. Erst hat er nicht begriffen, warum Reynolds mit uns nicht verhandeln will, und jetzt ist er wieder soweit, daß er nicht versteht, warum BB nicht selbst herkommt.«

»Aber morgen soll's doch losgehen?«

»Morgen soll's losgehen.«

Um fünf Uhr früh kam ein Fernschreiben aus Düsseldorf, daß Herr Egerwald abends um den Anruf von Herrn Bach bitte, Gruß Gitta. Und ein PS: »An der Börse tut sich was, Herr Faber ist ganz aus dem Häuschen.« Während er noch ausrechnete, daß sie zur deutschen Abendzeit gerade im Azteken-Stadion sitzen und dem ersten Spiel Mexiko – UdSSR zuschauen würden, schlief er wieder ein.

Benjamin Bach fand an diesem Montagmorgen nicht aus dem Bett. Er wachte gegen zehn Uhr erst auf, fühlte sich verschwitzt und versuchte, einen Traum zu rekonstruieren, in dem er Spießruten gelaufen war: die ganze Firma, wie sie sich ihm in der Hauptverwaltung darstellte, war hinter ihm hergerannt, Faber an der Spitze, eine Gauloises in der Hand, aber auch Gitta, die Cajek, Plinegger, Machkanz, Henry Blum, der junge Lehmann, Tassilo Billstein in Generalstabsuniform, an der Hand lauter Kinder, und Goergelen und Rhode, sein

Freund Wolfgang Amsler, der Schwede Waldekranz, Dr. Björner, Arm in Arm mit Brawand vom »Spiegel«, Sekretärinnen, Leute aus dem Nachrichtenraum, sogar sein Chauffeur Jonas und sein Schwiegersohn Lambert Koch. Ihre Gesichter waren vor Wut verzerrt gewesen, einige hatten auf ihn geschossen – was sich, vielleicht, mit dem Feuerwerk erklären ließ, das in dieser Nacht über Mexico City hochgegangen war –, und sosehr er rannte, er war nicht von der Stelle gekommen, hatte allerdings auch keine Ahnung mehr, was seine Vertrauten ihm nachgeschrien hatten. Er glaubte sich nur zu erinnern, daß er nach Dede gerufen hatte und nach dem Professor, aber sie waren in diesem Alptraum nicht aufgetreten, nur das Gesicht von Reynolds war ihm erschienen, am Grab von Glasenapp, und die Witwe des LKW-Direktors, eine hilflose dicke Frau, hatte ihm zugerufen, er möge aufspringen ... aufspringen ...

Er ging unter die Dusche, und Feringer, der seit Stunden im Salon nebenan saß und lange Fernschreiben studierte, brachte ihm einen herrlichen eisgekühlten Orangensaft.

»Haben Sie auch so fürchterlich geträumt? Wenn man seit Jahren gewohnt ist, traumlos zu schlafen, erwischt einen der erste wieder mit der Wucht eines Zementsackes. Ich glaube, ich gehe nochmal ins Bett ...«

Feringer wollte ihn mit Berichten aus dem deutschen Mannschaftslager in Leon aufheitern, aber Benjamin Bach bestand darauf, die Fernschreiben zu lesen, die in rascher Folge an diesem Morgen eingetroffen waren. Heißen Kaffee trinkend und knusprige Pastries kauend, legte er sich wieder ins Bett und forderte Feringer auf, am Fußende des Nachbarbettes Platz zu nehmen.

Faber berichtete von einem Besuch am Nachmittag bei der Bank, schilderte die Vorgänge vom Vormittag, samt der Vermutung, daß Diergard hinter den Gerüchten stecke, gab das Telefonat zwischen »Dandy« Lodtwitz und Dr. Peetz wieder und schloß:

»ich bin offen heraus gefragt worden, wo die 40 mio herkaemen, die wir vorige woche beglichen haben, allerdings ist egerwald nur auf etwa dreissig gekommen, es muss handfeste loecher in genf geben, anders kann ich mir die informationen aus london nicht erklaeren. ich hatte e. stolp schon am morgen mitgeteilt, dass sie in monte carlo waeren, und durchblicken lassen, es handelte sich um die 20-prozent-verkaeufe, das war, wie sich am nachmittag herausgestellt hat, falsch: jetzt ist egerwald offenbar ueberzeugt, sie haetten bereits verkauft – gute erholung, ihr edmund faber.«

Lange blieb Benjamin Bach in den Kissen liegen und starrte an die Decke, dann diktierte er Feringer eine Antwort an den Finanzchef.

»Gehen Sie heute abend zu Egerwald nach Hause und verpflichten Sie ihn zu Stillschweigen. Sagen Sie, ich wüßte nichts davon, daß Sie sich ihm offenbaren wollten, das wird helfen. Und dann erzählen Sie ihm die ganze Reynolds-Geschichte samt dem Diergard-Bessamer-Hintergrund. Sagen Sie, wir hätten die vierzig genommen, ohne etwas dafür zu geben, Motto: Betrüger wollen betrogen werden ...«

»Das wollen Sie einem offenen Fernschreiben anvertrauen? Schlafen Sie lieber noch ein bißchen, Herr Bach, gehen Sie im Park spazieren, und telefonieren Sie vielleicht selbst mit Herrn Faber!«

Aber Benjamin Bach wollte offenbar durch die Wand marschieren. Er schüttelte den Kopf. »Sprechen Sie mit ihm. Wenn er mich dran hat, hat er wieder tausend Einwände – ich kann seine klagende Stimme nicht mehr hören! ... Los, rufen Sie ihn an und lesen Sie's ihm vor! Sagen Sie, ich wäre mit einem Hautausschlag in Quarantäne, erfinden Sie was!« Er griff schon nach dem nächsten Fernschreiben.

Und das brachte ihn dann zum Lachen. Gitta übermittelte eine Botschaft aus Bad Aibling, von seinem Schwiegersohn.

»wir sind entdeckt worden. diergard war gestern abend mit einem nachbarn bei einem konzert auf frauenchiemsee. leonie hat unwohlsein vorgeschuetzt, und um dreiviertelzehn klopft es ploetzlich an meinen wagen. wir standen neben der kleinen kapelle, wo er immer orgel spielt. er ist frueher nach hause gekommen, hat sich vermutlich an der kreuzung absetzen lassen, um das letzte stueck zu fuss zu gehen. deshalb haben wir nichts gehoert. es war peinlich, wirklich. sie hat obenrum alles offen gehabt. er hat sie gezwungen auszusteigen und vor ihm herzugehen. zu mir hat er gesagt: bestell deinem schwiegervater, nun hat er ja erreicht, was er wollte. wenn ich nichts anderes von ihnen hoere, fahre ich sonntag zurueck.«

Der Aufsichtsratsvorsitzende der Nationalen Commerzbank erlebte am Abend dieses ersten Junitages sein Waterloo, aber es traf ihn nicht unvorbereitet. Es hätte schon nicht mehr des Anrufes seines Vorstandsvorsitzenden, am Mittag, bedurft, um ihm klarzumachen, daß er die Geister, die er selbst, leichtsinnigerweise, herbeigelockt hatte, nicht mehr loswurde. Seit dem Zusammentreffen mit Bach hatte er »sehenden Auges« oder »bei vollem Bewußtsein«, wie immer man es nennen wollte, alles getan, um die Katastrophe herbeizuführen, er konnte nicht anders; die einzige Erklärung, die er für sein törichtes Verhalten finden konnte, lag in der Person seines Widersachers: vor einem Mann wie Benjamin Bach öffentlich zu kapitulieren hätte seine Selbstachtung zerstört, sich die Wahrheit einzugestehen, insbesondere den Herren seiner Bank, ging über seine Kräfte. So hatte er seinen Vorstandsvorsitzenden in dem Glauben gelassen, das Gespräch mit dem TALL-Chef sei nach Wunsch verlaufen, und erst nach seiner Rückkehr nach Aibling, spät am Abend, hatte er sich dazu aufgerafft, ihm in fünf dürren Zeilen seinen Entschluß mitzuteilen:

»Ich möchte, nach reiflicher Überlegung, den Gedanken an eine Zusammenarbeit mit Tall aufgeben. Das Ergebnis meines Gespräches mit Herrn B. ist nicht von der Qualität, die uns veranlassen könnte, eine neue Zusammenkunft ins Auge zu fassen. – JMD.«

An diesem Abend wurde der Brief frankiert, aber nicht mehr abgeschickt, und als am nächsten Mittag der Anruf aus Brüssel kam, durch den Reynolds ihn ersuchte, am Nachmittag nach Godesberg zu kommen, hatte ihn die Hoffnung, mit Hilfe des Amerikaners vielleicht doch noch zu einem Ergebnis zu gelangen, bewogen, die Absendung des Briefes noch einmal zu vertagen. Er bereitete seit einem Jahr, im Verein mit Woldemar Wildfogel, eine enge Kooperation der BESSAMER AG mit GATHER STEEL Ltd. in Glasgow vor, die Idee stammte von dem Vorstandsvorsitzenden Alexander Hunnen selbst. Die beiden Stahlkonzerne waren sich in den Entwicklungsländern zu oft in die Quere gekommen, sie hatten sich so ruinös unterboten, daß eine sinnvolle Marktaufteilung, verbunden mit soliden Preisabsprachen, dringend geboten schien. Diergard hatte sich im Frühling 69 mit dem Präsidenten einer Edinburgher Großbank zu einem Spaziergang im Kopenhagener Tivolipark getroffen, und seitdem entwickelten sich die Geschäfte der beiden Firmen in Asien und Afrika ganz erfreulich.

Bis im Oktober Hilary F. Reynolds mit zwei Direktoren des Glasgower Konzerns nach Paris kam und, in der Wohnung eines Angehörigen der amerikanischen Botschaft, den aus Herne/Westfalen herbeigeeilten Herren Wildfogel und Hunnen die Mitteilung machte, SEPARA INDUSTRIES habe GATHER STEEL soeben gekauft –

doch der amerikanische Riesenkonzern lege ebenfalls großen Wert auf eine enge Zusammenarbeit mit BESSAMER. In Wildfogels Bericht war zum ersten Mal das Wort »Red China« aufgetaucht, verbunden mit handfesten politischen Überlegungen, die sämtlich um die Person des damaligen deutschen Außenministers Willy Brandt kreisten. Dazu hatte Diergard einen Geheimreport des State Department zu lesen bekommen, in dem zum ersten Mal von einer »neuen Ostpolitik« Bonns die Rede war – falls die SPD bei den bevorstehenden Wahlen genügend Stimmen auf sich vereinige, um Brandt zum Bundeskanzler zu machen. Der Rest war bereits Geschichte. Diergard hatte die Chancen des chinesischen Marktes sofort begriffen, obwohl nichts in Brandts neuer Osteuropa-Konzeption auf eine Einbeziehung Asiens hindeutete; er verließ sich da völlig auf den Pragmatismus der Amerikaner, die Vietnam loswerden wollten und mußten.

Sie hatten bei SEPARA INDUSTRIES mehrere Langzeitprogramme ausgearbeitet und BESSAMER die Rolle des Mittelsmannes in Tirana und Bukarest zugeteilt, während GATHER STEEL in London und Kairo tätig wurde, in all diesen Hauptstädten saßen große rotchinesische Vertretungen. Andere »Dummies«, wie die Amerikaner ihre Helfershelfer nannten, trieben die Erkundungen von Hongkong und Taiwan aus voran, ein großer japanischer Konzern, bei dem SEPARA eine Beteiligung hielt, warb direkt von Tokio aus um das Geschäft der Zukunft.

Und dann war – ausgerechnet am 8. Mai, dem fünfundzwanzigsten Jahrestag der deutschen Kapitulation – in Washington bekanntgeworden, daß Benjamin Bach vom TALL-Konzern in aller Heimlichkeit, und auf dem Umweg über Amerika, einen Alleingang nach Peking unternommen hatte. Acht Tage lang hatten alle möglichen Engländer und Amerikaner bei Diergard angerufen, und als die Bombe mit den vier Stahlwerken platzte, war er der einzige gewesen, der einen Vorschlag machen konnte.

»Wollen Sie das Geschäft kaputtmachen?« hatte Reynolds aus London angerufen. »Es gibt nur einen Weg – wir müssen uns bei ihm beteiligen! ... Machen Sie bloß keinen Ärger, Diergard! ... Erst wenn wir das Geschäft in der Hand haben, dürfen Sie Druck auf ihn ausüben!«

Er hatte an dem folgenden Sonntagabend vor dem Fernsehschirm gesessen und Gallenschmerzen verspürt, als Benjamin Bach strahlend erzählte, die Chinesen zahlten cash. Aber dann war Lambert Koch aufgetaucht, und die Lösung aus ihrem Dilemma zeichnete sich binnen Minuten ab, auf einmal war alles ganz einfach, er brauchte den dummen Jungen gar nicht bis zu Ende anzuhören. Triumphierend hatte er Reynolds in Paris angerufen.

»Ich habe es Ihnen ja gesagt – seine Hausbank macht nicht mit! Bach hat Sorgen mit der Finanzierung!«

»Fahren Sie zu ihm, bieten Sie ihm an, was er braucht!«

»Das kann ich nicht«, hatte er gesagt. »Ein Mann in meiner Position – und so, wie wir zueinander stehen! ... Sie kennen die deutschen Verhältnisse nicht, Herr Reynolds!«

Aber der Amerikaner hatte nicht lockergelassen, und schließlich waren sie auf Professor Rasser verfallen. »Rufen Sie ihn an! ... Seit wann genieren Sie sich, lieber Freund, wenn es um ein solches Geschäft geht!«

So waren die Dinge ins Rollen gekommen, und er war schneller im Abseits gelandet, als er es sich in seinen schwärzesten Träumen vorzustellen gewagt hatte. Nachdem er aus dem Airport-Hotel entkommen war, hatte er Wildfogel angerufen und ihn gebeten, Reynolds mitzuteilen, daß er aus dem Geschäft draußen sei. »Ich will von der Geschichte nichts mehr hören! Ich bin total erledigt!«

Und dann hatte er sich am Mittwoch doch dazu verführen lassen, nach Bonn zu fliegen, hatte, auf Reynolds' Wunsch, seine kleine schwarze Mappe mit den Unterlagen mitgebracht und einen so ehrlichen Bericht über den Verlauf des Treffens mit Benjamin Bach gegeben, daß es ihm den Magen umdrehte, und schließlich hatte ihm der amerikanische Bankier auch noch angekündigt, daß der TALL-Chef um 21 Uhr zu ihm kommen werde.

»Noch ist nicht alles verloren, Diergard!«

»Kennen Sie den Mann denn?«

»Ein bißchen ...«

»Sie werden sich wundern, Herr Reynolds!«

Nichtsdestoweniger hatte er Dr. Peetz, als er ihn auf dem Flughafen traf, gewisse Hoffnungen gemacht und den Brief an Werner, noch einmal, zur Seite gelegt, auch gegenüber Wildfogel durchblikken lassen, es sei noch nicht aller Tage Abend. Über das, was dann geschah, brauchte er sich nicht zu wundern, da es auch in seiner Branche, wie in jeder anderen, offenbar nicht möglich war, ein Geheimnis als solches zu behandeln. Er war von Anrufen und Besuchen »guter Freunde« überschüttet worden, so viele, wie sich an diesem

Wochenende und in den darauffolgenden Tagen bei ihm meldeten, hatte er zu seinem 70. Geburtstag nicht zählen können. Die ganze Branche schien felsenfest an die Kombination Nationale-TALL-Handelsbank zu glauben, nach einem Minimum an höflicher Einleitung kam jeder sofort darauf zu sprechen, gratulierte wortreich und versuchte schamlos Einzelheiten aus ihm herauszuholen. Er ließ sich schon verleugnen, obwohl er nicht allen Neugierigen aus dem Weg gehen konnte, und je bissiger seine Antworten wurden, um so glaubhafter klangen sie in den Ohren der Spekulanten. Seine Versuche, Reynolds zu erreichen, schlugen in dieser Woche alle fehl, auch Wildfogel bekam aus London nur die Auskunft, ein Brief an Herrn Diergard sei unterwegs. Wenn er an seine eigene Erfahrung mit Bach dachte, konnte er sich das Schweigen von Reynolds leicht erklären.

Jeden Mittag drehte er am Radio und erwartete mit angehaltenem Atem die Börsenberichte, ständig gefaßt auf die Auswirkung der Gerüchte, und als dann der schwarze Dienstag über die Börse hereinbrach, atmete er auf, war ganz selig. Kein Besitzer eines umfangreichen Aktienpaketes begrüßte die weltweite Katastrophe so erleichtert wie der Aufsichtsratsvorsitzende, diese Baisse würde alle Spekulanten für einige Zeit abkühlen! Um so entsetzter reagierte er dann zu Fronleichnam auf die ebenso überraschend eintretende Erholung an den norddeutschen Börsen, registrierte unglücklich, daß auch NC- und HB-Aktien in kürzester Zeit beinahe wieder ihren alten Stand erreichten, und als am Freitag endlich Reynolds' Brief eintraf, da trug er seine fünf Zeilen an Dr. Werner selbst aufs Postamt – neun Tage zu spät. Reynolds schrieb aus Nassau, Bahamas:

»Dear Sir,
ich bedauere aufrichtig, Ihnen mitteilen zu müssen, daß das Projekt, für das Sie so viel Zeit und Mühe aufgewandt haben, inzwischen mit Hilfe einer anderen Gruppe zur Vertragsreife gediehen ist. Obwohl Sie nach Ihrem ergebnislosen Versuch dem Unterzeichneten gegenüber mehrfach zum Ausdruck gebracht haben, daß Sie nichts mehr mit diesem Projekt zu tun haben wollten, bedauert niemand diesen Ausgang mehr als

Ihr ergebener
gez. H. F. Reynolds
(nach Diktat verreist)«

Das war Diergards schwarzer Freitag.

Am Sonnabend erschien unangemeldet der Essener Privatbankier H. C. Eckarth auf dem Hof in Aibling, entschuldigte sich tausendmal bei Leonie und fragte, ob er sich schnell die Hände waschen dürfe, er sei unterwegs nach Berchtesgaden, um ein paar Tage auszuspannen, und hätte es nicht übers Herz gebracht, »so einfach« an Diergards herrlichem Besitz vorbeizufahren, ohne dem »alten Freund« wenigstens guten Tag zu sagen, wie schade, daß er nicht zu Hause sei, und er wohne im Hotel Geiger in Berchtesgaden, wo er seit achtunddreißig absteige, und werde sich erlauben, den »Meister« am Sonntagvormittag anzurufen, eventuell auf einen Sprung vorbeizukommen.

Eckarth war einer der letzten Mehrheitsbesitzer unter den größeren deutschen Privatbankiers und ein alter Charmeur, dessen weltmännische Erscheinung ihren Eindruck auf Frauen nicht verfehlte. Leonie war darum ziemlich machtlos gegen ihn. Als er sich unter pausenlosem Geplauder die Hände genetzt hatte, spazierte er in die Wohnhalle und probierte die bequemen Fauteuils aus, fragte Leonie, die gar nicht zu Wort kam, ungeniert, woher sie stamme, in welchem Verwandtschaftsverhältnis sie zum Herrn des Hauses stehe – »Lassen Sie mich raten, schönes Kind – eine Meyers? Sie könnten die Tochter von Frau Diergards jüngster Schwester sein!« –, und vertraute ihr schließlich, von seiner Begeisterung fortgerissen, ganz nebenbei den wahren Grund seines Überfalls an. »Wie das Leben so spielt, kommen der alte Diergard, wenn ich so sagen darf, und der alte Eckarth ja nun doch wieder einmal zusammen, hahaha, wer uns das unter Adolf damals prophezeit hätte!« Leonie verstand kein Wort, schwitzte vielmehr Blut und Wasser, denn Diergard saß in seinem Arbeitszimmer im ersten Stock auf dem Balkon und hatte die Tür zur Treppe leise geöffnet, was er stets tat, wenn Gespräche in der Wohnhalle geführt wurden. Immerhin konnte sie, als der Besucher endlich gegangen war, dem Hausherrn verraten, was Eckarth ihr, noch zwischen Tür und Angel, anvertraut hatte. »Er wäre bei Egerwald im Wort, aber ein paar Tage lang bleibe er, aus alter Freundschaft, auch für dich noch ›offen‹!«

Diergard hatte in den kalten Kamin gespuckt, das war seine Antwort. Er war ungemein schlechter Laune, sprach kaum etwas mit ihr und verlangte am Nachmittag nach dem Arzt. Leonie hatte den Professor vom Münchener Krankenhaus rechts der Isar angerufen, der sein Wochenendhaus in der Nähe hatte, und der war gekommen und hatte Diergard eine Spritze gegeben und dazu bemerkt, seine Herzbeschwerden seien wohl eher psychosomatischer Art, er müsse auf andere Gedanken kommen, sich bewegen, und er werde ihn und die gnädige Frau abends zu einem Freiluftkonzert am Chiemsee abholen. Als er tatsächlich um sieben Uhr vorbeikam und Diergard sich von der Vorstellung verlocken ließ, das Stuttgarter Kammerorchester unter Münchinger die Vier Jahreszeiten von Vivaldi spielen zu hören, klagte Leonie über Migräne und wollte lieber ins Bett gehen. Kaum waren die Herren ins Auto gestiegen, da traf sie sich mit Lambert Koch.

Und das machte auch den Sonnabend zu einem schwarzen Tag für den Aufsichtsratsvorsitzenden, es wäre der schwärzeste seines Lebens geworden, wenn er fähig gewesen wäre, sich noch mehr aufzuregen, aber er war an der Grenze seiner Leidensfähigkeit angelangt, also sollte auch das noch kaputtgehen, es traf eben alles zusammen. Stumm sah er zu, wie das »schamlose Weib« seine Bluse wieder in Ordnung brachte, und sagte dem Schwiegersohn Benjamin Bachs – seinem Patenkind! –, daß alles im Leben sich eines Tages rächen werde, vielleicht dachte er das auch nur. Dann ging er wortlos hinter Leonie her, schaffte den ansteigenden Weg bis zum Haus nur mit Mühe noch und ließ sich, von Herzschmerzen geplagt, ins Bett fallen. Den Sonntag über blieb er liegen, verbat sich Erklärungen und Entschuldigungen und weigerte sich, etwas zu essen oder Anrufe entgegenzunehmen, auch den Arzt wünschte er nicht zu sehen, wahrscheinlich wollte er sterben.

Doch am Montag, in aller Herrgottsfrühe, spielte er schon wieder Orgel, brausende Choralvorspiele von Reger, spielte sie immer wieder und immer lauter, und als er sich mittags hinlegen wollte, rief Dr. Werner an und teilte ihm die Katastrophe mit, auf die er schon so lange wartete: 335 Punkte. Er glaubte, einen deutlichen Vorwurf in der Stimme seines VV zu hören, und war sicher, daß der Kurs, noch während sie redeten, auf 340 oder 350 kletterte. Das beunruhigte und faszinierte ihn gleichermaßen, er verspürte auf einmal Hunger, verlangte einen Schweinebraten mit Klößen und trank gierig einen halben Liter Bockbier dazu, sein Blutdruck stieg wieder. Daß auch die Handelsbank allen anderen Werten davongezogen war, konnte er sich denken, ohne das Radio anzustellen. Und was Egerwald daraus machen würde, eröffnete ein so breites Spektrum von Möglichkeiten, daß er nach Kaffee schrie – »Mokka!«, den ihm die

Ärzte verboten hatten – und zwei Stunden wie ein gefangener Löwe auf seiner Terrasse auf und ab lief, dreißig Schritte hin, dreißig Schritte her.

Er war jetzt über fünfzig Jahre im Bankgeschäft und hatte zahllose Börsenmanöver erlebt, selbst angezettelt oder durchkreuzt, aber noch nie im Alleingang eine solche Bewegung entfesselt, das war in höchstem Maße unseriös, kein Mann von seiner Bedeutung durfte sich je darauf einlassen, eine Spekulation wie diese war nicht am grünen Tisch zu planen, sie ging immer schief, endete mit einem schlechten Ruf, und der kam einem Todesurteil gleich in ihrer Branche. Er brauchte nur an den Kollegen Abs zu denken, wie der immer noch zu kämpfen hatte, um den schleichenden Verdacht loszuwerden, er hätte etwas mit der Krupp-Krise von damals zu tun gehabt. Aber nun war es passiert, der Sturm auf die beiden Aktien losgebrochen, und wer immer Geld an dieser Spekulation verlor, würde mit dem Finger auf ihn zeigen, da brauchte er sich nichts vormachen: das Gerücht von dem Zusammengehen der beiden Großbanken in diesem Chinageschäft war unlösbar mit seinem Namen verbunden. Er hatte Peetz' insistierende Frage wohl verstanden – und auch Werners Warnung, der ganze Vorstand höre dem Gespräch zu. Die vielen Anrufe und Besuche, die er in der letzten Woche bekommen hatte, waren wie eine Eisenkette, die sich um seinen Hals legte, und aus einem Schwätzer wie H. C. Eckarth konnte über Nacht ein Henker werden.

Dies alles machte sich Josef Maria Diergard am Montagnachmittag äußerst klar, doch anstatt zu erschrecken und Dr. Werner – ohne Vorstand – noch einmal anzurufen, vielleicht um Maßnahmen zu beraten, die dem Spuk ein Ende setzen könnten, gab er sich einem ungehörigen Gefühl der Genugtuung hin, genoß die unübersehbaren Zeichen seiner Macht, realisierte vor seinem geistigen Auge, was 335 oder 340 Mark pro Aktie, in Millionen ausgedrückt, bedeuteten, und spürte, wie die Kraft zurückkehrte, die ihn nach dem gescheiterten Reynolds-Unternehmen verlassen hatte. Wer in der Lage war, nur mit ein paar hingestreuten Bemerkungen solche Wirkungen zu erzielen, der saß noch nicht auf dem Altenteil, der sollte – wenn er es klug anfing – auch in der Lage sein, einem Freibeuter wie Benjamin Bach noch die eine oder andere Unannehmlichkeit zu verschaffen.

Vor zwei Wochen noch hätte es dem Aufsichtsratsvorsitzenden der

Nationalen Commerzbank nicht einfallen dürfen, auch nur den Hauch einer Stimmungsmache gegen einen fremden Konzern in Erwägung zu ziehen, mit Recht wäre er gefragt worden, wie er dazu käme. Doch nun sah das anders aus, nun stand er, sozusagen, mit Benjamin Bach engumschlungen auf der Bühne, im Spotlight der Branche, und von niemand anderem als von ihm, Josef Maria Diergard, erwarteten die Mitwirkenden ihre Regieanweisungen. Warum sollte er sie ihnen nicht geben?

Als er ins Haus zurückging, war sein Kopf zum ersten Mal frei für Leonie, die er acht Jahre lang für das späte Glück seines Lebens gehalten hatte und seit Samstagabend nicht mehr ertragen konnte. Sie stand auf der Treppe, war nur noch bleich, hatte Tränen in den Augen und wiederholte – zum wievielten Male? – mit leiser Stimme: »Ich gebe ja alles zu ...«

Was war da noch zuzugeben? Wenn es wenigstens nicht dieser Lümmel gewesen wäre! Aber die Natur hatte es gut mit Diergard gemeint, ihn durch andere Sorgen davor bewahrt, den Verstand zu verlieren. Jetzt blieb er vor Leonie, die schnell auswich, stehen und rief: »Du kannst doch das so gut, du ...« Noch gestern hätte er Hure zu ihr gesagt, heute wollte es ihm schon nicht mehr über die Lippen.

»Ruf ihn an! Ruf Eckarth an – in welchem Hotel ist er abgestiegen? ... Sag ihm, er hätte so großen Eindruck auf dich gemacht, er soll dich besuchen kommen. Und wenn er nach mir fragt, dann sagst du, was du auch dem anderen gesagt hast – sag: ach, der Alte! Der spielt doch keine Rolle!«

Fassungslos hörte sie ihm zu. »Was soll ich?«

Er erklärte es ihr noch einmal und wunderte sich über den bösen, sarkastischen Ton, den er ihr gegenüber anzuschlagen in der Lage war, der Drang steckte dahinter, ihr weh zu tun, sie büßen zu lassen für den Verrat.

»Bestell ihn für heute abend um zehn. Ich lege mich jetzt hin und komme um halb elf wieder herunter – sehr überrascht, meinen alten Freund H. C. Eckarth hier zu finden!«

Er ging zu seinem Schreibtisch, sah in seinen Terminen nach, rief seine Sekretärin in Frankfurt an und ließ sich für eine Aufsichtsratssitzung am Mittwoch in Berlin entschuldigen, dann legte er sich ins Bett.

Eine Stunde später trafen Dr. Gustav Werner und Dr. Klaus Peetz in einem Taxi aus München ein. Sie ließen ihn wieder wecken, denn sie brachten schlechte Nachrichten.

»Doktor Peetz hat eine Prüfung der Privatkonten aller Vorstandsmitglieder verlangt«, sagte Dr. Werner, »und die Börsenaufsicht stellt eine Untersuchung an. Auch die Presse mischt sich bereits ein. Heute nachmittag haben neun von zehn Herren zugegeben, NC gekauft zu haben, einige in erheblichem Umfang. Und die Handelsbank behauptet, das Manöver sei von Ihnen inszeniert worden, Herr Diergard. In einem Telefongespräch heute morgen hat Herr von Lodtwitz zum Beweis einen Bericht von F. A. Hassenstein angeboten – und ihn, fernschriftlich, heute nachmittag vorgelegt.«

Die Besucher hatten das Fernschreiben bei sich. Es war eine Kurzfassung dessen, was Hassenstein im Nebenzimmer während des Gesprächs im Airport-Hotel erlauscht hatte, und es war in seiner Sachlichkeit vernichtend.

»Wir müssen befürchten, daß sie den Bericht in allen Einzelheiten der Börsenkommission vorlegen«, sagte Werner.

Und Dr. Peetz sagte eisig: »Das wird Konsequenzen haben, Herr Diergard.«

Der Aufsichtsratsvorsitzende war am Ende. Sein Kopf fühlte sich wie ein Gefäß an, dessen Inhalt bei der geringsten Bewegung überschwappen würde, er war aus dem ersten Schlaf gerissen worden, hatte zuviel Bockbier getrunken. Lange saß er in seinem Sessel und starrte das Fernschreiben an, während seine Besucher ihn mißtrauisch musterten. Dann ließ er es auf den Boden flattern.

»Was will Lodtwitz damit beweisen?«

»Daß die Handelsbank und Herr Bach keinesfalls ein Interesse daran gehabt haben können, das Ergebnis dieses Gesprächs als den Beginn einer erfolgversprechenden Zusammenarbeit hinzustellen!« sagte Peetz höhnisch.

»Und ich?« fragte Diergard. »Warum sollte ich ein ...?«

»Sie *haben* es aber getan!« fuhr ihm Peetz über den Mund. »Unter anderem *mir* gegenüber!«

»Wollen Sie vor Gericht gegen mich auftreten?«

Peetz schwieg.

»Warum«, fragte Werner, »haben Sie Ihren Brief an mich am neunzehnten datiert, aber zehn Tage später erst zur Post gegeben, so daß ich ihn heute morgen erst lesen konnte?«

Diergard hob die mageren Greisenhände. »Er wird liegengeblieben sein ... Ich bin hier auf dem Land, mache Urlaub ...«

»Ich halte es für dringend notwendig, daß Sie Egerwald sofort anrufen«, sagte Peetz. »Er ist vor einer halben Stunde aus London zurückgekommen und erwartet Ihren Anruf zu Hause.«

Der Aufsichtsratsvorsitzende erhob sich mühsam und schüttelte den Kopf. »Nein ... Ich sehe keinen Grund ... Als nächstes werden Sie mir vorschlagen, auch Herrn Bach noch anzutelefonieren ...«

Er ging auf die Treppe zu, ließ sie einfach stehen.

Sie eilten ihm nach.

»Aber, Herr Diergard! So können Sie auf diese Vorwürfe nicht reagieren! ... Sie müssen Stellung beziehen!« rief der Vorstandsvorsitzende.

Und der Chefsyndikus öffnete seinen Aktenkoffer. »Ich habe eine Erklärung vorbereitet, die unsere Lage juristisch ...«

Auch dies lehnte Diergard ab.

»Alles, was ich zu sagen habe, steht in meinem Brief an Herrn Werner, veröffentlichen Sie ihn doch ...«

Er stieg die Treppe hinauf, ohne sich noch einmal umzuwenden. Das war seine Art, mit Problemen fertig zu werden – für einen Mann, der mit dem Rücken am Abgrund stand, wahrscheinlich die einzige.

Werner und Peetz fuhren nach Bad Aibling und bekamen Zimmer im Parkhotel Ludwigsbad, aus dem Lambert Koch am Sonntagmorgen ausgezogen war. Sie waren entschlossen, am nächsten Morgen mit ihrem Aufsichtsratsvorsitzenden weiterzureden. Er oder wir, hieß die Alternative. An diesem Abend glaubten sie noch, sich nur retten zu können, wenn Diergard sein Amt niederlegen würde.

Ein Mann, der nichts mehr zu verlieren hat, entwickelt ungeahnte Kräfte. In der letzten Stunde dieses Tages stieg Josef Maria Diergard wieder die Treppe herab, blieb auf dem letzten Absatz stehen und rief: »Nanu ...?«

Vor dem lodernden Kaminfeuer saßen Leonie und H. C. Eckarth bei einer Flasche Wein. Sie hatte das kleine Schwarze angezogen, er war in einem Trachtensmoking erschienen.

Der Privatbankier sprang auf. »Mein lieber Diergard!«

Er brachte es fertig, den Aufsichtsratsvorsitzenden zu umarmen, war glücklich, ihn »doch noch« zu sehen, und erklärte wortreich seine Anwesenheit und seine vielen Versuche, Diergard zu erreichen.

»Ich bin nicht so recht beieinander«, entschuldigte sich der Hausherr.

»Aber ein Gläschen werden Sie doch mittrinken? Ich habe mir erlaubt, ein paar siebenundsechziger Braubacher Riesling ...«

Leonie sagte, sie müsse den Hund spazieren führen, verschwand und kam eine Stunde lang nicht wieder.

Der Privatbankier war mächtig aufgekratzt. »Ich finde das famos, lieber Diergard, daß wir, zu so später Stunde noch, ein Wörtchen miteinander ... « Er sprach, offenbar, nie einen Satz zu Ende.

»Und Egerwald? Ich höre, er hat Sie wieder an der Angel.«

»Na«, rief H. C. Eckarth, »wir kleinen Privatbankiers gucken zwar meistens in die Röhre, wenn ihr Großen euch zusammentut, aber diesmal, hahaha, diesmal hoffe ich doch dabeizusein – gratuliere, übrigens, es hat uns im ersten Moment zwar umgeworfen, aber beim zweiten Nachdenken, beim zweiten Nachdenken ...«

»Meinen Sie das Gerücht, das dieser Bach in die Welt gesetzt hat?«

An dieser Stelle brach die gute Laune des Privatbankiers jäh ab, und er sagte, beinahe grob: »Nu hören Sie aber auf, Herr Diergard! ... Wenn Sie nicht darüber sprechen wollen – auch gut, ist schon akzeptiert, aber mit ›Gerüchten‹ zu kommen, das ist doch ... ist doch ...«

»Haben Sie etwa viel da drin?«

»Wo drin? ... Wenn Sie Tall meinen – o ja! Haben wir. Da haben wir natürlich Geld drin! Und ob wir dabei sind! – Und Sie doch auch, oder wollen Sie mir weismachen, Sie hätten sich nicht mit Benjamin Bach getroffen. Ihre Bemerkung vorhin ...«

»Doch«, sagte Diergard ernst, »ich habe mich mit ihm getroffen – wenn ein Haus wie das von Theodor Tall in eine Krise gerät, halte ich es für meine Pflicht, mich diesbezüglichen Ansuchen nicht zu verschließen.«

»Krise?« schrie H. C. Eckarth. »Wieso in eine *Krise* gerät?«

Voller Unschuld schaute Diergard den entrüsteten Privatbankier an. »Erlauben Sie, Herr Eckarth, Sie scheinen mir nicht ganz informiert ... Vielleicht sollte ich besser meinen Mund halten.«

Eckarth sprang auf und fuchtelte mit den Armen. »Aber was reden Sie denn von einer Krise, Herr Diergard!? Es geht doch um die Finanzierung des größten Exportgeschäftes nach dem Krieg! Das will doch überlegt sein, da kann man doch nicht von einer Krise ...«

»Um Ihre Frage zu beantworten«, Diergard griff den Faden kühl wieder auf, »und weil Ihr Haus schließlich eine der ältesten und angesehensten unabhängigen Privatbanken der Bundesrepublik ist, muß ich Ihnen – und nur Ihnen allein, lieber Herr Eckarth, und weil wir uns hier unter vier Augen befinden – anvertrauen, daß die Nationale sich, nach genauer Prüfung der Unterlagen, außerstande gesehen hat, den Intentionen des Herrn Bach zu folgen – *wir* können da gar nichts mehr tun, sosehr ich es bedauere, Ihretwegen und vieler anderer befreundeter Institute wegen, die in den Fall verwickelt sind.«

»Das ... das ist doch nicht Ihr werter Ernst?« rief Eckarth nach einer Schrecksekunde. »Sie sind nicht dabei? ... Sie können nichts mehr tun? ... Ja, zum Kuckuck, was heißt denn das, Herr Diergard?? Von Mann zu Mann, bitte!!!«

Josef Maria Diergard krümmte die Schultern zusammen und zog die Beine hoch, während er H. C. Eckarth bekümmert von unten herauf anschaute. »Wissen Sie denn nicht ...?« flüsterte er, kaum hörbar. »Dieser Bach ist am Ende. Tall ist pleite. Du lieber Gott, Eckarth, Freund! ... Haben Sie da etwa *viel* drin?«

Das hatte H. C. Eckarth, ganz zweifellos, und er wartete die Rückkehr Leonies nicht mehr ab, so eilig hatte er es plötzlich, nach Berchtesgaden zurückzukommen, um von seinem Geld zu retten, was vielleicht noch zu retten war. Er hielt sich nicht mit Nachdenken auf, es fiel ihm auch nicht ein zu widersprechen. Wenn ein großer Mann wie Diergard sich derartig unverblümt ausdrückte, gab es für einen »kleinen Privatbankier« nur noch eines: Handeln! ... Er versicherte seinem Gastgeber ewige Dankbarkeit sowie strengstes Stillschweigen und verschwand in der Nacht.

DONNERSTAG, DER 4. JUNI 1970

Dr. Rhode war am Dienstagnachmittag deutscher Zeit – elf Uhr vormittags in Philadelphia – von Faber zurückgerufen worden. »Es brennt, wir haben seit heute morgen sechzehn Banken verloren!« Benjamin Bach war noch nicht informiert, befand sich in Comanjilla, außerhalb von Leon, der mexikanischen Stadt, in der am Mittwoch das erste Spiel der deutschen Nationalmannschaft gegen Marokko stattfinden sollte, aber man rechnete in Düsseldorf damit, daß Feringer sich gegen Mittag – mexikanischer Zeit – melden würde. Die »Verkaufs«-Verhandlungen mit SEPARA INDUSTRIES waren am Montag endlich angelaufen, nachdem Hilary F. Reynolds seine Tochter unter die Haube gebracht und sich nach New York oder Washington verzogen hatte, vielleicht war er auch wieder nach Europa gejettet. Nun waren die Juristen unter sich, und die Schwierigkeiten stellten sich nach Programm ein, ohne daß dies die amerikanischen Anwälte aufregte – je mehr Meinungsverschiedenheiten, um so fettere Honorare winkten. Dabei hatten die TALL-Abgesandten ihre eigenen US-Anwälte von der Firma Wayne & Denters in Boston ohnehin erst für die zweite Runde vorgesehen. Rhode hatte sich von O. E. von Goergelen verabschiedet, der seinerseits einen weiteren Juristen aus der Stabsabteilung Recht anforderte, und war zum International Airport gefahren. Von dort hatte er noch einmal in Düsseldorf angerufen und einen völlig hysterischen Finanzchef an den Apparat bekommen. In den hundert Minuten, die seit dem ersten Anruf vergangen waren, hatten weitere vierzig Banken ihre Kredite gekündigt, darunter ein paar ihrer ältesten Geschäftspartner, ferner elf Versicherungsgesellschaften, bei denen sie kurzfristige Gelder geliehen hatten, der Schaden belief sich bereits auf hundertundsoundsoviel Millionen – »und BB macht sich einen sonnigen Lenz auf dem grünen Rasen!« schrie Faber. »Ich sage Ihnen, Rhode«, setzte er, überflüssigerweise, hinzu, »er wird da enden, wo er hergekommen ist – auf dem Fußballfeld! Wenn uns das vor zehn Tagen passiert wäre, hätten wir nicht mal Löhne und Gehälter zahlen können!« Rhode wollte noch nach der Handelsbank fragen, aber Faber hatte schon den Hörer aufgeknallt. Der junge Finanzanwalt konnte sich ohnehin denken, was jetzt bei Egerwald los war: er mußte die wankend gewordenen Reihen in der Kreditfront stützen, ihnen neues Vertrauen in die TALL-Zukunft einhämmern – und wen hätte er da lieber zur Seite gehabt als Benjamin Bach? Rhode war neugierig auf die Reaktion des Aufsichtsrates, von der Antwort auf die Frage, ob Wallassé mitziehen würde, hing nun wahrscheinlich alles ab. Und lächerliche Emotionen – »Herr Bach ist zur Fußballweltmeisterschaft gefahren?« – konnten die Frage sehr schnell negativ beantworten. Mit diesen aufregenden Überlegungen beschäftigt, gelang es ihm nicht, auf dem Achtstundenflug nach Frankfurt ein Auge zuzutun. Er landete, nach der amerikanischen Zeit noch, um Mitternacht, aber in Frankfurt standen die Zeiger schon auf 6 Uhr früh, und es war Mittwoch, der TALL-Jet wartete mit Fritz Gorbach, ihrem Eurodollar-Spezialisten, und neuen Katastrophenmeldungen; sie flogen gleich weiter nach Genf.

Benjamin Bach war erst zwei Stunden nach ihm erreicht worden – zuzüglich eines mexikanischen Zeitunterschiedes von weiteren zwei Stunden – und hatte, wie er ging und stand, eine Air France nach Paris genommen, von wo er gegen 9 Uhr mit der ersten Lufthansa in Düsseldorf eintreffen sollte. Feringer hatte sich noch um Hotel und Gepäck kümmern müssen und wurde erst mittags wieder am Rhein erwartet. Auf Verdacht hatte Rhode sich um sieben Uhr von Genf mit der VIP-Lounge der Air France in Paris verbinden und BB ausrufen lassen, zwanzig Minuten später erreichte er ihn in der Caféteria des Orly Hilton. »Ich fühle mich wie Rommel, als die Schlacht um El Alamein losgegangen ist und er gerade im Führerhauptquartier in Ostpreußen war«, sagte der TALL-Chef müde. »Was machen Sie in Genf? Sind wir in Philadelphia auch geplatzt?« Rhode berichtete, daß sich an der SEPARA-Front alles nach Wunsch entwickle, während Faber Schwierigkeiten habe, die zurückgezahlten Dollarmillionen neu aufzunehmen. »Ich muß mich selbst darum kümmern.« Und er wußte von Gorbach inzwischen, daß die Zahl der abspringenden Banken sich über Nacht noch einmal verdoppelt hatte. Faber war bis ein Uhr früh mit Egerwald und Lodtwitz zusammengewesen und hatte einen riesigen Stoß neuer Kündigungen mitgebracht. Juristisch sah die Lage hoffnungslos aus, da alle Banken sich auf den Paragraphen beriefen, der sofortige Rückzahlung vorsah, wenn der Kreditnehmer seine Zahlungsunfähigkeit erkennen ließ. Das war ein böser Witz: die Zahlungsunfähigkeit wurde durch die Kündigungen ja erst hergestellt. Rhode konnte seinen Chef auch nicht mit der Nachricht trösten, daß Bundesbankpräsident Blessing sich in Sachen TALL mit Bundeswirtschaftsminister Schiller treffen werde. »Sie werden beraten«, sagte Benjamin Bach, »was sie den Banken verbürgen müssen, um den Laden flottzuhalten. Und Sie können sich darauf verlassen, daß sie dabei an China denken werden!« Rhode hatte nachgedacht. »Meinen Sie, daß wir einen Aufsichtsrat kriegen werden, in dem der Bund vertreten ist?« Und Benjamin Bach hatte, mit einem seltsamen Lachen, gefragt: »Wissen Sie nicht einen annehmbaren Nachfolger für mich?«

Rhode hatte sich nicht lange mit Versuchen aufgehalten, neues Geld zu finden, sondern die Mittagsmaschine nach Düsseldorf genommen, keiner von denen, die ihm sonst mit den Millionen nachliefen, war bereit, auf den Namen TALL noch einen roten Heller zu setzen, der Finanzuntergrund hatte auch in Genf die Alarmsignale gehört.

Von außen hatte das TALL-Haus am Rheinufer wie immer ausgesehen, auch in der großen Halle und in den Fahrstühlen benahmen sich die Angestellten wie sonst. Die sogenannten Werktätigen ahnten noch nichts von der Gefahr, in der ihre Arbeitsplätze schwebten. Auch in Plineggers Ressort war die Arbeit wie immer weitergegangen, und Tassilo Billstein hatte die Räume Benjamin Bachs sogar mit Blumen ausstatten lassen; unverdrossen versuchte er, das 20jährige Jubiläum des Chefs nachzufeiern. Rhode erfuhr, daß BB mit Faber gleich vom Flughafen nach Bonn weitergefahren war, und gesellte sich zu den Resten des Finanzressorts, die übernächtigt in Fabers Konferenzraum tagten. Jede Hoffnung, das Blatt noch zu wenden, war unter einer Flut von Kreditkündigungen erstickt worden, die Zahl der Banken und Versicherungen, mit denen der Finanzchef seit vielen Jahren jongliert hatte, überstieg das Vorstellungsvermögen aller Mitarbeiter. »Zweihundert!« sagte der erste, dem Rhode begegnete. Aber der Assistent Roselunds versicherte, es seien an die dreihundert, er mußte es wissen. Unter den untätig herumsitzenden Finanzmenschen gab es zwei Auffassungen, von denen jene überwog, die an BBs glückliche Hand glaubte: »Er wird Schiller anzapfen – und der muß die Banken zurückpfeifen!« Die andere Auffassung lief auf »Verstaatlichung« hinaus. Und beide Lager glaubten fest daran, daß Benjamin Bach bleiben würde. BB und TALL waren eine untrennbare Einheit. Rhode hatte sich zu Gitta Wagenseil und Lydia Cajek begeben, die blaß, aber von blindem Glauben erfüllt, hinter ihren Schreibtischen saßen und anrufende Freunde und Feinde des Hauses mit dem bedeutungsvollen Satz vertrösteten: »Herr Bach ist in Bonn!« So überzeugt mußten die Telefonistinnen im Führerbunker damals die Kunde von der »Armee Wenk« verbreitet haben, die sich im Anmarsch befinden sollte und nie in Berlin eintraf. Um 14 Uhr hatte Rhode in Philadelphia angerufen und Goergelen aufgeklärt, der wollte das jähe Ende gar nicht glauben. Um 16 Uhr war Faber zurückgekommen, tief deprimiert, aber energisch genug, um alle wieder an die Arbeit zu schicken. Vier Revisoren von der Bank erwarteten ihn. Wo Benjamin Bach steckte, verriet er nicht. Rhode hatte sich in seinem Zimmer auf den vollgepackten Schreibtisch gelegt und versucht, ein Stündchen zu schlafen, dann war ihm eine Idee gekommen, und er hatte das Steigenberger-Hotel in Bonn angerufen und tatsächlich Feringer erreicht. »Wir warten noch«, erzählte ihm der Assistent. »Im Augenblick sind Herr Egerwald und Herr Dr. Werner bei Schiller – die Nationale hat sich angeboten, mit der Handelsbank ein Konsortium auf die Beine zu stellen.« Danach konnte Rhode überhaupt nicht mehr schlafen.

Um 18 Uhr war Benjamin Bach endlich eingetroffen, begleitet von Henry Blum und Feringer. »Wie werden wir spielen?« rief er Rhode entgegen. Er lächelte, sah braungebrannt aus und schien bester Laune. »Ich habe mit Schön gewettet, daß wir Marokko zehn zu eins schlagen – auch ohne Netzer!« Es war alles sehr grotesk und vielleicht nur Show, da Leo Brawand vom »Spiegel« mit einem Mann seines Düsseldorfer Büros und Dr. Björner im Wartezimmer saß und die Tür offenstand. Und nacheinander waren die Direktoren im blumengeschmückten Arbeitszimmer des Chefs verschwunden – Faber, Billstein, Plinegger, Blum, Lehmann. Auf dem Gang hatten sich sämtliche Mitarbeiter der Chefetage versammelt, keiner wollte nach Hause gehen. Rhode hatte noch einmal ein kaltes Büffet bestellt und in Fabers Konferenzraum aufbauen lassen. Dort hatten sie sich auch das Spiel gegen Marokko angesehen – es entwickelte sich zu einer Katastrophe für die Deutschen. Und kurz vor Mitternacht war der Finanzchef aufgetaucht, hatte Rhode die Hand gedrückt und »Gratuliere!« gemurmelt. Dann war er in seinem Zimmer verschwunden, ohne die Frage, wozu er gratuliere, zu beantworten. Rhode hatte einen Augenblick von einem Wunder geträumt und seine Frau angerufen, aber die war ihm seit langem gram und sprach, trotz ihrer beiden Kinder, von Scheidung, sie verstand nicht, daß er nie nach Hause kam. Faber war wieder auf den Gang getreten und hatte die wartenden Herren mit barschen Worten verabschiedet. »Jeder tut seine Pflicht. Vor allem in der Chinasache darf keine Verzögerung eintreten!«

Dann verdeckte der große Zeiger den kleinen, und Rhode beschloß endgültig, nach Hause zu gehen. Als er unten aus dem Fahrstuhl trat, erwartete ihn schon ein Pförtner. »Sie sollen sofort wieder raufkommen, Herr Doktor! Herr Bach will Sie sprechen!«

Menschlich gesehen, hatte Benjamin Bach an diesem Abend ein paar der schönsten Stunden in seiner zwanzigjährigen Tätigkeit als Generaldirektor des TALL-Konzerns erlebt. Vor ihm saßen seine fünf Direktoren und weigerten sich, sein Resümee anzuerkennen.

»Ich bin am Ende der Fahnenstange«, hatte er ihnen anvertraut. »Ich habe Ihnen allen, glaube ich, nie etwas vorgemacht, und ich werde in dieser Stunde nicht damit anfangen. Die Wahrheit ist: Ich bin geschlagen, bin einem Komplott erlegen, das offenbar von langer Hand vorbereitet war. Die Kündigung der Kredite ist auf gezielte Gerüchte zurückzuführen, und dreimal dürfen Sie raten, wer mächtig genug ist in der Industrie, um eine solche Lawine auszulösen ...«

»Diergard«, sagte Edmund Faber.

»Seien Sie vorsichtig!« warnte ihn Benjamin Bach. »Wir haben nicht den geringsten Beweis, und Beschuldigungen helfen uns nicht mehr. Was Sie privat vermuten, ist Ihre Sache. Herr Diergard ist heute von Möller und Schiller empfangen worden und versucht, seine Autorität zur Verfügung zu stellen, um die Banken zum Stillhalten zu bewegen ...«

Faber lachte jäh auf und erstickte fast an einem Hustenanfall. Die anderen waren mit der Materie weniger vertraut und reagierten eher hoffnungsvoll.

»Und Egerwald?« rief Tassilo Billstein. »Ist er nicht ...?«

»Wallassé ist dazugerufen worden. Die Minister hatten leider keine Zeit für mich. Ich bin für morgen bestellt worden. Schiller wird mir die Bedingungen mitteilen, unter denen der Bund bereit ist, einzuspringen – und ich werde ihm zuvorkommen und meinen Rücktritt anbieten.«

Alle fünf hatten auf diese Eröffnung gewartet, und alle fünf traf die lakonische Mitteilung wie ein Schlag ins Gesicht. Eine Sekunde saßen sie bewegungslos auf ihren Sesseln, dann sprang Henry Blum auf, und Billstein, Plinegger, Lehmann und Faber folgten, aber bevor sie etwas sagen konnten, war plötzlich die Stimme des Professors im Raum.

»Da bin ich dabei, Ben!«

Benjamin Bach klärte sie auf, daß Professor Rasser mit dem Telefon in der Hand von seiner Wohnung aus zuhörte.

»Wir kommen auch mit!«

»Natürlich lassen wir Sie nicht allein nach Bonn ...«

»Schiller wird sich wundern!«

»Ohne Sie ist Teha Tall doch gar nicht denkbar!«

Was sie eigentlich sagen wollten, war, daß sie alle fünf bereit seien, mit ihm zurückzutreten, und genau das konnte Benjamin Bach nicht gebrauchen. Er war gerührt und, in diesem bewegenden Augenblick, auch geneigt, ihr Angebot für ehrlich zu halten, doch sie mußten bleiben, und er setzte ihnen schnell auseinander, warum.

»Es geht hier nur um meinen Kopf, um sonst keinen, meine Herren. Aber ich bin überzeugt, daß dem neuen Verwaltungsrat, den das Haus bekommen wird, nichts lieber wäre, als wenn Sie auch alle verschwinden würden – gewiß hält man uns hier für so etwas wie eine verschworene Gemeinschaft, mein Freund Tassilo hat dafür schon gesorgt ...«

Er stand auf und ging, in gewohnter Weise, hinter seinem Schreibtisch auf und ab. »Sie müssen alle bleiben, und Sie müssen sich auf einen Nachfolger einigen – *jetzt,* meine Herren, heute abend noch. Es muß ein Mann sein, der unbelastet ist von der bisherigen Verantwortung. Er muß die Fähigkeit haben, das Orchester zu dirigieren, das ich zurücklasse, und die Solisten auf sich einzuschwören. Und die Solisten – das sind Sie, meine Herren!«

Er nahm die Veränderung in ihren Gesichtern wahr. Wenn es nicht mehr um ihn ging, brach diese »verschworene Gemeinschaft« schnell auseinander, das war vorauszusehen gewesen. Jeder verdächtigte jetzt den anderen, an seine Stelle treten zu wollen. Faber war das, was er »belastet« genannt hatte, der schied aus. Billstein würde nie ein erster Mann sein. Plinegger war Ausländer. Lehmann zu jung, »zu fein« – oder zu anständig – für diese Position. Blieb Henry Blum. Ein Jude. Das verschaffte den Untergebenen Beklemmungen, jeder fürchtete Ressentiments.

»Es liegt eigentlich auf der Hand«, sagte Benjamin Bach, »daß es ein neuer Mann sein muß, einer aus dem zweiten Glied. Denn nur, wenn Ihre Phalanx nicht zu brechen ist, wenn Sie gemeinsam hinter ihm stehen und gemeinsam mit Rücktritt drohen, haben wir eine Chance, ihn morgen bei Schiller durchzusetzen ... Ich bitte um Vorschläge!«

Erstaunlicherweise nannte die Stimme des Professors sofort den Namen Feringer. Vielleicht dachte der alte Mann, das Wunder BB ließe sich wiederholen.

Aber sogleich protestierten alle Direktoren, am lautesten Faber, der eine geheime Absprache zwischen dem Professor und BB vermutete. Im Urteil waren sich alle über den Assistenten einig: »Hochbegabt – aber zu unerfahren!«

»Dann nennen Sie mir einen anderen, meine Herren.«

Benjamin Bach hatte auf dem Weg von Mexiko nach Paris bereits Abschied genommen von dem, was er sein Lebenswerk nennen konnte. Es war ihm erschreckend leicht gefallen, und als er anfing, darüber nachzudenken, warum er keine Herzschmerzen verspürte, keine Wut, keine Depressionen und Rachegelüste, da verfiel er zuerst auf Dedes Selbstmordversuch. Seit diesem schrecklichen Erwachen vor einer Woche hatte er immer öfter daran gedacht, daß es Zeit wäre, sich zurückzuziehen, sich endlich einem Privatleben zu widmen, wie immer das auch aussehen mochte. Tausend Kilometer lang hatte er sich eingeredet, daß ihr die Priorität in seinem Leben gebührte. Auf den nächsten tausend Kilometern, hoch über dem Atlantik, hatte sich das Chinageschäft dazwischengeschoben und ihn der Wahrheit ein Stück nähergebracht. Mit diesem Abschluß von vier Stahlwerken und der Eroberung eines ganzen neuen Kontinents hatte er den absoluten Gipfel seiner Laufbahn erreicht – was danach kam, konnte nur noch Kleinkram sein, Mühe und Ärger. Dieses China-Unternehmen würde seinen Namen unauslöschlich in die Annalen der deutschen Industrie eingraben, würde TALL einen nicht mehr einzuholenden Vorsprung sichern – die Zukunft. Und kein Politiker und kein Bankier konnte sich mit dem Odium belasten, einen Drei-Milliarden-Export vereitelt zu haben. Im Grunde genommen war das eingetreten, was er schon in der Nacht seiner Rückkehr aus Peking anvisiert hatte: Lärm und Krisengerüchte, die Schillers Herren in seinem prächtigen Hochhaus auf Trab bringen würden, und jetzt trennten sie nur noch zehn Tage von den Landtagswahlen – die Stahlwerke würden pünktlich geliefert werden. Auch wenn er selbst, in der letzten Kurve noch, über Bord gegangen war. War er nicht doch ein bißchen traurig? ... In Paris, heute morgen, war er direkt unglücklich gewesen: weil er das erste Spiel der deutschen Nationalmannschaft nicht miterleben konnte.

»Meine Herren«, sagte er mit einem Blick auf die Uhr, »wollen wir einen Moment unterbrechen und uns Deutschland – Marokko anschauen? Wir können dabei etwas essen und nachher weiterdiskutieren ...«

Auch der Professor wollte sich das Fußballspiel ansehen und verabschiedete sich. Und Faber, der sich an der Nachfolgerdebatte kaum beteiligt hatte, machte einen ganz neuen Vorschlag: »Rhode!«

»Heißt das«, fragte Benjamin Bach schnell, »daß Sie unter Rhode noch ein Jahr weiterarbeiten würden, Herr Faber? Zumindest, bis China läuft?«

Faber sagte, er könnte sich das denken. Den Kollegen, die seinen Vorschlag nur mit Kopfschütteln zur Kenntnis genommen hatten, setzte er in ruhigen Worten auseinander, warum Rhode der einzige sei, der »den Nerv« habe, diesen Karren aus dem Dreck zu ziehen – und mit dem zukünftigen Aufsichtsrat zurechtzukommen. »Außerdem wählt er SPD.«

Im Grunde war es allen unmöglich, sich irgendeinen anderen auf dem Sessel Benjamin Bachs vorzustellen.

Als die Marokkaner das erste Tor schossen, ging Faber hinaus. Es war beinahe Mitternacht. Und als Uwe Seeler in der zweiten Halbzeit endlich den Ausgleich erzielte und alle schrien und sich auf die Schenkel klopften, schickte Benjamin Bach nach Rhode. »Wie heißt er eigentlich mit Vornamen?«

»Christian«, sagte der junge Lehmann.

Dr. Rhode hastete in dem Augenblick zur Tür herein, als Hennes Löhr vom 1. FC Köln eine Flanke von Grabowski aufnahm, an die marokkanische Torlatte köpfte und Gerd Müller den Abpraller zum 2:1 verwandelte.

Benjamin Bach brüllte sich heiser und fiel dem jungen Lehmann um den Hals, alle Direktoren schrien wie verrückt, umarmten sich und tanzten ausgelassen im Zimmer umher; sie machten sich nicht halb so viel aus Fußball wie ihr Generaldirektor, aber hier ging es auf einmal um die Ehre der Nation – und die im letzten Augenblick abgewendete Schmach, von einem Fußballentwicklungsland wie Marokko aus dem World Cup geworfen zu werden. Das ließ sie vorübergehend vergessen, in welcher Situation sie sich befanden. Tassilo Billstein und Henry Blum versuchten sich gegenseitig hochzuheben, der riesige Österreicher Plinegger walkte mit Dr. Rhode über den Teppich, und als sie dann auch noch ihre Partner wechselten und Benjamin Bach an den kleinen, stämmigen, kahlen Finanzanwalt geriet, nahm er ihn auf den Arm und schrie: »Ist er nicht phantastisch?«

Und alle fanden auf einmal den Dr. Christian Rhode »brillant« und »top« und »die einzig richtige Lösung!«, klopften ihm auf den Rücken und gratulierten überschwenglich.

Punkt 11 Uhr 30 an diesem Donnerstagmorgen erschienen Benjamin Bach und Professor Hermann Rasser im dunklen Anzug bei Staatssekretär Wickert im Bundeswirtschaftsministerium und gaben ihre Entscheidung bekannt: die Erben hätten dem Wunsch des Generaldirektors entsprochen und ihn aus seinem Vertrag entlassen, »um den Weg freizumachen für eine finanzielle Neuordnung des Konzerns«.

Überrascht und erleichtert versicherte Wickert, daß diese Nachricht den Herrn Minister mit Genugtuung erfüllen werde, da nunmehr eine Lösung des Bürgschaftsproblems schneller vonstatten gehen könne als allgemein angenommen.

Benjamin Bach ersparte sich die Frage, wieso.

Professor Rasser eröffnete dem Staatssekretär sodann, daß die Erben einem Vorschlag des TALL-Direktoriums gefolgt seien und Dr. Christian Rhode zum Nachfolger Benjamin Bachs gewählt hätten.

Wickert nahm das zur Kenntnis und entschuldigte den Minister, der in einer Kabinettssitzung festgehalten wurde.

Als Prof. Schiller um zwölf Uhr immer noch nicht erschienen war, bestellten die TALL-Herren ihm schöne Grüße und verabschiedeten sich.

»Können wir Sie später noch erreichen?« fragte Wickert, dem diese Entwicklung nicht recht zu sein schien.

»Wohl kaum«, sagte Benjamin Bach. »Ich gehe auf einen längeren Urlaub. Wir sehen uns schon mal wieder, Herr Staatssekretär!«

»Das würde mich freuen!« versicherte der alte Beamte.

Auf der Rückfahrt nach Düsseldorf drückte der Professor ein paarmal fest Benjamin Bachs Arm und schüttelte heftig die Löwenmähne. »Was das jetzt werden wird!«

Ihm ging diese Abdankung mehr an die Nieren als seinem Freund. Er blicke in keine Zukunft mehr. Mit Rhode zurechtzukommen, konnte er sich nicht vorstellen.

»Mach's wie Jonas!« sagte Benjamin Bach. »Besauf dich mal wieder ordentlich – und verprügele Tilly!«

Der Chauffeur war an diesem Morgen nicht zum Dienst erschienen. Er hatte sich vollaufen lassen, als er hörte, daß er in Pension gehen könne, und als seine Frau sich begeistert darüber zeigte, war er über sie hergefallen, und sie war ins Krankenhaus gebracht und genäht worden, und die Polizei hatte Jonas eingesperrt und ihm den Führerschein abgenommen, nach 32 Jahren, aber keinen Tag zu früh.

Der Professor seufzte. »Ich werde nach Bühler Höhe gehen«, sagte er. »Diergard will mich besuchen.«

Benjamin Bach schwieg. Er wußte, daß der Professor diesen Aufsichtsratsvorsitzenden am liebsten meuchelmorden würde, sich aber einem Zusammentreffen nicht entziehen konnte. Im Augenblick brauchte der Konzern Diergards Wohlwollen. Der Professor tat ihm leid. Alle taten ihm leid. Genaugenommen tat ihm selbst Josef Maria Diergard leid: seine Leonie hatte die Koffer gepackt.

Wohin er blickte, überall sah Benjamin Bach nur Opfer seines Wirkens. Dagegen erging es ihm geradezu prächtig.

SONNTAG,
DER 14. JUNI 1970

Das weiße Schiff glitt in den tiefblauen Sunnan-Fjord, und die Sonne verschwand hinter den Bergen. Es wurde kühl auf Deck, geheimnisvolles Blau und Grün umgab die wenigen Passagiere, die auf dem Vorderschiff lagen, in dicke Wolldecken verpackt.

Dede und Benjamin Bach hatten sich von den anderen, Engländern, Franzosen und Amerikanern, an diesem Nachmittag etwas abgesondert. Sie hatten eine schlechte Nacht hinter sich, waren bis drei Uhr morgens, Aquavit trinkend, im Nordlicht an Deck hin und her gegangen, während das Schiff den weiten Trondheim-Fjord durchzog. Seit einer Woche waren sie unterwegs, ohne Angabe einer Adresse, hatten das nächste Schiff nach Oslo genommen und dort diesen Kreuzfahrer der Esbjörn-Reederei bestiegen, der nur die norwegischen Fjorde anlief. Eine Reise für Schwermütige, Benjamin Bach wurde langsam verrückt. In Kristiansand hatten sie zum ersten Mal angelegt, aber Dede war nicht an Land gegangen, und abends waren sie an Mandal vorbeigefahren, nur ein paar Lichter verrieten, wo der schicksalhafte Ort im Dunkel lag. Sie hatte das erste Wiedersehen mit der norwegischen Heimat nach zweiundzwanzig Jahren erstaunlich gefaßt ertragen.

»Das ist wie aus einem anderen Leben«, sagte sie. »In Düsseldorf fühle ich mich mehr zu Hause.«

Doch je länger die Reise dauerte, um so unruhiger wurde Benjamin Bach. Es war ein Fehler gewesen, so vollkommen ins Nichts hinein zu verschwinden, sagte er sich. In Bergen war er an Land gegangen, um die neueste »Spiegel«-Nummer zu kaufen, und an dieser Titelgeschichte über seinen Aufstieg und Fall las er seit dem vergangenen Mittwoch. Offenbar war der »Spiegel« die erste Zeitung gewesen, die mit der »Affäre Bach« herausgekommen war. Eine schreckliche Geschichte, die der kleine Brawand da zusammengetragen hatte. Die Bundesregierung verbürgte 500 Millionen, das Land Nordrhein-Westfalen 250 Millionen, und die AKA würde zunächst einen Exportkredit von 150 Millionen geben, um das Chinageschäft in Gang zu setzen. Ein Verwaltungsrat werde bis zur Umwandlung des Konzerns in eine AG an die Spitze treten und die Kontrollfunktion eines Aufsichtsrates übernehmen, der Chef der Handelsbank sei für den

Vorsitz vorgesehen. Aber amtlich war das noch nicht. Der »Spiegel« hatte Redaktionsschluß gehabt, bevor das Bundeswirtschaftsministerium seinen Entscheid offiziell verlautbarte. Die Ära der Benjamin Bachs gehe dem Ende zu, schrieb Brawand, absolute Alleinherrscher seien nicht mehr zeitgemäß, Banken und Gewerkschaften würden in Zukunft bei TALL ein Wörtchen mitzureden haben. Und im übrigen war viel von seinem persönlichen Führungsstil die Rede, alles, was je über Benjamin Bach gedruckt worden war, las er komprimiert noch einmal, und es schüttelte ihn. Das würde in Zukunft sein Leben sein: im Liegestuhl durch die Welt segelnd, seine glorreiche Vergangenheit in Zeitungsartikeln memorierend.

Er trank viel zuviel, und er ermunterte Dede mitzuhalten. So eine Nordlandreise konnte einen Alkoholiker aus einem machen, an dieser Luft verbrannten die Kalorien doppelt so schnell. Und er merkte, daß »Dedchen« lustiger war, wenn sie einen »Kleinen intus« hatte. Sie schlief in seinen Armen, und auch an Deck rückte sie ihren Stuhl so eng neben seinen, daß sie sich ständig berühren mußten. Sie hatte sich weniger über seinen Abschied von TALL aufgeregt als alle anderen, und sie war die einzige, die nicht glauben mochte, daß er für immer gegangen sei. »Ich weiß, sie werden dich wieder rufen«, sagte sie, »sie können doch ohne dich gar nicht.« In Alesund hatte er ein Telegramm an Gitta geschickt: »An Bord der ›Ragnhild‹. Gruß BB.« Sie würde schon verstehen. Bis zum 1. September hatte sie versprochen, bei Rhode zu bleiben, um ihm über die ersten Hürden hinwegzuhelfen, auch Feringer war noch dabei. Der Abschied von seinem Assistenten war kurz gewesen: »Wir reden, wenn ich zurück bin. Sie bleiben doch?« Aber er hatte den Eindruck, daß Reinhard Feringer sich nach einem neuen Job umsehen würde. Guter Junge, er war ihm ans Herz gewachsen, und er mußte ihn im Auge behalten. Sein Jammer über die verlorene Schlacht war niederschmetternd gewesen.

Und heute mittag in Steinkjer war der Hafenmeister mit zwei Telegrammen erschienen, eins von Solveig und Lambert Koch, die sich in Kitzbühel herumtrieben, und eins von Tassilo Billstein.

»vermissen sie sehr«, drahtete sein ehemaliger Stellvertreter. »egerwald ist nur zweiter mann im verwaltungsrat geworden stop die banken haben j. m. diergard zum vorsitzenden gewaehlt stop ihr ergebener tassilo billstein.«

Seitdem lag er auf dem Vorderdeck neben Dede und fühlte sich schlecht. Erst jetzt traf ihn der Schock mit seiner ganzen vernichtenden Wucht. Tausend Möglichkeiten quälten ihn. Er konnte sich an den »Spiegel« wenden und Hassensteins Protokoll veröffentlichen lassen. Er konnte Reynolds zum Kronzeugen machen. Er besaß die schriftliche Bestätigung des Diergard-Fluges nach Köln-Wahn. Solveig konnte Diergards Erscheinen in der US-Botschaft bestätigen. Lambert konnte Leonie wieder aktivieren. Sie würde alles aussagen, was er von ihr verlangte. So kreisten seine Gedanken um die Vernichtung des großen Bankiers.

Aber dann nahm Dede seine Hand und hauchte seine kalten Fingerspitzen an. Ihre großen braunen Augen schwammen in trunkener Zärtlichkeit, ihre Lippen formten ein Wort: Ben. Mein Gott, dachte er, zusammen sind wir schon mehr als hundert Jahre alt. Und laut sagte er: »Scheiße!«

Und schrieb in großen Buchstaben auf den Block, den er seit Stunden auf dem Knie balancierte: »Herrn Josef Maria Diergard – Ich spreche Ihnen meine Anerkennung und meinen Dank für Ihre großzügige Hilfe aus stop Sie gehen schweren Zeiten entgegen stop Benjamin Bach.« Und darunter schrieb er: »per Adresse TALL, Düsseldorf.«

Bitte beachten Sie
die folgenden Seiten:

Noel Behn

Das große Dings bei Brink's

Roman

Ullstein Buch 20528

Der »Jahrhundertraub« der amerikanischen Kriminalgeschichte: der Überfall auf das Bostoner Geldtransportunternehmen »Brink's«. Der amerikanische Bestseller-Autor Noel Behn hat das »große Ding« nach rund tausend Stunden Tonbandinterviews mit den Mitgliedern der Bande und anhand des umfangreichen FBI-Materials aufgezeichnet.

ein Ullstein Buch

Arthur Hailey

Letzte Diagnose
Ullstein Buch 2784

Hotel
Ullstein Buch 2841

Airport
Ullstein Buch 3125

Auf höchster Ebene
Ullstein Buch 3208

Räder
Ullstein Buch 3272

Die Bankiers
Ullstein Buch 20175

Hochspannung
Ullstein Buch 20301

ein Ullstein Buch

»Dieser Bestsellerautor kennt den direkten Weg zum Publikum: Spannung.«
Münchner Merkur